JONAS MOSTRÖM

EISES-
SCHATTEN

Kriminalroman

Aus dem Schwedischen
von Dagmar Mißfeldt

Ullstein

Besuchen Sie uns im Internet:
www.ullstein.de

Wir verpflichten uns zu Nachhaltigkeit
- Klimaneutrales Produkt
- Papiere aus nachhaltiger Waldwirtschaft und anderen kontrollierten Quellen
- ullstein.de/nachhaltigkeit

Deutsche Erstausgabe im Ullstein Taschenbuch
1. Auflage Oktober 2021
© für die deutsche Ausgabe
Ullstein Buchverlage GmbH, Berlin 2021
© Jonas Moström, 2018
Titel der schwedischen Originalausgabe: *Skuggorna Ruva*
(First published by Lind & Co, Stockholm, Sweden)
Umschlaggestaltung: zero-media.net, München
Titelabbildung: © FinePic®, München (Äste, Himmel, Struktur),
Getty Images / imageBROKER / © Daniel Kreher (Haus mit Schnee),
Getty Images / © Mikael Sundberg (Steine im Schnee)
Gesetzt aus der Quadraat Pro powered by Pepyrus
Druck und Bindearbeiten: CPI books GmbH, Leck
ISBN 978-3-548-29182-6

PERSONEN

Nathalie Svensson, fünfundvierzig Jahre. Psychiatrische Oberärztin an der Uniklinik Uppsala, in den nordischen Ländern führende Expertin für Psychopathen und Mitglied in der Einheit für operative Fallanalyse (OFA) am schwedischen Zentralkriminalamt. Nathalie ist seit einem halben Jahr vom Anwalt **Håkan Svensson** geschieden, mit dem sie die beiden Kinder **Gabriel**, zehn Jahre, und **Tea**, acht Jahre, hat. Håkan ist mit seiner Personal Trainerin **Tilde Corazon**, achtundzwanzig Jahre, zusammengezogen.

Sonja Nilsson, achtundsechzig Jahre. Nathalies Mutter, trockene Alkoholikerin, die sich mit Fotokunst beschäftigt und sich mit ihren Freundinnen vom Lions Club in diversen Wohltätigkeitsprojekten engagiert.

Estelle Ekman, vierundvierzig Jahre. Nathalies jüngere Schwester, Chirurgie-Krankenschwester in Sundsvall.

Ingemar Granstam, dreiundsechzig Jahre. Leiter der OFA-Einheit. Ein behäbiger, aber keinesfalls träger Nordschwede, der wegen seiner Körperfülle, seines beeindruckenden Schnäuzers und seines unerschütterlichen Sinns für Gerechtigkeit den Spitznamen »Walross« trägt.

Angelica Hübinette, fünfundfünfzig Jahre. Stocksteife und kompetente Gerichtsmedizinerin der Einheit, trägt nur Schwarz, und Kostümfilme berühren sie mehr als Obduktionen.

Tim Walter, dreiundzwanzig Jahre. Technik- und Computergenie, dem es leichter fällt, Tabellen im Kopf zu behalten, als mit anderen Menschen umzugehen.

Maria Sanchez, fünfunddreißig Jahre, aus Peru adoptiert. Knallharte Polizistin und Feministin, hat in ihren neunundzwanzig Jahren in Schweden die Polizei-Hochschule sowie das Grundstudium zur Juristin absolviert und zweimal Silber im Taekwondo bei den schwedischen Landesmeisterschaften geholt.

Personen aus der Sundsvall-Serie

Kriminalhauptkommissar **Johan Axberg**, einundvierzig Jahre. Leiter der verdeckten Ermittlungsgruppe und Mitglied der OFA. Freund der Fernsehreporterin **Carolina Lind**, neununddreißig Jahre. Die beiden haben den zwei Jahre alten Sohn **Alfred**.

Oberarzt **Erik Jensen**, einundvierzig Jahre. Johans einziger enger Freund, geschieden von **Sara**. Die ehemalige Hausfrau ist mittlerweile zur Bestsellerautorin avanciert. Er hat eine Beziehung mit Nathalies Schwester **Estelle**.

Rosine Axberg, neunundachtzig Jahre. Johans Großmutter, die auf der Insel Frösön lebt und bei der er ab dem zwölften Lebensjahr aufwuchs, nachdem seine Eltern bei einem Verkehrsunfall ums Leben gekommen waren.

PROLOG

13. Dezember, Lucia-Tag

»Weil du so ein Volldepp bist, gehe ich zu Fuß!«

Sie knallt die Tür zu und hört nicht mehr, was er sagt. Die Kälte stürzt sich auf sie, die Luft brennt in ihrer Lunge. Wenige Sekunden bleibt sie im Schein der Lampe auf der Vortreppe stehen und starrt in die punktuell beleuchtete Dunkelheit. Dann flucht sie und marschiert los. Nie im Leben lässt sie sich von ihm fahren. Soll er doch sauer auf sie sein. Sie kocht vor Wut. Sie wird es ihm schon zeigen!

Sie sieht auf ihr Handy. Zwei Minuten nach halb. Zu Fuß dauert es höchstens eine Viertelstunde bis zur Kirche, und die Krönung fängt erst um acht Uhr an. Sie wird rechtzeitig da sein, obwohl sie im Lucia-Kleid ärgerlicherweise nur mit kleinen Schritten vorwärtskommt. Über die Schulter wirft sie einen Blick zurück. Wie erwartet steht er im hellen Küchenfenster. Er ist wütend, breitet die Arme aus, und sein Mund formt Zornesworte.

Scheißrassist, denkt sie, als sie an dem nachlässig geparkten Auto vorbeigeht. Im Schein der Straßenlaterne sieht sie, dass er Eis von den Scheiben gekratzt hat. Warum muss ausgerechnet so ein Volldepp ihr Vater sein? Er kann sagen, was er will, sie geht auf das Fest. Und sie trifft sich mit Hamid. Obwohl auch der ein Volldepp ist. Oder zumindest ein Betrüger. Wenn die eigene Freundin in diesem Jahr die Lucia ist, dann geht man in die Kirche, egal welche Religion man hat.

In der Jackentasche findet sie die Handschuhe ihrer Mutter. Sie sind zu eng, müssen aber reichen. Auf die Mütze jedoch verzichtet sie. Die blonden Locken sind mit dem Lockenstab perfekt geworden. Lieber erfriert sie, als sie zu ruinieren.

Sie biegt nach links zur Bundesstraße ab, die wie eine Pulsader durchs Dorf verläuft. Ab und zu fahren in beide Richtungen Autos an ihr vorbei. Mit etwas Dusel nimmt sie jemand aus ihrer Klasse im Auto mit.

Zum Glück hat sich ihr Geheimnis nicht rumgesprochen. Das wäre eine Katastrophe. Wenn *das Ekelige* rauskäme, dann müsste sie noch am selben Tag von hier wegziehen. Vor einem Monat und vier Tagen ist es passiert. Aber jetzt will sie nicht mehr daran denken. Jetzt ist Lucia. Sie weiß, dass sie auf den Fotos hübsch aussehen wird.

Unter ihren Stiefeln knirscht der Schnee. Die Plastiktüte, in der die Lucia-Krone liegt, knistert immer weniger, je steifer sie in der Eiseskälte wird. Auf dem anderen Seeufer scheint der Vollmond kalt und weiß über dem Nadelwald. Sie denkt, der ist die Erinnerung daran, dass sich nie etwas ändern wird, dass alles bleibt, wie es ist.

Wie erwartet, ist Alice völlig ausgerastet, weil sie nicht zur Lucia gewählt wurde. Sie hat nicht damit gerechnet, als Jungfer im Gefolge hinter der Lucia herzulaufen. Das aber haben sie und ihr hirnblinder Freund verdient. Es war total klar, dass ihr einer von den beiden gestern irgendwas in die Bratkartoffeln gemischt hat, damit sie Durchfall kriegt. Zum Glück hat Hamid die Augen offen gehalten.

Ihr Handy klingelt in der Jackentasche. Bestimmt Papa, der sie noch hinbringen will. Sie dreht sich um, erahnt seine Umrisse im Fenster, kann aber nicht erkennen, ob er die Hand am Ohr hat. Vielleicht ruft Hamid an, der beschlossen hat, doch zu kommen. Oder Tony, der immer noch nicht kapiert hat, dass Schluss ist. Oder vielleicht Pierre? Gestern nach der Ethik-Doppelstunde faselte er eine Viertelstunde irgendwas davon, dass er ihr helfen würde, ihren Traum zu verwirklichen. Ihr ist klar, dass er das nur tut, damit er mit ihr in die Kiste springen kann.

Sie reißt sich die Handschuhe herunter. Das Display zeigt eine 076er-Nummer an, die sie nicht kennt. Sie vermutet, dass es Hamid ist. Er und seine Gang haben ständig neue Handys, und sie hat aufgehört zu fragen, woher sie sind.

Das Gespräch ist kurz. Danach zieht sie sich rasch die Handschuhe wieder an. Die Laternenmasten zeichnen Lichtkegel auf die Straße. Sie zählt sie, um nicht an die Kälte denken zu müssen.

Beim vierten Mast hält ein Auto neben ihr.

Papa, denkt sie, als sie den silberfarbenen Volvo sieht. Aber ist er es wirklich? Von der Kälte tränen ihr die Augen, und sie kann nicht richtig gucken.

Die Scheibe auf der Beifahrerseite gleitet nach unten.

Sie macht einen Schritt auf das Auto zu und beugt sich vor.

1

Uppsala, 24. Dezember

Nathalie Svensson gab den Code ein und hatte beim Verlassen der Abteilung das Gefühl, dass sie gute Arbeit geleistet hatte. Natürlich wurde wie oft um die Weihnachtsfeiertage im Lauf der Nacht eine ansehnliche und bunte Schar von Patienten eingeliefert. Doch sie hatte in einem sorgsam ausgewogenen Gleichgewicht aus Professionalität, Empathie und sozialer Rücksichtnahme die richtigen Patienten dabehalten beziehungsweise entlassen. Allerdings hatte sie später nach den Visiten mitunter den gegenteiligen Eindruck. Denn die Einschätzung des künftigen Schicksals einer Person fiel schwer, wenn man als Grundlage nur von den Angaben im nächtlichen Aufnahmeformular und einem zehnminütigen Gespräch ausgehen konnte.

Heute hatte sie der schizophrene Örjan Bäckström am meisten berührt, der sich immer an allen langen Feiertagswochenenden die Unterarme ritzte. Die Schnitte waren nie so tief, dass sie sich der Chirurg anschauen musste; weil er aber immer damit drohte, sich das Leben zu nehmen, wurde er in die Psychiatrie überwiesen. Nathalie hatte Örjan auf der Station behalten und sich gefragt, was für eine Gesellschaft wir erschaffen hatten, die jeden Tag Menschen aus Einsamkeit in den Selbstmord trieb.

Sie ging eine Treppe tiefer, hinunter in die Notaufnahme. Ihre Absätze hallten einsam in dem fensterlosen Treppenhaus wider.

Es war halb zwei Uhr. Sie spürte dieses Ziehen im Bauch, das häufig das erste Anzeichen für Hunger war. Seit neun Uhr hatte sie ununterbrochen gearbeitet, und jetzt war es höchste Zeit fürs Mittagessen. Doch zuerst ging sie zu Schwester Berit, die am Aufnahmeregister stand und noch einen weiteren Patienten eintrug.

»Jetzt bin ich mit der Visite in der APIP fertig«, sagte Nathalie und schaute in Berits freundliche Augen, die jeden noch so neurotischen Patienten beruhigen konnten.

»Hier ist alles im grünen Bereich. Nur vier warten.«

Nathalie warf einen Blick auf den Monitor, auf dem das Wartezimmer auf der anderen Seite der abgeschlossenen Milchglastüren zu sehen war. Dort saßen ein halbes Dutzend Personen, deren Gesichter sie nicht deutlich erkennen konnte. Sie las im Aufnahmeregister nach, dass es sich dabei um einen Zwangsneurotiker, zwei Krisenreaktionen und eine mutmaßliche Depression handelte.

»Ich esse in der Teeküche schnell zu Mittag.«

»Reste vom Weihnachtsgericht stehen im Kühlschrank.«

»Danke, aber ich habe mir heute was mitgebracht«, lächelte Nathalie. Sie fühlte sich immer noch abgefüllt nach dem Weihnachtsschmaus, zu dem ihre Mutter Sonja sie und die Kinder eingeladen hatte. Heute früh hatte die Waage ihre Vorahnung nach dem Verzehr von Pfefferkuchen, Lucia-Gebäck und Weihnachtssüßigkeiten in diesem Monat bestätigt: drei Kilo mehr als das Matchgewicht. Obwohl sie sich mit ihren molligen Kurven wohlfühlte und oft Komplimente bekam, weil sie wie ein Plus-Size-Model aussah, gab es Grenzen. An Neujahr sollte das Louis-Vuitton-Kleid noch genauso schön sitzen wie bei der Anprobe im Nobelkaufhaus NK. Auf der ersten Silvesterfeier ohne die Kinder wollte sie wenigstens hübsch aussehen. Mit diesem Vorsatz machte sie sich die Weight-Watchers-Lasagne in der Mikrowelle warm, ließ ein Glas mit Leitungswasser volllaufen und setzte sich an den Tisch, der vor Marshmallow-Weihnachtsmännern, Sahnebonbons und Schokolade überquoll. Draußen hatte es angefangen zu dämmern. Wieder so ein Tag, an dem es draußen nicht richtig Tag wird, dachte sie und aß einen Bissen von der Lasagne.

Ihr Blick wanderte zu den Abendzeitungen des Vortages, die neben einer weihnachtlich geschmückten Amaryllis lagen. Die Titelseiten der beiden Blätter brachten Fotos von der Sechzehnjährigen aus Svartviken, die auf dem Weg zu ihrer Lucia-Krönung verschwunden war. Ebba Lindgren war für alle Schweden jetzt EBBA, und über ihr Schicksal sprach man im ganzen Land. Wer hatte sie auf dem Weg zur Kirche im Auto mitgenommen? Ihr Freund, der unbegleitete Flüchtlingsjunge Hamid? Oder ihr Ex-Freund Tony oder Ebbas Lehrer mit dem Spitznamen Pervo-Pierre? Oder war es der sogenannte »Fremde«, der eine Stunde vor der Entführung in dem einzigen Hotel des Dorfes gefrühstückt hatte? Nathalie hatte über den Fall alles gelesen und drehte die Zeitung instinktiv mit den Bildern nach unten. Ebbas Schicksal hatte sie ziemlich mitgenommen, und ihr Unbehagen verstärkte sich mit jedem Detail.

Ihr Mobiltelefon meldete sich: eine MMS von Gabriel. Sie klickte auf das Bild und spürte, wie die Lasagne im Mund aufquoll.

> Hallo, Mama! Wir haben gerade unsere ersten
> Geschenke gekriegt. Guck mal, was für schöne
> Pullover wir von Papa und Tilde bekommen haben!

Gabriel und Tea standen vor Håkan und Tilde und lächelten mit Weihnachtsmannmützen auf dem Kopf in die Kamera. Alle vier trugen Strickpullover mit weihnachtlichen Motiven. Nathalie war klar, dass das Bild nicht für sie bestimmt war, sondern fürs Fotoalbum der neuen Familie. Gabriel jedoch konnte weder ihre Eifersucht noch ihre Trauer nachempfinden. Für ihn waren ihre Gefühle genauso abstrakt wie die Traurigkeit seiner Mitschüler, wenn er etwas Gemeines sagte oder tat, und das hatte er in der Regel auch schon vergessen, wenn anschließend die Lehrkräfte mit ihm darüber sprachen.

Sie spülte den Mund leer und schaute sich weiter das Foto an: das Wohnzimmer in dem Einfamilienhaus, das sie und Håkan vor zehn Jahren gekauft hatten. Der Weihnachtsbaum stand an gewohnter Stelle, sonst war nichts wie vorher. Neue Vorhänge, neue Kissen und Decken. An der Wand hingen vier kakifarbene Sombreros, zwei davon in Kindergröße. Nathalie nahm an, dass sie von der Reise nach Kolumbien stammten, wohin Håkan und Tilde in den Herbstferien mit den Kindern gefahren waren.

Ihr fiel auf, dass sie seit ihrem Auszug nicht mehr in dem Wohnzimmer gewesen war, und sie beschlich das Gefühl von Verlassenheit, das sie bei ihren Patienten so gut zu mildern, bei sich selbst aber so schwer abzuwehren verstand.

Wie hatte es nur so weit kommen können? Sie kannte die Antwort: Sie hatte die Scheidung gewollt. Das hatte sie nicht eine Sekunde bereut. Und es dauerte nur noch drei Tage, bis die Kinder wieder bei ihr waren. Jetzt musste sie sich zusammenreißen.

Sie betrachtete Tildes Bauch. Der war rund und schön. In zwei Monaten würde er ihr und Håkan das Kind der Liebe schenken, mit dessen Zeugung es den beiden nicht schnell genug hatte gehen können. In ihrem Inneren hörte sie, wie Tea und Gabriel begeistert diskutierten, ob es ein Junge oder ein Mädchen werden würde und welchen Namen sie dem Baby geben würden.

Sie schaute auf, sah sich im Fenster und schrieb:

Superschön! Habe Riesensehnsucht nach euch!

Um neue Kraft zu tanken, dachte sie an Johan, erinnerte sich an seine Worte bei ihrer ersten Begegnung, dass sie Ähnlichkeit mit der Promi-Köchin aus der Fernsehsendung *Leila backt* habe, erinnerte sich an die Nacht im Hotelzimmer in Östersund und an das Abendessen, zu dem sie ihn eingeladen hatte. Das war drei Monate her. Seitdem hatten sie sich gegenseitig mit SMS und über Facetime gemeldet. Sie ertappte sich oft dabei, dass sie Sehnsucht nach ihm hatte, konnte aber diese Gefühle jetzt besser ausblenden. In den Wochen, in denen sie die Kinder hatte, funktionierte das problemlos, dann gaben sie ihr Wärme und sorgten rund um die Uhr für Beschäftigung. In den kinderfreien Wochen schaufelte sie sich mit Arbeit, Forschung und Studierendenbetreuung zu. Das klappte nicht immer gleich gut.

Das Übernachtungsappartement auf Östermalm, in Stockholms Promiviertel, nutzte sie immer seltener, und das Internet-Dating hatte sie fast ganz aufgegeben. Seit der Nacht mit Johan hatte sie nur einmal einen Mann mitgenommen. Das war aber ein spontaner Aufriss nach einem Kneipenabend, der nur bestätigte, dass One-Night-Stands nichts mehr für sie waren. Und eine neue Beziehung wollte sie nicht. Sie würde allein und frei leben, sich nur um die Kinder und sich selbst kümmern. Heute Abend hatte sie mit ihrem Chor ein Konzert, und morgen wollten sie, Josie und Cecilia ins Kino gehen.

Ein Tag nach dem anderen, und jetzt ist die Mittagspause zu Ende, beschloss sie und stellte das Geschirr in die Spülmaschine, warf zur Kontrolle einen Blick in den Spiegel, entfernte etwas Spinat, der zwischen den Zähnen hängen geblieben war, knöpfte ihren Arztkittel zu und verließ den Raum. Berit kam mit einem Aufnahmeformular in der Hand aus dem Wartezimmer.

»Wie gut, Nathalie, wir haben zwei Neuzugänge gekriegt.«
»Mit wem soll ich anfangen?«

»Mit dem aus Afghanistan, der ist wegen Depressionen und Angstzuständen hergekommen«, erklärte Berit und übergab Nathalie das Formular.

Mohammed Aziz, achtzehn Jahre, Erstaufnahme, Asylbewerber mit einer vorläufigen Versicherungsnummer, als wohnhaft in einer Flüchtlingsunterkunft in Fålhagen gemeldet.

»Die Kontaktaufnahme mit ihm ist leicht auffällig, er flackert mit den Augen und antwortet einsilbig«, berichtete Berit. »Sagt, er ist traurig und will nicht mehr leben.«

Nathalie schaute auf den Monitor. »Meinst du den, der da mit zwei anderen Typen auf der Bank sitzt?«

»Ja, den in der Mitte.«

»Spricht er Englisch?«

»Leidlich. Ich glaube, du solltest unter vier Augen mit ihm reden, die Kumpels, die ihn begleiten, sind gestresst und mischen sich mit Fragen in ihrer eigenen Sprache ständig ins Gespräch ein.«

»Okay, ich gehe in die Zwei«, beschloss Nathalie und steuerte das Wartezimmer an. Sie tippte den Code ein, schob die Tür auf und rief Mohammed zu sich herein. Die drei Männer drehten sich zu ihr um. Sie lächelte sie an. Mohammed erhob sich zögernd, wechselte mit seinen Freunden einen Blick und ging auf Nathalie zu.

Wie immer scannte sie den Patienten und seine Begleiter: groß gewachsene, elegante junge Männer mit Kurzhaarschnitt in intakter, sauberer Kleidung aus einem der Billigketten-Läden.

Mohammed hatte Probleme, den Augenkontakt zu halten, wenig Mimik und einen feuchten Händedruck. Er zeigte jedoch keinerlei Anzeichen von Aggression oder dieser schwer definierbaren Unberechenbarkeit, wegen der sie sich manchmal einen Pfleger dazuholte.

Als sie einander im Sprechzimmer gegenübersaßen, stellte sie ihre Routinefragen. Mohammed antwortete monoton, ohne sie dabei anzusehen, wobei er mit dem Fuß ständig auf den pissgelbgrau gesprenkelten Linoleumfußboden tippte, von dem die Kollegen und Kolleginnen im Scherz behaupteten, er sei entworfen worden, um das Erbrochene der Intoxikierten zu kaschieren.

Nathalie erkundigte sich freundlich, womit er sich den Tag über beschäftige, wie es ihm in Schweden gefalle und wie er sich seine Zukunft vorstelle. Mohammed verspannte sich immer mehr und war blockiert. Ihr war klar, dass etwas nicht stimmte, sie konnte es aber nicht genau benennen.

Im Versuch, seinen Schutzpanzer zu knacken, beugte sie sich vor und legte ihre Hand auf seine. Die war warm und zitterte. Langsam, als begriffe er nicht, was vor sich ging, hob er den Blick. Eine Sekunde bekam sie Kontakt, dann glitt die Finsternis zurück in seine braunen Augen. Es kam ihr so vor, als würde er glatt durch sie und die Wände in eine Landschaft gucken, die nur er sah.

Mit einem kräftigen Ruck zog er seine Hand weg. Er riss die Augen auf, hob die Hände und warf sich auf sie, stieß einen wortlosen Schrei aus und packte sie mit den Daumen auf dem Kehlkopf im Würgegriff.

Erschrocken versuchte sie den Alarmknopf in der Kitteltasche zu drücken, kippte aber auf dem Schemel nach hinten um und hatte keine Chance. Sie schlug mit dem Hinterkopf auf dem Boden auf und hatte ihn über sich. Sein Blick war hasserfüllt und so weggetreten, dass zu bezweifeln war, dass er wusste, was er tat.

In Panik versuchte sie zu schreien, bekam aber keinen Ton heraus, versuchte, sich mit Schlägen und Tritten aus seinem Griff zu winden.

Es war zwecklos. Er war stark und vollkommen außer Kontrolle.

2

Sundsvall, 24. Dezember

Johan Axberg brachte noch einen Teller, an dem Reste von Senf, Apfelmus und Heringssalat klebten, in der Spülmaschine unter. Obwohl das Gerät schon zum Bersten voll war, stand noch einmal die gleiche Menge an Geschirr draußen, wie er seufzend feststellte, und er schloss die Tür. Mit Carolinas Eltern, ihrem älteren Bruder Christer, seiner Neuen und deren sechs Kindern waren sie insgesamt dreizehn Personen am Tisch gewesen. Leider waren das nicht die Überbleibsel vom letzten, sondern vom ersten Festessen in einer scheinbar nicht enden wollenden Reihe bis zum zweiten Feiertag. Wenn es nach Johan gegangen wäre, hätte er Weihnachten nur mit Alfred und Carolina verbracht, aber sie hatte auf einer großen Feier bestanden.

»Weil wir jetzt endlich ein Haus haben, will ich das so! Denk doch nur an die vielen Male, die wir bei meinen Eltern oder Christer gefeiert haben.«

Und alle sollten natürlich bei ihnen übernachten. »Wir haben doch Gästebetten, und die Kinder können auf Matratzen schlafen. Das wird super!«

Selbstverständlich hatte Carolina ihren Willen bekommen. Wie immer. Trotz Johans Veto zu einem zweiten Kind war sie im fünften Monat schwanger. Das Haus, das er nicht haben wollte, mussten sie kaufen, weil Alfred ein Geschwisterchen bekam.

Er nahm sich eine Flasche Weihnachtsbier aus dem Kühlschrank, hörte das Lachen und den Radau aus dem Wohnzimmer, wohin sich alle begeben hatten, um auf die Fernsehsendung mit Donald Duck und den anschließenden Besuch des Weihnachtsmannes zu warten.

Er trank ein paar Schlucke und guckte auf die Uhr. Halb zwei. Er beschloss, eine Weile allein zu bleiben und nachzudenken. Seit er um halb sechs von Alfred geweckt worden war, hatte er keine ruhige Minute mehr gehabt. Der Tannenbaum musste geschmückt werden, das Essen gekocht und die Gäste untergebracht werden. Weil Carolina einen Hexenschuss hatte, blieb das meiste an ihm hängen. Dagegen hatte er nichts. Liebend gern packte er mit an, reparierte und war bei praktischen Dingen behilflich. Andere Leute und das Gefühl, eingesperrt zu sein, trieben ihn in den Wahnsinn. Seltsamerweise fühlte er sich immer am einsamsten, wenn er Menschen um sich hatte.

Er guckte aus dem Fenster über der Küchenzeile, stellte fest, dass in Eriks Wohnung ganz oben in dem neu gebauten Hochhaus, das auf halbem Weg hinunter in die Stadt lag, Licht in den Fenstern brannte. Er fragte sich, wie wohl Erik und Estelle und ihre sechs Kinder ihr erstes gemeinsames Weihnachtsfest verbrachten. Er wischte sich den Schaum von der Oberlippe, ließ den Blick weiter durch die einbrechende Dämmerung zum Hafen schweifen. Die neue Brücke in der Ferne leuchtete wie eine kilometerlange Perlenkette. Kein einziges Auto war auf den Straßen. Als einzige Bewegung sah er den Rauch, der aus den Fabrikschornsteinen quoll und zu imaginären Spitzen auf den Türmen der Steinstadt wurde. Das Fünfsternehotel auf dem Södra Berg glomm wie eine Luftspiegelung aus Lichtern.

Sundsvall war eine schöne Stadt. Es war seine Stadt.

Aber er sehnte sich nach einem echten Fall, an dem er arbeiten konnte. Im Herbst war es zu der üblichen lang anhaltenden Mischung aus Einbrüchen in Einfamilienhäuser, Autodiebstählen, Körperverletzungen, Besitz von Drogen und Raubüberfällen auf Geschäfte gekommen. Obwohl ihm bewusst war, dass er ein komischer einsamer Wolf war, der sich jetzt glücklich schätzen sollte, dass er nach Jahren mit schwierigen Beziehungen eine Familie hatte, empfand er es nicht so.

Er wurde immer rastloser, dachte oft an Nathalie und ihre vertrauten und spannenden Gespräche. Alfred liebte er über alles, aber Carolinas eingefahrene Tagesabläufe nahmen ihm die Luft zum Atmen. Dennoch fehlte ihm die Kraft zum Widerspruch. Wahrscheinlich, weil er wusste, dass sie meistens recht hatte. Wahrscheinlich, weil er Angst hatte, sie zu verlieren. Er ahnte, dass der frühe Verlust seiner Eltern die Ursache war, aber darüber wollte er nicht nachdenken und tat es auch so gut wie nie.

Er genehmigte sich einen Schluck und stellte die Flasche ab, dachte an das Abendessen bei Nathalie zu Hause, zu dem sie ihn im September im Anschluss an die Anti-Terror-Konferenz eingeladen hatte. Erstaunlicherweise kam es ihm so vor, als ob die Verbindung zwischen ihnen stärker geworden war, nachdem sie aus gegenseitigem Respekt auf Sex verzichtet hatten, obwohl sie gern miteinander geschlafen hätten. Manchmal dachte er, sie beide seien wie zwei Magnete, deren Anziehungskraft zunahm, je weiter sie voneinander entfernt waren.

Als er sich ans Abwaschen des Topfes mit dem festgetrockneten Milchreis machte, kam Alfred angetapst. Er hatte ein Plastikschwert in der Hand und Glitter im Haar.

»Papa!«, rief er. Johan lächelte seinen Sohn an, stellte den Topf hin und warf ihn hoch in die Luft, sodass er vor Lachen fast erstickte.

Carolina watschelte hinterher, die Hände in den Rücken gestützt, lächelte Johan an und gab ihm einen Kuss auf die Wange.

»Komm und setz dich eine Weile zu uns, der Abwasch kann warten.«

»Aber ich muss doch gleich alles fürs Kaffeetrinken vorbereiten«, widersprach er und warf Alfred noch einmal so hoch, dass der Glitter in seinem Haar die Decke streifte.

»Dafür ist noch genug Zeit«, meinte sie und verwuschelte sein ohnehin widerspenstiges Haar.

»Okay«, gab er nach, stellte das Bier in den Kühlschrank und ging mit Alfred auf dem Arm ins Wohnzimmer.

Aus den Stereolautsprechern dröhnte White Christmas, und die Schwiegermutter knackte ununterbrochen Nüsse.

»Agnes und Lo, springt bitte nicht auf dem Sofa rum!«, bat Carolina und bekam Unterstützung von Christer, der mit der Videokamera im Anschlag aus dem Flur kam. Johan stellte Alfred auf den Boden und nahm neben seinen Schwiegereltern auf dem Sofa Platz. Sie betrachteten ein Fotoalbum, das Carolina ihnen im Voraus geschenkt hatte, »weil wir doch was Lustiges machen müssen, und später gibt es wegen der vielen Geschenke doch bloß nur Chaos«.

Als wenn das nicht schon der Fall wäre, dachte Johan und hatte dabei sowohl die Kaffeetafel als auch die offene Vorschule vor Augen. Als Agnes und ihr Bruder hinter ihm auf die Rückenlehne kletterten, bereute er, dass er das Bier nicht mitgenommen hatte.

»Guckt mal, was für coole Löwen ich vorige Weihnachten in der Serengeti gefilmt habe«, rief Christer und lockte damit die halbe Kinderschar inklusive Alfred zu sich, der seiner Cousine Elsa mit dem Plastikschwert auf den Kopf schlug. Nach kurzem Zögern, bis sie der Aufmerksamkeit aller Erwachsenen sicher sein konnte, brach sie mit einer Leidensmiene in Tränen aus, wie es nur eine Dreijährige fertigbrachte.

Johan brach der kalte Schweiß aus. »Sei vorsichtig mit dem Schwert, Alfred!«, ermahnte er seinen Sohn und stand auf, als er sah, wie Alfred zu einem neuen Schlag ausholte. Zu Johans Erstaunen beugte sich Carolina vor und nahm Alfred auf den Arm. In den letzten Tagen hatten sie so große Schmerzen im Rücken geplagt, dass sie sich kaum die Schuhe zuschnüren konnte.

Verwirrt blieb Johan kurz stehen und hörte, wie ein vertrautes Signal die Kakofonie aus Geräuschen durchdrang. Es dauerte etwas, bis er begriff, dass es von seinem Handy kam.

Johan verzog sich in den Flur und nahm das Gespräch an. Zu seiner Verwunderung war Ingemar Granstam am anderen Ende der Leitung. Johan war es ein bisschen peinlich, dass er auf einen neuen Fall hoffte, und er ging schleunigst in die Küche. Nach den obligatorischen Höflichkeitsfloskeln und einer Entschuldigung, dass er den Weihnachtsfrieden störte, fragte Granstam, ob Johan über den Fall des verschwundenen Mädchens aus Svartviken im Bilde war.

»Natürlich habe ich die Nachrichten gelesen und gehört.«

»Wie Sie bestimmt wissen, wurde ihr Lehrer an dem Morgen erstochen, als man die Suche nach ihr eingestellt hatte«, sprach Granstam weiter. »Die Fälle liegen bei der Östersunder Polizei auf dem Tisch, die Unterstützung von einem ehemaligen Polizisten aus dem Dorf hat. Das Problem ist nur, dass keiner der Fälle aufgeklärt ist. Jetzt will der oberste Polizeichef des Landes, dass wir ihnen bei den Ermittlungen unter die Arme greifen. In den Medien war wegen der Auflösung so vieler Polizeidienststellen harsche Kritik laut geworden, unter anderem wegen der Schließung in Svartviken, was mehr als hundert Kilometer von Östersund entfernt ist.«

Granstam holte hörbar Luft, und Johan sah vor sich, wie er sich über den beeindruckenden Schnäuzer strich.

»Svartviken ist ein Dorf mit kaum zweitausend Einwohnern, und das scheint wider Erwarten die Arbeit eher erschwert als erleichtert zu haben. Nach den Worten des verantwortlichen Kommissars bleiben die Leute lieber unter sich und sind allen anderen gegenüber misstrauisch. Der Vater des Mädchens ist überzeugt, dass sie noch lebt, und krempelt gerade das ganze Dorf um.«

»Wann soll das Team-Meeting stattfinden?«, fragte Johan, öffnete den Kühlschrank und trank einen Schluck Bier.

»Morgen um halb elf auf dem Östersunder Flughafen. Dort mieten wir Autos und fahren zusammen nach Svartviken. Können Sie sich von den Weihnachtsfeierlichkeiten loseisen?«

»Glaube schon. Muss nur mit meiner Freundin sprechen. Kommen die anderen auch?«

»Alle haben zugesagt, bis auf Nathalie. Sie habe ich noch nicht erreicht.«

»Ich melde mich, sobald ich Bescheid weiß«, erklärte Johan.

In dem Augenblick kam Carolina: »Wer war das?«

»Ingemar Granstam, der Leiter der Profilergruppe.«

»Was wollte er?«

»Wir haben morgen Vormittag ein Team-Meeting in Östersund. Du weißt schon, der Fall mit der verschwundenen Lucia und ihrem ermordeten Lehrer.«

»Ja und?«, sagte Carolina, fuhr sich durchs blonde Haar, wie um ihre böse Vorahnung zu verscheuchen. »Aber wir haben Gäste, das hast du doch gesagt, oder?«

»Du weißt doch, wie die Arbeit mit der Gruppe läuft«, entgegnete er und stellte die Flasche hin. »Unsere Aufträge kommen nie zum passenden Zeitpunkt. Wenn ich gerufen werde, muss ich kommen, sonst setze ich meinen Platz in der Gruppe aufs Spiel. Immerhin besteht die Möglichkeit, dass das Mädchen noch lebt.«

Carolinas Augen verengten sich. Sie machte noch einen Schritt auf ihn zu und fauchte mit unverhohlener Wut: »Ich habe das so satt! Du nutzt jede Möglichkeit, abzuhauen. Du musst in dieser Gruppe nicht mitarbeiten. Es reicht doch, dass du mehr als hundert Prozent bei deiner Arbeit hier in der Stadt gibst.«

Sie holte zweimal schnell Luft. Ihr Hals bekam rote Flecken, und die Sehnen unter der Haut waren angespannt.

»Wenn du fährst, brauchst du dich hier nicht mehr blicken zu lassen! Nur damit du's weißt!«

3

Uppsala

Vor ihren Augen blitzte es, und ihr Kopf explodierte. Mohammed starrte sie aus pechschwarzen Augen an. Seine Hände waren stark, seine Arme sehnig und ausdauernd.

Warum hatte sie ihn nur so falsch eingeschätzt? Das war jetzt egal. Jetzt musste sie sich befreien, bevor sie das Bewusstsein verlor. Eine intensive Todesangst packte sie. Sie versuchte, den Kopf zu drehen, war aber wie in einem Schraubstock eingezwängt. Die Kraft ihrer Tritte nahm ab, und die Präzision der Hand, die fieberhaft nach dem Alarm suchte, verschlechterte sich mit jedem Herzschlag.

Hört denn niemand, was hier passiert?

Ihr ganzes Inneres verwandelte sich in einen Hilferuf, aber es war ein stummer und höhnischer Schrei, den nur sie hörte.

Nein, nein, nein!

Das hier passiert nicht.

Instinktiv änderte sie ihre Taktik, entspannte den ganzen Körper mit Ausnahme des rechten Arms, der weiter nach dem Alarm tastete. Mohammed saß rittlings auf ihr und dachte nicht daran, von ihr abzulassen.

Wie in Trance fand sie den Alarmknopf. Er war auf den Boden geglitten. Mit anscheinend letzter Kraft drückte sie ihn. In weiter

Ferne hörte sie, wie es zu heulen begann, sah das rote Licht der Lampe über der Tür aufblitzen.

Schritte und Rufe im Korridor näherten sich. Die Tür wurde aufgerissen. Mehrere Personen stürmten ins Zimmer. Der Griff um ihren Hals verschwand, und sie sog so heftig Luft ein, dass ihr schwindelig wurde.

Vier Pfleger setzten sich auf Mohammeds Rücken, verschränkten seine Arme und Beine nach dem Bergen-Modell, das alle vom Personal zweimal im Jahr üben mussten. Er wehrte sich. Sein Blick erinnerte an den eines waidwunden Tieres.

Nathalie stand auf, taumelte und hielt sich an Berit fest. Als sie sich wieder einigermaßen gefasst hatte, ging sie in die Hocke und versuchte, mit Mohammed zu sprechen. Es war zwecklos. Die Pfleger hatten Schwierigkeiten, ihn festzuhalten, und er blutete an der Stirn.

»Wir müssen ihn festschnallen«, beschloss sie. »Geben Sie ihm intramuskulär fünf Milligramm Haldol und zwanzig Milligramm Stesolid.«

Berit holte eine Spritze und injizierte sie in den Oberschenkelmuskel. Mohammeds Widerstand ließ nach. Eine Minute später konnten sie ihn in den Fixierraum bringen.

Erst als er festgezurrt war und die Gurte an Ort und Stelle saßen, betrat Nathalie das Stationszimmer. Sie betastete ihren Hals und betrachtete sich dabei im Spiegel. Außer dass sie stark mitgenommen aussah, war ihr nichts anzumerken. Alles war, obwohl es sich für sie ganz anders angefühlt hatte, sehr schnell gegangen. Hoffentlich kriegte sie keine blauen Flecken. Berit kam herein und fragte, ob mit ihr alles in Ordnung sei.

»Ja, alles gut.«

Die Antwort war Beschwörung und reflexartige Leugnung

gleichermaßen. »Ich habe ihn falsch eingeschätzt. Er war wie ausgewechselt, als ich ihn berührt habe.«

Berit strich ihr über den Arm. »Ich hätte mitkommen müssen, aber auch ich habe ihn falsch eingeschätzt.«

»Sie haben keinen Fehler gemacht«, entschied Nathalie, »dafür trage ganz allein ich die Verantwortung.«

Berit nickte und kehrte in den Korridor zurück. Nathalie rief Jacob Salomon, den Arzt in Ausbildung, von der Abteilung zu sich nach unten und bat ihn, für Mohammed eine psychiatrische Zwangseinweisung auszustellen, damit sie eine Aufnahme-Entscheidung treffen konnte. Das obligatorische Zwei-Ärzte-Prinzip bei Zwangseinweisungen war zwar umständlich, aber Nathalie wusste, von welch großer Wichtigkeit es war, um einen Patienten vor einer Fehlbeurteilung zu bewahren.

Doktor Salomon hastete davon, und Nathalie ging in den Pausenraum, trank ein Glas Wasser und stellte zu ihrer Erleichterung fest, dass es ihr ungehindert und schmerzfrei die Kehle hinunterlief. Zum ersten Mal nach zwei Jahren war sie von einem Patienten angegriffen worden, und das war diesmal definitiv der schwerwiegendste Vorfall. Mohammed hatte wahrscheinlich eine paranoide Psychose. Vermutlich war ihre Berührung der Auslöser dafür gewesen, dass er Stimmen hörte, die ihm befahlen, sich auf sie zu stürzen. Merkwürdig war nur, dass er eingangs die manische Verrücktheit hatte vermissen lassen, die psychotische Patienten auf ihre ganz eigene Art ausstrahlten.

Sie naschte einen Marshmallow-Weihnachtsmann. Kaum hatte sie ihn hinuntergeschluckt, klingelte das Beratungstelefon. Nachdem sie die Fragen des diensthabenden Chirurgen beantwortet hatte, kehrte Doktor Salomon mit der Zwangseinweisung zurück.

»Danke«, sagte Nathalie, als sie kontrolliert hatte, ob sie vorschriftsmäßig ausgefüllt war. »Übernehmen Sie bitte die Patienten im Wartezimmer, dann überstelle ich ihn auf die Drei.«

»Alles klar«, nickte Jacob mit der Energie eines Kollegen, der noch keine fünfzig Nachtdienste geleistet hatte.

Wieder allein, schaute Nathalie abermals in den Spiegel. Laut der Klinikrichtlinien sollte jede Gewalt gegen das Personal dokumentiert werden, und das schriftlich und gefolgt von einer ärztlichen Untersuchung. Aber es war nichts zu sehen, und sie hatte dazu weder Zeit noch Lust.

Vielleicht später, entschied sie, rückte den Kragen am Kittel wieder zurecht und machte sich auf zum Gespräch mit Mohammed.

Auf der Treppe zur Abteilung Drei klingelte ihr privates Handy. Wenn es Gabriel ist, dann habe ich keine Zeit ranzugehen, dachte sie noch, als sie stehen blieb, um das Display zu checken.

Nicht Gabriel war am anderen Ende. Es war Granstam.

4

Östersund, 25. Dezember

Um Viertel vor elf war die Profilergruppe vollzählig am Tresen der Autovermietung am Östersunder Flughafen versammelt. Sie begrüßten sich voller Erwartung, gepaart mit verbissenem Ernst. Granstam verteilte die ID-Karten an seine handverlesenen Mitarbeiter, zu denen neben Nathalie und Johan die Gerichtsmedizinerin Angelica Hübinette, der IT-Experte Tim Walter und Maria Sanchez, der Shootingstar der Stockholmer Kriminalpolizei, zählten.

»Schön, dass Sie kommen konnten«, sagte Granstam in seinem melodischen Kirunaer Tonfall. »Svartviken liegt, wie Sie wissen, hundert Kilometer nördlich von hier. Ich habe zwei Wagen gemietet: einen Toyota und einen Minibus. In Svartviken gibt es weder Taxis noch eine Autovermietung, und wir müssen uns aufteilen können. Um zwölf treffen wir uns in dem Hotel, wo wir wohnen werden, mit Anna-Karin Tallander, der zuständigen Östersunder Kommissarin, und mit dem alten Dorfpolizisten Gunnar Malm.«

»Sie meinen das Motel, das zur Flüchtlingsunterkunft umgebaut werden soll?«, fragte Tim Walter und drehte den Schirm seiner Basecap zur Seite.

»Ja«, antwortete Granstam, »aber das Eigentümerpaar hat versprochen, für uns einen der Flügel aufzumachen. Wer will fahren?«

Er hielt zwei Schlüssel hoch, die in seinen riesigen Pranken winzig aussahen.

»Ich fahre den Minibus«, meldete sich Johan und nahm den Schlüssel mit dem Volkswagen-Anhänger entgegen.

»Maria und ich nehmen den Japaner, obwohl mir ein deutsches Auto lieber ist«, meinte Angelica und verzog den Mund zu einem seltenen Lächeln.

Sie begaben sich zu den Fahrzeugen. Wie immer gingen Johan und Nathalie voraus, dicht gefolgt von Angelica und Maria. Ein paar Meter hinter ihnen schlenderten Tim und Granstam. Nathalie erinnerte das an eine alte Schulklasse, in der alle ihre gewohnte Rolle einnahmen, ganz gleich, ob ein Tag oder zehn Jahre vergangen waren.

Der Parkplatz war bis auf zwei Taxis und einen Flughafenbus weitestgehend leer. Die Luft war staubtrocken, wodurch sich die siebzehn Grad unter null bedeutend besser aushalten ließen als die nasskalten neun Grad auf Stockholms Flughafen Arlanda.

»Verflucht, ist das kalt«, fand Tim und zog den Kopf ein. Außer der Cap trug er eine dünne Bomberjacke, knöchelkurze Röhrenjeans und ein Paar Sneakers.

»Willkommen in Norrland«, lächelte Nathalie und linste kurz zu Tims Computertaschen und nur winzigem Reisegepäck hinüber. »Sie haben großzügig gepackt, wie ich sehe, hoffentlich haben Sie warme Unterhosen dabei.«

Tim ging, ohne zu antworten, zitternd zum Minibus. Nathalie bereute ihre spitze Bemerkung, aber die hatte sie sich nicht verkneifen können. Wenn sich jemand Gedanken darüber machte, ob Tim zu dünn angezogen war, dann war sie das. In solchen Situationen war sie immer Mutter, da konnte sie noch so sehr versuchen, sich von der Rolle zu distanzieren.

Johan fuhr über Frösöns weitläufige und schneebedeckte Weiden, die am Hang zum Storsjön in der Sonne funkelten. Nathalie saß hinten neben Tim und Granstam. Hin und wieder warf sie einen Blick auf Johans Hände, seinen scharfen Blick und die kaum zu entdeckende Prise Snus unter seiner Oberlippe. Sie wechselten nicht viele Worte. Das war auch nicht nötig, weil sie miteinander telefoniert hatten, sowohl gestern als auch an diesem Morgen. Stattdessen beantworteten sie beide Tims und Granstams Fragen, die die Unterhaltung über den aktuellen Fall bis hin zu Weihnachtsbräuchen am Laufen hielten.

Johan lenkte den Wagen auf die Frösö-Brücke. Nathalie lockerte den Schal, der sich plötzlich zu eng am Hals anfühlte. Vor Dienstschluss hatte sie ein Gespräch mit Mohammed Aziz geführt. Er erinnerte sich kaum an das, was er getan hatte. Ihre anfängliche Einschätzung, dass er unter einer paranoiden Psychose leide, traf zu. Jetzt ging es ihm nach der Verabreichung von Neuroleptika und Schlafmitteln ein bisschen besser.

Sie fuhren durch die Stadt. Hier und da hatte schon der Weihnachtsschlussverkauf begonnen. Als Johan auf die E45 nach Norden abbog, stellte Tim fest:

»Sie wissen bestimmt, dass das hier Europas längste Straße ist, die man auch Inlandsstraße nennt, oder?«

»Also geradewegs rein in die Finsternis«, meinte Johan lächelnd.

»Irgendwo hier an dieser Straße müssen wir Ebba finden«, sagte Nathalie mit einem Ernst, der Johans schwarzem Humor die Spitze nahm.

»An welche der Theorien glauben wir?«, fragte Johan. »Dass sie sich einer aus dem Dorf oder der sogenannte Fremde geschnappt hat?«

»Ich befasse mich im Vorfeld nicht gern mit Spekulationen«, entgegnete Granstam.

»Wir dürfen nicht die Möglichkeit außer Acht lassen, dass sie freiwillig abgehauen sein kann«, gab Johan zu bedenken.

»Warum hätte sie das auf dem Weg zu ihrer Lucia-Krönung tun sollen?«, widersprach Nathalie. »Außerdem sind seit ihrem Verschwinden zwölf Tage vergangen. Schwierig, sich so lange versteckt zu halten, ohne entdeckt zu werden.«

»In einem Punkt sind wir uns doch wohl einig, nämlich dass der, der ihren Lehrer erstochen hat, überzeugt war, dass er der Schuldige war«, erklärte Tim.

»Wie schon gesagt«, entgegnete Granstam, »erst alle Fakten auf den Tisch, und am allerwichtigsten ist, die Tatorte zu fühlen und in Augenschein zu nehmen.«

Johan fuhr zügig und ließ seinen Gedanken freien Lauf. Carolina hatte kaum noch ein Wort gesagt nach seiner Entscheidung zu fahren. Sie ging nicht ans Handy, wenn er anrief oder SMS schickte, und das war vorher noch nie vorgekommen. Hatte sie es ernst gemeint, dass er nicht mehr zurückzukommen brauche? Nein, das war ihr nur rausgerutscht. Sobald er in Svartviken war, würde er sich wieder bei ihr melden. Granstams Anruf, um sie alle zusammenzutrommeln, kam ausgerechnet am Heiligabend zwar zu einem ungünstigen Zeitpunkt, aber er musste unbedingt losfahren. Bei dem Geräusch der Reifen auf der Fahrbahn und in Begleitung der besten Ermittler und Ermittlerinnen des Landes fühlte er es ganz deutlich. Wo auch immer das Mädchen geblieben war, sie würden sie finden.

Der Minibus fraß sich Kilometer für Kilometer vorwärts. Nach einer guten Stunde sagte Tim: »Jetzt sind es nur noch dreihundert Meter.«

»Noch keine Anzeichen von Zivilisation«, stellte Granstam fest und betrachtete die dunkelgrüne Wand aus Bäumen, in die nicht einmal die grelle Sonne vorzudringen vermochte.

»Ist ja auch ein sehr kleiner Ort, wo wir hinwollen«, sprach Tim mit dem Blick auf das iPad weiter. »Sieht auf der Karte sogar unecht aus, wie ein Kommazeichen, das jemand irgendwo ins Nirgendwo geworfen hat.«

Er grinste über den Vergleich in sich hinein. »Die Straße, auf der wir fahren, ist also die, auf der Ebba im Auto mitgenommen wurde, sie teilt das Dorf in zwei Hälften: auf der Ostseite liegen die Bahnschienen, der See und die größten Einfamilienhausgebiete, auf der Westseite sind der Marktplatz, Mietshäuser, die Schule, die Geschäfte und der Höhenkamm mit der Kirche und dem stillgelegten Skihügel. In zwei Minuten und zwölf Sekunden ist man durchs Dorf gefahren, wenn man sich an die vorgeschriebene Höchstgeschwindigkeit hält.«

»Danke, Tim, jetzt kommen wir allein klar«, sagte Johan, als sie das mit Raureif überzogene Ortschild von Svartviken passierten.

»Gibt es eine Apotheke?«, fragte Granstam.

»Ja, im Bahnhofsgebäude«, antwortete Tim. »Aber es ist nur eine Frage der Zeit, bis das auch geschlossen wird. In den letzten drei Jahren haben das Arbeitsamt, die Krankenversicherung und die Touri-Info dichtgemacht.«

Nathalie warf im Rückspiegel einen Blick auf Granstam. Seine grauen Augen schauten aus dem Fenster, und er sah so niedergeschlagen aus wie immer. Warum erkundigte er sich nach einer Apotheke? Hatte er vor, sich Beruhigungstabletten zu besorgen? Wenn dem so war, dann würde sie ihm jedenfalls kein Rezept über Sobril mehr ausstellen. Mit der Überweisung zur Suchtberatung hatte sie ihm definitiv ein letztes Mal einen Gefallen getan.

Das Hotel Brunkullan tauchte gleich links nach einem Kreisverkehr, einer Autowerkstatt und einem Anzeigenbrett mit einem

Sammelsurium aus Zetteln und Plakaten auf, denen die Witterung stark zugesetzt hatte.

Als sie auf den Parkplatz bogen, sprang die Zeitanzeige auf dem Willkommensschild des Hotels auf 12.00. Auf dem Parkplatz standen fünf Autos, ein Wohnmobil mit Rostflecken und ein Holzlaster. Keine Menschenseele war zu sehen.

Beim Aussteigen fiel Nathalie ein Mann auf, der sie aus einem Wagen am anderen Ende anglotzte. Sie blieb stehen und begegnete seinem Blick. Da beugte sich der Mann nach vorn, startete den Motor und fuhr los. Dem dunkelblauen Angeberwagen kam auf der Ausfahrt Angelicas und Marias Toyota entgegen, und er verschwand ins Dorf.

»Was ist los?«, fragte Johan, dem ihre Reaktion nicht entgangen war.

»Nichts, nur ein Mann, von dem ich dachte, er starre mich an.«

»In diesem Dorf taucht eben nicht jeden Tag eine Profilergruppe auf.«

»Nein, bestimmt nicht«, erwiderte sie lächelnd und versuchte das Unbehagen auszublenden, das sie jedes Mal befiel, wenn sie sich beobachtet fühlte.

Als sie vollzählig waren, begaben sie sich mit ihren Taschen zum Eingang. Das Hotel war ebenerdig und hatte drei Flügel. Über dem Eingang hingen drei von der Sonne ausgeblichene Fahnen schnurgerade in der Kälte: die norwegische und die deutsche Flagge sowie die blau-weiß-grüne der Republik Jämtland.

Tim ging doppelt so schnell wie die anderen, und hinter ihm glitt die Tür direkt vor Marias Nase wieder zu. Von ihrer roten Fleecemütze behütet, die auf ihrem schwarzen Haar und ihrer bronzefarbenen Haut wie Feuer leuchtete, schüttelte sie nur den Kopf. Mit einem strahlend weißen Lächeln sagte sie etwas, das nur Angelica hörte, weil Granstam heftiger als sonst keuchte.

Im Flugzeug hatte Maria erzählt, dass sie noch nie so weit oben im Norden gewesen war, aber in schwarzer Skihose, dicker Daunenjacke und Skoter-Handschuhen war sie wie eine Polarforscherin ausgestattet und würde Minusgraden trotzen, obwohl sie kaum ein Gramm Fett an ihrem gut durchtrainierten Kampfsportkörper hatte.

An der Rezeption erwarteten sie Kommissarin Anna-Karin Tallander und der kürzlich pensionierte Dorfpolizist Gunnar Malm. Anna-Karin war groß, muskulös und fünfunddreißig Jahre alt, hatte einen festen Händedruck, trug ihr blondes Haar in einem Zopf, und sie hatte blaue Augen in einem kräftigen ovalen Gesicht, das dem eines Pferdes ähnelte. Gunnar war klein und vierkantig kompakt gebaut, trug kurz geschnittenes Haar und einen üppigen Bart, der ein wettergegerbtes Gesicht mit eisblauen Augen einrahmte. Wie ein fieser Weihnachtsmann, dachte Nathalie und erinnerte sich, wie sie als Kind Todesangst vorm Weihnachtsmann gehabt hatte, bis sie kapierte, dass sich ihr Vater hinter der Maske verbarg.

Sie begrüßten sich. Nathalie merkte, dass sich sowohl Anna-Karin als auch Gunnar freundlich, aber zurückhaltend verhielten. Ihr fielen Granstams Worte wieder ein, dass es für die Arbeit der beiden ein Armutszeugnis war, dass die Profilergruppe hinzugezogen wurde. Seit Ebbas Verschwinden waren elf Tage vergangen, fünf seit dem Mord an ihrem Lehrer.

»Das Hotel ist, wie Sie wissen, wegen des bevorstehenden Verkaufs zum Teil geschlossen«, erklärte Gunnar. »Aber das Eigentümer-Ehepaar ist so großzügig gewesen und hat sechs Zimmer geöffnet. Das Restaurant und die Bar haben noch zu bestimmten Zeiten Betrieb, und das Personal hat versprochen, Frühstückspakete bereitzustellen. Wenn was ist, dann können Sie die Eigentümer anrufen, die Nummer finden Sie in den Umschlägen. Wenn da niemand rangeht, können Sie mich anrufen. Ich wohne zweihundert Meter von hier, und mir wurde der Hauptschlüssel anvertraut.«

Gunnar Malm lächelte zum ersten Mal und kaum sichtbar unter seinem buschigen Bart. »Wenn Sie sich eingerichtet haben, gehen wir zusammen zur Dienststelle.«

»Wie weit ist es bis dahin?«, wollte Tim wissen.

»Zwei Minuten, wenn man schnell geht«, antwortete Anna-Karin.

»Wer weiß, dass wir hier sind?«, fragte Nathalie und berichtete von dem Mann im Auto.

Gunnar lächelte wieder und verschränkte die Arme über der Jacke, die eine mit Bärenfell gefütterte Kapuze hatte. »In diesem Dorf spricht sich alles innerhalb einer Stunde rum. Ich wohne hier schon mein ganzes Leben und weiß über viele das meiste. Leider hat uns das nicht geholfen, Ebba zu finden oder die Person, die Pierre Jonsson getötet hat.«

Tim saugte eine Dosis aus seinem Asthmainhalator tief ein und unterbrach das Gespräch: »Svartviken hat 1812 Einwohner, ist Schwedens zweihundertgrößte Kommune mit sechs Gemeinden und einer Fläche von 5 783,4 Quadratkilometern. Das Wappen der Kommune hat als Symbol einen Vielfraß, die Kirche wurde 1847 erbaut, und in den Sechzigern hat man in der Nähe archäologische Funde aus der Wikingerzeit entdeckt.«

Tim verstummte, doch als er die erstaunten Gesichter von Anna-Karin und Gunnar sah, fuhr er fort: »Die Kommune ist gegenüber der EU die kritischste im Land und eine der stärksten Hochburgen der Sozialdemokraten; bei der letzten Wahl bekamen sie 34,2 Prozent. 11,4 Prozent der Einwohner sind im Ausland geboren, und die Kommune hat im Land in den vergangenen fünf Jahren die zweitmeisten Flüchtlinge pro Kopf aufgenommen.«

Gunnar Malm hob die buschigen Augenbrauen, und Anna-Karin Tallander lächelte verblüfft.

»Sie scheinen über das Dorf mehr zu wissen als ich«, stellte Gunnar fest, »sind Sie so was wie ein Genie?«

Tim sah Nathalie zufrieden an: »Ich glaube nicht, dass Intelligenz in numerischen Zahlen gemessen werden kann.«

»Hä?«, sagte Gunnar.

»Okay«, setzte Tim von Neuem an, »ich habe einen IQ von 146, kann 23 000 Wörter in der Minute lesen und habe ein fotografisches Gedächtnis ...« Er lächelte unsicher und kratzte sich im Nacken. »... ja, ich bin ein Genie.«

Aber der EQ ist nicht genauso hoch, dachte Nathalie und lächelte in sich hinein.

»Das reicht jetzt«, entschied Gunnar und griff sich einen Korb von der Rezeption. »Hier sind Ihre Schlüssel, wir treffen uns in zehn Minuten wieder hier. Vermute, Sie sind genauso interessiert daran loszulegen wie wir.«

5

Die Kälte durchdrang sofort die Kleidung. Die Haare auf der Haut stellten sich auf, sobald sie den Parkplatz betraten. Nathalie setzte die Kapuze ihrer Canada-Goose-Jacke auf und schaute Tim mitleidig an. Obwohl sie ihm Skiunterwäsche und Mütze geliehen hatte, schien er zu frieren.

Johan, der neben ihr ging, sah im Gegensatz dazu unberührt aus, obwohl er seine schwarzen Boots, Bluejeans und einen gefütterten Ledermantel trug. Sie hatten Zimmer nebeneinander bekommen und im Korridor einen Blick gewechselt, von dem sie nicht wusste, was sie davon halten sollte. Aber sie würden nicht miteinander schlafen, das hatte sie sich geschworen. Ihr Verhältnis war ohnehin schon anstrengend genug.

Als sie die Leihwagen hinter sich gelassen hatten, blieb Gunnar auf dem Parkplatz stehen und zeigte in die Ecke zwischen der Bundesstraße und der Polizeidienststelle. »Hier stand der unbekannte Mann, den wir den Fremden nennen, mit seinem silberfarbenen Volvo V70, also das gleiche Modell wie das Auto, von dem Ebba mitgenommen wurde. Er hat am Lucia-Morgen um sieben Uhr im Speisesaal gefrühstückt und sich kurz nach halb acht auf den Weg gemacht. Leider hat er bar bezahlt, und uns ist es nicht gelungen, ihn zu identifizieren. Ein paar Angestellte haben ausgesagt, dass er zwei Kameras dabeihatte, einen Pferdeschwanz trug und die Sonnenbrille auf die Stirn geschoben hatte. Er verhielt sich merkwürdig, vermied Blickkontakt und setzte sich an einen Tisch weit weg von allen anderen Gästen. Die Fahndung hat nichts ergeben, und in dieser Gegend waren keine bekannten Sexualverbrecher. Wir haben auch überprüft, ob Fotografen hier auf der Durchreise waren, aber ohne Ergebnis.«

»Ebba wurde gegen zwanzig vor acht von jemandem im Auto mitgenommen, die Zeit kommt also hin«, sagte Anna-Karin.

»Gibt es im Dorf Überwachungskameras?«, fragte Johan.

»Nur an der Tankstelle und in der Bank«, antwortete Gunnar. »Aber da haben wir nichts Interessantes gefunden.«

»Könnte Ebba zu jemandem eingestiegen sein, den sie nicht kannte?«, erkundigte sich Nathalie.

Gunnar zuckte die Schultern, starrte auf die Straße, als läge dort eine Antwort. »Sie konnte sich ein bisschen verrückt und ausgelassen benehmen, darum ist es also nicht auszuschließen.«

»Wollen wir los?«, fragte Granstam und watschelte weiter, ohne eine Antwort abzuwarten.

Die Polizeidienststelle war in einem gelben Backsteingebäude an der Bundesstraße in Sichtweite des Hotels untergebracht. An der Wand neben der Eingangstür hatte jemand in Großbuchstaben »Scheißverräter« gesprayt.

»Das ist in der Nacht, nachdem wir die Suche eingestellt haben, aufgetaucht«, seufzte Gunnar. »Wohl von irgendwelchen Leuten aus Ebbas Freundeskreis, die deshalb stinksauer waren, und ich kann sie verstehen.«

»Die Entscheidung kam von oben aus Östersund«, erklärte Anna-Karin. »Nach einer Woche ergebnisloser Suche wurde der Einsatz als nicht mehr sinnvoll eingestuft. Es herrschten in der ganzen Zeit von Lucia bis zum Zwanzigsten zwischen dreißig und zweiundzwanzig Grad unter null.«

»Worte ohne Taten«, murmelte Gunnar und zog die Tür auf. »Für morgen haben sie versprochen, das Geschmier zu beseitigen. Die Kommune hat es nicht so eilig, wenn es um die Wartung von Einrichtungen hier im Dorf geht.«

Resigniert bedeutete er ihnen, einzutreten.

»Nach Einschätzung der Rettungsleiterin war sie entweder tot oder wurde außerhalb des Suchgebiets versteckt«, meldete sich Anna-Karin wieder, als sie den Raum betraten, der einmal die besetzte Anmeldung gewesen war. »Weil sie dann praktisch überall, sogar im Ausland, sein kann, hatte es keinen Sinn mehr, aufs Geratewohl weiterzusuchen.«

Gunnar führte sie in ein Zimmer, das mit dem ovalen Holztisch, der weißen Tafel und dem Projektor an den Besprechungsraum in Stockholm erinnerte. Der Blick aus den hohen Fenstern fiel auf ein braunes Holzgebäude, in dem sich die Tagesklinik befand. Sie legten ihre Mäntel und Jacken auf eine Bank neben der Tür und setzten sich.

»Hier haben wir also nach dem Verschwinden von Ebba Lindgren unsere Einsatzzentrale eingerichtet«, erklärte Gunnar, als er zwei Thermoskannen, Tunnbröd-Rollen mit Rentierfleisch und Becher mit der Aufschrift *Svartvikens Hockeyklub* hereintrug. »Die Dienststelle ist vor einem Jahr geschlossen worden, und ich durfte in den vorzeitigen Ruhestand gehen. Aber jetzt hat man für mich und diese Räumlichkeiten offensichtlich wieder Verwendung. Der Kaffee ist übrigens so gut wie frisch, ich habe ihn, kurz bevor Sie gekommen sind, aufgebrüht.«

»Gibt es Sojamilch?«, fragte Maria.

Gunnar schaute sie fragend an.

»Ich bin Veganerin und trinke keine Kuhmilch.«

»Leider nicht«, antwortete Anna-Karin, »können Sie ihn schwarz trinken?«

Maria nickte enttäuscht. »Wenn ich muss.«

Sie bedienten sich, packten ihre Rechner und iPads aus, um die Ordner aufzurufen, die Granstam ihnen geschickt hatte. Nathalie zog sich die Lammfellstiefel aus, schob ihre Füße in die hochhackigen Schuhe, die sie fürs Haus eingepackt hatte, und wechselte einen Blick mit Johan. Er mochte es, wenn sie hohe Absätze trug, das hatte er ihr in der Nacht in Östersund gesagt, als sie sich näher denn je gekommen waren. Dann schämte sie sich für ihre Eitelkeit und loggte sich auf dem Rechner ein.

»Wir fangen mit dem Verschwinden an«, begann Anna-Karin und schaltete das Kontrollpanel ein. Gunnar nahm an der Schmalseite des Raumes Platz, wo ein großes Foto von Ebba auf die weiße Leinwand projiziert wurde. Es war dasselbe Porträt, das für die Wahl der Lucia verwendet worden war. Die Nahaufnahme war in alle Medienkanäle des Landes gepumpt worden und zum regelrechten Sinnbild des Falles geworden.

Ebba Lindgren war auffallend schön. Goldblonde Mähne, hohe Wangenknochen und braune Augen, die den Betrachter mit einer Präsenz ansahen, als stünde man ihr direkt gegenüber. Ihre verführerisch weichen Gesichtszüge, die Pfirsichhaut und zwei kleine Grübchen rundeten den Eindruck eines niedlichen Mädchens perfekt ab. Sie war derart attraktiv, dass sie nicht zu übersehen war, weder in Svartviken noch sonst wo auf der Welt. Ihre Schönheit war umwerfend. Sie fiel allen sofort auf, unabhängig von Kultur und Geschmack, und brannte sich in die Netzhaut ein, ohne dass man sich dagegen wehren konnte.

Nathalie wusste von den Models unter ihren Patientinnen, dass eine solche Schönheit andere abschrecken und für Distanz sorgen konnte. Im Film mag sie anziehend wirken, in Wirklichkeit ist sie oft ein Hindernis: Menschen schreckt sie ganz einfach ab. Ein Fluch der Schönheit, der Neid weckt und manchmal Besessenheit verursacht. Eine Besessenheit, die bei einigen wenigen zu Übergriffen und dem Willen führen kann, das zu zerstören, womit sie nicht umgehen können.

»Ebba Lindgren war also am Morgen des 13. Dezember zu Fuß auf dem Weg zur Kirche«, begann Gunnar, den Blick auf das Foto gerichtet. »Sie hatte auf dem Weihnachtsmarkt im Dorf die Wahl zur Lucia gewonnen und sollte um acht Uhr gekrönt werden. Dann sollte der Lucia-Umzug nach draußen gehen, um an Arbeitsplätzen, in Altersheimen und in Schulen die Winterdunkelheit zu vertreiben. Aber sie ist, wie Sie wissen, nie in der Kirche angekommen.«

Gunnar strich sich über den Bart und betrachtete eine Weile schweigend Ebba, bevor er sich wieder an die Gruppe wandte: »Sie ist das einzige Kind von Jack und Jenny Lindgren. Die Eltern sind seit letztem Sommer geschieden, und Ebba hat abwechselnd jeweils eine Woche bei einem der beiden gewohnt. Am Lucia-Tag war sie bei ihrem Vater.«

Gunnar trat an eine Karte vom Dorf und zeigte auf ein Einfamilienhaus, das hundert Meter entfernt von der Bundesstraße am anderen Ende des Dorfes stand. »Die Mutter wohnt hier im Wohngebiet Mården«, erklärte er weiter und deutete auf ein paar braune Würfel einen Katzensprung vom Dorfkern entfernt. »Ebba sollte von ihrem Vater im Auto hingefahren werden. Sie hatte das Lucia-Kleid an und sich hübsch gemacht. Dann haben sie sich wegen des Klassenfestes, das an dem Abend stattfinden sollte, gestritten. Jack wollte nicht, dass sie hinging. Sie wurde sauer und machte sich allein zu Fuß auf den Weg zur Kirche.«

»Obwohl es fünfzehn Grad unter null war?«, wunderte sich Nathalie.

»Das Mädchen hat ihr aufbrausendes Temperament von ihrem Vater geerbt«, erklärte Gunnar.

Anna-Karin Tallander lehnte sich zurück und sagte: »Wie Sie merken, ist der Vater sicher, dass Ebba kurz nach halb acht losgegangen ist. Das stimmt mit der Zeit überein, zu der er vom Küchenfenster aus gesehen hat, dass sie einen Anruf bekommen hat, als sie vom Grundstück Richtung Bundesstraße abgebogen ist.«

»Das Gespräch wurde um 19.34 registriert«, sagte Tim und schrieb gleichzeitig auf einem seiner Laptops.

»Sie ist zur Bundesstraße hinunter, nach rechts zur Kirche abgebogen, also zum Dorfkern und der Stelle, wo wir uns jetzt befinden«, führte Gunnar weiter aus und zeigte den Weg auf der Karte. »Und das ist also hier, dreihundert Meter von der Klinik entfernt und zweihundert Meter vor der einzigen Tankstelle im Dorf, von wo der Pfarrer im Vorbeifahren gesehen hat, dass Ebba in einen silberfarbenen Volvo V70 eingestiegen ist.«

Anna-Karin schluckte ein Stück Rentierfleisch hinunter und ergänzte: »Der Pfarrer heißt Hans-Olov Bergman und wohnt seit dreißig Jahren im Dorf. Er ist sich sicher, dass er Ebba gesehen hat. Sie war voriges Jahr bei ihm im Konfirmandenunterricht, und er kennt sie gut. Sie trug keine Mütze, er hat ihr weißes Lucia-Kleid und ein Stück von dem roten Band gesehen. Er war auch auf dem Weg in die Kirche und dachte im Vorbeifahren, dass sie jemand im Auto mitnimmt.«

»Um die Uhrzeit war es doch dunkel«, gab Granstam zu bedenken, »hat er sie trotzdem eindeutig erkannt?«

»Ja, sie stand unter einer Straßenlaterne, und er ist mit fünfzig Kilometern in der Stunde gefahren. Aber vom Fahrer oder dem Autokennzeichen hat er nichts erkannt.«

»Und danach hat sie also niemand mehr gesehen«, sagte Johan.

»Genau«, bestätigte Gunnar. »Ihr Handy wurde, zehn Minuten nachdem sie mitgenommen worden war, ausgeschaltet; sie hat ihre Kreditkarte nicht benutzt und war auch in den sozialen Medien nicht aktiv. Aber es gibt eine letzte Spur …«

6

Anna-Karin Tallander klickte auf dem Rechner, und ein neues Foto wurde eingeblendet. Drei junge Mädchen in weißen Kleidern und mit Flitter im Haar lächelten steif in die Kamera. Im Hintergrund war schemenhaft das rote Gemeindehaus zu erkennen. Links vor dem Trio war auf der Straße ein silberfarbener Volvo zu sehen.

»Das sind drei von Ebbas Mitschülerinnen, die in dem Umzug zu den Jungfern der Lucia gehörten«, erklärte Gunnar. »Das Foto wurde um 19.40 vom Vater von einem der Mädchen gemacht. Mit dem Auto dauert es von der Stelle, an der Ebba mitgenommen wurde, drei Minuten bis zur Kirche. Und weil sich niemand gemeldet und gesagt hat, sie wären zu dem Zeitpunkt an der Kirche vorbeigefahren, kann es sich um ein und denselben Volvo handeln. Aber weil wir das Kennzeichen nicht sehen, können wir nicht mit Sicherheit davon ausgehen.«

»Konnten die Techniker das Foto so weiterbearbeiten, dass man erkennt, wer drinnen sitzt?«, fragte Johan.

Es entstand eine Pause, als alle auf die Scheiben des Autos schauten. Sie glänzten schwarz in dem fernen Lichtschein von der Kirche und den Straßenlaternen.

»Ja, weiterbearbeitet haben sie es, aber leider konnte man es nicht entpixeln«, antwortete Anna-Karin. »Und das Auto wurde nicht identifiziert, obwohl wir alle dreizehn Personen im Dorf befragt haben, die einen silberfarbenen Volvo V70 besitzen. Von denen haben Sie eine Liste im Ordner.«

»Pech, dass der Täter ausgerechnet eins der gebräuchlichsten Autos im Land fährt«, kommentierte Tim.

»Die Richtung, in die er fährt, ist auch nicht aussagekräftig, weil die Straße zum einzigen Kreisverkehr im Dorf führt, und der liegt an der Bundesstraße«, meldete sich Gunnar wieder und zeigte es auf der Karte.

»Also kann er in alle Richtungen gefahren sein«, sagte Granstam und schenkte sich Kaffee nach.

»Fragt sich nur, ob die Person sie angerufen hat, von der sie dann mitgenommen wurde«, überlegte Nathalie laut.

»Leider kam die Nummer von einem unregistrierten Handy, das wir nicht ermitteln konnten«, erklärte Gunnar. »Wir wissen, dass sich der Anrufer ungefähr hier aufgehalten hat.« Er zeigte auf den Marktplatz des Dorfes, der vom Dorfgemeinschaftshaus, zwei Supermärkten und einem staatlichen Alkoholgeschäft gesäumt wurde.

»... und dass das Gespräch eine Minute und vierunddreißig Sekunden gedauert hat«, fügte Tim hinzu.

Angelica Hübinette verflocht ihre mageren Finger auf dem Tisch und streckte den Nacken, sodass die Halswirbel knackten. Wie üblich trug sie Schwarz, und der Blazer hing an ihren knochigen Schultern wie auf einem Bügel. Mit ihrem typisch deutschen Akzent fragte sie: »Und der Volvo, der im Motorsportklub gestohlen wurde, ist natürlich nicht gefunden worden?«

Gunnar Malm schüttelte den Kopf. »Was, wie Sie verstehen werden, die Arbeit erheblich erschwert hat.«

Nathalie scrollte in die Zusammenfassung, las über den silberfarbenen Volvo V70, dass der in der Nacht vor Ebbas Verschwinden aus dem Motorsportklub gestohlen wurde. Er gehörte einem der Mitglieder, das den Wagen am 10. Dezember dort stehen gelassen hatte, weil es drei Biere getrunken und eine Mitfahrgelegenheit nach Hause hatte. Am Abend wurde der Autobesitzer wegen einer Entzündung der Gallenblase für eine Woche ins Östersunder Krankenhaus eingeliefert. Die meisten im Dorf wussten, was passiert war und wo das Auto stand.

»Ich vermute, Sie haben schon über den großen Trupp gelesen, der nach Ebba gesucht hat.« Gunnar sank auf seinen Stuhl, als hätte ihn das Stehen ermüdet. »Ihre Mutter Jenny hat in der Kirche gewartet. Weil Ebba nicht aufgetaucht und nicht ans Handy gegangen ist, hat sie bei Jack angerufen. Er hat ihr von dem Streit mit Ebba erzählt, und Jenny hat die Polizei verständigt. Sie war so gut wie überzeugt, dass etwas passiert sein musste, weil Ebba die Krönung um nichts auf der Welt versäumt hätte.«

»Aber wie Sie wissen, schreitet die Polizei nicht gleich nach dem Verschwinden einer Person ein«, sagte Anna-Karin und verschränkte die Arme vor der Brust. »Fast alle tauchen nach ein paar Stunden wohlbehalten wieder auf.«

»93,4 Prozent nach den ersten sechs«, murmelte Tim unter seiner Cap.

»Dennoch fand die Krönung statt, aber mit Ebbas größter Rivalin und der Nummer zwei bei der Abstimmung, mit Alice Hjorth, bevor der Pfarrer erzählt hat, dass er gesehen hat, wie Ebba in einen Wagen eingestiegen ist«, berichtete Gunnar.

»Und dann haben wir eine Streife losgeschickt«, sagte Anna-Karin. »Die war um Viertel nach zehn vor Ort. Da stellte sich auch das mit dem Foto von dem Volvo heraus.«

»Warum hat der Pfarrer das nicht gleich gesagt, als er festgestellt hat, dass Ebba fehlte?«, wunderte sich Nathalie.

»Er dachte, dass sie einfach verhindert war. Er hat ihre Mitschüler gefragt, und weil niemand etwas wusste, fingen sie an, wie es die Tradition vorschreibt, als die Kirchenglocke um acht Uhr läutete.«

Nathalie begegnete Johans Blick, sah dort die gleiche Entschlossenheit, die auch sie empfand. Was auch immer Ebba zugestoßen sein mochte, sie würden es herausfinden.

Gunnar erhob sich mit frisch gewonnener Energie. »Wie schon gesagt wurden die Nachforschungen in der näheren Umgebung relativ schnell eingeleitet«, sagte er und begann vor dem Whiteboard hin und her zu laufen. »Nach dem Volvo wird gefahndet, und man hat alle infrage kommenden Räumlichkeiten überprüft, die in irgendeiner Verbindung zu Ebba stehen. Man hat alle aus dem Haus gescheucht, um mitzuhelfen, ist im Auto und auf Rollern herumgefahren und hat Jagdhunde zur Spurensuche eingesetzt. Leider hat es bis zum nächsten Tag gedauert, bis das Militär und der Hubschrauber mit Wärmebildkamera zum Einsatz kamen. Zu dem Zeitpunkt hat sich auch *Missing People* angeschlossen; und ich wurde wieder eingestellt und habe hier auf der Dienststelle eine Kommandozentrale eingerichtet.«

Gunnar sah Anna-Karin verbissen an; sie hob ihre Arme hoch, als ob sie Gymnastik machen wollte. »Wir haben getan, was wir konnten: Haben die Leute befragt, zwei Tage und Nächte das Anrufertelefon besetzt und von der Landesgrenze im Norden und bis ganz nach Östersund im Süden jedes leer stehende Haus, jede Jagdhütte und jeden Schuppen durchsucht. Die Feuerwehr verfügt über gute Pläne von der Bebauung, darum haben wir nichts übersehen.«

Sie trank einen Schluck Kamillentee und schaute Granstam mit finsterer Miene an.

»Weil wir sie nicht finden konnten, hat die Rettungsleiterin entschieden, die aktive Suche am Abend des 19. Dezember abzubrechen.«

»Und am Morgen danach wurde dann der Hauptverdächtige, Ebbas Lehrer Pierre Jonsson, erstochen in seiner Küche aufgefunden«, erklärte Gunnar und fegte einen Krümel Tunnbröd weg, der in dem Bart kaum zu erkennen war.

Granstam holte die Dose mit dem groben Snus heraus und drückte sich eine Portion zurecht. »Ich schlage vor, wir nehmen uns die Verdächtigen vor.«

»Genau«, stimmte Anna-Karin ihm zu und rief Ebbas Foto auf. Das blonde Haar, die feinen Gesichtszüge und der sanfte Blick strahlten Jugend und Zukunft aus.

Lebst du noch?, dachte Nathalie und fühlte, dass sie davon ausgehen musste, so unwahrscheinlich es auch sein mochte.

7

27. November

Ebba beugt sich zu Hamid hinüber und zeigt ihm, wie man *Guten Morgen* buchstabiert, spürt die Wärme und den Duft seiner Haut. Er schreibt Buchstabe für Buchstabe ab, schaut zu ihr hoch und lächelt sein weißes Lächeln, als sie zur Bestätigung nickt.

Er legt seine Hand auf ihre und drückt sie. Sie zuckt zurück und stößt sich das Knie an dem Schülerpult. Die ganze Klasse inklusive Pierre guckt zu ihnen. Schnell richtet sie den Blick auf »Hemöborna«, eines der Bücher, von denen Pierre meint, die ganze Klasse müsse sie gelesen haben. Hamid wird das nicht hinbekommen. Ihm fallen die einfachsten Aufgaben in »Schwedisch für Einwanderer« schwer, und er ist vollauf damit zufrieden, wenn es ihm gelingt, ein Tim-und-Struppi-Comic zu entziffern.

»Okay, der Unterricht nähert sich dem Ende«, verkündet Pierre und stellt sich hinter das Lehrerpult. Er blickt Ebba an und lächelt: »Wie ich schon mal erwähnt habe, findet am Ende der nächsten Stunde eine Klassenarbeit statt. Ihr sollt eine Kurzgeschichte schreiben. Thema, Länge und weitere Angaben erhaltet ihr zu Beginn.«

Er legt eine Kunstpause ein, stützt sich mit den Handflächen auf dem Pult ab und grinst: »Ich will ja nicht, dass ihr euch zu gut vorbereiten könnt.«

Aus dem Augenwinkel sieht Ebba, dass Hamid sie fragend ansieht, sie wendet den Blick aber nicht von Pierre ab, weiß, dass er eifersüchtig wird, wenn sie mit Hamid flirtet. Und solange Pierre ihr hilft, muss sie ihn bei Laune halten. Nach *dem Ekeligen* hat sie ernsthaft über seinen Vorschlag nachgedacht. Wenn ihre Eltern das herausfinden, würden sie austicken, zumindest ihr Vater. Sie hat es noch nicht einmal Hamid erzählt.

Pierre-vers. Er muss eigentlich wissen, was sie von ihm hält. Aber sogar Madonna hat über eine Bettgeschichte ihren ersten Plattenvertrag bekommen, und wer disst sie dafür? Sie hat zwar nicht vor, so weit zu gehen, aber trotzdem.

Pierre dreht sich zum Whiteboard um. Zum dritten Mal in diesem Halbjahr bespricht er die Stilmittel der Kurzgeschichte. Hamid schreibt weiter Guten Morgen, mit der Hand hält er den Stift so stark fest, dass seine Knöchel weiß anlaufen. Obwohl Hamid nicht zuhört, ermahnt Pierre ihn nicht.

Das Gute an Pierre ist, dass er keine Vorurteile hat. Nicht so wie Papa. Wie der Schwachmat Tony und viele andere im Dorf. Wenn Pierre auf Hamid herumhackt, dann weil sie ihre Liebe zu deutlich gezeigt hat.

»Du musst vorsichtig sein, Ebbolita«, sagt Pierre immer und lächelt sie dabei an. Wie sie diesen Spitznamen hasst. Zum Glück nennt er sie nur so, wenn sie allein sind.

Sie überlegt, worüber sie schreiben will. Sie hat viel zu erzählen. Dinge, die sie normalerweise nur ihrem heimlichen Freund anvertraut. Was, wenn sie damit einen Schock auslöst, wenn sie über *das Ekelige* schreibt? Aber nein! Niemand, nicht einmal Pierre, würde ihr glauben.

Sie dreht sich zu Hamid um, fährt sich durchs Haar und lässt es über die Schultern fallen. Wenn sie eng zusammen liegen, sagt er immer, dass es für ihn genauso exotisch ist wie für sie sein Qabili Palau mit Lamm.

»Okay, jetzt seid ihr dran, das hinzukriegen!«, schließt Pierre.

Der Minutenzeiger der Wanduhr springt auf zwölf. Eine Sekunde später hört man das Schrammen von zurückgeschobenen Stühlen und das Rascheln beim Einpacken der Schulsachen. Andy und Alice stehen zuerst von ihren Plätzen ganz hinten auf.

»Ach ja, noch was«, meldet Pierre sich wieder und kratzt sich gleichzeitig den David-Bowie-Aufdruck auf dem T-Shirt, als er ein Blatt vom Lehrerpult nimmt. »Wie ihr wisst, stehen demnächst der alljährliche Weihnachtsmarkt vom Lions und die Lucia-Wahl an.«

Die Bewegungen im Raum kommen zum Stillstand. Alle warten auf die Fortsetzung, obwohl alle wissen, wie die lautet. Über einen Monat haben sie darauf gewartet, dass Pierre die magischen Worte ausspricht. Viel Schlechtes kann man über ihr Dorf sagen, aber die Lucia-Feier ist großartig. Jedes Jahr berichten Östersundsposten und Länstidningen darüber, und voriges Jahr hat sogar das Fernsehen in der Kirche Aufnahmen gemacht. Ebba hat seit der dritten Klasse ihr Haar nicht mehr abschneiden lassen, damit es die perfekte Länge bekommt.

Sie setzen sich wieder. Ebba wirft einen Blick durch den Raum zu Alice. Sie blinzelt sauer zurück, legt die Hand auf Andys tätowierten Unterarm und lächelt dann Pierre einschmeichelnd zu.

»Wer von den Jungs will mitmachen?«, fragte er. »Vergesst nicht, dass wir Wichtel und Pfefferkuchenmännchen brauchen und vor allem Sternenjungen.«

»Stertjungen«, flüstert jemand aus den hintersten Reihen, und das Gekicher verbreitet sich wie eine Welle.

»Ach, na kommt schon!«, sagt Pierre. »Alle, die im Chor sind, werden zwangsverpflichtet, aber wir brauchen noch mehr.«

Nach einer kurzen Runde mit Vorschlägen und albernen Kommentaren hält Pierre die Namen von einem halben Dutzend mehr oder weniger Freiwilligen schriftlich fest.

»Wer von den Mädchen macht mit? Eine wird Lucia, die anderen Jungfern, ja, ihr kennt euch bestimmt besser damit aus als ich.«

Alle außer Bubble-Bea heben die Hand. Sie schauen einander an, schätzen, bewerten und spüren Wogen des Selbstvertrauens vermischt mit Angst. Pierre nickt zufrieden und macht sich Notizen, als er die Namen vorliest. Natürlich fängt er mit Ebba an.

Am meisten schaut die Klasse auf sie und Alice. Alle wissen, dass eine der beiden die Wahl für sich entscheidet. Sie sind die Hübschesten in der Klasse. Das war schon in der Vorschule so, als sich die Jungen um sie prügelten. In der Mittelstufe linsten sie heimlich in den Umkleideraum, fragten, ob sie miteinander gehen wollten, spielten »Wahrheit oder Pflicht«. In der Sechsten standen sie ganz oben auf der Top-Ten-Liste und wurden gefragt, ob sie Lust auf Engtanz und Knutschen hätten. Jetzt bieten die jungen Typen ihnen Fluppen und Fusel an und begrapschen sie, sobald sich die Gelegenheit bietet.

Die Konkurrenz zwischen ihnen hat sich sukzessive zu Hass hochgeschaukelt. Alice kann es nicht ertragen, dass Ebba hübscher geworden ist. Ihr Körper hat sich schneller entwickelt, und als Tony, der gerade achtzehn Jahre geworden war, in der Achten ihr Freund wurde, machte sie das im Dorf zur Königin. Zu einer einsamen und unglücklichen Königin, aber das weiß kaum jemand.

Als Andy bei der Halloween-Disco im Jugendklub mit Ebba rumknutschte, war für Alice das Maß voll. Es war spät, und beide waren betrunken. Nach einem Engtanz flüsterte er ihr ins Ohr, sie solle mitkommen, und führte sie quer über die Tanzfläche zu einem der separaten Räume.

Sie ging mit, neugierig, was Andy sich ausgedacht hatte. In Alice' Gegenwart machte er immer auf dicke Hose. Sobald sie die Chance hatten, stellten sie fiese Dinge an, aber immer war Alice die treibende Kraft. Das Schlimmste war, als er sie in der Schulmensa mit einem in Preiselbeersaft getränkten Tampon beworfen hatte.

Er schloss die Tür, zog sie auf die Kissen, und sie begannen sich zu küssen.

Als sie ein paar Minuten geknutscht hatten, wurde die Tür geöffnet. Das Licht ging an, und Alice schrie.

Natürlich wies Andy jede Verantwortung von sich und schob Ebba die Schuld in die Schuhe. Seit dem Tag sind sie und Alice Todfeindinnen.

Jetzt wird die entscheidende Schlacht in dem Krieg geschlagen. Klar und deutlich ist das an Alice' Blick abzulesen, der wie eine Schweißflamme durch das Klassenzimmer sticht und Ebba an Stephen Kings *Carrie* erinnert. Wer die Lucia-Wahl gewinnen wird, wissen sie beide. Ebba dreht sich zu Hamid um und spürt, wie die Wärme in seinen sanften Augen sie beruhigt.

»Wie immer wird über das Ganze auf dem Weihnachtsmarkt abgestimmt, der in diesem Jahr am 6. Dezember stattfindet«, erklärt Pierre weiter. »Und in diesem Jahr ist Sebastian Jägher der Moderator. Er kommt sogar mit und stellt den Umzug im Dorf vor.«

Oh nein, nicht diese Lallbacke. Ihr einziger und voll anstrengender Cousin wird ihr alles versauen, ob sie gewinnt oder nicht. Er ist schon immer neidisch auf sie gewesen, weil Jack ihr gibt, was sie haben will, und er nutzt ihre Mutter aus, weil er Geld braucht. Warum hört er nicht auf, sich etwas auf seine Journalistenträume einzubilden, und versucht es mal mit richtiger Arbeit? Aber sie wird nicht zulassen, dass er ihr den Tag kaputtmacht.

»Okay, jetzt ist Schluss für heute.«

Sie steht gleichzeitig mit Hamid auf, um mit den anderen aus dem Klassenzimmer zu gehen.

»Ebba! Kann ich kurz mal mit dir sprechen?«

Pierre macht ein paar Schritte auf sie zu. Dann sieht er Hamid an, der neben ihr stehen bleibt.

»Ich möchte unter vier Augen mit Ebba sprechen. Es dauert nur eine Minute.«

Sie nickt und lächelt Hamid zu. »Komme gleich, wir sehen uns vor Musik.«

»Okay.« Hamid setzt sich die Cap auf und schlendert hinaus.

Pierre hockt sich aufs Lehrerpult, trommelt mit den Fingern auf den Oberschenkel und wartet, bis Hamid die Tür geschlossen hat.

»Die Entscheidung fällt zwischen dir und Alice, oder?«

Sie nickt und schultert ihren gefakten Hermès-Rucksack, schielt auf die Uhr.

»Was wollen Sie von mir? Musik fängt um zehn nach an, und Sie wissen, wie Gurra ist.«

Pierre erzählt begeistert, wie gut alles laufen wird, wie er ihr helfen will, ihren Traum zu verwirklichen. Dann wird er ernst, fragt, ob sie inzwischen über seinen Vorschlag nachgedacht hat. Sie zuckt die Schultern, guckt aus dem Fenster. Peinliche Stille kommt auf.

Dann schaut er auf die Uhr und sagt: »Du hast es jetzt eilig. Kannst du heute Abend zu mir nach Hause kommen, dann erzähle ich dir mehr?«

Sie denkt nach. Hamid spielt Volleyball, und Mama findet es in Ordnung, dass sie zu Pierre geht. Wahrscheinlich glaubt sie, dass er ihr bei den Hausaufgaben hilft. Aber wen interessiert das schon?

»Okay, ich komme.«

Als sie den Flur betritt, ist er leer. Alle sind natürlich beim Musikunterricht oder in der Pause. Sie hört im Stockwerk über sich Getrampel auf dem Boden, wie es in einem Heizkörper knackt und wie jemand an einer unbestimmbaren Stelle etwas schreit.

Sie geht zum Schrank. Auf der Tür steht etwas geschrieben. Fünf kurze Wörter und ein Ausrufezeichen.

Sie bleibt stehen und holt tief Luft.

Die Worte bauen sich vor ihr wie eine Wand auf und tun mehr weh als die Ohrfeige, die Papa ihr verpasst hat, als sie ihm von Hamid erzählt hat.

DU WIRST STERBEN, DU HURE!

Tränen steigen ihr in die Augen. Alles verschwimmt.

Dafür werden sie verdammt noch mal büßen!

8

»Okay, wir fangen mit den Personen aus Ebbas engstem Umfeld an«, sprach Gunnar weiter. »Eins sollten Sie im Hinterkopf behalten, nämlich dass sämtliche Verdächtige kein Alibi für den Zeitpunkt des Mordes an Ebbas Lehrer haben. Pierre Jonsson wurde am Zwanzigsten zwischen sechs und sieben Uhr morgens erstochen. Da lagen alle zu Hause im Bett und haben geschlafen.«

»Allein«, nickte Granstam und zwirbelte nachdenklich seinen Schnäuzer.

»Das hier ist Ebbas Vater, Jack Lindgren«, meldete sich Anna-Karin wieder und klickte auf ein Foto, auf dem ein Mann in den Vierzigern mit rotem, raspelkurz geschnittenem Haar und kantigem Gesicht abgebildet war. »Er ist hier im Dorf aufgewachsen und hat die Schreinerwerkstatt von seinem Vater übernommen. Die liegt einen Steinwurf vom Motorsportklub am Seeufer entfernt.«

Gunnar zeigte auf der Karte auf ein Gebäude, das mit einer gelben Nadel markiert war.

»Ich habe alle auf die digitale Karte hochgeladen«, unterbrach Tim. »So hat man einen besseren Überblick und die Möglichkeit, nachträglich Fakten einzufügen. Wenn Sie wollen, kann ich die mit allen teilen, dann können Sie die Entwicklung in Realtime verfolgen.«

»Danke, ich meine, nein danke«, brummelte Gunnar und schaute Tim verärgert an. »Hier bei uns auf dem Land sind uns richtige Karten lieber.«

»Ja«, sagte Granstam, um die Wogen zu glätten, »alle haben ihre eigene Methode, und jetzt machen wir weiter.«

Gunnar zog den Kragen an seinem Strickpullover zurecht und guckte wütend aus dem Fenster.

»Wie Sie wissen, haben Ebbas Eltern im Sommer eine heftige Scheidung hinter sich gebracht«, sprach Anna-Karin weiter. »Jack hatte die Nase voll, als er Wind von Jennys Affäre mit dem Besitzer des Tattoostudios im Dorf gekriegt hatte. Jack schlug den Mann zusammen und wurde zu fünfzig Tagessätzen verurteilt, eine Strafe, von der er behauptete, er hätte sie voller Stolz auf sich genommen.«

»Also ein gewalttätiger Mensch«, stellte Nathalie fest.

»Ja, er wurde sogar beim Sozialamt angezeigt, als die Mitarbeiterinnen im Kindergarten bei Ebba mehrere Male blaue Flecken an Armen und Beinen entdeckt hatten.«

»Aber ihm konnte nichts nachgewiesen werden, darum wurden die Ermittlungen eingestellt«, meldete sich Gunnar wieder. »Ich kenne Jack, und das Letzte, was er tun würde, wäre, seiner Tochter Schaden zuzufügen. Ebba ist sein Ein und Alles.«

Anna-Karin klickte auf ein neues Bild, auf dem Jack mit dem Arm um Ebba vor einem Bach mit schneebedeckten Bergen im Hintergrund zu sehen war. Nathalie erkannte die Vaterliebe in seinen Augen, eine Liebe, die außen von einer harten Schale umgeben war und den verletzen würde, der ihr zu nahe kam. Konnte sich seine Aggression auch gegen die Person richten, die er am meisten liebte? Obwohl sie ihn noch nicht kennengelernt hatte, stellte sie sich vor, dass er etwas ausstrahlte, das Menschen aus dem Gleichgewicht bringen konnte und dazu führte, dass sie die Stimme senkten und Blickkontakt mit ihm vermieden.

»Und bei dem Streit, weswegen sie zu Fuß zur Kirche gelaufen ist, ging es also um das Klassenfest am selben Abend?«, fragte Johan.

»Genau«, bestätigte Anna-Karin. »Jack wollte nicht, dass sie auf die Feier ging. Vor allem, weil Ebbas Freund Hamid Khan auch dorthin wollte. Hamid ist, wie Sie wissen, ein unbegleiteter minderjähriger Flüchtling aus Afghanistan und wohnt seit knapp einem Jahr im Dorf.«

Neues Foto auf der Leinwand: Der sechzehnjährige Hamid stand in Shorts vor einem Fußballtor. Groß, schmal und attraktiv, dachte Nathalie. Samtbraune, mandelförmige Augen, fein geschnittene Gesichtszüge, ein bisschen androgyn mitten im Übergang vom Jungen zum Mann.

»Auf ihn kommen wir noch zurück«, sagte Gunnar und erzählte stattdessen, dass Jack ein respektierter Bursche, ein Star in der Hockeymannschaft des Dorfes gewesen und ein tüchtiger Tischler war, der Aufträge aus dem ganzen Verwaltungsbezirk bekam.

»Aber er sitzt für die Schwedendemokraten im Kommunalrat«, unterbrach ihn Maria Sanchez. »Er ist also Rassist?«

»Immer langsam mit den jungen Pferden«, meinte Gunnar lächelnd, doch seine eisblauen Augen blieben hart, als sie Maria anschauten. »Vergessen Sie nicht, dass die Partei bei den letzten Wahlen zehn Prozent geholt hat. Ich glaube kaum, dass alle damit einverstanden wären, wenn man sie als Rassisten bezeichnen würde.«

»Interessant, dass er einen silberfarbenen Volvo V70 besitzt«, warf Nathalie ein, um die Kabbelei zu beenden.

»Den haben wir natürlich überprüft, glauben aber nicht, dass er Ebba mitgenommen hat«, erklärte Anna-Karin. »Wie gesagt, sie ist sein Augenstern, sein einziges Kind. Er hat jeden Stein im Dorf umgedreht, um sie zu finden. Als wir den großen Sucheinsatz abgeblasen haben, hat er am Telefon alle Kollegen bedroht, die er in Östersund erreichen konnte. Zum Glück fing er dann bald selbst an zu suchen. Und hier im Dorf hat er große Unterstützung, mindestens fünfzig Personen machen bei Suchketten und Befragungen von Haus zu Haus mit. Nicht so gut gelaufen ist, dass er auch Leute aufgesucht hat, die er im Verdacht hatte.«

»Wie Hamid Khan, Pierre Jonsson und diesen Hilfs-Hausmeister in der Schule«, ergänzte Johan.

»Der Ufo genannt wird«, fügte Tim mit einem schiefen Grinsen hinzu.

»Genau, und einen verurteilten Vergewaltiger, bei dem sich herausgestellt hat, dass er sich am Lucia-Tag in Sundsvall aufgehalten hat«, erklärte Anna-Karin. »Bisher haben sich Jacks Aktionen im Rahmen gehalten, aber er ist eine tickende Zeitbombe.«

»Jack ist ein guter Kerl, und ich würde das genauso machen, wenn meine einzige Tochter entführt worden wäre«, murmelte Gunnar.

Johan genehmigte sich eine Portion Snus und dachte, dass das auch auf ihn zutraf. Wenn Alfred etwas Ähnliches zustoßen würde, dann wären alle Regeln außer Kraft gesetzt. Er schielte auf sein Handy. Carolina hatte auf seine SMS nicht reagiert. Ihm fiel ein, dass sie im Gymnasium die Lucia gewesen war. Da hatte er sie zum ersten Mal wahrgenommen. Ihr Anblick war für ihn immer noch einer der schönsten, die er je gesehen hatte, verblasste aber mit jedem Tag mehr.

»Sie alle haben wahrscheinlich die Sendung gesehen, in der Jack und Jenny zur Mithilfe aufgerufen haben«, sprach Anna-Karin weiter und rief den Videoclip auf. Angespannt saßen Jack und Jenny in je einer Sofaecke und schauten traurig in die Kamera.

Zwei Minuten und zwölf Sekunden Verzweiflung und eindringliches Flehen.

»Ja, haben wir gesehen«, sagte Granstam und faltete die Hände vor dem Bierbauch.

»Sie müssen wissen, das war ein schwerer Schlag«, meinte Gunnar. »Nach der Scheidung haben sie ununterbrochen im Clinch gelegen. Teilweise wegen Jennys Liebäugelei mit den Linken, aber vor allem haben sie sich um Geld gestritten. Jack hat die Familie ernährt, doch weil er zum großen Teil schwarzgearbeitet hat, hat er offiziell keine Einkünfte. Jenny ist wegen Fibromyalgie krankgeschrieben und gesundheitlich so stark beeinträchtigt, dass sie manchmal Unterstützung vom Sozialamt braucht.«

»Jack wohnt in einem selbst gebauten Haus und sie in einer engen Zweizimmerwohnung in einem der maroderen Miethäuser im Dorf«, erklärte Anna-Karin. »Ebba haben die ständigen Streitereien um Geld sehr belastet.«

»Aber hat sie zu beiden Elternteilen eine gleich enge Bindung?«, wollte Nathalie wissen.

»Ja«, antwortete Gunnar.

»Leider hat der Fernsehaufruf nur dafür gesorgt, dass sich wie immer die üblichen Beknackten gemeldet haben«, schloss Anna-Karin und guckte aus dem Fenster.

Es war Viertel nach eins, und es begann bereits zu dämmern.

9

»Hamid Khan wurde am selben Morgen als vermisst gemeldet, an dem Pierre Jonsson tot aufgefunden wurde, also einen Tag nach Abbruch der Suche«, begann Anna-Karin, nachdem sich alle eine kurze Pause gegönnt hatten.

»Und ich war der Letzte, der ihn gesehen hat, als er Pierres Wohnung kurz nach dem Mord verlassen hat«, schob Gunnar ein.

»Das stimmt«, bestätigte Anna-Karin. »Und um halb acht am Lucia-Morgen hat jemand eine Benzinbombe, einen sogenannten Molotowcocktail, durch ein Fenster in die Unterkunft geworfen.«

Sie und Gunnar setzten abwechselnd den Bericht fort. Nathalie fiel auf, dass die Spannungen zwischen den beiden mit jedem Beitragswechsel zunahmen. Gunnar war offensichtlich der Meinung, dass er das Dorf und seine Einwohner kannte und dass Anna-Karin als Vertreterin der Östersunder Polizei die Arbeit eher verkomplizierte. Anna-Karin wiederum schien Gunnar für einen alten Griesgram mit provinziellen und unprofessionellen Steckenpferden zu halten.

Hamid Khan wohnte mit zweiunddreißig anderen Flüchtlingen in einer Flüchtlingsunterkunft in einer geschlossenen Berufsschule am Rand des Dorfes. Er war sechzehn Jahre alt und im vorigen Jahr zu Weihnachten als Flüchtling aus Afghanistan angekommen. Im Winterhalbjahr waren er und Ebba zum Erstaunen vieler ein Paar geworden. Abgesehen von Jacks deutlichem Widerwillen regte sich Ebbas Ex-Freund, der Elektriker und Aufreißer Tony Larsson, auch er Mitglied der Schwedendemokraten, am meisten darüber auf.

Nach Aussage von Ebbas Freundinnen war sie enttäuscht und sauer auf Hamid, weil er sich als rechtgläubiger Muslim weigerte, in die Kirche zu kommen. Ebba hatte erwähnt, Schluss zu machen, doch in den Vernehmungen an den Tagen nach dem Verschwinden hatte Hamid behauptet, sie seien nach wie vor zusammen. Wer sie mitgenommen haben konnte, wusste er nicht. Natürlich hatten sie manchmal darüber geredet, dass sie zusammen abhauen wollten, aber das war einfach nur dahingesagt, und er glaubte nicht, dass Ebba freiwillig verschwunden war.

Um halb acht, ungefähr fünf Minuten bevor Ebba mitgenommen wurde, hatte jemand die Benzinbombe durch das Fenster in die Flüchtlingsunterkunft geworfen. Hamid kam zehn Minuten später zeitgleich mit der Ankunft der Feuerwehr nach Hause. Er war nach draußen gegangen und den Forstweg entlanggelaufen, weil er wegen des Streits mit Ebba nicht schlafen konnte.

Bei dem Feuer kam niemand zu Schaden. Alle denkbaren Beweise verbrannten, und die einzige Zeugenaussage stammte von einer Frau, die gesehen hatte, wie ein Mann in dunkler Kleidung eine Flasche mit einem brennenden Lappen geworfen hatte, bevor er in einem Auto wegfuhr, über das sie nur sagen konnte, dass es »hell« und »normal« aussah.

Weder Anna-Karin noch Gunnar glaubten, dass der Brandanschlag etwas mit Ebbas Verschwinden zu tun hatte, und niemand in der OFA hatte etwas dagegen einzuwenden.

Hamid hatte also kein Alibi für die Zeit von Ebbas Verschwinden, er wusste von dem zurückgelassenen, im Motorsportklub abgestellten Volvo und war mehrmals dabei beobachtet worden, wie er im Auto durchs Dorf gefahren war, obwohl er keinen Führerschein hatte. Ein Ehepaar mit Hund meinte, Hamid am Abend des Zwölften vor dem Klub gesehen zu haben, es gab allerdings keine weiteren Zeugenaussagen, die dies bestätigten.

Als Hamid die Neuigkeit über Ebba erfuhr, war er verzweifelt und beteiligte sich genauso intensiv an der Suche wie alle anderen, hielt sich aber von Jack und Jenny fern. Er hatte Ebba am Lucia-Morgen nicht angerufen, diese Frage hatte er dreimal mit Nein beantwortet.

»Aber ich glaube nicht, dass er uns die Wahrheit sagt«, meinte Gunnar, »wir wissen, dass in Hamids Gang gestohlene Handys im Umlauf sind, und weil wir keinen anderen gefunden haben, der sie angerufen hat, bleibe ich bei meinem Verdacht.«

»Wie sicher sind Sie, dass das Handy gestohlen ist?«, fragte Maria.

»Bevor es in Svartviken aufgetaucht ist, war es gut zwei Jahre lang in Östersund aktiv, in Verbindung mit einer SIM-Karte«, antwortete Anna-Karin. »Danach wurde es von einem glaubwürdigen Besitzer Ende November als gestohlen gemeldet.«

»Seitdem war es inaktiv, bis es sich hier am 13. Dezember mit einer neuen SIM-Karte wieder zurückgemeldet hat«, ergänzte Gunnar. »Der Anruf bei Ebba war also das erste Telefonat, das seit über einem Monat damit geführt wurde.«

»Hört sich für mich so an, als könnte der Diebstahl ein Teil des Plans sein, sie zu kidnappen«, fand Nathalie.

»Ich bin dabei, alle Gespräche, SMS und Interaktionen in den sozialen Medien von Ebba auszuwerten«, sagte Tim und legte die Cap auf den Tisch. »Heute kann Facebook in vielen Fällen ein genaueres Profil liefern als eine persönliche Begegnung.«

»Am interessantesten ist wohl, dass Tony Larsson sie am

Abend vor ihrem Verschwinden dreimal angerufen hat«, sagte Johan.

»Scheint ein aufdringlicher Typ zu sein«, meinte Maria.

»Er hat nicht akzeptiert, dass Schluss war«, stimmte Anna-Karin ihr zu. »Er hat im letzten Herbst sogar Hamid auf dem Schulhof bedroht, um zu verhindern, dass er mit Ebba zusammenkommt.«

»Und er hat den Kumpel, dem der gestohlene Volvo gehört, vom Motorsportklub nach Hause gefahren«, sagte Nathalie.

»Aber Tony hat ein Alibi«, schaltete sich Gunnar ein. »Zwischen sieben und neun war er bei einem anderen Kumpel zu Hause und hat da die Fußbodenheizung repariert.«

»Natürlich werden wir auch ihn befragen«, entschied Granstam.

Anna-Karin zeigte ein neues Bild: Hamid und Ebba umarmten sich vor Bäumen mit Herbstlaub, das in tausend Nuancen von Grün, Gelb und Rot leuchtete. Sie sahen glücklich aus.

Den Blick auf das Foto gerichtet, fuhr Anna-Karin in ihrem Bericht fort. Zuletzt wurde Hamid in der Unterkunft am Abend vor Pierres Ermordung gesehen. Er hatte vor dem Eingang gegen zehn Uhr eine Zigarette geraucht und war danach wieder in sein Zimmer gegangen. Am nächsten Morgen war er verschwunden, hatte aber anscheinend keine Sachen mitgenommen.

»Die nächste Beobachtung seiner Person war also am nächsten Morgen um sieben Uhr, als ich ihn hundert Meter von Pierres Wohnung entfernt gesehen habe«, berichtete Gunnar. »Er ging Richtung Dorfkern und machte einen gestressten Eindruck. Wie Sie wissen, ist er im ganzen Land zur Fahndung ausgeschrieben, aber wegen der vielen Flüchtlinge ohne Papiere hierzulande ist es wohl kein Wunder, dass niemand ihn gesehen hat.«

Marias Augen funkelten vor Wut, sie hielt aber den Mund.

»Ich glaube, Hamid hat sich aus dem Staub gemacht, nachdem er Pierre umgebracht hat«, sprach Gunnar weiter. »Als ich ihn verhört habe, war er überzeugt davon, dass Pierre Ebba mitgenommen hat. Unter den Schülern war Pierre allgemein als Grapscher bekannt und lud manchmal zu sich nach Hause zu Partys und Alkohol ein.«

»Soweit ich weiß, haben die Schüler ihm den Spitznamen Pervo-Pierre oder Pierre-vers verpasst«, schob Tim ein.

»Genau«, übernahm Gunnar wieder das Wort. »Und Ebba war in dem Monat vor ihrem Verschwinden an mehreren Abenden bei Pierre zu Hause gewesen. Ihren Eltern hat sie gesagt, dass sie von ihm Nachhilfe bekomme, um ihre Note in Schwedisch zu verbessern, zu Hamid und ihren Freundinnen hat sie gesagt, er würde ihr helfen, einen YouTube-Kanal zu starten.«

»Gegen Hamid als Mörder von Pierre spricht, dass wir seine DNA nicht in der Wohnung des Lehrers gefunden haben«, sagte Anna-Karin. »Nach Aussagen der Mitschüler war er nie auf den Partys bei Pierre, weil er keinen Alkohol trinkt.«

»Sagt einiges über unsere Gesellschaft aus, dass mit kaum einer Zeile Hamids Verschwinden in den Zeitungen erwähnt wurde, während man alles mit Schlagzeilenplakaten über Ebba zugekleistert hat«, stellte Angelica fest.

Tim schaute vom Bildschirm auf: »Theoretisch kann doch Hamid Ebba mitgenommen haben, mit ihr weggefahren sein, den Volvo versteckt haben und dann wiedergekommen sein. Also kann er in beiden Fällen schuldig sein.«

»Aber warum sollte er dann Pierre töten?«, wendete Nathalie ein. »Und warum hätte er Ebba schaden wollen?«

»Vielleicht hatte sie mit ihm Schluss gemacht, und dann war er gekränkt«, schlug Johan vor.

»Wir machen mit dem Ex-Freund weiter«, übernahm Anna-

Karin wieder und rief ein Foto von dem neunzehnjährigen Tony Larsson auf. Er stand in Jeansjacke und mit einem grünen Wachstuch in der Hand vor einem grünen Jaguar. Nathalie fand, dass er dem jungen Kiefer Sutherland ähnlich sah, aber seine Gesichtszüge waren aufgedunsener, und seinem Blick fehlte der Charme des Schauspielers.

»Er und Ebba waren gut ein Jahr zusammen, als sie vorigen Sommer mit ihm Schluss gemacht hat. Laut der Freunde hatte sie seine Kontrollmanie und seine Eifersucht satt; und wie wir wissen, hat er Ebba damit genervt, dass sie zu ihm zurückkommen soll. Er kennt wie gesagt Ebbas Vater, teilweise durch die Politik, teilweise weil Tony in der Hockeymannschaft spielt. Wie Sie auch wissen, hat er für den Zeitpunkt des Verschwindens ein Alibi, aber nicht für den Mord, und er leugnet jede Beteiligung.«

Tim räusperte sich. »Interessant ist, dass auch er in Mården wohnt, hundert Meter von Ebbas Mutter entfernt, und wie sie hat er einen Balkon mit Blick auf Jacks Haus. Also kann er gesehen haben, wann Ebba von zu Hause losgegangen ist.«

»Ich kenne Tony schon von klein auf und kann mir nicht vorstellen, dass er damit etwas zu tun hat«, schmetterte Gunnar Tims Verdacht ab. »Tony ist ein Svartviker Jung, und sein Vater ist ein echter Svartviker Mann. Das hat anderswo vielleicht nicht viel zu bedeuten, aber hier bedeutet das etwas. Jetzt vertreten wir uns erst einmal die Beine, bevor wir mit dem nächsten Mord weitermachen.«

10

»Ich gehe raus, eine rauchen«, sagte Johan und schaute Nathalie an, als er sich den Ledermantel anzog.

Sie wusste, dass er das Rauchen aufgegeben hatte, um Carolina schwängern zu können, und dass er manchmal rückfällig wurde, wenn Snus ihm nicht reichte. Sie wusste auch, dass es keinen Sinn hatte, die Ärztin zu markieren und ihn aufzufordern, es zu lassen.

»Ich komme mit«, sagte sie und schlüpfte in ihre Lederstiefel.

Die Kollegen und Kolleginnen verteilten sich zwischen der Anmeldung, den Toiletten und der Küche.

Die Kälte brannte in ihren Lungen, und die Nasenhärchen knisterten. Das fahle Licht war draußen noch grauer, als es durch die Fenster gewirkt hatte. Wenige Autos fuhren in beide Richtungen auf der Straße, die von schmalen Gehwegen und schmutzigen Schneewällen gesäumt wurde. Die einzige natürliche Farbe war das Band aus Nadelwald, der das Dorf in alle Himmelsrichtungen umschloss.

Johan zündete sich seine Zigarette an, inhalierte und streckte den Rücken durch: »Glaubst du, sie lebt noch?«

»Ist ein ständiger Kampf zwischen Willen und Logik«, antwortete sie und zog die Mütze über die Ohren. »Aber ich entscheide mich für den Glauben, dass sie noch lebt.«

Er nickte.

»Ich habe den Eindruck, dass die Ermittlung einige Lücken hat. Ganz offensichtlich färbt Gunnar die Fakten mit seiner eigenen Meinung.«

»Kann Vor- wie Nachteile haben«, nickte sie. »Aber Anna-Karin scheint eine kompetente Polizistin zu sein.«

»Vielleicht zu kompetent«, meinte er und stieß eine Rauchwolke aus. »Man tut nicht immer das Richtige, wenn man die Vorschriften wortwörtlich befolgt. Bei diesen Fällen habe ich das Gefühl, dass wir außerhalb der üblichen Raster denken müssen.«

Ein Lkw mit Bierreklame fuhr südwärts nach Östersund an ihnen vorbei. Der Fahrer schaute sie mit versteinerter Miene an, als hätte er schon alles gesehen.

»Außer dem Pfarrer müssen noch andere Leute Ebba gesehen haben«, fuhr Johan fort. »Um kurz nach halb acht waren viele auf dem Weg zur Arbeit. Dass niemand zu Fuß unterwegs war, ist verständlich; es ist aber auch arschkalt.«

Vom Nikotin ziehen sich die Blutgefäße zusammen, dachte sie und sah Johans Hände an. Er inhalierte und sagte: »Blöd, dass es nur zwei Überwachungskameras im Dorf gibt, das ist in der heutigen Zeit ein Einzelfall.«

»Glaubst du, Ebba wurde von dem gestohlenen Volvo mitgenommen? Dass der Täter den gestohlen hat, um sie zu entführen?«

Johan sah sie nachdenklich an. Ihr fiel auf, dass sie beide sich auch über Berufliches ungezwungen unterhalten konnten. Mit Blick darauf, wie viel sie in den vergangenen Monaten an Johan gedacht hatte, sagte das einiges über die starke Wirkung aus, die der Fall auf sie beide hatte.

»So planvoll, glaube ich, ist das nicht abgelaufen«, antwortete er. »Niemand konnte wissen, dass sie zu Fuß zur Kirche gehen wollte. Entweder hat der Täter es gesehen und die Gunst der Stunde genutzt, oder es war der, der sie angerufen hat…«

»Oder ein Fremder, der gerade vorbeigekommen ist.«

»Ein Scheißgestörter, der vergessen hat, seine Pillen zu nehmen«, mokierte er sich, »nein, das glaube ich nicht.«

»Wenn man in der Fahrtrichtung des Volvos weiterfährt, kommt man nach Östersund«, sagte sie und folgte mit den Augen dem Straßenverlauf, der am Hotel vorbeiführte.

Johan inhalierte noch einmal. »Wenn es derselbe Volvo ist wie auf dem Foto mit den Lucia-Jungfern, deutet das doch darauf hin, dass der Täter zunächst auf dem Weg zur Kirche war. Sonst wäre er ja direkt aus dem Dorf gefahren, ohne einen unnötigen Umweg zu riskieren.«

Sie nickte und stellte sich ein paarmal auf die Zehenspitzen, um sich warm zu halten. »Leider scheint die Überprüfung der dreizehn Fahrzeuge im Dorf nur ziemlich rudimentär ausgefallen zu sein.«

»Immer wieder der altbekannte Mangel an Ressourcen. Hier wird das wirklich bis zum Äußersten ausgereizt.« Er wanderte mit dem Blick die Straße entlang.

»Vorstellbar ist auch, dass der Täter unter zunehmend größerem Druck stand, was dazu führte, dass er explodiert ist und sich Ebba geschnappt hat«, dachte sie laut nach. »Dann könnten der Autodiebstahl und das eingegangene Risiko, sich im Dorf blicken zu lassen, zum Profil passen. Oft gehen den großen die kleinen Straftaten voraus.«

Johan ließ den Stummel auf den Boden fallen und trat ihn aus. »Wollen wir wieder reingehen?«

Als sie nickte, entdeckte sie den blauen amerikanischen Schlitten, der ihr schon vor dem Hotel aufgefallen war. Dabei handelte es sich um einen gut gepflegten Chevrolet mit glänzenden

Chromleisten. Der fuhr etwas langsamer ins Dorf als die Fahrzeuge, die bisher vorbeigekommen waren.

»Warte«, sagte sie und fasste Johan am Arm.

»Was ist?«

Der Wagen näherte sich. Der Mann mit der Pelzmütze saß am Steuer. Sein Gesicht war oval mit einer kräftigen Nase und hängenden Pausbacken. Wieder starrte er sie aus runden Hundeaugen an.

»Da ist der Mann, der mich vor dem Hotel beobachtet hat!«

Johan fixierte das Auto. »Ein Chevrolet Caprice Classic«, stellte er fest.

Der Mann glitt vorüber. Nathalie schrieb das Autokennzeichen in ihr Handy.

»Er sieht eher neugierig aus«, meinte Johan, als der Chevy zweihundert Meter weiter an der einzigen Ampel im Dorf anhielt, weil sie auf Rot stand.

»Offensichtlich kontrolliert er uns oder mich.« Als sie Letzteres laut ausgesprochen hatte, überkam sie das Gefühl, verfolgt zu werden. Ein Gefühl, das sie hin und wieder befiel, seit sie im Zusammenhang mit dem Mord an dem Schauspieler Rickard Ekengård einem Stalker zum Opfer gefallen war. Sie wusste, dass das Gefühl übertrieben war, aber die unangenehme Eigenschaft besaß, sich an ihren Verteidigungsmechanismen vorbeizuschleichen.

Bei ihrer beider Rückkehr hatte sich das Kollegium in der Küche versammelt. Nathalie berichtete von dem Mann und las das Autokennzeichen vor.

»Ach, Sie haben Bekanntschaft mit Ufo gemacht«, grinste Gunnar und goss Wasser in die Kaffeemaschine.

Johan und Nathalie legten die Jacken ab und zogen fragend die Augenbrauen hoch.

»Das ist der Hausmeister von der Schule?«, fragte Nathalie.

Gunnar nickte und schaltete die Maschine ein.

»Oder der Ressourcen-Beauftragte, wie die korrekte Bezeichnung lautet. Er heißt Ulf Kläppman, hat Asperger-Syndrom, und das Sozialamt kümmert sich um ihn. Die Arbeit an der Schule ist ein Teil seiner Beschäftigung; er hilft dem fest angestellten Hausmeister. Er ist ein Ass in Mechanik und Motoren. Dieser Chevy, den Sie gesehen haben, hat einen V8-Motor, den er mindestens dreimal auseinander- und wieder zusammengebaut hat. Er kurvt immer neugierig im Dorf rum, wenn neue Leute kommen. Alle wissen zwar, wer er ist, aber niemand kennt ihn.«

»War er das, der ganz vorn auf dem Weihnachtsmarkt gestanden hat, als die Lucia-Kandidatinnen sich aufgestellt haben?«, fragte Granstam.

»Und der während der Krönung nicht in der Kirche war«, unterbrach ihn Johan.

»Stimmt«, nickte Anna-Karin.

»Warum wird er Ufo genannt?«, fragte Tim.

Gunnar zuckte die Schultern: »Er ist wie gesagt etwas sonderbar, fährt im Dorf rum und kontrolliert alles und jeden. Selbstverständlich haben wir ihn befragt, aber mit ihm zu reden, ist schwierig, und es kam nichts dabei raus.«

»Er hat von Ebba oder Pierre weder was gesehen noch gehört«, ergänzte Anna-Karin, die einen Becher Hüttenkäse mit Nüssen aß.

»In den Unterlagen steht, dass er regelmäßig im Motorsportklub des Dorfes ist«, sagte Johan.

»Ja«, antwortete Gunnar. »Er macht alles Mögliche, und die Typen bedanken sich bei ihm, indem sie ihn ihre Autos Probe fahren lassen. Und jeden Abend um Viertel vor elf steht er am Bahnhof und guckt sich den Nachtzug nach Stockholm an. Jemand hat mal gesagt, dass seine Mutter dort wohnt. Aber soviel ich weiß, hat er nie auch nur einen Schritt aus dem Dorf gemacht.«

Granstam massierte sich mit Daumen und Zeigefinger den Nasenrücken und warf einen sehnsüchtigen Blick auf die Kaffeemaschine. »Ich habe gelesen, dass er immer vorm Fenster anderer Leute steht und reinguckt, wenn sie sich ausziehen.«

»Das ist übertrieben«, wiegelte Gunnar ab und lehnte sich an die Küchenzeile, die Arme vor der Brust verschränkt. »Ist wohl mal vorgekommen, aber die Leute sind doch selbst schuld, wenn sie sich an ein beleuchtetes Fenster zur Straße stellen und andere scharfmachen. Ulf führt nichts Böses im Schilde, er ist lieb und nett wie ein Hundewelpe; aber wenn man ihn ärgert, sollte man sich vor ihm in Acht nehmen. Einmal hat er ein Verkehrsschild mit bloßen Händen verbogen, als irgendwelche Rotzgören ihn mit Steinen beworfen haben.«

»Was ist passiert, als Jack ihn ausgefragt hat?«, wollte Maria wissen.

Gunnar drehte die Kaffeekanne, die sich langsam füllte.

»Nichts weiter, als dass Ulf stotternd meinte, er wüsste von nichts«, antwortete Anna-Karin.

»Jack ist meiner Meinung, dass wohl kaum Ufo sich Ebba geschnappt haben kann«, ergriff Gunnar wieder das Wort. »Natürlich hat er ständig ein Auge auf die Mädchen aus der Neunten und vor allem auf Ebba, hat aber keine Annäherungsversuche unternommen und war nie eines Verbrechens verdächtig. Selbstverständlich hätte er den Volvo nehmen und ihr eine Mitfahrgelegenheit anbieten können, aber ihm fehlt die exekutive Fähigkeit, einer Person auf diese Art Gewalt anzutun.«

»Wäre sie zu ihm ins Auto gestiegen, wenn er ihr angeboten hätte, sie mitzunehmen?«, fragte Johan.

»Schon möglich«, antwortete Gunnar. »Voriges Jahr hat er sie einmal nach Hause gebracht, als sie im Biologieunterricht in Ohnmacht gefallen war.«

»Lebt er allein?«, erkundigte sich Nathalie.

»Ja, in der Mietshaussiedlung Torpbacken beim stillgelegten Skihügel.«

»Und er hat kein Alibi«, stellte Angelica fest.

»Ja«, sagte Gunnar. »Am Lucia-Morgen war er in der Schule und hat Blumen begossen; das macht er jeden Tag.«

»Und als Pierre ermordet wurde, war er zu Hause und hat gefrühstückt«, klärte sie Anna-Karin auf.

»Natürlich allein?«, vermutete Granstam und warf ein Auge auf die Kaffeemaschine, als sie ein seltsames Geräusch von sich gab, als Zeichen, dass der Kaffee fertig war.

»Ja«, antwortete Gunnar und goss den Kaffee in eine Thermoskanne. »Wir sind bei ihm zu Hause gewesen, ohne eine Spur von Ebba oder dem Mord zu finden.«

»Ich will mit ihm sprechen«, sagte Nathalie und sah den suchenden Blick vor sich. War es nur allgemeine Neugier, oder war da noch mehr?

»Ich sehe, dass er ein Handy hat, das in der Schule registriert ist«, stellte Tim fest und kratzte sich das Kälteekzem am Hals.

»Stimmt«, sagte Anna-Karin. »Er hat kein eigenes, aber darf es ausborgen, wenn er arbeitet. Aber das war nicht die Nummer, von der aus Ebba angerufen wurde.«

»Kommen Sie, dann besprechen wir jetzt den Mord, und anschließend zeige ich Ihnen das Dorf«, entschied Gunnar, nahm die Thermoskanne und ging zum Konferenzzimmer.

11

Als sie ihre Plätze eingenommen hatten, klickte Anna-Karin auf ein Foto von Pierre Jonsson. Sein Gesicht war oval mit eng zusammenstehenden Augen, er trug sein blondiertes Haar mit Seitenscheitel, und sein Lächeln war arrogant. Schwarze Lederjacke und ein lila T-Shirt mit Graffitiaufdruck und Nietengürtel. Nathalie vermutete, dass er früher einmal Punker gewesen war. Dass sie selbst in der achten Klasse als Hardrockerin herumgelaufen war, versuchte sie möglichst zu verdrängen.

Abermals wechselten sich Anna-Karin und Gunnar in der Berichterstattung ab. Pierre Jonsson starb im Alter von vierunddreißig Jahren. Er war vor fünf Jahren von Gävle nach Svartviken gezogen und hatte seitdem als Schwedisch- und Ethiklehrer gearbeitet. Er war alleinstehend und Klassenlehrer in der Neunten. In der Schülerschaft stand Pierre in dem Ruf, Mädchen zu belästigen. Gleichzeitig war er aber trotzdem beliebt, weil er ein jugendliches Auftreten hatte und mit den Noten großzügig war. Manchmal fanden bei ihm in der Wohnung Partys statt, Gesetzesverstöße konnten ihm jedoch nicht nachgewiesen werden.

»Da lief bestimmt einiges ab, das moralisch wie juristisch nicht einwandfrei war«, sagte Gunnar, »aber obwohl ich versucht habe, ihn zu überführen, ist es mir nie gelungen, bei ihm auch nur ein einziges Scheißdestilliergerät zu finden. Sie wissen ja, wie schwierig es ist, Jugendliche zum Sprechen zu bringen.«

»Besonders dazu, den eigenen Lehrer zu belasten«, ergänzte Johan.

»Wenn Sie die Schüler befragen, werden Sie merken, dass sie lügen und die Wahrheit verschweigen«, sprach Gunnar weiter.

»Offensichtlich haben sie Angst«, stellte Anna-Karin fest.

»Vor Ebbas Verschwinden wusste kaum ein Erwachsener über Pierres Ruf Bescheid. Niemand hatte von seinen Kindern Beschwerden gehört, und er galt als guter Lehrer. Wenn seine Grapschereien in seltenen Fällen mal zur Sprache kamen, nahm die Rektorin Pierre in Schutz und behauptete, man verbreite böswilligen Klatsch über ihn.«

Mit verbissener Miene blätterte Gunnar um und warf einen Blick in den Ordner.

»Seit Ebbas Verschwinden haben die Gerüchte zugenommen. Immer mehr Mädchen bezeugen, dass er sie belästigt und ihnen Alkohol angeboten habe. Als bekannt wurde, dass wir auf seinem Rechner pornografisches Material gefunden haben, war es vorbei. In einem Dorf wie diesem ist ein Hashtag nicht nötig, um das unter die Leute zu bringen.«

Gunnar nickte Anna-Karin zu, die übernahm: »Bei Ebbas Verschwinden standen Pierre und Hamid unter gleich starkem Verdacht.«

»Wissen wir mehr darüber, was Ebba wirklich bei ihm gemacht hat?«, fragte Nathalie. »Soweit ich weiß, haben Sie keine Hinweise auf den angeblichen YouTube-Kanal gefunden.«

»Das stimmt«, bestätigte Anna-Karin. »Etliche von Ebbas Freundinnen glauben, dass sie sich das zur Tarnung für irgendwas ausgedacht hat. Nach eigenen Angaben haben sie keine Ahnung, worum es dabei gegangen sein könnte.«

»Allerdings hat sich schnell rumgesprochen, dass sie mehreren Freundinnen gesagt hat, er würde ihr helfen, berühmt zu werden, und ›sie aus diesem Kaff rausholen‹«, meldete sich Gunnar wieder. »Über die Äußerung waren viele wütend. Etwas relativ Negatives über das Dorf zu denen zu sagen, die nicht aus eigener Kraft von hier wegkommen, ist so, als ob man das Messer noch mal umdrehen würde, das ohnehin schon tief in ihnen steckt. Und es ist genauso schlimm, schlecht über das Dorf zu reden gegenüber denen, die sich hier wohlfühlen und hier wohnen bleiben wollen.«

Er fuhr sich durchs Gesicht, dessen wettergegerbte Haut sich anscheinend mit noch mehr Falten überzogen hatte.

»Sie müssen die Mentalität in unserem Dorf verstehen. Hier gibt es keinen Tourismus, kein Bergwerk und auch keine Hochtechnologie-Industrie. Der Forstwirtschaft geht es immer schlechter, und nicht viele Geschäfte überleben länger als ein paar Jahre. Die haben hier noch nicht mal einen staatlichen Betrieb angesiedelt, um uns künstlich am Leben zu erhalten. Was wir haben, das ist Dunkelheit, Kälte und Arbeitslosigkeit.«

Er stand auf, stützte die Hände auf den Tisch und ließ den Blick von einer zum anderen wandern, bevor er mit Nachdruck schloss: »Aber wir überleben hier dank unseres Stolzes! Wenn man nicht aus dem richtigen Holz geschnitzt ist, kommt man hier nicht klar.«

Offensichtlich zufrieden mit seiner Ausführung setzte er sich wieder. Die Profilergruppe schaute sich verwundert an, leicht erstaunt über die unerwartete Predigt.

»Was ich sagen will«, fuhr Gunnar in einem versöhnlicheren Ton fort, »das ist, dass Ebbas Aussehen wie auch ihre Art vielen ein Dorn im Auge war.«

»So sehr, dass jemand sie entführen würde?«, fragte Nathalie.

Gunnar schaute zu Boden und zuckte die Schultern.

»Wenn ich das nur wüsste«, antwortete er halb sich selbst, als wären ihm andere Gedanken gekommen.

»Glauben Sie, Pierre hat Ebba sexuell ausgenutzt?«, wollte Nathalie wissen.

»Wir wissen, dass Pierre bei mehreren Gelegenheiten versucht hat, sie ins Bett zu kriegen«, antwortete Anna-Karin. »Aber nach Aussage ihrer Freundinnen soll ihm das nicht gelungen sein. Ebba konnte ihn gut auf Abstand halten. Laut den Freundinnen hat sie schon mit dreizehn gelernt, sich aufdringliche Typen vom Leib zu halten.«

»Am Lucia-Morgen, so behauptete Pierre, hätte er mit Magen-Darm-Grippe zu Hause im Bett gelegen«, sagte Gunnar. »Er hätte natürlich in der Kirche sein müssen, hat sich aber um sieben Uhr krankgemeldet. Unmittelbar danach hat er ein Prepaidhandy angerufen, sagte aber aus, er hätte sich verwählt, wollte angeblich seine Mutter anrufen, hätte es sich aber anders überlegt. Leider konnten wir die Nummer nicht ermitteln.«

»Die Ziffern stimmen stellenweise mit der Nummer der Mutter überein«, fügte Anna-Karin hinzu. »Und er hat sie später am Nachmittag wieder angerufen und ihr gesagt, dass er krank sei.«

»Kann jemand seine Behauptung bestätigen, dass er zu Hause war?«, fragte Johan.

Anna-Karin und Gunnar schüttelten die Köpfe.

»Als wir ihn vernommen haben, ergaben sich für uns keine Hinweise auf Ebba, weder in der Wohnung noch in seinem Auto«, erklärte Anna-Karin. »Und es gab keine sicheren Anzeichen, dass er krank gewesen war. Er war zwar etwas blass und hatte Rehydrierungsmittel im Haus, aber das beweist ja noch nichts.«

»Er hat einen Saab 9000«, sagte Gunnar. »Er kann den Volvo selbstverständlich im Motorsportklub gestohlen haben, auch ohne eine Verbindung zu dem Verein zu haben. Die Typen dort konnten ihn auf den Tod nicht ausstehen, nannten ihn Scheißschwuchtel und alles Mögliche andere.«

Fantasievoll, seufzte Nathalie innerlich und wackelte ungeduldig mit den Zehen.

»Er hat alles energisch abgestritten«, übernahm Anna-Karin wieder. »War genauso verzweifelt über Ebbas Verschwinden wie alle anderen, und ab dem Vierzehnten beteiligte er sich an der Suche nach ihr.«

»Unserer Erfahrung nach kommt es häufiger vor, dass sich Täter an der Suche beteiligen, als dass sie es nicht tun«, erklärte Granstam und kratzte sich mit dem kleinen Finger im Ohr.

»Wie Sie auf Seite 47 sehen, hat Pierre am Abend des Zwölften Ebba angerufen«, sagte Gunnar. »Laut Pierre haben sie das Lucia-Programm in der Schule besprochen, welche Lieder gesungen werden sollten und so weiter, ich hatte aber den Eindruck, dass er nicht die ganze Wahrheit gesagt hat.«

»Die Pornofilme auf seinem Rechner sind nicht besonders schmeichelhaft«, meinte Angelica, während sich auf ihrer blassen Stirn feine Fältchen abzeichneten, als sie auf einen der Links schaute.

»Etliche Mädchen sind bestimmt noch unter achtzehn«, ergänzte Maria, die sich vorbeugte und sie sich mit Angelica anschaute.

»Pervo-Pierre, wie gesagt«, fasste Gunnar zusammen. »Ich glaube, irgendjemand, wahrscheinlich Hamid, hat die Sache selbst in die Hand genommen und ihn getötet, als die Suche abgebrochen wurde.«

»Nicht besonders geschickt, wenn er wissen wollte, was mit Ebba passiert ist«, stellte Johan fest.

»Nein, aber die Hoffnung, sie noch lebend zu finden, hatte wohl auch er aufgegeben«, vermutete Gunnar.

Granstam veränderte seine Sitzhaltung auf dem Stuhl und fasste sich mit verzerrtem Gesicht in den Rücken. »Gehen Sie schnell den Mord durch, damit wir raus zu den Tatorten gehen können.«

Anna-Karin nickte und blätterte in dem Ordner weiter. Nathalie nippte am Kaffee und guckte aus dem Fenster. Die Dämmerung hatte sich über das Dorf gesenkt, und die Straßenlaternen brannten. In Gedanken war sie in der Zeit, als sie in der Schule Jungfer im Lucia-Umzug gewesen war. Damals wurde sie wegen ihres ganzen Körpers von Komplexen geplagt und begnügte sich damit, ganz am Ende in einem Kleid, das alle Mängel verhüllte, nicht aufzufallen.

Eine abrupte Bewegung vor dem Fenster ließ sie zusammenzucken. Ein kleines weißes Etwas kam direkt auf sie zugeflogen.

12

Instinktiv lehnte sie sich nach hinten. Sogar Johan und Maria auf den Stühlen neben ihr reagierten.

Eine Sekunde später war ein Aufprall auf der Fensterscheibe zu hören. Der Schneeball zerstob zu abrutschendem Matsch. Mit drei Schritten war Gunnar zur Stelle, drückte die Stirn an die Scheibe. »Verfluchte Rowdys!«, schimpfte er und schüttelte die Faust.

Nach kurzem Hinausspähen drehte er sich wieder zur Gruppe um. »Irgendwelche kleinen Rotzbengel. Wie schon gesagt, das ganze Dorf weiß, dass wir hier sind.«

Nathalie und Johan tauschten ein Lächeln aus, und Maria sank wie eine schläfrige Katze in ihrem Stuhl zurück.

Hätte Gabriel sein können, dachte Nathalie und sah ihn und Tea in ihren albernen Weihnachtspullovern vor sich. Sie fragte sich, was sie wohl gerade taten. Spielten sie, oder bauten sie Schneehöhlen mit Tilde? Vielleicht machte sogar Håkan mit und spielte, so wie er es in ihrer Ehe nie getan hatte?

Anna-Karin fuhr im Bericht fort: »Um sieben Uhr am Morgen des 20. Dezember wurde Pierre Jonsson von einer Nachbarin in seiner Wohnung, einen Steinwurf vom Marktplatz entfernt, tot aufgefunden.«

»Der Rauchmelder der fünfundachtzig Jahre alten Agda Lundholm hatte angefangen zu piepen, weil die Batterie verbraucht war, und weil sie die nicht austauschen konnte, hatte sie Pierre angerufen. Er war ihr bei praktischen Dingen immer behilflich, und sie wusste, dass er immer früh aufstand, wenn er in die Schule musste. Weil er nicht abnahm, war sie an seine Tür gegangen. Sie war nicht abgeschlossen. Sie ging in die Wohnung und fand ihn in der Küche auf dem Boden.«

»Wir waren nach fünfundvierzig Minuten vor Ort«, sagte Gunnar und rief das erste Foto vom Tatort auf.

Pierre lag in einer unnatürlichen Stellung, als wäre er kopfüber gefallen und auf den Armen gelandet. Das Gesicht war blasser als der gelbe PVC-Belag, und die Augen standen weit offen. Blutspritzer aus seinem Hals in diversen Nuancen von Rot bis Braun bedeckten weiträumig den Boden. Sogar auf der Tapete waren Spritzer. Das blondierte Haar lag auf dem Boden und hatte sich bis zum Ansatz mit Blut vollgesaugt.

In Johans Speiseröhre brannte es, und er musste hinunter auf seine Unterlagen schauen. Er konnte kein Blut sehen. Im Gegensatz zu Nathalies Einschätzung wurde es mit jedem Mal schlimmer.

»Laut Gerichtsmediziner wurde er, höchstens eine Stunde bevor Agda ihn gefunden hat, erstochen«, fuhr Anna-Karin fort. »Nach der Blutmenge zu urteilen, kann man davon ausgehen, dass er bei dem Stich noch am Leben war. Der traf die Halsschlagader, und er war vermutlich bewusstlos, als er auf dem Boden aufschlug.«

Angelica Hübinette reckte ihren Geierhals und fiel mit ihrer Gerichtsmedizinerinnenstimme ein: »Zum Glück war ein energischer Bezirksarzt schon um acht Uhr vor Ort und überprüfte anal die Körpertemperatur. Deswegen und weil das Opfer weder Leichenstarre noch Leichenflecken ausgebildet hatte, sind wir uns sicher, dass er zwischen sechs und sieben Uhr gestorben ist. Der Stich in den Hals wurde mit einem Messer mit breiter Klinge ausgeführt, wohl ein handelsübliches Küchenmesser. Das Messer ging glatt durch den Hals und kam hinten wieder raus.«

Nathalie erinnerte sich an Mohammeds Griff, lockerte den Schal und holte tief Luft.

»Leider wissen wir nicht, ob bei Pierre ein Messer fehlt oder ob der Mörder es mitgebracht hat«, sprach Anna-Karin weiter. »Jedenfalls ist es nicht mehr am Tatort.«

»Weil die Wohnungstür offen war, hat Pierre den Täter höchstwahrscheinlich reingelassen«, meinte Nathalie.

»Also war es jemand, den er kannte oder zumindest wiedererkannte«, sagte Johan.

Anna-Karin nickte und drehte ihren blonden Zopf um den Finger. »Wir haben einiges an DNA in der Wohnung und im Treppenhaus sichergestellt, aber keine Übereinstimmung mit Jack, Hamid, Tony und Ulf Kläppman.«

»Darum ist aber nicht auszuschließen, dass es einer von ihnen war«, meinte Johan. »Allen fehlt ein Alibi, und meine Erfahrung sagt mir, dass man sich von technischen Beweisen nicht blenden lassen darf.«

»Jack hat Pierre zweimal aufgesucht und nach Ebba gefragt«, sagte Tim auswendig auf.

»Laut Pierre war er nur so aufdringlich, wie zu erwarten war«, erklärte Gunnar. »Jack wusste, dass Ebba von ihm Nachhilfe bekam.«

»Angeblich bei den Hausaufgaben, ja«, sagte Johan.

»Und der zweite Besuch fand statt, nachdem die Gerüchte zugenommen hatten«, fügte Nathalie hinzu. »Da gebärdete er sich bedeutend bedrohlicher.«

»Das kann man verstehen. Aber als Pierre von dem YouTube-Projekt erzählt hat, hat Jack ihm das abgenommen.«

»Ist wirklich niemandem in der Nähe von Pierres Haustür etwas aufgefallen?«, fragte Granstam.

»Nein«, antwortete Gunnar sauer. »Die einzige Auffälligkeit ist, dass ich Hamid in hundert Metern Entfernung von der Haustür gesehen habe, genau um Viertel vor sieben. Sind Sie bereit, sich hinaus in die Kälte zu wagen?«

»Ja«, sagte Granstam und stand mühsam auf. »Zeigen Sie uns Pierres Wohnung und die Stelle, an der Ebba verschwunden ist. Dann teilen wir die Befragungen auf.«

»Ich will auch die Flüchtlingsunterkunft sehen«, schob Johan ein.

»Selbstverständlich«, antwortete Granstam und steckte sich eine Portion Snus in den Mund. »Tim hat dafür gesorgt, dass alle aufgezeichneten Befragungen ausgedruckt und in einer Datei auf dem Drive gespeichert sind. So können alle in Echtzeit die Entwicklung verfolgen. Tim bleibt hier und wertet die Mailkonten und die sozialen Netzwerke aus. Soweit ich weiß, sind Sie hier damit nicht so richtig vorangekommen.«

Nathalie sah, wie Gunnar und Anna-Karin Anstalten machten zu protestierten, sich aber zurückhielten, wahrscheinlich wegen Granstams freundlichem Äußeren und singendem Dialekt, eine Kombination, die bewirkte, dass unbequeme Wahrheiten ihre Wirkung nicht verfehlten.

»Versuchen Sie, eine Spur von Hamid zu finden«, fügte Granstam hinzu. »Er scheint eine Schlüsselfigur im Vermissten- wie im Mordfall zu sein. Außerdem ist es ein merkwürdiger Zufall, dass in der Unterkunft zur gleichen Zeit Feuer gelegt wurde, zu der Ebba verschwunden ist.«

»Für heute Abend um sieben Uhr hat die Rektorin versprochen, in der Schule ein paar von Ebbas Freundinnen inklusive Alice und Andy zu versammeln«, informierte sie Anna-Karin.

»Sollten wir den Pfarrer befragen?«, wollte Maria wissen und strich mit dem Finger über das silberne Kreuz, das auf ihrer goldenen Haut glänzte.

»Wenn dafür noch Zeit bleibt«, antwortete Granstam, »aber das scheint jetzt nicht an erster Stelle zu stehen.«

Der Auftakt von Beethovens Fünfter erklang im Raum. Gunnar fischte sein Handy aus der Hosentasche. Er sah bei dem einminütigen Gespräch erstaunt und interessiert aus. Als er das Handy ausschaltete, drehte er sich zur Gruppe um.

»Ein Dorfbewohner steht hier draußen und meint, er hätte was Entscheidendes über Pierre zu erzählen. Er heißt Hampus Fagerholm und ist gerade von einer Thailandreise zurückgekommen.«

»Ein Geständnis?«, fragte Tim voller Hoffnung.

»Ich bringe ihn in den Verhörraum, den wir hier auf der Dienststelle haben«, verkündete Gunnar und ging zur Tür. »Jemand von Ihnen kann mitkommen.«

»Machen Sie das, Nathalie«, sagte Granstam.

13

29. November

Alice bedankt sich bei Rut für die Hilfe und strickt weiter. Mit ein bisschen Glück bekommt sie für den Schal noch eine Drei. Die Ränder sind ungleichmäßig, und die Maschen wogen auf und ab wie eine stürmische See. Sie hasst Handarbeiten! Fast so sehr wie diese eingebildete Prinzessin von Ebba, die in der ersten Reihe sitzt und so tut, als würde sie sich mit ihrer Schürze abkämpfen. Rut hat Ebba schon viel zu oft geholfen, aber das wird sich wie immer nicht auf ihre Note auswirken.

Andy tippt ihr auf die Schulter, beugt sich näher und hält ihr grinsend das Handy hin. Als sie sich vergewissert hat, dass Rut es nicht sieht, schaut sie hin. Sie lacht und nickt. Er hat das Lucia-Porträt von Ebba abfotografiert und ihr mit Snapchat zwei Teufelshörner aufgesetzt.

»Poste das nicht«, flüstert sie Andy ins Ohr. Er signalisiert ihr mit einer Geste »Mal sehen« und steckt das Handy gerade weg, als Rut sich umdreht. Alice unterdrückt ihr Lächeln, konzentriert sich auf den Schal und bekommt ein paar anständige Maschen hin.

Der Kampf um die Lucia läuft auf Hochtouren. Die Plakate mit den Fotos hängen seit vorgestern im ganzen Dorf. Ihr und Ebbas Porträt stehen ganz oben nebeneinander. Es ist sinnlos, so zu tun, als ob das nicht zwischen ihnen stünde. Ebba hat schon angefangen, sich möglichst bei allen einzuschleimen. Obwohl alle wissen, was für ein Biest sie sein kann, unterstützen sie viele.

Natürlich hat Ebba ihr und Andy die Schuld für das Geschmier am Schrank gegeben. Obwohl sie es nicht beweisen konnte, hat Pierre ein ernstes Wörtchen mit ihnen gesprochen und ihre Eltern angerufen.

Ebba hebt die Hand, bittet, auf die Toilette gehen zu dürfen, und Rut erlaubt es ihr.

Als Ebba an ihr vorbeikommt, wirft sie einen Blick auf den Schal und lächelt hämisch. Alice beißt sich auf die Lippe, will eigentlich aufstehen und ihr eine scheuern. Nie wird sie vergessen, wie Ebba an Halloween Andy angebaggert hat! Wie sie den ganzen Abend mit ihm geflirtet und ihn dann zum letzten Engtanz aufgefordert hat, während Alice sich um Nina kümmerte, die sich vor dem Eingang übergeben musste. Das hat Ebba ausgenutzt, um Andy ins Kissenzimmer zu locken und ihn zu küssen. Ebba weiß, wie Andy ist, wenn er getrunken hat, und das hat sie ausgenutzt. Doch das Allerletzte war, dass sie hinterher Andy dafür die Schuld in die Schuhe geschoben hat!

Aber diesmal gewinnt sie nicht! Andy und sie werden sie fertigmachen. Die größte Gefahr ist, dass Pierre Ebba hilft. Sie hat natürlich mitgekriegt, wie er sie ansieht, wie er sie bittet, nach dem Unterricht noch zu bleiben, und wie sie an zwei Abenden hintereinander aus seiner Haustür gekommen ist.

Die Tür geht auf, und Ebba kehrt zurück. Diesmal lächelt sie noch ätzender. Offensichtlich hat sie was am Laufen. Natürlich wird sie sich für das Geschmier am Schrank rächen. Fragt sich nur, wie.

Sie verfolgt Ebba mit Blicken, kann nicht aufhören, zu ihr hinzugucken. Die Kurven, die geschmeidigen Bewegungen, das blonde Haar, das sie wie eingefangene und gezähmte Sonnenstrahlen umschwebt. Ihre kleine Hand streicht über den Pelzbesatz an ihrer Jacke, und sie sieht Alice über die Schulter zickig an, bevor sie sich nach vorn umdreht.

Das ist so verdammt typisch! Obwohl sich Alice genau so eine Jacke erquengelt hat, darf sie die nicht mit in den Unterricht nehmen. Aber das ist der Unterschied zu Ebba. Am ersten Tag, als sie die zur Schule anhatte, verschwand sie und wurde erst am Abend gefunden, als der Hausmeister die Kiste mit den Fundsachen leerte.

Es läutete. Rut gibt grünes Licht, und sie und Andy sind zuerst aus der Tür.

Sobald sie die Jacke sieht, ist ihr klar, dass etwas nicht stimmt. Sie hängt anders am Haken, die rechte Schulter fällt unnatürlich ab.

Ihre Wangen werden heiß. Vor sich sieht sie Ebbas Grinsen.

»Guck mal!« Sie nimmt die Jacke vom Haken und sieht, dass sie an der Seite einen großen Riss hat. Riss ist das falsche Wort, jemand hat verdammt noch mal die Jacke bis zu den Schultern aufgeschnitten!

Sie hat das gemacht!

»Verfluchte Scheiße!«

Andy stürmt zu ihr. Er wechselt einen Blick mit ihr, der alle Finsternis zum Ausdruck bringt, die er in sich trägt.

Diesmal ist sie zu weit gegangen.

14

Der kleine Verhörraum besaß keine Fenster. Die Wände waren so gelb wie die Ziegel der Fassade, vier Holzstühle standen um einen viereckigen Kieferntisch. Nathalie fiel auf, dass es weder Überwachungskameras noch verspiegelte Wände gab, an die sie vom Stockholmer Polizeigebäude gewöhnt war. Die IKEA-Uhr an der Wand war das gleiche Modell, auf das sie schon in ihrer Gymnasialzeit in der Lundellska Skola zu Hause in Uppsala geschielt hatte.

Fünf nach drei. Die Uhr hätte jede beliebige Zeit anzeigen können, und sie hätte sich darauf verlassen. Die ruckartigen Bewegungen der Zeiger und das Rauschen des Aufnahmegerätes waren hier die einzigen Anzeichen, dass die Zeit verging.

Sie musterte Hampus Fagerholm, während Gunnar die Belehrung verlas. Hampus war dreiundzwanzig Jahre alt und arbeitete im Dorf-Imbiss, der seiner Mutter gehörte. Um die Mittagszeit war er nach einer zweiwöchigen Backpacker-Reise mit einem Freund aus Umeå von Bali nach Svartviken zurückgekehrt. Nach einem kurzen Abstecher nach Hause war er zur Polizeidienststelle geeilt. Er hatte etwas Wichtiges mitzuteilen und wollte das nicht am Telefon erledigen.

Hampus hatte ein kräftiges Gesicht mit ebenmäßigen Zügen, das von blonden Locken eingerahmt wurde. Die Sonne hatte die Spitzen ausgebleicht und seiner glatten Haut einen goldbraunen

Ton verliehen, der einen schönen Kontrast zu den grünen Augen bildete. An den Fingern, die sich auf dem Tisch nervös aufeinander zu bewegten, trug er mehrere Silberringe, und um die Handgelenke saßen mindestens fünf Armbänder. Er war zum ersten Mal in der Polizeidienststelle und einigermaßen nervös.

»Bitte erzählen Sie«, begann Gunnar.

Hampus Fagerholm schluckte, und Nathalie fiel der große Adamsapfel in dem dünnen Hals auf.

»Wie gesagt bin ich so schnell wie möglich hergekommen«, murmelte er, wie um sich Mut für die Fortsetzung zu machen. Seine Stimme war erstaunlich grob und rau im Vergleich zu seinem engelhaften Aussehen. »Auf der Reise war ich total von der Welt abgeschnitten, hatte nicht mal ein Handy auf die Wanderungen mitgenommen. Erst als ich wieder im Basiscamp war, habe ich gelesen, was passiert ist ...«

»Weiter«, forderte ihn Gunnar in einem Ton auf, den Nathalie unnötig aggressiv fand.

Hampus sah erschöpft aus. »Wissen Sie mehr darüber, was mit Ebba passiert ist?«

»Nein, haben Sie uns etwas über sie zu erzählen?«

Hampus schüttelte den Kopf, und die Locken wippten. »Ich kenne Ebba nicht, weiß aber natürlich, wer sie ist. Alle hier im Dorf kennen sie.«

Gunnar verschränkte die Arme über dem Pullover, befühlte ungeduldig seinen Bart. »Wir haben wie gesagt die Landeskriminalpolizei hier und haben nicht den ganzen Tag Zeit.«

Hampus schaute auf seine Hände, die wie zu einem kraftlosen Gebet gefaltet auf der Tischplatte lagen.

»Es geht um Pierre«, sagte er leise.

»Pierre Jonsson, den Lehrer im Dorf?«, fragte Gunnar.

Hampus zog zwischen den Lippen die Luft tief zu einem Ja ein.

»Was möchten Sie uns über ihn mitteilen?«, fragte Nathalie in einem Ton, der zu Vertrauen einlud, es aber nicht einforderte.

»Dass er und ich … dass wir …«

Sein Blick suchte Zuflucht in einem Punkt an der Wand hinter ihr. Nach einer Weile schaute er sie wieder an.

»Ich bin doch am Tag nach ihrem Verschwinden losgefahren, war irgendwie so geschockt wie alle anderen. Und erst vorgestern habe ich erfahren, dass Pierre …«

Ihm versagte die Stimme, und Hampus schaute wieder auf seine Hände. »Ich kann nicht begreifen, dass er tot ist. Das ist unfassbar.«

Gunnar machte Anstalten, etwas zu sagen, Nathalie jedoch legte ihm die Hand auf den Unterarm und meinte: »Ich verstehe, dass es für Sie ein Schock gewesen sein muss. Kannten Sie Pierre?«

Ein stummes Nicken. Die Kiefer spannten sich an, sodass die Knochen unter der Haut deutlich hervortraten. Nathalie spürte, dass sie etwas Wichtigem ganz nahe gekommen war. Hampus schaute zu ihr hoch, schluchzte auf.

»Wir hatten eine Beziehung … Ich meine, nicht wie Freunde …«

»Sie waren ein Paar?«

»Nicht direkt ein Paar, oder doch, das kann man vielleicht so sagen …«

»Erzählen Sie«, bat sie und bedachte Gunnar mit einem strengen Blick, als er unruhig auf dem Stuhl hin- und herrutschte.

»Wir haben uns manchmal getroffen, wenn wir Lust hatten … Das war im vorigen Jahr. Aber das war heimlich, und niemand anders weiß das … Pierre ist doch Lehrer, und niemand im Dorf weiß, dass er und ich …«

Hampus verstummte wieder, schaute verunsichert Gunnar und dann Nathalie an.

»Dass Sie eine Beziehung hatten?«

Er nickte.

»Das ist nicht gerade ein Pluspunkt, wenn man hier im Dorf schwul ist, Leute sind schon für weniger verprügelt worden. Und Pierre war ja Lehrer ...«

»Und da musste er auf seinen *Ruf* achtgeben«, schnitt ihm Gunnar mit fast unverhohlenem Sarkasmus in der Stimme das Wort ab.

»Ja«, antwortete Hampus eintönig, als wäre ihm die Ironie entgangen.

Pierre-vers, dachte Nathalie. Fand man es hier wirklich verwerflicher, homosexuell zu sein, als Gymnasialmädchen zu betatschen?

»Aber Pierre interessierte sich doch für Mädchen?«, wandte Gunnar ein.

»Ja, auch«, sagte Hampus.

»Was wissen Sie über seine Beziehung zu Ebba?«

Hampus zuckte die Schultern. »Nur, dass er sie mochte. Als Schülerin. Und dass er ihr bei einer YouTube-Sache geholfen hat.«

»Seltsamerweise haben wir auf seinem Rechner davon keine Spur gefunden, allerdings jede Menge Pornos«, erklärte Gunnar. »Wissen Sie, was die beiden *tatsächlich* gemacht haben?«

Hampus sah entsetzt aus und griff sich an die Brust. »Mein Gott, nein! Pierre würde so was nie tun. Aber er hat davon gesprochen, dass er Sponsoren für ihren Kanal beschaffen wollte. Er hat ... hatte Kontakte in die Make-up-Branche, das ist alles, was ich weiß.«

Nathalie schaute ihm in die Augen, erahnte, dass sich hinter den Worten eine andere Wahrheit verbarg.

»Was hat Ihre Beziehung zu Pierre mit dem Mord zu tun?«, fragte Gunnar schlecht gelaunt.

Mit müder Miene sah Hampus ihn an.

»Ich war bei Pierre zu Hause, als Ebba verschwunden ist.«

Gunnar wie Nathalie saßen sprachlos da. Diesmal mehr aus Erstaunen denn aus Taktik. Hampus räusperte sich und wiederholte mit mehr Kraft in der Stimme: »Pierre rief mich um sieben Uhr an. Er musste sich in der Nacht erbrechen und hatte Fieber, wollte, dass ich ihm Schmerztabletten und Rehydrierungsmittel bringe. Ich wohne ja nur hundert Meter von ihm entfernt, Sie wissen schon, in Torpbacken?«

Gunnar nickte.

»Und weil ich das zu Hause hatte, bin ich zu ihm. Schon blöd bei der Ansteckungsgefahr, aber ich bin schnell zu ihm in die Wohnung, habe ihm die Rehydrierung angemischt und den Müll rausgebracht. Jedenfalls war ich bis acht Uhr dort. Also kann unmöglich Pierre Ebba mitgenommen haben.«

Gunnar schnaubte, strich sich über den Bart, der im Schein des Neonlichts weiß leuchtete.

»Wohin sind Sie anschließend gegangen?«, fragte er.

»Nach Hause.«

»Kann das jemand bezeugen?«

»Nein, aber warum sollte ich mir so was ausdenken?«

Die Frage blieb im Raum hängen.

»Ich sage die Wahrheit«, fuhr er fort, »warum sollte ich einen Toten in Schutz nehmen? Und außerdem fällt es mir nicht leicht, das hier zu erzählen. Ich will, dass das hier unter uns bleibt.«

»Es ist sehr gut, dass Sie hergekommen sind«, sagte Nathalie. »Sind Sie sicher, dass Sie um acht Uhr bei Pierre weggegangen sind? Kann es auch eine halbe Stunde früher oder später gewesen sein?«

»Nein, ich weiß, dass ich auf die Uhr geguckt habe. Hundertpro.«

Gunnar fragte nach Details, wie es in der Wohnung ausgesehen hatte, und bekam die Antwort, die nach Nathalies Deutung zu dem passte, was man gefunden hatte: Proviva-Shots, Kardamom-Zwieback und Kamillentee. Zum Schluss sagte Hampus, dass er von seinem Vater eine Dose Alvedon mitgenommen und bei Pierre gelassen habe. Der Name seines Vaters stand auf der Dose, weil er die stärkere Variante bekommen hatte, die es nur auf Rezept gab.

Gunnar warf Nathalie einen Blick zu, der ihr zu verstehen gab, dass sie diese Dose auf Pierres Nachttisch gefunden hatten.

»Wie lautet Ihre Telefonnummer?«, fragte Gunnar und tippte auf seinem iPad herum. Die Ziffern stimmten mit der Liste aus Pierres Handy überein.

»Pierre hat also gelogen, um Sie zu schützen«, stellte Nathalie fest und schaute Hampus in die Augen. Sein Gesicht war verschlossen wie ein Stein und seine Stimme gebrochen.

»Es ist entsetzlich. Jemand hat sich an Pierre gerächt, obwohl er unschuldig ist.«

15

Als Hampus Fagerholm die Polizeidienststelle verlassen hatte, versammelten sie sich wieder im Besprechungsraum. Die Dunkelheit vor den Fenstern war undurchdringlich, und ein Traktor, der vor der Tagesklinik Schnee räumte, blinkte rot.

»Das war zugegebenermaßen eine überraschende Wende«, fand Anna-Karin, die mit verschränkten Armen neben der Leinwand mit dem Foto des ermordeten Pierre stand.

»Können wir uns darauf verlassen, dass er die Wahrheit sagt?«, fragte Johan, ohne von seinen Unterlagen aufzublicken.

»Was er über die Gegenstände in der Wohnung gesagt hat, stimmt, auch dass Pierre ihn um sieben Uhr angerufen hat«, stellte Gunnar fest und schenkte sich eine Tasse Kaffee ein.

»Ich halte ihn für glaubwürdig«, sagte Nathalie und betrachtete widerwillig das Foto von Pierre.

Das Blut. Die unmögliche Abwinkelung von Hals und Arm. Der Wutausbruch und die absolute Stille.

Anna-Karin Tallander strich sich über den blonden Zopf und ließ den Blick einmal über die Gruppe schweifen. »Bis das Gegenteil bewiesen ist, gehen wir davon aus, dass es stimmt«, entschied sie.

»So gesehen wird es dadurch leichter, Ebba zu finden«, meinte

Johan. »Jetzt haben wir eine Chance, den Täter zu ergreifen und zu befragen.«

Ohne weitere Worte zu verlieren, zogen sie sich an und verließen den Raum.

An der Anmeldung wartete ein junger Mann mit dunkel gelocktem Haar. In seinem schwarzen Mantel und mit dem orange gestreiften Schal strahlte er Eleganz und Stil aus. Als die Gruppe herauskam, lächelte er charmant, als seien sie alte Bekannte, und machte in seinen Lederhalbschuhen zwei Schritte auf sie zu.

»Was wollen Sie hier?«, fragte Gunnar. Der ehemalige Dorfpolizist war einen halben Meter kleiner als der Mann, und das trieb ihm den Zorn ins mürrische Gesicht.

»Da muss natürlich die berühmt-berüchtigte Profilergruppe gerufen werden«, antwortete der Mann und lächelte breit. Sein blasser Teint, die hohe Stirn und die markante Nase verliehen seinem Gesicht etwas Aristokratisches.

»Das ist Ebbas Cousin, der Journalist Sebastian Jägher«, verkündete Anna-Karin. Nathalie nickte und schaute ihm in die Augen. Jetzt erkannte sie ihn aus der Fernsehsendung wieder. Sebastian Jägher hatte einige sensationslüsterne Reportagen über Ebbas Verschwinden gemacht. Immer der Erste mit den neusten Neuigkeiten, oft mit einem Detail, von dem nur ein Kenner des Dorfes und seine Bewohner wussten.

»Wir kommentieren nichts, und Sie haben hier keinen Zutritt«, stellte Anna-Karin Ehrfurcht gebietend fest.

»Ich weiß«, lächelte Sebastian und zuckte die Schultern, »aber es ist so verdammt kalt.«

»Sind Ihre Kollegen auch hier?«, fuhr Anna-Karin mit einem Nicken zur Ausgangstür fort.

»Nein, nur ich. Ich habe gesehen, dass Hampus Fagerholm hier gewesen ist. Was wollte er?«

»Jetzt reicht's!«, beschloss Anna-Karin und machte einen Schritt auf Sebastian zu. Sie waren gleich groß, Anna-Karin jedoch sah aus, als könnte sie Sebastian wie ein Streichholz zerbrechen.

»Sie gehen am besten jetzt«, schaltete sich Gunnar ein und riss die Tür mit einem Ruck auf. Eine Schlange aus weißem Rauch wand sich im Luftzug. Nathalie spürte die Kälte an den Knien, obwohl sie die Skihose angezogen hatte.

»Morgen um zwölf Uhr geben wir eine Pressekonferenz«, sagte Gunnar und nickte zur Tür.

Sebastian Jägher sah enttäuscht aus. »Ich verstehe«, seufzte er und wickelte sich den Schal noch einmal um den Hals. Neugierig musterte er ein letztes Mal die Mitglieder der Profilergruppe. Gunnar schloss hinter ihm schnell die Tür wieder.

»Aufdringlicher Typ«, sagte Johan und knöpfte sich den Ledermantel zu.

»Das ist nicht untertrieben«, stimmte Anna-Karin ihm zu, »aber hier rein ist er vorher noch nicht gekommen.«

»Er ist also Ebbas Cousin?«, hakte Nathalie nach.

»Ja«, antwortete Gunnar und fischte einen Schlüsselbund aus der Bärenfelljacke. »Er ist das einzige Kind von Jennys älterer Schwester, die vor ein paar Jahren an Krebs verstorben ist. Der Vater war professioneller Pokerspieler, wohnt in Los Angeles und hat keinen Kontakt zu seinem Sohn. Sebastian war beim Tod seiner Mutter achtzehn und muss seitdem mehr oder weniger selbst sehen, wo er bleibt. Jenny ist für ihn so etwas wie eine Ersatzmutter geworden, obwohl er den Anschein erwecken will, dass er allein klarkommt.«

»Er war doch der Moderator vom Weihnachtsmarkt, als sich die Lucia-Kandidatinnen vorgestellt haben, oder?«, sagte Tim und schaute in seinen Laptop, den er auf dem Anmeldetresen aufgeklappt hatte.

»Ganz genau, wie aufmerksam von Ihnen«, lobte Anna-Karin beeindruckt. Tim errötete und guckte mal sie, mal Nathalie an. »A man should keep his brain stocked with the furniture he is likely to use.«

»Wie bitte?«, fragte Anna-Karin.

»Sherlock Holmes. Aus der Kurzgeschichte *Die fünf Orangenkerne*.«

Anna-Karin sah Nathalie erstaunt an, die lächelnd mit einer Geste zu verstehen gab, dass sie gerade Tim in Kurzfassung erlebt hatte.

»Sebastian hat dank des Verschwindens anscheinend einen großen Karrieresprung gemacht«, vermutete Angelica und knöpfte sich den rabenschwarzen Mantel zu.

»Ja«, bestätigte Gunnar und guckte aus dem Fenster in der Tür. »Er wurde arbeitslos, als TV 4 seine Lokalredaktionen geschlossen hat. Danach hat er bei der Lokalpresse Gelegenheitsjobs angenommen, gehört aber jetzt zu den am meisten gefragten Journalisten im Land. Arbeitet für das Web-Fernsehen von Aftonbladet und für die Abendnachrichten im Fernsehen und hat sogar ein paar Reportagen auf BBC und Fox News gehabt.«

»Ist er immer so aufgebrezelt angezogen?«, fragte Maria.

»Er ist hier im Dorf so was wie ein Paradiesvogel«, nickte Gunnar. »Wollte immer zeigen, dass er was Besseres ist als die anderen, sogar als er keine Arbeit hatte. Vielleicht erst recht deshalb. Je schlechter es lief, umso aufgedonnerter die Kleidung, Sie verstehen?«

»Kleine Hunde, lautes Gebell«, sagte Tim.

»Was hält Ebbas Mutter von den aufdringlichen Interviews?«, fragte Nathalie.

Gunnar zuckte die Schultern. »Sie haben ein enges Verhältnis und halten gegen den Vater Jack zusammen, vor allem wenn es ums Geld geht. Bei Sebastian wie Jenny lief es in den letzten Jahren wirtschaftlich nicht so gut. Sebastian behauptet, Jenny sei von Jack bei der Scheidung über den Tisch gezogen worden. Und Sebastian ist schon immer auf Ebba eifersüchtig gewesen, weil Jack sie verwöhnt und weil sie mehr im Rampenlicht steht. Doch trotz des Kummers glaube ich, dass sich Jenny für Sebastian freut.«

Tim schaute von seinem Bildschirm auf: »Ich sehe, dass er Pierre am Abend vor dem Mord angerufen hat.«

»Ja«, sagte Anna-Karin. »Er behauptet, er habe nur einen Kommentar zum Verschwinden bekommen wollen.«

»Klingt etwas weit hergeholt«, fand Johan. »Ich meine, da war doch ihr Verschwinden schon sechs Tage her.«

»Wollen wir los?«, fragte Gunnar und zog die Tür auf. »Es ist schon vier, und wenn wir den Zeitplan einhalten wollen, müssen wir uns beeilen.«

16

Granstam wollte die Nabe des Dorfes besichtigen, also parkten sie auf dem Marktplatz und stiegen aus. Nathalie stellte sich neben Johan und schaute sich um. Hinter ihnen befand sich das Kommunalverwaltungsgebäude samt erleuchtetem Wappen mit Vielfraß. Vor dessen Eingang stand ein Weihnachtsbaum mit Hunderten von elektrischen Kerzen, die ihr Bestes gaben, um die Dunkelheit zu bezwingen. Der lange zweistöckige Backsteinkomplex war baulich mit dem doppelt so großen Dorfgemeinschaftshaus verbunden, in dem Schulmensa, Kino und Jugendzentrum untergebracht waren. Vor ihnen lag das staatliche Alkoholgeschäft Systembolaget, jeweils links und rechts davon die Supermärkte Ica und Konsum. Hinter den Geschäften verliefen die Bundesstraße und die Bahnstrecke auf den unerschütterlichen Hintergrund aus Schnee und Wald zu.

Es herrschte klirrende Kälte. Nur wenige Menschen eilten zwischen Autos und Geschäften hin und her. Die meisten Passanten warfen der fremden Gruppe neugierige Blicke zu, andere beachteten sie nicht weiter.

»Kommen Sie, dann kriegen Sie jetzt die Lucia-Kandidatinnen zu sehen«, sagte Gunnar und steuerte auf den Konsum-Supermarkt zu. Die Gruppe folgte ihm schweigend. Nur das Knirschen unter ihren Schuhsohlen war zu hören sowie Tims und Granstams schwerer Atem. Gunnar ging durch den Eingang und blieb vor dem Schaufenster der Bank stehen, die sich dem Geschäft anschloss.

»Das hier ist also am ersten Advent aufgehängt worden«, erklärte Gunnar und zeigte auf ein beleuchtetes Plakat mit den acht Kandidatinnen. »Neben der Bank sponsert der Lions Club den Lucia-Umzug. Aber wie überall gibt es auch hier im Dorf mit jedem Jahr immer weniger Geld, und in diesem Jahr, haben sie gesagt, spenden sie wahrscheinlich zum letzten Mal was.«

Nathalies Blick suchte automatisch das Foto von Ebba. Dabei handelte es sich um das gleiche Bild, das sie in der Polizeidienststelle gesehen hatte, das gleiche Bild, das sie seit Ebbas Verschwinden täglich gesehen hatte. Rechts von Ebba war ein Foto von Alice und unter den beiden weitere sechs von Mädchen im selben Alter.

»Warum hat man die Fotos nicht abgenommen?«, fragte sie.

»In der Aufregung hat man das vergessen«, antwortete Anna-Karin.

»Und dann hat Jack dafür gesorgt, dass sie hängen bleiben«, erklärte Gunnar und zeigte auf ein DIN-A4-Blatt, das auf den Millimeter genau neben das Plakat auf die Scheibe geklebt worden war.

Eine Schwarz-Weiß-Kopie von einem anderen Foto von Ebba. Nathalie kannte es aus dem Klassenalbum. WER HAT EBBA GESEHEN?, war unter das Bild geschrieben worden. Darunter stand Jacks Handynummer.

»Er hat solche Zettel auf jeder freien Fläche im ganzen Dorf aufgehängt«, erklärte Anna-Karin.

Maria wendete sich an Gunnar: »Was herrscht hier im Dorf für eine Art von Gewalt?«, fragte sie, und weiße Atemwölkchen zeichneten sich deutlich vor ihrer braunen Haut ab.

»Was meinen Sie damit?«, wollte Gunnar wissen und machte ein paar Schritte auf die Autos zu. Maria folgte ihm, und Johan tat es ihr gleich. Das Thema war wichtig. Er hatte ein Jahrzehnt gebraucht, um die Gewalt in Sundsvall zu verstehen.

»Die meisten Orte haben ihre eigene Gewaltkultur, aber oft ist es nötig, viele Jahre dort zu wohnen, ehe man sie zu Gesicht bekommt«, erklärte Maria. »Verstehen Sie, was ich meine?«

»Klar verstehe ich das, vergessen Sie nicht, dass ich hier über dreißig Jahre als Polizist gearbeitet habe.«

Nathalie holte das Trio an der Spitze ein, und Maria erweiterte die Frage: »Findet die Gewalt im Verborgenen oder öffentlich statt? Handelt es sich um Streit unter Gastronomen und Schlägereien im Stillen zwischen verschiedenen Gangs? Wer ist daran beteiligt, und gegen wen richtet sie sich? Richtet sie sich gegen Personen oder gegen Gruppen, zum Beispiel gegen Homosexuelle oder Flüchtlinge?«

»Worauf wollen Sie hinaus?«, murmelte Gunnar.

»Sie sagen doch, Sie wohnen schon Ihr ganzes Leben im Dorf«, sagte Maria, jetzt mit einem verärgerten Unterton. »Von welchen Straftaten haben alle Kenntnis? Ich meine natürlich, aus der Zeit vor dem, was jetzt passiert ist.«

Die Falten in Gunnars wettergegerbtem Gesicht gruben sich tiefer ein. Bei den Autos blieb er stehen und betrachtete Maria.

»Das ist wohl der Mordbrand im Zahnarzthaus«, antwortete er, und Nathalie konnte sehen, dass ihn Marias Beharrlichkeit zum Kochen brachte. Jetzt wollte er bestimmt für sie alle eine Geschichte zum Besten geben, die sie so schnell nicht vergessen würden.

»Zahnarzt Nilsson war ein echter Weiberheld, wohnte in einer Villa am See und hatte den Gerüchten zufolge in den Achtzigern Sex mit mindestens fünfzig Frauen aus dem Dorf. Eines Mittsommers wurde die Villa angezündet, und er verbrannte darin. Ich war als Polizist neu im Dorf und ermittelte mit dem alten Dorfpolizisten in dem Fall. Den Schuldigen haben wir nie gefunden. Aber einem Gerücht zufolge hatten die betrogenen Männer die Nase voll und sich gerächt.«

Gunnar öffnete die Tür auf der Fahrerseite des Saabs, bedeutete Anna-Karin mit einem Nicken, auf der anderen Seite einzusteigen, und schloss mit den Worten: »Die Art von Gewalt haben wir hier. Wenn es jemand zu bunt treibt, nehmen die Leute die Sache selbst in die Hand. Und dann gilt nicht das Gesetzbuch, das von Juristen in der ach so vornehmen Hauptstadt geschrieben wurde, dann gilt der gesunde Menschenverstand der Bauern, durch den die Leute hier überleben. Jetzt fahren wir zu der Stelle, wo Ebba im Auto mitgenommen wurde.«

Maria setzte sich in den Toyota neben Angelica, und Nathalie, Johan, Tim und Granstam stiegen in den Minibus. Nathalie drehte sich zu Johan um und dachte laut nach: »So was ist wohl auch mit Pierre passiert, oder? Jemand hat die Sache selbst in die Hand genommen.«

»Das Problem ist nur, dass wir da eine große Auswahl haben«, meinte Johan.

Granstam ächzte auf dem Rücksitz, als er versuchte, sich anzuschnallen.

»Wir fahren nur hundert Meter«, sagte Johan.

»83,4 Prozent der Autounfälle geschehen auf Fahrten unter einem Kilometer«, berichtete Tim und sog einmal an seinem Asthmainhalator.

Nathalie betrachtete Johan, als er Gunnar und Anna-Karin hinterherfuhr, sah diese Entschlossenheit, die seine Augen und sein Körper ausstrahlten und die sie so sehr an ihm mochte. Bisher hatten sie noch nicht über ihre Beziehung sprechen können.

Möglicherweise blieb ihnen dafür noch Zeit; doch Johan würde seine Aufmerksamkeit erst auf andere Dinge lenken, wenn sie den Fall aufgeklärt hatten. Obwohl sie über bessere Simultankapazitäten verfügte, würde sie ihn nicht unter Druck setzen.

Sie schaute auf die mit Schneeflecken übersäte Straße, versuchte sich vorzustellen, wie Ebba in ihrem Lucia-Kleid und mit der Tüte in der Hand am Straßenrand entlanggegangen war. Was hatte sie gedacht? Was hatte sie gefühlt? Und wer hatte sie angerufen?

17

Sie fuhren an Jacks Haus und der Siedlung Mården vorbei, die zu beiden Seiten der kurzen Wegstrecke lagen, die Ebba am Lucia-Morgen zur Bundesstraße zurückgelegt hatte. Jacks sonnenblumengelbes Haus mit den weißen Tür- und Fensterrahmen und den vielen Schnitzereien bildete einen starken Kontrast zu dem braunen Ziegelsteinkasten, in dem hundert Adventsleuchter und Dekokitsch in allen Farben des Regenbogens mit ganzer Kraft versuchten, die triste Fassade aufzuhübschen. Nathalie konnte in Jacks Haus keine Bewegung feststellen, sah jedoch, dass der silberfarbene Volvo in der Einfahrt stand.

Sie bogen nach rechts auf die Bundesstraße ab, fuhren die gleiche Strecke, die Ebba gegangen war. Gunnar rief an und teilte ihnen mit, dass er zum Tanken zur Tankstelle fahren musste. Johan folgte ihm. Die roten Zahlen auf der Anzeige mit den Benzinpreisen verrieten ihnen, dass es 16.17 Uhr und die Temperatur auf minus einundzwanzig Grad gesunken war.

Sie kehrten dorthin zurück, wo Ebba im Auto mitgenommen worden war, stellten die Wagen hintereinander ab und stiegen aus. Kälteschwaden schwebten wie Schleier im Schein der Straßenlaternen. Weit darüber leuchteten die Sterne mit dem Mond um die Wette.

»Genau hier ist Ebba in den Volvo eingestiegen«, erklärte

Anna-Karin und trat ins Licht einer Straßenlaterne. »Der Pfarrer ist sicher, dass sie unter einer Laterne stand, und er ist sich fast ebenso sicher, dass es genau hier war.«

Johan schaute sich um. Hundertfünfzig Meter sowohl zur Tankstelle als auch zu Jacks Haus. Die Straße war so menschenleer wie der Bootshafen und der See auf der anderen Seite der Bahnstrecke. Er drehte sich zu Gunnar um.

»Hat außer dem Pfarrer niemand Ebba gesehen? Es ist an einem Werktag passiert, und Leute müssen doch auf dem Weg zur Arbeit gewesen sein.«

»Leider nicht, jedenfalls hat sich sonst niemand gemeldet. Nach unserer Schätzung fährt zu dem Zeitpunkt ein Auto pro Minute hier vorbei, aber das Einzige, was wir außer der Zeugenaussage des Pfarrers haben, sind ein paar Personen, die seinen Wagen auf der Straße gesehen haben. Er fährt einen gelben VW-Käfer, den alle kennen.«

»Johans Frage ist trotzdem wichtig«, meldete sich Nathalie zu Wort und schob die Hände in die Daunenjacke. »Wer Ebba mitgenommen hat, konnte doch nicht davon ausgehen, dass er nicht gesehen werden würde. Vor allem mit dem gestohlenen Volvo war es ein gewisses Risiko, sich überhaupt in der Öffentlichkeit blicken zu lassen.«

Gunnar schnaubte: »Und warum um alles in der Welt sollte jemand auf das Autokennzeichen geachtet haben?«

»Weil die Leute den gestohlenen Volvo natürlich erkannt hätten«, antwortete Nathalie.

»Wie dem auch sei«, sagte Gunnar, »da unten sehen Sie den Motorsportklub und Jacks Werkstatt.« Er zeigte auf zwei flache Gebäude auf der Seeseite ein paar Hundert Meter südlich vom Bootshafen. Nicht ein Licht brannte dort, und die Gebäude waren nur als zwei Schatten in der Dunkelheit auszumachen.

»Wo ist das Paar entlanggegangen, das behauptet, Hamid vor dem Klub gesehen zu haben?«, fragte Maria.

»Kommen Sie, ich zeige es Ihnen«, antwortete Gunnar und überquerte die Straße. Sie folgten ihm fünfzig Meter zum Klubhaus. Er blieb stehen und deutete auf einen mit Eis überzogenen orangefarbenen Leitpfosten mit Schneestange, der in einer Wehe stand.

»Das Ehepaar Svedlund ging hier entlang zum Dorf«, sagte er, »da, sehen Sie, hat der Hund von den beiden gepinkelt.« Er lächelte unter seinem Bart und wies auf einen blassgelben Fleck im Schnee neben der Stange. »Sie sagen also, sie hätten Hamid dort auf der Straße gesehen.« Er streckte den Arm in eine andere Richtung, nämlich zur Schotterpiste, die zum Klub auf der anderen Seite der Bahnstrecke führte.

»Das war um neun Uhr abends vor der Nacht, in der der Volvo gestohlen wurde«, zitterte Tim. »Wie sicher sind die beiden, dass sie Hamid gesehen haben?«

»Nicht besonders«, antwortete Anna-Karin.

»Ziemlich sicher«, widersprach Gunnar.

»Sie haben doch gesagt, dass alle diese ›Bombenleger-Kinder‹ gleich aussehen!«, konterte Maria, verschränkte die Arme vor der Brust und sah aus, als würde sie sich am liebsten mit ein paar Übungen aus ihrem Taekwondo-Repertoire abreagieren. »Dass die ›Kanacken‹ die Kommune mehr als eine Million im Jahr kosten und dass man stattdessen das Geld besser für die Betreuung der Senioren ausgeben sollte.«

»Claes und Ulla Svedlund sind unbescholtene Mitbürger, aber ich gebe zu, dass ihre Aussage nicht frei von Vorurteilen ist«, gestand Gunnar ein.

»Wie viele Mitglieder hat der Motorsportklub?«, fragte Granstam, dessen Schnäuzer langsam Frost ansetzte.

»Über hundert. Das ist gar nicht übel für ein Dorf mit knapp zweitausend Einwohnern.«

»So ist das wohl in allen Nestern auf dem Land«, meinte Tim. Als sich alle zu ihm umdrehten, fügte er hinzu: »Da sind die Leute so scharf auf Maschinen, meine ich.«

»Sie wissen bestimmt, dass der Stockholmer Stadtteil Östermalm das Gebiet mit der höchsten Dichte an Jeeps im Land ist?«, schob Nathalie ein, bevor Gunnar etwas erwidern konnte. Tim grinste: »Das Bedürfnis vorzuführen, wie groß der eigene ...«

»Danke, Tim, es reicht«, fiel Granstam ihm ins Wort.

»Dann fahren wir jetzt zur Kirche«, beschloss Anna-Karin und zeigte in die Richtung. Auf einem bewaldeten Hügelkamm in einem halben Kilometer Entfernung erhob sich ein angestrahlter Kirchturm gleich einem Richtpunkt für Glauben und Hoffnung.

Nathalie fragte sich, ob Ebba in dem Volvo gesessen hatte, der an der Kirche vorbeigefahren war. Wenn ja, wann war ihr klar gewesen, dass sie entführt wurde?

Ihre Gedanken wurden von zwei Autos unterbrochen, die von der Abzweigung bei Jacks Haus abbogen. Der erste Wagen war ein roter Golf.

»Hauspflegedienst«, kommentierte Gunnar.

Der andere war ein allseits bekannter Chevy. Der Mann hinter dem Steuer war ebenfalls ein alter Bekannter. Die große Pelzmütze, die starren Hundeaugen und der halb offene Mund.

Nathalie kreuzte Ulf Kläppmans Blick und lächelte freundlich. Bei nächster Gelegenheit würde sie mit ihm sprechen. Wenn jemand etwas gesehen hatte, dann er.

»Ufo ist wie immer auf seiner Umlaufbahn«, murmelte Gunnar, als der Chevy Richtung Zentrum davonglitt. »In ein paar Stunden fährt er zum Bahnhof und wartet auf den Nachtzug.«

Sie überquerten wieder die Bundesstraße, ihre Schritte waren auf der harten Fahrbahn nicht zu hören. Gunnar sprach weiter: »Leider ist es nicht mehr wie früher, als die Menschen noch zu Fuß gingen und auf dem Weg ein Plauderstündchen einlegten. Da wussten noch alle, was sich tat, was die Nachbarn machten und wohin sie unterwegs waren. Jetzt nehmen alle das Auto, auch wenn sie nur ein paar Hundert Meter weiter einen Liter Milch einkaufen wollen.«

Sie fuhren zur Kirche hoch, stiegen aus und stellten sich an die Stelle, wo der Vater das Foto von den Lucia-Jungfern und dem vorbeifahrenden Volvo aufgenommen hatte.

Fünfzig Meter von der Straße entfernt, stellte Nathalie fest und spürte Ebbas Nähe. Wenn sie ihrer Intuition trauen durfte, dann hatte Ebba in dem Volvo gesessen.

Sie holte das Handy heraus und rief das Foto auf. Die Konturen waren verschwommen, die Schärfe ansonsten gut.

»Kann man feststellen, wie schnell der gefahren ist?«, fragte sie und zeigte Tim das Bild.

»Ja, fast auf eine Stelle hinter dem Komma.«

»Sieht ziemlich schnell aus.«

Johan und Granstam beugten sich darüber und schauten es sich an.

»Du hast recht«, sagte Johan. »Definitiv zu schnell für eine 30er-Zone.«

»Worauf wollen Sie hinaus?«, fragte Anna-Karin, die sich ebenfalls vorgebeugt und es angeguckt hatte.

»Ich stelle mir vor, wie der Täter Ebba zuerst zur Kirche mitnehmen wollte«, sagte Nathalie und zog sich Handschuhe an. »Dann passierte etwas, woraufhin er Gas gab und vorbeifuhr.«

»Gute Idee«, lobte Granstam.

»Spricht für die Theorie, dass sie die Person kannte, von der sie mitgenommen wurde, aber sehr viel mehr gibt das nicht her, oder?«, meinte Gunnar.

Eine Pause kam auf. Unten im Dorf bellte ein Hund.

»Die Kirche ist jedenfalls schon seit Jahrzehnten nicht mehr so gut besucht gewesen«, meldete sich Gunnar wieder zu Wort und warf einen Blick auf den Turm.

»Haben die Leute Angst?«, fragte Angelica.

»Ja. Sie lassen ihre Töchter nicht mehr allein draußen rumlaufen, obwohl ich gesagt habe, dass so was wohl kaum noch einmal vorkommen wird.«

18

2. Dezember

Pierre legt seine Hand auf ihren Oberschenkel und schaut ihr in die Augen: »Das wird der Hammer! Ich glaube nicht, dass du weißt, wie hübsch du bist, Ebba.«

Sanft, aber bestimmt schiebt sie die Hand weg und guckt demonstrativ auf den Bildschirm mit den neuesten Fotos, die sie aufgenommen haben. Die Schwarz-Weiß-Porträts gefallen ihr am besten, aber sie macht zu sehr einen Schmollmund. »Dieses Duck-Face können Sie nicht verschicken. Ich sehe voll bescheuert aus.«

Pierre grinst und pustet seinen Pony aus den Augen. »Du verspannst dich. Mach es einfach, wie ich sage, dann wird es gut. Niemand kriegt das gleich am Anfang richtig hin. Guck dir die Fotos von Kendall Jenner und Gigi Hadid an.« Er ruft Fotos von ihren beiden Vorbildern auf. »Siehst du, dass die Augen und die Wangen kühl und entspannt sind? Das verleiht den Lippen weiche und klare Konturen, die perfekt aussehen!«

»Ja«, antwortet sie und versucht es vor dem Spiegel nachzuahmen, der auf ihren Knien liegt.

Pierre zieht ein Bein aufs Sofa und dreht sich zu ihr um. Zum Glück bleibt seine Hand auf dem Sofa. Es ist Viertel nach sechs, und bald muss sie nach Hause. Papa hat schon zweimal angerufen. Normalerweise antwortet sie ihm nur mit einer SMS; aber weil Pierre sie anbaggert, hat sie die Gespräche angenommen und ihm signalisiert, wer der Anrufer ist. Das hat Pierre abgeturnt. Er hat wie die meisten Todesangst vor Jack. Pierre würde nicht mehr lange im Dorf bleiben können, wenn Papa wüsste, was Pierre treibt. Aber wenn sie ihren Traum leben will, muss sie sich mit Pierre arrangieren. Ohne seine Kontakte würde sie vielleicht bis in alle Ewigkeit in Svartviken versauern. Mit dem Spasti von Tony, Andy, Alice, Sebastian und all den anderen Kleinhirnen.

Nein, sie wird es allen zeigen! Wenn sie als Lucia in die Kirche einzieht, werden alle staunen. Fotoaufnahmen dabei zu machen, war Pierres Idee, und die gefällt ihr. Lucia ist etwas Exotisches und bringt ihr Haar wie Gold zum Glänzen.

»Vielleicht machen wir Schluss für heute«, sagt sie. »Ich kann jetzt nicht mehr.«

»Wollen wir zum Abschluss eine Folge von *Sweden's Next Top Model* gucken?«, lacht er.

»Muss aber gleich nach Hause.«

»Wenn du eine Chance haben willst, darfst du nicht so schnell aufgeben.« Er steht auf und streckt die Hände über den Kopf.

»Ich genehmige mir ein Glas Roten, um die Kreativität in Schwung zu bringen.«

Er bleibt vor dem Fernseher stehen und schaut sie fragend an.

»Willst du auch ein Glas? Ich habe eine halbe Flasche Merlot von 2008 da«, sagt er auf seine eingebildete französische Art, »der ist unglaublich gut.«

Sie schüttelt lächelnd den Kopf. Obwohl sie schon auf diesem Sofa gesessen und manches Glas getrunken hat, ist das immer nur im Beisein anderer aus der Klasse passiert. Heute ist Mittwochabend, sie ist allein und will gleich zu ihrem Vater nach Hause gehen.

Was denkt Pierre eigentlich von ihr?

»Ich gönne mir jedenfalls ein Glas«, sagt er und verschwindet in der Küche.

Sie lehnt sich im Ledersofa zurück und klickt auf die neusten Posts auf Snapchat und Insta. Einige Posts zum Fest am Freitag, über den Mathetest am nächsten Tag und die Wahl zur Lucia. Doch nichts von ihr oder Alice. Zum Glück. Sie schaltet das Display aus und lässt das Handy aufs Knie gleiten. Seit sie die Jacke zerschnitten hat, funkelt Hass in Alice' und Andys Augen. Sie hofft, dass die beiden kapieren, was für Kleinhirne sie sind, und Ruhe geben.

Pierre pfeift und klappert in der Küche. »Ich mache auch einen Käseteller. Überleg mal, mit welchen Posen du weitermachen willst!«

»Okay«, antwortet sie erschöpft, kann aber nicht aufhören, sich den Kopf über Andy und Alice zu zerbrechen. Sie musste sich für das Geschmier auf ihrem Schrank rächen. Obwohl der Hausmeister versucht hat, die Worte wegzuwischen, sind sie noch gut lesbar. Morgen tauscht er die Tür gegen eine neue aus. Das wird aber auch Zeit, nachdem die ganze Scheißschule es schon gesehen hat.

DU WIRST STERBEN, DU HURE!

Einigen tut sie leid, doch die meisten sehen so aus, als würden sie denken, dass es ihr recht geschieht, dass sie sich bloß nicht für was Besseres halten soll, nur weil sie hübsch ist!

Scheißspießer! Scheißsvartviken!

Ein Gutes hat Papa, nämlich dass er ihr im Gegensatz zu Mama immer gesagt hat, sie solle sich nichts gefallen lassen. Damit hat er recht. Gewalt und Bosheit verstehen nur Gewalt und Bosheit. Wenn sie sich nicht wehren könnte, wäre von ihr schon in der Fünften nur ein kleiner nasser Fleck übrig geblieben.

Pierre kehrt lächelnd mit einem Teller, zwei Weingläsern, einer Flasche, Käse, Kräckern und einer Rispe grüner Weintrauben zurück. Als er sich neben sie setzt, denkt sie an *das Ekelige*. Als sie gestern mit ihrem heimlichen Freund eine Zigarette geraucht hat, wollte sie es ihm erzählen. Aber es ging nicht. Die Worte quollen im Mund auf und führten zu Brechreiz. Obwohl er von nichts wusste, versuchte er sie zu trösten. Immer lieb, immer da.

»Sicher, dass du nichts willst?«, fragt Pierre und hebt die Flasche zu ihrem Glas. »Der Wein ist gut. Mit dem Camembert und den Trauben bringt er die Geschmacksknospen vor Glück zum Tanzen.«

»Jetzt klingen Sie so kuschelig romantisch wie Ernst Kirchsteiger«, lacht sie, »aber nein danke, ich will wie gesagt gleich zu meinem Vater.«

Pierre nickt plötzlich ernst und schenkt sich ein Glas ein, trinkt einen Schluck und fährt mit dem Zeigefinger übers Touchpad, schaut in ein paar Kanäle hinein, die sie geöffnet haben, und knipst eine Traube ab.

»Du musst jeden Tag zur gleichen Zeit aktiv sein, es ist wichtig, dass die Follower wissen, dass du lieferst. Wenn du Tipps, wie ein junges Mädchen ihr Selbstbewusstsein aufbauen kann, mit deiner ›morgendlichen Make-up-Routine‹ kombinierst, dann machen wir etwas, das es auf den angesagtesten Vlogs noch nicht gibt. Dafür kann ich bestimmt meine Sponsorenkontakte gewinnen.«

Wieder spürt sie Pierres Hand auf ihrem Schenkel, sie lässt sie liegen und nickt: »Super! Aber Sie müssen mir helfen, was ich schreiben soll. Wird voll schwer, jeden Tag neue Tipps zu geben.«

»Kein Problem«, stimmt Pierre zu und bewegt seine Hand den Schenkel hoch. Sie sieht die Begierde in seinen Augen und steht auf. »Ich muss mal aufs Klo, komme gleich wieder.«

Er nickt enttäuscht. Aus Sorge, er könnte ihr folgen, dreht sie sich um, als sie fast aus dem Zimmer ist. Zum Glück sitzt er noch da und nippt am Wein.

»Hast du inzwischen über meinen Vorschlag nachgedacht? Du musst dich bald entscheiden! Wenn das hier laufen soll, dann musst du dich anstrengen!«

»Ich weiß«, antwortet sie und entwischt in den Flur. Sie hat sich nicht entscheiden können. Das ist ein großer Schritt. Und sie hat niemanden, den sie um Rat fragen könnte, nicht einmal Hamid oder ihrem heimlichen Freund konnte sie es anvertrauen.

Sie schließt ab und setzt sich auf den Toilettendeckel. Bevor sie zurückgeht, darf sie nicht vergessen, zu spülen und sich die Hände zu waschen. Sie holt das Handy heraus, schaut auf Insta nach und likt die Posts von einigen Mitschülerinnen im neutralen Mittelfeld zwischen ihr und Alice. Hamid snappt, dass er in der Schule ist, um das Mathebuch zu holen, und fragt, ob sie ihres hat. Er weiß, dass sie es hat. Er weiß auch, dass sie bei Pierre ist.

»Ja«, antwortet sie und fügt am Ende ein Herz ein.

»Vielleicht anrufen und nach schweren Zahlen fragen.«

»Mach das. Liebe dich.«

Sie hört, dass Pierre Justin Biebers *Love Yourself* laufen hat. Eines ihrer Lieblingslieder. Er ist nicht blöd, bloß so verdammt hartnäckig! Sie benutzt ihren Lippenpflegestift und fährt sich durchs Haar. Das Handy surrt wieder. Hamid. Was will er denn jetzt? Sie klickt auf das weiße Gespenst. Ein Bild ploppt auf.

Der Anblick trifft sie wie ein Schlag ins Gesicht. Sie sieht sich, sieht sich auf dem Foto für die Wahl, ein Bild, das sie tausendmal gesehen hat. Aber etwas stimmt da nicht. Stimmt zur Hölle überhaupt nicht.

Jemand hat ihr die Augen ausgestochen.

Sie blinzelt, spürt, wie ihr Mund trocken wird und die Beine zittern, liest, was Hamid geschrieben hat: »Ich bin im Eingang zur Schule. Jemand hat deine Augen ausgedrückt!«

Sie starrt auf das Foto. Die Augen tränen. Alice ist voll krank im Kopf! Hamid schreibt wieder: »Soll ich das Gleiche mit Alice machen?«

Sie will Ja schreien. Der ganze Körper, jeder Knochen, jeder Muskel und jede Scheißzelle will Ja schreien. Aber das ist zu simpel, zu offensichtlich.

»Nein, tu das nicht. Nimm nur mein Foto da weg.«

»Okay.«

Vor der Tür hört sie, wie sich Schritte nähern.

»Kommst du? Alles okay?«

Sie schluckt, steckt das Handy ein.

»Ja«, antwortet sie. Die Stimme ist hoch und schrill. Sie schluckt noch einmal, um den Kloß aus dem Hals zu kriegen, aber es bringt nichts.

Dann atmet sie tief ein und schließt auf.

19

Sie fuhren die fünfhundert Meter zu Pierre Jonssons Wohnung. Das moderne Mietshaus lag zwischen Schule, Altenheim und Ärztehaus in der Dorfmitte. Weil Tim und Granstam hinten saßen, ergab sich für Nathalie nicht die Gelegenheit, mit Johan allein zu sein. Obwohl sie nichts Besonderes zu besprechen hatte, war es schön, sich mit ihm zu unterhalten, wenn sie keine Mithörer hatten.

Auf einem kleinen Parkplatz am Fuß einer steilen Straße stiegen sie aus. Gunnar erklärte, dass sie Torpbacken hieß und zum ehemaligen Volkspark führte, in dem zu seinen Glanzzeiten Tanzabende, Volksschauspiele, Bingo und Minigolf stattgefunden hatten. Auf dem Parkplatz stand Pierres schwarzer Renault. Auf dem Dach lag eine zentimeterdicke Schneeschicht, und durch die vereisten Fenster konnte man nichts erkennen.

»Er war das einzige Kind, und die Eltern hatten noch nicht die Kraft herzukommen«, informierte sie Anna-Karin.

»Das ist also der Volvo, der dem Nachbarn gehört, der Frührentner ist«, sagte Tim und trat an den silberfarbenen V70 heran.

»Genau«, sagte Gunnar. »Einer von den dreizehn, die wir im Dorf überprüft haben. Aber Jörgen Edengren war zu Hause und hat während des Verschwindens und des Mordes geschlafen und weder was gesehen noch gehört. Er ist ein einsamer Wolf, hat noch nie einer Fliege etwas zuleide getan und hat in beiden Fällen kein Motiv.«

»Hat man bei ihm eine Speichelprobe genommen?«, fragte Angelica und stellte den Mantelkragen auf.

»Ja«, antwortete Anna-Karin. »Natürlich gibt es von ihm Spuren im Treppenhaus, aber nicht in Pierres Wohnung.«

»Scheiße, was ist das kalt«, zitterte Tim in seinen Röhrenjeans und ging auf die Haustür zu.

Gunnar grinste. »Sie wissen bestimmt, dass die gegenwärtige Kälte das erste Anzeichen dafür ist, dass uns eine neue Eiszeit bevorsteht, oder? In fünfzig Jahren wird unser langes Land von Norden bis Süden unter einer zehn Meter dicken Schicht aus dichtem Eis zerquetscht!«

Tim reagierte nicht, unklar blieb, ob es daran lag, dass er fror oder erstaunt war, dass jemand anders als er unerbetene Fakten absonderte, oder weil er wusste, dass die Behauptung falsch war.

Auf halbem Weg zur Haustür blieb Gunnar stehen und zeigte auf die Straße, die hinunter zum Marktplatz führte. »Da bin ich genau um sieben Uhr Hamid begegnet. Er war wie gesagt unterwegs runter ins Zentrum.«

Sie wurden von einem roten Mazda unterbrochen, der auf den Parkplatz fuhr. Nathalie erkannte den Mann am Steuer sofort wieder.

»Da ist Hampus Fagerholm!«

Hampus stellte den Wagen ab und stieg aus. Er setzte eine blaue Kapuze auf, die die blonden Locken zu einem Kranz um den Kopf zerdrückte, und kam zu ihnen, um sie zu begrüßen.

»Wollen Sie in Pierres Wohnung?«

»Ja. Haben Sie uns noch etwas zu sagen?«

Hampus nickte, machte aber zugleich ein zögerliches Gesicht.

»Ich weiß nicht, ob es wichtig ist, aber Pierre wollte Ebba helfen, Model zu werden. Über seine Kontakte in der Make-up-Branche kannte er auch Leute, die mit Mode arbeiteten. Das Ganze war geheim, und ich weiß sonst nicht mehr. Pierre hat Ebba fotografiert und wollte ein Portfolio zusammenstellen.«

Nathalie wechselte einen Blick mit Johan und Granstam.

»Danke, dass Sie uns das erzählt haben. Kennen Sie den Namen eines seiner Kontakte oder wissen Sie, wie wir von denen jemanden erreichen können?«

»Keine Ahnung.«

»Wir haben keine Kamera gefunden«, sagte Gunnar.

»Komisch, ich weiß, dass er eine teure neue hatte. Er hat gesagt, dass für Ebba nur das Beste gut genug ist.«

»Mir fällt gerade der Fremde ein«, sagte Johan. »Er hatte doch zwei Kameras dabei. Vielleicht hat er Ebba mitgenommen und ist dann verschwunden?«

»Warum sollten sie in dem Fall einen Umweg über die Kirche gemacht haben?«, gab Granstam zu bedenken.

»Vielleicht war geplant, dass er sie dort fotografiert.«

»Wir haben schon nach Fotografen auf der Durchreise gesucht, aber wir starten noch einen Durchlauf und erweitern die Kreise«, sagte Anna-Karin.

Sie stellten Kontrollfragen, Hampus wusste aber nicht mehr. Nathalie bedankte sich, und er fuhr davon.

»Merkwürdig, dass Pierre die Fotos weder im Handy noch im Computer hatte«, sagte Tim.

»Die hatte er bestimmt in der Kamera«, meinte Johan. »Die Frage ist nur, wo die geblieben ist.«

»Würde mich mal interessieren, warum sie ihre Modelpläne geheim gehalten hat«, meinte Angelica.

»Ich würde gern wissen, was für Bilder er von ihr gemacht hat«, sagte Maria.

In dem gelb-braun gesprenkelten Treppenhaus verteilte Angelica die schlumpfblauen Schuhschützer und die Latex-Handschuhe, während die Gruppe die Namensschilder der Nachbarn J. EDENGREN und A. LUNDHOLM registrierte. Quer über der Tür zu Pierres Wohnung saßen ein blau-weißer Plastikstreifen und ein gelb-rotes Schild mit der Aufschrift: ABGESPERRT *gemäß Strafprozessordnung Abs. 27 § 15. Verstöße werden strafrechtlich verfolgt.* DIE POLIZEI.

Granstam nickte zum Guckloch in Pierres Tür. »Sie glauben also, jemand hat geklingelt und wurde reingelassen?«

»In dem Fall muss er sich beim Öffnen sicher gefühlt haben«, meinte Nathalie.

»Hätte er das auch getan, wenn jemand vor der Tür gestanden hätte, von dem er wusste, dass er ihm nicht wohlgesonnen war, zum Beispiel Tony oder Jack?«, fragte Johan.

»Kaum«, antwortete Gunnar. »Pierre wusste, dass er Feinde hatte, und ging Konflikten aus dem Weg. Kommen Sie, wir gehen rein.«

20

Im Flur war die Luft stickig, und die Deckenlampe tauchte die spartanische Einrichtung, die landläufigen Vorstellungen von einer Junggesellenbude genau entsprach, in ein schmuddelig gelbes Licht. Links befanden sich die Toilette und die Besenkammer, rechts lag das Wohnzimmer. Als die anderen geradeaus in die Küche weitergingen, begaben sich Johan und Nathalie ins Wohnzimmer. Es gab einen Balkon mit Blick auf Marktplatz und See. Johan öffnete die Balkontür, trat hinaus und spürte, dass er sich sammeln musste, bevor er sich in der Küche umsah. Er wusste, dass das Gemetzel reichlich Blutspuren hinterlassen hatte. Von dem Gedanken wurde ihm schlecht. Am liebsten hätte er sich eine Zigarette angezündet, begnügte sich jedoch mit einer Portion Snus. Nathalie stellte sich zu ihm, setzte die Kapuze der Daunenjacke auf. Sie sahen sich kurz an und untersuchten den Balkon. Wie erwartet fanden sie nichts Interessantes, bloß einen Tisch, zwei Stühle und eine leere Wäscheleine mit ein paar Klammern.

Sie hoben den Blick wieder übers Dorf. Zwei Scooter lieferten sich auf dem Eis im Mondschein ein Wettrennen, ein Lkw fuhr auf der Bundesstraße vorbei, und drei Jugendliche auf Tretschlitten sausten den Torpbacken abwärts unter Gejohle und Gelächter, das schnell von einer knackig kalten Luft fortgetragen wurde.

»Meinst du, sie ist irgendwo da draußen?«, fragte Johan.

»Weiß nicht. Auf die Frage fallen mir jedes Mal, wenn ich sie mir stelle, neue Antworten ein. Aber wenn das der Fall ist, dann versorgt sie jemand.«

»Das kann alles Mögliche sein von einer im Turm eingesperrten Prinzessin bis zum Widerlichsten, was man sich vorstellen kann.«

Er fröstelte und zog die Mütze über die Ohren. »Was passiert, wenn man erfriert? Stimmt es, dass es ein angenehmer Tod ist?«

»Menschen, die stark unterkühlt waren und gerettet wurden, beschreiben das allesamt so.« Nathalie sah Ebba in einer Wehe vor sich. Das weiße Kleid und die Haut hatten die Farbe vom Schnee, das blutrote Band schrie wie verrückt. Um das Bild mit aller Macht abzuschütteln, drehte sie sich zu Johan um und erklärte es ihm, als hielte sie vor ihren Medizinstudierenden eine Vorlesung: »Zuerst ziehen sich die peripheren Gefäße zusammen, und das Blut wird in den Kern des Körpers verlagert, um die lebenswichtigen Organe im Körperkern warm zu halten, ungefähr so wie bei uns jetzt.« Sie warf einen vielsagenden Blick auf seine nackten Hände. »Wenn das nicht hilft und die Körpertemperatur auf circa fünfunddreißig Grad absinkt, fangen wir heftig an zu zittern, der Puls und die Atemfrequenz erhöhen sich. Die Nebennieren schütten Stresshormone aus, die den Muskeln helfen, Schmerzsignale ans Gehirn zu senden. Der ganze Körper tut weh, und die Urteilsfähigkeit ist getrübt. Man stirbt also nicht an der Kälte, sondern an dem erhöhten Stress. Wenn einem richtig kalt ist, empfindet man eine Wärme, einen trügerischen Genuss. Die Lungen können das Blut nicht mehr mit Sauerstoff sättigen, und man schläft ein und erstickt zugleich. Angenehm nennen es diejenigen, die es überlebt haben; aber das ist ein physiologischer Bluff, es ist bloß der Tod, der liebkost und lockt.«

»Danke, das reicht«, sagte Johan.

Sie schlossen sich den anderen in der Küche an. Dort war es eng, weil alle entweder dicke Winterkleidung anhatten oder sie über dem Arm trugen. Johan vermied es, auf den Boden zu gucken, warf für den Anfang nur einen Blick auf den Küchentisch mit den beiden Holzstühlen am Fenster. Auf dem Tisch entdeckte er Brausetabletten mit WHO-Trinklösung und die Beutel Kamillentee, die Hampus Fagerholm erwähnt hatte. Auf der Küchenzeile standen Zwieback, vier von den sechs Proviva-Shots und eine Dose Alvedon, auf der der Name »Hans Fagerholm« zu lesen war.

»Anscheinend hat Hampus die Wahrheit gesagt«, meinte Nathalie.

»Passt fast zu gut«, murmelte Gunnar.

Sie suchten weiter. Auf dem Boden hatten die Techniker mit Klebeband die Umrisse des Leichnams markiert. Das Blut auf der Tapete war braunschwarz und bis in Taillenhöhe gespritzt. Johan hatte einen metallischen Geschmack im Mund und spürte es bis hinunter ins Brustbein brennen. Würde er sich denn nie daran gewöhnen?

»Zwei Messer sind noch da«, stellte Angelica fest und zog ein Küchenmesser nach dem anderen heraus, die zwischen Herd und Spüle steckten, inspizierte die scharfen Klingen mit ihren Adleraugen und ließ sie wieder zurückgleiten.

»Die Frage ist nur, ob Pierre ursprünglich drei Messer hatte oder ob der Mörder eins mitgebracht hat«, überlegte Maria laut.

»Jedenfalls war es so ein Messer«, sagte Angelica. »Der Schnitt im Hals verrät uns, dass die Klinge mindestens drei Zentimeter breit war.«

»Vermutlich ging Pierre in die Küche voraus«, spekulierte Granstam und strich sich nachdenklich über die Glatze. »Als der Stich ihn traf, wollte er sich wahrscheinlich gerade auf diesen

Stuhl setzen«, schloss er und zeigte auf den einen der beiden Stühle, die an der Wand standen.

»Dass er dem Täter den Rücken zugekehrt hatte, deutet darauf hin, dass er in ihm keine Gefahr sah«, sagte Nathalie.

»Der Mörder hat die Chance genutzt, sich ein Messer geschnappt und ihn niedergestochen«, entwickelte Maria die Überlegungen weiter.

Johan stellte sich vor, wie das Messer von hinten in Pierres Hals eindrang, wie es die Schlagader durchtrennte, wie das Blut spritzte, dann den Sturz und die unnatürliche Lage auf dem Boden.

Hatte er überhaupt begreifen können, was ablief? Und wenn ja, *warum?*

Er wurde in seinem Gedankenspiel von Nathalie unterbrochen, die auf einen Post-it-Zettel an der Kühlschranktür zeigte. »Hier hat er *Ufo* geschrieben und *3 Liter am 23.12.* Was bedeutet das?«

»Wir glauben, dass Ulf Pierre geholfen hat, Alkohol von verschiedenen Schwarzbrennereien im Dorf abzuholen«, erklärte Gunnar. »Aber wir haben keine Beweise, und Ulf schüttelt bloß den Kopf, wenn man ihn fragt.«

»Muss sich um geplante Rache gehandelt haben«, sagte Johan. »Wird wohl kaum Zufall sein, dass es am Tag nach dem Abbruch der Suche geschehen ist. Und zu dem Zeitpunkt wussten doch alle, dass Ebba hierher gegangen ist.«

»Da stimme ich Ihnen zu«, meinte Anna-Karin. »Aber niemand hat was von Fotoaufnahmen und Modellplänen erwähnt.«

»Was kein Wunder ist, wenn sie es beide geheim gehalten haben«, sagte Nathalie. »Die Frage ist nur, was mit der Kamera passiert ist.«

»Die Person, die Pierre erstochen hat, hat sie vielleicht mitgenommen«, schlug Johan vor. »Vielleicht gab es darauf Bilder, die gelöscht werden mussten.«

»Kommen Sie, dann schauen wir uns den Rest an«, sagte Gunnar und ging ins Wohnzimmer. Nathalie hielt vor einer Vitrine mit eingerahmten Fotos der Klasse an. Pierre stand ganz hinten in der Mitte zwischen Ebba und Alice. Ein freches Lächeln unter dem blondierten, schrägen Pony. Die Sonnenbräune hob sich deutlich vom weißen T-Shirt mit den Sex Pistols ab. Wenn die Fältchen um Augen und Mund nicht gewesen wären, hätte man ihn für einen Schüler halten können.

»Ging Pierre jagen?«, fragte Maria und betrachtete ein Elchgeweih an der Wand.

»Ja«, antwortete Anna-Karin. »Er war Mitglied in einem der ältesten Jagdvereine im Dorf.«

»Da ist verständlich, dass er seine Veranlagung verheimlichte«, grinste Tim. »Ich meine, gibt es was noch Heteronormativeres als einen Jagdverein?«

»Jetzt haben Sie aber mehr Vorurteile als die, über die Sie herziehen«, stellte Nathalie fest. Tim senkte beschämt den Blick auf sein Smartphone. Johan begutachtete das Bücherregal und stoppte bei einem Kartenspiel, einem Stapel Jetons und einem Notizblock.

»Was sind das für Namen, die hier stehen?«, fragte er. »Sechs Männernamen und als vorletzter Sebastian Jägher?«

»Das sind Männer aus dem Dorf, die zu einer Pokergruppe gehören«, antwortete Gunnar.

»Warum steht davon nichts in den Unterlagen?«

»Weil ich das als nicht relevant eingestuft habe«, erklärte Gunnar.

»Aber es ist sehr wohl von Interesse, dass Sebastian Jägher

Pierre so gut kannte«, widersprach Nathalie. Sie stellte sich neben Johan und las die Namen.

»Warum das denn? Wenn ich alle Verbindungen von allen hier im Dorf darlegen sollte, dann wäre das nicht machbar.« Gunnar drehte sich zu Anna-Karin um, die zustimmend nickte.

»Ich schätze das genauso ein. Sebastian und Pierre hatten sonst nicht viel Kontakt, und im Gespräch am Abend vor dem Mord ging es ja um Ebbas Verschwinden.«

»Wer sind die anderen auf der Liste?«, fragte Granstam.

»Akademiker«, schnaubte Gunnar. »Pierre wie Sebastian haben an der Hochschule studiert. Die anderen sind ein Kommunalpolitiker der Sozialdemokraten, der Musiklehrer von der Schule, ein Banker, ein Arzt und der Chef vom Postamt im Dorf.«

Sie bewegten sich weiter durch die Wohnung. Johan guckte die Discokugel in einem Raum an, der den Eindruck machte, als wäre er mit Spiegeln, schwarzen Ledermöbeln und Stereoanlage zum Feiern eingerichtet worden. Er stellte sich vor, wie Pierre die Mädchen und Jungen zu Alkohol einlud und mit schmierigen Blicken und Händen um sie herumscharwenzelte. Die Übelkeit wurde stärker.

Nathalie schaute ins Schlafzimmer, das auch als Arbeitszimmer diente. Tim und Maria standen am Schreibtisch und sahen sich den Stapel Aufsätze mit der Überschrift *Eine Weihnachtsgeschichte* an.

»Hier ist Ebbas«, verkündete Tim. »Schöne Handschrift, schlechter sprachlicher Ausdruck. Trotzdem hat sie ein *Sehr gut* bekommen.«

»Hat ihn jemand gelesen?«, fragte Nathalie.

»Ich habe ihn mal durchgeblättert, und das reicht«, sagte Gunnar. »Da geht es um die üblichen Teenagerträume und Liebesverwirrungen, also nichts Konkretes, was uns weiterbringt.«

»Hier ist Hamids«, sagte Tim. »Der ist durchgefallen, aber er scheint einen ehrgeizigen Versuch unternommen zu haben.«

»Ist es okay, wenn ich Ebbas und Hamids Aufsätze mitnehme?«, fragte Nathalie.

»Tun Sie das«, antwortete Gunnar kurz angebunden.

Nathalie verstaute sie in der Handtasche und sah sich weiter um. In einem Bücherregal fand sie ein paar Schulalben. Fünf Stück, die gleiche Anzahl Jahre hatte Pierre im Dorf gewohnt. Ganz weit außen stand die Ausgabe des aktuellen Jahres. Sie blätterte zu Ebbas Klasse vor und bemerkte, dass hier das gleiche Foto abgedruckt war, das sie schon zigmal gesehen hatte, und stellte das Album wieder zurück.

Ganz links stand das Album aus dem Jahr 2013. Sie schlug es auf, suchte nach Pierre und fand ihn als Klassenlehrer der achten Klasse. Er sah da schon so aus wie vor seinem Tod, der größte Unterschied war der andere Aufdruck auf dem T-Shirt, das er trug. Aber nicht Pierre lenkte ihre Aufmerksamkeit auf sich, sondern der Schüler ganz oben rechts. Obwohl die Züge unreifer und das Gesicht pickeliger waren, erkannte sie ihn sofort. Es war der Ex-Freund Tony Larsson. Und jemand hatte ihm die Augen ausgestochen. Das verlieh ihm ein gespenstisches Aussehen, als wäre seine Seele getilgt worden.

»Gucken Sie mal hier«, sagte sie, als Johan und Granstam das Zimmer betraten. Sie zeigte ihnen das Foto, und Tim sagte: »Das Gleiche ist mit Ebba passiert. Jemand hatte ihr auf dem Foto im Schuleingang auch die Augen ausgestochen.«

»Genau«, stimmte Anna-Karin ihm zu. »Das haben die Techniker offensichtlich übersehen, als sie hier waren.«

»Aber was hat das zu bedeuten?«, fragte Angelica. »Dass Pierre Tony hasste?«

»Vielleicht hat Ebba das getan«, schlug Nathalie vor. »Vielleicht wurde sie von dem, was mit ihrem eigenen Foto passiert ist, inspiriert?«

»Dann sind wir hier wohl fertig«, meinte Granstam in einem Tonfall, der mehr Feststellung als Frage war. »Es ist halb sechs. Jetzt teilen wir uns auf und vernehmen die Schlüsselpersonen. Johan und Nathalie reden mit Jack. Ich und Maria besuchen Jenny und unterhalten uns mit Tony Larsson. Dann befragen wir die Schülerschaft in der Schule und schauen uns die Unterkunft an. Tim und Angelica begleiten Sie zurück zur Dienststelle«, entschied er mit einem Nicken zu Gunnar und Anna-Karin.

Sie zogen sich an und verließen die Wohnung.

21

Ich zähle euch, wenn ihr aus der Haustür kommt. Acht. Genauso viele, als ihr reingegangen seid. Das ist keine Glückszahl. Die *Täter-Profilergruppe vom Zentralkriminalamt*. Glaubt ihr, ihr könnt hier einfach auftauchen und den Fall lösen, mit dem die Polizei schon seit fast zwei Wochen kämpft?

Obwohl ich friere, sitze ich still im Auto, weiß, dass ich losmuss. Wenn ihr auf dem Parkplatz unter den Straßenlaternen vorbeigeht, seht ihr aus wie ein Schwarm watschelnder Pinguine. Kapiert ihr nicht, dass Pierre gekriegt hat, was er verdient hat? Aber ihr seid natürlich hauptsächlich wegen Ebba hier.

Ich lasse den Motor an und fahre los. Darf unter keinen Umständen gesehen werden. Ohne Eile steuere ich die leere Straße entlang, im Rückspiegel sehe ich eure Wagen auf die Straße abbiegen. Jetzt gibt es wieder nur mich, den Wagen und die hellen Fenster bei den glücklichen Familien.

Niemand weiß, wie einsam ich bin. Es ist egal, wie viele Personen ich um mich habe.

Für diese Geschichte gibt es nur ein Ende.

22

Um Viertel nach sechs parkte Johan den Minibus vor Jack Lindgrens Haus. Sie hatten sich für sechs Uhr verabredet, doch Granstam hatte ein schnelles Abendessen in einem Imbiss vorgeschlagen, und Nathalie war damit einverstanden gewesen. Johan hatte zwar keinen Appetit gehabt, aber zwei Würste und ein Leichtbier hinuntergebracht. Nathalie hatte sich einen vegetarischen Burger und Mineralwasser bestellt. Zwischen den Bissen hatte sie die Einleitung von Ebbas Kurzgeschichte überflogen. Im Gegensatz zu Gunnar hatte sich bei ihr das Gefühl eingestellt, dass Ebba von sich schrieb und dass in dem Text etwas Wichtiges stand. Sobald sie Zeit hatte, würde sie den Aufsatz bis zum Schluss lesen.

»Eine der schwierigsten Aufgaben in unserem Beruf ist die Befragung von Personen, die trauernde nächste Angehörige und gleichzeitig auch potenzielle Täter sind«, fand Johan und zog die Handbremse an.

»Bisher liegen uns aber keine Hinweise vor, dass er Ebba mitgenommen hat, oder?«

»Nein, aber die Statistik spricht ihre eigene finstere Sprache.«

Sie blieben eine Weile schweigend sitzen. Alles war so ruhig wie auf einem dunklen und düsteren Gemälde. Die einzige für sie wahrnehmbare Bewegung stammte von einem hochgewachsenen

Mann auf dem Nachbargrundstück, der Körner in ein Vogelhäuschen schüttete.

Als Nathalie die Tür aufmachte, wurden im Küchenfenster die Umrisse einer Person sichtbar.

»Sicher Jack«, sagte sie und stieg aus in die Kälte.

Wie oft hat er wohl schon dort gestanden und sich den Anblick seiner Tochter ins Gedächtnis gerufen? Wie sehr wird er ihren Streit bereut haben?

Johan ging zum Volvo und legte die Hand auf die Motorhaube.

»Er muss gerade eben erst nach Hause gekommen sein, der Motor ist noch warm.«

Nathalie drehte sich zu der Straße um, über die sie gekommen waren, stellte sich vor, wie Ebba die hundert Meter hinunter zur Bundesstraße gegangen und nach rechts abgebogen war. Die Stelle, an der sie mitgenommen wurde, lag versteckt hinter einem langen Riegel aus Reihenhäusern. Alle, die dort wohnten, waren ergebnislos vernommen worden. Sie ließ den Blick weiter zu den Mietshäusern in Mården schweifen. Ungefähr fünfzig Balkone und bestimmt viermal so viele Fenster. Auch dort hatte niemand Ebba gesehen.

Sie gingen aufs Haus zu. Tatsächlich stand Jack am Küchenfenster. Nathalie hatte gerade die Hand zum Gruß gehoben, als er auch schon zur Haustür verschwand.

Als sie sich der Vortreppe näherten, rief jemand vom Nachbargrundstück. Es war der Mann beim Vogelhäuschen. Er kam an den Zaun und musterte sie neugierig.

»Sie sind die Polizisten aus Stockholm, vermute ich?«

»Stimmt«, antwortete Johan. »Wer sind Sie?«

»Roger Olsson. Wir sind seit über zehn Jahren Nachbarn. Entsetzlich, was passiert ist. Haben Sie schon was rausgefunden?«

»Wir arbeiten dran«, antwortete Nathalie, und ihr fiel ein, dass Roger und seine Frau Ulla zum Zeitpunkt von Ebbas Verschwinden und Pierres Ermordung zu Hause im Bett geschlafen hatten. Ihnen gehörte ein roter Mitsubishi Outlander, sie waren Mitglieder bei den »Humanisten Schwedens« und setzten aus Prinzip keinen Fuß in eine Kirche. Sie hatten keine Ahnung, was Ebba zugestoßen sein könnte. Frau Olsson grüßte ihre Nachbarn nur noch knapp, seit sie mit Jack wegen des Baus einer Veranda vor ein paar Jahren im Clinch lagen.

»Weder ich noch meine bessere Hälfte können mehr tun, als beim Suchen zu helfen«, seufzte Roger und holte ein Päckchen Zigaretten aus der Jackentasche. »Es kommt mir ganz unwirklich vor, dass sie weg ist, wir haben sie fast jeden Tag gesehen, jedenfalls vor der Scheidung.«

»Wir melden uns vielleicht bei Ihnen«, beendete Johan das Gespräch.

»Sie sind jederzeit willkommen«, nickte Roger, drehte sich um und zündete sich eine Zigarette an.

Nathalie drückte den Klingelknopf und fragte sich, warum Jack nicht aufgetaucht war. Er hatte doch offensichtlich mitbekommen, dass sie im Anmarsch waren.

Ein Hund bellte. Rasche Schritte näherten sich, ein Schatten auf der anderen Seite der Scheibe, und die Tür flog auf. Jack Lindgren sah schlecht aus. Sein mageres, kantiges Gesicht hatte eingefallene Wangen und rot gesprenkelte Augen. Sein Haar war fettig und zerwühlt. Der rötliche Ton war zu Kupfer nachgedunkelt, und im löcherigen Dreitagebart waren Spuren von einem Rasiermesser zu sehen.

Doch das karierte Flanellhemd und die Jeans wirkten frisch gewaschen, überlegte Nathalie und erahnte den Duft von Rasierwasser auf Moschusbasis, als sie den braun-weiß gefleckten, schwanzwedelnden Springer Spaniel begrüßte, der abwechselnd an ihr und an Johan schnupperte.

Jacks Blick war scharf und sein Ton feindselig, als er den Hund wegscheuchte und sagte: »Da sind Sie ja. Kommen Sie rein!«

Ohne ihre Reaktion abzuwarten, ging er ihnen mit dem Hund auf den Fersen voraus in die Küche. Johan und Nathalie zogen Schuhe und Jacken aus und folgten ihm. Der Hund legte sich in einen Korb neben zwei Schüsseln und beobachtete sie aus traurigen, tränenden Augen. Mit verschränkten Armen stand Jack an der Küchenzeile, wo sich Geschirr, Konserven, Bierdosen und Töpfe mit eingetrockneten Essensresten türmten.

»Setzen Sie sich hin, wo Sie wollen, ich bleibe stehen«, sagte er und nickte zum Küchentisch und den vier getischlerten Stühlen.

»Danke, dass Sie bereit sind, mit uns zu sprechen«, begann Nathalie und suchte sich einen Stuhl, von dem aus sie auf Mården blicken konnte.

»Ich bleibe auch stehen«, sagte Johan und lehnte sich an die Bank neben ihr. »Sind Sie gerade nach Hause gekommen?«

Jack zuckte zusammen und machte ein verständnisloses Gesicht. Dann nickte er und sagte: »Ja, ich habe an der Tanke Snus gekauft, warum?«

»Wollte ich nur wissen«, log Johan. »Dann war es ja ein Glück, dass wir nicht um genau sechs Uhr hier waren wie vereinbart.«

Jack reagierte nicht, schaute Johan nur an, als hätte er seine Worte nicht gehört. Nathalie erledigte die Formalitäten und startete die Aufnahmefunktion auf ihrem Handy. Das Verhör zu filmen, wie Granstam es wollte, war ausgeschlossen, weil Jack zu mitgenommen war. Nach einer Weile begannen sich seine wachsamen Augen zwischen ihr und Johan hin und her zu bewegen, als wäre er wieder in der Wirklichkeit angekommen. »Haben Sie was rausgefunden?«

»Noch nicht, aber wir sind ja erst seit Kurzem hier«, antwortete Nathalie.

»Jetzt, wenn ich schon die Suche unterbrochen habe, will ich, dass wir uns ranhalten!«

»Wo haben Sie heute gesucht?«, fragte Johan.

Mit drei Schritten stand Jack an einer Karte, die mit Nadeln über der Küchenbank befestigt war. Dasselbe Gelände wie auf der Karte in der Polizeidienststelle, wie Johan auffiel. Doch die Nadeln und die mit Bleistift schraffierten Flächen unterschieden sich.

»Ich bin jeden Scheißwaldweg um den Hemsjö abgefahren. Ich habe auf jedem Hof angeklopft, jeden Schuppen und jede Scheune überprüft. Ich weiß, dass die Polizei behauptet, sie hätten das schon getan, aber solange sie verschwunden bleibt, mache ich weiter.«

Mit einer abrupten Handbewegung fuhr er sich durchs Haar und sagte lauter: »Sie muss doch verdammt noch mal irgendwo sein!«

Er schaute aus dem Fenster, spähte zur Bundesstraße.

»Können Sie noch mal von dem Lucia-Morgen erzählen«, bat Nathalie ihn.

Abgehackt berichtete er dasselbe Szenario, das Gunnar in der Polizeidienststelle vorgetragen hatte.

»Warum wollten Sie nicht, dass Ebba auf das Fest ging?«, fragte Johan.

»Weil sie sich um die Schule kümmern sollte, weil es mir nicht passt, wenn sie spätabends draußen rumläuft.«

Er legte eine Pause ein. Der Hund änderte die Lage des Kopfes und schaute sein Herrchen an. »Und weil ich ihren sogenannten Freund nicht mag.«

»Hamid?«, ergänzte Nathalie.

Jack biss die Zähne zusammen. Die kräftige Kinnpartie trat deutlicher hervor, und der Dreitagebart warf neue Schatten auf die Wangen. Dann sagte er: »Das ist für Sie vielleicht schwer zu verstehen, aber ...«

Mit einem Ruck richtete er den Blick auf sie beide.

»Haben Sie Kinder?«

Normalerweise hielt sich Nathalie bei ihrer Arbeit sehr mit Auskünften über ihr Privatleben zurück. Jetzt spürte sie, dass Aufrichtigkeit der einzige Weg war, um Jacks Panzer zu durchbrechen.

»Ja, eine achtjährige Tochter und einen zehn Jahre alten Sohn.«

»Und ich habe einen zwei Jahre alten Sohn«, antwortete Johan.

»Dann können Sie es sich ja vielleicht vorstellen! Dass es einem schwerfällt zuzugucken, wenn das einzige Kind mit so einem zusammen ist ... Ja, Sie wissen schon, was ich meine. Die sind nicht gerade bekannt dafür, dass sie nett zu Frauen sind! Ich habe Ebba mehrmals vor ihm gewarnt.«

Nun mach aber mal halblang, dachte Nathalie.

»Hat Hamid Ebba schlecht behandelt?«, fragte sie so neutral wie möglich.

Jack breitete die Arme aus und lief einmal im Kreis. Dann lehnte er sich wieder an die Küchenzeile und sagte plötzlich erschöpft: »Nein, sie hat mir auch nicht alles erzählt, war aber enttäuscht, dass er nicht in die Kirche kommen konnte. Wissen Sie, wo er steckt?«

»Leider nicht«, antwortete Johan. »Wissen Sie, wer sie angerufen haben könnte, als sie von zu Hause losgegangen ist?«

»Keinen Schimmer.«

»Aber Sie haben beobachtet, dass sie einen Anruf bekommen hat?«, hakte Nathalie nach.

»Ja, gleich als sie beim Briefkasten nach links abgebogen ist.«

Er zeigte es ihnen mit ausgestrecktem Arm und machte zwei Schritte auf das Fenster zu, als hoffte er, sie da draußen in der Dunkelheit entdecken zu können.

»Und Sie haben sie nicht angerufen?«, fragte Johan.

»Was zum Teufel meinen Sie damit? Glauben Sie, ich lüge?«

»Nein, ich meine ja nur, falls Sie vielleicht versucht haben, sie zu überreden, sich hinfahren zu lassen.«

Jack glotzte Johan an. Nathalie sah, wie sich die Muskeln seines Unterarms anspannten.

»Es war ja sehr kalt«, sagte sie im Versuch, die Wut abzuleiten. »Haben Sie denn überlegt, sie einzuholen?«

»Klar, verdammt, habe ich das überlegt! Es war doch total bescheuert, dass sie zu Fuß gehen wollte! Ich weiß aber auch, wie stur Ebba sein kann. Wenn sie sich was in den Kopf gesetzt hat, dann wird das auch so gemacht.«

»Erzählen Sie«, bat Nathalie. »Können Sie uns ein Beispiel nennen?«

»UND WOZU SOLL DAS GUT SEIN?«, schrie er und drehte noch eine Runde auf dem Flickenteppich.

Wie ein Tier im Käfig, dachte Nathalie, und er tat ihr leid. Der Hund trottete zu ihr, schnupperte an ihrer Strumpfhose und machte dann mit Johans Jeans weiter, bis er sanftmütig in den Flur tapste.

»King ist nicht mehr der Alte, seit sie verschwunden ist«, sagte Jack monoton. »Das ist Ebbas Hund. Nachdem sie ein halbes Jahr rumgequengelt hat, hat sie ihn zum zwölften Geburtstag geschenkt bekommen, obwohl ich für die Jagd eigentlich einen Gråhund bräuchte. Aber Sie können sich denken, wer jetzt mit ihm Gassi gehen muss.«

Jack lächelte schief und verstummte, als fiele ihm jetzt auf, was er gesagt hatte. Der Hund war wirklich sein geringstes Problem; und wenn Ebba nur wieder nach Hause käme, würde sie ihn nie wieder ausführen müssen. Nathalie deutete die abrupten Umschwünge zwischen Aggressivität und erschöpftem, fast scherzhaftem Ton dahingehend, dass Jack vor Sorge kaum ein noch aus wusste. Alle Impulse strömten sofort in Muskeln, Herz und Haut. Das konnte Konsequenzen haben, über die sie nicht nachdenken wollte.

»Was haben Sie gemacht, als Sie sie nicht mehr sehen konnten?«, fragte Johan.

»Das war verdammt albern, aber ich bin zu Hause geblieben. Wäre ich zur Kirche gefahren, hätte ich sie vielleicht noch gesehen ... aber, nein, sie muss ja innerhalb von dreieinhalb Minuten aufgegabelt worden sein ... Länger dauert der Fußweg dahin nicht. Ich habe es dreimal ausgetestet.«

»Und dann?«, fragte Johan.

»Und dann?«, wiederholte Jack aufgebracht. »Ich war hier, bis Jenny angerufen und gesagt hat, dass sie weg ist. Danach habe ich gesucht, gegessen und manchmal ein paar Stunden geschlafen.«

Er schaute sie beide mit der Verzweiflung eines Ertrinkenden an.

»Mein Gott, Sie müssen sie finden! Kein Vater sollte so was durchmachen müssen!«

Nathalie nickte zustimmend und beschloss, Johans Frage zu wiederholen. Sie wusste, dass Personen, die unter Schock standen, abweichende Antworten gaben, obwohl nur Minuten zwischen den Fragen lagen. »Was glauben Sie, wer Ebba angerufen haben könnte?«

»Hamid. Die Gang von denen hat doch immer wieder neue Handys, die sie gestohlen haben. Ich glaube, er hat den Volvo im Motorsportklub geklaut und wollte zur Kirche fahren, um Ebba zu beeindrucken. Dann ist was passiert, sie haben sich gestritten und ... Ach! Weiß der Teufel!«

»Kann es Pierre Jonsson gewesen sein?«, wollte Nathalie wissen. Kurz bekam sie Augenkontakt zu Jack, bevor er mit Blick auf die Karte wieder weiter umherirrte. Lag sie richtig mit ihrer Wahrnehmung, einen Hauch von Berechnung und Verschlagenheit in seinen Augen gesehen zu haben?

»Obwohl Pierre ein richtiges Arschloch gewesen zu sein schien, glaube ich eher, dass es Hamid war. Claes und Ulla Svedlund haben ihn doch am Abend des Diebstahls vor dem Klub gesehen. Haben Sie keine Spur vom Volvo und von Hamid? Ich würde ihn gern so manches fragen!«

»Das haben Sie doch getan«, entgegnete Nathalie, »schon zwei Stunden nachdem Ebba verschwunden war. Was hat er gesagt?«

»Dass er keine Ahnung hat, zuletzt am Abend davor mit ihr geredet hat, dass er nicht in die Kirche wollte und dass sie gedroht hatte, mit ihm Schluss zu machen.«

Jack bohrte sich die Fingernägel in die Hände.

»Aber ich glaube, dass er gelogen hat, obwohl ich nicht weiß, wobei. Danach hat er ja mitgesucht, aber zum Glück ist er mir aus dem Weg gegangen.«

»Was ist Ihrer Meinung nach passiert?«, fragte Johan. »Hamid war ja noch bis zum Tag nach dem Mord im Dorf.«

Jack schüttelte den Kopf, den Blick auf den Flickenteppich gerichtet. »Vielleicht hat er begriffen, was er angestellt hat. Begriffen, dass die Wahrheit ans Licht kommen würde, und ist, solange noch Zeit war, getürmt.«

»Glauben Sie, er hat sie getötet?«, fragte Nathalie.

Keine Reaktion.

»Können die beiden zusammen weggelaufen sein?«, fragte Johan.

»Sie hat wohl wie so viele Jugendliche hier im Dorf geredet. Dass sie in die Welt hinaus, in eine Großstadt ziehen und ihr eigenes Leben leben wollen.« Er schnaubte und schüttelte den Kopf. »Aber das waren nur leere Worte.«

Mit einem Ruck drehte er sich um, goss sich ein Glas Wasser ein, trank es in einem Zug aus und stellte es mit einem Knall auf eine freie Fläche auf der Küchenzeile.

»Was hat Ebba über die Wahl erzählt?«, erkundigte sich Nathalie.

»Dass Alice ihre schärfste Rivalin war, aber dass sie selbst gewinnen würde.«

»Die beiden sollen nicht gerade zimperlich miteinander umgegangen sein.«

»Da war nichts, womit Ebba nicht klargekommen wäre. Sie ist genauso tough wie ich. Ich kapiere einfach nicht, wie es jemandem gelingen konnte ...«

Seine Stimme versagte, und Jack kniff die Augen zusammen, wie um sich von der Außenwelt abzuschirmen.

»Was halten Sie von ihrem Umgang mit Pierre?«, fragte Johan.

»Ich wusste ja nicht, was für einen Ruf er unter den Schülern hatte, sonst hätte ich sie nicht hingelassen! Zu mir hat sie gesagt, dass er ihr Nachhilfe geben würde, aber offensichtlich haben sie irgend so ein YouTube-Ding gemacht, von dem ich nichts verstehe.«

»Wir glauben, dass Pierre Ebba geholfen hat, Fotos zu machen, um Model zu werden«, verriet Johan. »Hat sie davon mal was erwähnt?«

»Nee, wie jetzt, Model?«

Statt zu antworten, sagte Nathalie: »Wir glauben, dass dieser sogenannte Fremde vielleicht Fotograf war, der in der Kirche Bilder von Ebba machen wollte. Wir suchen mit allen erdenklichen Mitteln nach ihm.«

Jack starrte in die Dunkelheit und schüttelte den Kopf, als ob ihm das alles zu viel würde.

»Entschuldigung, eine ganz andere Frage«, sagte Nathalie, um einen der schnellen Perspektivwechsel einzuleiten, die laut Granstams Behauptung so effektiv waren. »Kann Tony sie mitgenommen haben?«

Jack durchbohrte sie mit Blicken.

»Er hat doch bei einem Kumpel zu Hause die Fußbodenheizung repariert. Außerdem hat er gesagt, dass er nicht angerufen hat, und dann ist das auch so! Tony ist ein guter Junge, und ich vertraue ihm. Ich kenne ihn vom Hockey gut.«

Und von der Politik, dachte Johan, behielt es aber für sich. Stattdessen fragte er, ob Jack etwas über den Brand in der Unterkunft wusste.

»Nein, bloß weil ich Mitglied der SD bin, finde ich es noch lange nicht in Ordnung, dass irgend so ein Irrer ihr Heim abfackelt, das verstehen Sie hoffentlich?«

»Finden Sie, Ebba hätte mit Tony zusammenbleiben sollen?«, hakte Nathalie nach und faltete vor sich auf der fleckigen Wachstuchdecke die Hände. Sie sah das Klassenfoto mit den ausgestochenen Augen vor sich.

»Er war um Längen besser als Hamid.«

»Was hielt Jenny vom Verhältnis der beiden?«

»Müssen Sie sie selbst fragen! Sie meldet sich nur, wenn sie Geld haben will, entweder für sich oder für diesen eingebildeten Fatzke von Sebastian.«

»Was halten Sie davon, dass er dank Ebbas Verschwinden Karriere macht?«, fragte Johan.

»Typisch für ihn! Aber wenn mir das dabei hilft, Ebba zurückzukriegen, dann bin ich der Erste, der sich bei ihm bedankt. Halten Sie einen neuen Aufruf im Fernsehen für sinnvoll?«

Mit einer unerwarteten Hilflosigkeit unter der Schicht aus Wut betrachtete er sie beide.

»Nein«, antwortete Nathalie. »Der Clip ist zehn Tage lang auf allen möglichen Kanälen gelaufen. Den kann niemand übersehen haben.«

Jack brummelte etwas, als schluckte er halbwegs einen Fluch hinunter, ging in den Flur, kehrte zurück, ließ sich gegenüber von Nathalie auf einen Stuhl fallen, schaute ihr in die Augen, bevor er wieder aufstand und mit dem Rücken zu ihnen stehen blieb. Wieder hatte sie das Gefühl, dass er alles Mögliche sagen oder tun könnte. Ihr fiel auf, dass Jack wie Pierre zwei Küchenmesser zwischen Herd und Spüle stecken hatte.

»Wer hat Ihrer Meinung nach Pierre erstochen?«, fragte Johan.

Ein Schulterzucken und Muskeln, die trotz des ein paar Nummern zu großen Hemds deutlich hervortraten.

»Drehen Sie sich um, wenn wir mit Ihnen sprechen«, sagte Johan, doch Jack reagierte nicht.

»Was haben Sie am Morgen des 20. Dezember gemacht?«, fragte Nathalie.

»Das habe ich schon beantwortet. Ich war zu Hause und habe geschlafen.«

»Bitte drehen Sie sich um.« Diesmal kam die Bitte von Nathalie.

Langsam tat er, was sie wollte. Er sah verstört aus, als wäre er um ein paar Jahre gealtert.

»Waren Sie allein?«, wollte sie wissen.

»Ja.«

»Dann haben Sie also kein Alibi«, stellte Johan fest. »War es nicht so, dass bei Ihnen alle Sicherungen durchbrannten, als die Suche abgebrochen wurde und ...«

»NEIN!«, schrie Jack und machte einen Schritt auf Johan zu.

Jetzt knallt's, dachte Nathalie und sah, wie Johan sich mit einer geschmeidigen Bewegung von der Bank löste und das Gewicht auf die Füße verlagerte.

23

Ingemar Granstam und Maria Sanchez stiegen auf dem Parkplatz im Herzen von Mården aus dem Auto. Die Kälte kniff sie wie Wäscheklammern in die Wangen, als sie sich umschauten. Die braunen Häuser umgaben sie von allen Seiten. Wäre das Licht von den Straßenlaternen, den Fenstern und der Weihnachtsdekoration nicht gewesen, hätte man in der Dunkelheit die fünfstöckigen Gebäude nicht erkennen können. Ein Moped knatterte auf der Straße vorbei, auf der sie gerade hergekommen waren. Das Geräusch prallte wie eine Kugel im Flipperautomaten von den Fassaden ab.

»Es ist die Vierundzwanzig«, sagte Granstam und zeigte auf eine Haustür in fünfzig Metern Entfernung. Maria konnte sich ein Lächeln über ihren Chef nicht verkneifen. Mit der gefütterten Sami-Mütze, durch die sein kugelrunder Kopf noch größer wirkte, sah er unfreiwillig komisch aus.

»Wollen wir zuerst die beiden silberfarbenen Volvos überprüfen, die hier stehen?«, schlug sie vor.

Er nickte und folgte ihr zu dem ersten. Sie las das Nummernschild vor und konnte nach einem umständlichen Gefummel mit den Handschuhen ihr iPad aus der Handtasche holen.

»Der hier gehört Marcus Edin in der Achtundzwanzig. Er ist fünfunddreißig, Metallarbeiter und wohnt schon sein Leben lang hier im Dorf. Als Ebba verschwunden ist, war er mit seiner Freundin zu Hause im Bett, der Wagen ist von Gunnar unter die Lupe genommen worden, und er ist praktisch von der Liste gestrichen.«

»Kannte er Ebba oder ihre Mutter?«, fragte Granstam.

»Nur so weit, dass sie sich gegrüßt haben, wenn sie sich begegnet sind.«

»Kommen Sie, wir überprüfen den nächsten«, meinte Granstam und schlang zitternd die Arme um sich.

Zehn Meter weiter stand der Volvo Nummer zwei, neben Jennys rotem Toyota Yaris.

»Der hier gehört Leif Pettersson«, verlas Maria. »Er wohnt am selben Treppenhaus wie Jenny und Ebba und kannte sie auch nur flüchtig. Auch er hat ein Alibi, ist von Beruf Waldmaschinenmechaniker und war vom Zehnten bis zum Vierzehnten bei der Arbeit im Wald vierzig Kilometer von hier entfernt. Am Vierzehnten wurde er von Anna-Karin vernommen, der Wagen durchgecheckt, und auch er wurde von der Liste gestrichen.«

Sie gingen los. Maria wollte sich beeilen, zwang sich jedoch, sich Ingemars Schritttempo anzupassen, der sich genauso schnaubend vorwärtsbewegte wie ein Walross, mit dem er oft verglichen wurde, wenn er nicht in Hörweite war.

Im Treppenhaus roch es nach Katzenpisse und orientalischen Gewürzen. Als die Deckenbeleuchtung fertig geblinkt hatte und sich die Augen an die moosgrünen Farben gewöhnt hatten, kam eine Frau in Burka, die einen Wäschekorb schleppte, die Kellertreppe hoch. Sie grüßte Maria schüchtern und ging weiter nach oben.

»Der Aufzug ist kaputt«, seufzte Granstam, der den handgeschriebenen Zettel auf dem langen schmalen Fenster las.

Im ersten Stock blieben sie stehen. Granstam legte eine Verschnaufpause ein. Eine Tür flog hinter ihnen auf, und drei dunkelhäutige Jungen um die zehn Jahre flitzten mit viel Getöse an ihnen vorbei.

Noch zwei Treppen, und sie sahen die Tür mit dem Namen Lindgren. Granstam fuhr sich mit der Hand über die schweißnasse Platte.

»Sie hat also Jacks Nachnamen behalten«, stellte er keuchend fest. »Da fragt man sich doch nach dem Grund, da sie sich doch jetzt so spinnefeind sind.«

»Ebba wollte ihn vielleicht behalten, und dann wollte Jenny genauso wie ihre Tochter heißen?«, schlug Maria vor. Sie selbst hatte den Namen behalten, auf den sie in Peru getauft worden war, das war aber auch schon fast alles, was von ihren ersten sechs Lebensjahren noch übrig geblieben war – das und das silberne Kreuz, das sie um den Hals trug.

Die Klingel schrillte unter Granstams Daumen. Fünf Sekunden später wurde die Tür geöffnet.

Jenny Lindgren war ungeschminkt und blasser als auf den Fotos. Das ungewaschene blonde Haar in einem schlaffen Pagenschnitt hatte vielleicht einmal den gleichen Glanz wie das der Tochter gehabt. Auch die weichen Gesichtszüge und die braunen Augen glichen ihren, doch sogar auf den Fotos hatte Ebba eine stärkere Ausstrahlung. Aus Jenny schien alles Leben gewichen zu sein; sie hatte dunkle Ringe unter den Augen und roch nach Nikotin. Obwohl sie ordentliche Jeans anhatte, Lammwollpuschen und einen dicken Strickpullover trug, fröstelte sie offensichtlich. Mit kaum hörbarer Stimme bat sie sie in die Wohnung.

Granstam und Maria folgten ihr ins Wohnzimmer. Jenny stand am Fenster und schaute in die Dunkelheit. Ein regelmäßiges Ploppen war aus der Küche zu hören.

»Sind Ihre Kollegen bei Jack?«

»Ja, wahrscheinlich«, antwortete Maria und stellte sich neben sie. »Wenn Sie das gelbe Haus meinen, dann steht der Minibus unserer Kollegen davor.«

Das falsche Parkett knarzte, als sich Granstam ihnen anschloss.

»Schöne Aussicht«, fand er und ließ den Blick über die drei Fenster schweifen, von denen das rechte zum Balkon hinausging. Ihm fiel die blau-weiße Kaffeedose auf, die auf dem Geländer zum Balkon des Nachbarn stand. Seine Frau hatte auf der Terrasse zu Hause in Kiruna auch so eine als Aschenbecher benutzt.

Als hätte Jenny gesehen, wohin er guckte, drehte sie sich zu ihnen um und sagte: »Ich kann Ihnen nicht mal einen Kaffee anbieten, aber bitte, nehmen Sie Platz.« Sie zeigte auf das Ledersofa und setzte sich in den Sessel mit dem Rücken zum Fenster.

Das Zimmer war mit einem Sofatisch, Flickenteppichen, Bücherregalen von IKEA, ein paar Topfpflanzen und einem Ficus, der genauso vertrocknet wie Jenny aussah, sparsam möbliert. Ein Weihnachtsstern, zwei Adventsleuchter, ein dürrer Tannenbaum und eine hübsch geschnitzte Mora-Standuhr.

Rechts vom Fernseher standen eine Kommode mit weißem Häkeldeckchen und darauf ein gerahmtes Foto von Ebba, daneben eine Kerze, die nicht angezündet worden war.

»Danke, dass wir kommen durften«, begann Granstam und faltete die Hände über der Wampe.

Jenny saß angespannt auf der äußersten Kante des Sessels und starrte auf den schwarzen Fernsehbildschirm.

»Was ist das für ein Geräusch?«, fragte Maria mit einem Nicken zur Küche.

»Der Wasserhahn tropft. Die Dichtung ist leck.«

Granstam erledigte die Formalitäten und schaltete ein Video auf seinem Handy ein, das er auf ein Stativ montiert hatte. Sie berichteten von ihrer bisherigen Arbeit. Jenny saß unbeweglich da, und es war nicht klar, wie viel bei ihr ankam.

Immer noch den Blick auf den Fernseher gerichtet, sagte sie: »Es ist schon zu spät. Ich fühle, dass sie …«

Die Stimme war grell. Sie schaute auf ihren Pullover und pulte an einer Masche.

»Wir hoffen natürlich, dass sie lebt«, widersprach Granstam. »Es wäre eine große Hilfe, wenn Sie uns von dem Lucia-Morgen erzählen würden.«

Ohne die beiden ungleichen Polizisten anzusehen, berichtete Jenny denselben Ablauf, den sie schon Gunnar geschildert hatte.

»Wann hatten Sie zuletzt Kontakt zu Ebba?«, fragte Maria.

»Am Abend vorher. Sie ist hergekommen und hat sich meinen Lockenstab ausgeliehen. Da habe ich sie zum letzten Mal gesehen …«

Sie bekam feuchte Augen, und ihr Gesicht verzerrte sich zu einer verzweifelten Grimasse. Mit einer schnellen Bewegung wischte sie die Tränen mit dem Handrücken ab.

»Uns ist klar, dass Ihnen das sehr schwerfällt, aber wenn wir auch nur die geringste Chance haben wollen, Ebba zu finden, dann ist es wichtig, dass Sie uns alles sagen«, fuhr Maria so sanft wie möglich fort, »auch das, was Sie Gunnar und Anna-Karin nicht erzählt haben.«

Jenny drehte sich langsam zu ihr um und berichtete, dass Ebba gegen sieben angerufen hatte. Verzweifelt, weil ihr Lockenstab nicht richtig funktionierte, kam sie, um den ihrer Mutter auszuleihen, blieb einen Augenblick, trank eine Tasse Tee und erzählte, wie sehr sie sich auf die Krönung freue. Sie beschwerte sich, dass Jack ihr verbieten wolle, aufs Lucia-Fest zu gehen, sagte, er sei ein idiotischer Rassist, der Hamid hasse, weil er Einwanderer sei.

»Was hielten Sie von Hamid?«, fragte Granstam.

Jenny sah ihn an. Ihr Blick war so abwesend wie bei den vielen Tablettenabhängigen in seiner Therapiegruppe. »Ich mochte ihn, er war lieb zu Ebba.«

»Wie war sie während des Wettbewerbs?«, fragte Maria. »Soweit wir gehört haben, ging es zwischen den Mädchen ordentlich zur Sache.«

»Sie war wie immer. Oder vielleicht etwas engagierter. Sie wollte unbedingt gewinnen.«

»Hat sie etwas über ihre Rivalinnen gesagt?«

»Bloß, dass die Entscheidung zwischen ihr und Alice fallen würde.«

»Was hält Ebba von ihrem Ex-Freund Tony?«

Jenny seufzte, fuhr sich mit ihren nikotingelben Fingern durchs strähnige Haar. »Dass er voll nervig war.« Ein steifes Lächeln hielt sich für eine Sekunde im Gesicht. Dann wurde sie wieder ernst und erklärte: »So hat sie es immer gesagt. Er schien nicht begriffen zu haben, dass Schluss ist, hat angerufen und massenhaft Nachrichten geschickt.«

»Und hasste Hamid«, schob Maria ein.

»Ja«, stimmte Jenny tonlos zu.

»Aber Tony und Jack scheinen sich gut zu verstehen«, sagte Granstam. »Übers Eishockey und die Politik …«

»Davon weiß ich nichts, darum kümmere ich mich nicht«, winkte sie ab.

»Glauben Sie, Tony könnte sie mitgenommen haben?«

Ein Achselzucken und die Antwort: »Er ist gewohnt zu kriegen, was er will. Aber wo sollte er sie verstecken, wenn es so wäre? Die Polizei hat seine Wohnung doch dreimal durchsucht.«

Ein paar Sekunden vergingen schweigend. Granstam kontrollierte die Aufnahme, und Maria fragte: »Glauben Sie, er hat sie angerufen, bevor sie mitgenommen wurde?«

Ein Achselzucken und ein Blick aufs Handy auf dem Stativ.

»Kann es Ulf Kläppman gewesen sein?«, fragte Maria.

»Glaube ich nicht. Er ist nett und harmlos.«

»Er hat Ebba hin und wieder mal im Auto von der Schule nach Hause gefahren, und er hängt anscheinend viel im Motorsportklub rum.«

»Ja, aber wie gesagt, ihn können Sie, glaube ich, vergessen.«

Maria änderte die Taktik. »Wollen Sie über Ihre Beziehung zu Jack sprechen?«

In Jennys Blick trat etwas Ablehnendes. Ihre Hand begann wieder am Pullover zu pulen. Dann stand sie auf. »Muss erst eine rauchen. Wenn Sie wollen, können Sie sich umgucken. Ich nehme an, Sie wollen sich Ebbas Zimmer ansehen.«

Ohne eine Antwort abzuwarten, ging sie in Puschen auf den Balkon. Maria holte ihre Schuhe und Jacke und folgte ihr.

Granstam machte seine Runde. Drei Zimmer mit Küche auf insgesamt ungefähr achtzig Quadratmetern. Ebba hatte ein Zimmer mit Blick auf den Parkplatz. Ein typisches Mädchenzimmer, war sein erster Eindruck. Er erinnerte sich an das Mädchenzimmer seiner Tochter Anna und spürte einen dumpfen Stoß in der Brust. Sie und Björn lehnten seit Irenes Tod weiterhin den Kontakt zu ihm ab.

Maria schloss die Balkontür und stellte sich neben Jenny, die sich auf dem Geländer abstützte und eine Zigarette anzündete. Obwohl sie keine Winterjacke trug, schien sie nicht zu frieren.

»Beim Rauchen stehe ich immer hier und gucke auf die Straße, die sie entlanggegangen ist«, sagte Jenny in die Dunkelheit. »Stelle mir vor, wie sie die Tür zuknallt, beim Briefkasten abbiegt, stehen bleibt und das Handy rausholt, annimmt und weitergeht …«

Sie legte eine Pause ein und nahm einen Zug. »Dann kommt

sie hinunter zur Bundesstraße und verschwindet hinter den Häusern. Der Volvo kommt angefahren, und dann ...«

Ihre Stimme bebte.

»... steigt mein Mädel ins Auto. Sie muss entsetzlich gefroren haben.«

Mit zitternder Hand führte sie die Zigarette zu den blassen Lippen und zog daran, bis die Glut aufglomm.

»Aus welcher Richtung sehen Sie den Volvo kommen?«, fragte Maria.

»Aus Süden die Bundesstraße entlang«, antwortete Jenny mit einem Nicken. »Aber das ist ja bloß meine Fantasie.«

»Und wer sitzt in dem Auto?«, wollte Maria wissen.

Noch ein Achselzucken. »Das Gesicht des Mannes ist verschwommen. Da kann ich noch so viel starren, ich sehe bloß Dunkelheit. Aber ich hoffe, das ist niemand aus dem Dorf gewesen.«

Sie drehte sich zu Maria um. Ein Blutgefäß war geplatzt und färbte das Weiße im Auge rot. »Wenn Jack den Schuldigen erwischt, wird er sich unglücklich machen. Gleichzeitig verstehe ich ihn. Wir sind schon auf dem absoluten Nullpunkt.«

»Glauben Sie, Jack hat Pierre erstochen?«

Maria nutzte die Gelegenheit für die Frage, obwohl im Verhör eine Pause entstanden war. Sie hatte das Gefühl, dass sich Jenny genau aus dem Grund zu öffnen begann.

»Nein. Nicht, weil er es nicht getan haben *könnte*, aber dann hätte er es zugegeben. Er stellt viel Blödsinn an, steht aber immer dazu.«

»Was haben Sie gemacht, als Pierre ermordet wurde?«

»War zu Hause und habe geschlafen. Weil ich nicht aufstehen und zur Arbeit muss, schlafe ich bis neun. Mein Arzt sagt, dass das an meiner Fibromyalgie liegt.«

Maria nickte und streifte das Balkongeländer mit dem Fausthandschuh. Die Kälte drang durch die Wolle. Jenny aschte ein großes Stück in die Blechdose.

»Was sagt Ihr Nachbar dazu, dass Sie die Dose zwischen Ihren und seinen Balkon gestellt haben?«, wollte Maria wissen.

»Die teilen wir uns, stehen hier immer und verpesten zusammen die Umwelt«, antwortete Jenny, die es anscheinend angenehm fand, über etwas anderes als Ebba zu sprechen.

Mit dem Blick in Jennys Augen nickte Maria bestätigend.

»Wir wissen nun, dass Pierre unschuldig ist. Er hat Ebba nicht entführt.«

Jenny zog die Augenbrauen hoch, sah aber nicht überrascht aus, inhalierte tief und sagte traurig: »Ich habe nie geglaubt, dass er das war. Pierre mochte Ebba, aber so bescheuert ist er nicht, dass er sich krankmeldet und sie entführt, wenn die ganze Klasse in der Kirche wartet.«

»Wir wissen, dass Pierre Fotos von Ebba aufgenommen hat, um ihr zu helfen, Model zu werden. Er hatte offensichtlich Kontakte in der Branche. Vielleicht ist dieser Fremde einer davon.«

»Ach ja?«, sagte Jenny erstaunt. »Davon hat sie kein Wort erwähnt. Zu mir hat sie gesagt, sie bekäme Nachhilfe, um ihre Noten zu verbessern.« Sie schüttelte den Kopf und drückte die Zigarette aus. »Aber Ebba gab sich oft geheimnisvoll und kam mit Halbwahrheiten. Ich glaube, so wollte sie nett wirken und Konflikten aus dem Weg gehen.«

»Kann Hamid Pierre getötet haben?«

»Glaube ich nicht. Er ist ein guter Junge.«

Granstam kehrte mit seinem üblichen ausdruckslosen Gesicht ins Wohnzimmer zurück. Maria fand, er gleiche einem Kugelfisch in einem Aquarium.

»Können die beiden zusammen weggelaufen sein?«

»Nein«, sagte Jenny. »Ebba hätte nie im Leben die Krönung versäumt.«

Nie im Leben. Die Trauer sprach wieder aus Jennys Gesicht. Mit einem Ruck riss sie die Tür auf.

Wieder zurück in der Wärme, gab Maria ihrem Vorgesetzten mit einem Blick zu verstehen, dass am besten sie das Verhör fortsetzte. Sie nahmen wieder ihre Plätze auf dem Sofa ein, und Jenny setzte sich in den Sessel.

»Soweit wir wissen, haben Sie und Jack nicht viel Kontakt?«

»Nein.«

»Und er scheint Ihnen gegenüber nicht gerade großzügig zu sein«, fügte Maria hinzu.

Jenny drehte sich mit dem Sessel und schaute sie an. Die braunen Augen waren so kalt wie der Frost auf dem Balkon.

»Jack ist der geizigste Mensch, den ich kenne.«

»Aber Ebba gegenüber ist er spendabel?«

»Ja. Aber davon fühle ich mich noch elender, weil ich ihr nicht geben kann, was sie haben will. Es geht die ganze Zeit nur ›Papa bezahlt das, Papa hat mir dies geschenkt‹.« Sie breitete die Hände zu einer frustrierten Geste aus. »Ich bin ja wegen Fibromyalgie krankgeschrieben. Wissen Sie, was ich jeden Monat von der Versicherung kriege?«

Maria wie Granstam schüttelten den Kopf.

»8 750 Kronen!«

»Werden Sie von Sebastian unterstützt, weil es ihm jetzt gut geht?«

Jenny schaute Granstam wütend und zugleich verständnislos an. Er selbst lieferte die Erklärung: »Soweit ich weiß, haben Sie sich immer um Sebastian gekümmert. Da es jetzt gut bei ihm läuft, frage ich mich, ob er Ihnen hilft.«

»Ich und Sebastian haben einander immer unterstützt. Nach

dem Tod meiner Schwester habe ich die Verantwortung für ihn übernommen. Aber was hat das mit Ebba zu tun?«

»Sie haben kein Problem damit, dass er durch ihr Verschwinden Karriere macht?«, hakte Maria nach.

»Wenn nicht er, dann jemand anders. Und jedes Mal, wenn Ebba in den Medien erwähnt wird, hoffe ich, dass jemand sich meldet. Aber ich bin immer weniger …«

Die Worte hingen in der Luft wie Fäden in einem Spinnennetz. Sie schluchzte auf und schaute das Foto an. Granstam dachte, dass sie recht und auch unrecht haben konnte, dass die Aufmerksamkeit in den Medien die Chancen erhöhte, Ebba zu finden. In vielen Fällen hatte tägliche Berichterstattung das Ego des Täters aufgebläht und ihn getriggert. Das schlimmste Beispiel war der Schönheitschirurg aus New York, der eine College-Studentin zu vergewaltigen begann, weil in einer Zeitung stand, die Entführung hätte wahrscheinlich ein sexuelles Motiv. Bevor der Artikel veröffentlicht wurde, hatte er sich mit allabendlichen Umarmungen beim Gutenachtsagen zufriedengegeben.

»Wann haben Sie Sebastian vor dem Verschwinden zuletzt gesehen?«, fragte Granstam.

»Das war wohl am ersten Advent, also am 27. November. Er war zum Abendessen hier. Ich erinnere mich, dass er sich freute, auf der Lucia-Feier der Moderator zu sein.«

»War Ebba dabei?«

»Nein, sie und Sebastian verstehen sich nicht.«

»Wie fand sie das, dass er der Moderator war?«, wollte Maria wissen.

Jenny zuckte die Schultern. »In so einem Dorf kann man sich nicht mit anderen verkrachen. Man trifft sie beim Einkaufen, in der Kneipe und auf der Bank. Jetzt weiß ich nicht, ob ich noch weiter durchhalte.«

»Eine letzte Frage«, sagte Maria nach einem Blick auf das Foto von Ebba, »diese Blutergüsse, die sie im Kindergarten hatte ...«

»Die sie dem Jugendamt gemeldet haben?«

Maria nickte zaghaft. Die Fortsetzung kam wie ein Strom heißer Lava: »Die hatten nicht mehr alle Latten am Zaun, Jack zu verdächtigen! Klar war er manchmal gewalttätig, aber Ebba würde er nie auch nur ein Haar krümmen!«

»Der Mann, mit dem Sie ihn betrogen haben, wurde ordentlich verprügelt«, sagte Granstam.

Jenny schnaubte und schaute auf ihre Pantoffeln hinunter. »Das ist doch was ganz anderes, finden Sie nicht?«

Nachdem sie eine Weile still dagesessen hatte, stand sie auf und nahm das Päckchen Zigaretten vom Tisch. »Jetzt gehe ich raus zum Rauchen. Melden Sie sich, sobald Sie mehr wissen.«

Mit diesen Worten trat sie auf den Balkon, schloss die Tür und stützte sich aufs Geländer.

Maria und Granstam wechselten einen Blick und erhoben sich.

Als sie gingen, stand Jenny immer noch dort und schaute in die Dunkelheit.

24

»Jetzt kommen wir verdammt noch mal wieder runter«, mahnte Johan, ohne Jack aus den Augen zu lassen.

Ob es am Erstaunen über Johans Fluch lag oder ob Jack den Wahnsinn einsah, einen Polizisten anzugreifen, blieb offen. Jedenfalls holte Jack ganz tief Luft und atmete aus, während er die Schultern fallen ließ und der bullige Körper sich entspannte. Aber seine Worte waren weiterhin so hart wie auf einem Amboss geschmiedet: »Wie können Sie mich verdächtigen? Versuchen Sie lieber, meine Tochter zu finden! Warum wurde die Suche eingestellt?«

Ohne die Miene zu verziehen, blickte er sie abwechselnd an. »Ich spüre Ebbas Gegenwart! Sie ist in der Nähe des Dorfes. Ich werde nie aufhören, sie zu suchen! Kapieren Sie das?«

Johan und Nathalie nickten. Jack fuhr sich durchs Haar, das über seinen funkelnden Augen wie Feuer leuchtete.

»Dem Kerl, der sie sich geschnappt hat, würde ich am liebsten alle Knochen im Leib brechen! Klar, das würde ich machen, aber ...« Er verstummte und biss mit einem Knall die Zähne zusammen. »Aber ermorden? Glauben Sie das bloß nicht!«

Er trat einen Schritt zurück und stieß gegen die Küchenzeile. »Ich wäre doch ein Idiot, wenn ich den umbringe, der als Einziger weiß, was mit Ebba passiert ist! Ich hoffe noch immer, dass jemand sie gefangen hält und bald freilässt.«

Der Hund kehrte zurück, rieb sich am Bein seines Herrchens und legte sich in den Korb.

»Sie haben Pierre also nicht ermordet?«, erdreistete sich Nathalie zu fragen.

»Nein«, antwortete er, ohne ihr in die Augen zu schauen.

»Uns liegen Informationen vor, durch die wir wissen, dass mit 99-prozentiger Sicherheit *nicht* Pierre Ebba mitgenommen hat«, verkündete Johan.

Mit einem Ruck drehte sich Jack zu ihm um.

»Was meinen Sie damit?«

»Mehr kann ich Ihnen nicht sagen, aber so ist es.«

»Er wurde wahrscheinlich ermordet, obwohl er unschuldig war«, ergänzte Nathalie. Sie musterte Jack eindringlich. Wenn er Pierre erstochen hatte, müsste ihm das doch anzusehen sein? Sie sah jedoch nur Zweifel und Wut.

»Dann ist es Hamid gewesen!«, rief Jack aus und lief eine weitere Runde mit geballten Fäusten im Kreis.

»Können Sie uns noch was sagen, das uns weiterhilft?«, fragte Johan und machte einen Schritt auf den Flur zu, um anzudeuten, dass sie bald fertig waren.

Jack schüttelte den Kopf und stellte sich an die Karte. »Sobald Sie weg sind, mache ich mich wieder auf die Suche.«

»Wir würden gern Ebbas Zimmer sehen«, sagte Nathalie.

»Klar, das ist im ersten Stock, erstes Zimmer links. Ich kann da nicht reingehen, habe es schon zweimal durchsucht, ohne irgendwelche Hinweise zu finden.«

Jack blieb stehen, als Johan und Nathalie die Treppe hochstiegen. An der Wand hingen ein Dutzend Fotos. Das erste zeigte Jack, wie er mit einem Gewehr über der Schulter neben einem erlegten Elch stand. Auf dem nächsten trug er eine volle Hockeymontur und war eingerahmt von zwei Mitspielern. Auf den übrigen Bildern war Ebba zu sehen. Als Neugeborenes, als Baby, als Drei- und Fünfjährige, und weiter oben Klassenfotos aus jedem Schuljahr. Mit jedem Jahr wurde das bewusste Posieren immer deutlicher.

Das Zimmer hatte ein Fenster mit einer bunten Lichterkette und Blick auf die Mietshäuser in Mården. Ein ungemachtes Bett, ein Kleiderständer mit zig Oberteilen, Gürteln und Schmuck. Ein Schminktisch neben einem Bücherregal mit Hochglanz-Modemagazinen, Duftkerzen, Kopfhörern, falschen Wimpern, einem rosa Sparschwein samt drei Kakteen und einem Teddy, der nach dem Aufdruck auf dem T-Shirt Teddy Junior hieß. Die Wände zierten Poster von Justin Bieber, Zara Larsson und Models, die niemand von ihnen kannte.

Über dem Schreibtischstuhl hing ein Pullover von Calvin Klein, auf dem Boden stand eine Tasche von Victoria's Secret. Im Zimmer duftete es nach Himbeere, Pfirsich und Zitrusfrucht. Nathalie fielen auf dem Schminktisch mindestens sieben unterschiedliche Haarsprays und Parfüms auf. Sie erinnerte sich an ihr eigenes Zimmer. Die Marken waren zwar andere, die Suche nach Identität war die gleiche.

»Nicht ein Buch im Bücherregal«, stellte Johan fest und begab sich zu einem gerahmten Foto. Als Nathalie sah, wie eingehend er es betrachtete, folgte sie ihm. Ebba war vielleicht zehn Jahre alt, saß auf Jacks Schultern und blinzelte lächelnd in die Sonne, die Lippen aufeinandergepresst, was nur teilweise die Zahnspange verbarg. Er hielt sie an den Fußgelenken kräftig fest und streckte sich durch, als wäre sie leicht wie Luft. Das blonde Haar war schulterlang und schimmerte wie ein Heiligenschein. Die hübschen Gesichtszüge waren schon im Kindergesicht angelegt, aber noch lange nicht entwickelt. Im Hintergrund waren ein Trampolin und die Rückseite des Hauses, in dem sie sich gerade aufhielten, schemenhaft zu erkennen.

Nathalie fielen die Blutergüsse wieder ein, wegen derer das Personal im Kindergarten Jack beim Jugendamt angezeigt hatte. Auf dem Foto hatte Ebba einen blauen Fleck auf dem Schienbein. Es handelte sich dabei vermutlich um eine Verletzung, wie sie sich alle Kinder in dem Alter zuziehen, und die Freude in Ebbas Gesicht machte auf Nathalie den Eindruck, dass sich das Mädchen hundertprozentig auf ihren Vater verließ. Nathalie wusste, dass viele Anzeigen wegen Vernachlässigung der Fürsorgepflicht unbegründet waren. Wenn sie wegen Gabriels vieler Blutergüsse, die er sich im Lauf der Jahre geholt hatte, unter Verdacht geraten wäre, hätte man sie schon etliche Male kritisch durchleuchten müssen.

»Vor der Scheidung«, urteilte Johan. »Vielleicht hat Jenny das Foto aufgenommen.«

Er ging ans Fenster und schaute auf Mården. »Würde gern mal wissen, welcher Balkon ihrer ist.«

»Hm«, stimmte Nathalie ihm zu und stellte sich abermals neben ihn. »Würde gern wissen, wie es bei Granstam und Maria läuft.«

»Die beiden sind ein noch ungleicheres Paar als wir«, fand er und lächelte sie an.

Nathalie versuchte sich vorzustellen, dass Ebba eventuell etwas versteckt haben könnte, was die Techniker übersehen hatten. Wo hätte sie selbst ein Geheimversteck gehabt? Der Blick wanderte über die Schulbücher, die Haargummis und eine Halskette mit einem grünen Jadestein.

Sie suchten weiter. Als Nathalie wieder am Bücherregal ankam, fiel ihr eine Stelle ein, wo sie die Liebesbriefe von Adam versteckt hätte.

Im Sparschwein. Das hatten die Techniker im Bericht mit keiner Silbe erwähnt.

Sie hob es an, merkte an seinem Gewicht, dass es nicht viele Münzen enthielt, linste in den Schlitz, drehte es vorsichtig und sah ein paar Münzen wie grauen Schmutz vorbeirutschen. Im Inneren verbarg sich etwas Papierartiges, das nicht wie ein Zettel aussah. Sie lugte und drehte, konnte aber nicht erkennen, worum es sich dabei handelte.

»Kann man das aufmachen?«, fragte Johan.

Sie befühlte das Schloss auf der Unterseite. »Nein, aber der Schlüssel ist vielleicht hier irgendwo. Da ist ein Blatt Papier drin.«

Er schaute hinein und nickte. »Wir müssen den Schlüssel finden.«

Systematisch begannen sie von Neuem zu suchen. »Der muss hier sein«, machte Nathalie sich nach fünf Minuten selbst Mut. »Für mich wäre es undenkbar gewesen, den Schlüssel irgendwo anders als in meinem Zimmer aufzubewahren.«

Sie zog wieder die Schublade vom Schminktisch auf, hob den Einsatz heraus. Ganz hinten am Boden festgeklebt saß ein kleiner Plastikschlüssel. Sie riss ihn ab, steckte ihn ins Schloss und drehte um. Die Klappe sprang mit einem Klicken auf.

Zuerst schüttete sie die Münzen aus. Dann fischte sie das gefaltete Papier heraus. Es war ein DIN-A4-Bogen mit ausgedrucktem schwarzem Text und einem Barcode. Ein Zugticket, ausgestellt auf den Namen Ebba Lindgren.

»Von Svartviken nach Stockholm am 31. Dezember, zwölf Minuten nach neun«, las sie und hörte das zunehmende Erstaunen in der eigenen Stimme.

Johan nahm ihr das Ticket aus der Hand und las. »Fragt sich nur, was sie dort wollte.«

Nathalie drehte das Ticket um. Dort standen ein Name und

eine in Ebbas Handschrift festgehaltene Telefonnummer eines Mobilfunkanbieters.

»Nick? Wer ist das?«

»Einer von Pierres Kontakten?«

»Oder der Fremde?«

Sie kehrten wieder in die Küche zurück, wo Jack an die Küchenzeile gelehnt stand und auf sein Handy eintippte.

Nathalie zeigte ihm das Ticket. Jack starrte es an, als wollte er es mit Blicken in Brand stecken.

»Wo haben Sie das gefunden? Wer zum Teufel ist Nick?«

»Vielleicht der Fremde aus dem Hotel oder ein Kontakt aus der Modebranche«, vermutete Nathalie.

Johan gab die Nummer ein.

»Abgeschaltet. Ich rufe Tim an und bitte ihn, die Nummer zu checken.«

Drei Minuten voller Ungeduld später erzählte er, dass die Nummer zu einem nicht registrierten Handy gehörte. Jack blieb die Luft weg, und er trank schnell hintereinander zwei Gläser Wasser.

»Danke, jetzt sind wir fertig«, sagte Nathalie und verstaute das Ticket neben den Aufsätzen in der Handtasche. »Wir finden allein raus.«

Jack nickte geistesabwesend und schaute aus dem Fenster. Als Nathalie die Tür in die kalte Dunkelheit aufschob, stellte sie sich vor, wie Ebba sie zugeknallt hatte und im Lucia-Kleid bockig losmarschiert war. Wie Jack am Küchenfenster gestanden und vor Wut gekocht hatte. Wie er beschlossen hatte, zu Hause zu bleiben und darauf zu verzichten, seine Tochter als Lucia zu sehen.

War das tatsächlich wahrscheinlich? Beim Verhör hatte sie mehrmals das Gefühl gehabt, dass er nicht die Wahrheit sagte, wusste aber nicht, worüber oder warum. Durch die Wut, die hin und wieder in ihm aufwallte, war er schwer einzuschätzen.

Sie setzten sich ins Auto. Diesmal stand Jack nicht am Fenster. Als Johan den Schlüssel umdrehte, legte Nathalie ihm die Hand auf den Arm.

»Warte, da kommt jemand.«

Johan stellte den Motor ab und drehte sich um. Ein gelber Ford Escort glitt auf die Einfahrt und parkte neben Jacks Volvo. Die Tür flog auf, und ein bekannter Mann stieg aus.

Zu ihrem Erstaunen war es Sebastian Jägher. Er schien allein zu sein. Mit großen Schritten und einer Aktentasche unter dem Arm ging er auf die Tür zu.

»Was will er hier?«, fragte Nathalie.

»Wohl kaum eine Tasse Kaffee trinken und Jack in seinem Kummer beistehen.«

»Lass das Fenster runter.«

Die Kälte traf auf ihre Wangen, und sie hörten Sebastians Schritte.

Er klingelte, und nach wenigen Sekunden wurde die Tür geöffnet. Jack sagte etwas und sah wütend aus. Sebastian gestikulierte und holte etwas aus der Tasche.

Jack stand wie vom Donner gerührt und starrte auf das Papier, das Sebastian ihm hinhielt. Dann kam er in Bewegung, zog sich eine Jacke über und drängelte sich an Sebastian vorbei. Sein Blick war irre, als er zum Volvo lief.

Mit einem Kickstart fuhr er rechts auf die Straße Richtung Dorfmitte. Johan stürmte aus dem Auto und fing Sebastian auf der Auffahrt ab.

»Was ist hier los? Was haben Sie ihm eben gezeigt?«

Sebastian lächelte amüsiert, was die Grübchen in seinem mageren Gesicht betonte.

»Ich habe eben erfahren, dass ein verurteilter Vergewaltiger unter verdeckter Identität im Dorf wohnt«, sagte er und ging weiter zum Wagen. »Bloß fünfhundert Meter von hier, und er hat sich nicht bei der Polizei gemeldet. Raten Sie mal, wie alt das Mädchen war, das er überfallen hat?«

Ohne Johan eine Chance zu lassen, gab Sebastian triumphierend die Antwort: »Sechzehneinhalb! Das war zwar vor sieben Jahren, aber trotzdem.«

Johan drehte sich zur Straße um, sah die Rücklichter von Jacks Volvo hinter der Hausecke verschwinden, erinnerte sich daran, wie er selbst den Ex-Mann seiner Ex-Freundin Lotta niedergeschlagen hatte. Wozu wäre er erst wegen einer Tochter imstande? Wozu war es Jack?

»Verdammte Scheiße!«

Er rannte zurück zum Wagen. »Welche Adresse?«, schrie er über das Autodach.

»Lövstigen 12«, rief Sebastian ihm zu.

Sie starteten fast gleichzeitig ihre Autos, aber Johan war zuerst durchs Tor.

25

3. Dezember

Pierre drückt die vierte Heftzwecke auf ihrem Porträt fest, sodass es ganz oben neben dem von Alice hängt, und schaut sie und Hamid zufrieden an. »So«, sagt er und dreht sich zur Gruppe um, die in der Eingangshalle umherwuselt, wie eine sich ständig verändernde Amöbe. »Wenn noch einmal jemand die Fotos anfasst oder beschädigt, dann werde ich ihn oder sie persönlich ausfindig machen. Und das wird Konsequenzen haben, merkt euch das!«

Wie immer, wenn Pierre die Stimme erhebt, wird er ernst genommen. Aber natürlich sind weder Alice noch Andy hier.

Als Ebba gestern Abend von der Toilette gekommen war, fragte Pierre sie, was los gewesen sei. Sie antwortete, jemand habe ihr Foto abgenommen. Aber von den Augen sagte sie keinen Ton. Dann wäre die Angelegenheit zur Rektorin gegangen. Für so was hat sie weder die Energie, noch würde ihr das was bringen. Dann würden sich alle bis zur Wahl immer wieder darüber das Maul zerreißen, und sogar die wenigen, die keine Peilung haben, würden alle Details herausfinden.

Die Schulglocke an der Ziegelwand läutet. Als sie verstummt, klatscht Pierre in die Hände und ruft: »An die Arbeit, jetzt geben wir Gas.«

Er eilt in das Gewimmel. Sie sieht Hamid an. Er streichelt ihr mit seiner zarten Hand die Wange und blickt abwechselnd sie und das Foto an. Stolze Bewunderung liegt in seinen braunen Augen. Als fragte er sich, ob er tatsächlich mit diesem Mädchen zusammen sei.

Sie nimmt seine Hand, betrachtet das Foto und stellt sich vor, wie Andy oder Alice Zwecken in ihre Pupillen drücken. Beide sind gleich schuldig. Beide werden bestraft. *Wie*, hat sie noch nicht entschieden, nur *dass*. Sie wird die Lucia in diesem Dorf werden, und wenn es das Letzte ist, was sie tut.

Ohne die anderen zu beachten, zieht sie Hamid zu den Treppen. Auf dem ersten Absatz sitzen Alice und Andy im Fenster. Sie umfasst Hamids Hand fester, und obwohl sie umdrehen will, geht sie weiter. Stufe für Stufe nach oben konzentriert auf alles andere als auf die beiden Brotgehirne.

Als sie oben auf dem Absatz ankommen, beugt sich Alice zu Andy und flüstert ihm etwas ins Ohr. Er lacht und antwortet etwas, das Alice so übertrieben zum Kichern und Nicken bringt, wie nur sie es kann.

Ohne sie eines Blickes zu würdigen, steigen sie und Hamid weiter die Treppe hoch. Sie wird die Rache in aller Ruhe planen und zuschlagen, wenn sie am wenigsten damit rechnen. Etwas richtig Fieses wird sie anstellen, etwas, damit ein für alle Mal diese Scheiße aufhört.

Hamid schiebt die Schwingtür zum Korridor auf. Der Hausmeister schraubt die neue Tür an ihrem Schrank fest. Daneben steht Ufo und hält ihm in seinen riesigen, zur Schale gekrümmten Händen das Werkzeug hin, als wollte er einen Hund füttern. Als er Ebba sieht, strahlen seine kugelartigen Augen. In seinen wabbeligen Wangen zuckt ein Lächeln, durch das er diesen schwachsinnigen Gesichtsausdruck bekommt, den einige Schüler liebend gern nachäffen.

Ohne sich beim Hausmeister zu bedanken, nimmt sie ihre Sachen heraus und geht ins Klassenzimmer, die ganze Zeit dicht gefolgt von Hamid. Andy und Alice lassen sich nicht blicken. Haben sie vor zu schwänzen? Nein, so blöd sind sie nicht. Zum einen, weil dann klar ist, dass sie die Augen ausgestochen haben, und zum anderen will Alice gute Noten kriegen, obwohl sie außerhalb der Schule die gechillte Bitch spielt, die nichts kratzt.

Pierre hat die Tische auseinandergeschoben. Sie streicht Hamid über die Schulter, wünscht ihm viel Glück und setzt sich. Vor allem jetzt, findet sie, ist es schade, Hamid zu verlassen, aber ihre Entscheidung steht fest.

Heute Morgen hat sie Pierre eine Nachricht geschickt, dass sie verreisen wolle. Sie sind sich einig, dass das ihr Geheimnis bleiben muss, bis alles geklärt ist. Nick hat ihr nicht weniger als eine Chance im Studio versprochen. Nach Pierres Worten hängt alles davon ab, ob sie zu gewagteren Fotos bereit ist. Nach kurzem Zögern hat sie beschlossen zuzustimmen. So eine Chance wird sie nie wieder kriegen.

»Macht die Tür hinter euch zu!«, ruft Pierre, als Alice und Andy hereinschlendern. »Ihr sollt also eine Weihnachtsgeschichte schreiben«, erklärt er weiter. »Die soll ungefähr zweitausend Wörter lang sein. Ihr habt bis Viertel nach elf Zeit. Denkt an die Dramaturgie und den Aufbau. Wenn ihr zu viel oder zu wenig schreibt, gibt es Punkteabzug. Bitte, dann legt los!«

Er schreibt die Aufgabenstellung aufs Whiteboard. Sie lehnt sich zurück und tut, als würde sie nachdenken. Er hat schon versprochen, ihr ein »Sehr gut« zu geben, und sie weiß, worüber sie schreiben will. Hoffentlich begreift er so, dass sie die Bedingungen stellt.

Heute Abend wird sie zu ihm nach Hause gehen und von ihm weitere Aufnahmen machen lassen. Obwohl sie schon ahnt, dass Pierre kein so guter Fotograf ist, wie er behauptet, spielt sie mit.

Sonst besteht die Gefahr, dass er Nick anruft und sagt, dass das Ganze nichts wird.

Da ihre Entscheidung felsenfest steht, ist das das Schlimmste, was passieren kann.

26

Johan näherte sich der Kurve, hinter der Jack eben nach links abgebogen war. Die Straße war gestreut, und die Reifen hatten auf dem Belag gute Bodenhaftung. Er fuhr zu schnell, aber die Zeit drängte. Jacks Blick, als er zum Wagen gestürmt war, hatte offenbart, dass er zum Äußersten entschlossen war.

»Da ist er!«, sagte Nathalie und zeigte auf sein Auto. Der silberfarbene Volvo war einen Hügel hinauf an einem Spielplatz zwischen den Mietshäusern in Mården vorbei unterwegs. Es war dunkel und keine Menschenseele zu sehen. Sebastian lag mit seinem gelben Ford zwanzig Meter hinter ihnen. Nathalie sah sein Grinsen vor sich, mehr als zufrieden mit der Aktion.

»Soll ich Tim anrufen und ihn bitten, die Telefonnummer von dem Mann im Lövstigen 12 rauszusuchen?«, fragte sie.

»Sinnlos. Ist nicht sicher, ob es die richtige Person ist, und wir sind nur ein paar Sekunden nach Jack dort.«

Sie fand die Argumentation nicht schlüssig, begriff aber, dass Johan zu vollgepumpt mit Adrenalin war, um zu diskutieren.

Sie fuhren an einer heruntergekommenen Vorschule vorbei und bogen fünfzig Meter vor dem Marktplatz rechts ab.

Nathalie holte das Zugticket heraus, rief Tim an mit der Frage, ob er jemanden mit dem Namen Nick hatte finden können. »Noch nicht, denn allein in Stockholm gibt es sechs Modelagenturen;

rechnet man alle Fotografen noch dazu, ist man schnell bei einigen Tausend.«

Sie beendete das Gespräch. Johan hatte Jacks Auto fest im Blick, das sich ungefähr dreißig Meter vor ihnen befand.

Johan trat das Gaspedal weiter durch, als Jack am Fuß des Torpbacken beschleunigte. Sie fuhren an Pierres Wohnung vorbei, spürten, wie sie in die Rückenlehnen gedrückt wurden, als die Steigung begann. Der Hügel war gerade und mindestens hundert Meter hoch.

Auf halber Strecke aufwärts scherte Jack, ohne zu blinken, nach links aus. Johan und Nathalie lagen drei Sekunden zurück, sahen gerade noch die roten Bremslichter des Volvos, als Jack zu einem braunen Holzhaus vor der Schule abbog, wo sie bald mit Ebbas Mitschülern sprechen wollten. Nathalie dachte, dass dieser aktuelle Fall der totale Gegensatz zu dem gemeinsamen Fall davor war. Da waren sie im ganzen Land unterwegs gewesen; jetzt kamen sie auf der ungeplanten Autofahrt innerhalb von nur wenigen Minuten an etlichen wichtigen Stellen vorbei.

Jack stieß die Tür auf und marschierte entschlossen auf die beleuchtete Vortreppe zu, als Johan den Wagen auf der Auffahrt parkte.

Johan und Nathalie stiegen aus, sahen, wie Jack klingelte und gleichzeitig an die Tür hämmerte. Hinter sich hörten sie, dass Sebastian auf der Straße anhielt.

»Jack, beherrschen Sie sich verdammt noch mal!«, rief Johan über die Auffahrt. In dem Augenblick wurde die Haustür geöffnet. Ein glatzköpfiger Mann, der einen Kopf größer als Jack war, sah ihn mit einer Verwunderung an, die sich in Angst wandelte.

»Hast du Ebba mitgenommen, warst du das?«

Jacks Körper bebte, und sein rotes Haar fing das Licht vom Hausinneren ein und leuchtete wie Glut.

»Was meinst du?«, fragte der Mann und verschränkte die Arme vor der Brust. Johan hörte ein Geräusch hinter sich und fluchte in sich hinein, als er sah, dass Sebastian ihm in flachen Halbschuhen, mit fliegenden Rockschößen und mit hoch erhobenem Handy hinterherkam.

»Mach das aus!«, schnauzte Johan Sebastian an, während Jack dem Mann etwas zuschrie und ihn am Flanellhemd packte, sodass das Päckchen Zigaretten, das er in der Brusttasche hatte, zu Boden fiel.

»Was zum Henker willst du? Ich habe deine Tochter nicht mitgenommen, falls du das glaubst!«

Plötzlich passierte alles auf einmal, als hätte das Wort *Tochter* Jack in Brand gesteckt. Mit erstaunlicher Kraft warf er den Mann zur Seite, sodass er an die Wand donnerte. Jack verschwand in dem dunklen Flur.

Scheiße, dachte Johan, war sich aber bewusst, dass Sebastian sich ihm von hinten näherte, und lief vor Nathalie die Treppe hoch. Er begegnete dem verängstigten Blick des auf dem Boden sitzenden Mannes und rief: »Polizei, bleiben Sie hier!«

Dann stürmte er in den dunklen Flur, hörte Jack randalieren, konnte aber nicht ausmachen, in welchem Zimmer er sich befand.

»Jack Lindgren! Johan Axberg von der Polizei! Das ist Hausfriedensbruch. Hören Sie mich?«

Als einzige Reaktion waren von innen Schritte und ein Fluch zu hören. Nathalie half dem Mann am Boden wieder auf die Beine und versperrte gleichzeitig Sebastian den Weg, der schon halb auf der Vortreppe war.

»Machen Sie die Kamera aus!«, befahl ihm Johan, bevor er die Tür zumachte und abschloss.

»Jack, kommen Sie jetzt her!« Johan blinzelte in die Lampe,

die unter der Decke eingeschaltet wurde. Er ging den Flur weiter entlang, guckte links in die Küche.

»Wenn Sie herkommen, können wir zusammen das Haus durchsuchen.«

Eine praktische Lösung. Obwohl die Durchsuchung des Hauses fragwürdig war, stellte sie wahrscheinlich den einzigen Ausweg dar, um Gewalt zu verhindern.

Scheppern kam aus dem Zimmer hinten rechts. Johan ging langsam vorwärts, die Hand am Holster ganz angespannt. Zu seiner Überraschung betrat Jack den Flur.

»Hier drinnen ist sie nicht«, stellte er fest, als hätten sie zusammen gesucht.

»So was können Sie nicht machen«, sagte Johan und hörte, wie der Mann, dessen Namen er noch nicht kannte, sich von hinter näherte.

»Bist du bescheuert! Ich verpasse dir eine Anzeige!«

Jack sprang mit dem Blick zwischen dem Mann, Johan und Nathalie hin und her.

»Wir versprechen Ihnen, wenn Sie ruhig und friedlich abziehen, dass wir das Haus durchsuchen«, schlug Nathalie vor.

»Das können Sie nicht machen!«, protestierte der Mann.

»Doch, das können wir«, widersprach Nathalie.

»Und das werden wir«, stellte Johan klar.

Jack fuhr sich übers Gesicht. »Okay, aber ich warte draußen, damit ich sehe, dass Sie es tatsächlich tun!«

Dann sah er den Mann an, der jetzt zu Johan aufgeschlossen hatte. »Ich weiß, was du gemacht hast, darum bin ich hier«, spuckte er mit der Selbstsicherheit jener aus, die das Recht, zu verurteilen und zu strafen, für sich gepachtet haben: »Wenn man sich einmal an einem sechzehnjährigen Mädchen vergriffen hat, ist man es verdammt noch mal nicht mehr wert, Mensch genannt zu werden!«

»Kommen Sie mit mir«, sagte Nathalie und führte den Mann freundlich in die Küche.

»Und Sie kommen mit mir«, entschied Johan und zeigte mit ausgestrecktem Arm an, dass Jack das Haus auf kürzestem Weg zu verlassen hatte.

Die Blicke, die die Männer sich zuwarfen, als Jack im Abstand von einem Meter vorüberging, waren von einem Hass erfüllt, von dem beide wussten, dass er ein Leben lang andauern würde.

Draußen vor der Tür sah Johan die Umrisse von Sebastian. Er forderte telefonisch bei Anna-Karin Verstärkung an. Fünf Minuten später trafen sie und Gunnar ein. Sie bewegten Sebastian zwar dazu, das Grundstück zu verlassen, doch er blieb bei seinem Wagen stehen und filmte weiter.

Als Jack sich aufmachte, wollte Sebastian ein Interview haben. Zu Nathalies und Johans Erleichterung zeigte er ihm den Stinkefinger und fuhr davon.

Johan und Nathalie setzten sich mit dem Mann, der Kent Fjällner hieß, in die Küche. Sie erklärten ihm, was Sache war, und riefen zugleich das Urteil auf.

Was Sebastian herausgefunden hatte, entsprach den Tatsachen. Seit der verbüßten Strafe vor sieben Jahren lebte Kent mit neuer Identität und war von Halmstad nach Svartviken umgezogen. Er war wegen Vergewaltigung einer Sechzehnjährigen in einem Freibad verurteilt worden. Kent hatte die Zeit ohne Vorkommnisse abgesessen, doch weil die Tat bei seiner Entlassung in der Presse für großes Aufsehen gesorgt hatte, musste er umziehen.

Nathalie fragte sich, ob er rein zufällig gegenüber der Schule wohnte. Auf jeden Fall würde es ihm das Leben nicht leicht machen, wenn das Ganze hier im Dorf die Runde machte, wofür Jack und Sebastian sorgen würden.

Daran dachte Kent offensichtlich nicht. Er war wütend und zeigte Jack bei der Polizei an. Als Johan die nötigen Angaben notiert hatte, betraten Gunnar und Anna-Karin die Küche.

»Wir haben das Haus, den Keller und die Garage ohne eine Spur von Ebba durchsucht«, berichtete Anna-Karin.

»Wie kommt es, dass Sie von der Sache nichts wussten?«, fragte Johan, nachdem er Kent gebeten hatte, den Raum zu verlassen.

»Ein Versehen, leider«, antwortete Anna-Karin. »Der Archivar in Östersund ist nur fünf Jahre zurückgegangen.«

Als sie das Haus verließen, war es Viertel vor sieben, Sebastian stand zitternd an seinem Auto und feuerte Fragen ab, auf die er keine Antwort bekam. Anna-Karin und Gunnar nahmen das Zugticket mit zur Dienststelle.

»Was für ein Theater«, fand Johan, als er und Nathalie wieder im Wagen saßen und zur Schule fuhren.

»Was wohl passiert wäre, wenn wir nicht eingeschritten wären.«

»Mag ich gar nicht drüber nachdenken. Aber dadurch erhärtet sich mein Verdacht gegen Jack, wenn es um den Mord geht. So eine ungezügelte Gewalt erlebt man nur selten.«

Nathalie schaltete den Lautsprecher ein und rief Granstam an. Er und Maria waren auf dem Weg zum Motorsportklub, um Tony Larsson zu vernehmen.

Nathalie berichtete von dem Vorfall und dem Ticket. Granstam lobte sie beide und wollte gleich Jenny anrufen und nachfragen, ob sie etwas über eine Zugfahrt oder einen Nick wusste. Anschließend tauschten sie Informationen über die Vernehmungen aus.

»Glauben Sie, dass Jack Pierre erstochen hat?«, fragte Granstam.

»Ja!«, antwortete Johan.

»Ich habe da meine Zweifel«, gab Nathalie zurück.

27

»Nein, Jenny wusste weder was vom Ticket noch von irgendeinem Nick«, sagte Granstam zu Maria und drückte den Anruf weg.

»Das war nicht anders zu erwarten, weil Ebba es gut versteckt hat«, meinte sie und steuerte den Toyota auf der Schotterpiste zwischen Bahnstrecke und See zum Motorsportklub. Rechts lag der winzige Bootshafen, links brannten die Lichter vom Bahnhof und der Ortschaft. Hoch oben auf dem Hügelkamm thronte als ewige Mahnung für den Grund ihres Hierseins die Kirche.

Ihre Telefone meldeten sich.

»Ein Gruppenchat von Tim«, sagte Granstam und las laut vor: »Das Ticket wurde am 7. Dezember am Bahnhof in Östersund bar bezahlt. Also kann man nicht rausfinden, wer es gekauft hat. Tim überprüft aber, ob sich dort noch jemand erinnert.«

»Würde gern wissen, warum sie aus der Reise ein Geheimnis gemacht hat«, sagte Maria und scherte aus, um einer Unebenheit auf der Fahrbahn auszuweichen. »Und warum sie keine Rückfahrkarte hatte. Glauben Sie, das hat was mit ihrem Verschwinden zu tun?«

»Mir fällt es schwer, an Zufall zu glauben«, antwortete Granstam. »Gleichzeitig ist mir noch nicht klar, wie das alles zusammenhängt. Aber das Ticket macht es weniger wahrscheinlich, dass sie sich am Lucia-Tag freiwillig auf und davon gemacht hat.

Ich meine, warum sollte sie das tun, wenn sie für Silvester eine Fahrkarte hatte?«

»Und noch dazu die eigene Krönung verpasste«, stimmte Maria ihm zu. »Bin gespannt, was Tony dazu sagt.«

»Ja, er scheint ein anstrengender Mensch zu sein. Wir müssen versuchen, uns so neutral wie möglich zu verhalten. Vorgefasste Meinungen behindern immer gute Polizeiarbeit.«

Noch ein Klischee, das ich mich weigere zu kommentieren, dachte Maria, gestattete sich jedoch ein Nicken.

»Was halten Sie von dem Paar, das Hamid vor dem Klub am Abend vor ihrem Verschwinden gesehen haben will?«, wollte Granstam wissen.

»So rassistisch, wie die beiden gewirkt haben, würde ich ihrer Zeugenaussage nicht allzu große Bedeutung beimessen. Ich hoffe, dass Ebba und Hamid zusammen weggelaufen sind. Das scheint mir unsere einzige Chance zu sein, sie lebend zu finden. Mir fällt es schwer zu glauben, dass ein Fotograf sie entführt hat.«

»Ja«, nickte Granstam und drückte auf die Portion Snus, die er sich nach dem Besuch im Imbiss in den Mund geschoben hatte.

Sie näherten sich dem Ende der Schotterpiste, die immer unebener wurde und an der die Anzahl an Straßenlaternen stetig weiter abnahm. Zur Linken war ein mit Graffiti vollgesprayter Güterwaggon abgestellt, rechts lagen Schrotthaufen, Autoreifen und Müll. Hinter einem Zaun, an dem ein Schild mit der Aufschrift UNBEFUGTEN IST DAS BETRETEN VERBOTEN hing, befanden sich ein Wendeplatz und eine provisorisch ausgebesserte Wellblechbaracke. Auf dem Wendeplatz standen ein kaputter Tretschlitten und zig Autos in mehr oder weniger fahrbarem Zustand.

»Hier irgendwo stand der Volvo, als er gestohlen wurde«, sagte Maria und parkte. Als sie die Handbremse anzog, klingelte ihr Handy. »Das ist Tim«, erklärte sie und stellte den Lautsprecher an.

Tim hatte die Mobiltelefone von Tony und den anderen Mitgliedern überprüft. Einige hatten unregistrierte Handys mit Prepaidkarte, von denen mindestens drei aus Diebstählen in Östersund stammten, bei denen Hamid eine Rolle gespielt hatte. Zwei der Mitglieder waren wegen geringer Vergehen verurteilt worden, Tony aber war sauber. Maria bedankte sich und legte auf.

»Also kann Tony Ebba angerufen haben, genau wie wir vermutet haben«, stellte sie fest.

Sie stiegen aus und schauten sich um. Sie zeigte auf ein Gebäude ein paar Hundert Meter von der Fabrik entfernt. »Das da muss Jacks Werkstatt sein.«

»Offensichtlich kommt man auch auf diesem Weg dahin«, stellte Granstam fest und musterte die Schotterpiste, die am See verlief. Sie begaben sich zum Fabrikgebäude. Über der braunen Metalltür stand *Svartviken Motorsportklub*. In einem Fenster über der Tür brannte Licht. Weil es keine Klingel gab, klopfte Granstam dreimal. Als niemand öffnete, prüfte Maria die Klinke. Die Scharniere quietschten, als sie die Tür aufzog.

Sie betraten eine große, weitläufige Halle mit an die zwanzig Autos, fast genauso vielen Heizungen, ein paar Motorrädern, Hebebühnen, Ölfässern, Benzinkanistern, Anhängern, Scootern, Quads und zwei Wohnwagen. Aus einem Ghettoblaster auf einer Werkbank lärmte AC/DCs *Highway to Hell*. Es stank nach Öl, Haarwachs und Tabak. Sieben, acht Männer standen gebeugt über Rockerautos, die erheblich besser gepflegt waren als dieser Raum.

Als Maria die Tür mit einem Knall hinter sich zuzog, erstarrten die Männer in ihren Bewegungen und beäugten sie misstrauisch.

Maria und Granstam nahmen die Mützen ab. Tony stand ganz rechts vor einem grünen Jaguar Cabriolet und polierte die Motorhaube. Mit einem kurzen Nicken nahm er ihre Ankunft zur Kenntnis, setzte aber in großen Kreisbewegungen seine Arbeit fort, obwohl die Haube im Schein der Neonröhren wie frisch lackiert glänzte.

Statt zu Tony zu gehen, stellte Maria die Musik aus.

»Was verdammt noch mal soll das?«

Maria ignorierte die Frage. »Wie Sie wissen, kommen wir vom Zentralkriminalamt und wollen Sie vernehmen«, erklärte sie und hielt ihren Ausweis hoch.

Tony richtete sich auf und grinste breit. Er trug seine Cap mit dem Schirm nach hinten, eine schwarze Lederjacke über einem grauen Kapuzenpulli und eine Camouflage-Hose mit Nietengürtel. Auf dem Jackenaufschlag saßen mehrere Aufnäher von Hardrock-Bands, ein Totenkopf samt der schwedischen Flagge.

»Das können wir hier machen, ich habe nichts zu verbergen.«

»Wir werden die Vernehmung filmen«, verkündete Granstam und faltete das Handystativ auseinander.

»Das ist doch Scheiße!« Tony verdrehte die Augen zu seinen Kumpels und pfefferte das Putztuch auf die Haube. »Okay, kommen Sie mit«, fuhr er fort und ging auf eine Tür neben der Werkbank zu.

Granstam fielen zwischen den Schraubenschlüsseln und Schraubenziehern mehrere Mora-Messer auf, er dachte an das Küchenmesser, das Pierre Jonssons Hals glatt durchtrennt hatte. Er stellte sich vor, wie Tony es getan hatte, und fand, dass er zur Ausführung der Tat die passende Größe und genug Kraft hätte.

Sie kamen in einen kleinen Raum mit einem Dutzend Spinde, eine Kaffeemaschine fand sich auf einer mit Pizzakartons, Bierdosen und drei Wodkaflaschen vollgestellten Küchenzeile. Um einen wackeligen und mit Schmutzflecken übersäten Tisch gruppierten sich vier Hocker und zwei Stapel Bierkisten, die als Sitzplätze dienten. Auf dem Boden stand ein halbes Dutzend PET-Flaschen mit klarer Flüssigkeit.

»Hauen Sie sich hin, und fühlen Sie sich verhauen«, scherzte Tony und setzte sich.

»Gibt es was zu feiern?«, fragte Granstam mit einem Nicken zum Alkohol.

»Klar, verdammt. Heute ist in der Kneipe der Abend der Heimkehrer. Wenn Sie dieses Dorf kennenlernen wollen, dann gehen Sie hin.«

Er grinste Maria an. Ohne eine Miene zu verziehen, setzte sie sich neben Granstam, ließ ihren Blick von Tony abschweifen. An jedem Spind war ein Name direkt aufs Blech geschrieben oder mit Klebestreifen befestigt worden. Um die Namen saßen Sticker mit Sportwagen, Biersorten, sonnengebräunten Pin-ups und Sprüchen wie »Gerstensaft und scharfe Weiber sind die besten Zeitvertreiber«. Maria fand das alles so pubertär, dass sie sich noch nicht einmal darüber aufregte.

Granstam stellte das Stativ hin und tippte auf Aufnahme.

»Wann haben Sie Ebba zum letzten Mal gesehen?«, fragte Maria.

Tony verschränkte die Arme vor der Brust und schaute an die Decke.

»Weiß ich nicht mehr. War wohl auf dem Weihnachtsmarkt, als sie sich für die Wahl vorgestellt haben.«

Maria wartete, bis er sie wieder ansah. »Ich glaube, Sie wissen noch sehr genau, wann das war. In der kurzen Zeit, die wir hier sind, hat sich ganz klar herausgestellt, wie nahe Ihnen Ebba ist, um nicht zu sagen, wie fixiert Sie auf sie sind.«

Er schnaubte, nahm die Cap ab und fuhr sich durchs blonde Stoppelhaar.

»Mir passt es nicht, dass sie mit dem Bombenleger zusammen ist!«

Er setzte sich die Cap mit Nachdruck wieder auf. Maria

merkte, wie sie innerlich kochte, sah Tonys Miene und der übertrieben entspannten Haltung an, dass er versuchte, sie zu provozieren. »Darum haben Sie ihn auf dem Schulhof aufgesucht und ihn bedroht?«

»Ich habe ihm ein paar wahre Worte gesagt, aber er wollte ja nicht hören. So machen die das eben: Wenn denen was nicht passt, dann tun die, als verstünden die kein Wort mehr.«

»Aber Ebba blieb mit Hamid zusammen. Wie haben Sie darauf reagiert?«

Tony breitete die Hände zu einer resignierten Geste aus: »Was hätte ich denn da machen können?«

»Wurde der Frust so groß, dass Sie sie am Lucia-Morgen angerufen und sie mitgenommen haben?«, fragte Granstam. »Sie haben sie vielleicht von Ihrem Balkon aus gesehen und Ihre Chance erkannt, den Gentleman zu spielen?«

Tonys Blick erkaltete. »Wie Sie wissen, war ich bei Reinecke zu Hause und habe die Fußbodenheizung repariert. Er ist da draußen, wenn Sie ihn fragen wollen.«

»Gibt es sonst noch jemanden, der das bezeugen kann?«, wollte Maria wissen. »Wie Sie sich denken können, finden wir Alibis von Freunden nicht besonders überzeugend.«

Tony grinste, sodass der Snus unter der Oberlippe zum Vorschein kam. »Ach, nein? Aber das ist die Wahrheit! Und warum sollte ich den Volvo meines Kumpels klauen?«

»Um uns in die Irre zu führen«, schlug Maria vor und faltete direkt vor Tonys Händen ihre auf dem Tisch. »Ich meine, wer würde Sie da schon verdächtigen?«

Tony schüttelte den Kopf und knackte mit den schmutzigen Daumennägeln.

»Jetzt hören Sie mir aber auf! Sie haben Björns Volvo also nicht gefunden? Dann schlage ich vor, Sie machen sich lieber auf die Suche, statt mich zu schikanieren!«

»Hatten Sie vor, in die Kirche zu gehen?«, fragte Maria.

»Ja, klar. Aber dann hat Reinecke wegen der Fußbodenheizung angerufen.«

»Die ausgerechnet am Lucia-Morgen kaputtgegangen ist?«

»Ja, in meinem Beruf kann man schlecht planen, wann Sachen kaputtgehen.«

»Sie scheinen nicht besonders traurig zu sein, dass Ebba verschwunden ist«, schätzte Granstam.

Abrupt stand Tony auf. »Klar, verdammte SCHEISSE, mache ich mir Sorgen! Für wen halten Sie mich eigentlich?«

»Ein Jahr ist eine relativ lange Zeit«, sagte Maria. »Können Sie uns etwas über Ebba erzählen, was Sie noch nicht gesagt haben?«

Er schaute ihr in die Augen. Sie meinte, etwas vorbeihuschen zu sehen, doch ehe sie es genauer bestimmen konnte, schüttelte er den Kopf.

»Beteiligen Sie sich noch an der Suche nach ihr?«, erkundigte sich Granstam.

»Nicht in den letzten Tagen. Beruflich habe ich viel zu tun. Diese verfluchte Kälte zwingt alle, ihre Heizungen oder Wärmepumpen reparieren zu lassen, verstehen Sie? Aber wenn Jack anruft, bin ich natürlich dabei.«

»Als wir in Pierres Wohnung waren, haben wir was Interessantes im Schulalbum gefunden aus dem Jahr, als Sie in der Neunten waren«, sagte Maria. »Können Sie sich vorstellen, was?«

Verständnislos guckte er sie an.

»Nein.«

Sie holte ihr Handy heraus, rief das Foto auf und vergrößerte es, sodass Tonys Gesicht das Display ausfüllte.

Er beugte sich vor und schaute hin. Die Muskeln in seinem Gesicht spannten sich an, und die Augen verengten sich. Als er sie wieder ansah, fragte sie: »Was meinen Sie, wer das gemacht hat?«

»Keine Ahnung!«

»Glauben Sie, das war Pierre?«

»Warum sollte er? Ich hatte mit ihm keinen Ärger.«

»Kann es Ebba getan haben?«

Tony guckte auf den Tisch und schüttelte zum wiederholten Mal den Kopf. »Das hoffe ich wirklich nicht.«

Granstam wie Maria legten die Antwort genau gegenteilig aus, stellten sich vor, wie Ebba eine Nadel in Tonys Augen gestochen hatte.

»Ebba hatte für Silvester ein Zugticket nach Stockholm«, sagte Granstam. »Können Sie uns etwas darüber sagen?«

»Nee.«

»Sagt Ihnen der Name Nick etwas?«

»Wer ist das?«

Maria fragte nach dem Alibi für die Mordzeit. Tony hatte wie alle anderen Verdächtigen zu Hause im Bett gelegen und geschlafen. Er glaubte nicht, dass Pierre Ebba entführt hatte, und wer ihn erstochen hatte, wusste er nicht. Aber es war nicht Jack, das war sicher. »Jack tickt schon manchmal total aus und haut auch mal Leuten aufs Maul, aber nie würde er so was Feiges machen wie jemanden von hinten abzustechen.«

Allerdings habe es sehr gut Hamid getan haben können. »Wer weiß, was so einer wie der in seinem Heimatland schon alles mitgemacht hat? Es würde mich nicht wundern, wenn er den Volvo geklaut und Ebba mitgenommen hätte. Er und seine Kumpels hängen oft um den Klub ab, und Sie wissen sicher genauso gut wie ich, was die für ein Frauenbild haben.«

»Nein, wie meinen Sie das?«, hakte Maria mit finsterer Miene nach, woraufhin Tony nervös auf seine protzige Armbanduhr guckte und fragte, ob sie bald fertig seien.

»Hätte Pierre Ihnen die Tür aufgemacht?«, fragte Granstam und drückte eine Portion Snus zurecht.

»Ich habe ihn nicht umgebracht. Warum hätte ich das tun sollen?«

»Aus Rache, weil Sie geglaubt haben, er habe Ebba entführt?«, schlug Maria vor, als wäre das die natürlichste Sache der Welt. »Wussten Sie, dass sie bei ihm zu Hause Fotos hat machen lassen, um Model zu werden?«

Tony schob die Hände in die Tasche seiner Lederjacke und lehnte sich an den hintersten Spind. »Sie meinen wohl, Sie können einfach so aus Stockholm hier auftauchen und die Wahrheit rausfinden? Dann lassen Sie sich mal eins sagen: Das wird Ihnen nicht gelingen! Ein Mädchen aus Svartviken ist verschwunden, Sie, die Sie sich vorher nie für uns interessiert haben, können nicht einfach aufkreuzen und den Fall aufklären!« Er legte eine Pause ein und zog die Cap zurecht. »Ich kriege ganz genau mit, wie Sie mich und meine Kumpels angucken und denken: *Arme Schweine, kapieren die nicht, wie peinlich die sind? Richtige Scheißdorftrottel!* Aber eins will ich Ihnen mal sagen: Ich wohne schon mein ganzes Leben hier. Man weiß, was man zu erwarten hat, wenn man das Tag für Tag tut. Manchmal ist es zum Kotzen, und man will nur sterben. Aber ich kann mir keinen anderen Ort vorstellen, wo ich lieber wäre! Kriegen Sie das in Ihren Schädel?«

Maria wanderte mit dem Blick die Spinde entlang und war verlegen.

»Wussten Sie, dass Ebba Pierre besucht hat?«, wiederholte Granstam.

»Nein, aber ich habe davon erfahren, als sie verschwunden ist. Aber vom Fotografieren habe ich nichts gewusst.«

Granstam verzog beim Aufstehen das Gesicht, fasste sich in den Rücken und nickte zum Spind gleich neben der Tür: »Ist das Ulf Kläppmans Schrank?«

Mit eckigen Buchstaben stand der Name ULF auf einem Zettel über einem Aufkleber mit einem Ufo und drei Figuren aus *Star Wars*.

»Ja, das ist der von Ufo. Warum?«

»Wie oft ist er hier?«, wollte Maria wissen.

Tony zeigte ein Snus-Grinsen. »Jeden Tag irgendwie. Er hilft bei allem Möglichen, ist verdammt stark! Einmal hat er einen Plymouth Roadrunner hochgehoben, damit einer der Jungs Reifen wechseln konnte, bester Scheißwagenheber, voll krank! Zum Dank darf er die Autos draußen auf dem Hof manchmal Probe fahren.«

»Dann sind wir hier wohl fertig?«, sagte Granstam.

Maria nickte. »Können Sie uns zeigen, wo der gestohlene Volvo gestanden hat?«

»Klar, auf dem Parkplatz beim Eingang. Und Björn ist hier, wenn Sie mit ihm reden wollen.«

»Gern«, antwortete Maria. »Wir wollen auch mit Ihrem Freund sprechen, dem mit der Bodenheizung, Reine ›Reinecke‹ Huldt, so heißt er doch, oder?«

Sie folgten Tony in die Werkstatthalle. Björn war ein dicker, kahlköpfiger Kerl in den Vierzigern im Blaumann über einem gefütterten Anorak. Er stand an der Werkbank und schraubte an einer Benzinpumpe. Mit jeder Umdrehung des Schraubenziehers fiel begleitet von einem Grunzen ein Tropfen Schweiß von seiner Oberlippe.

Maria und Granstam wurde Tonys Version von der Gallenkolik und der Mitfahrt nach Hause bestätigt. Um zehn Uhr am Lucia-Morgen, als Tony nach der Reparatur von Reineckes Bodenheizung zum Klub gefahren war, stellte er fest, dass der Volvo weg war. Er rief sofort Björn an, der noch im Krankenhaus lag. Weil beide davon ausgingen, der Wagen würde sich im Dorf wiederfinden, erstattete Björn keine Anzeige bei der Polizei.

»Gibt ja keinen Polizisten im Umkreis von hundert Kilometern, und Sie können sich ja ausrechnen, wie hoch die Chancen stehen, dass die einen Finger rühren. Erst als ich gehört habe, was der Pfarrer gesehen hat, habe ich die Polizei eingeschaltet.«

»Was meinen Sie, warum ausgerechnet der Volvo gestohlen wurde?«, fragte Granstam. »Hier stehen doch bedeutend schönere Autos, die man auch noch leichter stehlen kann.«

»Keinen Schimmer«, meinte Björn. »Aber ist ja klar: Der hat den unauffälligsten genommen. Hätte er sich einen anderen ausgesucht, wäre er im Dorf gesehen worden, so viel ist sicher.«

»Danke, dass Sie sich die Zeit genommen haben«, sagte Maria. »Jetzt sprechen wir mit Reinecke. Mit ihm wollen wir uns gern in der Küche zusammensetzen.«

»Muss das sein?«, fragte Tony. »Er steht da hinten bei seinem Mustang, gehen Sie einfach hin, und reden mit ihm.«

»Danke, aber das machen wir unter sechs Augen«, antwortete Maria und steuerte auf den Mann zu. Er schaute zu ihr hoch, als hätte er ihre Worte gehört.

Drei Minuten später saßen sie und Granstam Reine »Reinecke« Huldt gegenüber. Er hatte rotes Haar und eine lange Nase, was seinen Spitznamen erklärte.

Er bestätigte Tonys Alibi. Die Bodenheizung war am Abend vor Lucia kaputtgegangen, und er hatte um schnelle Hilfe gebeten, weil wegen der Kälte die Gefahr bestand, dass die Leitungen einfroren. Tony war zwischen sieben und acht Uhr bei Reinecke gewesen, genau wie er es Gunnar erzählt hatte.

Als sie wieder in die Werkstatt zurückkehrten, erwartete sie

Tony. »Sind Sie jetzt zufrieden?«, lächelte er und wechselte einen Blick mit Reine.

»Ja«, antwortete Granstam, »zeigen Sie uns, wo der Volvo gestanden hat, danach lassen wir Sie weiter Ihre Lieblinge wienern.«

Tony zeigte ihnen die Stelle auf dem Parkplatz. Fünfzig Meter vom Eingang entfernt. Granstam fiel auf, dass der Wagen sowohl von der Schotterpiste, auf der sie gekommen waren, als auch von der Bundesstraße sichtbar gewesen war.

Auf der Rückfahrt zum Dorf sahen sie im Rückspiegel, wie Tony hinter sich die Tür schloss.

...

Tony empfingen die neugierigen Blicke seiner Kumpels. Alle hatten ihre Arbeit stehen und liegen lassen, alle wollten einen Kommentar hören, am besten einen Bericht, der in kurzer Zeit zu einer der lustigen Lügengeschichten ausgeschmückt würde, die sie sich immer erzählten, wenn alle mit einem Bier in der Hand zusammensaßen und ihnen die Welt gehörte. Aber Tony erwiderte die Blicke mit der überlegenen Härte eines Rudelanführers. Alle kehrten zu ihren Autos zurück, begriffen, dass jetzt nichts zu erwarten war, vielleicht nie.

Er winkte Reinecke mit sich in die Küche.

»Gut gelaufen?«, fragte Tony, als er die Tür geschlossen hatte.

»Ich glaube, sie haben's gefressen, so wie die anderen Bullen auch.«

Tony klopfte Reinecke auf die Schulter. »Gut, und zu niemandem ein Wort.«

28

Als Alice die Tür zur Eingangshalle der Schule öffnete, blieb sie stehen und schaute Andy an: »Sag einfach dasselbe wie immer. Vergiss nicht, die sind so was wie Superbullen aus Stockholm. Wenn wir uns widersprechen, sind wir am Arsch!«

»Klar«, zitterte Andy. »Ich war die ganze Zeit in der Kirche, und von dem anderen wissen wir nichts.«

»Genau«, sagte Alice und zog die Tür ganz auf. Andy zögerte: »Ist es nicht besser, wenn wir es sagen? Wenn sie dahinterkommen, dass wir lügen, wird es vielleicht nur noch schlimmer?«

»Pst! Man kann uns hören!«

Alice blickte sich nervös um. Auf dem Schulhof, wo sonst das Leben tobte, herrschte jetzt nur Dunkelheit und Stille. »Du wirst schwach, weil sie dich zum Rumknutschen rumgekriegt hat, aber vergiss nicht, was sie getan hat!«

»Ja, ja«, sagte er und folgte ihr ins Gebäude.

Sie kamen an dem Schwarzen Brett mit Ebbas Foto vorbei. Ihr durchgeknallter Vater hatte beschlossen, dass es hängen blieb, und so wurde es gemacht, so lange, wie er es wollte.

Ihnen fiel wieder ein, wie man ihnen Pierres Tod mitgeteilt hatte. Wie still es im Klassenzimmer wurde, bis einige anfingen zu weinen. Alice sah in Ebbas Augen auf dem Foto und bildete sich ein, sie schaue sie vorwurfsvoll an.

Langsam stiegen sie die vier Treppen zur Aula hoch. Sie waren eine Viertelstunde zu früh, weil Alice Bedenken gehabt und gemeint hatte, sie würden sich verdächtig machen, wenn sie zu spät kämen. Andy wollte noch sagen, dass es genauso verdächtig wäre, wenn sie pünktlich kämen, doch Alice hatte so viel Entschlossenheit an den Tag gelegt, wie nur sie es konnte.

Er hatte nie daran gezweifelt, dass sie die Lucia werden würde, hätte aber nie gedacht, dass es so ablaufen würde.

29

Auf der Fahrt zur Schule holte Nathalie Ebbas und Hamids Aufsätze aus der Handtasche und blätterte sie durch.

»Die sollten wir gründlich durchlesen, bevor wir reingehen. Das dauert höchstens zehn Minuten, wenn wir sie aufteilen. Wenn wir eine Chance haben wollen, aus ihren Mitschülern was herauszuholen, müssen wir auf ihrer Wellenlänge kommunizieren. Und beim Aufsatzschreiben habe ich manchmal sehr Vertrauliches preisgegeben, du nicht?«

Johan parkte, zog die Handbremse an und lächelte sie schief an. »Ehrlich gesagt erinnere ich mich nicht mehr, aber du hast recht. Nehme an, du willst Ebbas haben?«

»Gedankenleser«, beantwortete sie sein Lächeln und gab ihm die drei Seiten, die Hamid zustande gebracht hatte. Obwohl sie hier in der Dunkelheit mitten im Nirgendwo saßen und nach einem vermissten Mädchen und dem Mörder ihres Lehrers suchten, konnten sie einander Wärme und Humor schenken, ohne dass es peinlich wurde.

Der Aufsatz war am 3. Dezember geschrieben worden.

Eine Weihnachtsgeschichte von Ebba Lindgren. Die Handschrift mit ihren ordentlichen runden Buchstaben war leicht zu entziffern. Die Ich-Erzählerin war ein achtzehn Jahre altes Mädchen namens Isabelle.

Nathalie fand schnell den Einstieg in die Geschichte. Ein einsames Mädchen in einem Dorf in Norrland freute sich nicht auf Weihnachten, weil sich ihre Eltern scheiden lassen wollten. Sie ging zum Reden zu ihrem heimlichen Freund, mal vor und mal nach der Schule. Nur er allein hörte ihr zu. Als es ihr am schlechtesten ging, bot er ihr eine Zigarette und danach eine Mentholpastille an, damit sie keinen schlechten Atem hatte. Dann verliebte sie sich in einen unbegleiteten Flüchtlingsjungen aus Afghanistan. Sie beschlossen, zusammen wegzulaufen und Weihnachten in Stockholm zu feiern.

Wie konnte es sein, dass Gunnar das hier nicht ernster genommen hatte?

Aber etwas »Ekeliges« passierte, das bewirkte, dass Isabelle entschied, nie mehr zurückzukehren. Was das war, ging aus dem Text nicht hervor, es führte aber dazu, dass Isabelle »über eine Stunde lang weinte und duschte«. Niemand durfte es erfahren, nicht ihre Eltern, nicht einmal ihr vertrauter Freund.

Der Schluss machte Nathalie stutzig. Sie las ihn zweimal und drehte sich zu Johan um, der Hamids Aufsatz schon durchgelesen hatte und auf dem Handy herumtippte.

»Ebba schreibt, dass Isabelle in Stockholm bei einem Agenten namens Nikolaus Model wird!«

»Nick?«

»Das muss er sein! Ebba hat doch das Ticket an dem Tag gekauft, an dem sie die Geschichte geschrieben hat, und alles handelt offensichtlich von ihr, ihren Eltern und Hamid!«

Sie erzählte von *dem Ekeligen* und dem heimlichen Freund. Johan las und stimmte ihr zu, dass Ebba wahrscheinlich über sich selbst geschrieben hatte.

»Ich rufe Tim an. Ist bestimmt bedeutend leichter, einen Nikolaus zu finden als einen Nick.«

Mit frisch gewonnener Energie schoben sie die Türen auf und traten hinaus in die Dunkelheit.

30

Der Schulhof war menschenleer und jeder Quadratzentimeter mit Frost bedeckt. Das einzige Anzeichen von Leben war ein Wirrwarr aus Schuhabdrücken, die sich wie schwarze Runen auf dem Schnee abzeichneten. Als sie sich dem Hauptgebäude näherten, sahen sie, dass in fünf Fenstern im dritten Stock Licht brannte.

»Da oben muss es sein, wo wir verabredet sind«, sagte Johan und beschleunigte seine Schritte.

»Wie gehen wir vor?«, fragte Nathalie. »Wollen wir sie einzeln vernehmen?«

»Unbedingt. Wenn wir was Neues erfahren wollen, müssen wir sie dazu bringen, sich zu widersprechen.«

Er sah sie an, stellte den Kragen seines Ledermantels auf. »Dir ist es zu verdanken, dass wir ein paar neue Fragen stellen können.«

»Wenn wir hier fertig sind, müssen wir Ulf Kläppman aufsuchen«, entschied sie. »Obwohl ich mir nicht vorstellen kann, dass er Ebbas heimlicher Freund ist, glaube ich, dass er was weiß.«

»Meinst du nicht, dass sie auf Pierre anspielt?«, fragte Johan.

»Nein, alle in ihrer Klasse wussten doch, dass sie zu ihm ging, also war er kein heimlicher Freund. Außerdem hat er nicht geraucht.«

»Kann Jacks Nachbar Roger Olsson gemeint sein? Er wohnt doch in der Nähe und raucht.«

Sie schaute ihm in die Augen, angesteckt von seinem Eifer. »Genau. Aber ihn hat Ebba doch kaum gegrüßt.«

»Seinen Worten nach aber schon.«

»Wir fragen Jack, sobald wir hier fertig sind.«

In der Aula warteten Rektorin Elisabeth Malm, die neue Klassenlehrerin Katarina Ljungblad, die Schüler Alice und Andy sowie Ebbas beste Freundinnen Sofia, Lisa und Victoria.

Alice und Andy saßen auf dem Bühnenrand und hielten Händchen. Beide waren groß und schlank, sahen gut aus mit den klaren Gesichtszügen, dunklen markanten Augenbrauen und dem blassen Teint. Sie trug falsche Wimpern, war zurückhaltend geschminkt und hatte ihr kastanienbraunes Haar zu einem Dutt hochgesteckt. Er hatte eine angesagte Frisur mit Seitenscheitel und einem Pony, der ihm wie eine Welle über den linken Wangenknochen hing, einen breiten Mund und ein paar Pickel auf der Stirn.

Nathalie fand, dass man sie beinahe für Geschwister halten könnte. Ebbas drei Freundinnen trugen allesamt eingerissene Jeans und langärmelige weiße Pullover mit dem Aufdruck bekannter Markenlogos.

Gespannte Blicke wurden ausgetauscht. Johan und Nathalie stellten sich vor und erklärten, dass sie mit allen einzeln sprechen wollten.

»Warum denn?«, fragte Alice. »Wir sind doch schon mal verhört worden.«

»Das muss sein, wenn wir eine Chance haben wollen, Ebba zu finden«, antwortete Johan. Die Schülerinnen und der Schüler seufzten so laut, wie sie sich trauten.

»Jetzt machen wir, was die Polizisten sagen«, beschloss die

Rektorin Elisabeth und zeigte den Weg zu den beiden angrenzenden Klassenräumen.

31

»Wie geht es dir?«, leitete Nathalie das Gespräch ein, nachdem sie und Andy sich hingesetzt hatten.

»Geht so«, antwortete Andy. »Man fragt sich ja, was passiert ist.«

»Kanntest du Ebba gut?«

»Nein. Oder doch, wir gehen ja seit der Ersten in eine Klasse.«

»Hast du mit ihr eine Beziehung gehabt?«

Er fuhr sich durchs Haar und ließ es ins Gesicht fallen mit einer Handbewegung, die einstudiert aussah. »Beziehung?«

»Wart ihr mal ein Paar«, erklärte sie. »Ich meine, bevor du mit Alice zusammenkamst.«

»Nein. Warum fragen Sie das?«

»Du hast bei der Halloween-Disco mit ihr geknutscht.«

Seine haselnussbraunen Augen flackerten, er pulte an einem Riss in seiner Jeans.

»Da hat sie mich reingelegt. Das war dumm gelaufen, aber ich war ...«

Er schaute Nathalie an, zögerte.

»... betrunken?«, schlug sie vor und erntete ein Nicken als Antwort.

»Seit wann bist du mit Alice zusammen?«

»So ein Jahr irgendwie.«

»Irgendwie?«

»Wir sind seit letztem Neujahr zusammen.«

»Und du hast natürlich hinter Alice' Bewerbung zur Lucia gestanden?«

»Hm.«

»Wir wissen, dass Ebba und Alice sich bekriegt haben und dass auch du was damit zu tun hast. Ich denke da unter anderem an den Tampon, mit dem du sie in der Mensa beworfen hast, und an den Spruch DU WIRST STERBEN, DU HURE! auf ihrem Schrank. Dann hat Ebba Alice' Jacke zerschnitten, und ihr habt darauf reagiert, indem ihr die Augen auf dem Foto in der Eingangshalle ausgestochen habt. Habe ich was vergessen?«

Mit jedem Beispiel, das sie aufzählte, bekam sein blasses Gesicht mehr Farbe und machte die Pickel auf der Stirn umso weniger sichtbar. Ohne das Fenster aus den Augen zu lassen, fuhr er sich wieder durchs seitlich gescheitelte Haar.

»Wir … also ich war nur bei der Sache in der Mensa dabei. Von dem anderen weiß ich nichts.«

»Wir haben mehrere Zeugen, die ausgesagt haben, dass du das auf Ebbas Schrank geschrieben hast und dass Alice danebengestanden und dich angespornt hat.«

Andy kniff die vollen Lippen zu einem Strich zusammen und schaute auf die Wanduhr, wie in der Hoffnung, dass es zum Schulstundenende bald läuten würde.

Nathalie legte den Kopf schräg und wählte den gleichen sanften Ton, den sie immer anschlug, wenn sich Gabriel widerspenstig verhielt. »Das mit den Augen habt natürlich ihr gemacht, oder? Aus Rache, weil Ebba die Jacke kaputt geschnitten hat?«

Andy begann auf dem Stuhl zu kippeln, ohne Antwort zu geben.

»Soweit ich weiß, war die Jacke teuer, ungefähr so eine wie meine hier«, sprach sie weiter.

Andy schaute ihre Jacke an, die sie neben sich auf den Tisch gelegt hatte, und schnaubte: »Es war nicht gerade eine von Canada Goose, sondern eine Kopie. Glaube nicht, dass hier im Dorf jemand mit so einer Angeberjacke rumläuft.«

Nathalie nickte und schämte sich. Es kam nicht oft vor, dass sie an ihre Markenfixierung erinnert wurde, doch jedes Mal traf es sie, als hätte ihr jemand auf die Finger gehauen.

»Wenn einer meine Jacke kaputt machen würde, dann würde ich demjenigen das Leben sehr schwer machen. Ich glaube, dass Alice das auch getan hat. Da ist das mit den Augen also total verständlich ...«

Andy pulte an den Rissen in seiner Jeans, die Muskeln um den Kiefer spannten sich an. Offensichtlich verschwieg er etwas. Gleichermaßen deutlich war, dass er etwas loswerden wollte. Dann holte er tief Luft und sah sie aufmüpfig an.

»Das alles fühlt sich jetzt voll blöd an, aber Ebba war auch nicht gerade ein Engel. Einmal in der Siebten hat sie Bubble-Bea im Schulschwimmbecken den BH runtergerissen und ihn mit rausgenommen, als wir Jungs alle da waren.«

»Bubble-Bea?«

»Also ein Mädchen in der Klasse, das immer irgendwie gemobbt wird. Das war in der letzten Stunde, und der Lehrer war schon weg. Ebba und ihre Freundinnen haben mit dem BH kichernd auf den Bänken gesessen und gewartet, dass Bea rauskam. Wir Jungs standen grölend ums Becken ...«

Andy lachte auf und schüttelte den Kopf.

»Sie verstehen schon, sie musste also ihre Brüste zeigen, um rauszukommen.«

»Was ist passiert?«

»Sie weigerte sich, stand anderthalb Stunden im Becken, bis Ufo zum Abschließen gekommen ist. Der Lehrer hat gedacht, wir wären schon nach Hause gegangen, und wurde natürlich wütend. Bea hatte blau angelaufene Lippen. Sie hat eine Lungenentzündung gekriegt und zwei Wochen in der Schule gefehlt.«

Er breitete zur Unterstreichung die Hände aus. »So was konnte Ebba machen! Aber sie ist immer irgendwie damit durchgekommen, sie wickelt alle um den kleinen Finger. Kommen Sie mir also nicht so und sagen, ich und Alice seien fies!«

Nathalie war erstaunt. Wenn man das Foto von Ebba anschaute, konnte man sich die Bosheit nur schwer vorstellen.

In der Erinnerung flackerten eine Menge Gemeinheiten aus ihrer eigenen Gymnasialzeit auf. Sie nahm an, dass es in jeder zweiten Schule im ganzen Land zu Mobbing kam, und dachte, dass sie wenigstens dieses Problem nicht mit Tea und Gabriel hatte. Dann beschloss sie, ihnen eine Nachricht zu schicken, sobald sie Zeit hatte, und merkte gleichzeitig, dass sie den roten Faden im Verhör verloren hatte. Hatte Andy womöglich genau das mit seiner Schwimmbeckenstory erreichen wollen?

»Wie hat sich danach Ebba für das mit den Augen gerächt?«, beharrte sie.

Andy guckte aus dem Fenster, ohne zu antworten.

»Du willst doch auch, dass wir sie finden«, sagte sie scharf und beugte sich über den Tisch.

Andy zuckte zusammen und riss die Augen auf.

»Ist doch klar!«

Sie fragte nach dem Lucia-Morgen. Andy war als Zuschauer in der Kirche gewesen, war mit Alice schon um halb acht dort eingetroffen. Zuletzt hatte er Ebba am Vortag in der Schule gesehen. Er hatte keine Ahnung, wer sie angerufen haben könnte, wer Björns Volvo gestohlen hatte oder wer den Volvo auf dem Foto vor der Kirche fuhr. Er hatte nichts davon gehört, dass Ebba abhauen wollte, weder mit noch ohne Hamid, und glaubte, dass sie um nichts auf der Welt die Krönung verpasst hätte.

Alice hatte sich gefreut und war überrascht, dass sie die Lucia wurde, aber als sie begriffen hatten, dass Ebba verschwunden war, machten sie sich genauso viele Sorgen wie alle anderen. Selbstverständlich hatten sie sich an der Suche beteiligt.

»Was wurde aus dem Fest am Abend?«

»Das wurde natürlich gecancelt, alle waren ja draußen bei der Suche.«

»Es hat sich herausgestellt, dass Ebba einen heimlichen Freund hat, jemanden, mit dem sie über alles reden konnte und der ihr Zigaretten angeboten hat. Wer kann das sein?«

Andy hatte keine Ahnung. Er kannte weder Ebbas Träume von einer Modelkarriere noch jemanden namens Nikolaus. Auch als Nathalie *das Ekelige* erwähnte, machte er ein vollkommen verständnisloses Gesicht.

»Ach ja, machst du Übungsfahrten für den Führerschein?«

»Nein, aber im Frühjahr fange ich damit an.«

»Bist du regelmäßig im Motorsportklub?«

»Kommt schon mal vor, mein Bruder ist da Mitglied.«

»Wie heißt er?«

»Kevin.«

Andy und Kevin. Von welchen amerikanischen Stars ihr wohl eure Namen habt?

Andy schien über etwas nachzudenken. Dann räusperte er sich und sah sie direkt an: »Ich bin nie was anderes als mein Moped gefahren, falls Sie das wissen wollen.«

Nathalie war der Ansicht, dass diese Behauptung für das Gegenteil sprach.

32

Alice setzte sich im Klassenzimmer auf die andere Seite des Schultisches und schaute nervös ihr Handy und dann Johan an.

»Nehmen Sie alle Gespräche auf?«, wollte sie wissen und löste ihren Haarknoten, worauf sich ein blumiger Duft im Raum verbreitete.

»Ja«, log er. Er besaß nicht besonders viel Routine in Vernehmungen von Jugendlichen, hatte aber gelernt, sich ohne viele Umschweife klar und deutlich auszudrücken.

Alice war aufgeregt und distanziert. Sie klimperte mit den Wimpern und ließ beim Nachdenken den Kopf zur Seite fallen, sodass ihr Haar hin und her schwang. Als sie bestritt, auf dem Foto Ebbas Augen ausgestochen zu haben, wurde sie steif wie eine Schaufensterpuppe, und Johan wusste somit, dass sie log. Sie leugnete ebenfalls, dass Ebba mehr getan habe, als ihre Jacke zu ruinieren.

»Aber du musst dich doch gefreut haben, als du die Lucia wurdest?«, versuchte er sein Glück.

»Ja, aber es war krass, dass Ebba nicht aufgetaucht ist. Ich hatte gleich das Gefühl, dass da was passiert ist. Sie wollte unbedingt gewinnen.«

»Genauso sehr wie du?«

Sie sah ihn misstrauisch an, als hielte sie die Frage für eine Falle.

»Wer, meinst du, hat sie angerufen?«, wollte Johan wissen.

»Keine Ahnung. Sie haben doch alle gefragt, oder?«

»Ja, aber vielleicht lügt ja jemand.«

Johan ließ die Worte auf sich beruhen und schaute Alice in ihre braunen Rehaugen, in deren Abgründen sich alles Mögliche verbergen konnte.

»Glaubst du, das war Hamid?«

»Vielleicht, aber warum sollte er das nicht zugeben, wenn es so wäre?«

»Ebba war wohl kurz davor, mit ihm Schluss zu machen, oder?«

»Das hat sie schon oft gesagt, auch als sie noch mit Tony zusammen war. Ich glaube, das war ihre Art, ihre Macht zu zeigen.«

»Hast du eine Ahnung, wo Hamid stecken könnte?«

Sie zuckte mürrisch und langsam die Schultern, womit sie signalisieren wollte, dass die Frage so belanglos sei, dass man sich darüber nicht den Kopf zerbrechen müsse.

»Dich interessiert das nicht?«

»Doch, klar, aber ehrlich gesagt habe ich irgendwie keinen so guten Überblick über all die Einwanderer, die herkommen. Das sind ja so viele, und bevor ich mir ihre Namen gemerkt habe, ziehen sie schon wieder weg.«

Und das ist nicht auf deinem Mist gewachsen, dachte Johan. »Hat Hamid nach Ebbas Verschwinden einen traurigen Eindruck gemacht?«

»Ja.«

»Tony hat Hamid bedroht, weißt du etwas darüber?«

Sie schüttelte den Kopf und schaute auf ihre lackierten Nägel, deren Farbe auf ihren satinfarbenen Lippenstift abgestimmt war.

Sie wusste auch nichts Neues über Ulf Kläppman, Ebbas Beziehung zu ihren Eltern oder zu Sebastian zu erzählen.

»Aber Sebastian ist voll anstrengend«, erklärte sie. »Er spielt sich immer so auf.«

Johan sah ihn vor sich, wie er mit dem Handy herumgefuchtelt hatte, und fand, dass sie mehr nicht zu erklären brauchte.

»Ebba und Pierre schienen sich nahezustehen«, sagte er stattdessen. »Glaubst du, die beiden hatten eine Beziehung? Ich meine, mehr als nur zwischen Lehrer und Schülerin?«

»Würde mich nicht wundern. Aber nein, Ebba wollte von ihm wohl nur Unterstützung haben, um eine Karriere als YouTuberin zu starten.«

»Hat er auch dich belästigt?«

»Ja«, antwortete sie beim Einatmen, wie in Norrland üblich, was Nathalie ihren eigenen Worten zufolge manchmal auch tat. »Ist wohl irgendwie allen Mädchen in der ganzen Klasse passiert. Wenn wir bei ihm zum Feiern waren, mussten wir mit so was rechnen. Aber hauptsächlich interessierte er sich für Ebba.«

»Und die Jungen?«

»Hat er in Ruhe gelassen. Aber ich weiß, dass es Gerüchte gibt, er hat …« Sie verstummte und schaute auf das Lehrerpult, an dem Pierre sonst immer stand. »… *hatte* was mit älteren Typen, also nicht mit Schülern.«

»Wer, meinst du, hat ihn erstochen?«

Sie sah ihn vielsagend an.

»Jack?«, schlug er vor und deutete ihren folgenden Gesichtsausdruck dahingehend, dass es am wahrscheinlichsten war.

»Wir wissen jetzt, dass nicht Pierre Ebba mitgenommen hat.«

»Aha?«

»Kann Hamid ihn getötet haben? Er ist ja gleich nach dem Mord aus dem Dorf verschwunden.«

Sie schob die Hände unter die Oberschenkel, wiegte sich vor und zurück, als würde sie die Möglichkeit ausloten. »Hamid ist nett. Ich habe nie gesehen, dass er Streit anfängt. Aber angeblich soll er einen Typen in der Stadt mit einem Messer bedroht haben, aber mehr weiß ich darüber nicht.«

Johan sah das Blut in Pierres Küche vor sich. Dass Hamid jemanden mit einem Messer bedroht hatte, stand nirgendwo in den Unterlagen.

»Hast du was davon gehört, wer den Volvo aus dem Motorsportklub gestohlen hat?«

»Nein.«

»Über den Brand in der Flüchtlingsunterkunft?«

Ein entschiedenes Kopfschütteln. Fast zu entschieden, dachte Johan. Er saß schweigend da und musterte Alice. Nach einer Weile war klar, dass sie nicht vorhatte, über die Antworten auf seine Fragen hinaus noch mehr preiszugeben.

»Wer könnte Ebba an diesem Morgen im Auto mitgenommen haben? Du hast bestimmt mitgekriegt, dass spekuliert wird, ob das der Fremde gewesen sein kann, der im Hotel gefrühstückt hat.«

»Das war einer von hier«, sagte Alice entschlossen. »Ebba wäre nie zu einem Fremden ins Auto gestiegen.«

»Was ist mit Tony?«

»Ja, weil sie bestimmt wie eine Irre gefroren hat. Aber ich weiß, dass er es nicht war.«

Johan stutzte. »Woher weißt du das?«

Da blitzte etwas in den dunklen Augen auf. Dann lächelte sie freudlos.

»Hat er gesagt.«

»*Wann* hat er das gesagt?«

»Weiß nicht mehr. Als wir bei der Suche mitgemacht haben. Sie glauben doch nicht etwa, er war das?«

»Kommt es dir nicht komisch vor, dass er sich gezwungen fühlte zu sagen, dass er es *nicht* war?«, betonte Johan.

»So hat er das irgendwie nicht gesagt, eher so was wie ›Schade, dass nicht ich sie gesehen habe‹. Er ist eine halbe Stunde davor anscheinend zu einem Kumpel nach Hause gefahren, um da irgendwas zu reparieren.«

»Kann Ulf Kläppman Ebba im Auto mitgenommen haben?«

»Er würde ihr nie was Böses tun. Er ist zu dumm, um nicht nett zu sein, wenn Sie kapieren, was ich meine?«

»In der Woche vor Lucia habt ihr als Klassenarbeit eine Weihnachtsgeschichte geschrieben.«

»Ja?«

»Wir glauben, Ebba hat da über sich geschrieben. Sie schreibt von einem heimlichen Freund, dem sie etwas erzählt hat ... Irgendeine Vorstellung, wer das sein könnte?«

Sie schüttelte den Kopf.

»Hast du gehört, dass Ebba oder Hamid den Namen Nick oder Nikolaus einmal erwähnt haben?«

Alice dachte nach.

»Nein, wer ist das?«

Er ging mit sich zurate. Das Gespräch verlief so schleppend, dass er nichts zu verlieren hatte, wenn er die Karten auf den Tisch legte.

»Ebba hatte für Silvester ein Ticket nach Stockholm. Wir glauben, sie wollte einen Modelscout namens Nikolaus treffen, zu dem Pierre den Kontakt vermittelt hat.«

»Davon hatte ich keine Ahnung. Sie meinen also Fotomodell?«

»Ja. Sie hat auch etwas erwähnt, was sie *das Ekelige* nennt.«

Alice machte ein verständnisloses Gesicht.

»Wir gehen von irgendeiner Form von sexuellem Übergriff aus«, erklärte er.

Alice biss sich auf die Lippe und schüttelte den Kopf.

»Weiß ich nichts von.«

Eine Pause entstand. Johan betrachtete sie und beschloss, die Stille nicht zu brechen. Nach einer halben Minute bekam er Blickkontakt. Mit leiser Stimme sagte sie: »Schon komisch, dass sie entführt wurde, als sie vorhatte abzuhauen. Aber die Lucia hätte sie sich wie schon gesagt niemals entgehen lassen.«

33

Nathalie und Johan beschlossen, dass Andy und Alice nach Hause gehen konnten. Die beiden Jugendlichen tauschten einen flüchtigen Blick, zogen ihre Winterjacken an und verließen die Aula Hand in Hand. Die Rektorin und Ebbas drei Freundinnen saßen ganz vorn an der Bühne auf ihren Stühlen und warteten gespannt.

Johan war fünf Minuten vor Nathalie fertig geworden. In der Wartezeit hatte er Anna-Karin angerufen und die Bestätigung erhalten, dass es keinen Vermerk gab, dass Hamid jemanden mit einem Messer bedroht hatte. Anna-Karin würde das mit ihren Kollegen gegenchecken und sich wieder melden.

»Wir wollen nur kurz ein paar Worte wechseln«, sagte Johan zu dem wartenden Quartett und ging mit Nathalie in den Vorraum, der abgesehen von einer Bank und mehr als zehn Kleiderhaken mit einem Fjällräven-Rucksack und einem Schal leer war. Von einem Fenster, das auf die Straße hinausging, auf der sie vorhin hergefahren waren, kam ein kalter Luftzug. Im Schein der Straßenlaternen sahen die kahlen Zweige der Birken mehr tot als lebendig aus.

Als sich die Schwingtüren hinter Nathalie wieder geschlossen hatten, lehnte sich Johan an die Wand, verschränkte die Arme vor der Brust und fragte: »Wie ist es bei dir gelaufen?«

»Er weiß mehr, als er sagt.«

Johan nickte. »Da ist zwischen Ebba und Alice bestimmt noch mehr und Schlimmeres abgelaufen, als wir wissen.«

»Ich bin mir sicher, dass Ebba sich für die Sache mit den Augen gerächt hat, sie gehört nicht zu der Sorte, die klein beigibt«, meinte Nathalie.

Johan nickte und holte die Snus-Dose heraus. »Glaubst du wirklich, Andy und Alice sind so weit gegangen, dass sie was mit Ebbas Verschwinden zu tun haben?«

Sie schaute den Mond und dann wieder Johan an.

»Nein, das vielleicht nicht.«

»Ich hatte das Gefühl, dass Alice was über den Brand weiß.«

»Schwer zu beurteilen, was der mit dem Verschwinden zu tun hat, obwohl es bestimmt Verbindungen zu allen Vorkommnissen in so einem Dorf gibt«, vermutete Nathalie und richtete ihren Schal. »Der Brand war geplant, aber die Entführung wahrscheinlich spontan.«

»Alice hat erzählt, dass Tony gesagt hat, er habe Ebba *nicht* mitgenommen«, fuhr Johan fort und steckte sich den Snus in den Mund.

»So was sagt man wohl«, überlegte Nathalie. »Ich vermute, er kam sich bestimmt verdächtig vor, weil er so aufdringlich war.«

Ihre Handys plingten. »Ein Gruppenchat«, sagte Johan.

»Tim hat in Stockholm auf Östermalm einen Modelscout ausfindig gemacht, der Nikolaus Brandt heißt!«, rief Nathalie aus und machte einen Schritt auf Johan zu. »Er sucht junge Models, und offensichtlich haben einige seiner Models YouTube-Kanäle. Tim ruft ihn jetzt an.«

»Ganz eindeutig unsere bisher beste Spur«, fand Johan. »Anscheinend hat Ebba zu niemandem außer Pierre ein Sterbenswörtchen über die Fahrt nach Stockholm gesagt. Und der heimliche Freund scheint noch geheimer zu sein«, meinte er. »Kann es sich dabei um diesen Nikolaus handeln?«

»Glaube ich nicht«, antwortete Nathalie. »Ebba schreibt doch, sie geht zu ihm und redet mit ihm. Muss jemand aus dem Dorf sein.«

Sie wurden von einem neuen Pling auf ihren Handys unterbrochen.

»Nick fährt einen silberfarbenen Volvo V70!«

»Dann ist er der Fremde«, schloss Johan und schaute ihr in die Augen.

»Glaubst du, dass er sie entführt hat? Dass er sie angerufen und mitgenommen hat, und dann ist im Wagen was vorgefallen, woraufhin er sie gekidnappt hat?«

»Unwahrscheinlich, wenn man bedenkt, dass er die ganze Strecke bis nach Svartviken gefahren ist, um in einem Lucia-Umzug ein Mädchen zu knipsen, das er nicht kennt.«

»Sehe ich auch so«, sagte Nathalie und ging zur Schwingtür. »Machen wir jetzt die zweite Runde?«

Sie sprachen jeweils einzeln mit Rektorin Elisabeth und den drei Mädchen. Nach einer halben Stunde beendeten sie die Befragungen. Sofia, Lisa und Victoria wussten erstaunlich wenig über Ebba, obwohl sie beste Freundinnen waren, und Johan wie Nathalie hatten das Gefühl, dass sie aus Angst nicht alles erzählten, was sie wussten.

Die Schülerinnen gingen zuerst. Johan und Nathalie warteten, bis die Rektorin abgeschlossen und die Alarmanlage eingeschaltet hatte, ehe sie sich mit Handschlag für die Unterstützung bedankten und sich vor der Eingangstür trennten.

Auf halbem Weg zum Auto sahen Nathalie und Johan, dass eine Person unter einer Straßenlaterne vor der Sporthalle auf sie wartete. Das war Victoria Ek, das stillste der Mädchen.

»Hallo«, sagte Nathalie. »Wartest du auf uns?«

Victoria nickte und machte zögernd ein paar Schritte auf sie beide zu. Nathalie sah die Bedenken in den blauen Augen und lächelte freundlich.

»Möchtest du noch was erzählen?«

Neues Nicken und ein gestresster Blick zum Parkplatz. Ein Wagen startete und fuhr los.

»Sie müssen versprechen, nicht weiterzusagen, dass ich es Ihnen verraten habe.«

»Klar«, sagte Nathalie, obwohl sie wusste, dass sich eine Situation ergeben konnte, in der sie gezwungen wäre, das Versprechen zu brechen.

»Da ist noch was wegen Andy ... Er war nicht von Anfang an in der Kirche ...«

»Was meinst du damit?«

»Ich habe ganz hinten auf einem Stuhl beim Eingang gesessen, weil ich zu spät gekommen bin. Andy tauchte erst auf, als beschlossen wurde, dass Alice Ebbas Platz kriegen sollte. Er kam rein, stellte sich an die Wand und hatte die Jacke über dem Arm ... Ich erinnere mich, dass mir das auffiel, aber später habe ich nicht mehr dran gedacht ... oder ich habe mich nicht getraut, was zu sagen, Sie müssen mir versprechen, dass Sie nicht ...«

»Klar, selbstverständlich«, unterbrach Johan. »Ist nur dir das aufgefallen?«

Victoria nickte wieder.

»Weißt du noch, wie viel Uhr es war?«

»So fünf Minuten bevor die Kirchenglocken geläutet haben. Fünf vor acht also.«

Ebba wurde um fünf nach halb mitgenommen, dachte Nathalie.

»Da ist noch was ...«

»Ja?«

»Ich glaube, ich habe diesen Mann gesehen, den man den Fremden nennt ...«

Totale Stille und vier hochgezogene Augenbrauen.

»Da ist ein Mann reingekommen, als der Lucia-Umzug gerade angefangen hat«, sprach Victoria weiter. »Er hat mich gefragt, wo Ebba ist. Ich habe gesagt, wie es war, dass sie nicht aufgetaucht ist. Dann hat er geflucht und ist so schnell, wie er gekommen ist, wieder abgezogen.«

»Warum glaubst du, dass das der Fremde war?«, fragte Johan.

»Er hatte einen Pferdeschwanz und eine Sonnenbrille auf der Stirn ...«

Nathalie schaute Victoria streng an. »Warum erzählst du das erst jetzt?«

»Ich habe mit Grippe im Bett gelegen. Bin so zehn Tage nicht hochgekommen. Das mit dem Fremden habe ich erst vorgestern erfahren. Bevor ich so fünf Minuten mit dem Polizisten telefoniert habe.«

Stimmt mit dem Bericht überein, dachte Johan. Er stellte Kontrollfragen und kam zu dem Schluss, dass Victoria die Wahrheit sagte.

»Fällt dir noch mehr zu seinem Aussehen ein?«, fragte Nathalie.

Victoria dachte kurz nach. »Er hatte eine große Kamera vor der Brust hängen, so eine, wie sie Berufsfotografen immer haben.«

»Danke«, beendete Nathalie das Gespräch. »Sollen wir dich nach Hause fahren?«

»Nein danke, ich gehe zu Fuß.«

Nathalie hastete Johan hinterher, der schon auf dem Weg zum Auto war.

34

Als sich Johan und Nathalie dem Minibus näherten, entdeckten sie einen alten Bekannten. Sebastian Jägher ging vor dem Ford mit hochgezogenen Schultern, den orange gestreiften Schal über die Nase gezogen, in seinen Halbschuhen auf und ab. Immer wieder schlug er so übertrieben die Arme um den Mantel, wie es ein Schauspieler machen würde, der versuchte, den Frierenden zu spielen.

»Ah, da sind Sie ja!« Er feuerte ein erfreutes Lächeln ab. »Haben Sie diesen Nick aus Stockholm schon gefunden?«

Johan blieb stehen, die Hand auf dem Türgriff, und drehte sich zu Sebastian um. »Woher wissen Sie davon?«

»Gute alte Journalistenarbeit. Und Sie dürfen mich nicht mal nach meinen Quellen fragen.«

Johan war stocksauer und wollte ihn ein für alle Mal kurz abfertigen. Doch Nathalie kam ihm zuvor: »Jetzt ist der falsche Zeitpunkt, um sich aufs hohe Ross zu schwingen. Wenn Sie wollen, dass wir Sie korrekt behandeln, dann gilt das für beide Seiten.«

Sebastian holte eine Stenmark-Mütze aus der Manteltasche und zog sie über sein dunkel gelocktes Haar. »Okay, okay«, nickte er, »ich habe kürzlich mit Jack gesprochen.«

Nathalie beschloss, dass sie besser versuchen sollten, Sebastian auszunutzen, als umgekehrt. »Haben Sie am Lucia-Tag in der

Kirche einen Mann mit Sonnenbrille und Pferdeschwanz gesehen?«

»Nein, glauben Sie, dass dieser Fremde dort war?«

»Ein Mann hat ungefähr um fünf vor acht die Kirche betreten und nach Ebba gefragt. Als er erfahren hat, dass sie nicht da war, ist er wütend wieder weggegangen.«

Sebastian hob die Augenbrauen. Auf der hohen Stirn zeigten sich waagerechte Falten.

»Dann kommt er als Täter also nicht infrage? Ich meine, warum sollte er nach Ebba fragen, wenn er sie entführt hat?«

Um sich ein Alibi zu verschaffen, dachte Johan.

»Haben Sie Andy Karlsson in der Kirche gesehen?«, fragte Nathalie.

»Ja. Ich erinnere mich, dass er Alice nach der Zeremonie umarmt hat.«

Nathalie fragte, ob Sebastian wusste, wie vehement Ebba und Alice einander bekriegt hatten. Er wusste alles, die ausgestochenen Augen eingeschlossen, doch weil Ebba nicht mit ihm sprach, hatte er durch Gerüchte davon erfahren. Und Jenny hatte sich natürlich beschwert.

»Sie haben nichts darüber gehört, wie Ebba sich gerächt hat?«, fragte Johan.

Sebastian schaute zu Boden. Sein Atem stieg als weiße Wölkchen aus seiner Nase.

»Vielleicht habe ich was davon gehört, dass Bilder im Netz herumschwirren ...«

Dann sah er Johan forschend an: »Mehr als das weiß ich nicht. Aber ich kann mich natürlich umhören.«

Johan nickte und sprang in den Wagen auf den Fahrersitz.

»Eine letzte Frage«, sagte Nathalie. »Ebba hatte offensichtlich einen Freund, den sie als *heimlich* bezeichnet, jemanden, dem sie alles erzählen kann und der ihr Zigaretten anbietet. Können Sie sich vorstellen, wer das sein könnte?«

Sebastians Augen funkelten: »Nein. Aber das wundert mich nicht. Sie gab sich ziemlich geheimnisvoll.«

»Kann es sich dabei um Ulf Kläppman handeln?«

»Er raucht nicht. Außerdem glaube ich nicht, dass Ebba sich ihm anvertrauen würde. Man hält ihn für …«

»Für etwas beschränkt?«

Sebastian nickte.

»Kann es Jacks Nachbar Roger Olsson gewesen sein?«

Sebastian schüttelte mit schiefem Grinsen den Kopf. »Nach dem Streit über die Veranda, die er mit Blick auf Ebbas Zimmer gebaut hat, hasste sie ihn genauso wie Jack.«

Nathalie sprang in den Wagen. Johan setzte zurück, ehe sie die Tür schließen konnte.

35

Johan bog vom Parkplatz ab, während Nathalie sich mit steifen Fingern abmühte, den Sicherheitsgurt anzulegen. Danach rief sie Tim an. Ehe sie nach Andys und Alice' Kontaktdaten fragen konnte, erzählte er begeistert, dass er herausgefunden hatte, wer im Östersunder Bahnhof das Zugticket erstanden hatte. Ebba hatte es jedenfalls nicht gekauft.

»Die Frau ist zu neunzig Prozent sicher, dass es Pierre war. Als sie in der Zeitung vom Mord gelesen hat, wollte sie die Polizei anrufen. Hat es aber gelassen, weil ihr das unangenehm und unheimlich war. Sie wissen schon, so wie Leute eben sind, wenn sie sich bei der Polizei melden wollen.«

»Gute Arbeit, Tim, dann hat er den Kontakt zu Nick hergestellt«, folgerte Nathalie.

»Ich suche weiter nach ihm.«

»Und wir finden raus, warum Andy gelogen hat und zu spät in die Kirche gekommen ist.«

Sie gab weiter, was Sebastian über die mögliche Rache im Netz gesagt hatte.

»Die Sucheingaben laufen ununterbrochen, aber verschlüsselte Konten sind schwer zu finden«, beendete er das Gespräch.

Nathalie rief Andy und Alice an, doch keiner von beiden nahm ab.

»Sie sind wahrscheinlich schon zu Hause.« Sie tippte die Adressen ins GPS-Gerät. »Andy wohnt oben beim Skihügel und Alice ein paar Hundert Meter von der Flüchtlingsunterkunft entfernt.«

»Vielleicht weiß sie aus dem Grund etwas über den Brand«, vermutete Johan und schaute auf die roten Punkte auf dem Display. »Den Eindruck hatte ich jedenfalls bei der Vernehmung.«

»Aber sie war doch in der Kirche, als das passiert ist«, gab Nathalie zu bedenken.

Johan nickte und stieg aufs Gas, als er sah, dass Sebastian sich von hinten näherte.

»Wir fangen mit Andy an und erledigen Alice auf dem Rückweg. Wann treffen wir uns mit den anderen vor der Unterkunft?«

»Um halb neun, in zehn Minuten. Da können wir auch gleich nachgucken, ob Ulf Kläppman zu Hause ist, der wohnt in derselben Gegend wie Andy.«

Johan hielt an der Kreuzung vor Pierres Haus, stellte fest, dass sein Renault zugeschneit war, und fragte sich, wie lange der dort stehen bleiben würde. Ein Mann mit einem schwarzen Labrador spazierte auf dem Gehweg am Haus vorbei, sonst regte sich absolut nichts. Im Rückspiegel sah Johan, dass Sebastian direkt hinter ihnen stand.

»Hoffentlich kapiert er, dass er nicht mitkommen kann. Hat eigentlich jemand sein Alibi überprüft? Mir kommt es so vor, als ob er am meisten von dem hier profitiert. Und er scheint nicht viel für Ebba übrig zu haben ...«

»Jetzt übertreibst du aber ein bisschen«, fand Nathalie. Gleichzeitig dachte sie an das Telefonat, das Sebastian am Abend vor dem Mord mit Pierre geführt hatte, und daran, dass sie Mitglied im selben Pokerklub waren.

»Ich sage Tim, er soll bei ihm mal den Hintergrund abchecken«, beschloss Johan, legte den ersten Gang ein und düste den Torpbacken hoch. Zur großen Erleichterung der beiden bog Sebastian nach unten zum Zentrum ab.

Nathalie informierte Granstam, dass sie sich ein paar Minuten verspäten würden. Tim war es nicht gelungen, Nikolaus Brandt an die Strippe zu kriegen, und er hatte zwei Kollegen von der Stockholmer Polizei zu Nicks Studio geschickt. Als Granstam berichtete, dass das Studio in der Artillerigatan 58 lag, dachte sie, dass sie davon nie etwas gesehen oder gehört hatte, obwohl es nur zwei Häuserblocks von ihrem Übernachtungsappartement entfernt war.

Andy wohnte schräg unterhalb des stillgelegten Skihügels in einem heruntergekommenen Reihenhausviertel, das aus Modulen erbaut worden war, die an Legosteine erinnerten. Licht brannte in dem Fenster, das anscheinend zur Küche gehörte.

Niemand machte die Tür auf, obwohl sie fünf-, sechsmal klingelten. Die Tür war abgeschlossen, und nach zwei Minuten beschlossen sie, es sein zu lassen. Sie gingen zu den Häusern, die zwei Reihen unter Andys standen. In den Fenstern von Ulf Kläppmans Zweizimmerwohnung war es dunkel, und kein einziger Weihnachtsstern oder Weihnachtsleuchter war zu sehen. Der Chevy stand nicht auf dem Parkplatz, und nach ein paarmal Klingeln gaben sie auf.

»Er ist wohl im Klub oder fährt im Dorf herum«, vermutete Nathalie.

»Wenn wir ihn nicht vor Viertel vor elf zu fassen kriegen, fahren wir zum Bahnhof«, beschloss Johan. »Der Typ scheint den Zug so pünktlich wie die Atomuhr abzupassen.«

In der Ferne sahen sie die Kirche, fuhren an Jacks Einfamilienhaus und dem Laternenpfosten vorbei, bei dem Ebba mitgenommen worden war. Ein paar Autos und zwielichtige Gestalten vor dem Imbiss waren das einzige Treiben, das sie sahen. An Wänden und Pfosten hingen die Suchaufrufe, die Jack dort angeklebt hatte. Viele waren eingerissen und hatten sich an den Rändern gelöst. In einem geschlossenen Geschäft war ein Fenster eingeschlagen, und das Wort VERRÄTER prangte immer noch auf der Wand der Polizeidienststelle.

»Kommt mir vor, als führen wir durch ein Geisterdorf«, sagte Nathalie.

»Willkommen in der Wirklichkeit«, meinte Johan, ohne den freundlichen Unterton, in den er seine bissigen Bemerkungen sonst immer verpackte.

Nathalie holte Ebbas Aufsatz heraus, las wieder die Zeilen über den heimlichen Freund. »Wenn es eine Person gab, der sie sich anvertraut hat, müssen sie einander nahegestanden haben«, überlegte sie, »und das liefert doch der Person automatisch ein Motiv, Pierre zu töten.«

»Aber solange wir nicht wissen, wer das ist, hilft uns das nicht weiter.«

»Ich rufe Jack und Jenny an.«

»Tu das. Obwohl das Wort *heimlich* wahrscheinlich bedeutet, dass die beiden nichts wissen, ich meine: Vor wem haben denn Teenager meistens Geheimnisse?«

Ihr fiel auf, dass er sich selbst nicht als Beispiel anführte, wie er es sonst oft tat. Als sie ihn anschaute, sah sie diese Trauer, die seine Augen ständig widerspiegelten. Ihm hatten die Eltern gefehlt, vor denen er als Teenager hätte Geheimnisse haben können.

Sie stellte auf Lautsprecher und rief Jack an, hörte sofort die Hoffnung in seiner Stimme: Hatten sie sie gefunden? Dann war er wieder der zornige Rastlose. Er fuhr gerade die Dörfer nördlich von Svartviken ab. Nathalie sagte, dass sie kurz davor waren, das Rätsel um das Zugticket nach Stockholm zu lösen, und versprach, sich im Lauf des Abends wieder zu melden. Zu ihrem Erstaunen akzeptierte er das, ohne nachzufragen. Von einem heimlichen Freund hatte er nichts gehört. Das war nicht Ebbas Stil, und sie hatte eine blühende Fantasie. Aber er wollte darüber nachdenken, herumfragen und »verdammt noch mal alles tun«, um sie zu finden.

Der Nachbar Roger Olsson kam dafür nicht infrage. Ebba fand ihn genauso widerlich wie Jack. Von einem Nikolaus hatte Jack auch noch nie gehört, aber er würde gleich nach ihm googeln. Nathalie wollte noch sagen, dass es besser wäre, das der Polizei zu überlassen, sah aber ein, dass das zwecklos war.

Jenny war müde und nuschelte so wie Nathalies Mutter, wenn sie zu viel getrunken hatte. Sie hatte auch keine Ahnung, wer der heimliche Freund oder Nikolaus waren.

Nathalie sah Johan resigniert an. »Noch eine Spur, die ins Leere zu führen scheint.«

»Bald finden wir die richtige Spur«, meinte Johan. »Müssen einfach weiter dran arbeiten.«

Bei Alice wurde die Tür fast sofort nach dem Klingeln geöffnet. Ihr Vater hatte die gleichen dunklen Farben und klaren Gesichtszüge wie sie und war offensichtlich verärgert, als sie nach Alice fragten.

»Nein, sie ist nicht hier. Sie hat eben gesimst, dass sie zu Andy gegangen ist. Aber haben Sie nicht erst vorhin mit ihr gesprochen? Ich will nicht, dass Sie sie weiter belästigen. Ich hoffe, Sie verstehen, dass es ihr wegen dem, was passiert ist, schlecht geht!«

»Das verstehen wir, aber es ist wichtig«, beendete Nathalie den Besuch.

Im Wagen rief Johan Anna-Karin an und bat sie, Andy und Alice zur Dienststelle zu bringen. Dann fuhr er die zweihundert Meter zur Flüchtlingsunterkunft. Granstam und Maria warteten im Toyota, der wie ein Spielzeugauto wirkte, als Granstam sich nach draußen schob und den Rücken durchstreckte.

Nathalie und Johan waren erstaunt, dass sogar Gunnar vor Ort war. Bei ihrem letzten Gespräch über die Unterkunft hatte er gemeint, er würde nie wieder einen Fuß hineinsetzen, dass sie ihre Zeit verschwendeten, wenn sie mit Menschen redeten, die »sogar noch schlechter in Englisch sind als ich«. Nathalie hätte nicht übel Lust gehabt zu sagen, dass der Satz unvollständig war, hatte aber den Mund gehalten.

Sie berichtete von der Kurzgeschichte und fragte Gunnar, warum er sie nicht ernst genommen hatte.

»Ebba hat eine blühende Fantasie. Welches Teenagermädchen in diesem Dorf träumt wohl nicht davon, abzuhauen und Karriere zu machen, Promi oder Model oder sonst was zu werden? Außerdem ist die Information über diesen Nick neu.«

Anstatt ihre Energie daran zu verschwenden, ihn dazu zu bringen, seinen Fehler einzusehen, schaute sie sich um. Hinter der Unterkunft gab es keine Bebauung. Die Straße ging in eine schmale Schotterpiste mit wenigen Straßenlaternen über. Nach fünfzig Metern bog sie rechts ab und verlor sich im Nadelwald.

»Da ist Hamid also rumgelaufen, als Ebba mitgenommen wurde?«

»Genau«, antwortete Gunnar. »Er kam zeitgleich mit der Feuerwehr zurück.«

»Was für ein schrecklicher Anblick muss das gewesen sein«, meinte Maria, »zu sehen, wie der einzige dauerhafte Ort im Leben in Flammen steht.«

Sie betrachteten das Fenster, das dem Eingang und dem Parkplatz am nächsten war. Man hatte es mit einer Spanplatte abgedeckt, und darüber waren die Ziegel schwarz vom Ruß.

»Okay«, sagte Granstam. »Der Leiter wartet mit Hamids Zimmernachbarn in der Küche.«

Johan war schon unterwegs zur Eingangstür.

36

Im Korridor roch es nach Rauch, orientalischen Gewürzen und gekochtem Reis. Die Kälte kam bedeutend schneller ins Gebäude als sie selbst, und Granstam musste mit dem Schloss in der Außentür kämpfen, bevor er sie wieder abschließen konnte.

Sie zogen Jacken und Mützen aus und schauten sich um. Der Ruß hatte sich wie Trauerflor an Decke und Wänden bis hin zur Zimmertür gleich links ausgebreitet. Offensichtlich hätte das Feuer beinahe weiter um sich gegriffen. Genauso deutlich konnte man an der umgebenden Feuchtigkeit ablesen, dass die Flammen im Korridor mit einem Schaumlöscher erstickt worden waren, den man inzwischen durch einen neuen ersetzt hatte.

Sie gingen zur Küche ganz hinten im Korridor. Ängstliche und interessierte Gesichter lugten aus den Zimmern. Die Erwachsenen kehrten zu ihren Verrichtungen, Handys und Büchern zurück, die Kinder jedoch verfolgten die blassen Fremden in den komischen Kleidern mit neugierigen Blicken durch den ganzen Korridor. Nathalie zählte bis zu zehn Kinder und lächelte ihnen freundlich zu, Johan hingegen blieb in der Tür zur Küche stehen und begrüßte den Leiter Klas Ekstedt. Zwei Frauen in Hijab standen am Herd, ein älterer Mann saß am Tisch und schaute in eine dünne Ausgabe einer arabischen Tageszeitung.

»Willkommen«, sagte Klas mit einem breiten Lächeln. Er begrüßte alle mit einem festen Handschlag, der zu seinem kräftigen Körper und dem groben Gesicht passte.

»Danke, dass Sie kommen konnten«, begann Gunnar.

»Ist doch selbstverständlich, dass man zur Stelle ist, wenn die Ordnungshüter rufen! Wissen Sie mehr als bei unserem letzten Gespräch?«

»Eigentlich nicht«, antwortete Gunnar, »Hamid und Ebba sind immer noch verschwunden. Aber meine Kollegen hier haben ein paar Fragen.«

»Überhaupt kein Problem! Und das hier ist Ibrahim, Hamids Zimmernachbar. Er ist ein Jahr älter als Hamid und kam zur gleichen Zeit vor gut einem Jahr aus Afghanistan.«

Ein junger Mann erschien in der Tür. Er trug einen Trainingsanzug mit einem verwaschenen Aufdruck von Svartvikens Sportverein und ein paar Nummern zu große Filzpantoffeln. Hinter ihm schlossen sich die Kinder wie ein Zug von Lemmingen an. Eine der Frauen verließ den Herd und verscheuchte sie. Klas Ekstedt wechselte ins Englische, bat Ibrahim einzutreten und schloss die Tür hinter ihm.

Ibrahim schaute sie schüchtern an, tauschte dann einen Blick mit dem alten Mann, der ernst nickte, und sah dann wieder Klas an.

»Ich schlage vor, wir setzen uns«, sagte Nathalie und zog einen Stuhl vor. Johan, Maria und Gunnar folgten ihrem Beispiel. Granstam lehnte sich an die Wand neben dem Herd und erklärte, dass er wegen seines Rückens nicht Platz nehmen würde.

»Sie können auch stehen bleiben, wenn Sie wollen«, lächelte Nathalie Ibrahim zu. »Wie Sie wissen, sind wir hier, um herauszufinden, wohin Hamid verschwunden ist. Wir haben von Gunnar gehört, dass Sie alles erzählt haben, was Sie wissen; aber wir würden gern wissen, ob Ihnen noch etwas eingefallen ist.«

Ibrahim schaute Gunnar scheu an und schüttelte den Kopf. Ruhig und genau gab Nathalie Ibrahims frühere Antworten wieder und erntete als Bestätigung mal ein zustimmendes Brummen, mal ein Nicken.

Zuletzt hatte Ibrahim Hamid am Abend vor dem Mord gesehen. Hamid hatte gegen zehn Uhr vor dem Eingang eine Zigarette geraucht und war dann wieder in sein Zimmer gegangen. Er hatte sich Sorgen gemacht und gesagt, dass er nicht in die Kirche ginge, aber dass er und Ebba immer noch zusammen seien, obwohl sie »ein bisschen Ärger machte«. Hamid hatte irgendwann einmal sicher erwähnt, dass sie beide abhauen wollten, aber obwohl Hamid der Rassismus und die Drohung von Tony zu schaffen machten, hatte Ibrahim das Gerede nicht weiter ernst genommen. Jetzt war Hamid offensichtlich doch abgehauen, aber Ibrahim kannte ihn nur von dem gemeinsamen halben Jahr in dem Flüchtlingslager in Pakistan und dem Jahr in Svartviken und wusste nicht, was er davon halten sollte. In Hamids Zimmer fehlten nur eine Sporttasche und sein Handy.

»Haben Sie eine Ahnung, wohin er gegangen sein könnte?«, fragte Johan.

Ibrahim zuckte die Schultern. »Er hat manchmal was von Verwandten in Uppsala und Stockholm gesagt.«

Granstam, Maria, Johan und Nathalie schauten allesamt Gunnar an. Er kratzte sich den Bart. »Wie Sie wissen, haben wir die Dienststellen vor Ort informiert, ohne dass einer angebissen hat.«

Nathalie drehte sich wieder zu Ibrahim um: »Hat Hamid noch was gesagt? Was sind das für Verwandte?«

»Ein Cousin in Stockholm und Uppsala, mehr weiß ich nicht.«
»Kennen Sie die Namen?«, fragte Johan.

Ibrahim schüttelte den Kopf.

»Sie wissen doch, wie das mit dem Registrieren von neu angekommenen Flüchtlingen läuft«, schob Gunnar ein. »Ich gehe davon aus, dass die Kollegen vor Ort getan haben, was sie konnten.«

Davon gehe ich aber nicht aus, dachte Nathalie, und vor allem schon einmal gar nicht, weil sie ganz nebenbei davon ausging, dass Gunnar die Anfrage gestellt hatte.

»Wir müssen ihnen noch mal Bescheid geben«, beschloss Granstam und faltete nach einem Blick auf die Töpfe, in denen die Frauen rührten, die Hände über der Wampe.

»War Ebba mal hier?«, fragte Nathalie.

Zum ersten Mal war in Ibrahims Gesicht der Anflug eines Lächelns zu erkennen: »Nein, dann wäre ihr Vater bestimmt durchgedreht. In Hamids Augen ist er der übelste Rassist.«

»Hat Hamid noch mehr über Ebbas Vater gesagt?«, fragte Johan.

»Nein.«

»Wissen Sie, ob Hamid von ihm bedroht wurde?«, wollte Nathalie wissen.

»Glaube ich nicht. Aber er erzählt mir nicht alles.«

Maria beugte sich auf dem Stuhl vor und fixierte Ibrahim mit Blicken: »Theoretisch gesehen kann Hamid Ebba entführt haben. Er hat kein Alibi, er kann sie von einem der Prepaidhandys, die er hatte, angerufen haben, er kann offensichtlich Auto fahren, er hat von dem Volvo in dem Klub gewusst, und er ist am Abend vor dem Verschwinden davor gesehen worden. Dann kann er sich an der Suche beteiligt haben, um unschuldig zu wirken …« Ohne Ibrahim aus den Augen zu lassen, stand sie auf. »Glauben Sie, dass es so abgelaufen sein könnte, und wenn ja, sind die beiden dann zusammen abgehauen, oder was ist passiert?«

Ibrahim spielte am Reißverschluss seines Overalls und dachte nach. Zunächst fand Nathalie es ungeschickt von Maria, so viele Fragen auf einmal zu stellen, aber je länger Ibrahim nachdachte, umso klarer wurde ihr, dass es smart war, ihn so dazu zu bringen, die Fragen zu beantworten, die er für am relevantesten hielt.

»Wenn Hamid sie mitgenommen hat, dann hatten sie das so verabredet«, sagte er schließlich. Die dunklen Augen schauten in Marias. »Hamid ist nett, er würde einer Frau nie was antun.«

»Aber vielleicht seinem Lehrer?«, schlug Gunnar vor. »Wenn Hamid sich sicher war, dass Pierre Ebba entführt hatte, hätte er sich dann gerächt?«

Als die Antwort auf sich warten ließ, half Gunnar nach: »Eins habe ich Ihnen nicht verraten, nämlich dass ich Hamid unmittelbar nach dem Mord vor Pierres Haustür gesehen habe.«

»Nicht vor der Haustür, sondern auf der *Straße* davor«, korrigierte Johan. »Sie wissen schon, die, die in den Torpbacken übergeht.«

Ibrahim vermied Blickkontakt und schüttelte den Kopf.

»Hat Hamid mal erwähnt, dass Ebba Model werden wollte und dass Pierre sie fotografiert hat?«, fragte Gunnar.

»Nein.«

»Oder einen Modelscout namens Nikolaus Brandt?«

»Nein.«

Nathalie wollte wissen, ob Hamid Mobiltelefone klaute, und erntete als Antwort ein neues Kopfschütteln. Ibrahim wollte über die Gang in Östersund nichts sagen und hatte nie ein Messer bei Hamid gesehen.

Ibrahim schwitzte, und seine Augen flackerten. Nathalie tat er leid. Sie erinnerte sich an den Würgegriff von Mohammed, wie verschwitzt und gestresst er gewesen war, bevor ihre Berührung dazu geführt hatte, dass er sich auf sie stürzte.

»Wie hat Hamid reagiert, als er erfuhr, dass Ebba weg war?«, fragte Granstam weiter und wischte sich die Stirn ab, die vom Dampf aus den Töpfen genauso leckte wie Ibrahims. »Soweit ich das verstanden habe, kam er von einem Spaziergang zeitgleich mit der Feuerwehr zurück?«

Ibrahim guckte ihn verständnislos an, schaute mal zu Gunnar und dann wieder zu Granstam.

»Er war traurig. Wir waren alle geschockt über den Brand. Zum Glück wurde niemand schwer verletzt, aber einige von uns husten immer noch. Hamid wirkte eher wütend als traurig, aber dann passierte das mit Ebba. Er hat jeden Tag gesucht.«

»Weiterhin niemand, der die Person näher erkennen konnte, die die Bombe geworfen hat?«, fragte Johan.

»Näher als die Frau, die beobachtet hat, dass ein dunkel angezogener Mann aus einem hellen Auto die Flasche geworfen hat und dann hinunter zum Dorf gefahren ist?«, erklärte Maria und drehte sich zu Ibrahim und Klas um. Beide antworteten mit resigniertem Kopfschütteln.

Dem alten Mann am Tisch wurde von einer der Frauen eine nach Minztee duftende Tasse serviert, und sie fragte Ibrahim etwas in einer fremden Sprache. Ibrahim antwortete mit einem Nicken.

»Ja, dann sind wir wohl fertig«, sagte Granstam.

Bewusst blieb Nathalie in der Küche zurück. Ibrahim schaute sie so an, als wollte er noch etwas sagen, bekam eine Tasse Tee und ging dann in sein Zimmer. Nathalie folgte ihm, sah, wie Gunnar und die Kollegen weiter den Korridor entlang in einige Zimmer linsten.

Ibrahim schaute sie erstaunt an, als sie eintrat. Sie lächelte und schloss die Tür behutsam.

»Mir ist klar, dass es für Sie anstrengend war, mit uns allen auf einmal zu sprechen«, begann sie. Er nickte und nippte am Tee.

»Glauben Sie, Hamid kommt zurück?«, fragte sie.

»Nicht, solange Ebba verschwunden ist.«

»Fällt Ihnen noch etwas anderes ein, das uns einen Hinweis geben könnte?«

Ein weiteres Kopfschütteln und ein Schluck Tee, wobei Nathalie merkte, dass sie Hunger hatte.

»Danke und alles Gute für Sie«, sagte sie lächelnd. Als sie sich zur Tür umwandte, sagte Ibrahim: »Doch, da ist noch was ...«

Sie drehte sich wieder um, dachte daran, dass sich Patienten oft am Ende des Besuches in der Tür herumdrückten und das fragten, was der eigentliche Anlass ihres Kommens war.

»Ich habe nicht verstanden, was Gunnar damit gemeint hat, dass Hamid gleichzeitig mit der Feuerwehr zurückgekommen ist«, offenbarte Ibrahim.

»Was meinen Sie?«

»Zu mir hat Hamid gesagt, dass er kurz vor der Bombe gekommen ist und dass er gesehen hat, wer sie geworfen hat ...«

Nathalie lief ein kalter Schauer über den Rücken, und sie meinte Gunnars Stimme draußen im Korridor zu hören.

»Erzählen Sie«, bat sie ihn leise und trat näher.

»Er hat gesagt, dass er weiß, wer es war, und es der Polizei erzählen wolle. Dann ist das mit Ebba passiert, und alles war Chaos, aber am Abend, bevor Hamid verschwunden ist, hat er gesagt, er habe es dem Bullen mit dem Bart erzählt ...«

»Und?«

»Er hat Hamid nicht geglaubt, hat ihm gesagt, er solle ehrliche Leute nicht beschuldigen.«

»Hat Hamid gesagt, *wen* er gesehen hat?«

»Nein.«

Die Gedanken schwirrten in ihrem Gehirn herum. Wenn das hier stimmte, dann hatte Gunnar ganz bewusst wesentliche Erkenntnisse zurückgehalten.

Konnte das stimmen? Ja, wenn man an seine rassistische und

Ich-bin-der-Größte-Einstellung dachte. Nein, wenn man daran dachte, dass er sein Leben lang Polizist gewesen war und einer Moral verpflichtet sein sollte, die so ein Dienstvergehen ausschließen würde.

An der Tür klopfte es. Ibrahim rief: »Herein!«, und die Tür wurde geöffnet. Gunnar stand dort.

»Ach so, hier sind Sie!«, sagte er und sah Nathalie an. »Wir wundern uns, wo Sie bleiben.«

»Ich habe nur noch ein paar ergänzende Fragen gestellt«, log sie, hob die Hand zum Abschied und verließ das Zimmer.

37

»Lass Gunnar zuerst losfahren«, bat Nathalie, als Johan den Minibus startete. Er schaute sie erstaunt an, tat aber, was sie sagte. Was sie eben erfahren hatte, erstaunte sie so sehr, dass sie Gunnar im Auge behalten wollte, obwohl ihr klar war, dass es ein Trugschluss war, zu denken, sie hätte die Kontrolle über ihn, nur weil sie ihn vor sich auf der Straße sah. Johan ließ sogar Granstam und Maria losfahren, bevor er Gas gab.

»Was ist?«

»Du wirst es kaum glauben«, sagte sie und holte ihr Handy aus der Handtasche, »aber ich schalte Granstam und Maria dazu, bevor ich es erzähle.«

»Tim nicht?«

»Nein, er sitzt doch mit Anna-Karin in der Polizeidienststelle. Du verstehst mich, wenn du es hörst.« Mit dem Blick auf Gunnars Auto stellte sie die Telefonkonferenz auf Lautsprecher. Als sie an dem Haus vorbeikamen, in dem Alice wohnte, waren alle ganz Ohr. Kurz und bündig fasste sie zusammen, was Ibrahim erzählt hatte.

»Das ist doch zum Kotzen«, meinte Johan, »aber ich habe schon die ganze Zeit das Gefühl gehabt, dass Gunnar ein hinterlistiger Fuchs ist.«

»Ja«, stimmte Granstam ihm besorgt zu. »Bedeutet das, dass

wir uns auf nichts verlassen können, was er getan oder gesagt hat?«

»Wie zum Beispiel, dass er Hamid unweit von Pierres Haus beobachtet haben will?«, fragte Maria. »Er ist ja der Einzige, der ihn gesehen hat.«

»Sollen wir ihn damit konfrontieren?«, schlug Nathalie vor. »Das bedeutet wahrscheinlich, dass er den Bombenwerfer kennt.«

»Nein«, meinte Johan. »Dann wird er ausgeschlossen, und wir müssen die ganze Ermittlung von vorn aufrollen. So werden wir Ebba nie finden. Außerdem wird er alles abstreiten und uns eine alternative Geschichte auftischen, für die wir nicht den Gegenbeweis antreten können, ohne mit Hamid zu sprechen.«

»Hoffentlich hat er nur gelogen und uns die Wahrheit vorenthalten, was Hamid und den Brand betrifft«, sagte Maria. »Der Kerl ist doch ganz eindeutig ein Rassist.«

»Fragt sich nur, ob er Ebbas Kurzgeschichte ignoriert hat, um jemanden zu decken«, spekulierte Nathalie. »Jeder normale Polizist hätte auf das reagiert, was Ebba geschrieben hat.«

»Klingt weit hergeholt«, fand Granstam. »Ich schätze die Lage so ein wie Maria, dass es in erster Linie den Brand betrifft. Wir dürfen davon ausgehen, dass wir uns auf nichts, was er sagt oder tut, verlassen können; aber es ist besser, dass er was sagt und tut, als *nicht*, wenn Sie verstehen, was ich meine?«

»Stellt sich nur die Frage, wen Hamid gesehen hat«, sagte Nathalie. »Er muss den Bombenwerfer wiedererkannt haben.«

»Im Dorf gibt es bestimmt jede Menge Rassisten«, meinte Maria. »Jack, Tony und Gunnar sind nur drei davon.«

Granstam bedachte sie mit einem strengen Blick. »Es ist hilfreich, wenn *wir* mit gutem Beispiel und nicht mit so vielen Vorurteilen vorangehen.«

»Wie verhalten wir uns gegenüber Anna-Karin?«, fragte Nathalie.

»Ich kontaktiere sie sofort«, sagte Granstam. »Sie ist eine Vollblutpolizistin und wird sich wohl genauso wundern wie wir. Bleiben Sie dran, dann rufe ich sie mit meinem anderen Handy an.« Sie hörten Granstam grunzen und in seiner Jacke kramen. »Fahren Sie am Imbiss vorbei«, meldete er sich wieder, »wir brauchen auch etwas zum Abendbrot. Kann das jemand an Gunnar simsen, damit er den Braten nicht riecht?«

»Ich mache das«, antwortete Maria.

Zu ihrer aller Erleichterung hatte Gunnar schon gegessen und beschloss, ohne Umwege zur Polizeidienststelle zu fahren.

Granstam erreichte Anna-Karin und leitete das Gespräch ein, als sie auf den Parkplatz vor dem Imbiss einbogen. Dort standen einige Wagen, aber kein silberfarbener Volvo oder ein anderes bekanntes Fahrzeug, abgesehen von zwei amerikanischen Straßenkreuzern aus dem Klub.

Anna-Karin hatte Alice und Andy in die Polizeidienststelle gebracht. Kurz nachdem Johan und Nathalie dort abgefahren waren, waren die beiden Jugendlichen bei Andy zu Hause aufgekreuzt. Die Eltern waren informiert, und jetzt wartete Andy im Verhörraum und Alice in der Küche. Ihre Handys waren im Besprechungsraum sicher verwahrt, wo Tim die Gelegenheit nutzte, sie auszulesen.

Anna-Karin hörte Granstam und Nathalie konzentriert zu, erleichtert und besorgt sagte sie, dass sie auch das Gefühl gehabt habe, dass Gunnar die Wahrheit frisiere. Der Grund, warum sie das mit keinem Wort erwähnt hatte, waren die mangelnden Beweise. Sie stimmte Granstams Ansatz zu, heimlich mitzuspielen und Gunnar im Auge zu behalten. Sie teilte sogar Marias Einschätzung, dass er wahrscheinlich das meiste über Hamid gelogen hatte.

Zum Schluss erzählte Tim, dass er den richtigen Nikolaus gefunden hatte.

»Und?«, fragten Johan, Nathalie und Granstam wie aus einem Mund.

»Das verrate ich Ihnen erst, wenn Sie mir mein großes Festmahl mit allen Extras mitbringen.«

Typisch Tim, sie mit Informationen auf die Folter zu spannen, um zu zeigen, wie kompetent er ist, dachte Nathalie.

»Okay«, sagte Granstam geduldig, »um zehn sind wir da.«

»Außerdem habe ich ein Instagram-Konto gefunden, das Ebba unter falschem Namen eingerichtet hat«, beendete Tim das Telefonat.

38

Ungeduldig bestellten sie ihr Essen bei einer drallen Rothaarigen, die ganz selbstverständlich mit Fernfahrern und Dörflern einen Schwatz hielt, während sie die Fritten abtropfen ließ, die Würste briet und die Burgerfrikadellen auf der Bratfläche platt drückte. Alle Gäste beäugten die bunte Truppe, einige misstrauischer und manche neugieriger als andere.

Johan fiel auf, dass die Gäste an den Tischen Sicht auf den Bahnhof hatten. Er zeigte seinen Ausweis und fragte, ob einer von ihnen Hamid, Ulf Kläppman oder jemand anderen beobachtet hatte, der für die Polizei von Bedeutung sein könnte. Ein Mann mit grünem Jägerkäppi und einem fast ebenso beeindruckenden Schnäuzer wie Granstam hatte gesehen, dass Ulf vor einer Viertelstunde Richtung Kirche vorbeigefahren war, das war alles. Johan sagte, dass sie sich gern telefonisch melden konnten, wenn ihnen noch etwas einfallen sollte, und er durfte seine Visitenkarte neben das Foto von Ebba kleben, das Jack neben der Kasse befestigt hatte.

Mit ihren Fast-Food-Tüten fuhren sie zur Polizeidienststelle. Davor warteten schon Sebastian in seinem Ford und die Fahrzeuge von TVS, SVT, der Sundsvall Tidning und Östersundsposten. Johan überlegte seufzend, ob er den Minibus auf dem Parkplatz der Tagesklinik abstellen sollte, aber Nathalie hielt das für sinnlos.

Als die Reporter ihre Fragen stellten, kam Gunnar in Begleitung von Anna-Karin nach draußen. Er informierte die Journalisten, dass es nichts Neues zu berichten gab und sie sich bis zur Pressekonferenz am nächsten Morgen gedulden mussten. Widerwillig zogen alle bis auf Sebastian ab. Er setzte sich ins Auto und begann auf sein Handy einzutippen.

Das hast du gut hingekriegt, du Lügner, dachte Johan und kreuzte beim Hineingehen Gunnars Blick.

»Die sind wie Hunde, die so tun, als würden sie ein Nein nicht kapieren, die lungern da draußen rum und hoffen, dass wir nachgeben und ihnen einen Knochen hinwerfen, um sie loszuwerden«, erklärte Gunnar und pellte sich aus der Bärenfelljacke.

»Aber Sebastian kann für uns nützlich sein«, sagte Nathalie und berichtete von dem Gespräch, das sie und Johan mit ihm geführt hatten. »Ich gehe raus und frage mal, ob ihm zu Ebbas heimlichem Freund noch was eingefallen ist.«

»Machen Sie das später«, entschied Granstam und öffnete die Tür zum Besprechungsraum. »Jetzt will ich hören, was Tim rausgefunden hat. Dann müssen wir Alice und Andy vernehmen. Sebastian zu erreichen, ist ja kein Problem.«

»Ist er eigentlich dazu befragt worden, was er zum Zeitpunkt des Verschwindens gemacht hat?«, wollte Johan wissen.

»Er war als Moderator in der Kirche«, antwortete Gunnar.

»Er ist um fünf vor acht dort angekommen«, fügte Anna-Karin hinzu. »Hätte fast verschlafen.«

Wie wahrscheinlich ist das denn, wenn man nach längerer Zeit den ersten Job hat?, dachte Johan.

»Also kann er theoretisch Ebba mitgenommen haben«, sagte er.

Alle außer Nathalie schauten ihn erstaunt an.

»Ich bitte Tim um eine Überprüfung des Autokennzeichens«, sprach er weiter und betrat den Besprechungsraum. »Wenn wir schon mit ihm zusammenarbeiten, will ich wenigstens wissen, mit wem ich es zu tun habe.«

»Als Pierre erstochen wurde, lag Sebastian zu Hause im Bett und hat geschlafen wie alle anderen«, erklärte Anna-Karin und folgte Johan.

Als Granstam die Tür schloss, schaute Tim von seinen Bildschirmen auf, als hätte er gerade erst ihr Kommen bemerkt. Angelica nickte gnädig hinter ihrem Laptop und klickte ein Foto von Pierres leblosem Körper weg.

Sie verteilten das Essen. Tim biss von seinem Einpfünder ab und rief ein Foto von einem sonnengebräunten, brünetten Mann in den Fünfzigern mit Pferdeschwanz, Pilotenbrille auf der Stirn und Goldringen in Nase und Ohren auf.

»Das ist Nikolaus ›Nick‹ Brandt«, verkündete er stolz, als er den Bissen hinuntergeschluckt hatte. »Ihm gehört wie schon erwähnt eine Modelagentur auf Östermalm. Er bestätigt, dass Ebba an Neujahr zu ihm kommen wollte, um auf eine Party zu gehen und ein paar Fotos zu machen. Wie Sie sich denken können, hat Pierre den Kontakt eingefädelt: Er und Nick kennen sich vom Gymnasium in Söderhamn. Pierre hatte Fotos von Ebba geschickt, und Nick hatte sofort angebissen. Laut seinen Worten waren das ganz normale Bilder und überhaupt nichts Ausgezogenes.«

Tim trank einen Schluck Cola und vergewisserte sich der Aufmerksamkeit aller. »Tatsächlich war es Nick, der im Hotel gefrühstückt und sich nach Ebba in der Kirche erkundigt hat. Er und seine Assistentin Sabine waren auf einer Rundreise, um nach Mädchen für die Agentur zu suchen. Sie hatten mit Ebba und

Pierre verabredet, in der Kirche Fotos zu machen, und waren an dem Tag auch für andere vergleichbare Jobs gebucht. Junge schwedische Mädchen als Lucia verkaufen sich im Ausland gut. Weil Ebba nicht dort war und auch nicht an ihr Handy ging, wurde Nick sauer und fuhr zum nächsten Auftrag in der Kirche von Frösö. Offensichtlich kommt es nicht selten vor, dass Mädchen in letzter Minute abspringen, und weil Pierre krank war und nicht wusste, wo Ebba steckte, gaben sie auf. Allerdings fand er es schade, weil Ebba ›one of a kind‹ war, aber ›the show must go on‹, wie er das ausdrückt. Sie merken, in jeden zweiten Satz streut er was Englisches ein. Die Assistentin bestätigt seine Geschichte und wirkt glaubwürdig.«

»Aber er hat doch im Hotel allein gefrühstückt«, sagte Johan.

»Sabine macht irgend so eine Diät und war auf ihrem Zimmer. Er hat das spontan erwähnt, bevor ich danach fragen konnte, und sie hat es bestätigt.«

»Gut gemacht, Tim«, lobte Granstam und wischte sich Dressing aus dem Schnäuzer. »Dann können wir die Spur mit dem Fremden abhaken und wissen jetzt, was Ebba in Stockholm vorhatte. Die Frage ist nur, ob uns das weiterbringt bei dem, was mit ihr passiert ist. Wann wollte sie zurückfahren?«

»Gar nicht«, stellte Tim fest. »Nick hat ausgesagt, dass Ebba geplant hat, das nächste Schulhalbjahr eine Pause einzulegen, dass sie in Stockholm bleiben und sich auf ihre Karriere konzentrieren wollte. Sie sollte mit fünf anderen Models in einem seiner Appartements wohnen. Er hatte im Januar und Februar für sie Jobs gebucht, also hat sie das Ganze ernst gemeint.«

»Klingt komisch«, fand Angelica, »sie ist noch nicht volljährig, und in der Neunten vor dem letzten Schulhalbjahr abzugehen, ist keine besonders gut überlegte Entscheidung.«

»So was kommt nicht zum ersten Mal vor«, wandte Maria ein.

»Fragt sich nur, aus welchem Grund sie ausgerechnet jetzt das Dorf verlassen wollte«, sagte Anna-Karin. »Es war wahrscheinlich nicht nur der Traum von einer Karriere als Model. Die Bilder bei Nick hätte sie doch in den Ferien aufnehmen lassen können, und es dauert nur noch ein halbes Jahr, bis sie ein Sabbatical nehmen kann.«

»Das muss was mit *dem Ekeligen* zu tun haben, von dem sie schreibt«, sagte Nathalie.

»Ich glaube nicht, dass wir dem so viel Bedeutung beimessen sollten, was ein Oberstufenmädel in einem Schulaufsatz zusammenschreibt«, schmetterte Gunnar ihre Vermutung ab.

Nathalie kreuzte seinen Blick, aber Streiten mit ihm lohnte sich nicht.

»Ich suche gerade Verwandte und Angehörige von Hamid in Uppsala und Stockholm und habe bald eine Liste fertig«, sagte Tim.

»Warum haben sich Nick oder seine Assistentin nicht gemeldet, als Ebba verschwunden ist?«, fragte Johan.

»Und als Pierre ermordet worden ist?«, ergänzte Nathalie.

»Das Übliche«, antwortete Tim müde lächelnd. »Sie sind am Vierzehnten zusammen ins Ausland gefahren und erst gestern zurückgekommen. Hawaii.«

»Okay, machen Sie mit Ebbas heimlichem Insta-Konto weiter«, sagte Anna-Karin, »ich glaube, wir können Alice und Andy nicht länger warten lassen.«

Tim rief ein neues Bild auf. In einer Dusche stand ein nacktes Mädchen. Das Foto war von hinten aufgenommen und das Mädchen vollkommen ahnungslos. Der hoch aufgeschossene, schlanke Körper mit angedeuteten weiblichen Rundungen, das lange dunkle Haar, das bis zur Hüfte reichte. Über dem Bild geschrieben standen ein Name und drei Wörter. Nathalie erkannte die Handschrift von Ebbas Aufsatz.

Alice. Eine echte Doppelhure!

»Dieses Foto wurde am 5. Dezember von Ebba hochgeladen, also drei Tage nachdem ihr die Augen ausgestochen wurden«, berichtete Tim.

»Scheiße«, sagte Johan und legte seinen halb gegessenen Hamburger weg.

»Vielleicht war das der Tropfen, der das Fass zum Überlaufen gebracht hat, und der Grund, warum Andy bei Ebba angerufen hat, um sie im Auto mitzunehmen und dafür zu sorgen, dass sie nie mehr in die Kirche kommt?«, schlug Angelica vor.

»Ich und Nathalie verhören Alice. Johan und Anna-Karin sprechen mit Andy«, entschied Granstam und ließ mit einem Knall seine Riesenpranken auf den Tisch fallen. »Gunnar, Sie starten einen neuen Versuch, Ulf Kläppman zu finden?«

»Es ist wichtig«, schob Nathalie ein, als Gunnar Anstalten machte zu protestieren. »Vielleicht ist wider Erwarten er Ebbas heimlicher Freund.«

39

Als Nathalie und Granstam den Verhörraum betraten, stand Andy auf und begrüßte sie mit kraftlosem und verschwitztem Handschlag. Aus den schmalen Augen unter den schön gewölbten Brauen sprach Misstrauen.

»Worum geht es jetzt? Warum haben Sie uns hergebracht?«

Sie setzten sich um den kleinen Tisch, und Granstam schaltete das Aufnahmegerät ein. Nathalie schaute Andy in die Augen und sagte: »Wir haben rausgefunden, dass du uns belogen hast.«

Dann saß sie schweigend da, ließ die Behauptung ihre Wirkung tun. Das war ein Trick, den sie sich von Granstam abgeguckt hatte: Wenn man Oberwasser hatte, sollte man das ausnutzen, um Informationen zu bekommen, von denen man nichts ahnte.

Aber Andy starrte sie nur verwirrt an: »Ich habe überhaupt nicht gelogen! Was meinen Sie?«

»Doch«, sagte Granstam ruhig und faltete seine Hände auf dem Tisch. »Du bist zu spät in die Kirche gekommen, oder etwa nicht?«

»Hä? Nein, ich war da, als der Umzug angefangen hat.«

Andy lehnte sich zurück und verschränkte die Arme vor der Brust.

»Ja, aber du bist erst fünf Minuten vor Beginn gekommen, also fünf vor acht«, schob Nathalie ein. »Wir fragen also noch mal: Warum lügst du?«

Andy drehte sich weg, als suchte er nach einem Fenster, das aber nicht vorhanden war. Er biss die Zähne zusammen und trommelte mit den Fingern auf die Jeans, sah dann Nathalie gereizt an: »Hat Victoria das ausgeplaudert?«

»Nein«, log sie, weil sie wusste, dass ein »Kein Kommentar« als Antwort gleichbedeutend mit einem »Ja« war.

»Aber wir *wissen*, dass es so war«, sagte Granstam. »Hast du Ebba in dem Volvo mitgenommen, den du vom Klub geliehen hast, und irgendwas ist schiefgegangen?«

»Nein!« Das darauffolgende Kopfschütteln war heftiger und verzweifelter als das vorherige. Granstam schaute Andy weiter in die Augen. Nach einer Weile entspannten sich seine Schultern, und Luft entwich dem schlaksigen Körper.

»Okay, es ist so, wie Sie sagen«, seufzte Andy. »Ich habe vergessen, den Wecker zu stellen, und war ein bisschen zu spät dran ... und der Grund, warum ich das nicht gesagt habe, ist genau das hier«, schloss er.

»Was jetzt?«, wunderte sich Nathalie.

»Dass ich verdächtigt werden würde.«

»Warum solltest du verdächtigt werden?«

»Weil wir mit Ebba Ärger hatten.«

»Du hast also ein Motiv?«, folgerte Granstam.

Andy biss die Zähne zusammen und nickte. Die Pickel auf seiner blassen Haut traten deutlich hervor, und Schweiß glänzte auf seiner Stirn. »Aber weder ich noch Alice haben eine Ahnung, was passiert ist! Das müssen Sie mir glauben. Ich bin zu spät gekommen, das war's aber auch schon. Auf dem Weg hoch zur Kirche habe ich nichts gesehen und habe keinen Schimmer, was mit Ebba passiert ist!«

»Hast du diesen Mann in der Kirche gesehen?«, fragte Granstam und hielt ihm ein Foto von Nikolaus Brandt hin.

»Noch nie gesehen, wer ist das?«

»Apropos Fotos, es gibt ein anderes, von dem du nichts erwähnt hast«, sagte Nathalie.

Andy sah sie verständnislos an.

»Na komm schon, du kannst uns nicht noch einmal belügen!«

Granstam zeigte ihm das Foto von Alice unter der Dusche. Andy ergriff das Tablet und guckte es sich erstaunt an, als traute er seinen Augen nicht.

»Das ist Alice!«, rief er aus. »Scheiße, wer hat das gemacht?«

»Wir gehen davon aus, dass du das ganz genau weißt«, antwortete Granstam.

»Und selbstverständlich hast du es schon einmal gesehen, stell dich hier jetzt nicht dumm«, ermahnte ihn Nathalie.

»Nein, ich schwöre!« Mit einem Blick, der eher flehend als überzeugend war, schaute er beide an.

»Aber du weißt, wo das ist?«, fragte Granstam mit vorgeblicher Ahnungslosigkeit.

»Na klar! Unter den Duschen in der Sporthalle! Meinen Sie, Ebba hat es geknipst?«

»Wir machen hier eine Pause«, beschloss Granstam und schaltete das Aufnahmegerät aus.

40

Alice saß am Küchentisch und ließ die Fingerknöchel knacken. Johan und Anna-Karin schlossen die Tür und nahmen ihr gegenüber Platz.

Johan erzählte zunächst, dass sie wussten, dass Andy zu spät in die Kirche gekommen war. »Warum hast du in dem Punkt gelogen?«

Ihre Unterlippe zitterte, und Alice zog die Ärmel ihres Hollister-Pullovers so weit wie möglich über die Hände. Dann sagte sie aus, dass ihnen klar war, dass sie verdächtigt werden würden, dass er verschlafen habe und dass sie beide genauso traurig wie alle anderen über Ebbas Verschwinden seien. Dann holte sie tief Luft und meinte mit Tränen in den Augen, dass es dumm gewesen sei.

»Hat sich Andy den Volvo vom Klub ausgeliehen?«, wollte Johan wissen.

»Nein.«

Anna-Karin zeigte ihr das Foto von Nick. Mit dem leichten Erstaunen, das zu erwarten war, antwortete Alice, dass sie keine Ahnung habe, wer das sei. Beim nächsten Anblick musste sie tief durchatmen und wegschauen. Offensichtlich hatte sie das Bild vorher schon einmal gesehen.

»Hat Ebba das gemacht?«

»Hm«, nickte Alice, ohne die Küchenzeile aus den Augen zu lassen.

»Wir klicken es weg«, sagte Anna-Karin. »Wo ist es aufgenommen worden?«

»Unter der Dusche in der Sporthalle. Sie muss sich reingeschlichen haben, als ich es nicht mitgekriegt habe.«

»Weißt du, wann?«, wollte Anna-Karin wissen.

Eine Träne lief Alice über die Wange und hinterließ einen schwarzen Wimperntuschestreifen. »Das war so am fünften Dezember. Das Bild ist noch am selben Nachmittag auf Snapchat hochgeladen worden. Ebba hatte heimlich ein Konto, wo sie Leute fertiggemacht hat.«

Alice sah sie beide an und schluchzte auf. Zum ersten Mal glaubte Johan, ihr wahres Ich zu sehen. »Sie hat es nach einer Stunde wieder gelöscht, sie ist ja nicht blöd, aber natürlich hatten Leute davon Screenshots gemacht, und jetzt bringt man mich für alle Zeiten damit in Verbindung.«

»Hast du nichts gesagt oder getan?«, fragte Johan.

Verbissen schüttelte Alice den Kopf.

»Was sollte ich denn machen? Die Polizei anrufen?«

»Ja«, schlug Johan vor, obwohl ihm klar war, warum sie es gelassen hatte. Allein in Sundsvall hatten sie in diesem Jahr über hundert Anzeigen wegen vergleichbarer sexueller Übergriffe im Netz aufgenommen. Fast immer vernichtend für die betroffene Person, fast immer ohne Strafe für den Schuldigen.

»Wie hast du dich also gerächt?«

»Gar nicht.«

»Und Andy? Hat er deshalb Ebba auf dem Weg zur Kirche mitgenommen? Es ist vollkommen verständlich, dass ihr beide wütend wart ...«

»Nein«, sagte Alice, plötzlich erschöpft. »Aber wir waren nicht gerade traurig, als sie nicht aufgetaucht ist. Jedenfalls am Anfang nicht.«

»Gut, dass du uns das erzählt hast«, fand Johan und stand auf.

...

Nach einem Abstecher ins Dorf war Gunnar in den Besprechungsraum zurückgekehrt. Er hatte Ulf Kläppman nicht gefunden.

»Andy lügt also weiter«, stellte Johan fest.

»Was machen wir mit ihm?«, fragte Anna-Karin.

»Ich halte ihn aber trotzdem für unschuldig«, meinte Granstam, »aber wir reden noch mal mit ihm.«

Nathalie und Granstam kehrten in den Verhörraum zurück. Nach fünf Minuten kamen sie wieder heraus. »Er gibt zu, dass er gelogen hat, und sagt, er habe das für Alice getan, dass er ihr versprochen habe, kein Wort von dem Bild zu sagen.«

»Wieder zurück auf Anfang«, seufzte Johan.

»Wären die beiden schuldig, hätte ich sie schon längst überführt«, sagte Gunnar.

»Wir lassen sie laufen«, entschied Granstam. »Neue Besprechung um zehn. Dann machen wir ein Profil und planen das weitere Vorgehen.«

Nathalie guckte auf die Wanduhr. Viertel vor zehn.

Die Dunkelheit vor den Scheiben war undurchdringlich und die Temperatur auf minus fünfundzwanzig Grad gesunken.

Irgendwo da draußen bist du. Wo auch immer das ist, ich hoffe, dass du nicht frierst.

41

Johan ging zum Rauchen nach draußen, und Nathalie begleitete ihn. Sebastian war abgezogen. Nathalie fand es bedauerlich, gern hätte sie ihn nochmals zu Ebbas heimlichem Freund befragt.

»Schön, dass er uns eine Weile in Ruhe lässt«, meinte Johan und zog an seiner Zigarette, bis sie aufglomm. »Scheiße, ist das kalt. Anscheinend nähern wir uns dem absoluten Nullpunkt.«

»Minus 273,15 Grad«, zitterte Nathalie und kam sich wie eine genauso große Besserwisserin vor wie Tim.

Eine Weile standen sie schweigend da, traten von einem Fuß auf den anderen und wiegten sich hin und her, um die Wärme zu halten. Die Straße war menschenleer. Alles war still und die Dunkelheit erdrückend.

»Erst vor sieben Stunden haben wir hier zuletzt gestanden«, sagte Johan, »fühlt sich an wie ein Déjà-vu.«

»Außer dass Ulf Kläppman anscheinend sein Interesse an uns verloren hat«, lächelte sie in dem Versuch, die Stimmung aufzulockern.

So verbissen und finster hatte sie Johan noch nicht gesehen. Was davon auf den Fall und was auf den Streit mit Carolina zurückzuführen war, wusste sie nicht.

»Glaubst du, wir finden sie?«, fragte sie.

»Ja, aber frag mich nicht, warum und wie.«

»Ich spüre die gleiche Wehmut wie in Vergnügungsparks, obwohl das hier so weit davon entfernt ist, wie es nur geht«, sprach er weiter, zog an der Zigarette und schaute auf die leere Straße.

»Alles bewegt sich und steht dennoch still?«

Er sah sie an und nickte: »Wir sind einer Lösung nicht näher als bei unserem Kommen.«

»Ich glaube, du irrst dich«, meinte sie. »Die Lösung steckt in den Unterlagen, komm, lass uns reingehen und weitermachen.«

Er nickte und schnipste die Zigarette in eine Schneewehe. Als die Glut erlosch, klingelte sein Handy.

»Carolina, am besten, ich gehe ran.«

»Okay, wir sehen uns drinnen.«

In der Tür begegnete sie Alice und Andy. Sie warfen ihr und Johan pflichtschuldig einen Blick zu, murmelten ein Tschüss und machten sich schleunigst auf den Weg ins Dorf.

Als Nathalie an der Anmeldung die Jacke auszog, vibrierte ihr Handy. Sie hatte eine MMS von Tea bekommen. Im Nachthemd und mit dem ordentlich ums Kopfkissen geringelten Zopf auf dem Bett liegend, hatte ihre Tochter sich fotografiert.

> Hallo, Mama, kann nicht schlafen. Vermisse dich.
> Findet ihr das Mädchen?

Nathalie hatte ein Lächeln auf den Lippen und zugleich Tränen in den Augen.

> Mein liebes Herzchen, vermisse dich auch! Wir
> finden sie, du weißt, wie stur deine Mutter ist. Denk
> an unsere Reise nach London, dann schläfst du
> schnell ein. Küsschen & Umarmung / Mama

Sie ließ das Handy in die Tasche gleiten. Johan kam herein und sah bedrückt aus.

»Was ist los?«, fragte sie und machte einen Schritt auf ihn zu.

»Das war Carolina. Sie ist traurig und weint, weil ich nicht zu Hause bin.« Er schälte sich aus dem Mantel und schaute sie niedergeschlagen an.

»Sie steht da mit einem Hexenschuss und einem Baby im Bauch, hat das Haus voller Leute und muss sich um Alfred, Essen und Putzen kümmern, und was, VERDAMMTE SCHEISSE, denke ich mir dabei eigentlich?«

»Ich verstehe«, sagte sie und legte ihm die Hand auf den Oberarm. »Als ich im siebten Monat war, habe ich Håkan auch immer ausgeschimpft, wenn er mir nicht jeden Tag Schokokrapfen mitgebracht hat.«

Er seufzte und lächelte zugleich. »Ich schäme mich, dass ich sie im Stich gelassen habe, aber mich hätte der Aufstand um die Weihnachtsmusik, die Verwandtschaft, den Weihnachtsmann und Janssons Versuchung fast erstickt.«

Sie lächelte, als sie an den in ganz Schweden beliebten Kartoffelauflauf dachte, und nahm ihre Hand weg. »Eine Lasagne aus der Mikrowelle allein in der Psycho-Notaufnahme an Heiligabend war auch nicht gerade der Hit.«

Er reagierte mit einem Lächeln.

»Okay, jetzt gehen wir rein und lösen den Fall.«

42

»Jetzt habe ich Sebastian Jägher überprüft«, begann Tim, als alle versammelt waren. Auf der Leinwand waren drei Fotos von Sebastian zu sehen: ein Porträt aus der Neunten, eins im Café mit Jenny und eins von der letzten Fernsehsendung.

»Mich hat erstaunt, dass er vor sieben Jahren als Zwanzigjähriger verurteilt wurde, weil er in Visby einen Türsteher in der Warteschlange vor einer Kneipe niedergeschlagen hat. Außerdem hat er vor einem Jahr einer Frau auf dem Arbeitsamt gedroht, aber die Klage wurde aus Mangel an Beweisen abgewiesen.«

»Unser blitzsauberer Wirbelwind ist also doch mehr ein ganzer Kerl, als er sich den Anschein gibt«, meinte Angelica und gestattete sich ein Lächeln.

»Wie Andy kam Sebastian zu spät in die Kirche und hat es verschwiegen, als wir ihn befragt haben«, stellte Johan fest. »Und wer nimmt ihm das schon ab, dass er verschlafen hat, nachdem er endlich eine Arbeit gekriegt hat.«

»Aber ich bitte Sie, jetzt machen Sie mal halblang!«, protestierte Gunnar. »Ich kenne Sebastian schon mein halbes Leben. Es ist ausgeschlossen, dass er seine einzige Cousine eine halbe Stunde vor dem Lucia-Umzug entführt haben soll, bei dem er außerdem der Moderator war.«

»Genauso merkwürdig ist«, erwiderte Tim, »dass zwischen

Sebastian und Jenny am Abend vor der Krönung häufiger SMS-Verkehr stattgefunden hat. Sie haben sich zwischen sechs und acht Uhr gegenseitig dreimal gesimst. Danach war Sebastian bei ihr zu Hause, um ›sich über etwas zu unterhalten‹, unklar, über was.«

Maria wendete sich an Granstam: »Also hat Jenny uns belogen, als sie meinte, Sebastian hätte sie zuletzt am ersten Advent besucht.«

»Ja«, stimmte Granstam ihr zu. »Worum ging es in den SMS?«

»Um ein Sofa, das verkauft werden sollte, um den Lucia-Umzug und um ein Darlehen, das Jenny von Sebastian zurückbekommen hatte. Sie können es sich ansehen.«

Tim rief den Dialogverlauf auf der Leinwand auf.

»Jetzt, finde ich, sind wir auf dem Holzweg«, fand Gunnar. »Sebastian und Jenny haben mit der Sache nichts zu tun. Sie hat sich wohl falsch erinnert!«

»Wohl kaum an einen Besuch an dem Abend, bevor ihre Tochter verschwunden ist«, protestierte Nathalie.

»Wir werden Jenny fragen«, beschloss Granstam. »Aber zuerst machen wir ein Profil und gehen die Verdächtigen einen nach dem anderen durch.«

»Zuerst kann ich die Liste mit den Verwandten von Hamid zeigen, die ich vom Einwohnermeldeamt bekommen habe«, sagte Tim. »Weil Ibrahim gesagt hat, Hamid habe Verwandtschaft in Uppsala und Stockholm, habe ich die Suche darauf eingegrenzt.«

Eine Liste mit über zwanzig Personen tauchte auf der Leinwand auf. Dort standen arabische Namen mit Meldeadressen in Uppsala und Stockholm. »Die Verwandtschaftsverhältnisse sind etwas unklar, aber wenn wir suchen, dann hier.«

Nathalie war es gewohnt, Krankenakten zu überfliegen, und vermutete, dass sie, mit Ausnahme von Tim, diejenige im Raum war, die am schnellsten las. Bei dem dritten Namen von unten stutzte sie.

Mohammed Aziz.

War das nicht ...?

Sie beugte sich vor und blinzelte. Hatte sie wirklich recht gesehen? Doch, es stimmte.

Sie spürte den Griff um den Hals, sah den irren Blick. War das Zufall?

»Wissen Sie mehr über Mohammed Aziz?«

Tim sah sie forschend an und schaute dann auf seinen Rechner.

»Er wohnt mit zwei seiner Onkel, seiner Schwester und drei Cousinen in einer Unterkunft in Fålhagen.«

Nathalies Puls wurde schneller.

»Und wie ist er mit Hamid verwandt?«

Tim kratzte sich am Hals. »Ich glaube, sie sind Cousins oder Vettern zweiten Grades, aber das geht nicht eindeutig aus den Angaben hervor.«

Nathalie stand auf. »Geben Sie uns fünf Minuten, ich muss ein Telefonat führen?«

»Klar«, antwortete Granstam und schenkte sich aus der Thermoskanne Kaffee nach.

Sie ging in den Eingangsbereich, rief die Zentrale im Krankenhaus an und wurde mit der Psychiatrischen Abteilung Drei verbunden.

43

Schwester Berit nahm das Gespräch an. Nathalie erklärte ihr ihr Anliegen. Ja, doch, Mohammed Aziz wohne in der Flüchtlingsunterkunft in Fålhagen. Nach der Medikamentierung verhielt er sich ruhig, sagte nichts und verließ nur selten sein Zimmer. Eigens abgestelltes Personal bewachte ihn rund um die Uhr, und ein Dolmetscher war für die Visite am nächsten Morgen bestellt worden.

»Haben sich diese Freunde, die im Wartezimmer dabei waren, als Angehörige ausgegeben?«, fragte Nathalie. Sie versuchte, sich die beiden jungen Männer, in deren Begleitung Mohammed gekommen war, ins Gedächtnis zu rufen, erinnerte sich aber nicht mehr an deren Gesichter.

»Warten Sie kurz«, sagte Berit. Nathalie hörte, dass sie blätterte, sah vor sich, wie sie an der Anmeldung stand und im Patientenaufnahmeregister nachschlug. »Ja, hier stehen drei Namen. Der Onkel des Patienten und zwei Cousins waren in der Notaufnahme dabei. Sie haben ihn übrigens am frühen Abend hier besucht.«

Berit las die Namen vor. Als Nathalie den dritten hörte, umklammerte sie das Handy fest.

Hamid Khan. Sie hatte ihn gefunden!

»Stehen Telefonnummern und Adressen dabei?«

»Nur die vom Onkel.«

Berit nannte sie ihr. Nathalie steckte sich die Kopfhörer ins Ohr und schrieb sie ins Handy. »Danke, Berit! Mir ist es wichtig, Hamid zu erreichen. Ich habe ein paar Fragen, die eventuell Auswirkungen auf die Behandlung des Patienten haben. Können Sie alle vom Personal bitten, mich sofort auf dem Handy zu verständigen, sobald er auftaucht? Es ist wichtig.«

»Natürlich«, antwortete Berit. Wie immer war sie zu sehr Profi, um weitere Fragen zu stellen.

»Hat Mohammed ein Handy bei sich?«

»Ja, aber es war ausgeschaltet, und wir haben es mit seinen anderen Sachen eingeschlossen.«

Nathalie entschied, nicht weiter nachzufragen. Wenn Hamid noch in Uppsala war, würde seine Ergreifung nicht mehr lange auf sich warten lassen.

Sie kehrte in den Besprechungsraum zurück. Die vorübergehende Müdigkeit war Enthusiasmus gewichen.

»Ich ordne telefonisch an, dass die Kollegen von der Fahndung in die Flüchtlingsunterkunft fahren und die Abteilung bewachen«, erklärte Granstam. »Können wir Ihren Patienten vernehmen?«

»Als nächsten Schritt, wenn wir Hamid in der Unterkunft nicht antreffen«, entschied sie. »Dann bestellen wir schon für heute Abend einen Dolmetscher.«

»Gute Arbeit, Nathalie!«, lobte Johan.

Alle außer Gunnar nickten zustimmend.

»Okay, zurück zum Profil«, forderte Granstam sie auf.

Tim zeigte das Porträt von Ebba, den Volvo vor der Kirche und das Verzeichnis der dreizehn Dorfbewohner, die einen silberfarbenen V70 besaßen.

»Nach meiner Analyse besteht eine Verbindung zwischen den beiden Straftaten, die aber von zwei verschiedenen Tätern begangen wurden«, sagte Granstam. »Ich glaube nicht, dass Ebba sich freiwillig aufgemacht hat. In ihrem Fall erfolgte die Straftat spontan und wahrscheinlich aus einem sexuellen Motiv. Aber es kann sich dabei genauso gut um Eifersucht, Wut oder reinen Wahnsinn handeln.«

»Sie schließen also Andy und Alice als Täter aus?«, fragte Angelica.

»Und Sebastian, weil er Karriere als Journalist machen will?«, merkte Gunnar ironisch an.

»Ich schließe nichts aus«, antwortete Granstam geduldig. »Vergessen Sie nicht, dass ein Profil ein Entwurf ist, an dem man sich orientiert.«

In aller Seelenruhe trank er einen Schluck Kaffee, ehe er fortfuhr: »In Pierres Fall ist die Straftat geplanter ausgeführt worden, und das Motiv ist wahrscheinlich Rache. Die Person, die ihn erstochen hat, war schon früher gewalttätig. Davon muss uns nichts bekannt sein, oder das braucht auch nicht nur annähernd so brutal abgelaufen sein, aber die Person ging nicht zum ersten Mal mit Gewalt vor. In beiden Fällen wohnen die Täter im Dorf; es handelt sich dabei um Personen, die Ebba wie Pierre kennen. Ich bin überzeugt, dass wir beide schon verhört haben.«

Mit einem Ruck stand Gunnar auf und begann, die Hände auf dem Rücken, vor der Leinwand auf und ab zu gehen. »Bei allem Respekt, aber dafür brauchen wir keine Profilergruppe aus der Großstadt, um uns das auszurechnen.«

Er suchte zur Bestätigung Blickkontakt mit Anna-Karin, schaute aber schnell wieder weg, als er ihn nicht herstellen konnte.

»Und wen halten *Sie* für den Täter?«, wollte Granstam wissen.

»In Pierres Fall habe ich von Anfang an gesagt, dass es Hamid ist«, antwortete Gunnar und blieb an der Schmalseite stehen, die

Hände auf die Tischplatte gestützt. »Wenn wir ihn fassen, glaube ich, legt er ein Geständnis ab. Wer Ebba entführt hat, weiß ich noch nicht.«

»Ich glaube, Tony war das«, sagte Maria. »Er strahlt einen unangenehmen Frust aus und ist gewohnt zu bekommen, was er will. Am Ende hat er es nicht mehr mit ansehen können, dass Ebba mit einem Kanaken zusammen war und ihre Liebe im ganzen Dorf zur Schau stellte. Tony sah sie zufällig von seiner Wohnung in Mården aus, oder er war es, der sie angerufen hat, um wieder mal bei ihr rumzuquengeln. Auf das Alibi von seinem Kumpel gebe ich nicht viel. Er ist vielleicht zur Kirche gefahren, versuchte Ebba zu überreden, zu ihm zurückzukommen. Sie weigerte sich, und er ist ausgetickt.«

Sie machte eine Pause und ließ ihre gut durchtrainierten Schultern kreisen, als lasteten ihre Worte auf ihnen.

Nathalie betrachtete das Foto des Volvos vor der Kirche, bat Tim, es zu vergrößern, und studierte die verschwommenen Umrisse.

»Haben Sie eine Schätzung vorgenommen, wie schnell der Wagen fährt?«

»Ja«, antwortete Tim und trank einen Schluck Energydrink. »Mit rund sechzig Stundenkilometern.«

Nathalie nickte. »Ich glaube auch, dass der, der Ebba mitgenommen hat, zuerst vorhatte, sie an der Kirche aussteigen zu lassen. Dann ist was vorgefallen, woraufhin er seine Meinung geändert hat.«

Sie drehte sich zu Maria um: »Aber ich bin nicht so überzeugt wie Sie, dass es sich dabei um Tony handelt.«

Maria verschränkte die Arme vor der Brust: »Ich glaube sogar, dass Tony Hamid vertrieben hat«, meldete sie sich mit einem finsteren Blick auf Gunnar wieder zu Wort.

Er schüttelte den Kopf und trat zwei Schritte vom Tisch zurück.

Granstam wandte sich an Anna-Karin: »Was meinen Sie? Sie sind ja auch von Anfang an dabei gewesen.«

»Ich vermute, dass Jack Pierre getötet hat. Als die Suche abgebrochen wurde, war für ihn das Maß voll. Angestachelt von Gerüchten, Pierre sei ein Perversling, der sich an seiner Tochter vergriffen hat, ist er hin und hat ihn damit konfrontiert. Vielleicht hat Pierre irgendetwas gesagt, das der Auslöser für den Wutanfall war. Jack hat sich das Küchenmesser geschnappt und ihn erstochen.«

Angelica räusperte sich und reckte ihren langen Hals: »Wir dürfen die Möglichkeit nicht außer Acht lassen, dass Jack vorhatte, Ebba im Auto hinzufahren. Sie waren zwar immer noch wütend aufeinander, aber weil es so kalt war, ist sie trotzdem eingestiegen. Sie haben sich weiter gestritten, und er hat beschlossen, ihr zu zeigen, wer das Sagen hat. Er ist an der Kirche vorbeigefahren, etwas ist passiert, vielleicht ein Schlag, der zu fest war, und er hat Panik gekriegt und ...«

Angelica schwieg, ließ die anderen ihre eigenen Bilder entwerfen, ehe sie weitersprach: »So ungern wir es auch wahrhaben wollen, aber der Schuldige ist oft in der Familie zu finden.«

Granstam nickte finster: »Und weder Alice noch Andy haben alles erzählt, was sie wissen. Ich bin sicher, sie haben sich für das Dusch-Bild gerächt. Allerdings behauptet Andy, noch nie Auto gefahren zu sein, aber trotzdem.« Er stand auf. »Ich schlage vor, dass wir hier unterbrechen und uns morgen um neun Uhr wieder treffen. Wenn wir Hamid finden, sorge ich dafür, dass er so schnell wie möglich hergebracht wird.«

Nathalie nickte zustimmend: »Johan und ich reden mit Jenny

über Sebastians Besuch, dann fahren wir zum Bahnhof und sprechen mit Ulf Kläppman.«

»Anschließend gehe ich an die Hotelbar«, sagte Johan. »Heute ist offensichtlich der Abend der Heimkehrer. Wenn wir irgendwo die Leute zum Sprechen bringen, dann da. Wäre nicht überrascht, wenn ein paar Verdächtige aufkreuzen.«

»Tony und Sebastian kommen garantiert«, meinte Gunnar. »Sogar Jack geht da immer hin, aber es würde mich wundern, wenn er dieses Jahr kommt. Ich selbst bleibe dann immer zu Hause, Sie können sich vorstellen, wie das ist, als Polizist all den Besoffenen zu begegnen ...« Er guckte in die Dunkelheit. »... aber mit Rücksicht auf die Umstände komme ich mit.«

44

Nathalie rief Jenny an. Sie war zu Hause und konnte sofort mit ihnen sprechen.

»Schön, dann sehen wir uns in ein paar Minuten«, beendete Nathalie das Telefonat und ging vor Johan zum Minibus, der ihr jedes Mal überdimensioniert vorkam, wenn nur sie beide ihn benutzten. Sie fuhren die Bundesstraße in südlicher Richtung, kamen am Imbiss, dem einzigen Rotlicht im Dorf, dem Bahnhof, der Tankstelle und der Stelle vorbei, an der Ebba verschwunden war. Nathalie rief Sebastian an. Er ging nach zwei Klingelzeichen ans Handy.

»Haben Sie darüber nachgedacht, wer der heimliche Freund sein könnte?«

»Klar, habe ich, aber mir ist niemand eingefallen.«

Nathalie überlegte, ob er das sagte, um daraus eine Schlagzeile zu machen, oder weil er tatsächlich nichts wusste.

»Eine Frage haben wir noch nicht gestellt: Wann waren Sie das letzte Mal bei Jenny zu Hause, ich meine vor Lucia?«, wollte sie wissen.

Am anderen Ende der Leitung blieb es eine Weile still, als ob Sebastian nachdächte. In der Seitenstraße zwischen Jacks Haus und Mården hielt Johan an und wartete, bis ein Laster vorbeigefahren war. Auf der anderen Seite der Bahnstrecke brannte im Motorsportklub und in Jacks Werkstatt kein Licht. Jacks Haus war beleuchtet, aber weder Jack noch sein Wagen waren zu sehen.

»Ich habe an dem Abend davor einen kurzen Abstecher zu Jenny gemacht«, antwortete Sebastian schließlich. »Wollte ein Darlehen zurückzahlen und ihr helfen, auf eBay ein Sofa zu annoncieren. Warum wollen Sie das wissen?«

Nathalie seufzte. Sie deutete die ausführliche Antwort dahingehend, dass Sebastian nicht damit gerechnet hatte, dass sie die SMS sehen würden. Gleichzeitig wurde ihr klar, dass ihr mit dem Anruf bei ihm ein Fehler unterlaufen war. Jetzt konnte er Jenny vorwarnen. Wie konnte sie nur so ungeschickt sein? Und warum hatte Johan sie nicht davon abgehalten?

Sie drehte sich zu ihm um, sah, wie sehr er sich in sein inneres Schneckenhaus zurückgezogen hatte, und beschloss, dass sie das mit sich allein ausmachen musste.

Umständlich berichtete sie von der Besprechung mit der Gruppe, ohne Wesentliches zu verraten. Zum Glück schien Sebastian nicht zu ahnen, dass sie auf dem Weg zu Jenny waren. Er plapperte so ausführlich wie immer drauflos.

Als Johan parkte, beendete sie das Gespräch. Sie eilten zur Haustür. Es war jetzt, falls überhaupt möglich, noch kälter als bei ihrer Abfahrt von der Polizeidienststelle. Der Fahrstuhl war defekt, und außer Atem kamen sie oben im dritten Stock an.

Sie verschnauften und klingelten. Alles war still, und niemand öffnete. Johan drückte den Daumen abermals auf den Klingelknopf. Immer noch keine Reaktion.

»Komisch«, sagte Nathalie. »Sie weiß doch, dass wir kommen.«

»Ruf sie an«, sagte Johan und klopfte an die Tür.

Nathalie wählte wieder die Nummer. »Nein, sie geht nicht ran, und sie hat keinen Festnetzanschluss.«

Johan ging in die Knie, linste durch den Briefkastenschlitz. Im Flur brannte Licht, und er sah eine Fußmatte mit dem Aufdruck *Willkommen!*.

»Sie scheint zu Hause zu sein«, sagte er und fasste an die Tür, die zu seinem Erstaunen nur angelehnt war. Er sah Nathalie an, führte aus alter Gewohnheit die Hand zur Pistole im Holster. »Wir gehen rein.«

In mehreren Zimmern brannte Licht, es roch nach Bratenfett und Zigaretten. Kein Ton war zu hören.

»Hallo? Jenny? Hier ist die Polizei, sind Sie da?«

Keine Antwort. Johan zog hinter sich die Tür ins Schloss. Vorsichtig bewegten sie sich in der Wohnung weiter vorwärts. Die Küche war menschenleer. Auf der Küchenzeile standen Geschirrstapel, Konserven und Weinkartons. Auf dem Flurregal fielen Nathalie zwei Packungen Sobril und eine Dose Schlaftabletten ins Auge.

Ein plötzlicher Schrecken packte sie. Ihr fiel ein, wie sie im vorigen Frühjahr ihre Mutter zu Hause in Sunnersta bewusstlos auf dem Sofa gefunden hatte.

Hatte Jenny sich umgebracht?

Hatte sie aus dem Grund die Tür offen gelassen?

45

Schritt für Schritt tasteten sie sich in der Wohnung voran. Auf dem Balkon stand, ihnen den Rücken zugekehrt, Jenny mit einem Mann und rauchte. Die Tür war geschlossen, und die beiden machten den Eindruck, als wollten sie die ganze Nacht dort draußen verplaudern.

Johan ließ die Hand von der Pistole gleiten. Nathalie klopfte an, ehe sie die Balkontür aufschob. Jenny zuckte zusammen und drehte sich eine Sekunde vor dem Mann um.

»Oh, Sie sind schon da!«, rief sie. »Ich war nur kurz eine rauchen, Entschuldigung!«

»Kein Problem«, meinte Nathalie und bekam von der Kälte Gänsehaut.

»Wir gehen rein«, sagte Jenny und drückte die Zigarette in der Kaffeedose aus.

Jenny sah noch müder aus als beim letzten Besuch. Die ehemals schönen ebenmäßigen, weichen Gesichtszüge waren aufgedunsen und unscharf geworden. Ihr Körper zitterte, und ihre Augen waren trübe. Nathalie vermutete als Grund eine Kombination aus Tabletten und Schlafmangel. Und Kummer. Auf allem lag dieser unerbittliche Stein aus Kummer und Sorge.

»Das ist Leif, mein Nachbar«, erklärte Jenny. »Er hat mir den Wasserhahn in der Küche repariert.«

Der Mann gab ihnen lächelnd die Hand: »Pettersson.«

»Genau, Ihnen gehört der silberfarbene Volvo hier unten, und Sie sind von unserer Kollegin Anna-Karin Tallander befragt worden«, sagte Johan.

»Stimmt genau, haben Sie was rausgefunden?«

»Leider noch nicht«, antwortete Nathalie und erinnerte sich, dass Leif Pettersson der Forstmaschinenfahrer war, dem sein Arbeitgeber ein Alibi gegeben hatte.

»Wir haben wie gesagt ein paar Fragen an Sie, Jenny«, erklärte Johan.

»Ja, dann mache ich mich wohl mal vom Acker«, sagte Leif, »morgen ist auch noch ein Tag.«

»Danke noch mal, dass du den Wasserhahn repariert hast«, sagte Jenny, »der hätte mich beinahe noch verrückter gemacht, als ich schon bin. Ich melde mich, sobald ich mehr weiß.« Sie begleitete Leif in den Flur. Ihre Schritte in den Lammwollpuschen waren lautlos, als sie zurückkehrte.

Sie bot ihnen einen Platz auf dem Sofa an und setzte sich in den Sessel.

»Danke, dass wir kommen durften«, begann Nathalie. »Wie geht es Ihnen?«

Jenny wickelte sich fester in die Wolldecke und schaute das Foto von Ebba an. »Der Pfarrer war heute hier und hat eine Weile geredet, bisher habe ich immer Nein gesagt, wenn er angefragt hat.«

»Können Sie schlafen?«

»Nicht ohne Tabletten. Nicht mal damit schlafe ich mehr als ein paar Stunden am Stück. Tag und Nacht sind wie ein grauer Schleier. Oder eher wie ein schwarzer«, schloss sie mit einem Blick aus dem Fenster.

»Ihnen ist nicht eingefallen, wem sich Ebba anvertraut haben könnte?«, fragte Johan.

Die blassen Lippen fest aufeinandergepresst, schüttelte Jenny den Kopf. »Ich kann immer noch nicht fassen, dass sie vorhatte, uns zu verlassen ... Gerade jetzt fühlt sich das fast genauso schrecklich an, wie dass sie weg ist. Kommt Ihnen das komisch vor, wenn ich das so sage?«

Sie schaute Nathalie verzweifelt an.

»Nein, überhaupt nicht. Ich verstehe, wie Sie sich fühlen. Haben Sie noch mal darüber nachgedacht, was Ebba mit ›das Ekelige‹ gemeint haben kann?«

»Ich habe keine Ahnung. Haben Sie Hamid gefunden?«

»Leider nicht, aber wir hoffen, dass es bald so weit ist.«

»Ihre Modelträume sind mir vollkommen neu. Wissen Sie mehr über diesen Nikolaus?«

»Wir wissen, wer er ist, und haben mit ihm gesprochen.«

Nathalie berichtete, was sie wussten. Jenny hörte mit wachsender Verwunderung zu. Als Nathalie zum Abschluss gekommen war, richtete Jenny den Blick auf das Foto von Ebba und schüttelte mit halb geöffnetem Mund den Kopf, als fehlten ihr die Worte, um ihre Gedanken und Gefühle zu beschreiben.

»Wir haben erfahren, dass sich Ebba und Alice sogar im Netz gegenseitig gemobbt haben, wissen Sie etwas darüber?«, fragte Johan.

»Nein. Ich bin auf Facebook nur mit Ebba befreundet. Aber sie hat bestimmt noch ein anderes Konto für Freunde und so was, von dem ich nichts mitkriegen soll.«

Von dem du nichts wissen willst, dachte Nathalie. Die Mora-Uhr tickte eine Minute weiter auf halb elf. Bald mussten sie hinunter zum Bahnhof fahren und versuchen, Ulf Kläppman zu finden.

»Wir wollen uns mit Ihnen über Sebastian unterhalten«, erklärte Johan. »Sie wissen natürlich, dass er wegen Körperverletzung vorbestraft ist?«

Zum ersten Mal zeigte sich in Jennys Gesicht ein Anflug von Feindseligkeit.

»Das ist doch schon über sieben Jahre her! Was hat das mit Ebba zu tun?«

»Haben Sie mal mitbekommen, dass er gewalttätig geworden ist?«, wollte Nathalie wissen. »Er hat sogar eine Mitarbeiterin vom Arbeitsamt bedroht …«

»Jetzt hören Sie aber auf! Sebastian ist der liebste Mensch auf der Welt! Und wie Sie bestimmt auch wissen, hat er es nach dem Tod meiner Schwester nicht leicht gehabt.«

»Wann war er vor Ebbas Verschwinden zuletzt hier?«, unterbrach Johan sie.

Jenny starrte ihn misstrauisch an. »Das habe ich doch schon erzählt. Das war am ersten Advent oder wann auch immer, ich erinnere mich nicht mehr so genau an das Datum.«

»Wir wissen, dass dem nicht so war«, sagte Johan mit einer Freundlichkeit, die er nur selten an den Tag legte, wenn jemand log. Ehe sie protestieren oder sich dumm stellen konnte, erklärte er: »Wir haben Ihre und Sebastians SMS vom 12. Dezember gesehen, und er hat zugegeben, dass er hier war.«

»Er wollte Ihnen ein Darlehen zurückzahlen und helfen, ein Sofa zu verkaufen«, erklärte Nathalie.

Jenny schaute sie beide abwechselnd an, befingerte die Ärmel ihres Strickpullovers, der ihr zwei Nummer zu groß war und Form und Struktur verloren hatte. »Das hat Sebastian gesagt?«

Nathalie und Johan nickten.

»Jetzt kapiere ich nichts mehr«, seufzte sie. »Er hat mich doch gebeten zu lügen … Er hat gesagt, dass das für seine Arbeit wichtig sei.«

»In welcher Hinsicht?«, wollte Nathalie wissen.

»Mehr hat er nicht gesagt. Nur, dass es wichtig sei.«

Wieder ein Anflug von Misstrauen im Blick.

»Jetzt sind Sie ja offensichtlich hier, um Fragen zu stellen. Sie glauben doch wohl nicht, er hat was mit Ebba und Pierre zu tun?«

»Solange wir Ebba nicht finden, müssen wir für alles offen sein«, erklärte Johan.

Jenny betrachtete die Fotografie von Ebba und bekam feuchte Augen.

»Wer, meinen Sie, hat Pierre umgebracht?«

»Das können wir Ihnen natürlich nicht sagen.«

»Eins habe ich nicht erzählt«, begann sie und drehte sich zu ihnen um, »nämlich dass ich am Morgen, als Pierre getötet wurde, gesehen habe, wie Jack von zu Hause losgefahren ist.« Sie holte zweimal so tief Luft, dass die Nasenflügel zitterten. »Das war um Viertel nach sechs, ich habe auf dem Balkon gestanden und wie immer eine geraucht … da ist er rausgekommen und ins Dorf gefahren.«

»Können Sie es uns zeigen?«, fragte Johan und trat ans Fenster. Mit anscheinend letzter Kraft stellte sie sich neben ihn, deutete die Straße entlang, auf der er Jack verfolgt hatte, nachdem Sebastian den verurteilten Pädophilen hatte auffliegen lassen. Es war die Straße, die zur Kreuzung unterhalb des Torpbacken und Pierres Wohnung führte.

»Sind Sie sicher?«, fragte Nathalie.

»Ja.«

Sie schaute Nathalie hilflos an. Ihre Stimme war belegt, als sie weitersprach: »Ich glaube, er hat es getan … hat Pierre erstochen. Der Grund, weshalb ich am Anfang nichts gesagt habe, ist, weil ich fand, dass er das richtig gemacht hat … aber jetzt weiß ich ja, dass Pierre unschuldig ist.«

Sie richtete den Blick auf Jacks Haus. Die Augen waren glasig, und sie wischte sich eine Träne von der Wange. »Die Sehnsucht und der Schlafmangel machen mich wahnsinnig. Ich träume von ihr; wenn ich aufwache, ist das Erste, was ich mache, an sie zu denken, und das, bis ich wieder einschlafe. Wenn ich einen Augenblick damit aufhöre, dann fühlt es sich an, als ob sie sich noch einen Schritt weiter von mir entfernen würde.«

»Sollen wir jemanden anrufen?«, erkundigte sich Nathalie.

»Nein danke. Ich habe Tabletten und gehe zu Bett. Haben Sie vor, Jack mitzunehmen?«

»Die Frage können wir Ihnen nicht beantworten«, erklärte Johan. »Und Sie dürfen niemandem von diesem Gespräch erzählen, nicht einmal Sebastian. Versprechen Sie mir das?«

Sie nickte. Noch eine Träne lief ihr über die Wange.

»Nur wenn Sie meine Tochter finden und sie mir zurückbringen. Versprechen Sie mir das!«

46

Um zwanzig vor elf saßen Nathalie und Johan im Wagen auf dem Weg zum Bahnhof.

»Was machen wir jetzt?«, fragte sie. »Holen wir uns Jack und Sebastian und verhören sie wieder?«

»Nein, wir reden erst mit Ulf. Bei Jack reichen die Verdachtsmomente nicht aus. Sowohl er als auch Jenny stehen unter Schock. Er hat gesagt, dass er die Tage verwechselt hat, und wird wahrscheinlich alles darauf schieben. Schon merkwürdig, dass Jenny das erst jetzt erzählt.«

»Das finde ich nicht. Auch wenn sie verfeindet sind, nimmt es sie bestimmt mit, ihren Ex-Mann zu belasten.«

»Unter den Umständen wird es schwierig, einen Staatsanwalt zu finden, der uns das abkauft, wenn wir nicht mehr zu bieten haben.«

Sie fuhren an Jacks Haus vorbei. Weder er noch der Volvo waren zu sehen.

»Immer noch auf der Suche?«, fragte Nathalie.

»Vermutlich. Mich stört Sebastians Lüge. Warum hat er Jenny aufgefordert, wegen seines Besuchs zu lügen?«

Johan bog auf die Bundesstraße ab. Das Eis auf der Fahrbahn glänzte im starken Mondschein wie eine Bühne mit dem schwarzen Nadelwald im Hintergrund.

»Allein der Besuch erhärtet doch noch lange nicht den Verdacht, er habe was mit der Entführung zu tun«, sagte Nathalie. »Er hat Jenny doch oft besucht. Dass er zufällig am Abend vor Ebbas Verschwinden bei ihr war, muss doch nichts heißen.«

»Nein, aber warum hat er gelogen? Ruf Granstam an, und bring ihn auf den neusten Stand.«

Granstam war im Hotel. Er stimmte ihnen in ihrer Einschätzung zu und wollte alle, einschließlich Gunnar, informieren, damit er keinen Verdacht schöpfte.

»Was ist mit Hamid?«, fragte Nathalie.

»Er ist nicht in der Flüchtlingsunterkunft in Uppsala. Die Kollegen sind dort und vernehmen die Angehörigen. Sie sagen, er ist wahrscheinlich in der Stadt unterwegs.«

»Soll ich telefonisch einen Dolmetscher für Mohammed bestellen?«

»Das wollte ich gerade vorschlagen.«

Nachdem Nathalie einen Dolmetscher organisiert hatte, bog Johan auf den Parkplatz vor dem Bahnhof ein. Vor dem Imbiss standen ein paar Jugendliche lautstark fachsimpelnd um zwei Unimog-Trucks.

Vor dem Bahnhof parkte nur ein Wagen: Ulf Kläppmans blauer Chevy. Sie guckten sich das Fahrzeug an.

»Gut gepflegt wie ein Kleinkind«, urteilte Johan und strich über die glänzende und warme Motorhaube.

»Aber wo ist er?«, fragte Nathalie. »Der Zug kommt in fünf Minuten.«

Sie schauten sich um, umrundeten dann eine Informationswand, die die Sicht auf das Gleis versperrte.

Da stand er. Wie in Stein gemeißelt. Allein, mit dem Rücken zu ihnen und den Blick auf die Schienen nach Norden gerichtet. Seine vom Mondlicht beschienene Gestalt auf vereister Fläche mit dem Wald im Hintergrund erinnerte Nathalie an eine Schlussszene in einem tragischen Film. Und hoch über allem leuchtete die Milchstraße wie eine Ansammlung aus Diamanten; ein kaltes Licht wie ein Versprechen von Wärme, ein Blinken aus dem Unbekannten wie eine Zugehörigkeit jenseits von Distanz.

»Vielleicht ist es am besten, wenn nur ich zu ihm gehe«, meinte Nathalie.

»Finde ich auch. Ich warte im Wagen.«

Als sie die Pforte zu den Gleisen öffnete, quietschte es so laut in der kalten Nacht, dass sie dachte, man müsse es auf der anderen Seeseite noch hören. Ulf zuckte zusammen und drehte sich zu ihr um. Die Ohrenklappen seiner Pelzmütze flatterten auf, und er gab einen Laut des Erstaunens von sich. Aus Hundeaugen starrte er sie an, zuerst verängstigt, dann aber mit einem aufkeimenden Wiedererkennen.

Sie lächelte und hob die Hand zum Gruß.

»Hallo«, sagte sie, als sie in ein paar Metern Entfernung stehen blieb. »Ich heiße Nathalie. Wir haben uns schon im Vorübergehen im Dorf gesehen.«

Er nickte, wandte den Blick wieder zum Gleis. Eine künstliche Stimme aus dem Lautsprecher gab bekannt, dass der Zug zehn Minuten Verspätung hatte.

Perfekt, dachte sie und ging näher. Ulf hatte sich nicht vom Fleck gerührt.

»Sie wissen vielleicht, dass ich hier bin, um zu helfen, Ebba zu finden, oder?« Den Mord brauchte sie nicht zu erwähnen. Wenn sie ihn denn überhaupt zum Sprechen brachte, war behutsames Vorgehen gefragt. »Ich weiß, dass Sie hier immer stehen und auf den Nachtzug warten.«

Keine Reaktion. »Ist es okay, wenn ich Ihnen Gesellschaft leiste?«

Ein kaum erkennbares Nicken. Sie ging vorsichtig einen Schritt auf ihn zu.

»Kennen Sie Ebba?«

Er schüttelte den Kopf. Die Pausbacken wackelten.

»Aber Sie haben sie oft in der Schule gesehen?«

»Hm.«

Sie stutzte. Obwohl sie es kaum hatte hören können, hatte er ihr zum ersten Mal mit einem Laut geantwortet.

»Mögen Sie sie?«

Er zuckte mit seinen abfallenden Schultern. Die Stimme aus dem Lautsprecher wiederholte die erste Durchsage.

»Ich habe den Eindruck, Sie verfolgen unsere Arbeit. Haben Sie etwas gesehen oder gehört, das uns helfen kann, Ebba zu finden?«

Sie bekam keine Antwort. Das Ganze war so schwierig, wie sie es sich vorgestellt hatte. Sie blickte in die Richtung, in der ihres Wissens der Motorsportklub lag, sah aber nur Dunkelheit. »Sie haben ein schönes Auto, wenn Sie wollen, können wir uns reinsetzen und reden, sobald der Zug vorbeigefahren ist?«

Er schüttelte den Kopf, warf ihr einen Blick zu, als hätte sie ihm vorgeschlagen, gemeinsam zum Mond zu fliegen.

»Ich habe mitbekommen, dass Sie den Jungs im Klub helfen und dass Sie handwerklich sehr geschickt sind.«

Immer noch keine Reaktion. Die Kälte durchdrang sie und lähmte ihre Gedanken.

»Kannten Sie Pierre?«

Abermals ein Achselzucken.

»Er hatte Ihre Nummer am Kühlschrank.«

»Helfe aus. Jetzt tot.«

»Wobei haben Sie ihm geholfen?«

»Sachen holen. Heimlich. Nicht drüber reden.«

»Wir wissen, dass Pierre Schwarzgebrannten verkauft und angeboten hat.«

»Nicht gut. Aber ich gekriegt.«

»Wurden Sie dafür bezahlt?«

Er nickte und biss sich auf die fleischige Unterlippe. Sie änderte die Taktik. Würden ihm die Fragen zu unangenehm, wäre es vorbei. Die Schwierigkeit bestand darin, abzuschätzen, was für ihn ein anstrengendes Gesprächsthema war.

»Wissen Sie etwas über den Brand in der Flüchtlingsunterkunft? Ich glaube, dass Sie, weil Sie so viel herumfahren, vielleicht etwas gesehen haben?«

»Nein!« Seine Stimme war tief und rau. »Nicht den Brand.«

»Sie haben was anderes gesehen?«

»Nicht Mama sagen.«

»Was? Was wollen Sie nicht Mama sagen?«

Er schüttelte den Kopf und wiederholte seine Worte.

»Wer ist Ihre Mama, Ulf?«

Keine Antwort. Sie versuchte es wieder: »Ich bin nicht Ihre Mutter. Mir können Sie es sagen. Was haben Sie gesehen?«

Er schüttelte den Kopf und murmelte etwas Unverständliches. Bei einer Erschütterung der Schienen hob er den Blick. In der Kurve in fünfhundert Metern Entfernung wuchs ein Paar Scheinwerfer aus der Dunkelheit. Ulf starrte zum Zug, und seine Augen füllten sich mit Hoffnung.

»Was haben Sie gesehen, Ulf? Können Sie es mir bitte sagen?«

Er war wieder in seiner eigenen Welt gefangen. Gestresst stellte sie zu viele Fragen auf einmal: »Haben Sie Ebba in den Volvo einsteigen sehen? Wissen Sie, wo Hamid ist? Ebba hatte einen heimlichen Freund, wissen Sie, wer das sein könnte?«

Es war aussichtslos. Das Geräusch auf den Schienen wurde lauter, und blaue Blitze knisterten in den Oberleitungen, als der

Zug schnaufend einlief. Der Zug war ein altes Modell, das man überall außer in Norrland wegrationalisiert hatte. Das hatte zumindest Gunnar behauptet, als er erzählt hatte, dass Ulf immer hier stand.

Unwillkürlich trat sie einen Schritt zurück. Er blieb stehen, schaute zu den Fenstern im Schlafwagen hoch, der vor ihm zum Halten gekommen war. Ein Schaffner stieg aus, ein junges Paar sprang leise lachend aus dem letzten Waggon und entfernte sich ins Dorf. Niemand stieg ein, und der Zug fuhr ab. Ulf stand still da, bewegte wie beim Kauen nur den Unterkiefer und sah dem Zug nach, wie er in der lang gezogenen Kurve am See im Süden verschwand.

»Verstehen Sie sich mit Tony Larsson gut?«

Er schaute sie unruhig an und trat von einem Bein aufs andere.

»Haben Sie Angst vor Tony?«

»Nach Hause fahren. Schon spät.«

»Ich verstehe. Ist Tony gemein zu Ihnen gewesen?«

Er schüttelte den Kopf. »Helfe aus. Schöne Autos.«

»Haben Sie gesehen, dass Tony zu jemand anderem gemein war?«

Wieder schüttelte Ulf den Kopf. Nathalie dämmerte, dass sie sich in einer Sackgasse befand.

»Soll ich Sie zum Auto begleiten?«

Ohne zu antworten, setzte er sich in Bewegung. Als er an ihr vorbeikam, schloss sie sich ihm an.

»Sie kennen natürlich alle hier im Dorf, und ich weiß, dass Sie bei der Suche nach Ebba mitgeholfen haben.«

»Jack nicht froh. Wird nicht wieder froh.«

»Warum sagen Sie das?«

»Zu lange weg.«

»Meinen Sie, Ebba ist tot?«

Er hielt mitten im Schritt inne, sah sie mit feuchten Augen an, die das Licht vom Bahnsteig reflektierten. Sein Blick war unschuldig. Oder war es der unschuldige Blick eines Raubtieres, das kürzlich eine Beute gerissen hatte?

»Weiß nicht«, murmelte er. »Was glaubst du?«

Erstaunt über seine Frage antwortete sie: »Ich glaube, dass sie lebt.«

Er nickte entschlossen, als wären sie handelseinig geworden, und ging dann weiter. Sie unternahm einen neuen Versuch, weiter mit ihm zu sprechen, scheiterte jedoch.

Als sie sich dem Wagen näherten, stieg Johan aus und versuchte ihr zu helfen. Aber Ulf nuschelte nur, dass er nach Hause müsse, bevor es zu spät werde. Die Worte waren wie ein Schutzschild gegen die Umwelt, ein Panzer, den er herunterklappte, wenn es zu anstrengend wurde. Während er ständig sein Mantra wiederholte, setzte er sich in den Chevy und fuhr heimwärts.

Nathalie und Johan kehrten zum Minibus zurück, rieben sich die steif gefrorenen Hände.

»Hast du was aus ihm rausgekriegt?«, fragte Johan und startete den Motor.

»Er weiß etwas, aber ich habe keine Ahnung, was. Er hat was Merkwürdiges gesagt, dass er es nicht Mama sagen darf. Er gehört zu den am schwersten zu interpretierenden Menschen, die mir je begegnet sind, und das will was heißen. Aber er ist nicht Ebbas heimlicher Freund. Sie kann sich mit ihm unmöglich ausgetauscht haben.«

»Willst du noch mal versuchen, mit ihm zu reden?«

»Morgen. Ich muss es ruhig angehen lassen und Vertrauen aufbauen. Ich habe das Gefühl, er hat mir so viel gesagt wie schon sehr lange niemandem mehr.«

Als sie am Imbiss vorbeifuhren, sah Nathalie etwas, was sie erstaunte. Ein grüner Mercedes fuhr in der Seitenstraße und blinkte links, um auf die Bundesstraße abzubiegen.

»Guck mal, da fährt doch Andy! Und neben ihm sitzt Alice!«

Johan begegnete Andys Blick. Instinktiv änderte Andy die Richtung und gab auf der Bundesstraße Richtung Süden Gas.

Johan bremste, vollführte einen U-Turn und folgte ihnen.

»Noch nie Auto gefahren, hat er das nicht behauptet?«

47

13. Dezember

»Super, dass du mich mitnimmst. Sonst würde ich blau gefroren ankommen.«

»Wolltest du wirklich die ganze Strecke zu Fuß gehen?«

»Ja.« Sie zieht die Handschuhe ihrer Mutter aus und reibt sich die Knie mit hohlen Händen warm.

»Du spinnst doch. Schnall dich an.«

»Klar, ja.«

Als sie den Gurt angelegt hat, blinkt er und biegt auf die Straße ab. Die Hände am Steuer, der Blick konzentriert.

Sie öffnet die Tüte und schaut nach, ob die Krone noch so aussieht, wie sie soll. Die zehn Kerzen warten in der Kirche, und sie hat geübt, so zu schreiten, als würde sie über den Boden schweben. Alles wird gut gehen.

Ihre Beine tun weh, und ihr Gesicht glüht. Es war bescheuert von ihr, zu Fuß zu gehen. Wenn er nicht angehalten hätte, wäre sie so rot im Gesicht gewesen wie nur was.

Er wirft ihr einen Blick zu. »Du wirst die schönste Lucia, die dieses Dorf je gesehen hat.«

»Danke!« Sie holt den Taschenspiegel heraus, fährt sich durch die Locken und trägt Lipgloss auf. Sie sieht genauso aus, wie sie es sich vorgestellt hat. Nach allem, was sie durchmachen musste, hat sie sich den Sieg verdient. Zu wissen, dass Alice hinter ihr geht, ist ein genauso großer Triumph wie der, dass sie den Umzug anführt.

Wer rauscht ums Haus herum auf leisen Schwingen?
Schau, sie ist wunderbar, schneeweiß das Licht im Haar:
Santa Lucia! Santa Lucia!

Sie sieht es vor sich, wie sie durch den dunklen Mittelgang den Zug bis zum Altar anführt.

»Ein Modelfotograf macht von mir Aufnahmen.«

»Was?«

Er schaut sie erstaunt an und biegt bei ICA zum Zentrum ab.

»Echt. Er kommt in die Kirche.«

Sie sieht, dass er etwas sagen will.

»Was für Fotos? Wie heißt er? Wie jetzt, Model?«

»Er heißt Nick, hat eine große Agentur in Stockholm und sogar Kontakte nach L.A.«

»Was hat er mit den Bildern vor?«

Sie zuckt die Schultern. »Vielleicht kann ich sie in meinem YouTube-Kanal verwenden, mal sehen.«

»Aha.«

Er sagt es einfach so: Aha. Als wäre das die natürlichste Sache der Welt. Aber sie sieht ihm an, dass das nicht stimmt.

Sie fahren schweigend am Marktplatz vorbei. Sie schaut zum Weihnachtsbaum vor dem Kommunalverwaltungshaus, erinnert sich, wie der Vorsitzende des Lions Clubs und der Gemeinderat sie zur Siegerin ausgerufen haben. Das Glück, das sie da empfunden hat, trägt sie wie einen Jubel, einen Freudenschrei in sich, der alle Zweifel zum Schweigen bringt. Sobald es anstrengend wird, hört sie ihn und beschwört ihr eigenes Bild in der Kirche herauf.

*Ziehe ein im weißen Kleid, wach wird die Erde
Damit die Weihnachtszeit zuteil uns werde.*

»Wirklich super, dass du mich mitnimmst«, wiederholt sie, damit er bessere Laune bekommt. Er sitzt schweigend da, trommelt mit den Fingern auf das Steuer.

Typisch. Sie hätte Nick nicht erwähnen dürfen. Sie weiß, dass das ein heikles Thema ist. Das gilt für alles, was mit ihrem Aussehen zu tun hat. Aber kann er sich denn nicht wenigstens ein bisschen mit ihr freuen? Sie muss hier weg.

Die Laute, der Geruch und der Schmerz von *dem Ekeligen*. Sie beißt sich auf die Lippe, versucht, die Erinnerung wegzudrücken. Es geht nicht.

Sie nähern sich dem Kirchhügel. Er schaltet in den zweiten Gang und bringt den Motor auf Hochtouren.

Als die Steigung beginnt, wirft er ihr einen Blick zu, wie sie ihn vorher noch nie gesehen hat.

48

Auf der fünfhundert Meter langen Geraden vom Imbiss bis zum Supermarkt ICA war kein Verkehr, abgesehen von dem schwarzen Minibus und dem grünen Mercedes. Johan trat das Gaspedal ganz durch, fluchte über die schlechte Beschleunigung. Andy und Alice vergrößerten den Abstand.

»Die haben uns doch gesehen und müssten wissen, dass sie nicht abhauen können«, sagte Nathalie und überprüfte ihren Sicherheitsgurt abermals.

»Was glaubst du denn, wie logisch ein Sechzehnjähriger denkt, der seine Freundin in einem geliehenen Auto durch die Gegend kutschiert?«

Johan holte auf. Der Mercedes fuhr ruckartig und schlingernd. Entweder war Andy ungeübt und gestresst oder betrunken. Nathalie sah die Entschlossenheit in Johans Augen. Diese Verfolgungsjagd konnte nur auf eine Art enden: dass sie den Wagen vor sich stoppten. Die Frage war nur, ob sie ihn an den Fahrbahnrand abdrängten oder ob die beiden freiwillig stehen blieben oder in den Graben fuhren.

Waren Andy und Alice angeschnallt? Sie erinnerte sich, dass das in ihrer eigenen Jugend nicht die höchste Priorität hatte.

Sie fuhren an ICA vorbei und holten Meter für Meter auf.

»Wenn er bloß nicht auf der E14 weiterfährt«, sagte Johan. Als hätte Andy das gehört, blinkte er hinter der Tankstelle rechts und bremste ab.

»Schönen Dank auch«, sagte Johan. Nathalie sah, wie die Anspannung in seinen Schultern nachließ, als er abbog und schräg vor Andy anhielt.

Sie stiegen aus und klopften an die Scheibe. Andy sah verlegen aus, Alice schaute besorgt zu ihnen hoch. Als Johan wieder klopfte, ließ Andy die Scheibe herunter.

»Aussteigen«, befahl Johan. Seufzend tat Andy, wie ihm geheißen. Alice stieg gleich danach aus und stellte sich neben ihren Freund.

»Was zum Henker treibt ihr?«, brüllte Johan. »Wir haben keine Zeit für so einen Schwachsinn! Wenn ihr euch einen Besuch in der Polizeidienststelle ersparen wollt, dann schlage ich vor, ihr redet. Jetzt!«

»Entschuldigung«, sagte Andy mit einem Zittern in der Stimme, das sie vorher noch nicht gehört hatten. »Das ist das Auto von meinem Vater, und ich habe es nur ausgeborgt.«

»Hast du getrunken?«, fragte Nathalie.

»Hä?«, sagte er und sah sie erstaunt an, bevor er wieder zu Boden blickte. »Nein, das würde ich nie tun.«

Sie glaubte ihm. Wenn sie aus dem Alkoholproblem ihrer Mutter eins gelernt hatte, dann dass sie erkannte, wenn jemand betrunken war.

»Als wir uns vor ein paar Stunden unterhalten haben, da hast du behauptet, du wärst noch nie Auto gefahren«, hakte Johan nach. »Warum lügst du?«

Die braunen Augen irrten umher wie bei einem Tier, das in die Enge getrieben worden war und alles anguckte, nur nicht den Jäger.

»Weil mein Vater davon nichts weiß … Er würde mir seinen

Wagen nie ausborgen. Er wird austicken. Müssen Sie ihm davon erzählen?«

»Dir ist klar, dass wir ihm das sagen müssen«, antwortete Johan. »Aber warum hast du *uns* belogen, dass du noch nie Auto gefahren bist?« Er drehte sich um, schaute zu der Stelle, an der Ebba mitgenommen worden war, und dann wieder Andy an. »Hast du Ebba mitgenommen? Wenn es so ist, dann ist es höchste Zeit, das zu erzählen!«

»Nein.« Die Antwort kam schnell und entschlossen.

»Aber du hast das doch nur gesagt, damit man dich nicht verdächtigt«, flocht Alice ein und schielte zu Andy. Er trat mit dem Schuh auf eine Eisfläche, die in drei Stücke zersprang.

»Das war blöd. Aber ich bin unschuldig.«

»Wie habt ihr euch also für das Foto unter der Dusche gerächt?«, fragte Nathalie.

Alice suchte Blickkontakt mit Andy. Nathalie erkannte, dass die beiden sich verständigt hatten, über irgendetwas Stillschweigen zu bewahren.

»Haben wir nicht«, beharrte Andy.

»Kommt schon«, sagte Nathalie, »eure Mitschülerin ist seit zwölf Tagen verschwunden, und euer Lehrer ist ermordet worden. Wir haben keine Zeit für noch mehr Lügen!«

»Solange wir nicht wissen, was ihr getan habt, haben wir den Verdacht, dass du, Andy, Ebba mitgenommen hast«, ergänzte Johan, wobei ihm die Atemwölkchen dicht aus dem Mund stiegen.

Andy und Alice wechselten einen weiteren Blick. Er nickte, und sie holte ihr Handy aus der Jackentasche. »Wir haben ein Foto ins Netz gestellt«, sagte sie verlegen. »Auch auf Snapchat, auf einem neuen Konto, aber hier ist der Screenshot.«

Mit steifen Fingern begann sie zu tippen. Als sie fertig war, drehte Alice das Display zu ihnen. Es zeigte ein Foto von einem

Mann und Ebba, halb sitzend in einem Bett. Sie waren mit der Decke bis zu den Hüften zugedeckt, aber ihre Oberkörper waren nackt. Die Füße lugten unter der Decke hervor und lagen übereinander. Sie hatten sich gegenseitig einen Arm um die Schulter gelegt und lächelten in die Kamera. Ebbas Haar war zerzaust, der Mann rauchte eine Zigarette. Die Sonne fiel durch ein Fenster und tauchte das Bild in goldenes Licht.

»Ebba und Tony«, sagte Nathalie.

»Von wann ist das?«, fragte Johan.

»Irgendwann vom vorigen Sommer, als sie noch zusammen waren«, antwortete Andy. »Ich habe das Bild von Tony gekriegt. Mein Bruder ist ein Kumpel von ihm. Als Tony das mit dem Bild von Alice erfahren hat, hat er es uns geschickt. Es ist mit Selbstauslöser gemacht worden.«

»Tony wollte seine Macht zeigen, dass sie immer noch ihm gehörte«, erklärte Alice, holte eine Mütze heraus und stülpte sie über die braune Mähne.

»Aber es ist nicht mehr hochgeladen«, erklärte Andy. »Wir haben es am Tag, als sie verschwunden ist, gelöscht.«

Nathalie und Johan schauten das Foto und dann einander an. Zum ersten Mal hatten sie das Gefühl, dass Andy und Alice die Wahrheit sagten.

»Okay, schick es mir auf diese Nummer«, sagte Johan.

Alice tat, wie ihr befohlen. Nathalie rief Andys Vater Staffan an.

»Wo ist dein Bruder?«, fragte Johan, während Nathalie wartete, dass jemand ans Telefon ging.

»Kevin ist bei seiner Freundin in Östersund. Kommt in drei Tagen nach Hause.«

Nathalie bekam die Bestätigung, dass die Eltern auf einer Weihnachtsfeier in Strömsund waren und morgen Nachmittag nach Hause kommen würden. Der Autoschlüssel, den Andy hatte, war der Reserveschlüssel und lag im Schreibtisch des Vaters. Andy hatte vorher schon einmal heimlich Spritztouren mit dem Auto gemacht, und Staffan war richtig ausgerastet.

Nathalie schloss das Telefonat mit den Worten ab, dass sein Sohn ehrlich gewesen war und der Polizei auf vorbildliche Weise geholfen hatte. Die letzten Worte sagte sie mit Blick auf Andy.

»Könnt ihr uns noch mehr erzählen?«

Alice und Andy schauten sich gegenseitig an, schüttelten die Köpfe.

»Okay, dann fahre ich euch und den Wagen nach Hause«, beschloss Johan.

49

Nachdem sie Andy und Alice abgesetzt hatten, fuhren Johan und Nathalie zum Hotel. Es war halb zwölf, als Nathalie eine Telefonkonferenz einberief und die Kollegen auf den neusten Stand brachte. Hamid konnte nicht geortet werden, und der Dolmetscher war gerade in der Abteilung eingetroffen, wo die Kollegen darauf warteten, Mohammed verhören zu können.

»Glauben Sie, dass Andy und Alice die Wahrheit sagen?«, fragte Granstam.

»Teilweise«, antwortete Nathalie, während Johan den Torpbacken hinabrollte. »Ich glaube, das Foto von Ebba und Tony war die letzte Rache. Ebba war Tony doch total zuwider, und hier liegt sie halb nackt im Bett mit dem Arm um seine Schultern und sieht glücklich aus. Sie muss das als die ultimative Erniedrigung empfunden haben.«

»Das Foto von Alice unter der Dusche war auch fies, aber es ist von hinten, und man sieht ihr Gesicht nicht«, ergänzte Maria.

»Glauben Sie, das Foto mit Tony ist *das Ekelige*, über das Ebba schreibt?«

»Nein«, antwortete Nathalie. »Obwohl es eine Kränkung war, glaube ich nicht, dass Ebba es *das Ekelige* nennen würde. Nein, ich bin überzeugt, dass sie einem sexuellen Übergriff zum Opfer gefallen ist.«

Sie fuhren an Bahnhof und Imbiss vorbei.

»Ich glaube nicht, dass Andy Ebba mitgenommen hat«, sagte Johan. »Aber sie haben uns definitiv nicht die ganze Wahrheit verraten.«

Er bog auf den hoteleigenen Parkplatz ein. Schatten bewegten sich vereinzelt oder in Gruppen auf die erleuchtete Kneipe zu, auf deren Dach über dem Eingang ein geschnitzter Vielfraß stand.

»Ich will auf den Heimkehrerabend gehen«, sagte er und zog die Handbremse an. »Weiß jemand, wie lange die geöffnet haben?«

»Bis zwei«, antwortete Gunnar.

»Kommt jemand mit?«, wollte Johan wissen.

Nathalie, Tim, Gunnar und Granstam antworteten mit Ja. Maria und Angelica wollten es sich noch überlegen, und Anna-Karin hatte vor, nach Hause nach Östersund zu fahren.

»Treffen wir uns um Mitternacht im Hotelfoyer, so wie heute Morgen?«, fragte Gunnar.

»Einverstanden«, sagte Nathalie und schaltete das Gespräch aus.

Sie eilten zum Eingang, hörten den Bass und das Stimmengewirr aus der Kneipe, sahen die Wärme, die Bewegung und die einladenden Lichter.

»Mein Bauchgefühl sagt mir, dass wir da drinnen mehr rausfinden als heute den ganzen Tag«, meinte Johan. »Es gibt immer jemanden, der etwas Entscheidendes beobachtet hat, vor allem in so einem Dorf, in dem jeder jeden kennt.«

»In einer Viertelstunde«, sagte sie, als sie sich vor ihren Zimmern trennten.

50

Nathalie zog die Stiefel aus, stellte sie ordentlich nebeneinander und hängte die Jacke auf den mittleren Bügel. Wie es ihre Angewohnheit war, legte sie sich auf den Boden, um zu kontrollieren, ob sie unter dem Bett Anzeichen von Bettwanzen entdecken konnte.

Wohl nicht einmal die halten es in der Kälte aus, dachte sie lächelnd, als sie aufstand und sich die Fusseln abklopfte. Sie holte Ebbas Aufsatz aus der Handtasche und legte ihn auf den Schreibtisch. An der Stelle, wo einmal der Wandfernseher angebracht gewesen war, hatte er einen rechteckigen Rand aus Staub hinterlassen. Das meiste von Wert war entfernt worden, doch die Lampen funktionierten, und warmes Wasser gab es auch. Das musste reichen. Sie wollte hier schließlich kein romantisches Weekend verbringen, was bei ihr nicht mehr vorgekommen war, seit Håkan sie als Frischvermählte zu einer Reise nach Paris eingeladen hatte.

Sie trat ans Fenster, schaute auf den Parkplatz und die leere Bundesstraße, fühlte den vertrauten Stich der Einsamkeit, setzte sich in den Sessel und checkte ihr Handy. Keine neuen Nachrichten von Tea oder Gabriel. Ihre Mutter Sonja hatte ein Bild von ihrer neusten Fotomontage geschickt und gefragt, wie sie ihr gefiel. Nathalie antwortete, dass sie bei der Arbeit sei, alles im Griff habe und das Bild interessant finde.

Typisch Mama, sich nicht zu erkundigen, wie es mir geht, dachte sie und öffnete die Dating-App. Sie hatte zwölf neue Anfragen. Drei waren alte Bekannte von früheren Abenteuern im Übernachtungsappartement, vier kamen wegen des Alters nicht infrage, drei waren zu schleimig, zwei waren denkbar, und einer schrieb richtig schön. Sie spürte, wie dieser Ego-Kick wieder zuschlug und genauso schnell wieder verflog, wie wenn sie Zucker aß. Sie hatte noch nicht einmal Lust, mit einem von denen zu chatten. Das Daten entwickelte sich immer mehr zur Farce, die das Ganze eigentlich auch war. Sie erinnerte sich an Johans Kuss im Hotelzimmer im vergangenen Sommer und an seinen dummen Spruch: »Was in Östersund passiert, bleibt in Östersund«.

Sie guckte auf die Uhr. Zehn vor zwölf. Als sie die Vorhänge zuziehen wollte, stutzte sie. Drei Meter vor ihrem Fenster waren im Schnee zwei Fußabdrücke zu sehen. Sie blinzelte, schaute wieder hin, wanderte mit dem Blick über den Parkplatz. Niemand zu sehen.

Sie starrte wieder auf die Abdrücke. Da gab es keinen Zweifel. Jemand hatte dort gestanden und durchs Fenster geguckt, hatte einen großen Schritt vom Parkplatz aus gemacht, um besser sehen zu können.

Ihr Herz klopfte heftig, und ihr Mund war ausgetrocknet. Die Abdrücke waren noch nicht da gewesen, als sie zuletzt hinausgeschaut hatte, da war sie sich sicher. Die Erinnerung an die Verfolgung im vergangenen Frühjahr packte sie wie eine eiserne Kralle.

Wer? Warum? War es Ulf Kläppman? Die Fußspuren waren groß und passten zu seinen, konnten aber auch von jedem anderen großen Mann stammen.

Sie zog die Vorhänge zu, machte das Licht aus, entkleidete sich bis auf die Unterwäsche, nahm das Laken von der Seite des Bettes, auf der sie nicht schlafen würde, und breitete es auf dem

Boden aus, machte zwanzig Liegestütze und Sit-ups, gefolgt von zehn Ausfallschritten und genauso vielen Kniebeugen. Sie spürte, dass das strömende Blut die Angst und die Einsamkeit aus dem Körper vertrieb. Sie trank zwei Gläser Wasser und duschte schnell so kalt, wie sie es aushielt, um das Nachschwitzen zu verhindern. Dann suchte sie sich aus dem Koffer frische Kleidung aus, entschied sich für ein schwarzes Top und die Lederjacke von Armani (sie stellte sicher, dass die Marke nicht zu sehen war) und rundete alles mit einer Designerjeans von Filippa K und Lederstiefeln aus der Secondhand-Boutique in der Götgatan ab.

Sie schminkte sich schnell und geschmackvoll zurückhaltend. Johan hatte gesagt, dass ihm natürliche und ungeschminkte Frauen gefielen. Obwohl sie Wahrheit für einen dehnbaren Begriff hielt, wollte sie ihm auf halbem Weg entgegenkommen.

Es war fünf vor. Sie beschloss, an die Rezeption zu gehen und zu warten.

Als sie die Tür öffnete, stand er vor ihr.

Ihr Körper erstarrte, und ihr Herz setzte einen Schlag aus.

Was machte er hier?

Hatte er vor ihrem Fenster gestanden?

51

Johan warf den Ledermantel aufs Sofa und kickte die Boots von den Füßen. Er hatte vor, nüchtern zu bleiben, brauchte aber einen Whisky, um die Kälte aus seinem Körper zu verscheuchen, zog den Korken aus der Glenlivet-Flasche, die er von zu Hause mitgebracht hatte, schenkte zwei Zentimeter ein, aus denen drei wurden, als er sie mit Wasser verdünnte. Die goldene Flüssigkeit brannte im Hals und legte sich wie eine warme Kugel in den Bauch.

Er suchte nach dem Handy und fand es in der Innentasche seines Mantels. Carolina hatte ihn via SMS gefragt, wie es ihm ging.

Er schnallte sein Holster ab und sah sich nach einem Platz um, wo er seine Pistole einschließen konnte. Natürlich gab es keinen Sicherheitsschrank. Stattdessen verstaute er sie im Fach unter dem Schreibtisch, wo ein Loch mit einer Steckdose in der Verkleidung verriet, dass sich dort einmal die Minibar befunden hatte.

Er stellte sich ans Fenster und rief an. Carolina nahm das Gespräch fast sofort an.

»Rufe ich zu spät an?«

»Nein, kein Problem. Wir unterhalten uns, die Kinder sind gerade eingeschlafen.«

»Ist Alfred zufrieden?«

»Ja, aber er fragt natürlich, wo du bist.«

Natürlich. Niemand konnte das Wort mit so viel Vorwurf aufladen wie Carolina. Er hörte, dass sie aufstand, sah vor sich, wie sie das Wohnzimmer verließ. Er trank einen Schluck. Der Whisky rollte im Mund und glitt ins Gehirn.

»Hoffentlich kann ich bald nach Hause, morgen weiß ich mehr.«

»Entschuldige, dass ich das gesagt habe, aber ich war so verzweifelt, als du dich auf den Weg gemacht hast.«

»Du bist also nicht mehr sauer?«

»Eher enttäuscht. Ich hatte mich so auf unser erstes Weihnachten in unserem neuen Haus gefreut.«

Eine Pause entstand. Ein alter Saab fuhr auf den Parkplatz, drehte eine Runde und verschwand außer Sichtweite.

»Werdet ihr sie finden?«

»Wir brauchen einen Durchbruch. Wenn der morgen nicht da ist, dann kommt er überhaupt nicht mehr. Jetzt muss ich aufhören, wir wollen zu einem Heimkehrerabend und sehen, ob wir jemanden zum Reden bringen können.«

»Viel Glück! Gute Nacht!«

Er trank den Whisky aus und duschte, zog seine einzige Unterwäsche zum Wechseln an und blieb bei den Jeans und dem schwarzen Wollpullover. Er schaute in den Spiegel. Der Dreitagebart spross; er hatte aber sein Rasiermesser vergessen, erinnerte sich an die Nacht mit Nathalie in Östersund. Das Gefühl war genauso präsent wie das ganze vergangene halbe Jahr hindurch.

Er fuhr sich durchs Haar, drückte die größten Büschel platt und verließ das Zimmer.

52

»Was machen Sie hier?«

Seine Hundeaugen starrten sie, ohne zu blinzeln, an.

»Antworten Sie! Haben Sie vor meinem Fenster gestanden?«

Ulf wich einen Schritt zurück, biss sich auf die Unterlippe. Sie musterte ihn von Kopf bis Fuß. Der Schnee auf den Outdoor-Stiefeln schmolz, seine Arme hingen schwer an den Seiten herab. Seine Hände pulten an den Säumen seiner Flanellhose, und die Hängebäckchen glühten.

Sie ermahnte sich, Ruhe zu bewahren, und versuchte, konstruktiv zu denken. Er hätte doch an der Anmeldung einem ihrer Kollegen über den Weg laufen müssen.

»Wie lange stehen Sie schon hier?«

Er schaute rechts den Korridor hinunter, der mit einer Glastür und einem Schild zum Notausgang endete. Dann drehte er sich nach links, wo sich der Querkorridor zur Rezeption zwanzig Meter weiter befand. Eine Antwort gedachte er ihr offensichtlich nicht zu geben.

Lange standen sie sich schweigend gegenüber und schauten sich an. Sie spürte den Impuls, ihm eine Hand auf die Schulter zu legen. Dann fiel ihr aber wieder Mohammeds verrückter Angriff ein, und sie begnügte sich mit den Worten: »Wenn Sie mir was sagen wollen, können Sie sich auf mich verlassen, Ulf.«

Keine Reaktion.

»Wenn Sie etwas über Ebba wissen, dann müssen Sie es sagen. Wir können ihr helfen!«

Sein Blick flackerte. »Nicht Mama sagen. Sie supersauer.«

»Wer ist Ihre Mutter?«, fragte sie und ärgerte sich, dass sie vergessen hatte, das herauszufinden.

»Nicht sagen«, antwortete er und schaute auf seine Zehenspitzen, die gegen die Auslegeware stießen.

Sie zog die Tür hinter sich zu und vergewisserte sich, dass sie verschlossen war. Ulf machte einen weiteren Schritt zurück, nahm die Pelzmütze ab.

»Wissen Sie, wer Pierre überfallen hat?«

Neues Kopfschütteln und noch ein Schritt zum Notausgang.

»Wissen Sie etwas über Hamid oder den Brand in der Flüchtlingsunterkunft?«

Wieder kam ein Kopfschütteln als Antwort. Johan betrat den Korridor. Ulf warf ihm einen verschämten Blick zu.

»Morgen reden, nun schlafen«, sagte er monoton und stakste im Elchgang auf den Notausgang zu. Johans Blick sprang zwischen ihr und Ulf hin und her.

»Was ist hier los?« Er wollte Ulf hinterher.

»Lass ihn gehen«, sagte Nathalie und hielt Johan am Arm fest.

Schweigend beobachteten sie, wie Ulf durch die Tür ging und sie hinter sich schloss. Dann stand er still da und starrte sie beide eine Weile durch die Scheibe an, bevor er sich entfernte.

»Die Tür ist nicht abgeschlossen?«, fragte Johan. Er ging los. Sie folgte ihm und erzählte, was vorgefallen war. »Wir müssen rausfinden, wer seine Mutter ist, obwohl ich nicht glaube, dass die was mit der Ermittlung zu tun hat. Aber irgendetwas weiß er, das wird mit jedem Mal immer klarer, wenn er aufkreuzt.«

Die Tür war unverschlossen. Sie öffneten sie und kamen auf

der Rückseite des Hotels heraus. Rechts lag ein verschneiter Tennisplatz, links ein ausgetretener Pfad, der zum Parkplatz führte. Den gingen sie entlang und hielten nach Schuhabdrücken Ausschau, doch der Schnee war sehr fest, und Spuren von Ulfs Stiefeln konnten sie nicht entdecken. Kaum hatten sie die Hausecke erreicht, stieg er in seinen Chevy und fuhr davon.

Nathalie zeigte Johan die Abdrücke vor dem Fenster, guckte in ihr Zimmer und stellte fest, dass man alles klar und deutlich erkennen konnte.

»Muss er gewesen sein«, sagte sie, als sie zurückeilten. »Er beobachtet ja heimlich Leute.«

»Die Schuhgröße und die Schrittlänge passen«, meinte Johan.

Wieder zurück im Korridor, überprüfte er die Tür. Das Schloss war defekt. »Fragt sich nur, seit wann sie schon nicht abgeschlossen ist. Und wer davon weiß.«

»Ich fühle mich für die Nacht total sicher«, sagte Nathalie ironisch. »Soll das hier enden wie in *Shining*, oder was?«

Johan lächelte schief über ihren Versuch, sich von der Angst zu distanzieren. »Bald kommt Gunnar auf seinem Dreirad angeradelt und schreit wie Jack Nicholson.«

»Haha, du bist nicht lustig.«

Sie begaben sich zur Rezeption. Sie rief Tim an und bat ihn, herauszufinden, wer Ulfs Mutter war.

Weiter hinten im Korridor tauchte einer Sonnenfinsternis gleich ein dunkler Schatten auf. Er gehörte zu Granstam. Er hob die Hand wie ein Indianerhäuptling und kam auf sie zu. Nathalie fiel auf, dass er das Flanellhemd gewechselt und seinen Schnäuzer gekämmt hatte. Die Schritte in seinen extrabreiten Sonderanfertigungen in Größe 46 waren auf der Auslegeware lautlos, die Miene besorgt. Als er Luft holte, um etwas zu sagen, klingelte Nathalies Handy.

»Die Psychiatrische Abteilung ist dran«, sagte sie und nahm das Gespräch an. Ein Polizist aus Uppsala berichtete, dass Mohammed nicht gesprächsbereit war, weder mit ihnen, dem Dolmetscher noch mit dem zuständigen Arzt, und dass sie für heute Abend Schluss machten.

»Habe ich mir schon gedacht. Er hat starke Medikamente bekommen und ist nicht nur durch die Psychose gehemmt«, beendete Nathalie das Gespräch und setzte Johan und Granstam in Kenntnis.

»Wir können nur hoffen, dass sie Hamid trotzdem finden«, sagte Johan. Granstam drehte sich zu Nathalie um. »Kann ich Sie unter vier Augen etwas fragen?«

»Ich warte an der Rezeption«, sagte Johan.

Als er um die Ecke verschwunden war, fuhr Granstam sich über die Glatze und machte ein verlegenes Gesicht.

»Ja«, seufzte er, »ich weiß, es ist falsch zu fragen, aber die Tabletten sind mal wieder knapp ...«

»Haben Sie nicht aufgehört? Nach der Entgiftung waren Sie doch clean?«

»Doch«, gab er seufzend zu. »Aber ich brauche sie manchmal, um schlafen zu können. Jetzt habe ich keine dabei und dachte, ich lasse es drauf ankommen und frage Sie.«

Die Augen waren grau und feucht wie Schmelzeis, kurz bevor das Wasser im Frühling durchbricht.

»Um morgen einen genauso intensiven Tag durchzuhalten, muss ich schlafen.«

Sie zögerte. Wie immer hatte sie eine Reiseapotheke im Gepäck. Sie hatte sich aber geschworen, ihm keine weiteren Bärendienste mehr zu erweisen.

»Bedaure. Ich habe Ihnen schon mehr geholfen, als ich sollte.

Sie können mich nicht immer fragen, ich hoffe, das haben Sie verstanden.«

Eine angespannte Stille folgte. »Es ist zu Ihrem eigenen Besten, das wissen Sie.«

Granstam nickte enttäuscht. »Okay, dann muss ich das wohl auf anderem Weg regeln.« Er drehte sich um und ging zur Rezeption. Sie stand still da und betrachtete ihn. Es war ein gutes Gefühl, dass sie es abgelehnt hatte. Zugleich tat er ihr leid. Aber er würde wohl mit seiner angedeuteten Drohung nicht Ernst machen, dass ein Nein ihre Stellung in der Gruppe gefährden könnte?

In dem Fall ist das dann eben so, entschied sie und folgte ihm.

53

An der Rezeption warteten alle außer Anna-Karin. Granstam stellte sich ganz nach hinten, begann ein Gespräch mit Johan und beachtete Nathalie nicht. Sie grüßte in die Runde mit einem Lächeln, das eher verbissen als fröhlich war. Alle außer Gunnar waren ein bisschen besser als am Tag angezogen. Angelica trug andere Nuancen von Schwarz in einem Faltenwurf, durch den ihr magerer Körper noch knochiger wirkte, Tim saß tief in einen Sessel versunken, hatte seine Basecap auf dem Zimmer gelassen und trug ein T-Shirt und Baggy Jeans. Maria hatte sich eine protzige Wildlederjacke mit Fransen an den Ärmeln und weiße Skinny-Jeans angezogen, die ihre gut modellierten Muskeln zur Geltung brachten.

»Okay, weil ich den Hauptschlüssel habe, können wir durch den Frühstücksraum gehen«, verkündete Gunnar. »Verspricht die bisher kälteste Nacht zu werden. Das Thermometer steht auf minus neunundzwanzig Grad.«

»Die Hoffnung, sie zu finden, scheint mit jedem Grad zu sinken«, meinte Angelica.

»Dann ist das der erste Fall, den Granstam seit dem Serienmörder, den man *das Chamäleon* nannte, nicht löst«, plapperte Tim, während er weiter auf seinem Handy schrieb.

Granstams Gesicht verfinsterte sich, er sagte aber kein Wort. Nathalie berichtete von Ulf und der unverschlossenen Tür.

»Sieht aus, als wäre der Kolben kaputt«, stellte Johan fest.

»Da hat Ulf bestimmt dran rumgewerkelt«, sagte Gunnar. »Ich rufe die Eigentümer an und überprüfe das.«

Das Eigentümerehepaar wusste von nichts, versprach aber, das Schloss im Lauf des nächsten Tages reparieren zu lassen. Gunnar fuhr sich mit den Fingern durch den Bart und grinste Nathalie an. »Damit Sie sich sicherer fühlen, kann ich ein Absperrband befestigen.«

Ehe sie auf die süffisante Äußerung reagieren konnte, blickte Tim von seinem Handy auf und sagte: »Jetzt weiß ich, wer Ulfs Eltern sind. Beide sind tot, die Mutter arbeitete als Essenstante in der Schulmensa und der Vater als Waldarbeiter für SCA. Als der Vater in den Achtzigern bei einem Arbeitsunfall starb, zog die Mutter zu ihrer Schwester nach Stockholm.«

»Nils und Märta Kläppman«, ergänzte Gunnar. »Was ist mit ihnen?«

»Ich habe Tim gebeten, das herauszufinden, weil Ulf die ganze Zeit faselt ›Nicht Mama sagen‹, anstatt zu sagen, was er weiß. Hat er Geschwister?«

»Nein«, antwortete Tim.

»Märta hatte einen Sohn aus einer früheren Ehe, mehr weiß ich nicht«, fügte Gunnar hinzu.

»Wie alt war Ulf, als sie von hier weggezogen ist?«, frage Nathalie.

»Einundzwanzig«, antwortete Gunnar.

»Jetzt gehen wir«, beschloss Johan.

Gunnar zeigte ihnen den Weg durch den unbeleuchteten Speisesaal. Granstam bildete die Nachhut. Nathalie war es ganz recht, sein beleidigtes Gesicht nicht sehen zu müssen. Je mehr sie darüber nachdachte, desto überzeugter war sie, dass sie das Richtige getan hatte. Und Granstam war nicht dumm. Wenn die Enttäuschung nachließ, würde er noch mehr Respekt vor ihr haben.

Die Bar befand sich links in der hintersten Ecke des Speisesaals, abgetrennt von ein paar Saloontüren in Brusthöhe. Die Lautstärke von Musik und Stimmen nahm zu. Nathalie schaute zu dem Tisch, an dem Nick gefrühstückt hatte, stellte sich seine Enttäuschung und die schnelle Abreise vor, weil Ebba nicht in der Kirche war. War es wirklich nichts Besonderes, dass junge Mädchen in letzter Minute absagten, wie er behauptete? Vielleicht eine normale Verabredung, aber doch keinen Lucia-Umzug. Doch er und seine Assistentin wirkten glaubwürdig, ebenso wie die Erklärung, dass sie es eilig hatten, um zum nächsten Auftrag zu kommen.

Sie folgten Gunnar durch die Schwingtüren. Das Fest war in vollem Gang. Sie mussten sich vorsichtig hindurchschlängeln, damit sich weder ein Bier noch ein Tablett mit Lakritz-Shot über sie ergoss. Geradeaus lag die Bar, rechts das Restaurant und eine Bühne, wo zwei Sänger mit Weihnachtsmannmütze *Last Christmas* sangen. Vor der Bühne vergnügte man sich beim Gesellschaftstanz, flankiert von einer Gruppe junger Männer, die sich am Rand mit schäumenden Biergläsern zuprosteten. Am anderen Ende standen und saßen grüppchenweise Leute um einen Black-Jack-Tisch und drei Jack-Vegas-Maschinen. Im Raum war es schwülwarm, und es roch nach Bier, Parfüm und Schweiß.

Als sie sich der Bar näherten, sank im Lokal der Geräuschpegel des Stimmengewirrs, als hätte jemand die Lautstärke heruntergedreht. In einer Ecke saß Tony mit seiner Gang aus dem Motorsportklub inklusive Reine »Reinecke« Huldt und Björn, dem der Volvo gestohlen worden war. Nathalie kreuzte ihre Blicke. Die Typen plusterten sich auf und musterten sie, als wären sie eine konkurrierende Gang aus dem Nachbardorf, die den Fehler beging, ihre Reviergrenzen zu überschreiten. Sie wollte schon die Reaktion provinziell finden, als ihr hier ein Zusammenhalt auffiel, an den man in Städten nicht einmal annähernd herankam. Hier gab es Bande, die über hart arbeitende Generationen in entbehrungsreichen Jahren gewachsen waren, Bande, die länger hielten als die, die bei Kick-offs und Aftershow-Gewimmel in trendigen Bars der Innenstadt geknüpft wurden.

Sie ließen sich am Bartresen nieder und gaben ihre Bestellungen auf. Während Johan und Gunnar je ein Leichtbier nahmen, orderte sie Mineralwasser mit einer Zitronenscheibe. Obwohl sie nüchtern bleiben wollte, durfte es gern so aussehen, als würde sie trinken, nur um sich anzupassen und die Leute dazu zu bewegen, aus der Deckung zu kommen. Sie hatte das Gefühl, dass etwas passieren würde; sie musste sich einfach nur umschauen, um es zu erkennen. Vorwürfe, Gegensätze, Frustration und Trunkenheit. Besser konnte es nicht werden.

Sie unterhielt sich mit Johan und Gunnar und sah sich um. Außer Tony und seiner Gang kannte sie niemanden. Abgesehen von zwei asiatischen Frauen, die sich in Begleitung von zwei europäischen Männern befanden, entdeckte sie drei Männer mit ausländischen Wurzeln. Sie standen allein bei den Dartscheiben und redeten begleitet von großen Gesten.

Nathalie konzentrierte den Blick wieder auf Tony. Er kreuzte ihn und grinste arrogant.

Hatte er Ebba mitgenommen? Dann war sie wahrscheinlich tot. Dass er hier sitzen und sie gleichzeitig irgendwo versteckt halten würde, schien unwahrscheinlich.

Oder war es einer der anderen Männer, die sie heimlich anguckten? Jemand, den sie noch nicht in Verdacht gehabt hatten? Wenn ja, war ihm das anzumerken? Ein solches Geheimnis dürfte nicht einmal am gerissensten Psychopathen spurlos vorübergehen. Von einem war sie überzeugt: Irgendjemand hier hatte entscheidende Informationen sowohl darüber, was mit Ebba passiert war, als auch, wer Pierre getötet hatte.

Als sie hörte, wie Tonys Gang anstieß, schaute sie wieder zu ihnen, sah, wie ihre schäumenden Biergläser mit einem Klirren aneinanderknallten, sodass der Tisch bekleckert wurde. Tony sah offensichtlich zufrieden aus, als hätte sich die Selbstgefälligkeit in seinem aufgedunsenen Gesicht ein Nest gebaut. Aber hinter dem charmanten Grinsen verbargen sich Verschlagenheit und Aggression. Sie stellte sich vor, wie er das Foto von sich und Ebba an Alice geschickt, wie er Hamid bedroht und unaufgefordert gesagt hatte, dass nicht er Ebba im Auto mitgenommen hatte. Gunnars Lüge über Hamid und seine Worte, Tony sei unschuldig, weil er »ein Svartviker Jung« war, nährten nur die Verdachtsmomente. Er war wahrscheinlich zu Entführung, Mord und Brandbombenanschlägen fähig.

Ihre Gedanken wurden von einem Mann in ihrem Alter unterbrochen, der mit einem Lächeln und trübem Blick auf sie zukam. Er sah gut aus mit seinen klaren Gesichtszügen, in T-Shirt mit V-Ausschnitt, Sakko und Jeans.

»Dich habe ich hier noch nie gesehen«, begann er und stellte sich mit seinem Trinkglas so dicht zu ihr, dass sie intuitiv einen Schritt zurückwich und mit dem Rücken gegen den Bartresen stieß. Er roch nach Alkohol und Menthol.

»Ich vermute, du gehörst zu den Polizisten«, sagte er und streckte die Hand zur Begrüßung aus. »Thomas heiße ich, sitze im Gemeinderat.«

»Nathalie.«

Sein Handschlag war feucht und kräftig.

»Du bist die hübscheste Bullin, die mir je über den Weg gelaufen ist ... Hast du Ähnlichkeit mit jemandem aus dem Fernsehen?«

»Nicht, dass ich wüsste«, antwortete sie, obwohl ihr klar war, auf wen er anspielte.

»Egal«, fuhr er fort und trank einen Schluck, während sich seine braunen Augen verfinsterten, »ist doch eine Schande, dass erst ein Mord passieren musste, damit ihr herkommt. Ich meine, zwölf Tage ist es schon her, dass Ebba verschwunden ist ... Wie viele vermisste Personen findet man nach so langer Zeit noch?«

Er versuchte, den Blick zu fixieren, hatte dabei aber Probleme mit dem Gleichgewicht und den Remplern, die er abbekam.

»Wir tun unser Bestes«, antwortete Nathalie und sah aus dem Augenwinkel, wie Granstam vom Barkeeper einen Whisky serviert bekam.

Thomas legte ihr die Hand auf die Schulter, die warm und schwer war.

»Ich weiß, wie das ist, sitze seit mehr als zehn Jahren im Gemeinderat«, sprach er weiter, »... der Unterschied zwischen denen, die was haben, und denen, die nichts haben, vergrößert sich immer mehr. In einigen Dörfern hier in der Gegend wird die Post nur noch jeden zweiten Tag ausgetragen, der Fahrdienst kommt zweimal in der Woche ... Kein Wunder, dass die Leute von hier wegziehen. Sogar die Polizeidienststelle haben sie geschlossen! Wohin führt das eine Gesellschaft?«

»Was meinst du, was ist mit Ebba passiert?«, fragte sie und nahm sanft, aber bestimmt seine Hand weg.

Er starrte sie mit glasigen Augen an, als würde er weder die Frage verstehen, noch was sie eben getan hatte.

»Du kommst nicht mit zu mir nach Hause?«

Die Frage kam so natürlich, als hätte er vorgeschlagen, zusammen eine Tasse Kaffee zu trinken.

»Nein danke.«

Zu ihrer Erleichterung schüttelte er nur den Kopf und zog in

Richtung Bühne ab, wo das Duo, das laut einem Neonschild »Ein Großes und ein Starkes« hieß, *Feliz Navidad* angestimmt hatte. Sie drehte sich zu Johan und Gunnar um. Sie unterhielten sich mit der Rothaarigen vom Imbiss und ihrer blonden Freundin. Nathalie beugte sich zum Gespräch. Die Freundin erzählte, sie habe beobachtet, wie Hamid um neun Uhr am Morgen von Pierres Ermordung in einen Zug nach Süden eingestiegen sei. Sie war mit dem Zug nach Östersund gefahren, hatte aber in einem anderen Wagon als Hamid gesessen und ihn nicht mehr gesehen, nachdem er eingestiegen war.

»Woher wissen Sie, dass er es war?«, fragte Johan.

»Ich habe die Bilder in den Zeitungen gesehen.«

»Können Sie morgen zur Dienststelle kommen und eine offizielle Zeugenaussage abgeben?«, wollte Gunnar wissen.

»Klar.« Dann stürzten sich die beiden Frauen ins Getümmel und wurden von drei bärtigen Männern in Lederwesten und mit leeren Gläsern, die auf dem Weg zur Bar waren, in ein Gespräch verwickelt.

Plötzlich spürte sie, dass jemand sie in den Po kniff. Sie drehte sich um. Thomas aus dem Gemeinderat grinste sie an. Mit alkoholgeschwängertem Atem sagte er: »Du hast es dir nicht anders überlegt? Ich bin verdammt gut im Bett.«

»Verpiss dich! Hau ab!«

Das Lächeln gerann zu einer Fratze, und er trollte sich achselzuckend. Johan und Gunnar stellten sich zu ihr.

»Was war das denn?«, fragte Johan.

»Bloß ein Idiot, der noch nichts von MeToo mitgekriegt hat. Kommt, wir drehen eine Runde.«

Sie begaben sich in den Restaurantbereich. Als sie ein paar Meter zurückgelegt hatten, hielt Gunnar sie am Arm fest und nickte zu einem weißhaarigen Mann hinüber, der in Gesellschaft von vier anderen an einem Fenstertisch saß und aussah, als hätte er das Weihnachtsbüfett genossen.

»Das ist der Pfarrer.«

Hans-Olov Bergman war ein hagerer Mann in den Sechzigern, der freundlich aussah und ein Hemd mit dem Pfarrerskragen trug.

»Können Sie uns ihm vorstellen?«

»Selbstverständlich«, antwortete Gunnar.

54

Gunnar begrüßte den Mann und unterhielt sich eine Weile mit ihm. Hans-Olov Bergman schaute Nathalie und Johan an, nickte und stand auf. Sie gaben sich die Hand und zogen sich zu den Dartscheiben zurück, um einigermaßen in Ruhe sprechen zu können.

»Mir ist es wichtig, der Gemeinde zu zeigen, dass ich hier bin«, begann er, als müsste er sich erklären. »Soviel ich weiß, sind Sie noch nicht dabei weitergekommen, rauszufinden, was Ebba zugestoßen ist?«

»Erinnern Sie sich noch an weitere Details, als Sie beobachtet haben, wie Ebba im Auto mitgenommen wurde?«, fragte Nathalie.

Ein Netz aus feinen Fältchen überzog die Stirn des Pfarrers. »Nein, aber ich bin sicher, dass sie es war und dass es so ein Volvo war, wie ich ihn beschrieben habe.«

»Vorigen Sommer haben bestimmt Konfirmationen stattgefunden«, sagte Johan und trank einen Schluck Bier.

»Ja, fast die ganze Klasse hat sich konfirmieren lassen. Ebba war eine interessierte und begabte Konfirmandin.«

»Wie war ihr Standing in der Gruppe, ist Ihnen etwas Besonderes aufgefallen?«, wollte Nathalie wissen und sah aus dem Augenwinkel, wie Thomas die Rothaarige vom Imbiss zur Tanzfläche führte.

»Sie schwebte ein bisschen über allen«, antwortete Hans-Olof Bergman ernst. »Meinem Eindruck nach hatte sie keine engen Freunde. Aber das schien ihr nichts auszumachen. Sie war meistens gut gelaunt.«

»Sie schreibt von einem heimlichen Freund, dem sie sich anvertraut hat. Haben Sie eine Vermutung, wer das sein könnte?«, erkundigte sich Johan.

Ein langes Kopfschütteln und noch mehr Falten.

»Soweit wir erfahren haben, kam es zwischen Ebba und Alice und Andy zu einer ganzen Menge unschöner Vorfälle«, meldete sich Nathalie wieder. »Wissen Sie etwas darüber?«

»In der Konfirmandenfreizeit sind solche Tendenzen nicht aufgetreten. Aber ich mache auch ziemlich klar und deutlich, dass jede Form von Mobbing nicht akzeptabel und nicht gottesfürchtig ist.«

Johan hatte das Gefühl, dass sie sich im Kreis drehten, ohne dem Kern der Sache näher zu kommen. Im Versuch, den zu erreichen, stellte er die einfachste und zugleich schwierigste Frage: »Was ist Ihrer Meinung nach passiert?«

Hans-Olov Bergman guckte zu den Sängern, die sich für den Applaus bedankten, und schaute dann wieder Johan an.

»Ebba hat alle Männer verrückt gemacht. In der Richtung müssen Sie suchen.«

»Trifft das auch auf Sie zu?«, entschlüpfte es Nathalie.

Hans-Olov Bergman zuckte zusammen und wich einen Schritt zurück. Sie sah, wie er die Zähne zusammenbiss, um die Entgegnung, die ihm auf der Zunge lag, zu unterdrücken, und dann stattdessen antwortete: »Meine Liebe zu Gott ist am größten.« Dann machte er auf dem Absatz kehrt und ging zu seiner Begleitung zurück.

»Das eben war überflüssig«, meinte Gunnar und zog Nathalie und Johan mit zu den Spielautomaten.

»Ich wollte nur, dass was in Bewegung kommt«, erklärte Nathalie.

Johan legte ihr die Hand auf die Schulter. »Da ist Sebastian.« Er nickte zum Blackjack-Tisch, der in der Ecke an den Fenstern stand, die zum Dorf und der Bundesstraße hinausgingen.

Sebastian saß in der Mitte mit dem Rücken zu ihnen. Er gestikulierte, lachte, spielte mit hohen Einsätzen und hatte drei, vier Jetons auf mehreren Feldern platziert. Sogar von hinten war zu erkennen, dass er in einem schmal geschnittenen Sakko, grünen Chinos und gründlich geputzten Halbschuhen elegant gekleidet war.

»Er scheint nicht gerade zu trauern, dass Ebba weg ist«, sagte Johan.

»Würde gern wissen, wie viel er spielt, er ist doch auch im Pokerklub«, überlegte Nathalie.

»Wollen wir zurück an die Bar gehen, ich und Johan brauchen noch ein Bier«, schlug Gunnar vor.

»Ich mache mit Leichtbier weiter, kaufen Sie mir eins?«, fragte Johan und gab ihm einen Fünfziger. »Ich gucke gern noch weiter beim Spiel zu.«

Gunnar bedachte ihn mit einem barschen Blick, trollte sich aber.

»Prima«, lächelte Nathalie, als er sich außer Hörweite befand. »Aber er tut dir da vielleicht was rein, schon mal was von K.-o.-Tropfen gehört?«

»Du wirst meine Zeugin.«

Sie näherten sich dem Tisch, stellten sich so an die Fenster, dass sie die Gesichter der Spieler sehen konnten. Sebastian schielte zu ihnen hinüber. Neben ihm saß Jacks Nachbar Roger

Olsson. Er konzentrierte sich aufs Spiel und schien sie nicht zu bemerken.

Die Croupière zog eine Karte nach der anderen und hörte bei dreiundzwanzig auf. Mit verkniffener Miene teilte sie die Jetons an alle am Tisch aus, die meisten an Sebastian, dessen Stapel mittlerweile die anderen zu Kommentaren reizten. Roger schaute auf seine Armbanduhr, steckte seine Jetons ein und ging auf die Toiletten zu. Nathalie schnellte vor und setzte sich auf den frei gewordenen Platz. Auf dem Weg zum Spieltisch traf sie Gunnar, der wie ein VIP bedient worden sein musste, weil er so schnell zurück war.

Sie wurde begrüßt und tauschte einen Fünfhundert-Kronen-Schein ein. Die Summe der Laster bleibt konstant, dachte sie, und heute Nacht gibt es weder Sex oder Alkohol noch Shopping.

Als sie ihre Jetons bekommen hatte, lächelte sie Sebastian zu: »Läuft gut bei Ihnen, hoffentlich färbt Ihr Glück auf mich ab.«

»Hier geht es eher um Geschicklichkeit«, erwiderte er, und die Grübchen in den mageren Wangen sanken tiefer ein.

»Wie beim Pokern?«, fragte sie und streckte sich, damit ihre Brüste besser zur Geltung kamen.

»Beim Pokern geht es *ausschließlich* um Geschicklichkeit, und es hat nichts mit Glück zu tun.«

Sie fragte sich abermals, warum er Jenny gebeten hatte, seinen Besuch bei ihr am Abend vor Lucia zu verschweigen. Hatte er Ebba angetroffen? Sie war schließlich zu Hause gewesen, um sich den Lockenstab auszuleihen. Am liebsten hätte sie ihn das ohne Umschweife gefragt, hielt es aber für klüger abzuwarten, bis sie ihn am nächsten Morgen vernahmen. Wenn er log oder sich widersprach, war es wichtig, dass sie davon eine Aufnahme hatten.

Sebastian machte seinen Einsatz, und sie war an der Reihe. Da sie von dem Spiel keinen Schimmer hatte, setzte sie fünfzig Kronen.

Die Croupière zog einen König und ein Ass. Enttäuschte Seufzer und Stöhnen waren um den Tisch zu hören, als sie die Einsätze aller einstrich.

Nathalie wechselte einen Blick mit Johan. Er behielt im Stehen das Spiel weiter im Auge, unterhielt sich mit Gunnar und machte ein Gesicht, das ihr sagte: Was hast du denn gedacht? Sie setzte sich wieder, beugte sich zu Sebastian und fragte so leise wie möglich, ob ihm doch noch eingefallen war, wer Ebbas ominöser Freund sein könnte. Er drehte sich mit einem geheimnisvollen Stolz zu ihr um, der ihr Hoffnung machte.

»Ich dachte, Sie haben Feierabend«, grinste er.

»So wenig wie Sie.«

»Was würde ich als Gegenleistung in dem Fall bekommen?«

»Sie wissen also etwas?«

»Das habe ich nicht gesagt. Aber wir können uns morgen darüber unterhalten, jetzt will ich spielen.«

Er splittete seine Könige und verdoppelte den Einsatz.

»Okay, kommen Sie um elf in die Polizeidienststelle.«

»Gut, bis dann!«

Nathalie nahm ihre Jetons an sich und glitt vom Stuhl. In dem Augenblick verstummte das Stimmengewirr im Lokal noch spürbarer als zu dem Zeitpunkt, als die Gruppe die Bildfläche betreten hatte. Die Gäste hielten in ihren Bewegungen inne und drehten sich zum Eingang um. Als Nathalie dorthin schaute, sah sie den Grund.

Dort stand Jack. Er kam allein, betrat entschlossen das Lokal. Die Leute wichen zurück wie das Meer vor Josef. Mit verbissener Miene grüßte er mit einem Nicken mal nach links und mal nach rechts. Sein Gesicht war versteinert und sah aus, als würde er so fest die Kiefer zusammenbeißen, dass er den Mund nie wieder öffnen könnte.

Johan und Gunnar folgten ihm zur Bar. Zu ihrem Ärger tat Sebastian das auch.

55

Jack trat an Tonys Tisch. Die Männer rückten beiseite und machten Platz. Tony klopfte Jack auf den Rücken, und Björn stellte ihm sein Bier hin, das er gerade von der Bar geholt hatte. Nathalie fiel auf, dass sich sogar Jennys Nachbar Leif zu der Gruppe gesellt hatte.

Sie und Johan setzten sich zu Maria, Angelica, Tim und Granstam an einen runden Tisch neben der Bar, wo sie einigermaßen ungestört sprechen konnten und Tonys Gang im Blick hatten. Sebastian glitt Richtung Bar vorüber mit Augen, die alles zu beobachten schienen. Gunnar sagte, er müsse zu Jack gehen, und verzog sich.

»Starke Leistung von ihm, hierherzukommen«, fand Nathalie.

»Er hat wohl keine Kraft mehr, weiterzusuchen«, glaubte Johan.

»Oder er hält es allein nicht aus.«

Jack ergriff Gunnars ausgestreckte Hand. Als sie sich begrüßt hatten, guckte er zu Nathalie und Johan hinüber. Seine Augen leuchteten im Halbdunkel wie Glut. Nathalie kam wieder der gleiche Gedanke wie bei der ersten Begegnung mit ihm: Dieser Blick konnte jeden aus dem Gleichgewicht bringen. Der bullige Körper glich einer Sprengladung, die beim kleinsten Funken explodieren würde.

Gunnar zog einen Stuhl vor, setzte sich neben Reinecke und verschmolz mit der Gruppe. Nach einer Weile nahmen die anderen Gäste den Gesprächsfaden wieder auf. Granstam gab eine Anekdote über einen Vorfahren zum Besten, der von einem Bären getötet worden war. Nathalie stellte fest, dass er angetrunken war. Obwohl er eine ganze Menge vertrug und wusste, wie er das überspielen konnte, erkannte sie es an seinen trüben Augen und hörte es an den undeutlichen Konsonanten.

»Was halten wir nun also davon?«, fragte Johan mit diskretem Nicken zu Jacks Tisch. »Ist da einer dabei, der das Heim angezündet hat und den Gunnar vor Hamids Zeugenaussage in Schutz nimmt?«

»Sehr gut möglich, obwohl Tony ein Alibi hat und Jack behauptet, er sei zu Hause gewesen«, sagte Tim und tippte auf dem Rechner herum, den er auf den Knien balancierte.

»Drei von denen sind jedenfalls Rassisten«, stellte Maria fest und trank von ihrem Pfefferminztee. »Von Reineckes Story über die Fußbodenheizung halte ich nicht viel. Es würde mich nicht wundern, wenn einer von denen die Bombe geworfen hat. Hamid hat es gesehen und Gunnar erzählt, der ihn von hier vertrieben hat.«

»Aber warum hat sich Hamid in dem Fall Zeit bis nach Pierres Ermordung gelassen, um aus dem Dorf abzuhauen?«, fragte Angelica.

»Vielleicht hat er auch da was gesehen«, spekulierte Nathalie.

»Oder Hamid hat sich an Pierre gerächt und ist anschließend geflohen«, vermutete Johan. »Machen wir es doch nicht komplizierter als nötig.«

»Stellt sich nur die Frage, ob sie was über Ebba wissen«, sagte Granstam.

Alle verstummten, als sich Gunnar und Jack zu ihnen umdrehten, als hätten sie die Frage gehört. Dann hob Tony sein Glas zum Zuprosten. Jack und Gunnar wendeten sich wieder zur Gruppe um und stießen mit ihm an.

»Würde gern mal wissen, wen die jetzt für den Schuldigen halten, weil sie inzwischen wissen, dass Pierre unschuldig ist«, meinte Tim und schüttete ein Tütchen Samarin in sein Glas Wasser.

»Bestimmt Hamid«, antwortete Maria.

»Gunnar scheint ja zu glauben, dass Hamid auch Pierre umgebracht hat«, sagte Nathalie und beugte sich vor, um dem ausladenden Gang des Mannes auszuweichen, der mit einem Tablett, auf dem schwappende Biergläser standen, hinter ihr vorbeiging.

»Oder Jack hat sich an Pierre gerächt«, meinte Johan. »Jenny hat doch gesehen, wie er kurz vor dem Mord mit dem Auto weggefahren ist, also hat er gelogen, als er behauptet hat, er sei zu Hause gewesen.«

Johan beobachtete Jack, wie er von seinem Bier trank, sich mit dem Handrücken den Mund abwischte und auf eine Frage von Tony antwortete. Gab es einen Frieden, eine Zufriedenheit im Kummer? War das möglich, wenn man wusste, dass man die falsche Person umgebracht hatte?

Wie hätte ich reagiert, wenn jemand Alfred verletzt oder entführt hätte? Die Antwort war simpel, er spürte sie in Herz und Händen.

Granstam hob sein Whiskyglas zum Anstoßen und verkündete, er wolle zu Bett gehen. »Aber Sie haben vergessen, das von Sebastian und Pierre zu erzählen«, fiel ihm ein, und er knuffte Angelica in die Seite, was er nüchtern nie getan hätte.

»Stimmt«, sagte Angelica und drehte sich zu Nathalie und Johan um. »Bevor wir uns hier hingesetzt haben, haben Maria und ich uns mit dem Banker unterhalten, der auch zu dem Pokerklub gehört. Er hat erzählt, dass sich Sebastian und Pierre bei ihrem letzten Spiel in die Wolle gekriegt haben. Das war zehn Tage vor dem Mord, also am Zehnten. Offensichtlich hätten sie sich fast um einen Jackpot geprügelt, von dem beide meinten, sie hätten ihn gewonnen, aber die anderen haben es verhindert. Sebastian hat die Runde wutentbrannt verlassen und ist nach Hause ins Dorf gefahren, obwohl er einiges getrunken hatte.«

»Das ist vor dem Verschwinden und Sebastians kometenhafter Karriere passiert«, ergänzte Maria.

Johan trank einen Schluck und machte ein skeptisches Gesicht. »Obwohl Sebastian knapp bei Kasse war, würde er doch kaum jemanden wegen eines Jackpots erstechen, oder?«

»Vielleicht hat Pierre etwas gesagt, was das Fass zum Überlaufen gebracht hat?«, schlug Tim vor.

»Jetzt werden wir langsam müde«, stellte Nathalie fest. »Wir wollen doch Sebastian und Jack morgen wieder vernehmen.«

»Ja«, stimmte Granstam ihr zu und stand mühsam auf, beide Hände auf den Tisch gestützt. »Zeit, zu versuchen, ein paar Stunden zu schlafen.«

56

Als die anderen in ihre Zimmer zurückkehrten, blieben Johan und Nathalie noch beieinanderstehen. Er wollte sein Bier austrinken und eine letzte Runde durch das Lokal drehen. Sie sagte, dass sie mit von der Partie sei, zog Lipgloss nach und checkte ihr Handy. Natürlich war nichts passiert, sie sah aber wenigstens beschäftigt aus, während Johan ohne Eile die letzten Schlucke Bier trank.

Jack und Gunnar kippten ein zweites Bier und wirkten erleichtert, als Tim, Maria, Angelica und Granstam durch die Saloontüren abzogen. Als die Sänger eine kurze Pause ankündigten, machten sich die Gäste auf den Weg zu den Toiletten.

Nathalie und Johan umrundeten die Tanzfläche, sahen, dass Sebastian sich an der Bar mit Hampus Fagerholm unterhielt. Hampus kreuzte Nathalies Blick, tat aber, als würde er sie nicht wiedererkennen.

Sie bewegten sich weiter zur Spielecke und zu den Toiletten. Ein hochgewachsener Mann in den Dreißigern mit dunklem Kurzhaarschnitt saß in einer der Fensternischen und suchte Blickkontakt mit Nathalie. Er trug ein schwarzes Unterhemd, das die Sicht auf schlangenartige Tattoos auf den muskulösen Schultern freigab. Eine weiße Narbe leuchtete quer über der schiefen Nase und verlieh den ebenmäßigen Gesichtszügen eine interessante Asymmetrie.

Nathalie beugte sich zu Johan, damit niemand sie hörte und um klarzustellen, dass sie in Begleitung war.

»Der Typ sucht Kontakt, ich gehe hin und frage mal, was er will.«

»Ich rauche eine. Bis in fünf Minuten.«

Knocking on Heaven's Door ertönte, doch diesmal kam es nicht von den Sängern, sondern von Johans Telefon.

»Carolina«, sagte er und steuerte den Ausgang an.

Als Nathalie auf den Mann zuging, stand er auf, warf einen besorgten Blick zur Bar, schaute sie wieder an, rang sich ein Lächeln ab und trank von seinem Drink, den er mit der ganzen Hand kräftig festhielt.

»Hallo, Sie sitzen ja so allein hier rum«, begann sie und merkte in dem Augenblick auch schon, dass es flirtmäßiger als beabsichtigt klang.

»Ja, doch«, sagte er und nickte. Dann machte er ein paar Schritte auf den Blackjack-Tisch zu, schaute zur Bar und schien erleichtert. Sie folgte ihm und drehte sich um, sah nichts Besonderes, bemerkte aber, dass sie sich so hingestellt hatten, dass sie den Tisch nicht sehen konnten, an dem Jack saß.

»Ich heiße Nathalie und bin vom Zentralkriminalamt«, stellte sie sich vor.

»Alexander, aber nennen Sie mich Alex«, sagte der Mann und trank noch einen Schluck von dem Gesöff, das wie ein Gin Tonic aussah.

»Alexander«, erinnerte sie sich und schaute die beeindruckenden Tätowierungen an, »haben Sie nicht eine Beziehung mit Jenny Lindgren gehabt?«

»Stimmt«, antwortete er und zeigte auf die Narbe. »Darum will ich nicht, dass Jack mitkriegt, dass wir uns unterhalten. Der

Kerl ist nicht mehr ganz dicht, aber das traut sich keiner laut auszusprechen.«

Trotzdem tust du es, dachte Nathalie. Johan hatte recht, dass so ein Barbesuch mehr Möglichkeiten bot als zehn Verhöre.

»Ich verstehe«, sagte sie.

Er rieb sich den Nasenrücken, drehte den Drink in seiner großen Hand. Er war größer als Jack, dennoch konnte man sich unschwer vorstellen, dass er Prügel bezogen hatte.

»Da gibt es was, das Sie wissen sollten«, meinte er endlich.

»Was denn?«

»Jack war nicht zu Hause, wie er sagt ...«

Er verstummte, wanderte mit dem Blick hinter Nathalie.

»Reden Sie weiter«, bat Nathalie. »*Wann* war er nicht zu Hause?«

»Als sie verschwunden ist. Ich weiß, dass er das im Dorf rumerzählt hat, aber das stimmt nicht.«

Ungeduldig wartete sie auf die Fortsetzung, die nicht kam. »Wo war er denn Ihrer Meinung nach?«

»In der Werkstatt. Ich bin da unten vorbeigefahren, am See entlang führt eine Schotterpiste an der Werkstatt und dem Motorsportklub vorbei ...«

»Ja?«

Im Hintergrund hörten sie, dass die Sänger sich wieder der Bühne näherten und die Besucher ihnen Liedwünsche zuriefen.

»Ich habe einen Wagenheber zurückgebracht, den ich mir am Tag davor ausgeliehen habe. Da habe ich in der Werkstatt Licht gesehen und dass Jacks Volvo davorstand.«

»Sind Sie sicher? Warum haben Sie das nicht schon eher gesagt?«

Mit einem zitternden Finger zeigte er auf die Narbe. »Können

Sie sich vorstellen, wie nervig es ist, wenn jeden Tag Leute darauf starren?«

»Um wie viel Uhr war das?«

»Zehn vor acht. Da bin ich mir sicher, weil ich um acht Uhr einen Kunden im Studio hatte. Bin direkt hingefahren, und das dauert ziemlich genau zehn Minuten.«

»Haben Sie Jack gesehen?«

»Nein, aber seinen Wagen. Ich habe das Nummernschild gecheckt. Mache ich immer, um unnötigen Kontakt zu vermeiden. Dass er heute Abend herkommt, hätte ich nicht gedacht, und ich werde gleich gehen.«

Sie schaute Alex in die Augen. Darin lag ein aufrichtiger Ernst, weswegen sie ihm glaubte.

Zehn vor acht. Das war zehn Minuten nachdem Ebba im Auto mitgenommen worden war.

»Haben Sie noch andere Personen gesehen?«

»Nein. Ich habe den Wagenheber vor dem Klub abgelegt und bin ohne Umwege zum Studio gefahren.«

Die Sänger kündigten ihre Rückkehr an und begannen I *Saw Mommy Kissing Santa Claus* zu singen. Alex guckte zum Eingang. Als Nathalie sich umdrehte, sah sie Johan auf sie zukommen.

»Danke, dass Sie das erzählt haben, das bleibt unter uns, aber wir müssen Sie morgen befragen. Können Sie um elf Uhr in die Polizeidienststelle kommen?«

»Wenn es sein muss.«

»Gut, bis dann«, beendete sie das Gespräch, drehte sich um und ging Johan entgegen. Sie stellten sich bei den Blackjack-Automaten an einen freien Platz, beobachteten, wie Alex den Drink hinunterkippte und zur Garderobe ging. Nathalie berichtete Johan von dem Gespräch. Er hörte aufmerksam zu.

»Da fahren wir hin«, beschloss er, als sie fertig war.

»Zur Werkstatt?«

»Ja. Vielleicht hat er sie da versteckt?«

»Warum sollte er?«

»In der Höhle des Löwen. Kein Mensch ist darauf gekommen, dort zu suchen. Und er hat gelogen, dass er zum Zeitpunkt ihres Verschwindens und von Pierres Ermordung zu Hause war!«

Er sah ihr Zögern, sie seine Entschlossenheit.

»Von der Zeit her passt es«, fand er. »Vielleicht tat sie ihm leid, er fuhr ihr nach, und dann ist es passiert ... Vielleicht hat er sie gerade in die Werkstatt gebracht, als Alex vorbeigekommen ist, die Fahrt dahin von der Stelle, an der sie mitgenommen wurde, dauert höchstens fünf Minuten. Außerdem ist Jack hier, und das ist die perfekte Gelegenheit für uns, um das zu überprüfen.«

Sie nickte, beschloss, auf Johans Tatkraft zu vertrauen, statt ihm in Form von Analysen des Für und Wider Knüppel zwischen die Beine zu werfen. Was hatten sie zu verlieren? Im Grunde ihres Herzens wusste sie auch, dass der bloße Gedanke, Jack könnte seiner eigenen Tochter etwas zuleide getan haben, so schrecklich war, dass sie ihn ausblendete. Allerdings sprach sie vor Medizinstudierenden in ihren Vorlesungen zum Thema *Psychiatry noir* über Schlimmeres.

Johan ging zur Bühne, nahe genug, um ins Dunkel der Bar sehen zu können, kehrte zu Nathalie zurück mit den Worten: »Sie haben gerade eine neue Runde gekriegt. Wir nehmen die Hintertür, damit sie uns nicht sehen.«

57

Obwohl sie fast liefen, war die Kälte unerträglich. Als sie den Parkplatz erreichten, sagte Nathalie, sie müssten ihre Jacken holen. Zu ihrer Erleichterung begegnete ihr niemand. Kaum hatte Nathalie den Motor angelassen und war vom Parkplatz gefahren, als die roten Ziffern auf dem Willkommensschild auf 00.48 umsprangen. Die Temperatur war auf minus einunddreißig Grad gesunken, und die Dunkelheit war schwärzer denn je.

»Scheiße, es ist so kalt, dass das Benzin gleich einfriert«, zitterte Johan.

»Ich glaube, uns hat niemand gesehen«, meinte Nathalie und überprüfte das im Rückspiegel, als sie auf die Bundesstraße abbogen.

»Noch nicht mal Sebastian«, stimmte Johan ihr zu. »Ich simse Gunnar, dass wir schlafen gehen, damit er sich nicht wundert.«

Mit steifen Fingern tippte er aufs Display ein. Auf der Straße war kein Verkehr, und bei Nathalie stellte sich das Gefühl ein, dass sie beide allein auf der Welt waren.

War Ebba näher, als sie es sich hatten vorstellen können? Hatte Jack sie in der Werkstatt versteckt? Aber warum sollte er das tun? Sie dachte an Josef Fritzl und daran, dass alles möglich war. Gleichzeitig konnte sie sich nicht vorstellen, dass Jacks verzweifelte Wut vorgetäuscht war.

»Gunnar antwortet mit dem Daumen nach oben«, sagte Johan und legte sein Handy auf den Schoß.

»Wollen wir dem Team Bescheid sagen?«

»Nein, das hier ist reine Spekulation, und wir haben formal keine Befugnis. Du hältst also Alex für glaubwürdig?«

»Ja. Die Geschichte ist klar und in sich schlüssig. Ich hatte den Eindruck, dass er lange darüber nachgedacht hat, ob er das erzählen soll. Bedenkt man, wie eng befreundet Gunnar und Jack zu sein scheinen, kann man doch verstehen, dass er den Mund gehalten hat. Also war das für ihn die Gelegenheit, als ich auf ihn zugegangen bin.«

Sie fuhren an der Polizeidienststelle vorbei. Die Schmiererei war noch dort. Sie dachte an die gegenseitigen Schikanen zwischen Ebba und Alice. Zum Glück waren Tea und Gabriel bisher von Mobbing verschont geblieben, doch die Jahre mit den heftigsten Kämpfen in der Mittel- und Oberstufe hatten sie noch vor sich. In einer Zeit, in der ständig neue Foren in den sozialen Medien aufkamen, war man als Elternteil machtlos, da konnte man noch so sehr versuchen, seine Kinder zu schützen.

»Wie, hast du dir gedacht, kommen wir da rein?«, fragte sie und fuhr am Bahnhof vorbei.

»Ich habe das hier dabei«, antwortete Johan und zog einen Dietrich aus dem Ledermantel. »Außerdem habe ich Taschenlampen mitgenommen.«

Schweigend fuhren sie an der Straßenlaterne vorbei, unter der Ebba in ein Auto gestiegen war. Der Motorsportklub war ebenso wenig zu erkennen wie Jacks Werkstatt. Sie bog ab und fuhr auf den Bahnübergang zu. Das unterste Licht in dem auf die Spitze gestellten Dreieck pulsierte weiß wie ein Suchlicht, wie ein Zeichen von Leben im Nichts. Danach kam der vertraute Hubbel über die Schienen, und dann waren es nur noch hundert Meter. Sie fuhren langsam näher, suchten das Gelände um die Werkstatt ab. Niemand, so weit das Auge reichte.

Die Werkstatt war in einem roten barackenartigen Holzgebäude hundert Meter vom Motorsportklub entfernt untergebracht. Kein Auto stand in der Nähe, aber im Schnee links und rechts von einem geräumten Weg zur Eingangstür gab es Spuren von Reifen und Schuhen. Auf der Tür war ein Schild mit dem Schriftzug JACK LINDGREN AB angeschraubt.

Sie setzten Mützen auf, zogen Handschuhe an und stiegen aus. Die Schritte knirschten auf der harten Schneedecke, ansonsten war es mäuschenstill, von ihren Atemzügen einmal abgesehen.

Sie schauten sich um. Der Mond ergoss sein silbernes Licht über den See und die umliegenden Hügelrücken, erhellte jede Schneewehe wie ein Relief vor der Dunkelheit. Trotz des Adrenalinschubs kam sich Nathalie klein und andächtig vor. Sie waren von unzähligen Bäumen umgeben, die sich Kilometer für Kilometer erstreckten. Wie eine Reminiszenz daran, dass der Mensch gegen die Natur keine Chance hatte, wenn es wirklich hart auf hart kam.

»Von hier aus sieht man weder Jacks Haus noch die Stelle, an der sie verschwunden ist«, stellte Johan fest.

»Aber man sieht die oberen Stockwerke von Mården«, entgegnete Nathalie.

Schweigend gingen sie zur Tür, stellten fest, dass sie ein handelsübliches Schloss und keine Alarmanlage besaß.

»Sieht ziemlich einfach aus«, meinte Johan und linste durch das Seitenfenster. »Ich sehe nicht viel, gehe aber einmal rum, bevor wir reingehen. Wartest du hier?«

»Klar.«

Johan marschierte auf die südliche Hausecke zu. Die Schäfte

seiner Boots waren gerade so hoch, dass kein Schnee hineindrang. Die harte Schicht zerknackte ununterbrochen in große neue Formen, die an Mandelflan erinnerten, den sie und die Kinder immer backten. Sie ging auf und ab, schlang die Arme um sich, um sich warm zu halten. Nach einer Minute, die sich wie zehn anfühlte, war Johan wieder zurück.

»Rundherum gibt es Fenster, aber keine weitere Tür. Jetzt gehen wir rein.«

»Bist du sicher, dass das hier eine gute Idee ist?«

»Ja.«

Sie lächelte in sich hinein. Er ist sich so sicher, dass er noch nicht mal zu argumentieren braucht, dachte sie. Er zog die Handschuhe aus, bat sie, sie zu halten, und machte sich daran, das Schloss aufzustochern. Nach einer Weile klickte es. Er zog den rechten Handschuh an und drückte die Tür auf. Sie starrten in die Dunkelheit, erahnten Umrisse, die sie nicht zuordnen konnten, und spürten einen warmen Luftzug. Vorsichtig betraten sie die Werkstatt, und Johan schloss ab.

»Vergiss nicht, die Handschuhe anzubehalten.«

Sie schalteten die Taschenlampen ein, sahen, wie sich die Lichtkegel bis zur hinteren Wand in die Dunkelheit bohrten. Alles war still, nicht ein Staubkorn war zu sehen. Es roch nach Holz, Malerfarbe und Metall. Die Werkstatt bestand aus einer großen Halle mit Pantry und einer Toilette ganz hinten. Der Raum war mit Schränken, Tischen und Stühlen übersät, die aussahen, als wären sie nach Reparatur und Lackierarbeiten am Tag stehen gelassen worden.

»Normale Sachen«, stellte Johan fest und beleuchtete eine Tischkreissäge, die neben einem Häcksler und einer Bandsäge stand. An der einen Seite befanden sich eine Hobelbank und eine Drehmaschine, an den Wänden hingen Werkzeuge.

»Es gibt keine augenfälligen Hinweise, dass sie hier ist«, sagte Nathalie. »Und warum sollte Jack sie hierhergebracht haben?«

»Weiß nicht. Aber laut deinem Zeugen ist er hierhergefahren, nachdem sie beschlossen hatte, zu Fuß zu gehen. Das reicht, damit wir überprüfen, ob wir diese Möglichkeit ausschließen können.«

Sie drangen weiter vor. Nathalie beleuchtete die Werkzeugwand. Dort hingen Messer, Hammer, Stemmeisen, Bolzen, Ahlen und jede Menge andere Werkzeuge, deren Verwendungszweck sie nicht einmal erahnte.

»Viele von den Messern ähneln dem, mit dem Pierre erstochen wurde«, stellte sie fest und hörte, wie verändert ihre Stimme klang.

»In dem Fall hätte er es hier wohl kaum wieder zurückgehängt«, meinte Johan.

Er schaute in der Pantry, sie auf der Toilette nach. Weil es dort kein Fenster gab, zog sie die Tür hinter sich zu und schaltete das Licht ein, blinzelte ein paarmal, bis sich ihre Augen daran gewöhnt hatten. Ein blassgelber Vorhang hing vor einer Duschkabine. Sie zog ihn beiseite und dachte an die Szene in Hitchcocks *Psycho*, den sie und Estelle als Kinder an einem Abend aus Versehen geschaut hatten, als Sonja mit Victor an einem der unzähligen Geschäftsessen teilnahm.

Dort hing nur ein Duschkorb mit einer Flasche Shampoo, einem Stück Seife und einem Rasiermesser. Sie guckte in den Abfluss, entdeckte aber keine Haarsträhnen von Ebba. An einem Haken an der Wand hing ein abgenutztes Handtuch mit dem Aufdruck *Svartviken Hockeyklub*.

Sie drehte sich zum Spiegel um und war erstaunt, wie blass und gestresst sie aussah. Dann richtete sich ihre Aufmerksamkeit auf die Ablage unter dem Spiegel. Dort standen eine Tube Rasierschaum, ein Deo, und eine Haarbürste lag da. Sie nahm die lila Haarbürste, die nicht aussah, als wäre sie nach Jacks Geschmack. Sie musterte sie von allen Seiten. Da entdeckte sie es: Ein langes blondes Haar bewegte sich bei jeder Bewegung wie ein elektrischer Fühler. Sie öffnete die Tür zehn Zentimeter. »Johan, komm mal!«

Sie fixierte das Haar, während sie seine schnellen Schritte hörte. Sie stand stocksteif, wollte nicht riskieren, dass das Haar hinunterfiel. »Guck mal, siehst du das lange blonde Haar?«

Er machte die Taschenlampe aus und beugte sich vor.

»Das kann bedeuten, dass sie hier gewesen ist«, stellte er fest.

»Oder dass er sie hierher mitgenommen hat.«

»Warum sollte er das machen? Leg sie wieder dahin, wo sie war.«

Sie schaltete das Licht aus, und beide setzten die Suche in der Werkstatt begleitet von den Lichtkegeln fort, die um sie herumfegten. Johan ging zur größten Maschine im Raum. Die Tischkreissäge gehörte zu den größten, die er je gesehen hatte. Sie glich einem riesigen Insekt, als er den Lichtkreis methodisch über ihre Teile klettern ließ. Auf und unter ihr lagen Metall- und Sägespäne. Auf dem Boden darunter hatte Malfarbe braunschwarze Flecken hinterlassen. Einige Flecken waren im Ton heller und röter.

Das kann nicht sein, dachte er und ging in die Hocke, leuchtete mit der Lampe in verschiedene Richtungen, verglich die Oberfläche und die Farbe und spürte, wie sich sein Puls beschleunigte. Er rief nach Nathalie.

Auf halbem Weg stolperte sie über einen Plastikteppich im gleichen Grau wie der Boden, fand aber ihr Gleichgewicht wieder und machte die noch übrigen Schritte zu ihm. Sie beugte sich nach unten und hatte wieder ein mulmiges Gefühl.

»Blut?«, fragte sie.

»Sieht so aus. Das kann man aber unmöglich mit Sicherheit sagen.«

Er leuchtete mit der Taschenlampe so nah wie möglich, meinte zu sehen, dass die Flecken unter der lederartigen Oberfläche röter wurden.

Er sah sie an. Sein Dreitagebart und die dunklen Ringe unter den Augen zeichneten sich schaurig deutlich im Schein der Taschenlampen ab. Eine Woge von Schwindel überkam sie, und sie stützte sich an seiner Schulter ab.

»Aber du glaubst doch nicht etwa, dass ...?«

Sie mochte die Frage nicht ganz aussprechen. Johan beschrieb mit dem Lichtkegel einen Kreis, den er sukzessive auf dem Boden erweiterte. Weil er nichts von Belang entdecken konnte, nahm er ihre Hand und zog sie hoch, strahlte das Sägeblatt an. Es hatte die Größe einer Schallplatte, war aus glänzendem Hartmetall hergestellt, versehen mit Hunderten von Zähnchen, die den Eindruck machten, als könnten sie fast alles durchsägen. Auf einem Aufkleber stand, dass sie neunzehnhundert Umdrehungen die Minute machte.

Johan beleuchtete die Zähne, umrundete im Uhrzeigersinn das Sägeblatt, das erstaunlich sauber war, als wäre es noch nie im Einsatz gewesen.

»Anscheinend hat er es sauber gemacht«, meinte Johan und hörte die Anspannung in seiner eigenen Stimme.

»Er kann sich doch auch geschnitten haben«, hörte sie sich sagen.

»Aber warum hat er einen Teppich mitten auf dem Boden liegen?«

Sie beleuchtete die Stelle, an der sie gestolpert war. Auf dem

Teppich standen eine Vitrine, eine Bauernholzbank und ein Kleiderschrank.

»Komm, ich will wissen, was da drunter ist.« Er ging an der Falte, hinter der sie mit dem Fuß hängen geblieben war, in die Hocke und tastete sie von allen Seiten ab. »Ich fühle nichts, will aber trotzdem nachgucken.«

Er legte die Taschenlampe auf einer Bank so ab, dass sie in Kniehöhe Licht hatten.

»Übertreibst du jetzt nicht? Meinst du, er hat hier eine Geheimluke, oder was? Gibt es so was nicht nur im Kino?«

»Die Fiktion spiegelt die Wirklichkeit wider, sagst du doch immer, oder?«, konterte er und packte die eine Seite der Holzbank.

Sie fasste an der anderen Seite an, und gemeinsam schoben sie das Möbelstück beiseite.

Johan rollte den Teppich auf. »Was für eine Scheiße ist das denn!«, rief er aus, als er sah, dass dort eine im Boden eingelassene Luke zum Vorschein kam. Sie maß ein mal einen Meter, war aus Metall und mit Schrauben und Beschlägen an der Stelle versehen, wo sich der Griff hätte befinden sollen.

Sie schauten sich an.

Die Stille war ohrenbetäubend.

58

Ein paar Sekunden standen sie wie versteinert da und starrten auf die Luke. Dann legte Johan los.

»Hilf mir bei der Suche nach etwas, womit wir sie aufkriegen können. Mir ist, als hätte ich in der Pantry einen Griff gesehen.«

Nathalie ging zur Hobelbank, in der an die zwanzig Schubladen waren. Sie hatte gerade drei durchsucht, als Johan rief: »Ich hab's!«

Sie leuchtete ihn an. In der Hand hielt er einen silberfarbenen Griff.

Mit Herzklopfen traf sie ihn an der Luke. Der Griff passte perfekt. Mit einem Ruck riss er sie auf. Kein Quietschen von den Scharnieren, kein Staub. Sie beide kamen zu dem Schluss, dass sie vor nicht allzu langer Zeit geöffnet worden war.

Sie leuchteten nach unten in die undurchdringliche Dunkelheit. Eine zwei Meter lange Leiter führte auf einen Zementboden.

Sie wechselten einen Blick. Wenn Ebba sich da unten aufhielt, dann war sie kaum mehr am Leben.

Johan nahm eine der beiden Taschenlampen, als er die Leiter hinunterkletterte. Dunkelheit umgab ihn. Er tat sein Bestes, den Raum unter sich zu erleuchten, doch der Lichtkegel verbarg mehr, als er preisgab. Auf dem Boden angekommen, kroch ihm die Kälte die Beine hoch, und er leuchtete nochmal alles um sich aus.

Der Raum war quadratisch und halb so groß wie die Werkstatt. In der Mitte standen eine Metallanrichte und ein Holztisch. Messer, Scheren, Schneidebretter und zwei Rollen Plastiktüten. Ein Ort zum Schlachten, dachte Johan und leuchtete weiter die gut zehn Kühltruhen an, die an den Wänden aufgereiht waren. Er meinte, Blut zu riechen, und beleuchtete den Fußboden. Der war sauber, als wäre er erst vor Kurzem geschrubbt worden.

»Was siehst du?«, fragte Nathalie.

Er antwortete: »Würde mich nicht wundern, wenn die Boxen voller gewildertem Fleisch sind. Warum hätte er sonst so einen Bunker bauen sollen?«

»Hoffentlich hast du recht«, meinte Nathalie.

Als er die nächste Kühltruhe erreicht hatte, rief sie: »Warte!«

Er wich zurück, leuchtete zu ihr hoch. Sie hatte das Gesicht zur Tür gedreht.

»Ich höre einen Motor, klingt, als käme da jemand.«

Johan kletterte nach oben. Als er sich neben sie auf den Boden stellte, verstummte das Geräusch. Das Auto hatte direkt vor der Werkstatt gehalten.

»Mach die Taschenlampe aus«, sagte Johan. Es wurde dunkel, doch hauchdünne Schleier vom milchigen Mondschein drangen durch die Fenster. Schritte näherten sich, gefolgt vom Laut eines Schlüssels, der ins Schloss gesteckt wurde. Johan nahm seine SIG Sauer aus dem Holster, hielt sie mit ausgestrecktem Arm parallel zum Bein und machte zwei Schritte auf die Tür zu.

Sie ging auf. Die Umrisse einer Person zeichneten sich vor dem Hintergrund des weiß zugefrorenen Sees ab. Dann wurden vier Glühbirnen eingeschaltet. Das Licht stach in den Augen, doch Johan und Nathalie zwangen sich, nicht zu blinzeln.

Jack stand in der Tür. Er trat ein und starrte sie entsetzt an. Seine tief liegenden Augen funkelten vor Wut, und seine Haare leuchteten im Schein der nackten Birnen, als hätten sie Feuer gefangen.

»Was, verdammte Scheiße, machen Sie hier?«

Er schaute zur Luke, auf das Möbelstück, das sie beiseitegeschoben hatten, und dann wieder Johan und Nathalie an, ging fuchsteufelswild zielstrebig auf die beiden zu, als wollte er sie wie Kegel umwerfen.

»Immer mit der Ruhe«, mahnte Johan. Er hörte, wie dumm das klang, und die Worte schienen Jack noch mehr in Rage zu bringen. Die Situation war merkwürdig. So etwas hatte er als Polizist noch nicht erlebt. Es gab nur einen Weg, um Gewalt zu verhindern.

Er hob die Pistole: »Stehen bleiben! Das hier ist ein mutmaßlicher Tatort, und wir werden eine Hausdurchsuchung durchführen.«

Jack zuckte zusammen, als hätte man ihm eine Ohrfeige verpasst, blieb aber stehen und hob die Hände.

»Das ist doch Schwachsinn. Was verdammt wollen Sie hier?«

Johan sagte zu Nathalie, sie solle Granstam anrufen. Drei Minuten später waren sämtliche Kollegen inklusive Gunnar unterwegs. In der Zwischenzeit hatte sich Jack auf die Bauernbank gesetzt. In sich zusammengesackt, hockte er mit den Händen vor dem Gesicht da und sagte kein Wort mehr.

59

Johan und Nathalie standen in ein paar Metern Entfernung von Jack und warteten, dass er die Hände vom Gesicht nahm. Nachdem er eine gute Minute lang den Kopf geschüttelt, mal unartikuliertes Grunzen ausgestoßen hatte, richtete er sich auf und ließ die Hände in den Schoß fallen.

In dem grellen Licht sah er abgezehrter aus als in dem gnädigen Dämmerlicht in der Kneipe, aber sein Blick war scharf wie eine Rasierklinge.

»Jetzt müssen Sie erklären, was Sie hier wollen!«

Johan zögerte. Am liebsten hätte er Jack sofort vernommen, doch sie hatten bereits gegen alle Regeln verstoßen, als sie sich ohne Erlaubnis Zugang verschafft hatten. Eine Vernehmung unter diesen Umständen würde von jedem Winkeladvokaten für null und nichtig erklärt werden. Doch hier standen sie nun mitten in der Nacht mit dem Vater des Mädchens, das verschwunden war, und die Chance, sie lebendig zu finden, sank mit jeder Minute.

»Okay«, sagte Johan. »Aber dann müssen wir es wie ein offizielles Verhör aufzeichnen.«

»Machen Sie, verdammte Scheiße, was Sie wollen!«, rotzte Jack ihnen die Worte vor die Füße und schlug mit den flachen Händen auf den Deckel der Holzbank. »Sie sind es anscheinend nicht gewohnt, um Erlaubnis zu fragen, bevor Sie das Leben anderer Leute auf den Kopf stellen.«

»Nathalie, kannst du das filmen?«, bat Johan.

Sie nickte und holte ihr Handy aus der Handtasche. Johan trat näher an Jack heran, hielt aber genug Abstand, um einem Angriff ausweichen zu können. Nathalie startete die Aufnahme. Würde jetzt die Auflösung kommen?

»Woher wussten Sie, dass wir hier sind?«, begann Johan.

»Ich habe gesehen, wie Sie hergefahren sind. Kam mir verdammt komisch vor. Bin hinterher und habe das Licht von den Taschenlampen gesehen.«

»Weiß Gunnar, dass Sie uns gefolgt sind?«

»Nein, bin einfach weg.«

»Sie haben uns belogen«, sagte Johan. »Zweimal, genauer gesagt. Am besten, Sie geben zu, worüber, wann und vor allem *warum*. Einverstanden?«

Jack zitterte in seiner Daunenjacke und warf einen Blick auf die Bodenluke. »Okay, ich habe eine Menge Elchfleisch, das nicht den üblichen Weg genommen hat.«

»Und?«

»Ich bin hergefahren, als Ebba beschlossen hatte, zu Fuß zur Kirche zu gehen. Zuerst wollte ich sie einsammeln, aber als ich gesehen habe, wie entschlossen sie die Straße entlangmarschiert ist, habe ich mich dafür entschieden, an der Kreuzung links auf die Bundesstraße abzubiegen. Ich muss den Scheißvolvo um höchstens eine Minute verpasst haben!«

Hitzköpfig hielt er sich wieder die Hände vors Gesicht, begann, sich vor und zurück zu wiegen. Als er die Hände wegnahm, war sein Gesicht vor Reue verzerrt. Seine Stimme war kaum wiederzuerkennen, als er schrie: »WISSEN SIE, WIE ICH MICH FÜHLE?«

Er schaute auf seine Hände und grinste.

Gleich kommt der Zusammenbruch, dachte Nathalie. Sie hatte traumatisierte Patienten erlebt, die direkt in eine Psychose abrutschten. Als den einzigen Weg aus allem, als die einzige Rettung jenseits des Todes.

»Nein, das wissen Sie nicht«, beantwortete Jack sich selbst die Frage. Die Macht der Worte schwand mit jeder weiteren Silbe. »Ich habe eine falsche Entscheidung getroffen, und ich ...«

Er knackte mit den Daumennägeln. Johan sah Nathalie an. Nach einer Weile gab sie ihm mit einem Nicken zu verstehen, dass er weiterfragen solle.

»Was haben Sie hier also gemacht?«

»Getischlert, Fleisch geholt.«

»Warum haben Sie gelogen?«

Jack warf erneut einen Blick auf die Luke und sah dann Johan an: »Was glauben Sie wohl?«

»Sie müssen es aussprechen, obwohl ich glaube, ich habe es kapiert.«

»Ja, zum Teufel, nicht mal in unserem kleinen gottverlassenen Dorf ist Wilderei erlaubt.«

»Stimmt. Und die andere Lüge?«

»Was meinen Sie? Reden Sie Klartext, verdammt!«

»Sie waren auch nicht zu Hause, als Pierre Jonsson erstochen wurde.«

Jeder Muskel in dem bulligen Körper spannte sich an. Johan hielt die Pistole im Anschlag, verlagerte das Gewicht von einem Bein aufs andere.

»Ach nee? Und wo war ich dann?«

»Sie sind an Mården vorbei in Richtung Pierres Wohnung gefahren.«

Seine Augen verengten sich zu einem finstern Blick.

»Kann mich nicht dran erinnern. Wollte in dem Fall wohl raus und suchen. Aber ich habe ihn nicht umgebracht, obwohl ich es gern getan hätte.«

»Ihnen ist bestimmt klar, dass es merkwürdig klingt, wenn Sie lügen, Sie wären zu Hause gewesen, als die beiden Straftaten begangen wurden.«

Jack machte den Eindruck, als wollte er etwas sagen, was ihm aber nicht über die Lippen kam, und sein Gesicht erstarrte zu einer schiefen Fratze.

»Ich kann verstehen, dass Sie zu Pierre gefahren sind, um sich zu rächen«, fuhr Johan vertrauensvoll fort. »Sie haben erfahren, dass die Suche abgebrochen worden war, und dann ist Ihnen einfach der Kragen geplatzt.«

Jack stand auf: »Ich war das nicht! Kapieren Sie das?«

Johan wusste nicht, was er glauben sollte. Die Wut schien echt zu sein. Gleichzeitig hatte so eine Rage dazu geführt, dass Pierre erstochen wurde.

»Wer hat Ihnen das gesagt?«, wiederholte er. »War das die blöde Kuh?«

»Meinen Sie Ihre Ex-Frau Jenny Lindgren?«, schob Nathalie ein. Die Wortmeldung kam wie ein Reflex. Abfällige Ausdrucksweise duldete sie nicht. Als Jack sie aus seinen rot gesprenkelten Augen anschaute, war ihr klar, dass so etwas für ihn unwichtig war. In seiner Welt hatte die Wahl der Worte keine Bedeutung.

»Wie haben Sie Wind davon bekommen?«

»Beantworten Sie einfach die Frage«, ließ Johan nicht locker.

Jack seufzte, fuhr sich durchs Haar.

»Ja, ich meine meine Ex-Frau Jenny Lindgren.«

Sie hörten, dass Autos kamen.

»Noch eine Frage«, sagte Nathalie. »Wem gehört die Haarbürste im Badezimmer?«

Jack sah sie traurig an: »Ebba. Die hat sie vor ein paar Wochen hier vergessen.«

»Danke«, sagte Nathalie und schaltete die Aufnahme aus.

Die Motorengeräusche verstummten. Autotüren knallten, Stimmen näherten sich, und dann flog die Tür auf.

60

Gunnar war der Erste, dicht gefolgt von Maria, Angelica und Tim. Ein paar Meter dahinter kam Granstam. Nathalie konnte an ihm keinerlei Anzeichen von Enttäuschung oder Trunkenheit feststellen. Sie sah nur die Entschlossenheit eines Chefs, der den Fall um jeden Preis aufklären wollte. Gunnar trat vor, sah fast genauso wütend aus wie Jack, grüßte mit einem strammen Nicken und wandte sich an Johan.

»Aha, und was soll das hier? Ich dachte, wir hätten uns darauf geeinigt, alles gemeinsam zu machen?«

»Ich habe den Tipp bekommen, dass Jack hierhergefahren ist, als Ebba auf dem Weg zur Kirche war, und wollte mal nachgucken.«

Granstam holte sie schnaufend ein, wischte sich den Schweiß von der Stirn und drehte sich zu Gunnar um: »Ich und der Staatsanwalt haben die Entscheidung getroffen. Wir sind einfach nicht dazu gekommen, Sie zu informieren.«

Nathalie und Johan tauschten einen Blick mit ihrem Vorgesetzten, beeindruckt und dankbar für die Lüge.

Johan berichtete von der Vernehmung, wählte die Worte mit Bedacht, damit Jack sich nicht verletzt fühlte. Wider Erwarten tat er das auch nicht.

»Aha, und was haben Sie gefunden?«, fragte Gunnar und ging zur Luke.

»Einen Geheimkeller mit einem Dutzend Kühltruhen, von denen er behauptet, sie seien voller Elchfleisch«, antwortete Nathalie.

»Wilderei«, sagte Johan.

Gunnar seufzte und fuhr sich über den Bart. Alle in der Gruppe gingen davon aus, dass er den Begriff nicht zum ersten Mal hörte.

»Ja«, sagte Granstam und watschelte zum Loch. »Steigen Sie beide runter und gucken nach.« Er nickte Nathalie und Johan zu.

»Das ist zum Teufel noch mal Schwachsinn«, sagte Jack und sah mit einer Mischung aus dringlicher Bitte und Verzweiflung Gunnar an. »Sollten die nicht meine Tochter finden?«

Johan stieg zuerst nach unten, fand einen Lichtschalter, und zwei Neonröhren sprangen an, die so grell waren, dass sich seine Augen erst nach einer Weile daran gewöhnt hatten. Nebeneinander gingen er und Nathalie in die nächste Ecke und öffneten je eine Kühltruhe. Beide waren randvoll mit durchsichtigen Plastiktüten voller Fleischstücke. Die Tüten waren mit rotem Filzstift beschriftet. Sie wühlten herum, lasen und schauten den Inhalt an: Keule, Schulter, Vorderbein, Entrecote, Roastbeef und Brust.

Sie überprüften die Truhen nacheinander, während Maria, Angelica und Tim abwechselnd nach unten kletterten und sich umschauten.

»Scheint die Wahrheit zu sein«, stellte Johan fest, als sie fertig waren.

Sie untersuchten die Schlachtbank, den Tisch und die Messer. Alles war blitzblank.

»Kann er mit einem von denen Pierre umgebracht haben?«,

fragte Nathalie und zeigte auf die Messer in den Größen von Mora-Messer bis Machete.

»Ja, aber wenn, dann hat er alle Spuren beseitigt«, erklärte Angelica.

Mit dem Handschuh zog Johan das größte Messer aus dem Ständer, drehte es hin und her und sah, dass er sich in der Klinge spiegelte. Als sie fertig waren, schauten sie sich an. Johan zuckte mit den Schultern, und sie kletterten nach oben.

Jacks Blick war genauso feindselig wie zuvor.

»Wir haben nur das gefunden, was Jack angegeben hat«, sagte Nathalie.

»Müssen wir die Spurensicherung herbestellen?«, fragte Granstam.

Johan dachte nach.

»Ja, ich bin der Meinung, wir müssen hier jeden Stein umdrehen.«

Jack schoss von der Bank hoch, als hätte ihn ein Peitschenhieb getroffen.

»Aber das ist doch ganz große Scheiße!«

61

Gunnar stellte sich vor Jack und hielt ihn davon ab, auf Johan loszugehen, legte seine Hände auf Jacks Schultern und fing den wutentbrannten Blick ein.

»Komm schon, Jack! Reg dich ab. Ich weiß, dass du unschuldig bist, aber die Ermittlung muss ihren Gang gehen.«

Jack stellte das infrage, und die Wut blieb, verebbte aber zur Erleichterung aller. Johan fand, dass Gunnar zum ersten Mal etwas getan hatte, das ihn beeindruckt hatte.

Die Hände weiterhin auf Jacks Schultern, sagte Gunnar, dass es ihnen nur um die Ermittlung gehe, nicht um das Fleisch. Dann drehte er sich fragend zu Granstam um. »Stimmt doch? Beim Fleisch können Sie ein Auge zudrücken, oder?«

»Ja«, sagte Granstam, »uns interessiert es nicht, woher das kommt.«

»Davon muss im Bericht also nichts stehen?«, wollte Gunnar wissen und sah mal Johan, mal Nathalie an.

»Meinetwegen nicht«, erklärte Johan, und Nathalie schüttelte den Kopf. Dass Anna-Karin Tallander sich das Verhör anschauen und das nicht durchgehen lassen würde, brauchten sie nicht zu erwähnen.

»Ich rufe A-K an und bitte sie, das so zu regeln«, sagte Tim.

»Was passiert jetzt?«, fragte Jack.

»Wir sperren hier ab und halten Wache, bis die Untersuchung abgeschlossen ist«, antwortete Granstam. »Maria und Angelica, sind Sie einverstanden, dass Sie beide hierbleiben?«

»Klar«, sagten beide wie aus einem Mund. Maria sah gechillt aus, Angelica mäßig amüsiert.

Gunnar legte den Arm um Jack und führte ihn mit einer brüderlichen Vertrautheit, die Nathalie erstaunte, zur Tür.

»Darf ich wenigstens in meinem Auto nach Hause fahren?«, fragte Jack flehend und schwächlich. »Ich habe ja nur zwei Pilsner getrunken.«

»Klar, ich sorge dafür, dass du gut nach Hause kommst«, sagte Gunnar. Er sah Granstam an, der nickte.

Sie verließen die Werkstatt, halfen Maria und Angelica beim Anbringen des Absperrbandes und fuhren zum Hotel. Tim folgte mit Gunnar.

Als Nathalie auf die Bundesstraße abbog, sagte Granstam: »Eben habe ich Ihnen aus der Patsche geholfen. Wie Ihnen klar sein dürfte, habe ich natürlich nicht mit dem Staatsanwalt gesprochen.«

»Vielen Dank«, sagte Johan. »Aber nach dem Tipp ist uns nichts anderes übrig geblieben.«

Nathalie nickte, merkte, dass Granstam sie von der Seite ansah, und wusste, dass die Lüge ihren Preis haben würde. Es war nicht schwer zu erraten, in welcher Währung er die Bezahlung haben wollte.

62

Um halb zwei parkte Nathalie den Minibus vor dem Hotel. Die Temperatur war auf minus dreiunddreißig Grad gesunken, es fühlte sich jedoch nicht kälter an als bei ihrer Abfahrt. Vermutlich haben wir die Grenze überschritten, bis zu der wir Kälte einschätzen können, dachte Nathalie.

»Bis zu welchem Minusgrad es wohl die Temperatur anzeigen kann?«, fragte Johan mit einem Nicken auf die roten Ziffern.

»Das wollen Sie gar nicht wissen«, antwortete Granstam mit dem Anflug eines Lächelns, das in eine Grimasse entglitt, als er sich aus dem Fahrzeug schob. Die Mützen bis zu den Augen hinuntergezogen, gingen sie zum Eingang.

In der Kneipe wurde gefeiert, als wäre nichts passiert. Zwei Männer wankten, die Arme umeinander geschlungen, ins Dorf. Weil sie nur auf den Boden vor sich schauten, bemerkten sie die drei Polizisten nicht, obwohl sie in nur fünf Metern Abstand an ihnen vorbeigingen.

Als Johan die Tür aufzog, hörten sie, wie jemand von der Straße nach ihnen rief. »Warten Sie!«

Sie drehten sich um. Tim, der von Gunnar mitgenommen worden war, lief auf sie zu. Sie betraten das Hotel und warteten im Foyer. Als Tim sie erreicht hatte, musste er erst einmal tief durchatmen, zweimal mit dem Asthmainhalator sprühen und nach Luft japsen.

»Meinen Sie, die Techniker finden was?«, fragte Granstam, nachdem er mit Anna-Karin am Telefon die Lage besprochen hatte.

»Ich glaube, Jack hat Pierre umgebracht«, meinte Johan. »Aber Spuren werden wir nicht finden.«

Niemand stimmte seiner Vermutung zu, stellte sie infrage oder widersprach ihr.

»Wir treffen uns um neun in der Dienststelle«, meldete sich Granstam wieder. »Die angebotenen Frühstückspakete sind im Kühlschrank in der Küche, die können Sie sich einfach rausnehmen.«

»Gute Nacht, morgen lösen wir diesen Fall«, sagte Johan und drehte sich zum Gehen um. Tim stimmte ihm gähnend zu und folgte ihm.

Nathalie und Granstam bewegten sich in einem gemächlicheren Tempo vorwärts. Als sie den Korridor erreichten, sahen sie, wie sich die Zimmertüren hinter den beiden Kollegen schlossen.

Nathalie blickte den leeren Korridor hinunter und war enttäuscht. Sie hätte sich gern noch eine Weile allein mit Johan unterhalten. Oder vielleicht auch mehr als nur unterhalten. Ach nein, so war es am besten. Keine weiteren wunderbaren Fehltritte mehr, die sie beide nur noch mehr verstrickten, aneinanderbanden. Dreihundertzehn Kilometer und zwei Kinder. Außerdem hatte Johan Carolina. Es war unmöglich. Doch das Gefühl verdrängte die Vernunft. Sie stellte sich sein Gewicht, seine Hände, seinen Atem vor.

Nein, jetzt musste sie sich zusammenreißen. Sie war zum Arbeiten hier. Granstam legte ihr seine Bärenpranke auf die Schulter und schaute sie aus sanften braunen Augen an.

»Ja, wie gesagt, Nathalie. Eine Hand wäscht die andere. Und nach dem heutigen Abend werde ich bestimmt kein Auge zumachen.«

Nein. Jetzt macht er sich noch nicht mal mehr die Mühe, die Frage zu verpacken.

»Das mit dem Staatsanwalt regele ich, ich kenne ihn schon seit vielen Jahren«, fuhr er fort. »Aber das darf nicht wieder vorkommen, das verstehen Sie hoffentlich. Nur eine Tablette, dann kann ich schlafen, mehr verlange ich nicht.«

»Sie haben Alkohol getrunken und dürfen auf keinen Fall Sobril oder eine andere Schlaftablette einnehmen, das wissen Sie genau!«

»Ja, aber ich brauche was, und ich habe das früher auch schon kombiniert«, ließ er nicht locker.

»Sie können eine Lergigan bekommen«, sagte sie.

»Okay«, seufzte er und nahm seine Hand weg. Sie ging in ihr Zimmer und holte eine Tablette.

»Danke, das werde ich Ihnen nicht vergessen.«

Wieder in ihrem Zimmer, überkam sie Scham. Warum hatte sie sich nur so leicht weichklopfen lassen? Die Situation befand sich allerdings außerhalb ihrer Komfortzone, und bei der Scheidung hatte sie sich geschworen, den Mut zu haben, an Prinzipien zu rütteln: den Mut zu haben, ihre Entscheidungen unter konsequenzethischen statt moralischen Gesichtspunkten zu treffen. Ingemar zu helfen, fühlte sich richtig an, obwohl sie es nicht ausstehen konnte, dass er mit seiner Machtstellung drohte. Dass das zum letzten Mal vorgekommen war, konnte sie sich nicht mehr weismachen.

Mechanisch hängte sie die Jacke auf, zog die Schuhe aus und stellte sie symmetrisch nebeneinander. Warum war Johan einfach gegangen? War er müde, oder vermied er, mit ihr allein zu sein?

Die Sehnsucht nahm zu. Sie spürte sie in ihrem Kopf, ihrem Herzen und ihrem Geschlecht.

Sollte sie zu ihm rübergehen? Nein. Das Über-Ich war am stärksten, musste am stärksten sein.

Sie trat ans Fenster, schaute auf die Fußabdrücke, stellte sich Ulf vor, wie er dort gestanden und sie angeglotzt hatte. Die Kälte drang durch die Scheibe, und sie zitterte. Sie zog die Vorhänge zu und rief das Foto von Tea, Gabriel, Tilde und Håkan auf. Die lächerlichen Weihnachtspullover, das künftige Geschwisterchen in dem wachsenden Bauch. Würde bestimmt ein hübsches Kind mit Tildes exotischen Zügen und goldenem Teint werden.

Voller Sehnsucht schaltete sie das Display aus und schloss das Handy ans Ladegerät an, ging zum Schreibtisch, holte Ebbas Aufsatz heraus und wog ihn in der Hand. Zerstreut blätterte sie vor und zurück, las hier und da ein paar Zeilen, hatte das Gefühl, dass da noch etwas anderes wichtig war als nur die Geschichte. Bestimmte Ausdrücke erinnerten sie an etwas.

Aller guten Dinge sind drei. Jeglicher Tag hat seine eigene Plage. Die Sünde trägt ihren Lohn in sich.

Das war nicht die Sprache einer Sechzehnjährigen. Schon gar nicht, weil Ebba keine Bücher zu lesen schien. Wessen Redeweise hatte sich auf ihren schriftlichen Ausdruck übertragen? Kaum die von ihren Eltern, Freunden oder Freundinnen, Hamid, Pierre oder Tony. War ihr bei der Ermittlung jemand begegnet, der sich so ausdrückte? Sie war zu müde, keine deutlichen Erinnerungsbilder kamen hoch.

Sie zog ihr Nachthemd an, schminkte sich ab und putzte die Zähne. Sie sah genauso fit und rastlos aus, wie sie sich fühlte. Darüber war sie froh und besorgt. Sie schielte zu den Schlaftabletten und dachte, dass sie vielleicht eine nehmen sollte. Aber nein, es war spät, und die würde ihr morgen in den Knochen stecken und das Aufstehen noch schwerer machen.

Sie kroch ins Bett, schaltete das Licht aus, und da fiel ihr die unverschlossene Tür im Korridor ein. Sie machte wieder Licht, stand auf, fluchte, dass es keine Sicherheitskette gab, und stellte einen Stuhl mit der Rückenlehne unter die Türklinke.

Wieder im Bett, legte sie sich auf den Rücken, die Hände auf dem Bauch gefaltet, und schloss die Augen, dachte an die Opfer des Rosenmörders, die so gelegen hatten, und nahm die Hände an die Seite. Sie spürte wieder ihre Paranoia von anderen Situationen, in denen sie am Ende gewesen war. Sie atmete einmal ganz tief durch und versuchte, sich zu entspannen. Es gelang ihr nicht. Szenen des Tages spielten sich vor ihrem inneren Auge ab, sowohl wirkliche als auch solche, die sie fantasiert hatte. Obwohl sie erst seit vierzehn Stunden hier waren, kam es ihr wie eine Woche vor.

Ebba knallt die Tür zu und geht zu Fuß in die Dunkelheit. Der Volvo hält an, der Pfarrer sieht, dass sie einsteigt. Der Vater, der die Jungfern der Lucia vor der Kirche fotografiert, Ebba, die wild protestiert, als der Volvo vorbeifährt. Ebbas Träume, das Dorf zu verlassen, um Model zu werden. Pierre, der sie zu sich nach Hause eingeladen hat, um ihr »zu helfen«. Nick und seine Assistentin, die wütend abfahren.

Eine Pause und einmal Luftholen. Die Bilder liefen weiter.

Andy kommt zu spät in die Kirche und stellt sich ganz hinten hin. Das Foto von Alice unter der Dusche und das von Ebba und Tony im Bett. Alice' Worte, genauso deutlich wie bei ihrer Aussage: »Komisch, dass sie entführt wurde, als sie vorhatte abzuhauen.«

Die große Frage war: Was war *das Ekelige*? Das war vermutlich der Grund, warum Ebba so dringend das Dorf verlassen wollte. Sie hatte in der Schule nur noch ein Halbjahr zu absolvieren, und nicht allein wegen der Modelträume hatte sie diese Entscheidung getroffen.

Bestimmt hatten die Scheidung der Eltern wie die Schwierigkeiten mit Hamid und der aufdringliche Tony ein Übriges dazu beigetragen. Aber trotzdem.

Abermals kam sie zu dem Schluss, dass sie Ebbas heimlichen Freund finden mussten. Wenn jemand wusste, was *das Ekelige* war, dann war das er oder sie.

Das Fenster knackte. Sie öffnete die Augen und drehte den Kopf um. Was war das? Ein schwaches Licht drang hinter dem Vorhang ins Zimmer, und alles war still. Hatte sie sich das vielleicht nur eingebildet? Oder waren das natürliche Geräusche eines Hauses, das leer gestanden hatte und jetzt wieder eine Handvoll Gäste beherbergte? Kurz darauf sank sie wieder ins Kissen, und nach einer Weile schloss sie die Augen.

Sie fragte sich, was Jack machte, stellte sich vor, dass er am Küchenfenster stand und hinausspähte. Vielleicht hatte Johan recht damit, dass er Pierre umgebracht hatte. Sie zog die Decke höher, rieb die Füße aneinander, um sie aufzuwärmen.

Das Bild von Jenny in ihrer ganzen blassen Verlassenheit tauchte auf ihrer Netzhaut auf; wie sie aufs Balkongeländer gestützt, den ausdruckslosen Blick in die Dunkelheit gerichtet und die Zigarette zwischen den Lippen dastand, sah sie wie der einsamste Mensch auf der Welt aus.

Es klopfte an der Tür. Sie zuckte zusammen, setzte sich auf und starrte zur Tür. Hatte sie richtig gehört?

Da war ein behutsames, aber hartnäckiges Klopfen.

Wer konnte das sein? Sie stieg aus dem Bett, schaute in den Spiegel und beugte sich zum Guckloch.

Johan stand vor der Tür. Er war in einer unmöglichen Perspektive verzerrt, sie erkannte aber, dass er lächelte.

»Hallo, entschuldige, dass ich einfach so aufkreuze«, sagte er, als sie ihm geöffnet hatte. »Hast du schon geschlafen?«

»Nein, überhaupt nicht.« Sie erwiderte sein Lächeln. »Aber wie du siehst, bin ich schon zu Bett gegangen«, sprach sie aufs Nachthemd deutend weiter. Dann fiel ihr ein, dass sie keinen BH anhatte, und hoffte, dass sie nicht zu viel enthüllte.

»Wollte bloß Gute Nacht sagen«, erklärte er ernst.

Mit einer sanften Bewegung hob er die Hand und streichelte ihre Wange.

»Willst du reinkommen?«

Zögern in seinen grünen Augen. »Ja, aber das sollte ich besser lassen.«

»Braucht ja niemand zu erfahren.«

»Nein, aber es reicht, dass wir es wissen. Ist es nicht sowieso schon anstrengend genug?«

»Doch.«

Es wurde still. Sie ließen sich nicht aus den Augen. Dann beugte er sich vor und küsste sie. Sie spürte die Wärme, das Salz, die Begierde. Als sie ihm die Hand in den Nacken legte und sich an ihn schmiegte, glitt er genauso natürlich weg, als wäre die Bewegung von Anfang an beschlossen gewesen, wie eine Welle, die sich wieder ins Meer zurückzog.

»Tut mir leid, aber wir können es nicht«, sagte er.

»Nein«, sagte sie, obwohl alles in ihr schrie, dass sie wussten, dass sie es konnten.

Die Glut in den grünen Augen verglomm.

»Gute Nacht, Nathalie! Wir sehen uns morgen.«

»Gute Nacht!«

Er setzte an, noch etwas zu sagen, hielt sich aber zurück. Stattdessen lächelte er wieder vage: »Schlaf gut!« Dann ging er.

Langsam schloss sie die Tür, spürte, wie kalt es im Zimmer war. Jetzt würde sie wirklich nicht schlafen können.

Blitzschnell stellte sie den Stuhl wieder an die Tür, nahm eine Schlaftablette und krabbelte ins Bett.

63

Ich liege im Bett, kann aber nicht schlafen. Das ist die erste Nacht seit Lucia, die sie nicht bei mir ist. Ich musste es so machen. Und ich spüre ihre Gegenwart, atme den Duft ihrer Haare, spüre ihre zarte Haut und höre ihr Lachen, obwohl ich sie vor dreizehn Tagen zuletzt fröhlich gesehen habe. Neulich, als sie in den Wagen eingestiegen ist, erleichtert, eine Mitfahrgelegenheit zu haben, glücklich und aufgedreht vor der Lucia-Krönung. Wenn ich doch nur die Zeit hätte anhalten können, als sie die Tür zuzog, ihre Hand auf meinen Arm legte und dieses Lächeln lächelte, das jedes Mal wie das erste Lächeln der Welt ist.

Dann kommt wie immer, wenn ich mir diesen Moment ins Gedächtnis rufe, die Erinnerung, wie verzweifelt und erstaunt sie war, als ich an der Kirche vorbeifuhr.

Scheiße! Ich bohre mir die Nägel in die Hände, starre an die Decke. Der Schmerz dämpft die Wut. Sie hätte es verstehen müssen. Es ist wie in den Sprichwörtern, die ihr zu meiner Überraschung so gut gefallen: *Norden, Osten, Süden, Westen, zu Hause ist's am besten. Horche auf der Fichte Rauschen, an deren Wurzeln dein Nest befestigt ist. Eigener Herd ist Goldes wert.*

Altmodische Sprüche, aber die Wahrheit ist zeitlos. Jetzt gehört sie nur mir. Kein anderer darf ihr zu nahe kommen!

Abermals drehe ich mich zum Radiowecker um. Die roten Ziffern zeigen 04.12 an. Soll ich mir noch einen Whisky genehmigen? Nein, ich bin schon blau und schlafe schlecht, wenn ich getrunken habe.

Ich schließe die Augen, und die Gedanken reden lauter, als würde jemand die Lautstärke aufdrehen.

Ich habe Glück gehabt, dass niemand sie gefunden hat. Die Polizei rückt immer näher. Aber werden sie mich überführen? Nachts sind alle Katzen grau, und bald dürften auch die Bullen aus Stockholm aufgeben. Oder sollte ich sie verlegen? Nein, das geht nicht. Wenn die Kälte nachlässt, werde ich sie nicht mehr gefangen halten können. Aber ich will das Unmögliche. Meine Liebe ist unmöglich, ich bin überhaupt unmöglich.

Oder soll ich sie loswerden? Ihren und auch meinen Schmerz vernichten?

Ich setze mich auf. Um die Gedanken loszuwerden, schüttle ich den Kopf, wie ich es gemacht habe, um die Tannennadeln rauszuschütteln, die mir als Kind beim Spielen im Haar hängen geblieben sind. Ich schaue wieder auf die Uhr. Nur eine Minute ist vergangen.

Ebba.

Bald komme ich.

64

26. Dezember

Nathalie wachte auf, weil sie fror. Die Decke lag zusammengerollt am Fußende. Sie beugte sich vor und zog sie über sich. Die Umrisse des Zimmers traten aus der Dunkelheit, und ihr fiel wieder ein, wo sie sich befand. Und dass sie allein war. Trotzdem streckte sie neben sich die Hand im Bett aus. Die Leere wurde um ein Vielfaches größer, weil sie wusste, dass sie eine Tatsache war. Warum hatte Johan einen Rückzieher gemacht? Obwohl sie die Antwort kannte, hätte sie ihn trotzdem jetzt gern bei sich gehabt.

Sie griff nach dem Handy auf dem Nachttisch: 08.20. Trotz der kaum sechs Stunden Schlaf fühlte sie sich ausgeruht. Der einzige Mensch, der von sich hatte hören lassen, war ihre Mutter Sonja, die anfragte, wann sie nach Hause käme. Keine Nachricht von den Kindern oder Mails von den Kollegen oder Kolleginnen.

Im Versuch, das Gefühl von Einsamkeit zu betäuben, loggte sie sich auf Tinder ein. Um 05.13 hatte ein Anwalt, den sie vergangenen Herbst gedatet hatte, geschrieben:

Weihnachten sterbenslangweilig. Lust auf ein Treffen?

Sie lächelte über die ehrliche Verzweiflung.

Nein danke, ich arbeite und …

Tja, was noch? Sie konnte nicht schreiben, dass sie keine Lust hatte, weil sie nur an Johan dachte. Warum war sie dann auf einer

Dating-App? Dann redete sie sich ein, sie hätte an Wichtigeres zu denken, und beendete den Satz mit:

... habe kein Interesse.

Sie schlug die Decke zurück und setzte sich aufrecht hin. Vor dem Fenster war es dunkel. Das grelle Licht vom Parkplatz sickerte hinter den Vorhängen herein. Sie ließ sie zugezogen, beschloss zu duschen. Bis zum Treffen dauerte es noch eine Dreiviertelstunde, und sie hatte reichlich Zeit.

Als sie angezogen und geschminkt war, zog sie die Vorhänge zurück. Der Anblick war noch derselbe wie am Vortag: dieselben Autos auf dem Parkplatz, die leere Bundesstraße, die undurchdringliche Dunkelheit, die jede Lichtquelle umgab. Die Schuhabdrücke waren haargenau dieselben, nicht eine Schneeflocke schien sich gerührt zu haben. Sie würden wohl nie mehr schmelzen, das Gefühl, verfolgt zu werden, das sich in Verbindung mit dem Springbrunnenmörder eingestellt hatte, würde sie bis ans Lebensende quälen.

Sie schaute auf das Willkommensschild. Die roten Ziffern zeigten minus dreiunddreißig Grad an. Sie fröstelte, steckte Ebbas Geschichte in die Handtasche, zog den Wintermantel an und verließ das Zimmer.

Im Korridor war keine Menschenseele. Die Tür ganz hinten im Flur war geschlossen. Ihr fiel wieder ein, dass Ulf durch die Scheibe geguckt hatte, und sie hoffte, das Eigentümerehepaar würde sein Versprechen halten, das Schloss im Lauf des Tages zu reparieren. Wenn man bedachte, wie zäh die Ermittlung bisher vorangekommen war, würde sie mit großer Wahrscheinlichkeit hier noch ein oder zwei weitere Nächte verbringen. Nach ein paar Metern und Schritten weiter wurde vor ihr die Tür geöffnet, und Granstam kam aus seinem Zimmer.

Er nickte freundlich, und als er sich vergewissert hatte, dass sonst niemand zu sehen war, klopfte er ihr auf den Arm mit den Worten: »Ich habe richtig gut geschlafen. Meinen herzlichen Dank. Jetzt lösen wir den Fall.«

Sie wollte gerade sagen, dass es sich um eine einmalige Angelegenheit gehandelt habe, als sich Tim, Angelica und Maria ihnen anschlossen. Morgendliche Begrüßungen und verwunderte Blicke zu Maria, die aus Angelicas Zimmer kam.

»Wollte nur einen Zahnstocher leihen«, erklärte Maria.

Nathalie sah den Anflug von Erröten auf den goldbraunen Wangen und fand sogar, in ihrer Stimme schwinge die übertriebene Beiläufigkeit mit, die die Lüge entlarvte.

Nicht nur ich fühle mich manchmal einsam, lächelte sie in sich hinein.

»Ich habe gerade mit Anna-Karin gesprochen«, sagte Granstam. »Die Techniker haben weder von Ebba noch von Pierre eine Spur in Jacks Keller gefunden.«

»Dann hat er also die Wahrheit gesagt«, stellte Nathalie fest und war erleichtert.

»Alles deutet darauf hin. Aber er kann Pierre trotzdem umgebracht haben.«

»Sie haben vielleicht gehört, dass die Absperrung der Werkstatt einstweilen bestehen bleibt«, meldete sich Granstam kurz darauf wieder. »Anna-Karin hat dem Staatsanwalt den Fund des Elchfleisches auf den Schreibtisch gelegt und wartet seine Entscheidung ab. Wie Sie sich denken können, ist Gunnar wütender denn je.«

Tim hustete und schaute von seinem Handy auf. »Weder Hamid noch der gestohlene Volvo sind geortet worden. Allerdings ist mir eingefallen, was Ebba mit *dem Ekeligen* gemeint hat.«

»Was denn?«, fragte Nathalie. »Erzählen Sie!«

Tim lächelte sie alle nacheinander stolz an. »In ihrem Rechner habe ich eine Datei gefunden, die sie ›Aufgaben‹ genannt hat. Bis heute Morgen habe ich das Uninteressante rausgeschmissen, aber als ich aufgewacht bin und nicht wieder einschlafen konnte, habe ich angefangen, mir Sachen anzugucken, die ich bis dahin habe durchgehen lassen.«

»Und was meint sie nun damit?«

»Darüber reden wir bei der Besprechung, damit alle es mitkriegen«, beschloss Granstam und ging auf die Rezeption zu. Tim schloss sich an, mehr als zufrieden, dass er seine Kollegen auf die Folter spannen konnte.

Frustriert schloss sich Nathalie der Gruppe an. Am Ende des Korridors drehte sie sich um, weil sie nachsehen wollte, ob Johan auftauchen würde. Als er nicht kam, folgte sie den anderen in die Küche. Sie nahm Johans Frühstückspaket mit, und alle setzten sich an den Tisch, an dem Nikolaus Brandt gesessen hatte. Sie waren allein in dem Raum, von zwei thailändischen Putzfrauen abgesehen. Es herrschte jetzt gespenstische Ruhe verglichen mit dem Trubel der Nacht.

Als sie eine Viertelstunde später aufbrachen, kam Johan angestürmt. Eben erst aufgewacht, mit roten Augen, die Haare standen ihm zu Berge, und der Dreitagebart war eine halbe Nacht länger.

»Guten Morgen, ich nehme mein Frühstück mit in die Besprechung.«

Nathalie überreichte ihm sein Paket und streifte bewusst seine Hand. Er bedankte sich mit einem Nicken und einem Blick, den sie als ärgerlich neutral empfand.

Sie zogen Winterjacken und -mäntel an und gingen nach draußen. Als sie zu den Mietwagen kamen, zeigte Angelica auf einen gelben Fleck auf der einen Tür des SUV. »Sieht aus, als hätte jemand ans Auto uriniert.«

Typische Angelica-Terminologie, dachte Nathalie und betrachtete den Fleck.

»So fühlt man sich richtig willkommen«, sagte Johan.

»Das nennt man Revier markieren«, meinte Maria.

»Bestimmt bloß im Suff passiert«, vermutete Granstam.

»Ja, ich glaube kaum, dass die wissen, dass Urin die einzige Körperflüssigkeit ist, in der man keine DNA nachweisen kann«, erklärte Tim.

»Na los, gehen wir«, beschloss Granstam und watschelte weiter auf die Polizeidienststelle zu.

Nathalies Handy klingelte. Der Kollege von der Uppsalaer Polizei, mit dem sie gestern Abend gesprochen hatte, war am Apparat.

»Jetzt haben wir Hamid gefunden. Er wollte Mohammed in der Abteilung besuchen.«

Nathalie machte den Lautsprecher an und informierte die anderen.

»Wie geht es ihm? Wo ist er gewesen?«

»Er ist gefasst und hat sich nicht gewundert, dass wir aufgetaucht sind. Anscheinend hat er an verschiedenen Adressen gewohnt.«

»Haben Sie ihn nach Ebba gefragt?«

»Selbstverständlich. Er sagt, dass er nichts weiß, dass alles, was er bisher gesagt hat, der Wahrheit entspricht. Warum er nach Uppsala gefahren ist, will er nicht verraten.«

Granstam gab Order, dass Hamid umgehend nach Svartviken zu überstellen war.

»Wir klären alle Fragen hier, damit er sich nicht vorbereiten kann«, erklärte Granstam.

»Gute Idee«, fand Nathalie und zog ihre Mütze über die Ohren. Endlich kam etwas in Bewegung.

65

Um fünf vor neun waren alle versammelt, der Kaffee stand auf dem Tisch, und die Geräte waren eingeschaltet. Wieder wurde das Foto von Ebba auf die weiße Leinwand projiziert. Granstam erhielt einen Anruf, dass soeben zwei Kollegen mit Hamid aus Uppsala losgefahren waren.

»Dann ist er ungefähr um eins hier«, sagte Granstam und wechselte einen Blick mit Gunnar. »Ich schlage vor, dass ich und Anna-Karin ihn vernehmen.«

»Normal wäre doch wohl, wenn ich das Verhör führe«, erwiderte Gunnar. »Ich habe ja als Letzter mit ihm gesprochen.«

»Was nicht von Erfolg gekrönt war«, meinte Granstam und lächelte Gunnar brüderlich an. »Außerdem habe ich den Eindruck, dass er vor Ihnen Angst hat.«

»Vor mir?«, staunte Gunnar und legte sich grinsend die flache Hand auf die Brust.

»Ja«, stellte Granstam fest.

Nathalie war beeindruckt, wie er in einer Kombination aus Witz und Deutlichkeit Gunnar dazu brachte, einen Rückzieher zu machen, ohne dass der den Braten roch.

»Ich würde gern dabei sein«, beeilte sie sich, die entstandene Pause zu füllen.

»Gut, Sie und Johan übernehmen das Verhör«, entschied Granstam.

Gunnar lehnte sich an die Fensternische, die zur Tagesklinik hinausging.

»Hätten Sie mich gefragt, bevor Sie in Jacks Werkstatt eingebrochen sind, dann hätten wir nicht mit voller Mannschaft anrücken müssen.«

»Wissen wir, was Jack jetzt macht?«, fragte Anna-Karin, die mit ihren rosigen Wangen genauso fit aussah wie immer.

»Ja, das wissen wir tatsächlich«, antwortete Gunnar und machte zwei Schritte in den Raum hinein, sodass er Ebbas Schulter verschattete. »Er hat mich vor einer Stunde angerufen und gefragt, ob er sich auf die Suche machen kann.«

Gunnar trank einen Schluck aus der Tasse mit dem Emblem des Hockeyklubs. »Ich habe ihm gesagt, dass das in Ordnung geht. Wir können ihn ja nicht ununterbrochen belästigen.«

»Wir machen unsere Arbeit, und das sollten auch Sie tun«, konterte Johan.

»Was meinen Sie damit?«, fragte Gunnar und sah ihn wütend an.

Nathalie drehte sich zu Johan um, bekam aber keinen Blickkontakt. Ihr war klar, dass er diese Worte nicht mehr für sich hatte behalten können, die ihm schon so lange auf der Zunge gelegen hatten. Die allen auf der Zunge gelegen hatten. Sollten sie schon jetzt verraten, dass sie über die Lügen über Hamid Bescheid wussten? Sie fragte sich, was Granstam sich vorgestellt hatte, wie sie vorgehen wollten, wenn Hamid erst einmal wieder vor Ort war.

»Ich meine damit, dass Sie uns kritisieren, anstatt die Arbeit voranzubringen«, fuhr Johan fort. »Wenn wir im Keller über den Beweis von Wilderei hinaus noch mehr gefunden hätten, dann wäre das der Durchbruch gewesen, den wir so dringend brauchen.«

Gunnar strich sich über den Bart und murmelte etwas Unverständliches.

»Zurück zur Arbeit des Tages«, befahl Granstam. »Um elf Uhr kommen der Tätowierer und die Frau, die Hamid am Bahnhof gesehen hat, zur Befragung hierher.«

»Hoffentlich kommt auch Sebastian«, ergänzte Nathalie. »Ich habe ihm beim Frühstücken gesimst, habe aber noch keine Antwort. Ich gehe davon aus, dass er auftaucht, weil wir das gestern so vereinbart haben. Er war nüchtern und hat angedeutet, dass er über Ebba was Neues erfahren hat.«

»Wird interessant zu hören, warum er Jenny gebeten hat zu sagen, er habe sie am Abend vor dem Verschwinden nicht besucht«, sagte Johan.

»Ich bin am neugierigsten auf den Poker-Streit mit Pierre«, sagte Tim. »Wenn Sebastian Pierre hätte überfallen wollen, gäbe es kaum einen günstigeren Zeitpunkt als am Morgen, nachdem die Suche abgebrochen worden war. Alle, auch wir, sind ja davon ausgegangen, dass der Mord was mit Ebba zu tun hat.«

Sie dachten eine Weile schweigend darüber nach.

»Merkwürdig, dass weder Sebastian noch jemand von seinen Kollegen auf die Razzia in der Werkstatt aufmerksam geworden ist«, fand Maria.

»Man sieht die Schlagzeilen förmlich vor sich«, nickte Angelica. »Ebbas Vater unter Verdacht – Razzia letzte Nacht!«

Nathalie drehte sich zu Tim um, der sich am Kälteekzem auf der Wange kratzte. »Jetzt müssen Sie uns verraten, was Sie für ein Dokument in Ebbas Computer gefunden haben!«

Tim nickte. »Ich habe wie gesagt ein Dokument auf der Festplatte gefunden, das ›Aufgaben‹ heißt.«

Er klickte auf das Dokument und sprach weiter: »Hier erzählt sie, dass sie Opfer eines sexuellen Übergriffs wurde. Das ist im November bei einer Disco im Jugendklub passiert. Sie schreibt nicht, wer sie missbraucht hat, oder entscheidende Details, aber sie nennt es *das Ekelige*.«

»Können Sie uns den Text mailen?«, fragte Nathalie.

Eine halbe Minute später waren alle still in die Lektüre vertieft. Obwohl Nathalie sich vorbereitet wähnte, wurde ihr beim Lesen schlecht, und sie packte die Wut. Schon leicht vom Cidre angetrunken, den sich Ebba und ihre Clique vor der Disco geteilt hatten, wurde sie vor dem Eingang von ein paar älteren Burschen zu Schwarzgebranntem eingeladen. Nach einer Weile war ihr so schwindelig, dass sie sich in das Kissen-Zimmer vor dem Kinosaal zurückzog, um sich auszuruhen. Sie hatte sich hingelegt, die Augen zugemacht, als er reingekommen ist, die Tür abgeschlossen und sich auf sie gestürzt hat. Sie war zu betrunken, um sich gegen ihn zu wehren. Was er mit ihr gemacht hat, war das Schlimmste, was sie bis dahin erlebt hat. Sie hat zwar schon vorher Angst vor ihm gehabt, aber so gewalttätig ist er noch nie geworden. Hinterher hat sie sich von ihren Freundinnen verabschiedet und ist direkt nach Hause gegangen, ohne ein Wort zu sagen.

Sie behielt das Geheimnis für sich. Sie schämte sich. Weil sie einen zu kurzen Rock angehabt hatte, weil sie betrunken gewesen war, weil sie nicht mehr Widerstand geleistet hatte. Und weil das, was er getan hatte, so ekelig war, dass sie nicht mehr daran denken wollte. Außerdem hatte sie Todesangst, dass es wieder passieren würde.

»Scheiße«, sagte Maria und schaute das Foto von Ebba an.

»Jetzt versteht man, warum sie von hier wegwollte«, sagte Anna-Karin.

»Sie muss den Täter kennen«, meinte Johan.

»Vielleicht ist das der Täter, den wir suchen«, überlegte Angelica. »Vielleicht hat sie damit gedroht, alles zu verraten, und dann hat er sie zum Schweigen gebracht.«

»Es muss rauszufinden sein, wer das war«, fand Granstam.

»Leider steht kein genaueres Datum als November da, und das Dokument ist am 3. Dezember geschrieben worden«, erklärte Tim.

»Wir müssen Hamid und seine Mitschüler befragen«, beschloss Johan. »So viele Discos im November kann es nicht gegeben haben. Die Halloween-Disco, auf der sie mit Andy rumgeknutscht hat, war ja am 31. Oktober.«

»Vielleicht wollte er mehr und hat es nicht gekriegt?«, spekulierte Maria.

»Schwer vorstellbar«, widersprach Johan. »Sieht so aus, als hätte Alice ihm danach einen ordentlichen Einlauf verpasst.«

»Ich regele die Vernehmungen«, beschloss Granstam.

»Eins ist mir gestern noch aufgefallen, als ich Ebbas Aufsatz gelesen habe. Sie verwendet viele altmodische Sprichwörter, was für eine Sechzehnjährige untypisch ist«, sagte Nathalie und holte die Blätter aus ihrer Handtasche. Sie teilte ihre Überlegungen mit, belegte sie mit Beispielen der Redensarten und schloss damit, dass sie das Gefühl nicht loswurde, dass sich jemand im Lauf der Ermittlungen auf vergleichbare Weise ausgedrückt hatte. Die Gruppe dachte eine Weile darüber nach. Niemand hatte eine Idee, wer infrage kommen könnte.

»Aber du hast recht damit, dass sie das von jemandem haben muss«, stimmte Johan ihr zu. »Diese Sprichwörter kenne ich irgendwie nur von meiner Oma.«

»Vielleicht irre ich mich auch, wollte es aber trotzdem mit Ihnen besprechen«, sagte Nathalie. »Es ist frustrierend, dass wir ihren heimlichen Freund nicht gefunden haben. Ich werde noch mal versuchen, mit Ulf Kläppman zu sprechen. Nicht, weil ich glaube, dass er ihr die Sprichwörter beigebracht hat, sondern weil er was weiß.«

Da klingelte Gunnars Handy. Er zog es aus der Lederweste und nahm das Gespräch an. Abwechselnd den Blick auf die Gruppe und hinaus zur Tagesklinik gerichtet, hörte er zu und stelle Kontrollfragen mit einer Miene, die immer verbissener wurde.

Offensichtlich war etwas Entscheidendes vorgefallen.

Hatten sie Ebba gefunden? Nein, so hörte sich das nicht an. Sondern jemand anderen. Der tot in der Nähe der Schule aufgefunden worden war.

»Okay, wir sind in fünf Minuten da«, beendete Gunnar das Telefonat.

Er holte tief Luft, verstaute das Handy und schaute alle an. »Sebastian Jägher wurde neben der Treppe zur Schule tot aufgefunden. Sieht so aus, als wäre er gestolpert. Er war noch warm, es muss also eben erst passiert sein.«

66

»Ich fahre mit Gunnar«, gab Granstam kund, als Johan, Nathalie und Tim zum SUV liefen.

Gut, dachte Nathalie. Wenn jemand Gunnar nachweisen konnte, dass er Hamids Zeugenaussage zum Brandbombenanschlag unterschlagen hatte, dann Granstam. Eine günstigere Gelegenheit würde sich nicht bieten: Wenn etwas Erschütterndes passiert, kommen die Leute aus der Deckung und reden unüberlegt drauflos, vor allem die, die von den aktuellen Entwicklungen nichts mitbekommen haben. Während sie fünf Dienstjahre im Sondereinsatz gebraucht hatte, um das zu lernen, sagte es Granstam der gesunde Menschenverstand. Vor allem war Hamid unterwegs zu ihnen, und Gunnar wusste, dass er bald mit seiner Lüge konfrontiert würde. Wenn er seinen Kopf noch aus der Schlinge ziehen wollte, war es jetzt höchste Zeit.

»Ich würde gern wissen, was Sebastian in der Schule wollte«, sagte Johan, als sie auf die Bundesstraße abbogen. »Er wohnt doch in Mården. Wenn er auf dem Heimweg von der Kneipe war, ist das ein ordentlicher Umweg.«

»Kommt mir unwirklich vor, dass er tot ist«, sagte Nathalie. »Ich habe ja erst vor acht Stunden noch mit ihm gesprochen.«

»Er sollte um elf in die Dienststelle kommen«, fügte Tim hinzu. »Bei der Kälte hat er sich kaum jetzt schon auf den Weg gemacht. Ist ja nicht gerade die Witterung für einen Morgenspaziergang.«

»Jetzt werden wir wohl nie erfahren, warum er Jenny gebeten hat, über seinen Besuch vor dem Verschwinden zu lügen«, meinte Johan.

»Oder warum er zu spät zur Kirche gekommen ist«, fügte Nathalie hinzu.

...

Gunnar fuhr, und Granstam saß neben ihm.

»Ich kenne den, der ihn gefunden hat«, sagte Gunnar. »Ein pensionierter Werkkundelehrer, der hundert Meter von der Schule entfernt wohnt und immer mit seinem Hund da vorbeigeht. Armer Henning, er muss einen Schock gekriegt haben.«

»Ja«, nickte Granstam und nahm eine Sobril, die er zu seiner Freude am Morgen ganz unten in seinem Kulturbeutel gefunden hatte. »Obwohl der Tod so natürlich ist wie das Leben, haben die meisten von uns ihn noch nicht gesehen.«

»Vor allem nicht so unerwartet und brutal wie den jetzt. Würde mich wundern, wenn das ein Unfall war.«

»Bedauerlich, dass Anna-Karin im Bericht für den Staatsanwalt das Fleisch erwähnt hat«, sagte Granstam, um das Thema zu wechseln. »Aber ich kenne Staatsanwalt Hägg seit meiner Dienstzeit in Kiruna. Wenn es unter uns bleibt, versuche ich, ihn dazu zu bringen, ein Auge zuzudrücken.«

Gunnar guckte ihn an, ehe er sich wieder auf die Fahrbahn konzentrierte, und nickte zufrieden. »Jack ist trotzdem beschissen dran. Das Fleisch nehmen die Leute hier im Dorf nur für den Eigenbedarf. Das ist ein Fliegenschiss im Vergleich dazu, wie die

Steuerhinterzieher in der Hauptstadt mit ihren Steuererleichterungen, -abzügen und Briefkastenfirmen den Staat betrügen.«

»Finde ich auch«, stimmte ihm Granstam zu und schob sich eine Portion Snus unter die Oberlippe, sodass der Schnäuzer noch üppiger wirkte. »Das bisschen, was der Staat an Steuern auf Elchfleisch verliert, ist deutlich weniger als das, was sie jeden Tag für die Einwanderer ausgeben. Wie viele wohnen jetzt noch mal in dem Heim?«

»Vierundvierzig. Minus Hamid.«

Granstam wischte sich den Snus von den Fingern.

»Ich bin ja kein Rassist, aber wenn man sich mal alle Einsparungsmaßnahmen anguckt, versteht man die Wut der Leute. Ich habe kein Verständnis für den Brand, aber ich kann den Frust nachvollziehen, der dahintersteckt.«

Er drehte sich zu Gunnar um: »Sie verstehen, was ich meine, oder?«

Gunnar nickte und bog in die Seitenstraße zur Schule.

»Glauben Sie, Hamid hat was gesehen oder was mit dem Brand zu tun?«, fuhr Granstam vertraulich fort. »Passt mir fast zu gut, dass er zeitgleich mit der Feuerwehr nach Hause gekommen ist …«

»Auf das, was die sagen, kann man nichts geben, das habe ich gelernt.«

»Würde mich nicht wundern, wenn er Pierre erstochen hätte«, trug Granstam weiter dick auf. »Wird interessant zu hören, was er zu sagen hat.«

»Wenn er denn überhaupt redet«, meinte Gunnar. »Aber wir können uns freuen, dass wir ihn gefasst haben. Weiß der Geier, wie viele wie er sich in unserem Land verstecken.«

»Ja, das ist schon nicht mehr feierlich.« Granstam stieß es

sauer auf, er biss aber die Zähne zusammen, um keine Grimasse zu ziehen.

»Ich halte es für das Beste, wenn ich ihn vernehme«, meinte Gunnar. »Ich bin es gewohnt zu sehen, wenn er lügt.«

»Wir halten uns an den Plan«, widersprach Granstam. »Sonst werden Anna-Karin und Johan misstrauisch. Über Johan Axberg kann man viel behaupten, aber er lässt nicht locker, wenn er erst einmal eine Spur entdeckt hat. Ein fähiger Polizist wie der sprichwörtliche Freund und Helfer.«

Gunnar nickte, halb zustimmend, halb unzufrieden. Schweigend näherten sie sich der Sporthalle, die wie ein großer Klotz mitten auf dem Schulhof stand und effektiv sämtliche Schulgebäude verdeckte.

Granstam saß still da und wartete, dass Gunnar noch mehr absonderte. Leider fuhr er schweigend weiter. Doch Granstam war trotzdem zufrieden. Er hatte die Bestätigung bekommen, dass Gunnars Abneigung gegen Einwanderer genauso tief verankert war, wie er befürchtet hatte. Früher oder später würde er ihm entlocken, warum er Hamids Zeugenaussage unterschlagen hatte.

Sie bogen auf die Straße ein, die an der Schule entlang verlief, und ließen die Sporthalle hinter sich.

Der Leichnam lag am Fuß der Treppe, die hoch zum Schulhof führte. Den Schauplatz erhellten zwei Scheinwerfer, die ein warmes gelbes Licht ausstrahlten. Einige Meter weiter stand ein Mann mit Hund, mit dem zwei Sanitäter redeten.

Granstam ließ den Toten nicht aus den Augen, während Gunnar einparkte.

Die unnatürliche Stellung und die absolute Stille. Das dunkel gelockte Haar, die hohe Stirn mit der markanten Nase, der schwarze Mantel und der orange gestreifte Schal.

Jeder Zweifel war ausgeschlossen.
Es war Sebastian Jägher.

67

Sie begrüßten den Zeugen sowie den Sanitäter und die Sanitäterin, beide in den Dreißigern und mit blassen und konzentrierten Gesichtern. Als sich alle in der Gruppe die obligatorischen blauen Schuhschützer übergestreift hatten, versammelten sie sich in einem respektvollen Halbkreis um Sebastian. Nathalie stellte sich neben Johan, zügelte den Impuls, etwas zu sagen und ihn zu berühren. Obwohl sie bei ihrer Arbeit schon viele Tote gesehen hatte, Patienten eingeschlossen, die sich das Leben genommen hatten, würde sie sich nie daran gewöhnen. Sie atmete die schneidende Kälte tief in die Lungen ein und zwang sich, Sebastian anzuschauen.

Er lag auf dem Rücken zwei Meter von der Treppe entfernt, den Nacken unnatürlich verdreht, vom schwarzen Mantel und Schal eingewickelt. Seine Augen waren ausdruckslos und starrten in die Höhe, als sähe er dort einen Stern, den niemand sonst im Weltall aus Dunkelheit zu sehen vermochte. Seine Haut war so bleich wie der Frost auf dem Boden, doch die markanten Gesichtszüge in dem mageren Gesicht waren immer noch so scharf wie bei ihrer Begegnung in der Kneipe. Andeutungsweise konnte man sogar seine Grübchen erkennen, die stets sein Lächeln eingerahmt hatten. Zwei Vorderzähne waren abgebrochen, und dunkelrotes Blut bedeckte großflächig die aufgeplatzte Oberlippe und das Kinn.

Nathalie schaute weg, irrte mit dem Blick hoch zu den Fenstern der Aula, wo sie Alice und Andy vernommen hatten. Eine Sekunde lang meinte sie, die Scheiben glotzten sie wie vier schwarze Augen an.

Anna-Karins Handy klingelte. Sie ging ein paar Schritte zur Seite und nahm das Gespräch an. Angelica öffnete ihre gerichtsmedizinische Tasche, holte eine Kamera heraus und machte sich ans Fotografieren. Jeder Blitz tauchte den brutalen Tod gnadenlos in grelles Licht, von dem Nathalie noch mehr fror. Sie erinnerte sich, wie sie und Johan nach der Vernehmung die Treppe hinuntergegangen und Sebastian auf dem Parkplatz begegnet waren. Jetzt würden sie nie erfahren, ob ihm eingefallen war, wer Ebbas heimlicher Freund war.

Gunnar drehte sich zu dem pensionierten Werkkundelehrer Henning Westin um: »Erzählen Sie uns noch einmal, wie Sie ihn gefunden haben.«

»Ich bin mit Rufus die übliche Strecke spazieren gegangen. Egal wie kalt es ist, wir machen morgens immer diese Runde. Ich bin auf dieser Seite gelaufen ...« Er zeigte auf den Gehweg auf der anderen Straßenseite. »... und dann hat Rufus angefangen, an der Leine zu ziehen und zu knurren. Wir sind näher ran, und da habe ich gesehen ... Mir war gleich klar, dass er tot ist, und ich habe 112 angerufen.«

»Ist Ihnen auf Ihrem Spaziergang etwas Besonderes aufgefallen?«, fragte Johan.

»Nein, habe keine Menschenseele getroffen.«

»Sind Sie sicher?«

»Klar, wir sind höchstens fünf Minuten draußen gewesen. Ich wohne einen Steinwurf von hier.«

Er zeigte die Straße hinunter. Johan drehte sich zu den Sanitätern um: »Und Sie? Haben Sie etwas gesehen?«

»Wir sind vor zehn Minuten hier angekommen«, antwortete die Sanitäterin, die laut Namensschild Anna hieß. »Aber da er eindeutig tot war, haben wir nichts mehr unternommen.«

»Wir haben auf der Straße auch niemanden gesehen«, unterbrach sie ihr Kollege Lars.

Anna-Karin beendete das Telefonat und schloss sich wieder der Gruppe an. »Die Techniker aus Östersund sind unterwegs. Es kommen die beiden, die auch die Werkstatt untersucht haben. Sie haben sich natürlich nicht gerade gefreut, dass sie wieder herfahren müssen, aber niemand anders hat Dienst. Außerdem kommen noch zwei von meinen Kollegen, die an der Aufklärung von Pierres Ermordung beteiligt waren.«

»Gut«, sagte Granstam. »Wir brauchen jede Hilfe, die wir kriegen können.«

»Wir fangen an abzusperren«, verkündete Johan. »Fragt sich nur, was er hier wollte? Die Kneipe hat um zwei Uhr geschlossen, also hat er anschließend jemanden nach Hause begleitet, oder er war zu Hause und ist hergekommen, um sich heute Morgen mit jemandem zu treffen …«

»Wir müssen die Angestellten der Kneipe vernehmen«, sagte Gunnar.

»Als ich mit ihm gesprochen habe, war er nicht betrunken«, erzählte Nathalie.

»In diesen Schuhen kann er auch ausgerutscht sein, obwohl er nüchtern war«, zitterte Tim und nickte zu den gründlich geputzten Halbschuhen.

»Oder er wurde geschubst«, schlug Anna-Karin vor.

»Ich glaube nicht, dass er die Treppe runtergefallen ist«, widersprach Angelica. Sie gab Maria die Kamera, bat sie, weiterzufotografieren, und zog sich ein Paar Gummihandschuhe an.

»Was meinen Sie?«, fragte Granstam. Angelica erhob sich, schaute die Treppe, das Opfer und schließlich Granstam an.

»Ich glaube, er wurde hier abgelegt. Wahrscheinlich war er bewusstlos oder schon tot, als ihn jemand die Treppe hinuntergeworfen hat.«

68

»Bitte begründen Sie das«, bat Granstam und folgte Angelicas Blick zur Treppe und weiter zu Sebastian.

»Er liegt im rechten Winkel zur Treppe und in einem so großen Abstand, dass er ganz bis hierher gerollt sein muss«, erklärte Angelica. »Dafür spricht auch, wie sich der Mantel um seine Beine gewickelt hat, und die Tatsache, dass seine Hände keine Verletzungen aufweisen.«

Sie hob die Hände an und begutachtete eine nach der anderen. »Wenn er gefallen oder gestoßen worden wäre, als er noch am Leben war, hätte er versucht, den Sturz abzufangen. Das hat er nicht getan.«

Angelica hob vorsichtig Sebastians Kopf an. Maria feuerte mindestens zehn Blitze ab.

»Auf dem Boden ist auch kein Blut, und was Sie im Gesicht sehen, ist vor mindestens einer halben Stunde koaguliert«, führte Angelica aus. »Die Vorderzähne hat er sich wahrscheinlich auch nicht auf der Treppe ausgeschlagen: Man fällt nicht der Länge nach hin und schlägt mit dem Gesicht nach vorn auf, schon gar nicht, wenn man danach im rechten Winkel unterhalb der Treppe landet.«

Sie erhob sich und schaute die Gruppe an.

»Was ist Ihrer Meinung nach also passiert?«, fragte Granstam.

»Dass ihn jemand niedergeschlagen, er das Bewusstsein verloren hat oder sofort tot war. Der Täter ist in Panik geraten und hat ihn hier abgelegt, um einen Unfall vorzutäuschen.«

»Warum sollte jemand das Risiko eingehen, ihn hier mitten im Dorf abzulegen?«

»Jemand wollte es aussehen lassen, als wäre er die Treppe runtergefallen und hätte sich das Genick gebrochen«, meinte Anna-Karin.

»Und es ist dunkel und der Morgen des nächsten Tages«, erklärte Johan. »Die Wahrscheinlichkeit, gesehen zu werden, war minimal.«

»Ich stimme Granstam zu, dass das ein ungewöhnlich großes Risiko war«, sagte Nathalie. »Wenn es so ist, wie Angelica glaubt, dann hat der Täter aus reinem Impuls gehandelt. Das ist keine geplante Straftat.«

»Ich glaube, dass die Leiche mit dem Auto hergebracht wurde«, führte Angelica ihre Überlegungen weiter aus und befestigte ein Absperrband an einer Straßenlaterne.

»Welchen Zeitpunkt schätzen Sie?«, fragte Nathalie.

»Schwer zu beurteilen. Wenn man davon ausgeht, dass trotz der Kälte noch eine gewisse Restwärme im Körperkern vorhanden ist, kann er nicht mehr als eine Stunde hier gelegen haben.«

Alle stellten sich unterschiedliche denkbare Abläufe vor, alle spürten die Anspannung in sich, die die Nähe zur Straftat auslöste.

Eine Stunde. Der Täter konnte noch nicht weit gekommen sein.

»Bei ihm hat sich die Leichenstarre nicht einmal geringfügig ausgebildet«, meldete sich Angelica wieder und beugte Sebastians Ellenbogengelenk.

Nathalie war schlecht, und sie schaute weg. Die einzigen Fenster, die zum Tatort hinausgingen, waren die in einem gelben dreistöckigen Haus auf der gegenüberliegenden Straßenseite. Die einzigen Lichtquellen, die in den kleinen rechteckigen Fenstern leuchteten, waren Weihnachtssterne, Adventsleuchter und ein Schneemann aus Plastik.

»Ich klingele da mal und frage, ob jemand wider Erwarten was gesehen hat«, sagte Nathalie.

»Ich komme mit«, meinte Tim.

»Kann ich jetzt nach Hause gehen?«, fragte Henning Westin und kraulte Rufus hinter dem Ohr, als der Hund ungeduldig begann, sein Herrchen zu umrunden.

»Klar, danke für die Hilfe«, antwortete Gunnar.

»Wir können dann wohl auch los?«, vermutete Sanitäter Lars und bekam von Granstam grünes Licht.

Sie bedeckten den Toten mit einem Leichentuch aus Plastik und sperrten weiter ab. Johan folgte Angelica hinauf zum Schulhof neben der Sporthalle.

Sie waren mit dem Absperren fertig, als Nathalie und Tim zurückkehrten. Johan und Angelica hatten angefangen, das Gelände oberhalb der Treppe abzusuchen, machten aber eine Pause.

»Wie ich vermutet habe, hat niemand was gehört oder gesehen«, berichtete Nathalie.

»Ich habe gerade das Handy des Opfers gefunden«, sagte Maria und reichte Tim ein Smartphone. »Es war in der Innentasche des Mantels und hat ein Telenor-Abo. Aber den Pincode haben wir natürlich nicht.«

»Den kann ich doch knacken«, meinte Tim. »Ich kann in fünf Minuten neun von zehn Codes erraten. Die Leute sind ziemlich faul und einfallslos, wenn es um Codes geht, was total verständlich ist, weil die meisten heute im Schnitt zwanzig verschiedene im Kopf behalten müssen. Aber hier ist es noch einfacher«, schloss er lächelnd. »Er hat eine Touch-ID.«

Tim ging neben Sebastian in die Hocke, nahm seinen Daumen und drückte den auf den Fingerabdruck-Scanner.

»Voilà! Jetzt bin ich drin!«

Er stand auf, holte seinen Zeigestift heraus und ließ den Blick stolz über die Kollegen schweifen. »Ich kann alle seine aus- und eingegangenen Anrufe sehen, seine Mails, den Kalender und die Sprachmemos, ja, das ganze Programm!«

»Weiter«, bat Granstam.

»Das letzte Gespräch ist von 22.29 Uhr. Da hat Jenny Sebastian angerufen. Davor hat er sie um 07.21 Uhr angerufen. Dazwischen hat er die Zentrale von der Abendzeitung ein paarmal angewählt und eine andere Nummer, nach den Anfangszahlen zu urteilen auch eine Zeitung ...«

»Wie lautet die Nummer?«, fragte Anna-Karin und holte ihr Handy heraus. Tim antwortete, und sie rief an. Als jemand das Telefonat annahm, fragte sie, wo sie gelandet sei, und behauptete anschließend, dass sie sich verwählt habe.

»Ein Yngve Olsson von der Abendzeitung«, sagte sie.

»Einer von den Redaktionsleitern«, nickte Tim und tippte weiter auf dem Display. »Er hat nach einundzwanzig Uhr weder Mails verschickt noch erhalten, und er hat mit den Verdächtigen keinen Kontakt gehabt.«

»Wenn er sich hier mit jemandem verabredet hat, dann bevor er in die Kneipe gegangen ist«, meinte Nathalie.

»Hier ist eine Nachricht von Ihnen, Nathalie, von halb neun heute Morgen«, meldete Tim sich wieder zu Wort und schaute sie an. »Darin erinnern Sie ihn daran, zur Dienststelle zu kommen.«

Sie schaute auf das Plastiktuch und stellte sich vor, wie sich Sebastians Telefon gemeldet hatte, als er schon tot am Fuß der Treppe lag.

»Im Kalender finde ich bloß unsere angekündigte Pressekonferenz um zwölf Uhr«, sagte Tim.

»Ich bitte den Pressechef in Östersund, eine Pressemitteilung rauszuschicken, dass sie abgesagt ist«, tat Granstam kund. »Gehen Sie weiter zurück, vor die Zeit des Verschwindens!«

Tim scrollte und machte ein besorgtes Gesicht: »Er scheint alles gelöscht zu haben, gibt überhaupt keine Nachrichten.«

»Da fragt man sich doch, warum?«, sagte Granstam.

»Davor finde ich nichts von Bedeutung, scheint sich hauptsächlich um Notizen zu verschiedenen Aufträgen zu handeln«, stellte Tim fest.

»Wir haben die Straßen um die Schule überprüft, und sein Wagen steht hier nirgends«, rief Johan oben vom Schulhof.

»Was für die Theorie spricht, dass er hier abgelegt wurde«, sagte Angelica. »Und hier oben sind Spuren von einem Auto«, sprach sie weiter und zeigte sie Johan.

Tatsächlich gab es schwache Reifenabdrücke von einem Wagen, die aussahen, als hätte das Fahrzeug zwei Meter von der Treppe entfernt gehalten und wäre anschließend Richtung Durchgang zwischen Haupt- und Mittelstufengebäude weitergefahren.

»Gucken Sie mal hier«, sagte Johan und machte einen Schritt nach vorn. Die Schuhschützer raschelten immer weniger, je mehr sie heruntergetreten wurden. »Das hier können Spuren von den Schuhen des Opfers sein, sieht aus, als hätte man ihn zur Treppe geschleift ... Und an den Seiten gibt es tiefe Spuren von einem Paar großer Stiefel ... Zumindest von den Absätzen.«

Angelica setzte sich in die Hocke und begutachtete sie. »Stimmt. Ich vermute ein Paar in Größe vierundvierzig.«

»Können das die von Ulf Kläppman sein?«, fragte Nathalie. Johan schaute hin und sah sie dann an: »Vielleicht.«

»Die müssen wir mit den Abdrücken vor meinem Fenster abgleichen.«

»Selbstverständlich«, sagte Angelica. »Jetzt ziehen wir hier ab und warten auf die Techniker. Ich habe genug gesehen, um zu wissen, wie es abgelaufen ist. Die Theorie, dass er bewusstlos hier hinuntergeworfen wurde, hat sich erhärtet, weil auf der Treppe weder Blut noch Zähne gefunden wurden.«

»Wahrscheinlich ist ihm etwas Entscheidendes eingefallen«, vermutete Nathalie. »Dann hat er jemanden damit konfrontiert, der daraufhin gewalttätig wurde.«

»Nathalie hat recht«, meinte Johan. »Ich glaube, dass zwischen allen drei Taten ein Zusammenhang besteht, alles andere ergibt keinen Sinn.«

69

»Wie gehen wir also jetzt vor?«, fragte Nathalie.

»Die Techniker und die Verstärkung sind in zwanzig Minuten hier«, antwortete Anna-Karin.

»Wir müssen die Verdächtigen so schnell wie möglich aufsuchen«, beschloss Granstam. »Ihre Alibis überprüfen, wann sie zuletzt Kontakt mit Sebastian hatten und natürlich ihre Autos.« Er zupfte sich einen Eisklumpen aus dem Schnäuzer. »Aber zuerst müssen wir die Angehörigen verständigen.«

»Darauf, den Vater in Los Angeles zu erreichen, habe ich einen Kollegen angesetzt«, gab Anna-Karin bekannt.

»Und im Dorf ist Jenny die nächste Verwandte«, sagte Nathalie. »Ich kann mit ihr sprechen.«

»Ich komme mit«, meinte Johan.

Sie bedachte ihn mit einem dankbaren Nicken.

»Sie können sich ja den Pfarrer als Unterstützung dazuholen«, schlug Gunnar vor. »Er hat schon einmal mit Jenny gesprochen.«

»Außerdem müssen wir rausfinden, wer Ebba missbraucht hat«, sagte Nathalie.

»Ich rufe in Östersund an und bitte sie, alle aus seiner Klasse anzurufen«, meinte Anna-Karin.

»Ich sichere die Schubabdrücke vor dem Hotel«, sagte Angelica.

Das Motorgeräusch von der Straße, in der Henning Westin wohnte, wurde immer lauter. Jetzt sind die Reporter da, dachte Nathalie, als sich alle nach dem Geräusch umdrehten. Das Licht der Scheinwerfer war eine Sekunde vor dem Chevy zu sehen. Ulf Kläppman starrte sie durch das Beifahrerfenster an.

»Das ist bloß Ufo«, rief Gunnar. »Wie gut, dass wir die Leiche zugedeckt haben. Sonst wäre er wohl in den Graben gefahren.«

Nathalie schaute Ulf in die Augen. Er fuhr vorbei und bog rechts zum Zentrum ab. Als sie die Rücklichter verschwinden sah, wurde ihr klar, dass er nicht einmal das Leichentuch angesehen hatte. Das konnte zweierlei bedeuten: Entweder wusste er, dass der Tote dort lag, oder seine Auffassungsgabe war äußerst begrenzt.

»Soll ich ihm hinterherfahren und mich erkundigen, ob er etwas gesehen hat?«, schlug sie vor.

»Jetzt nicht«, entschied Granstam. »Wir müssen Prioritäten setzen und die Verdächtigen verhören. Er war vorher ja auch nicht besonders gesprächig.«

Er sah die Kollegen und Kolleginnen an und entwarf rasch einen Plan: »Ich und Gunnar suchen Tony auf, Maria und Tim verhören Jack. Hamid kommt um eins, sorgen Sie dafür, dass Sie bis dahin fertig sind.«

Gunnar holte das Handy aus der Jackentasche. »Ich rufe Jack an und sage ihm, er soll nach Hause fahren.«

Granstam nickte und sprach weiter: »Anna-Karin bleibt hier und wartet auf die Verstärkung. Rufen Sie den Hotelchef an, und finden Sie raus, wer gestern dort gearbeitet hat. Je eher wir wissen, wann Sebastian aufgebrochen ist und eventuell mit wem, umso besser. Wir müssen auch mit Andy und Alice sprechen und eine Hausdurchsuchung in Sebastians Wohnung durchführen.«

70

Der Fahrstuhl in Jennys Treppenhaus war repariert. Johan hielt Nathalie die Tür auf. Sie drückte auf den Knopf zum dritten Stock. Ohne sich anzugucken, fuhren sie nach oben.

Es versprach anstrengend zu werden. Jenny, die so angeschlagen war, dass sie jederzeit kollabieren konnte, hatte eine weitere Todesnachricht zu verkraften. Dass sie sie nach dem sexuellen Missbrauch fragen mussten, machte das Ganze nicht besser.

Pfarrer Hans-Olov Bergman war zu Hause und konnte bei Bedarf zu ihr kommen; sie hatten aber entschieden, ihn nicht gleich mitzubringen. Ungeachtet dessen, wie anstrengend es werden mochte, mussten sie in erster Linie die Wahrheit herausfinden. Die Trauerarbeit steht für die Polizei an zweiter Stelle, hatte Johan auf der Autofahrt betont. Das konnte Nathalie nachvollziehen, obwohl ihr professionelles wie ihr privates Ich nach dem Gegenteil schrien. Sie hatte Hans-Olov gefragt, ob er am Vorabend mit Sebastian gesprochen oder etwas Wichtiges gesehen oder gehört hatte, aber in dem Trubel hatte er Sebastian nur kurz begrüßt.

Der Fahrstuhl hielt, und sie stiegen aus. Das Stockwerk war, abgesehen von den vier Namen an den Türen, mit dem identisch, auf dem Sebastian wohnte. Bevor sie hierhergekommen waren, hatten sie seine Tür im ersten Stock mit der Nummer vierundzwanzig überprüft. Ihnen war nichts Besonderes aufgefallen, sie hatten aber festgestellt, dass er weder Sicht auf Jacks Haus noch auf die Bundesstraße hatte.

Sobald die Techniker am Tatort ihre Arbeit beendet hatten, wollten sie Sebastians Wohnung untersuchen. Mit etwas Glück fanden sie etwas, das den Vorfall erklären konnte.

Die Klingel schnarrte unter Johans Daumen. Die Tür glitt so schnell sperrangelweit auf, dass sie den Luftzug spürten. Jenny starrte sie in einer Mischung aus Hoffnung und Angst an, hielt sich mit ihrer kleinen Hand an der Türklinke fest. Sie trug einen Bademantel und dieselben Lammwollpuschen wie am Vortag. Das blonde Haar war nach hinten gekämmt und noch feucht von der Wäsche, die mehr als nötig gewesen war.

»Hallo«, sagte Nathalie sanft. »Entschuldigen Sie, dass wir unangemeldet auftauchen. Können wir reinkommen?«

Jenny sprang mit den Blicken zwischen ihnen beiden hin und her. »Haben Sie Ebba gefunden?«

»Nein, leider nicht«, antwortete Johan. Jenny nickte, ebenso erleichtert wie enttäuscht, zog den Gürtel um die Taille fester und bedeutete ihnen mit einem Kopfnicken, dass sie eintreten sollten. Lautlos ging sie ins Wohnzimmer, und sie folgten ihr. Nathalie fiel auf, dass sie den Weinkarton und die Pillendosen weggeräumt hatte.

Jenny stellte sich mit dem Rücken zu ihnen. Die Arme waren vor der Brust verschränkt und der Blick in die abnehmende Dunkelheit gerichtet. Alles war still, abgesehen vom Ticken der Mora-Uhr.

Nathalie sah die Anspannung in Jennys Schultern, meinte zu ahnen, dass sie unter dem weiten Bademantel abgemagert war. Für sie musste jede Sekunde eine Qual sein, eine Erinnerung, dass die Entfernung zwischen ihr und Ebba immer weiter zunahm. Zugleich war die Zeit ihre einzige Chance, Ebba wiederzusehen. So lange wie möglich klammerte sie sich an diese Option, so zwangsläufig und immer wiederkehrend wie die Zeiger einer Uhr.

»Wollen wir uns setzen?«, schlug Nathalie vor.

Ruckartig drehte sich Jenny um, als hätte sie vergessen, dass sie dort waren.

»Ja klar.« Doch statt sich auf die Sitzgruppe zuzubewegen, blieb sie stehen und richtete den Blick abermals in die Dunkelheit.

»Was ist das da für ein Auto, das bei Jack vorfährt?«, wollte Jenny wissen. »Sind das Ihre Kollegen?«

»Ja«, antwortete Johan.

»Warum gehen Sie auch zu ihm? Das muss doch was mit Ebba zu tun haben!«

»Kommen Sie, setzen wir uns«, forderte Johan sie auf und ging zum Sofa.

Jenny folgte ihm mit gesenktem Kopf, wie ein Pferd, das von der Sommerwiese geführt wurde. Mit steifen Bewegungen setzte sie sich auf die äußerste Kante des Sessels, die Hände auf den Knien. Alle Muskeln waren angespannt, die Augen aber schläfrig.

»Was ist passiert?«, fragte Jenny, als Nathalie und Johan auf dem Sofa Platz nahmen. »Hat Jack gestanden, dass er Pierre umgebracht hat?«

»Nein«, antwortete Johan erstaunt. »Wissen Sie mehr darüber, was an dem Morgen abgelaufen ist?«

»Nur so viel, dass er zu Pierres Wohnung gefahren ist.«

Ein paar Sekunden vergingen unter Schweigen. Johan drehte sich zu Nathalie um, hoffte, dass sie das erzählen würde, was er selbst erzählen wollte, was ihm aber jetzt plötzlich schwerfiel.

»Wir haben eine traurige Nachricht«, sagte Nathalie und beschloss, gleich zur Sache zu kommen. »Ich muss Ihnen leider mitteilen, dass Sebastian nicht mehr lebt. Er wurde heute Morgen am Fuß der Treppe zur Schule tot aufgefunden.«

Jennys Augen weiteten sich, und ihr Blick füllte sich mit Verzweiflung.

»Was? Wie? Nein, das kann nicht sein. SAGEN SIE, DASS DAS NICHT STIMMT!«

»Es tut mir sehr leid«, sagte Nathalie und sah aus dem Augenwinkel, dass Johan zustimmend nickte. Jenny fuhr sich durchs nasse Haar und holte ganz tief Luft, als wäre sie eben an der Wasseroberfläche aufgetaucht und wüsste, dass sie bald wieder nach unten gedrückt würde.

Ruhig und in einfachen Worten begannen sie ihr zu berichten. Ohne ein Blinzeln starrte Jenny sie beide an. Wort für Wort erschlug sie. Mit jeder Silbe schien sie weiter zu versteinern. Als ihre Augen feucht wurden, wirkte es, als würden die Tränen aus Urgestein gepresst. Ein letztes Lebenszeichen, bevor sie sich ganz verschloss.

Sie hatte keinen Platz mehr für Trauer. Nach einer Weile, die wie eine Ewigkeit schien, war die Luft verbraucht, und sie zwang sich, wieder zu atmen.

»Wir haben mit dem Pfarrer gesprochen«, fügte Johan hinzu. »Wenn Sie wollen, kommt er zu Ihnen.«

Jenny nickte kaum merklich. Nathalie rief Hans-Olof an. Er versprach, sofort zu kommen.

»Was, meinen Sie, ist passiert?«, fragte Jenny. »Ist er ausgerutscht?«

»Das wissen wir noch nicht«, antwortete Nathalie. »Er wird jetzt untersucht, und wir sind nicht sicher, wie das abgelaufen ist. Wann haben Sie zuletzt mit ihm gesprochen?«

Jennys Mundwinkel zuckte, und sie befühlte den Gürtel. »Gestern. Er hat angerufen und gefragt, wie es mir geht, ob ich Hilfe brauche, ob der Wasserhahn funktioniert, ob ich was zu essen im Haus habe ...«

Ihre Stimme gerann zu einem Wehklagen. Sie schaute Nathalie an. Die Augen glänzten wie von Fieber. »Und jetzt ist er tot, sagen Sie ... Ich weiß gar nicht, was ... Sagen Sie, dass das nicht wahr ist!«

»Wann hat er angerufen?«, fragte Johan.

»Um sieben ... dann eine Stunde später. Er hat gesagt, dass er in die Kneipe wolle, um sich umzuhören, ob jemand was über Ebba weiß.«

Eine Träne löste sich vom Augenrand und lief über die Wange.

»Da ist er mir begegnet«, erklärte Nathalie. »Ihm schien etwas eingefallen zu sein. Hat er Ihnen was davon erzählt?«

Ein Funken Hoffnung entzündete sich in ihrem Blick.

»Nein, aber es hat sich so angehört, als wäre er einer Sache auf der Spur ... Aber so hat er sich eigentlich oft angehört. Sebastian war immer voller Begeisterung.« Sie schluchzte auf, und die Flamme im Blick erlosch.

»Dann habe ich ihn um halb elf angerufen, um ihm Gute Nacht zu sagen.«

Nathalie nickte. Das stimmte mit der Anruferliste überein.

»Ich habe zwei Schlaftabletten genommen und es tatsächlich geschafft, sechs Stunden am Stück zu schlafen. Aber jetzt wäre ich am liebsten gar nicht mehr aufgewacht.«

Sie schluckte, und der kleine Adamsapfel in dem mageren Hals bewegte sich mühsam.

»Wir haben die Hoffnung nicht aufgegeben, Ebba zu finden«, meinte Johan. »Aber kommen wir auf Sebastian zurück: Hat er in den letzten Tagen irgendwas gesagt oder getan, was Ihrer Meinung nach für uns von Belang sein könnte?«

Er hörte, wie unausgegoren die Frage war. Sie verriet, dass sie im Dunkeln tappten. Gleichzeitig führten solche Fragen zu den besten Antworten. Aber Jenny schüttelte den Kopf.

»Wissen Sie, ob jemand auf Sebastian wütend war?«, wollte Nathalie wissen.

»Viele haben sich über ihn geärgert. Über seinen Stil, wie er über Ebba berichtet hat ... Aber dass jemand ihn ...«

Ihre Stimme versagte wieder. Statt zu versuchen, ihren Satz neu zu formulieren, lehnte sie sich zurück und schob die Hände in die Bademanteltaschen.

»Wir wissen ja, dass Jack und Sebastian nicht gut aufeinander zu sprechen waren«, begann Nathalie. »Haben Sie Kontakt zu Jack gehabt oder ihn heute Morgen gesehen?«

Jenny schnaubte auf, schaute aus dem Fenster und sah dann Nathalie an: »Ich habe gesehen, dass er vor einer halben Stunde nach Hause gekommen ist. Er ist aus dem Auto gestiegen und direkt ins Haus gegangen. Wann er los ist, weiß ich nicht. Glauben Sie, dass er ...?«

Sie konnte die Frage nicht zu Ende stellen, weil sich Johans und Nathalies Handys meldeten.

71

»Verzeihung, aber das ist unser Chef«, entschuldigte sich Nathalie.

Jenny nickte und schloss die Augen, anscheinend dankbar für die Pause.

Die Nachricht war kurz und knapp.

> Die Angestellten der Kneipe sind verhört. Sebastian ist um halb eins nach Hause gegangen. Allein und nicht betrunken. Er war wie immer, einer der Wachleute hat gesehen, dass er geradewegs nach Mården gegangen ist.

Johan las es Jenny laut vor. »Dann ist er bestimmt nach Hause gegangen«, schlussfolgerte sie mit bebender Stimme. »Er war wirklich gewissenhaft ... und jetzt sagen Sie, er ist tot. Ich kann es nicht fassen! Jack kann das nicht gewesen sein. Kann er nicht!«

Sie schlug die Hände vors Gesicht und schluchzte. Lange blieb sie so sitzen. Dann ließ sie die Hände auf den Schoß fallen und schaute sie mit frisch gewonnener Energie an, über die Nathalie und Johan staunten. »Was wollte er in der Schule?«

»Das wissen wir nicht. Ist Ihnen eingefallen, wer Ebbas heimlicher Freund sein könnte?«

»Nein. Ihnen denn?«

»Ich habe einen von Ebbas Schulaufsätzen gelesen«, erklärte Nathalie. »Er heißt *Eine Weihnachtsgeschichte*.«

Jenny nickte. »Den hat sie erwähnt. Sie mochte die Aufgaben, die Pierre ihnen gab.«

»Hat sie darüber noch mehr gesagt?«

»Nicht soweit ich mich erinnere.«

»Sie verwendet eine Menge alter Sprichwörter«, fuhr Nathalie fort und nannte aus ihrer Erinnerung Beispiele. Jenny schüttelte den Kopf. »Klingt nicht gerade wie Ebba.«

»Und aus dem Grund würden wir gern wissen, wer ihr die beigebracht hat«, betonte Nathalie.

»Keine Ahnung, wer so redet«, sagte Jenny monoton und überprüfte wieder den Gürtelknoten, bevor die Hände abermals in den Taschen verschwanden.

Bald ist der Pfarrer hier, dachte Nathalie. Wir haben keine Zeit zu verlieren. Sie suchte Blickkontakt zu Jenny und bekam ihn. »Wir haben in Ebbas Computer auch ein Dokument mit dem Namen ›Aufgaben‹ gefunden. Es hat sich herausgestellt, dass darin ein Vorfall in der Disco im Jugendklub vom November beschrieben wird ...«

Keine weitere Reaktion, außer dass sich die schmalen Augenbrauen ein paar Millimeter hoben.

»Hat Sie Ihnen davon erzählt?«

»Nein. Was war da los?«

»Ebba schreibt, sie sei von einem jungen Mann missbraucht worden, erwähnt seinen Namen aber nicht. Sie sei ziemlich betrunken gewesen und nach dem Vorfall sofort nach Hause gegangen.«

Jenny drehte den Sessel so, dass sie aus dem Fenster gucken

konnte. »Da gab es oft Streit mit diversen Jungs. Aber vom November weiß ich nichts. An welchem Tag war es denn?«

»Wissen wir leider nicht«, antwortete Johan.

»In den geraden Wochen ist sie bei mir, in den ungeraden bei Jack.«

Ihre Augen füllten sich mit Tränen, und sie blinzelte. Nathalie vermutete, dass Jenny dachte, sie würde alles dafür geben, wenn sie die Zeit zu diesen Wochen und Tagen zurückdrehen könnte, solange nur Ebba wieder zurückkäme.

»Vielleicht ist sie zu ihm nach Hause gegangen«, antwortete Jenny und trat ans Fenster. »Sie sind immer noch da«, stellte sie fest, als wäre das die natürlichste Auskunft der Welt.

Dann drehte sie sich um. Die Augen verengten sich, und die Stimme wurde lauter. »Was meinen Sie eigentlich mit ›missbraucht‹? Das klingt auch nicht nach Ebbas Worten. Ich will diesen Text lesen!«

Gut, dachte Nathalie. Sie hatte sich bewusst unklar ausgedrückt, um Jenny zu bewegen, die Fragen zu stellen.

»Sie ist Opfer eines sexuellen Übergriffs geworden«, erklärte sie und hielt Jenny mit Blicken fest. Sachlich berichtete sie, was Ebba geschrieben hatte. Jenny zog immer wieder den Gürtelknoten stramm, schaute abwechselnd Ebbas Foto und Nathalie an.

»Davon hat sie mir nichts erzählt. Da muss sie bei Jack gewesen sein.«

»Die große Frage ist natürlich, wer das gewesen sein könnte«, erklärte Johan.

Mit ruckartigen Bewegungen kehrte Jenny zum Sessel zurück, ließ sich hineinfallen und starrte an die Decke, während sie vor und zurück kippelte. Sie schien nicht zu wissen, wohin mit sich. Dann holte sie abermals so tief wie möglich Luft und schaute ihnen in die Augen.

»Nicht Hamid. Er trinkt nichts.«

»Ein anderer aus der Klasse?«, fragte Nathalie.

»Kann jeder gewesen sein. Alle waren verrückt nach Ebba.«

»Könnte es Tony gewesen sein?«, erkundigte sich Nathalie.

»Er ist jedenfalls reichlich aufdringlich, wäre also durchaus vorstellbar. Und er hat mehrere Male zu Schwarzgebranntem eingeladen.«

»Hat sie mal Andy Karlsson erwähnt?«, fragte Johan.

»Der mit Alice zusammen ist?«

Johan und Nathalie nickten.

»Sie hat manchmal was von ihnen erzählt, aber nur, dass die beiden im Allgemeinen fies waren.«

An der Tür klingelte es. Jenny stand mühsam auf. »Das ist wohl Hans-Olov«, sagte sie und entfernte sich in den Flur. Nathalie und Johan nutzten die Gelegenheit, um sich die Beine zu vertreten. Durchs Fenster beobachteten sie, wie Tim und Maria den Kofferraum von Jacks Volvo untersuchten. Jack stand mit verschränkten Armen daneben und trat von einem Fuß auf den anderen.

Im Flur hörten sie Hans-Olofs ruhige Stimme und wie Jenny schluchzte und ihn hereinbat.

»Hallo noch mal«, grüßte Hans-Olov und schüttelte ihnen mit seiner warmen Hand die Hände. In grüner Hose mit Bügelfalte und einem grünen Hemd mit Pfarrkragen machte er einen persönlichen und zugleich professionellen Eindruck.

»Gut, dass Sie so schnell kommen konnten«, sagte Johan.

Nathalie pfiff auf die Professionalität und umarmte Jenny. Sie war mager und zitterte unter dem Bademantel. Johan gab Jenny die Hand und sagte, sie solle anrufen, falls ihr noch etwas einfiele.

Sie verließen die Wohnung mit dem Gefühl, einer Grabkammer zu entsteigen.

Als Johan die Fahrstuhltür öffnete, klingelten die Handys.

»Das ist Angelica auf Skype«, sagte Nathalie. »Dann muss es wichtig sein.«

Sie steckten die Kopfhörer ins Ohr, stiegen in den Aufzug und drückten auf den Knopf zum Parterre.

72

Angelicas Gesicht war im Schein des Handys blasser als sonst. Im Hintergrund sahen Johan und Nathalie die Treppe zum Schulhof. Als sich auch Granstam, Tim und Maria dazugeschaltet hatten, ergriff Angelica das Wort zu einem der längsten Berichte, die sie je von ihr gehört hatten: »Ein Mann hat beim Vorbeigehen die Absperrungen gesehen und sich gewundert, was es damit auf sich hat. Er hat erzählt, er hätte um Viertel vor neun einen silberfarbenen Volvo Kombi auf dem Schulhof zur Treppe fahren sehen. Fünf Minuten später sei der Volvo in Richtung Dorf abgefahren, auf demselben Weg, den er gekommen war.«

»Was für eine Scheiße!«, rief Granstam aus, der vor der Flüchtlingsunterkunft stand. »Hat er noch mehr gesehen?«

»Nein, leider stand der Wagen versteckt hinter dem Schulgebäude. Er hat weder den Fahrer noch das Nummernschild gesehen, noch was mit Sebastian passiert ist.«

»Das muss derselbe Wagen gewesen sein, der Ebba mitgenommen hat«, rief Johan, und Nathalie sah den Eifer in seinen Augen.

»Das glaube ich auch«, meinte Angelica. »Bei der Uhrzeit ist er sich sicher, und die passt auch zu meiner Einschätzung, wie lange Sebastian schon tot ist.«

»Was sagt das über das Profil aus?«, wollte Maria wissen.

Nathalie und Johan stiegen aus dem Lift und begaben sich zur Haustür. Sie dachten nicht daran, dass dies der kälteste Tag seit zehn Jahren war.

»Dass der Täter gewalttätig ist«, antwortete Nathalie. »Wenn sie lebt, bedeutet das, dass er sie weiterhin in aller Ruhe bei sich haben will; wenn sie tot ist, bedeutet das, dass er nicht gefasst werden will.«

»Wir müssen sofort die dreizehn Autos im Dorf noch mal überprüfen«, entschied Granstam.

»Jacks Auto ist sauber«, sagte Maria. »Ihm fehlt zwar ein Alibi, weil er sagt, er sei zum Suchen unterwegs gewesen. Aber er wusste nichts von dem Übergriff, und ich habe schon gedacht, er kriegt gleich einen Herzinfarkt, als wir ihm das erzählt haben. Er erinnert sich, dass Ebba Mitte November von der Disco niedergeschlagen nach Hause gekommen ist und so lange geduscht hat, dass er an die Tür klopfen und sie bitten musste aufzuhören. Anscheinend kam das häufiger vor, und sie hat nicht gesagt, was passiert ist.«

»Kann er ein genaueres Datum nennen?«, erkundigte sich Granstam.

»Nur dass es ein Freitag war.«

»Jack gibt zu, dass er Sebastian nicht leiden konnte«, meldete sich Tim zurück. »In der Kneipe haben sie sich noch nicht mal gegrüßt, aber es war offensichtlich so wie immer, und ich kann mir nur schwer vorstellen, warum er ihn niedergeschlagen haben sollte.«

Granstam räusperte sich: »Tony ist verkatert und behauptet, er habe Sebastian seit Mitternacht nicht mehr gesehen.«

»Tony ist mit ein paar Kumpels nach Hause gegangen, als die Kneipe um zwei Uhr dichtgemacht hat«, ergänzte Gunnar, der neben Granstam stand.

»Die Techniker arbeiten an der Leiche«, sagte Angelica. »Wenn sie fertig sind, schicken wir ihn in die Gerichtsmedizin von Umeå.«

»Meine Kollegen übernehmen die Verhöre auf der Dienststelle«, meldete sich Anna-Karin und tauchte im Bild auf. »Der Transport von Uppsala hat mitgeteilt, dass sie bald an Östersund vorbei sind, also ist Hamid in gut einer Stunde hier.«

»Ich schicke eine Liste, wer welches Auto überprüft«, kündigte Tim an.

Nach dem Gespräch checkte Nathalie ihre Mails und schaute dann Johan an. »Der Einfachheit halber sollten wir mit Jennys Nachbarn Leif Pettersson anfangen.«

»Seinen Wagen habe ich nicht auf dem Parkplatz gesehen«, sagte Johan.

»Dann nehmen wir wohl einfach wieder den Fahrstuhl nach oben«, beschloss Nathalie und öffnete die Haustür.

»Für den Zeitpunkt der Entführung hat er ein Alibi, und ich kann mir nur schwer vorstellen, warum er Sebastian getötet haben soll.«

»Geht mir genauso, aber wir halten uns wohl am besten an die Liste. Als Nächste stehen für uns Andy und Alice drauf.«

Johan nickte und drückte den Knopf in den dritten Stock.

73

Niemand reagierte auf ihr Klingeln an Leif Petterssons Tür.

»Vielleicht schläft er noch«, meinte Johan. »Er war ja auch auf dem Heimkehrer-Abend.«

»Ich rufe ihn an«, beschloss Nathalie.

Beim dritten Signal wurde abgenommen. Leif saß im Auto auf dem Weg zu seiner Mutter in Åre. Er besuchte sie regelmäßig jeden zweiten Tag, war aus Svartviken um halb neun losgefahren und bald am Ziel.

»Haben Sie Ebba gefunden?«

»Nein, leider nicht.«

»Warum rufen Sie mich an? Ist was passiert?«

»Ich kann zum gegenwärtigen Zeitpunkt noch nicht mehr sagen. Danke, dass Sie ans Telefon gegangen sind.«

Sie drückte den Anruf weg und gab das Gespräch wieder.

»Dann können wir ihn von der Liste streichen«, fand Johan. »Er hat ja auch für die Entführung ein Alibi.«

»Und kein Motiv für den Mord an Pierre«, stimmte sie ein und machte einen Schritt auf die Treppe zu. Die Sonne hatte ihren Weg durch das viereckige Treppenhausfenster gefunden, an dessen unterem Rand sich eine Borte aus Eisblumen gebildet hatte.

»Nehmen wir die Treppe?«, schlug sie vor.

»Klar. Auf zu Andy und Alice.«

Als sie die dritte Stufe betrat, wurde sie von einem Sonnenstrahl geblendet. Eine Tür ging hinter ihnen auf. Sie drehten sich um und sahen in Jennys erschrockene Augen.

»Was machen Sie?«, fragte sie und kam in ihren Lammwollpuschen, den Bademantel fest um den Körper geschnürt, aus ihrer Wohnung.

»Wir wollten nur ein paar Worte mit Leif wechseln«, antwortete Johan.

Sie kehrten nach oben zum Treppenabsatz zurück. Der Pfarrer tauchte hinter Jenny auf.

»Er ist unterwegs zu seiner Mutter in Åre«, erklärte Jenny mit leiser Stimme. »Er hat heute Morgen angerufen, bevor er losgefahren ist.«

»Danke, das wissen wir«, sagte Nathalie. »Ich habe gerade mit ihm telefoniert.«

»Was wollen Sie von ihm?«

»Bloß eine Routinefrage«, antwortete Johan.

»Und auf die haben wir eine Antwort bekommen«, erklärte Nathalie. »Passen Sie auf sich auf, wir melden uns, wenn wir mehr wissen.«

Jenny nickte, als nähme sie sie beim Wort. Nathalie dachte, dass sie nicht vergessen durfte, sich zu melden, obwohl ihr Versprechen eher der Art entsprach, wie sie als Ärztin immer ein Gespräch ermutigend und beruhigend beendete.

»Sie wissen, dass der Fahrstuhl repariert ist, oder?«, fragte Jenny und drückte auf den Knopf. Nathalie wertete das als Übersprungshandlung und nickte freundlich. »Danke, wie gut.«

Wortlos warteten sie auf den Aufzug. Erst als sie und Johan wieder nach unten fuhren, schloss Jenny die Tür.

Nathalie sah sich im Spiegel, schaute aber weg, als sie feststellte, wie blass und verquollen sie in dem gnadenlosen Licht aussah.

»Dann fahren wir zu Andy«, entschied sie, »sinnlos, vorher anzurufen, oder was meinst du?«

»Nein, sie liegen bestimmt noch im Bett.«

»Um halb zwölf?«

»Was würdest du denn machen? Sturmfreie Bude, dreiunddreißig Grad unter null, und kein Schwein geht freiwillig vor die Tür.«

Sie erinnerte sich an den Kuss vom Vorabend, bemühte sich, in dem engen Aufzug still zu stehen, um ihn nicht zu streifen. Ihr Herz schlug mit jedem Stockwerk schneller. Sollte er sie jetzt berühren, würde sie entweder über ihn herfallen oder nach hinten wanken. Natürlich berührte er sie nicht. Erleichtert bemerkte sie, dass der Fahrstuhl im Erdgeschoss angekommen war.

Als sie durch die Haustür gingen, sahen sie ihn sofort. Er stand fünfzig Meter weiter auf dem Spielplatz bei den Schaukeln und starrte sie an. Der große Körper, die runden Augen und die Pelzmütze mit den Ohrenklappen. Immer wieder stieß er eine Schaukel an, die sich widerwillig bewegte, die eingefrorene Kette war steif wie eine Brechstange.

»Was will er denn jetzt?«, fragte Johan.

»Warte im Wagen, dann versuche ich, mit ihm zu reden. Er weiß was, sonst würde er mich nicht so verfolgen.«

»Okay, ich behalte dich im Blick. Da steht sein Auto.«

Der Chevy war neben dem SUV abgestellt. Mit einem Nicken als Einverständnis trennten sie sich. Nathalie hob die Hand zum Gruß und lächelte Ulf zu. Er reagierte nicht auf das Lächeln, sondern schubste wieder die Schaukel, ohne Nathalie aus den Augen zu lassen.

74

Sie blieb zwei Meter vor ihm stehen: »Hallo, Ulf! Wie geht's?«

Nicht ein Muskel regte sich in dem ausdruckslosen Gesicht. Sie spürte, wie die Kälte von unten in die Stiefel drang, erkannte, dass sie das Gespräch forcieren musste.

»Haben Sie gesehen, was vor der Schule passiert ist?«, fragte sie und hörte, dass Johan die Autotür schloss.

Ulf nickte so heftig, dass die Bänder an den Ohrenklappen flatterten.

»Haben Sie gesehen, wann es passiert ist?«

Er schüttelte den Kopf und versetzte der Schaukel einen Stoß, kurz bevor sie stehen geblieben wäre.

»Haben Sie jemanden in der Nähe der Schule gesehen?«

Neues Kopfschütteln. Dann räusperte er sich und sagte mit seiner monotonen Stimme: »Nur dass ihr da wart. Nichts davor.«

»Haben Sie ein Auto in der Nähe gesehen?«

»Nee.«

»Wissen Sie, wer da an der Treppe lag?«

Er presste die Lippen zu einem weißen Strich zusammen und nickte. Sie schaute auf seine Jagdgummistiefel. Dasselbe Paar hatte er auch schon am Vortag getragen. Sie schätzte sie auf Größe vierundvierzig. Konnte er Sebastian getötet haben? Sie hob den Blick zum Chevy.

Nein, folgerte sie. Der Zeuge war sicher, dass er einen silberfarbenen Kombi gesehen hatte. Sie konnte sich nur schwer vorstellen, dass Ulf zu so viel Fantasie und Planungsvermögen fähig war, einen gestohlenen Volvo zu verstecken und abwechselnd damit und mit dem Chevy durch die Gegend zu fahren, um die Polizei an der Nase herumzuführen. Und welches Motiv sollte er haben?

»Sie kommen jetzt zum dritten Mal zu mir«, sprach sie weiter und legte so viel Vertrauen und Wärme wie möglich in ihre Worte. »Ich weiß, dass Sie etwas zu erzählen haben. Ich verspreche Ihnen, Sie können sich auf mich verlassen.«

Ulf warf einen Blick auf Johan, auf die Haustür, aus der sie gerade gekommen waren, und wieder auf sie. Die Kälte kroch ihre Beine hoch, sie wippte darum auf den Zehen und klopfte sich auf die Schenkel. Ein plötzliches Lächeln teilte Ulfs Gesicht, wie einen geheimen Eingang in einen Berg. Sie hatte das Gefühl, dass er jemandem ähnlich sah.

»Ja, es ist sehr kalt«, lächelte sie zurück. »Wollen wir uns in Ihren Wagen setzen und reden?«

»Nein.« Er stieß die Schaukel kräftiger an als vorher, als hätte sie etwas Abwegiges vorgeschlagen.

»Ebba war Mitte November in der Disco, wo ihr etwas Schlimmes zugestoßen ist. Wissen Sie etwas darüber?«

In Ulfs Augen trat Unruhe. Sie deutete das als ein Nein. Sie erkundigte sich nach dem heimlichen Freund und nach Pierre, bekam aber die gleiche nichtssagende Antwort wie vorher.

»Warum verfolgen Sie mich die ganze Zeit? Was wollten Sie vor meinem Fenster und meiner Tür?«

Er hielt mit der Hand im Fäustling die Kette der Schaukel fest, schaute sie lange an, ohne zu blinzeln. Seine Stimme klang, wenn überhaupt irgend möglich, noch mechanischer als sonst, als er sagte: »Ich habe sie gesehen.«

»Was? Wen haben Sie gesehen, Ulf?« Sie hörte, dass sie zu eifrig klang, und trat einen Schritt zurück.

Er glotzte sie an, blinzelte zweimal und wiederholte: »Ich habe sie gesehen.«

»Verstehe«, nickte sie. »Wen haben Sie gesehen, Ulf? Bitte, Sie müssen es mir sagen!«

Er glotzte sie weiter an, gab aber keine Antwort.

»Haben Sie Ebba gesehen?«

Er schniefte, schickte die Schaukel los und begann auf der Stelle zu treten.

»Nicht Mama sagen.«

»Aber Sie haben Ebba gesehen! War das am Lucia-Morgen, als sie auf dem Weg zur Kirche war?«

Sein Atem ging schneller, und die Nasenflügel blähten sich.

»Haben Sie gesehen, wer sie mitgenommen hat? Haben Sie den silberfarbenen Volvo gesehen?«

Vor lauter Begeisterung legte sie ihm die Hand auf die Schulter. Er zuckte zusammen, und ihm traten Tränen in die Augen. »Ich habe sie gesehen!«, rief er mit hellerer Stimme als vorher und guckte hinunter zur Bundesstraße und zum See. Die Sonne schien, und der Himmel war unnatürlich blau. »Nicht Mama sagen!«, rief er, als ob jemand da unten es hören könnte. Dann schaute er sie an, als wäre sie eine feindlich gesinnte Fremde, machte auf dem Absatz kehrt und ging mit großen Schritten auf den Chevy zu.

»Ulf! Halt!«

Er bewegte sich wie eine Furie weiter aufs Auto zu. Johan stieg aus. Ulf bemerkte ihn nicht. Johan sah Nathalie an, die den Kopf schüttelte. Wenn die Jahre als Psychiaterin sie etwas gelehrt hatten, dann dass es bei Personen mit Asperger-Syndrom, in Ulfs Fall wahrscheinlich zusätzlich mit einem grenzpsychotischem Zug, keinen Zweck hatte, eine Antwort zu erzwingen. Dann würde er sich noch weiter verschließen, im schlimmsten Fall lügen, um der Konfrontation aus dem Weg zu gehen.

Ulf warf ihr einen Blick zu, bevor er in den Wagen stieg und in Richtung Kirche davonfuhr. Sie setzte sich neben Johan in den SUV, verfolgte den Chevy mit den Augen, berichtete von dem Gespräch und erhob Einwände gegen Johans spontane Reaktion, Ulf aufgrund der eben von ihr geäußerten Einschätzung zu einer Befragung vorzuladen.

Johan trommelte aufs Steuer und schien nicht überzeugt zu sein. Schweigend sahen sie, wie der Chevy hinter den Mietshäusern verschwand.

»Er kommt zurück, wenn er mehr erzählen will«, sagte sie. »Dieses Dorf ist sein Universum, und er verschwindet nirgendwohin.«

»Wir wissen nicht, wie viel Zeit uns noch bleibt.«

»Sie ist schon so lange weg, sie lebt nur so lange, wie der Täter es will.«

Johan ließ den Motor an und setzte zurück. »Glaubst du, Ulf hat beobachtet, wie Ebba im Auto mitgenommen wurde?«

»Er war eindeutig gestresst, als ich danach gefragt habe. So viel wie er hier im Dorf rumkurvt, ist das nicht auszuschließen.«

»Woher willst du wissen, dass er die Wahrheit sagt? Vielleicht macht er das nur, um Aufmerksamkeit zu kriegen.«

»Glaube ich nicht. Wenn eine Person mit so einer Störung etwas immer auf dieselbe Weise wiederholt, spricht das oft für ein wahres Erlebnis. Bei diesem ›Nicht Mama sagen‹ handelt es sich um eine sogenannte Echolalie – das Nachsprechen vorgesagter Wörter von einer Person, zu der er aufschaut. Bestimmt etwas, das in seiner Kindheit aufgetreten ist, eine Erinnerung, die sich eingebrannt hat. Aber so schwer wie ihm das Sprechen fällt, kann eine jahrelange Therapie nötig sein, um etwas darüber zu erfahren.«

Als sie vom Parkplatz fuhren, sahen sie im Rückspiegel, wie der Pfarrer aus Jennys Haus kam.

»Das ging aber verdammt schnell«, fand Johan.

»Das göttliche Handauflegen«, sagte Nathalie im Versuch zu scherzen.

»Dann fahren wir jetzt zu Andy«, beschloss Johan, ohne die Spur eines Lächelns. Er bog rechts Richtung Kirche in dieselbe Straße ab, die Ulf gerade entlanggefahren war.

Als sie links vor dem Kirchhügel einbogen, fiel Nathalie auf, dass nur ein Zeiger der Turmuhr zu sehen war. In dem Moment hörte sie die Glockenschläge.

Erst mitten am Tag, und schon wird es dunkel, dachte sie unerwartet erschöpft. Würden sie jemals irgendetwas von dem Fall aufklären? Vielleicht war Ebba schon seit dem Tag ihres Verschwindens tot und begraben.

Johan trieb den Wagen den Hügel hinauf zum Viertel mit den Mietshäusern. Sie rief sich das Gespräch mit Ulf in Erinnerung, Wort für Wort.

War die Entscheidung richtig, ihm Zeit zu geben, von sich aus zurückzukommen?

75

»Fahr bei Ulf Kläppman vorbei«, bat Nathalie.

»Klar«, sagte Johan und bog links zwischen die Reihenhausschlangen zwei Reihen unter der ab, in der Andy wohnte.

Die Fenster gähnten schwarz, und der Chevy stand nicht auf dem Parkplatz.

»Dann ist er nicht nach Hause gefahren«, stellte sie fest.

»Wette einen Hunderter, dass er wieder den Tatort beobachtet«, meinte Johan.

Eine Minute später parkten sie einen Katzensprung vom stillgelegten Skihügel entfernt vor dem maroden Reihenhaus, in dem Andy wohnte.

»Sieht so aus, als wäre er seit gestern nicht mehr mit Papas Volvo gefahren«, schätzte Nathalie, löste den Sicherheitsgurt und nickte zu dem mit einer dünnen Eisschicht überzogenen Fahrzeug, das in dem fast horizontalen Sonnenlicht glitzerte.

»Und die Rollos sind da runtergezogen, wo ich sein Zimmer vermute«, sagte Johan.

»Hältst du es für möglich, dass sie Sebastian getötet haben?«, fragte Nathalie. »Andy ist nicht gerade ein Kraftprotz, und obwohl Sebastian auch keiner war, kann ich mir nur schwer vorstellen, wie Andy ihn niederschlägt und ablegt.«

Sie stiegen aus. Ein Hund bellte hinter einer der zurückliegenden Reihen. Keine Menschenseele in Sicht.

Sie gingen zum Volvo. Frost bedeckte Windschutzscheibe und Türgriffe.

»Wir müssen trotzdem drinnen nachsehen«, entschied Johan.

Nathalie klingelte. Nach dem dritten Mal hörten sie, dass jemand durch den Flur zur Tür kam. Ein Schlüssel wurde fluchend im Schloss umgedreht. Andy öffnete. Er hatte sich eine geblümte Decke um den schmächtigen Körper gewickelt und blinzelte ihnen aus halb zugekniffenen Augen entgegen. Die kalte Luft zog über den Fußboden.

»Wir müssen mit euch reden«, sagte Johan.

»Oh! Wie spät ist es?« Andy zog die Decke fester um sich, kratzte sich mit dem großen Zeh auf dem Fußrücken und zitterte.

»Viertel nach zwölf«, antwortete Nathalie. »Lässt du uns rein?«

»Haben Sie sie gefunden?«

»Nein, aber wir erklären das, wenn wir ins Haus kommen dürfen. Seid nur du und Alice zu Hause?«

»Ja.«

»Wann kommen deine Eltern zurück?«

»Gegen drei. Gibt es Ärger mit dem Volvo?«

»Lässt du uns rein?«

Mit betretener Miene drehte sich Andy um und rief in den Flur: »Die Polizei ist da!«

»Was?«, war Alice' Stimme zu hören.

Johan schloss die Tür hinter sich.

Andy fuhr sich durch das strubbelige Haar, sodass die Welle über der Stirn ihren natürlichen Fall zurückbekam. »Wir ziehen uns nur schnell an, warten Sie in der Küche.«

Fünf Minuten später tauchten Andy und Alice in Jogginghosen und dazugehörigen weiten Pullovern wieder auf. Johan bat sie, einen Blick in den Volvo werfen zu dürfen. Andy wollte den Grund wissen, tat aber, was Johan von ihm verlangte, ohne dass er eine Antwort auf seine Frage bekam.

Wie erwartet waren keinerlei Spuren zu finden, dass Sebastian in dem Wagen gelegen haben könnte.

Sie baten, mit ihnen einzeln unter vier Augen sprechen zu dürfen.

»Ich würde mich gern mit dir unterhalten, Andy«, sagte Nathalie. Auf der Autofahrt hatten sie und Johan abgesprochen, die Verhöre wie schon in der Schule aufzuteilen.

»Okay, wir gehen ins Wohnzimmer, und Sie können hier sitzen«, schlug er mit einem zögerlichen Blick auf Alice und Johan vor.

»Gut«, entschied Nathalie und folgte ihm.

»Was habt ihr beide gemacht, als ihr gestern nach Hause gekommen seid?«, begann Johan, als er das Handy auf den Küchentisch gelegt und die Aufnahme eingeschaltet hatte.

Alice antwortete, dass sie sich den Schluss von *Stirb langsam* angeschaut und bis spät in die Nacht geredet hätten. Sie hätten im Bett gefrühstückt und seien dort bis zum Klingeln an der Tür liegen geblieben.

»Ist dir eingefallen, wer Ebbas heimlicher Freund sein könnte?«

Alice band ihr langes Haar zu einem Knoten zusammen und schüttelte den Kopf.

»Hamid ist auf dem Weg hierher«, erklärte Johan. »Wenn ihr was verheimlicht, ist es besser, ihr erzählt es jetzt.«

Alice antwortete, sie habe alles gesagt, was sie wisse. Im nächsten Atemzug fragte sie, wo Hamid gewesen und ob Ebba bei ihm sei.

»Mitte November fand eine Disco im Jugendklub statt«, sprach Johan weiter, ohne zu antworten.

Alice nickte. »Das war am Freitag, den Siebzehnten, ich erinnere mich, weil mein Vater an dem Tag Geburtstag hat.«

»Warst du dort?«

»Ja. Mit Andy. Fast die ganze Klasse war da.«

»Auch Ebba?«

»Ja. Das war so ein Dorfgemeinschaftsabend mit vielen Events. So was organisieren die, damit sich Leute jedes Alters treffen. Da gab es einen Pub, Kino, Bingo, und ein paar Autoren haben in der Bibliothek gesprochen.«

»War Hamid dabei?«

»Nein, er war mit seiner Gang in der Stadt. Ich weiß noch, dass Ebba deshalb sauer war. Sie hing mit ihrem *Squad*, also mit Sofia, Lisa und Victoria, ab und hat mit vielen anderen Jungs gequatscht, wie sie es immer macht.«

»Mit wem?«

»Weiß nicht mehr so genau.«

»Welche Erwachsenen waren da?«

»Pierre und ein paar andere Lehrer. Mein Vater war mit seinen Kumpels im Pub. Sogar der Pfarrer war da. Er sagt, es ist wichtig, uns Jugendliche in unserem Alltag zu treffen.«

»War Ulf Kläppman da?«

Alice lächelte schwach: »Er ist immer dabei, wenn was los ist. Oder *dabei* und auch wieder nicht *dabei*, er schwebt irgendwie außerhalb von allem.«

»Was fällt dir zum Wort Kissen-Zimmer ein?«

Alice zog ihre gründlich gezupften Augenbrauen hoch. »Sie meinen das vor dem Kino?«

»Genau.«

Sie lächelte und schaute auf ihre türkis lackierten Nägel.

»Da machen sie immer rum.«

»Hast du jemanden beobachtet, der oder die das an dem Abend getan haben?«

Sie fingerte an der Brezel auf dem Tisch und schaute aus dem Küchenfenster. »Nicht direkt. Warum wollen Sie das wissen?«

»Wir wissen, dass Ebba an dem Abend zu Schwarzgebranntem eingeladen wurde und ordentlich betrunken war.«

»Aha?«

»Wer hat ihr den angeboten?«

»Weiß nicht. Bestimmt welche von den älteren Typen vom Motorsportklub. Die hängen immer auf dem Parkplatz rum und laden uns Mädchen zu Alk ein. Aber ich und Andy waren nüchtern, mein Vater war doch auch da.«

»Weißt du, was mit Ebba passiert ist?«

Alice machte ein verständnisloses Gesicht. »Nur dass sie blau war und nach Hause gegangen ist.«

»Sie hat sich im Kissen-Zimmer ausgeruht, kurz bevor ...«

»Aha? Ich habe nur gesehen, dass sie nach Hause gegangen ist. Da war es so elf.«

»Ist dir in der Nähe des Kissen-Zimmers jemand aufgefallen? Jemand, der zu Ebba reingegangen sein kann?«

Feine Fältchen auf der Stirn und um die Nase, Ernst und Unruhe in den braunen Augen. »Ja, jetzt, wo Sie's sagen ...«

Johan nickte. Jetzt würde etwas Wichtiges kommen.

»Ich und Andy haben vor den Toiletten auf einer der Bänke gesessen und geredet. Das war, kurz bevor Ebba nach Hause gegangen ist, ich weiß das noch, weil mein Vater zu uns gekommen ist und gesagt hat, dass auch ich jetzt gehen sollte ...«

»Ja?«

»Dann sind wir mit meinem Vater zur Garderobe gegangen ... und da ist Tony aus dem Kissen-Zimmer gekommen ... Dann haben wir meinem Vater Tschüss gesagt und versprochen, spätestens um zwölf zu Hause zu sein. Tony ist raus auf den Parkplatz ... Ich und Andy haben uns am Eingang eine Wurst gekauft, und als wir die gegessen hatten, ist Ebba gegangen. Aber ich habe nicht gesehen, dass sie ins oder aus dem Kissen-Zimmer gekommen ist.«

»Aber bei Tony bist du dir sicher?«, fragte Johan.

»Ja. Wir haben nicht so viel drüber nachgedacht, weil mein Vater sauer angerauscht gekommen ist. Glauben Sie, dass er mit Ebba da drin war?«

»Sehr gut, dass du das erzählt hast. Und du bist dir bei der Uhrzeit sicher?«

Alice nickte zaghaft. »Aber was hat das mit dem Verschwinden zu tun?«

»Das wissen wir nicht. Wie hat Ebba ausgesehen, als sie sich auf den Heimweg gemacht hat? Weißt du, ob sie mit ihren Freundinnen gesprochen hat?«

»Sie war ziemlich voll, aber ich habe gehört, dass sie zu Lisa und Victoria gesagt hat, dass sie sie nicht zu begleiten bräuchten.«

»Eine letzte Frage: Hat Tony gesehen, dass du und Andy mitgekriegt habt, dass er aus dem Kissen-Zimmer gekommen ist?«

»Nein. Wir haben wie gesagt an der Garderobe gestanden, und ich erinnere mich, dass er wie in seine eigene Welt versunken rumlief, geradeaus vor sich hinstarrte, wenn Sie verstehen, was ich meine?«

»Komm, wir gehen zu Andy und Nathalie.«

Er ging ins Wohnzimmer voraus, hörte am Gespräch, dass auch sie fertig waren, schaute Nathalie in die Augen und begriff, dass auch sie etwas Wichtiges erfahren hatte. Er bat sie, mit in die Küche zu kommen, während Alice sich neben Andy aufs Sofa setzte.

Er berichtete, und sie sagte, Andy habe eine ähnliche Version erzählt.

»Also hat wahrscheinlich Tony *das Ekelige* mit Ebba gemacht«, schlussfolgerte Nathalie.

»Die Frage ist nur, *was* er gemacht hat?«

»Wenn man bedenkt, dass sie gut ein Jahr zusammen waren, will ich das nicht wissen.«

»Wir müssen ihn verhaften. Das hier liefert ihm ein Motiv, um Ebba zum Schweigen zu bringen.«

Nathalie nickte. »Vielleicht hat Sebastian das rausgefunden und Tony damit konfrontiert?«

»Wollen wir reingehen und ihnen das von Sebastian erzählen?«

»Ja. Über kurz oder lang werden sie es sowieso erfahren.«

76

Andy und Alice waren tief getroffen, als sie von Sebastians Tod erfuhren. Sie hatten keine Ahnung, was passiert war oder wer der Täter sein könnte.

Sie versprachen, niemandem zu erzählen, was sie gesagt hatten, und wechselten einen besorgten Blick, als Nathalie und Johan sich verabschiedeten und zum Wagen eilten.

Als Johan den ersten Gang einlegte und Gas gab, holte Nathalie das Telefon heraus und rief Granstam an. Er hatte eine Nachricht an die ganze Gruppe geschickt.

> Besprechung in der Schule um fünf. Die
> Überprüfung der Fahrzeuge ist abgeschlossen.
> Hamid ist in einer Viertelstunde hier.

Sie antwortete:

> Unterwegs. Sehen uns dort.

Johan nahm die Straße, die bei Ulf vorbeiführte. Er war noch immer nicht zu Hause.

»Nach dem Verhör von Hamid musst du zu ihm fahren«, entschied Johan.

»Ja. Jetzt rufe ich Victoria Ek an und frage nach der Disco.«

Beim zweiten Signal ging jemand ans Handy. Victoria war bei ihren Großeltern in Bräcke. Am Anfang hatte sie Angst, dass Nathalie weiter nach Andys verspäteter Ankunft in der Kirche fragen würde, beruhigte sich aber wieder, als Nathalie erklärte, dass das für die Ermittlung keine Rolle spiele.

Das leere Dorf glitt vor dem Fenster vorüber, als Nathalie nach der Disco fragte. Victoria bestätigte Andys und Alice' Aussage. Was aber im Kissen-Zimmer passiert war, wusste sie nicht.

Nathalie und Johan erreichten zeitgleich mit Granstam und Maria, Tim, Angelica und Gunnar die Schule, Anna-Karin war bereits vor Ort. Sie standen im Halbkreis und schauten zu, wie die Techniker Sebastian in ein Fahrzeug hoben, das ihn nach Umeå bringen würde. Ein halbes Dutzend Journalisten belagerte die äußerste Absperrung, fotografierte und filmte mit den Handys.

Nach der Abfahrt der Techniker gingen Granstam und Anna-Karin zu den Reportern und erklärten, dass die Pressekonferenz auf vier Uhr vorverlegt worden war. Erstaunlicherweise akzeptierten sie das ohne Murren und flitzten zurück zu ihren Autos.

»Bei dieser Kälte tun sie mir zum ersten Mal leid«, sagte Johan und lächelte Nathalie schief zu.

»Apropos Kälte, ich glaube, wir setzen uns in den SUV und updaten uns«, entschied Granstam.

»Ja«, begann Granstam, als alle Platz genommen hatten. »Jetzt sind acht der dreizehn silberfarbenen Volvos im Dorf ohne Ergebnis überprüft worden. Die übrigen sind unterwegs und kaum von Bedeutung, vorausgesetzt, die Besitzer sagen die Wahrheit darüber, wo sie sich gerade aufhalten.«

Er seufzte und zwirbelte seinen Schnäuzer. »Wie Sie wissen, ist der gestohlene Volvo aus dem Klub nach wie vor verschwunden.«

»Das ist doch nicht zu fassen!«, rief Maria mit einem Frust, den alle kannten. »In einem so kleinen Dorf kann es doch nicht möglich sein, jemanden ungesehen zu erschlagen und vor der Schule abzulegen.«

»Wir haben immerhin erfahren, was Ebba mit dem Ekeligen gemeint hat«, verkündete Nathalie und berichtete von Andys und Alice' Aussagen.

»Gute Arbeit, wir verhaften Tony sofort«, beschloss Granstam.

»Ich habe ihm angemerkt, dass er uns belogen hat«, sagte Maria. Granstam setzte die Mütze ab und fuhr sich über die Glatze. »Ja, einen, der noch unsympathischer ist, muss man erst einmal finden.«

»Was haben die Techniker gefunden?«, fragte Johan und sah Angelica im Rückspiegel an.

»Einige DNA-Spuren auf der Treppe, ein Kaugummi und ein Portionspäckchen Snus. Aber wir wissen ja nicht, ob das vom Täter stammt. Die Schuhabdrücke sind sichergestellt, sie stammen von einem Paar in Größe vierundvierzig mit ungewöhnlicher Riffelung, und dabei handelt es sich nicht um dieselben wie vor Nathalies Fenster.«

»Ulf hat vor Jennys Haustür auf uns gewartet«, sagte Nathalie und erzählte, was er gesagt hatte, und von ihrer Strategie, ihm Zeit zu geben. »Im Moment fährt er wieder in der Gegend rum«, schloss sie. »Haben Sie ihn gesehen?«

»Nicht mehr, seit er heute Morgen hier vorbeigefahren ist«, antwortete Tim.

»Wenn er nicht in ein paar Stunden aus freien Stücken kommt, holen wir ihn uns«, beschloss Granstam. »Heute lösen wir den Fall. Ich bin überzeugt, dass Sebastian zum Schweigen gebracht wurde, weil er der Wahrheit zu nahe gekommen ist.«

»In seinem Handy habe ich nichts mehr von Belang gefunden«, schob Tim ein. »Nach diesem Treffen fahre ich mit einem Techniker in seine Wohnung, und wir nehmen eine Hausdurchsuchung vor.«

Granstams Mobiltelefon surrte. Er schaute auf das Display und dann Nathalie und Johan an.

»Jetzt ist Hamid in der Dienststelle.«

77

Hamid und Tony warteten in der Polizeidienststelle. Tony saß mit einem Östersunder Polizisten in der Küche, Hamid im Verhörraum mit einem Kollegen aus Uppsala. Tony kochte vor Wut darüber, dass er festgesetzt worden war. Er hatte ständig wiederholt, er habe alles gesagt, was er wisse, und sei unschuldig.

Hamid war ruhig und fügsam, hatte in Östersund einen Kebab gegessen und noch Zeit für eine Gebetsstunde auf einem Teppich gehabt, den er mitgebracht hatte. Nur als er Tony an der Anmeldung über den Weg lief, hatte er einen aufgeregten Eindruck gemacht. Die Kollegen aus Uppsala wussten nicht, dass Tony verhaftet worden war, und das Zusammentreffen der beiden war nicht zu vermeiden gewesen. Tony hatte geflucht und trocken auf den Boden ausgespuckt, als er Hamid gesehen hatte. Dann wurden beide schnell getrennt. Hamid hatte sein inneres Gleichgewicht zurückgewonnen, wogegen Tony noch so zornig war wie zum Zeitpunkt seiner Verhaftung.

Die Profilergruppe richtete sich im Besprechungsraum ein. Alle waren enttäuscht, als Anna-Karin erklärte, dass sie bei den Verhören weder zusehen noch zuhören konnten, weil die Geräte kaputtgegangen waren. Nathalie nahm an, Granstam hatte sie gebeten, das zu behaupten, damit Gunnar die Vernehmung nicht überwachen konnte. Wenn sie eine Chance haben wollten, ihm nachzuweisen, dass er Hamids Zeugenaussage zu dem Brand unterschlagen hatte, dann jetzt.

»Das muss erst kürzlich passiert sein«, meinte Gunnar, trat an das Kontrollpanel und starrte auf die Regler. »Gestern hat doch noch alles funktioniert, oder?«

»Probleme mit der Hardware zu reparieren, dauert ein paar Stunden«, erklärte Tim mit gespielter Betroffenheit, die Nathalie beeindruckte.

»Jetzt legen wir los«, beschloss Granstam und zog den Gürtel etwas höher über den Schmerbauch. »Ich habe beschlossen, dabei zu sein, wenn Nathalie und Johan Hamid vernehmen. Maria und Anna-Karin vernehmen Tony, Tim geht mit einem Techniker in Sebastians Wohnung. Die anderen arbeiten weiter an dem, was wir haben.«

Ohne etwaige Reaktionen abzuwarten, steuerten Johan, Nathalie und Granstam auf den Verhörraum zu.

78

Hamid saß an dem kleinen viereckigen Tisch in der Mitte des fensterlosen Verhörraums. Als sie sich vorgestellt hatten, beobachtete er sie reserviert aus seinen mandelförmigen Augen. Er war dünner als auf den Fotos und sah trotz der feinen androgynen Gesichtszüge und des schulterlangen schwarzen Haars erstaunlich männlich und kräftig aus.

Wegen seines attraktiven Äußeren fand Nathalie es sonderbar, dass er ihr nicht schon in der Notaufnahme aufgefallen war. Zugleich wusste sie, dass sie immer sehr stark auf den Patienten fokussiert war, sodass sie die Angehörigen nur selten in Erinnerung behielt.

Granstam bat den Kollegen aus Uppsala, den Raum zu verlassen. Nathalie gab Hamid die Hand. In seinen traurigen Augen funkelte es: »Sie kenne ich. Waren Sie nicht die Ärztin in der Notaufnahme ... die an Weihnachten meinen Cousin Mohammed behandelt hat?«

»Stimmt, du hast ein gutes Gedächtnis«, lächelte sie zur Antwort.

»Aber das war doch in Uppsala. Was machen Sie hier?«

»Nathalie arbeitet auch bei uns in der Profilergruppe«, antwortete Granstam und ließ sich auf einen Stuhl neben der Tür fallen. »Ist es okay, dass sie dich verhört? Sie weiß von uns am meisten über Ebba. Ich sitze hier nur als Zuschauer.«

»Klar, kein Problem«, sagte Hamid und strich sich eine Haarsträhne hinters Ohr. »Solange ich nicht mit Gunnar reden muss. Er hat gesagt, ich erzähle über alles Lügen.«

Nathalie und Johan setzten sich Hamid gegenüber und schalteten die Aufnahme ein.

»Nett von dir, dass du so schnell gekommen bist«, begann Nathalie.

»Ich hatte nicht so richtig die Wahl. Wissen Sie, was mit Ebba passiert ist?«

»Leider nicht«, antwortete Johan. »Aber wir wissen einiges und hoffen, dass du uns helfen kannst, die Lücken zu schließen.«

Hamid schaute Johan misstrauisch an. »Klar, ich kann es versuchen. Glauben Sie, sie lebt?«

»Wir fangen mit dem Tag an, an dem sie verschwunden ist«, sagte Nathalie, »kannst du uns sagen, was passiert ist?«

Langsam presste Hamid die Hände aufs Gesicht, rieb es sachte und fuhr sich schließlich mit den Zeigefingerspitzen über die Augenwinkel. Sein Blick war dunkel und die Augen feucht, als er zu erzählen begann: dass er nicht in die Kirche gehen wollte, dass Ebba sauer gewesen war und mit Trennung gedroht hatte, er nach einem Spaziergang im Wald ins Heim zurückkam, als ein Mann aus einem Auto stieg und eine Flasche mit einem brennenden Lappen durchs Fenster neben dem Eingang warf.

»Und das hast du Gunnar Malm erzählt, dem ehemaligen Polizisten hier im Dorf?«, fragte Nathalie.

»Ja.«

»Laut Gunnars Bericht bist du zeitgleich mit der Feuerwehr eingetroffen, zehn Minuten nachdem das Feuer ausgebrochen ist«, sagte Johan.

»Das ist falsch!«, rief Hamid aus und beugte sich vor, die Hände an die Tischkante geklammert. »Dann lügt er!«

»Hast du erkannt, wer der Mann war, der die Bombe geworfen hat?«, wollte Nathalie wissen.

Hamid nickte: »Ich habe klar und deutlich gesehen, dass es Tony war.«

»Tony Larsson, der Mitglied im Motorsportklub ist und früher einmal mit Ebba zusammen war?«, holte Johan weiter aus.

»Und der dich auf dem Schulhof bedroht hat«, ergänzte Nathalie.

Hamid nickte wieder, hörte auf, den Tisch zu umklammern, und ließ die Hände auf die Knie sinken. »Aber Gunnar wollte mir nicht glauben. Er hat gesagt, ich soll keine normalen, ehrlichen Leute beschuldigen.«

»Wir glauben dir«, meldete sich Granstam von seinem Platz an der Tür. Hamid schaute ihn reserviert nickend an.

»Hast du noch jemandem außer Gunnar davon erzählt?«, fuhr Nathalie fort.

»Keinem Polizisten. Er war so unangenehm, und ich weiß, dass so einer wie ich nicht ernst genommen wird. Und er hat ja die Ermittlung geleitet. Er schien auch zu glauben, dass ich Ebba entführt hätte.«

Seufzend fuhr sich Hamid durchs Haar. »Aber ich habe Ibrahim, meinem Zimmernachbarn, davon erzählt«, erklärte er kaum hörbar.

»Hat Tony dich gesehen?«, erkundigte sich Nathalie.

»Glaube ich nicht. Alles ging so schnell, und er hat nicht in meine Richtung geguckt.«

»Was hast du anschließend gemacht?«, fragte Johan.

»Ich habe bei der Suche nach Ebba geholfen. Mir war sofort klar, dass sie nicht freiwillig weg ist. Lucia werden zu dürfen, das war das Größte, was ihr bisher passiert war. Ich kann nicht begreifen, dass sie fort ist.«

»Wann hattest du vor dem Verschwinden zum letzten Mal Kontakt mit ihr?«, fragte Nathalie.

Feine Fältchen zeigten sich auf Hamids hoher Stirn.

»Ich habe sie angerufen, gleich nachdem sie von zu Hause losgegangen ist, habe gesagt, dass es mir leidtut, aber dass ich nicht vorhabe zu kommen. Seitdem habe ich nichts mehr von ihr gehört.«

Nathalie und Johan sahen sich an. Was für eine einfache Antwort auf eine Frage, die sie beide fast um den Verstand gebracht hatte.

»Du hast also um 7.34 Uhr angerufen von ...« Sie schaute in den Notizen nach und las die Nummer vor.

»Kann stimmen. Aber das Handy habe ich nicht mehr.«

»Warum nicht? Und warum hast du behauptet, dass du nicht angerufen hast?«

Ein verlegener Blick an die Decke und ein Schulterzucken: »Spielt das eine Rolle?«

»Ja«, schaltete sich Johan ein. »Das spielt verdammt noch mal eine Rolle.«

»Okay«, sagte Hamid und hob abwehrend die Hände. »Es war geklaut, und mir war klar, dass es gecheckt würde, nachdem sie verschwunden war. Ich habe SIM-Karte und Akku rausgenommen und im Wald weggeschmissen.«

»Wo im Wald?«

»Vor der Unterkunft.«

»Gut«, sagte Johan. »Wir fahren nach dem Verhör hin, dann kannst du uns die Stelle zeigen.«

Nathalie beugte sich vor, die Hände auf dem Tisch gefaltet: »Kannst du Auto fahren?«

»Hab's ein paarmal probiert, habe aber keinen Führerschein.«

»Du warst am Abend vor dem Verschwinden in der Nähe des Motorsportklubs. Was hast du da gemacht?«

Hamids Pupillen weiteten sich: »Das weiß ich nicht mehr. Warum fragen Sie?«

»Weil ein silberfarbener Volvo in der Nacht gestohlen wurde«, erklärte Johan. »Weißt du was darüber?«

Hamid schüttelte den Kopf.

»War es nicht so, dass du es dir anders überlegt und mit Ebba verabredet hast, sie in die Kirche zu fahren?«, wollte Nathalie wissen. »Dass du ihr imponieren wolltest, indem du mit einem fast neuen Volvo auftauchst?«

»Nein! Sie glauben doch nicht etwa, dass ich ...?«

Die Frage kam mit einer Verzweiflung, die seine Augen so stark widerspiegelten, dass Nathalie sie für echt hielt.

»Was hast du sonst noch in diesem Telefongespräch gesagt?«, erkundigte sie sich.

Er sah ihr direkt und ohne mit der Wimper zu zucken in die Augen.

»Wie ich schon gesagt habe: dass ich wegen meiner Religion nicht in die Kirche kommen könne. Sie ist sauer geworden und hat gefragt, ob ich noch mit ihr zusammen sein wolle. Ich habe Ja gesagt. Da hat sie gesagt, dass sie drüber nachdenkt, und dass sie finde, ich würde sie hängen lassen.«

»Wie hast du darauf reagiert?«

»War traurig.«

»Nicht wütend?«, hakte Johan nach und beugte sich über den Tisch. »So wütend, dass du sie eingesammelt und bestraft hast?«

Hamid sackte seufzend in sich zusammen, schaute auf seine Hände hinunter und schüttelte den Kopf. Nathalie erkundigte sich nach den Tagen nach dem Verschwinden. Hamid antwortete, er habe sich an der Suche beteiligt, und dass Jack am Tag ihres Verschwindens bei ihm aufgekreuzt war und ihm gedroht hatte, ihm aber zu glauben schien, als er erzählte, wie es war.

Johan fragte nach der Disco im November. Hamid bestätigte, dass er sich damals mit seinen Freunden in Östersund aufgehalten hatte.

»Ebba ist im Kissen-Zimmer wahrscheinlich Opfer eines Übergriffs geworden«, sagte Nathalie. »Hat sie dir gegenüber etwas davon erwähnt?«

Hamid riss die Augen auf. Tief in seinen Pupillen erkannte sie eine neu aufkeimende Wut. »Nein. Was denn für ein Übergriff?«

Als Johan und Nathalie seinen Blick mit Schweigen erwiderten, ergänzte er: »Sie war in der Woche danach vielleicht ein bisschen traurig, aber als ich sie gefragt habe, hat sie gesagt, es ist, weil Jack und Jenny sich gestritten haben. Was ist passiert?«

»Leider können wir nicht mehr sagen«, antwortete Nathalie. »Ebba schreibt in ihrer *Weihnachtsgeschichte* von einem heimlichen Freund. Von jemandem, mit dem sie über alles reden kann und der ihr Zigaretten anbietet. Weißt du, wer das sein kann?«

Hamid dachte nach. »Nein, aber sie hat mal jemanden erwähnt ... Mir war nicht klar, ob sie das als Witz gemeint hat. Sie hat irgendwie so was gesagt wie ›Das verstehst du nicht, das versteht nur mein heimlicher Freund‹.«

»Es ist wichtig, dass wir rausfinden, wer das ist. Er hat ihr wahrscheinlich auch alte Sprichwörter beigebracht wie *Norden, Osten, Süden, Westen, zu Hause ist's am besten* und *Reden ist Silber, Schweigen ist Gold*.«

Ein Lächeln breitete sich auf Hamids Gesicht aus, seine Augen aber blieben traurig. »Solche Dinge hat sie manchmal gesagt. Ich fand das cool. Aber ich habe nie gefragt, woher sie das hat. Dachte, sie hat das gemacht, um mich zu beeindrucken. Ich habe dann immer mit Sprichwörtern aus Afghanistan geantwortet wie *Blut kann nicht mit Blut weggewaschen werden.*«

»Gibt es in eurer beider Nähe jemanden, der sich in solchen Sprichwörtern ausdrückt?«

Hamid schüttelte den Kopf.

»Du weißt natürlich, wer Ulf ›Ufo‹ Kläppman ist, oder?«, fragte Johan.

»Ja.«

»Wir glauben, dass er etwas gesehen hat«, fuhr Nathalie fort. »Er sagt: ›Ich habe sie gesehen.‹ Wir glauben, er meint, als Ebba im Auto mitgenommen wurde. Aber wenn wir fragen, was er gesehen hat, antwortet er: ›Nicht Mama sagen.‹ Weißt du, was er damit meint?«

Hamids Augen glänzten, als reagierte er auf etwas, das sie gesagt hatte. Dann schüttelte er den Kopf und antwortete: »Ufo redet die ganze Zeit komisches Zeug. Glauben Sie wirklich, dass er sie gesehen hat?«

»Ja«, antwortete Nathalie und dachte, dass es sich dabei genauso sehr um Wunschdenken wie um Überzeugung handelte. »Laut eines Zeugen bist du am Morgen des 20. Dezember um neun Uhr in einen Zug nach Süden eingestiegen, also nur wenige Stunden nachdem Pierre tot aufgefunden wurde.«

Hamid biss die Zähne zusammen, und sein Blick schweifte in die Ferne. »Das war der reinste Horror. Ich bin rein und habe ihn in all dem Blut liegen sehen … Überall war es rot.«

79

»Was sagst du?«, rief Johan.

»Dass ich ihn gesehen habe, kurz nachdem er umgebracht worden ist …«

Hamid holte tief Luft, fuhr sich übers Gesicht und schaute sie prüfend an, als bezweifele er noch immer, dass ihnen zu trauen war.

»Erzähl alles von Anfang an, lass dir ruhig Zeit«, sagte Nathalie und guckte auf ihr Handy. Die Aufnahme lief.

»Ich bin zu Pierre gegangen, um zu sagen, dass Tony die Bombe geworfen hat. Pierre war immer in Ordnung gewesen, und ich konnte ihm vieles erzählen, was ich anderen nicht erzählt habe, außer Ebba natürlich. Aber egal, ich bin da angekommen und habe geklingelt. Ich wollte zur Schule, und er wohnt ja auf dem Weg. Als er nicht aufgemacht hat, habe ich die Tür angefasst. Mir war, als hätte er ›Komm rein‹ gerufen, aber jetzt ist mir klar, dass ich mir das nur eingebildet habe. Die Tür war jedenfalls offen. Ich bin rein und habe ihn da in der Küche liegen sehen.« Er machte eine Pause und schluckte. »So viel Blut habe ich seit den Straßen von Kabul nicht mehr gesehen.«

»Um wie viel Uhr bist du dort gewesen?«, fragte Johan.

»Die Schule hat um acht angefangen, darum glaube ich, dass

ich ungefähr um sieben da war. Ich weiß, dass ich schon um halb sieben von zu Hause los bin, weil ich nicht mehr schlafen konnte.«

»Was genau hast du gesehen?«, hakte Nathalie nach und veränderte die Position ihrer Beine, weil sie merkte, dass sie anfing zu schwitzen.

Hamid schloss die Augen und schüttelte mit gequältem Gesichtsausdruck den Kopf. »Er lag auf dem Boden in einer Pfütze aus Blut. Ich habe Panik gekriegt und bin schnell weg von da.«

»Wohin bist du gegangen?«, wollte Granstam von der Wand her wissen.

Hamid schaute ihn an, als hätte er vergessen, dass er dort saß. »Runter zum Dorf. Da bin ich Gunnar über den Weg gelaufen. Er kam so fünfzig Meter von Pierres Wohnung entfernt angefahren. Wir haben uns angeguckt, und mir war klar, dass er mich verhaften würde. Obwohl ich nichts angefasst habe, fühlte es sich an, als hätte ich Blut an den Händen. Ich war verzweifelt, dass Ebba weg war, und habe gedacht, sie sei tot. Darum habe ich beschlossen, zu meinem Cousin nach Uppsala abzuhauen. Bin in den Zug und die ganze Strecke schwarzgefahren.«

»Hast du noch andere Personen auf deinem Weg zu oder von Pierre gesehen?«, erkundigte sich Nathalie.

Hamid guckte beim Nachdenken nach links oben. Sie wusste, dass dies in der Populärpsychologie als ein Zeichen gedeutet wurde, dass jemand log.

»Nicht soweit ich mich erinnere«, antwortete er.

»Wer kann deiner Meinung nach Pierre erstochen haben?«, fragte Johan.

»Sie haben doch am Tag davor die Suche eingestellt. Ich glaube, jemand hat Pierre bestraft. Und dafür hat man ja jede Menge Auswahl.«

»Wir wissen jetzt, dass Pierre unschuldig ist«, sagte Johan.

»Wir suchen also *sowohl* den, der Ebba entführt hat, *als auch* den, der Pierre ermordet hat.«

»Ich habe keine Ahnung.«

Sie erkundigte sich nach der Beziehung von Ebba zu Sebastian, erfuhr aber nicht mehr als das, was sie schon wussten.

»Was passiert jetzt?«, wollte Hamid wissen, als Johan erklärte, dass sie bald fertig seien.

»Zuerst zeigst du uns, wo du das Handy weggeworfen hast. Dann bleibst du unter Polizeischutz in der Unterkunft«, antwortete Granstam und erhob sich, die Hände in den Rücken gestützt und mit schmerzverzerrtem Gesicht. »Wir müssen das Verhör vielleicht noch ergänzen. Und um Gunnar Malm kümmern wir uns, verlass dich darauf.«

Nathalie schaltete die Aufnahme aus und gab Hamid die Hand. Als sie und Johan sich zur Tür bewegten, hielt Granstam beide auf. Ihm war anzusehen, dass er etwas auf dem Herzen hatte.

»Jetzt möchte ich gern mit Gunnar allein sprechen, bevor wir sagen, was hierbei rausgekommen ist, okay?«

80

Die Zeiger der Wanduhr im Besprechungsraum standen auf halb zwei, als Granstam ihn dicht gefolgt von Johan und Nathalie betrat. Alle außer Tim saßen um den ovalen Tisch. Auf die weiße Leinwand wurde das altbekannte Foto von Ebba projiziert. Nathalie schaute ihr in die Augen und dachte, dass denen nichts von ihrer Arbeit entging. Vermittelte das womöglich die trügerische Illusion, dass sie noch lebte? Brauchten sie womöglich die Hoffnung, um die Kraft zum Weitermachen aufzubringen?

Granstam wendete sich an Maria und Anna-Karin: »Was hat Tony über das Kissen-Zimmer gesagt?«

»Dass er reingegangen sei, eine Weile mit Ebba geredet und ihr angeboten hätte, sie nach Hause zu fahren, weil sie blau war«, antwortete Anna-Karin und nickte einmal, sodass ihr blonder Flechtzopf vor der Schulter auf und ab hüpfte.

»Aber Ebba wollte das nicht, und dann behauptet er, *sie* hätte ihm einen Kuss gegeben und gesagt, sie würde ihn vermissen«, schob Maria verbittert ein. »Natürlich lügt er, aber er ist clever genug, um zu begreifen, dass Aussage gegen Aussage stehen wird.«

»Wenn wir Ebba denn finden«, meldete sich Anna-Karin zurück.

»Sonst noch was Neues?«, fasste Granstam nach.

»Wir haben eine vorläufige DNA-Analyse vom Kaugummi und

dem Snus auf der Treppe erhalten, aber leider ohne Treffer«, erklärte Angelica.

»Was von Tim gehört?«, erkundigte sich Granstam und pumpte eine Tasse Kaffee aus der Thermoskanne.

»Er ist noch in Sebastians Wohnung und arbeitet auf Hochtouren an seinem Rechner«, antwortete Anna-Karin.

»Was machen wir mit Tony?«, fragte Gunnar vom kurzen Tischende. »Er und der Kollege aus Östersund sitzen in der Arrestzelle und warten.«

»Wir lassen ihn noch eine Weile schmoren«, beschloss Granstam. »Ich schlage eine Pause von fünf Minuten vor. Ich würde gern mit Ihnen, Gunnar, ein paar Worte unter vier Augen wechseln.«

Gunnar schaute ihn misstrauisch an.

»Okay. Wohin gehen wir?«

»Ist die Küche frei?«

»Ja.«

Granstam drehte sich zur Gruppe um: »Dann also bis in fünf Minuten. Dann werden Sie erfahren, was Hamid zu erzählen hatte.«

81

Als Gunnar und Granstam gemeinsam das Zimmer verlassen hatten, schauten alle verwundert Nathalie und Johan an. Bevor jemand fragen konnte, was das zu bedeuten hatte, sagte Johan: »Ich gehe raus, eine rauchen. Kommst du mit?«

»Klar«, antwortete Nathalie und stand auf.

Anna-Karin, Maria und Angelica verstanden den Wink und konzentrierten sich wieder auf ihre Rechner.

Draußen brach die Dämmerung an. Die flachen Häuser um sie herum warfen lange Schatten auf den gefrorenen Boden. In weiter Ferne war ein Schneescooter zu hören.

»Was hat Granstam deiner Meinung nach vor?«, fragte Johan und zündete sich eine Zigarette an.

Sie zuckte die Schultern. »Er versucht, ihm die Lüge über Hamid nachzuweisen. Frag mich aber nicht, wie.«

Johans Handy plingte, ein sonst wohlklingender Ton, der sich in der Kälte jedoch grell und laut anhörte. Er las, zog den Handschuh aus und antwortete.

»Carolina will wissen, wann ich nach Hause komme«, sagte er und ließ das Mobiltelefon in die Manteltasche gleiten.

»Was hast du geantwortet?«

»Morgen. Ich glaube, Hamids Rückkehr bringt die Ermittlung

auf Touren. Vielleicht geht es noch schneller, wenn Granstam Gunnar dazu bringt auszusteigen.«

Sie nickte und holte vorsichtig durch die Nase Luft, dachte an das Verhör mit Hamid, an Jenny, an Andy und Alice. Sie stellte sich vor, wie jemand Sebastian erschlagen und anschließend unterhalb der Treppe abgelegt hatte, um es wie einen Unfall aussehen zu lassen. Oder war das nicht der Grund? Gab es ein anderes, komplizierteres Motiv? Eins mit Verbindung zur Schule?

»Was ist Tony doch anscheinend für ein Schwein«, meldete sich Johan zurück. »Hoffentlich knacken wir ihn im Verhör. Sonst wird es schwierig, ihn für den Brandanschlag und den Missbrauch zu verurteilen.«

»Ich denke drüber nach, dass Hamid es war, der Ebba angerufen hat«, sagte Nathalie.

»Ja?« Er stieß einen Ring aus Rauch aus, der senkrecht aufstieg, bevor er sich auflöste.

»Ich bin immer mehr davon überzeugt, dass der Täter *wusste*, dass sie auf dem Weg zur Kirche war. Ich glaube nicht, dass jemand sie zufällig im Vorbeifahren gesehen hat.«

»Warum?«

»Es passt nicht zusammen, dass er sie zuerst zur Kirche gefahren und dann, als sie davor waren, Gas gegeben hat und weitergefahren ist. Selbst wenn es spontan passiert ist, weil irgendwas im Auto vorgefallen ist, muss ein drastischer Entschluss wie dieser im Täter schon angelegt gewesen sein und Formen angenommen haben. Sonst stimmt das Profil nicht. Ich bin überzeugt, der Täter hat schon längere Zeit von Ebba fantasiert, wahrscheinlich mit Tendenz zu Sex und Macht.«

»Ich bin deiner Meinung«, stimmte Johan ihr zu und zog an der Zigarette, sodass die Glut im blaugrauen Dunkel leuchtete.

»Und weil Hamids Liebe und Sorge echt sind, glaube ich nicht, dass er der Täter ist.«

Johan zog abermals. Sie merkte, dass ihre Überlegung bei ihm auf fruchtbaren Boden fiel, und führte sie weiter aus: »Also muss jemand gesehen haben, wie sie von zu Hause losgegangen ist. Sie wurde schließlich innerhalb von fünf Minuten mitgenommen.«

»Du meinst, Jack war's?«

»Nein, und weil sein Volvo sauber ist, können wir ziemlich sicher sein, dass er Sebastian nicht erschlagen oder zumindest nicht abgelegt hat.«

»Aber die Gewaltbereitschaft für beide Straftaten steckt in ihm«, gab Johan zu bedenken und schnipste die halb gerauchte Zigarette in eine Schneewehe. »Und rein theoretisch kann er den gestohlenen Volvo versteckt haben.«

Sie verstummte und betrachtete einen Holzlaster, der vorbeibretterte. Etwas, was Johan am Anfang des Gespräches gesagt hatte, erinnerte sie an etwas. Ein alltägliches Wort, das etwas ganz tief in einer ihrer Gehirnwindungen zum Knistern brachte. Bevor sie sich das bewusst machen konnte, sagte er: »Tony hat bestimmt Blick auf Jacks Haus, hat aber für den Brandbombenanschlag ein Alibi.«

»Ich glaube Hamid, dass er Tony gesehen hat«, sagte sie und trat auf der Stelle. Sie wollte nicht hineingehen, sondern im Freien Gedanken und Gefühlen bis zum Ende nachgehen. Sobald sie ins Haus zurückkehrten, würde die Geschichte mit Gunnar und Hamid aufgerollt werden. Dann würden sich ihre Ahnungen verflüchtigen.

»Du suchst jemand anderen mit Blick auf Jacks Haus«, führte Johan aus und guckte den Qualm an, den der Laster auf seiner Fahrt gen Norden zur Grenze des Nadelwaldes hinterlassen hatte.

Nathalie sah Jenny auf dem Balkon vor sich. Die Kippen in der blauen Kaffeedose, den Nachbarn, der ihr Gesellschaft leistete.

Da war es wieder. Das Gespür von etwas, das Johan gesagt hatte. Sie sah den Nachbarn vor sich, als sie ihm die Hand gab, sah sein Lächeln und hörte seine Stimme.

Sie erstarrte, fasste Johans Arm. »Morgen«, sagte sie und starrte ihn an: »Der Nachbar, der mit Ebbas Mutter geraucht hat!«

»Leif Pettersson?«

»Genau. Erinnerst du dich, dass er gesagt hat ›Morgen ist auch noch ein Tag‹?«

»Ja?«

»Vielleicht ist er Ebbas heimlicher Freund! Er wohnt in der Nähe, hat Blick auf Jacks Haus, er raucht und fährt einen silberfarbenen Volvo!«

»Du meinst, dass ›Morgen ist auch noch ein Tag‹ ein altmodischer Spruch ist?«

»Ja?« Sie hörte den Zweifel in ihrer Stimme. »Eine Vaterfigur, ein Mensch, bei dem verständlich ist, dass sie ihn als heimlich bezeichnet. Anscheinend hat nicht mal Jenny davon gewusst.«

»Er hat doch ein Alibi für die Entführung und ist wohl inzwischen schon in Åre angekommen.«

»Wir haben nur das Wort des Chefs und sein eigenes, dass er zum Zeitpunkt von Ebbas Verschwinden gearbeitet hat.«

»Und dass er wirklich auf dem Weg nach Åre ist«, nickte Johan. »Aber das mit den Sprichwörtern kommt mir weit hergeholt vor. Danach und nach dem heimlichen Freund haben wir Jenny doch gefragt. Wenn er es ist, hätte sie das wissen müssen.«

»Wir haben nur allgemein gefragt, nicht, ob es sich dabei um ihn handeln könnte. Sie ist so stark von Sobril benebelt und traumatisiert, dass ihre kognitiven Fähigkeiten nicht mehr einwandfrei funktionieren. Benzodiazepin kann schon in kleinen Dosen zu dissoziativer Amnesie und assoziativer Lockerung führen.«

»Was bedeutet disso...?«

»Das ist eine Gedächtnisstörung aufgrund einer Überhitzung im Hippocampus. Jetzt gehen wir rein und rufen Jenny an.«

82

»Ja«, sagte Granstam, als er die Küchentür schloss, »wir setzen uns hin.«

»Will nur noch mehr Kaffee aufsetzen«, meinte Gunnar und füllte Wasser in die Maschine. »Was wollten Sie?« Er schloss den Deckel und schielte zu Granstam.

»Ich will ehrlich sein und gleich zur Sache kommen«, antwortete Granstam und ließ sich auf einem neumodischen IKEA-Stuhl nieder, der unter seinem Gewicht bedenklich ächzte. »Wir müssen uns beeilen, damit die anderen nicht misstrauisch werden. Wenn jemand fragt, sagen wir, es ist um was Privates gegangen, das wir klären mussten, okay?«

»Klar«, stimmte Gunnar zu und drehte sich wieder zur Kaffeemaschine um. Granstam sah dem Rücken und den hochgezogenen Schultern an, dass er nervös war. In aller Seelenruhe drückte er eine Portion Snus zurecht und schob sie in den Mund, als Gunnar sich ihm gegenüber hinsetzte.

»Es geht um Hamid. Er behauptet, Ihnen erzählt zu haben, er habe gesehen, dass Tony die Brandbombe geworfen hätte. Er sagt, Sie hätten ihn mit den Worten abgefertigt, er solle über normale und ehrliche Leute keinen Mist erzählen.«

Gunnar zog die buschigen Augenbrauen hoch und verkniff

die Lippen zu einem Gesichtsausdruck, der hinter dem Bart nur schwer zu deuten war.

»Dann lügt er«, sagte er nach einer Weile. »Sie wissen doch, wie solche wie der sind?«

»Ja«, antwortete Granstam. »Vergessen Sie nicht, dass ich seit über dreißig Jahren Polizist bin.«

Gunnar nickte. »Würde mich nicht wundern, wenn er das nur macht, um den Verdacht in Bezug auf Ebba und Pierre von sich abzulenken.«

Granstam beugte sich über den Tisch und runzelte die Stirn zu einer besorgten Miene.

»Das Problem ist nur, dass er eine Aufnahme von Ihrer beider Gespräch hat. Wenn ich die verschwinden lassen soll, dann muss ich die Wahrheit wissen.«

Gunnars Augen verengten sich.

»Ich weiß, wie das ist, glauben Sie mir«, sprach Granstam weiter. »Auch wenn man das nicht laut aussprechen darf, ist es ja eher die Regel als die Ausnahme, dass die Einwanderer die Polizei belügen. So sieht doch die Wirklichkeit für uns aus, die in der Scheiße wühlen.«

Gunnar lehnte sich zurück, warf ein Auge auf die Kaffeemaschine, als sie mit einem Knacken signalisierte, dass sie fertig war.

»Tony können Sie nicht mehr schützen, weil Hamid ihn angeschwärzt hat«, erklärte Granstam. »Na los, uns läuft die Zeit weg.«

In Gunnars Augen zogen Gedanken und Abwägungen vorbei, als sein Blick im Zimmer von einem Gegenstand zum anderen wanderte. Dann hielt er inne und schaute Granstam direkt an. »Das mit dem Elchfleisch ist ja nicht so gut gelaufen. Warum sollte ich Ihnen jetzt vertrauen?«

»Weil ich jetzt, im wörtlichen Sinn, den Brand löschen kann, bevor er entsteht. Obwohl ich Staatsanwalt Hägg kenne, konnte ich Anna-Karin nicht davon abbringen, das Fleisch in ihrem Bericht zu erwähnen, das verstehen Sie sicher.«

Gunnar nickte widerwillig.

»Wie Sie wissen, ist der Spielraum größer, je schwerer die Straftat ist«, erklärte Granstam. »Wenn Sie reden, kann ich dafür sorgen, dass Hamids Aufnahme nie auf dem Schreibtisch des Staatsanwalts landet.«

Ohne eine Miene zu verziehen, starrte Gunnar ihn lange an. Dann seufzte er und sagte monoton: »Okay. Es ist, wie der Junge sagt. Er ist zu mir gekommen und hat erzählt, dass Tony die Bombe geworfen hat. Aber wie schon gesagt, ich habe ihm nicht geglaubt. Er hat versucht, seine Haut zu retten. Ich glaube, er hat Ebba und vielleicht auch Pierre umgebracht.«

»Was haben Sie dann gemacht?«

»Gesagt, dass er normale, ehrliche Leute nicht beschuldigen soll.«

»Und Sie haben im Bericht geschrieben, dass er zur gleichen Zeit wie die Feuerwehr nach Hause gekommen ist?«

»Ja.« Gunnar verschränkte die Arme vor der Brust und drückte seinen kurzen Körper durch. »Wie Sie wissen, teilen Tony und ich dieselben Werte.«

»Ja«, sagte Granstam und stand auf. »Wir müssen jetzt unterbrechen. Wenn Sie zu den anderen zurückgehen, dann rede ich mit Hamid unter vier Augen.«

Gunnar streckte eine Hand aus, und Granstam ergriff sie widerwillig. Gunnar sah ihm starr in die Augen: »Danke, ich wusste, dass man sich auf Sie verlassen kann. Wir müssen zusammenhalten, damit die unser Land nicht ganz und gar übernehmen.«

Granstam ließ zuerst los. Als Gunnar in den Besprechungsraum zurückging, holte er sein Handy aus der Tasche seiner Lederweste und rief Staatsanwalt Hägg an.

83

Als Nathalie und Johan an die Anmeldung kamen, sahen sie, wie Gunnar hinter sich die Tür zum Besprechungsraum schloss. In der Küche hörten sie Granstam sprechen. Johan öffnete vorsichtig die Tür. Granstam drehte sich um und gab ihm durch ein Zeichen zu verstehen, dass er ungestört telefonieren wolle. Nathalie rief Jenny an.

»Besetzt«, stellte sie fest.

»Wir gehen zu den anderen rein und hören mal, was sie von deiner Theorie halten«, schlug Johan vor.

Gunnar stand an der Kurzseite des Konferenztisches und erklärte Anna-Karin und Angelica, dass Granstam nur ein privates Missverständnis ausräumen wollte. Tim saß in Sebastians Wohnzimmer und war auf der Leinwand dazugeschaltet.

»Haben Sie was rausgefunden?«, fragte Gunnar, als er seine Erklärung beendet hatte.

»Ich bin noch nicht mit Sebastians Rechner fertig, mir ist es aber bisher gelungen, die Passwörter zu knacken«, antwortete Tim.

»Ich habe vielleicht was«, meinte Nathalie und berichtete von ihrem Verdacht gegen Leif Pettersson. Alle stimmten ihr zu, dass das ein interessanter Ansatz war. Aber so wie Johan bezweifelte auch Tim, dass an dem Spruch »Morgen ist auch noch ein Tag«

etwas Besonderes war. Gunnar sagte, Leif sei ein ehrlicher Kerl, der noch nie mit dem Gesetz in Konflikt geraten sei, fügte aber dann kaum hörbar »Stille Wasser sind tief« hinzu. Nathalie fragte sich, ob ihm klar war, dass er gerade ein altes Sprichwort verwendet hatte.

Sie nahm ihr Mobiltelefon aus der Handtasche. »Ich rufe Jenny an und frage sie nach Leif.«

»Und ich kontaktiere seinen Vorgesetzten«, verkündete Johan.

»Tim, können Sie Leifs Mobilnummer rausfinden?«, wollte Anna-Karin wissen.

»Klar, er hat anscheinend einen festen Vertrag, das dürfte ein Kinderspiel sein.«

»Ich überprüfe das Vorstrafenregister«, sagte Maria und klappte den Deckel ihres Laptops hoch.

Sie wurden unterbrochen, als Granstam den Raum betrat und mit ernster Miene hinter sich die Tür schloss.

84

Granstam legte seine Waldarbeiterhände auf die Stuhllehne und sah Gunnar aus Augen so bewegungslos wie Beton an.

»Ich habe eben mit Staatsanwalt Hägg gesprochen. Sie sind mit sofortiger Wirkung vom Dienst suspendiert. Unser Gespräch habe ich nämlich aufgezeichnet. Zeugenaussagen zu unterschlagen, ist natürlich nicht nur ein schweres Dienstvergehen, sondern auch gesetzeswidrig.«

Langsam stand Gunnar auf, als hielte Granstams Blick ihn davon ab aufzuspringen, wie er es sonst tat, wenn er sich angegriffen fühlte.

»Was, verdammte Scheiße, sagen Sie da?«

»Das haben Sie sehr wohl gehört.« Granstam holte sein Handy aus der Tasche seiner Lederweste. »Ich habe die Audiodatei verschickt, und ein formeller Beschluss wird Ihnen zugestellt, sobald sich der Staatsanwalt das hier angehört hat.«

Röte stieg in Gunnars Gesicht, und er ballte die Fäuste, sodass die Knöchel weiß anliefen.

»Sie können Ihre Sachen packen und gehen«, fuhr Granstam fort. »Wie Sie wissen, unterliegen Sie für die Dauer der Ermittlung der Schweigepflicht.«

Trotzig und gründlich zog Gunnar sich an, raffte seine Habseligkeiten zusammen und begab sich zur Tür. Bevor er den Raum verließ, drehte er sich um und starrte alle nacheinander je eine Sekunde lang an. Als er bei Granstam ankam, sagte er: »Ohne mich werden Sie Ebbas oder Pierres Mörder nie finden! Hamid ist schuldig, aber statt ehrliche Polizeiarbeit zu leisten, fallen Sie einem Kollegen in den Rücken. Das ist schäbig!«

Dann verließ er das Zimmer und knallte die Tür hinter sich zu.

Erst als die Eingangstür ins Schloss gefallen war, drehte sich Granstam zur Gruppe um. »Das war's. Jetzt arbeiten wir weiter.«

»Wie haben Sie das hingekriegt?«, wollte Johan wissen.

Granstam fuhr sich über die Glatze und lächelte in seinen Schnäuzer hinein.

»Ich habe behauptet, Hamid hätte seine Zeugenaussage bei ihm aufgenommen. Gunnar hat mir das abgekauft und gesagt, was ich hören wollte, wobei ich wiederum ihn aufgenommen habe. Ich hatte eine Chance, und die habe ich genutzt. Nicht gerade regelkonform, aber manchmal muss man einfach das Richtige tun.«

Seine letzten Worte galten Anna-Karin, der von allen die größte Skepsis ins Gesicht geschrieben stand. Johan nickte und dachte daran, wie er seinem spielsüchtigen Kollegen Sven Hamrin geholfen hatte, einen Kredit an die russische Mafia zurückzuzahlen – ein Vorgehen, das zwar juristisch falsch gewesen war, aber zum Besten zählte, was er je gemacht hatte.

»Ich glaube nicht, dass wir Gunnar brauchen, um den Fall zu lösen«, fasste Granstam zusammen und nahm Platz. Er drehte sich zu Maria und Anna-Karin um: »Ich vermute, Sie wollen Tony noch mal verhören?«

Beide nickten entschlossen.

»Natürlich werden wir bei ihm zu Hause und in der Werkstatt auch nach Spuren der Bombenherstellung suchen.«

»Wollen wir den Technikern sagen, dass sie auch das Kissen-Zimmer untersuchen sollen?«, fragte Johan.

»Ja. Aber leider liegt der Missbrauch über einen Monat zurück. Was haben wir sonst noch?«

Nathalie erzählte von ihrem Ansatz. Mit jedem Mal hatte sie das Gefühl, als würde die Kette der Indizien immer schwächer. Bevor Granstam seinen Kommentar dazu abgeben konnte, schob Maria ein, dass Leif Pettersson noch keine Vorstrafen hatte, mit Ausnahme von Bußgeldern für zu schnelles Fahren. Tim schaute auf dem Sofa in Sebastians Wohnung von seinem Rechner auf. Sein Blick war hellwach wie bei jemandem, den man gerade aus einer Hypnose geweckt hatte.

»Ich habe Petterssons Handy gefunden. In ein paar Minuten müsste ich sehen können, wo er steckt, oder besser, wo das Handy ist.«

Maria und Anna-Karin verließen den Raum, um Hamid nach Hause zu schicken und Tony zu verhören. Auch Granstam kam mit, um Hamid zu informieren, dass Gunnar suspendiert und der Staatsanwalt über Tony in Kenntnis gesetzt worden war.

Nathalie ging in die Küche, Johan blieb im Besprechungsraum. Weil Jenny nicht ans Handy ging, schrieb Nathalie ihr eine SMS, in der sie um einen möglichst schnellen Rückruf bat. Als sie zur Gruppe zurückkehrte, stellte sie fest, dass Granstam, Maria und Anna-Karin noch bei Hamid waren. Ihr fiel sein Zögern bei bestimmten Fragen ein, vor allem sein ausweichender Blick, als sie gefragt hatte, ob er außer Gunnar noch jemanden in der Nähe von Pierres Wohnung gesehen hätte. Vielleicht sagte er jetzt alles, was er wusste, nachdem Granstam bewiesen hatte, dass man ihm vertrauen konnte.

Als sie in den Besprechungsraum zurückkam, beendete Johan ein Telefonat. Tim war noch immer über Skype zugeschaltet, war jetzt aber nur in einem Kästchen in der unteren Ecke der Leinwand zu sehen.

»Leif Petterssons Vorgesetzter sagt, Leif war am Lucia-Tag zur Schicht eingeteilt, doch wie die meisten Forstmaschinenfahrer arbeitet er allein«, erklärte Johan. »Wir haben also nur sein Wort, dass er tatsächlich am Arbeitsplatz war, der vierzig Kilometer nordwestlich von hier am See Ormvatten in einem Waldstück liegt, das ungefähr so groß ist wie zwei Fußballfelder.«

Tim rief Google Maps auf, damit alle das Gebiet auf der Leinwand sehen konnten.

»Er arbeitet also in etwa fünf Kilometer vor der Grenze zu Norwegen«, stellte Nathalie fest.

»Weil er zu einem der dreizehn Leute im Dorf gehört, die einen silberfarbenen Volvo Kombi besitzen, waren die Kollegen am Fünfzehnten bei ihm. Er hat wie immer gearbeitet, und es gab keinerlei Spuren, dass er Ebba entführt haben könnte. Sie haben den Volvo sogar noch ein zweites Mal untersucht. Wie ihr euch erinnert, wurde er von Gunnar am Vierzehnten überprüft, als Leif zu Hause war, weil er einen freien Tag hatte.«

Die Tür flog auf, und Granstam kam dicht gefolgt von Anna-Karin herein. »Hamid hat was Wichtiges zu erzählen.«

»Aber er will es nicht uns sagen, er will euch sehen«, sagte Maria und schaute Nathalie und Johan an.

Ihr lief ein kalter Schauer über den Rücken.

Was, wenn Gunnar recht hatte?

Was, wenn Hamid ein Geständnis ablegen würde?

85

Hamid erhob sich, als Nathalie und Johan den Raum betraten. Er war blass im Gesicht, und seine langen Haare warfen im Stehen andere Schatten als im Sitzen. Der Ausdruck seiner braunen Augen verriet Nathalie, dass sich in ihm etwas verändert hatte.

Johan bat die Kollegen aus Östersund, draußen zu warten. Sobald die Tür wieder zu war, fragte Nathalie, was Hamid zu erzählen hatte.

»Ist sicher, dass Gunnar raus ist?«

»Ja«, antwortete Nathalie.

»Und Tony wird vor Gericht gestellt und kriegt hoffentlich seine Strafe«, sagte Johan.

An Hamids Miene war abzulesen, dass Johan das gern glauben konnte, wenn er wollte.

»Es war sehr wichtig, dass du ausgesagt hast«, meinte Nathalie und schloss die Hände um die Rückenlehne. »Und du möchtest uns noch mehr erzählen?« Diskret startete sie die Aufnahme und legte das Handy auf den Tisch.

Hamid fuhr sich mit seiner langen, feingliedrigen Hand über das angespannte Gesicht und schien zu zögern. Um die Stimmung aufzulockern, fragte Nathalie ihn, ob er Leif Pettersson kannte.

»Nein, keine Ahnung, wer das ist.«

»Du hast nie gehört, dass Ebba seinen Namen mal erwähnt hat? Er ist der Nachbar von Ebbas Mutter«, erklärte Johan.

Hamid schüttelte den Kopf. »Ist er ihr heimlicher Freund?«

»Vielleicht«, sagte Nathalie.

Er schaute auf die Stuhllehne hinab und pulte an dem abgenutzten Kiefernholz.

»Na los, erzähl schon, Hamid«, forderte Nathalie ihn auf. »Wir haben bewiesen, dass du uns vertrauen kannst. Wenn wir eine Chance haben wollen, Ebba zu finden, dann musst du uns helfen!«

Langsam hob er seinen Blick zu ihr. Beim Sprechen war seine Stimme leise und konzentriert.

»Zuerst hatte ich nicht vor, was zu sagen ... Ich bin ja von allem abgehauen und wollte nicht zurückkommen. Ich habe mich nicht getraut zu hoffen, dass Ebba noch am Leben ist, und habe kapiert, dass Gunnar mich für den Verdächtigen im Mord an Pierre hielt. Wenn ich gesagt hätte, was ich jetzt sagen will, würde er sagen, ich denke mir das nur aus, um die Schuld einem anderen in die Schuhe zu schieben.«

Nathalie bekam schweißnasse Hände.

»Ja?«, sagte sie beim Einatmen.

Hamid schloss die Augen, als riefe er sich eine Szene ins Gedächtnis.

»Als ich vor Pierres Haus in die Straße einbog, sah ich eine Frau aus seiner Haustür kommen. Weil ich sie gleich erkannt habe, bin ich stehen geblieben, habe gesehen, dass sie in die andere Richtung, also nach Mården, gegangen ist.«

»Ja?« Diesmal bestätigte Johan, dass sie ihm zuhörten.

»Sie hat mich nicht gesehen, wollte schnell weg. Aber sie ist so komisch gelaufen, als würde sie was unter der Jacke verstecken. So.«

Er sah sie beide an, legte beide Hände auf die linke Seite und humpelte. »Als ich Nachrichten gehört habe, war mir klar, dass das vielleicht das Messer war.«

Johan und Nathalie schauten sich an.

Der Moment war gekommen. Der Augenblick, in dem das entscheidende Teilchen fiel und den Rest mitriss. Oder war Hamid ein so geschickter Lügner, dass er sie hinters Licht führte? War das Bedürfnis nach einer Lösung so stark, dass ihr rationales Denkvermögen gestört war?

»Und dann?«, fragte Nathalie.

»Dann bin ich rein und habe ihn da liegen sehen, das habe ich doch schon erzählt. Ich habe Panik gekriegt und bin weggelaufen, danach bin ich Gunnar begegnet, und mir war klar, dass ich wegmusste.«

»Wer war die Frau?«, fragte Johan.

Hamid schluckte kräftig und sah beide bedrückt an.

»Ebbas Mutter.«

»Jenny?«, rief Nathalie.

Hamid nickte.

»Bist du sicher?«, wollte Johan wissen.

»Hundertpro.«

»Hast du das jemandem erzählt?«, fragte Nathalie.

»Nein. Wie ich schon gesagt habe, war mir klar, dass Gunnar glauben würde, ich lüge, und ich wollte nicht, dass sie festgenommen wird. Wegen Ebba.«

Tränen kamen, die seine Augen durchsichtig aussehen ließen.

»Ist das wirklich wahr?«, hakte Johan nach. »Wirst du das auch vor Gericht bezeugen können, wenn es so weit ist?«

Hamid zuckte die Schultern, und eine Träne fiel auf seine Wange.

»Um wie viel Uhr hast du sie gesehen?«, wollte Johan wissen.

»Wie ich schon gesagt habe, es war gegen sieben.«

»Danke, gut, dass du das erzählt hast«, sagte Nathalie und schaltete die Aufnahme aus.

»Jetzt musst du den Kollegen zeigen, wo du das Handy weggeworfen hast«, beschloss Johan. »Du hast Redeverbot, das heißt, du darfst das niemandem erzählen. Hast du das verstanden?«

Hamid nickte kaum sichtbar.

86

»Das ist doch zum Kotzen«, meinte Granstam, als Johan und Nathalie ihm Bericht erstatteten.

Sie standen im Besprechungsraum. Hamid hatte die Dienststelle verlassen, und Maria und Anna-Karin verhörten Tony. Tim war zugeschaltet und verfolgte die Entwicklung, während er zeitgleich auf Sebastians Rechner eintippte.

»Jenny geht noch immer nicht ans Handy«, sagte Nathalie und legte zum dritten Mal auf. »Komisch, sie ist doch bisher immer rangegangen.«

»Wir fahren sofort hin«, beschloss Johan und ging zur Tür.

»Warten Sie kurz!«, rief Tim. »Ich habe Leif Petterssons Handy geortet!«

Nathalie und Johan blieben stehen, drehten sich zur Leinwand um, die Google Maps zeigte.

»Leider hat er es jetzt ausgeschaltet, aber wie Sie sehen, ist er heute Morgen nicht nach Åre gefahren.«

Sie traten näher, um die Karte besser zu erkennen. Eine blaue Strecke markierte den Weg von Svartviken südwärts nach Åre. Eine andere Strecke war rot eingezeichnet und schlängelte sich nordwestwärts. Diese Linie war bedeutend kürzer.

»Die rote Markierung bezeichnet die punktuellen Messungen von den Sendemasten, bei denen sich Leifs Handy eingewählt hat.

Die erste Markierung ist von 9.20 Uhr heute Morgen und die letzte von 9.40 Uhr. Seitdem ist das Handy ausgeschaltet.«

»Also hat er gelogen«, stellte Nathalie fest.

»Und hat das Dorf ungefähr eine Viertelstunde nach dem Mord an Sebastian verlassen.«

»Kann man sehen, ob er über den Schulhof gefahren ist?«, wollte Granstam wissen.

»Leider nicht. Die Dichte der Masten im Dorf ist zu gering; man kann nur sehen, dass er im Zentrum gewesen ist.«

Nathalie trat noch einen Schritt näher an die Leinwand. »Sieht aus, als wäre er zu seinem Arbeitsplatz am Ormvatten gefahren. Kann er Ebba dort versteckt halten?«

»Unwahrscheinlich«, meinte Granstam. »Die Kollegen sind ja am Fünfzehnten dort unangemeldet aufgetaucht und haben sowohl den Volvo als auch die Baracke, in der er wohnt, untersucht.«

»Aber warum sollte er lügen und das Handy ausschalten, wenn er unschuldig ist?«, überlegte Johan laut.

Granstam zuckte die Schultern: »Vielleicht hatte er was anderes zu erledigen, und der Akku im Telefon ist leer.«

»Ich behalte es weiter im Auge und melde mich, sobald es wieder eingeschaltet wird«, sagte Tim.

Granstam drehte sich zu Johan und Nathalie um. »Fahren Sie zu Jenny, und verhören Sie sie. Wir können uns nicht blindlings auf die Suche nach Leif Pettersson machen. Er wird kaum so dumm sein und Ebba an seinem Arbeitsplatz festhalten. Ich bleibe hier und überprüfe, ob er eine Verbindung zu einer Jagdhütte oder einem Sommerhaus in der Nähe hat.«

»Gut«, sagte Nathalie und folgte Johan durch die Tür. Abermals wappneten sie sich gegen die Kälte.

Draußen hatte sich schon die Dämmerung herabgesenkt.

87

»Da steht Ulfs Auto«, sagte Nathalie, als Johan mit dem SUV auf den Parkplatz in Mården abbog. Der Chevy stand an derselben Stelle wie beim letzten Mal. Johan parkte daneben. Der Wagen war leer.

Sie stiegen aus und schauten sich um. Ein paar Kinder in Schneeanzügen spielten bei den Schaukeln. Ulf war nicht zu sehen.

»Ich frage mich, was er hier will?«, sagte Nathalie, als sie auf die Haustür zugingen.

»Vielleicht warten, dass wir zurückkommen«, vermutete Johan.

»Erinnerst du dich daran, dass Jenny behauptet hat, sie sei zu Hause gewesen und habe Jack zu Pierre fahren sehen an dem Morgen, als er ermordet wurde?«, fragte Nathalie. »Hat sie versucht, den Verdacht auf ihn zu lenken, um sich zu schützen?«

»Weiß nicht. Ich bin genauso überrascht wie du.«

»Außerdem hat sie letztes Mal gefragt, ob Jack gestanden habe«, sprach sie weiter. »Wenn Hamid die Wahrheit sagt, hat sie uns reingelegt.«

»Sie sieht so klein und zerbrechlich aus, dass wir uns vielleicht dadurch haben täuschen lassen«, meinte Johan und fasste an die Haustürklinke.

Wieder einmal fuhren sie mit dem Aufzug in den dritten Stock. Ohne allzu große Hoffnungen klingelte Nathalie bei Leif Pettersson. Keine Reaktion. Johan kontrollierte den Briefkastenschlitz. Es waren keinerlei Anzeichen festzustellen, dass er in letzter Zeit dort gewesen war.

Als Jenny öffnete, sah sie genauso erstaunt und hoffnungsvoll aus wie beim letzten Mal. Sie trug jetzt einen grauen Strickpullover, einen schwarzen Rock und eine lila Strumpfhose. Die Haare waren getrocknet und mit einem Haargummi zusammengebunden. Ihre kleine Hand umklammerte genauso fest wie beim vorigen Mal die Klinke.

»Haben Sie sie gefunden?«

Die hellblauen Augen waren flehend und verzweifelt. Nathalie schüttelte den Kopf. Sie hatte Bedenken, dass Jenny Pierre getötet hatte. An ihr war keine Spur von Schuldbewusstsein zu entdecken. Oder lag es an der Sorge um Ebba, dass solche Gefühle leicht zu verschleiern waren?

»Wir müssen noch einmal mit Ihnen sprechen«, begann Johan.

»Wie war das Gespräch mit dem Pfarrer?«, fragte Nathalie, als sie das Wohnzimmer betrat. Jenny stand am Fenster, den Blick in die Dunkelheit gerichtet. »Gut. Hans-Olov ist wirklich nett.«

»Wir setzen uns«, sagte Johan, sank ins Sofa und legte sein Handy auf den Couchtisch.

Jenny drehte sich um, sah ihn und das Mobiltelefon fragend an. »Ist das noch ein Verhör, oder worum geht es jetzt?«

»Ja, leider«, antwortete Nathalie und setzte sich neben Johan, ohne Jenny aus den Augen zu lassen. Jetzt kam es darauf an, Vorsicht walten zu lassen. Jede Veränderung im Ausdruck könnte entscheidend sein.

»Ist es okay für Sie, wenn wir uns hinsetzen?«, wollte sie wissen.

Ohne eine Antwort schlurfte sie zum Sessel.

»Es haben sich neue Erkenntnisse ergeben, denen wir nachgehen müssen«, erklärte Johan.

»Über Sebastian?«

»Wir fangen mit Ihrem Nachbarn Leif an«, entgegnete Nathalie. »Hatte er Kontakt zu Ebba?«

Jenny sah sie erstaunt an. »Nicht viel. Er ist ja manchmal hier, um mir zu helfen, und wir treffen uns immer auf dem Balkon zum Rauchen. Aber Ebba hat keinen Kontakt zu ihm. Warum wollen Sie das wissen?«

»Wir vermuten, dass Leif womöglich der Freund ist, von dem Ebba schreibt. Er raucht, wohnt in der Nähe und verwendet altmodische Ausdrücke, so wie bei unserem ersten Besuch hier ›Morgen ist auch noch ein Tag‹.«

Jenny lächelte schief, fuhr sich durch das Haarbüschel und sagte: »Ja, solche alten Sprichwörter, oder wie das heißt, sagt er manchmal. Aber Leif würde meiner Tochter niemals Zigaretten anbieten. Und warum sollte sie sich ihm anvertrauen?«

Das Ticken der Mora-Uhr füllte die Stille, bis Jenny die Frage selbst beantwortete: »Nein, er kann das nicht sein. Haben Sie ihn angerufen?«

»Er hat sein Handy ausgeschaltet«, antwortete Johan.

»Worauf wollen Sie hinaus?«

Weder Johan noch Nathalie gaben eine Antwort. Wenn sich noch nicht einmal Jenny vorstellen konnte, dass Leif Ebbas heimlicher Freund war, gab es keinen Anlass, sich zu erkundigen, ob er sie entführt haben könnte. Nathalie fragte sich, ob ihre Assoziation zu Leifs Äußerung am Morgen übertrieben gewesen war. Das hätte jeder erwachsene Mensch sagen können. Dann hatte sie sich in ihrem Eifer, den heimlichen Freund zu finden, vielleicht zu viel davon versprochen, dass er rauchte und ein Nachbar mit Blick auf Jacks Haus war. Der Gedanke wurde von Johans Frage unterbrochen: »Als wir letztes Mal nach den Sprichwörtern gefragt haben, ist Ihnen Leif gar nicht eingefallen?«

»Wie Sie merken, bin ich nicht ganz klar im Hirn«, sagte Jenny. »Die Tabletten und die Gedanken an Ebba machen mich …«

Sie schaute mit glasigen Augen das Foto von Ebba an. Nathalie fiel auf, dass der Docht der Kerze angebrannt war, und sie vermutete, dass der Pfarrer sie angezündet hatte.

»Manchmal vergesse ich Sachen, die ich gerade erst gesagt habe, und ich kann in ein Zimmer gehen, um etwas zu holen, aber wenn ich da bin, weiß ich nicht mehr, was ich dort wollte. Mich macht es wahnsinnig, dass ich nicht weiß, was mit meiner Tochter passiert ist!«

Mit einem Ruck stand sie auf und trat ans Fenster, umfasste die Klinke zum Balkon, lehnte die Stirn an die Scheibe und begann zu schluchzen: »Ich werde verrückt«, schniefte sie kaum hörbar.

Nathalie legte eine Hand auf Johans Schulter als Zeichen, dass er sitzen bleiben sollte, während sie zu Jenny ging. Ihr immer gleichbleibend kreatives Katastrophenzentrum malte sich das Bild aus, wie Jenny die Balkontür aufriss und sich in die Tiefe stürzte, um den Verlustschmerz loszuwerden, aber vielleicht auch, weil sie das Schlimmste getan hatte, was ein Mensch einem anderen zufügen kann.

»Ich bin für Sie da, Jenny«, sagte sie. »Sie werden nicht verrückt. Ihre Reaktion ist vollkommen normal.«

Jenny hyperventilierte und drehte die Klinke hin und her.

»So, ja, alles wird gut«, sagte Nathalie und legte behutsam ihre Hand zwischen Jennys Schulterblätter.

»Atmen Sie mit mir in einem Rhythmus«, empfahl Nathalie und tat das, was sie immer mit Patienten machte, die eine Panikattacke bekamen. Nach einer Weile atmete Jenny wieder einigermaßen normal.

Dann zuckte sie zusammen, packte Nathalie an den Oberarmen und sagte mit gebrochener Stimme: »Glauben Sie, dass sie lebt? Glaubt das jemand? Ich habe die ganze Zeit das Gefühl, dass sie noch lebt, aber jetzt verliere ich langsam das Gefühl. Eine Mutter spürt, ob ihr Kind lebt, das müssen Sie verstehen! Wenn sie da draußen ist, dann ist allmählich keine Zeit mehr zu verlieren!«

88

Sie hält es nicht mehr aus. Sie muss fliehen. Wenn sie nicht schon verrückt ist, dann wird sie es bald. Oder er macht seine Drohung wahr. Was schlimmer ist, weiß sie nicht. Bloß, dass sie von hier wegmuss. Und wenn sie das mit dem Leben bezahlt.

Sie holt ganz tief Luft, windet sich im Schlafsack und starrt an die Decke. Er ist immer noch draußen. Sie hört nur ihren Atem und ihren Puls in den Schläfen. Langsam atmet sie aus und zählt bis drei. Sie muss die Wärme halten, damit sie schnell und geschmeidig ist. Wenn er nächstes Mal diese Tür aufmacht, tut sie es.

Sie schließt die Augen, bohrt die Nägel ins Fleisch, um Kraft zu tanken. Seit dreizehn Tagen ist sie eingesperrt. Um nicht wahnsinnig zu werden, hat sie die quälend langen Tage gezählt. Sie freilassen, wie sie am Anfang gehofft hatte, wird er nicht. Dass jemand sie findet, wagt sie auch nicht mehr zu hoffen. Vielleicht bereiten sie ihre Beerdigung vor. Der Gedanke kommt ihr immer häufiger. Vor ihrem inneren Auge sieht sie sie am Sarg stehen, hört die Worte des Pfarrers und die Schluchzer, die an den Wänden der Kirche widerhallen.

Natürlich wird er dort stehen. Niemand würde ihn verdächtigen. Sie will weinen, hat aber keine Tränen mehr.

Die Ruhelosigkeit treibt sie aus dem Schlafsack. In der Hand hält sie einen Schraubenschlüssel. Bald kommt er. Er ist nie länger als eine Viertelstunde weg, wenn er das Auto nimmt. Die Beine tun ihr weh. Obwohl sie versucht, sich mit Liegestützen, Sit-ups und Kniebeugen fit zu halten, wird sie immer schwächer.

Sie schaut aus dem kleinen Fenster. Dadurch kommt sie unmöglich nach draußen, auch wenn sie es kaputtschlagen würde. Die Aussicht ist wie immer. Dunkelheit, zum Teil vom Schnee aufgehellt, und die Wand aus Tannen. Wenn sie die Augen zumacht, sieht sie jede Spur, jeden Stamm und jede Nadel vor sich. Sie drückt die Stirn ans Glas, spürt, dass die Kälte da draußen auf sie wartet.

Seufzend dreht sie sich zur Tür um, stellt sich vor, wie er sie öffnet. Sie wird ihm auf den Kopf schlagen. Den Schraubenschlüssel mitzunehmen, gelang ihr, als er sie letztes Mal auf die Toilette gelassen hat. Sie hält ihn in der Hand, fühlt die Riffel im Griff, redet sich ein, dass sie bereit ist. Jetzt oder nie.

Als er heute Morgen zurückkam, war er verändert. Als wäre etwas passiert in der einen Nacht, die er sie allein gelassen hat. Er roch auch nach Alk, wirkte aber nicht betrunken, und Auto fahren konnte er offensichtlich noch.

Sie schwingt den Schraubenschlüssel. Wenn er nur bewusstlos wird, damit sie sich sein Handy schnappen und telefonieren kann. Ihr eigenes hat sie nicht mehr gesehen, seit er es weggerissen hat.

Wenn sie telefoniert hat, rennt sie in den Wald und versteckt sich. Oder sie versteckt sich zuerst, kommt darauf an, wie benommen er sein wird. Vielleicht folgt sie den Reifenspuren, sie hat sich noch nicht entschieden. Sie hat keine Ahnung, wo sie ist, außer dass sie mitten im Wald bei einer Art Rodung ist. Sie hat sich so viele Klamotten wie möglich angezogen, aber wie immer hat er dafür gesorgt, dass es zu wenige sind, um draußen mehr als nur ein paar Stunden zu überleben. Sogar das Lucia-Kleid, bei dem er darauf bestanden hat, dass es auf einem Bügel an der Wand hängen soll, hat sie übergezogen, es bis unten aufgerissen, damit sie ungehindert rennen kann. Immerhin wärmt es etwas.

Sie geht zum Fenster, sieht ihre eigenen Umrisse, fährt mit den Fingern durchs fettige und strubbelige Haar. Sie sehnt sich nach einer Dusche mit Seife und Shampoo. Sie sehnt sich nach allem Möglichen außer dem hier.

Sogar *das Ekelige* ist zu einer fernen Erinnerung verblasst. Zumindest am Tag. In der Nacht wacht sie in Schweiß gebadet von den Bildern, dem Gefühl und den widerlichen Lauten auf.

Plötzlich hört sie ihn durch die Außentür kommen. Er räuspert sich und trampelt wie immer den Schnee von den Schuhen.

Lautlos stellt sie sich rechts neben die Tür und hält den Schraubenschlüssel fest. Ihr Herz klopft wie bei einem gehetzten Tier.

Sie darf nicht zögern.

Sie muss kräftig zuschlagen.

So kräftig, wie sie kann.

89

»Ich glaube, sie lebt«, antwortete Nathalie und wischte Jenny eine Träne von der Wange. »Kommen Sie, wir setzen uns hin und reden weiter.«

Jenny nickte und schniefte, wischte sich etwas Schwarzes aus den Augenwinkeln und kehrte zum Sessel zurück.

»Wir würden Sie jetzt gern zu dem Morgen befragen, an dem Pierre ermordet wurde.«

Jenny umklammerte die Armlehnen und starrte sie direkt an.

»Ja?«, sagte sie tonlos.

»Sie haben gesagt, Sie hätten am Fenster gestanden und gesehen, dass Jack um sieben Uhr Richtung Mården gefahren ist. Stimmt das?«

»Ja.«

»Und Sie waren den ganzen Vormittag zu Hause?«, fragte Johan.

»Ja?«

»Wird es jetzt nicht Zeit, die Wahrheit zu sagen?«, meinte Nathalie und legte den Kopf ein wenig schräg, weit genug, um Mitgefühl zu signalisieren, aber nicht so, dass die Geste offenbar wurde.

»Das war ich aber? Worauf wollen Sie hinaus?«

»Man hat Sie beobachtet, wie Sie am Morgen, an dem Pierre

ermordet wurde, um sieben Uhr aus seiner Haustür gekommen sind«, sagte Johan. »Sie hatten es eilig, sind irgendwie gehumpelt mit den Händen über der Jacke, als wollten Sie etwas verstecken.« Er deutete es mit den Händen an.

»Danach sind Sie nach rechts nach Hause abgebogen«, fuhr Nathalie fort. »Ein paar Minuten später wurde Pierre erstochen in der Küche gefunden. Frisches Blut war überall …«

Die Pupillen in Jennys Augen weiteten sich, und rote Flecken tauchten auf ihrem Hals auf.

»Haben Sie ihn getötet, Jenny?«, fragte Nathalie.

»Nein.« Die Antwort kam wie eine Ohrfeige.

»Sind Sie wütend geworden, als Sie erfahren haben, dass die Suche abgebrochen wurde?«, wollte Johan wissen.

»Nein.«

»Sie waren überzeugt, dass Pierre Ebba mitgenommen hatte, oder?«

Langsam drehte sich Jenny zu Nathalie. Statt weiter zu leugnen, saß sie mit fest aufeinandergepressten Lippen da. Tränen kamen, und das Gesicht überzog sich mit einem Netz aus haarfeinen Rissen.

Als sie tief Luft holte und zu sprechen ansetzte, war ihre Stimme grell: »Sie haben recht. Ich habe ihn umgebracht. Ich habe ihn verdächtigt, als mir die Gerüchte zu Ohren gekommen sind, was für ein Perversling er war. Aber Ebba hat immer gesagt, er sei voll in Ordnung und würde ihr helfen; aber schon damals habe ich geahnt, dass da was nicht stimmte.« Die Rötungen am Hals breiteten sich weiter aus, und sie rang die Hände. »Dann habe ich es am Tag, an dem die Suche abgebrochen wurde, im Netz gefunden …«

»*Was* haben Sie gefunden?«, fragte Nathalie.

»Die Nacktbilder. Ich habe sie auf einer Pornoseite gefunden, als ich ihre diversen Spitznamen eingegeben habe. Bei *Ebbolita* hatte ich Treffer. Nur Pierre nannte sie so. Und man kann sehen, dass die Fotos bei ihm zu Hause aufgenommen wurden. Auf dem Sofa, im Bett.«

Jenny presste die Hände aufs Gesicht und schüttelte den Kopf. »Das ist widerlich! Er muss sie reingestellt haben, ohne dass sie es wusste. Ebba hätte bei so was nie freiwillig mitgemacht!«

Nathalie konnte sich die Bilder vorstellen. Sie wusste, dass sie sie nicht sehen wollte, es aber musste. Doch Jenny jetzt darum zu bitten, sie zu zeigen, war das Letzte, was sie vorhatte.

Jenny nahm die Hände wieder weg und starrte sie an wie ein Tier, das sich waidwund für Kampf statt für Flucht entschieden hatte.

»Dann bin ich zu ihm und habe ihn damit konfrontiert! Er wollte, dass wir uns in die Küche setzen. Gleichzeitig hat er gesagt, dass Ebba manchmal eine kleine Bitch sein konnte und dass er keine Ahnung hatte, wer die Bilder gemacht hätte. Aber ich habe gesehen, dass er im Wohnzimmer so eine Profikamera hatte, und da war mir klar, dass er log!«

Ihr Gesicht wurde schroff vor Wut.

»Da habe ich mir das Messer geschnappt und zugestochen ...« Sie erhob sich mit einem Ruck, trat vor und nahm das Foto von Ebba in die Hand. »Obwohl er sie nicht mitgenommen hat, hat er ihr Leben zerstört!«

Nathalie stellte sich vor, wie Jenny das Messer hob. Obwohl sie vor Hamids Zeugenaussage nicht auf diesen Gedanken gekommen waren, fiel ihr die Vorstellung nicht schwer. Jenny blieb wie in Trance mit dem Foto in der Hand stehen, als würden nur sie und Ebba existieren.

»Was haben Sie danach mit dem Messer gemacht?«, fragte Johan und stand auf.

»Mit nach Hause genommen, es abgewaschen und in ein Eisloch im See geworfen«, antwortete sie gleichgültig. »Ich habe auch die Kamera mitgenommen, gesehen, dass mehrere Fotos von Ebba drauf waren, und das Ding hinterhergeschmissen.«

Sie drehte sich zu ihnen um. Ihr Blick war entschlossen und trotzig. »Ich bin bereit, meine Strafe auf mich zu nehmen. Ich weiß, dass Sie sagen, er ist unschuldig, aber ich war mir sicher, dass er es war ... Und die verfluchten Fotos sind immer noch da. Ich hatte nicht mal die Kraft, es bei der Polizei anzuzeigen. Die Pornoseite ist international, und ein Versuch ist zwecklos.«

Ihre Arme begannen zu zittern, sie hielt aber krampfhaft das Foto fest, als hätte sie Angst, es zu verlieren. Nathalie erkundigte sich, wie die Seite hieß, und erfuhr den Namen. »Wussten noch andere davon?«

Jenny schüttelte den Kopf. »Ich hatte nicht die Kraft, es zu erzählen.«

»Wir werden sehen, was wir tun können«, sagte Johan.

»Aber das Schlimmste ist, dass ich nicht weiß, was mit ihr passiert ist!«, meldete sich Jenny wieder zurück, als hätte sie Johans Worte nicht gehört.

»Sind Sie jemandem begegnet, als Sie von Pierre weggegangen sind?«, fragte Nathalie.

»Nein. Wer hat mich gesehen?«

»Das werden Sie noch früh genug erfahren«, antwortete Johan.

»Wusste jemand, dass Sie in Pierres Wohnung gehen wollten?«, erkundigte sich Nathalie.

»Nein, als ich die Bilder gesehen habe, bin ich sofort los. Habe niemandem was gesagt.«

»Nicht einmal Jack, Sebastian oder Leif?«

Sie schüttelte den Kopf. Johan verschränkte die Arme vor der Brust und schaute Jenny herausfordernd an.

»Zusammengefasst geben Sie, Jenny Lindgren, also zu, dass Sie am 20. Dezember gegen sieben Uhr morgens Pierre Jonsson von hinten in seiner Küche erstochen haben?«

»Ja.«

Johan und Nathalie tauschten einen Blick. Die Entwicklung des Falles war so unvorhersehbar wie selbstverständlich. Aber auf die wichtigste Frage fehlte nach wie vor die Antwort. Was war mit Ebba passiert?

»Jetzt müssen wir Sie bitten, mit zur Dienststelle zu kommen«, forderte Nathalie sie auf und schaltete die Aufnahme aus.

»Klar«, sagte Jenny, blieb aber unbeweglich mit dem Foto in der Hand stehen. Nathalie näherte sich vorsichtig. Erst als sie Jenny die Hand auf die zitternde Schulter legte, drehte sich Jenny zu ihr um. Ihr Blick war so verstört, wie sie noch keinen gesehen hatte.

Nach einer Weile des Schweigens stellte Jenny das Foto zurück neben die Kerze und folgte ihnen in den Flur. Als Nathalie ihre Jacke nahm, fiel ihr der Schlüsselkasten an der Wand auf.

»Sie haben nicht zufällig Leifs Schlüssel?«

Jenny sah sie fragend an und zog den Reißverschluss hoch. »Doch. Warum?«

»Dann möchten wir, dass Sie uns seine Wohnung zeigen.«

90

»Hallo, ich bin wieder da!«

Sie steht unbeweglich und antwortet nicht. Weiß, dass er reinkommt, wenn sie schweigt. Diesmal ist es zum letzten Mal. Sie hebt den Schraubenschlüssel, macht sich bereit. Starrt darauf und sieht, wie ihr glutrotes Gesicht vom silbrigen Metall reflektiert wird. Sie hat die Backen zugeschraubt, weil sie glaubt, so die optimale Wirkung zu erzielen. Sie wird so fest wie möglich zuschlagen, mit der scharfen Kante. Sie wird nur eine Chance kriegen.

»Hallo, ich bin wieder da«, ruft er noch einmal, die Stimme jetzt höher und fragender. Sie setzt einen Fuß vor den anderen, hebt die Hand ein wenig höher, hört, wie er etwas grunzt und die Stiefel auszieht. Seine schweren, gemächlichen Schritte nähern sich. Ihr Herz rast so schnell, dass sie die einzelnen Schläge nicht unterscheiden kann. Dann macht er sich brummelnd daran, an den Vorhängeschlössern herumzufuhrwerken.

»Nein, ach ja«, seufzt er. Die Schritte entfernen sich, als hätte er es eilig. Sie rät, dass er zur Küchenzeile geht. Vielleicht hat er etwas auf dem Herd, oder etwas muss in den Kühlschrank gestellt werden. Sie flucht lautlos, wischt sich die Hand an der Jogginghose ab. Sie schwitzt so, dass der Schraubenschlüssel in ihrem Griff verrutscht, obwohl sie ihn so fest, wie sie kann, umklammert. Wenn sie ausgleitet oder er ihr aus der Hand fällt, dreht er bestimmt wieder durch.

»So, jetzt«, sagt er nach einer Weile, die ihr wie eine Ewigkeit vorkommt. Dann ruft er abermals, wütender als vorher: »Ebba! Du weißt, ich mag es nicht, wenn du nicht antwortest! Bist du jetzt wieder bockig?«

Sie beißt die Zähne zusammen. Die Zähne tun weh.

Er fummelt an den Schlössern herum. Das erste geht auf.

»So.«

Dann das zweite. Jetzt ist die Tür offen. Sie schüttelt den Schraubenschlüssel in der Hand, um sich zu fokussieren und den Abstand nicht falsch einzuschätzen. Dann wird die Tür geöffnet. Das Knarren ist dasselbe wie immer.

»Hallo? Ebba?«

Zuerst sieht sie seine eine rote Socke, die eintritt, dann das Bein in der grauen Lodenhose, dann den runden, widerlichen Kopf.

Mit voller Kraft schlägt sie zu, trifft die Schläfe und hört ein Knirschen. Die Beine geben unter ihm nach. Sein gewaltiger Körper klappt vor ihr zusammen.

Drei Sekunden lang steht sie unbeweglich da und starrt.

Da ist Blut. Rot und schnell läuft es aus einer Wunde an der Schläfe. Die Augenlider bewegen sich wie in einem Albtraum.

Er versperrt die kleine Tür, und sie muss über ihn steigen. Scheiße, das hätte sie vorhersehen müssen!

Als sie zum ersten Mal seit gefühlt langer Zeit wieder Luft holt, neigt sie sich zur Seite, stützt sich am Türrahmen ab, versucht, sich auf die Außentür zu konzentrieren, aber alles dreht sich.

Sie hält sich an der anderen Seite des Rahmens fest und steigt über ihn. Er stöhnt, und das eine Bein bewegt sich unkontrolliert. Als sie sich zu ihm umdreht, um das Handy zu suchen, knicken ihre Knie ein. Die Muskeln gehorchen nicht mehr, als hätte jemand den Stromschalter zu ihrem Nervensystem umgelegt.

Zuletzt sieht sie noch, wie sie zu Boden fällt.

91

Mit zitternder Hand schloss Jenny Leif Petterssons Tür auf. Johan reichte Nathalie ein Paar Latexhandschuhe. »Gesetzt den Fall, dass die Techniker herkommen müssen, dürfen wir nichts unnötig kontaminieren.«

»Gut mitgedacht«, meinte sie und fragte sich, was sie Johans Meinung nach finden würden. Um die zusammengeklebten Handschuhe leichter anziehen zu können, pustete sie beide auf, sodass sich die Finger bis in die Spitzen ausrichteten. Johan drehte sich zu Jenny um: »Ich nehme an, Sie waren hier drinnen?«

»Ja, aber das ist schon ein paar Wochen her.«

»Dann müssen Sie keine Schuhschützer anziehen«, entschied er und gab Nathalie ein Paar. Zuerst hatte sie sich gewundert, dass er Jenny dabeihaben wollte, dann aber schnell eingesehen, dass sie sie nicht allein lassen konnten, und um auf Verstärkung zu warten, hatten sie keine Zeit.

Der Flur sah aus wie jeder andere Flur. Im Schuhregal standen drei Paar feste Arbeitsschuhe und zwei Paar mit Stollen. Auf den Bügeln und an den Haken darüber hingen zwei Steppanoraks, ein Fleecepullover und eine Weste mit Reflektoren. Auf dem Hutregal lagen grobe Arbeitshandschuhe, die den Duft von Erde, Leder und Wald verbreiteten.

Nathalie hob zur Kontrolle alle drei linken Schuhe an. »Vierundvierzig, die gleiche Größe wie die Abdrücke auf der Schultreppe«, stellte sie fest.

»Keine besonders auffällige Größe«, erwiderte Johan, sie sah aber seinem Blick an, dass auch er sich vorstellte, wie Leif Sebastian zur Treppe geschleift hatte.

Sie drangen weiter in die Wohnung vor. Johan ging voraus, Jenny in der Mitte und Nathalie zuletzt. Sie sah Jennys gekrümmten und mageren Rücken, stellte sich vor, wie sie Pierre in Rage niedergestochen hatte. Die Situation war bizarr: Hier bewegten sie und Johan sich mit einer Mörderin, als wäre sie eine Kollegin.

Rechts lag die Küche. Sie war gründlich geputzt, für eine Person funktional eingerichtet. Im Wohnzimmer war die einzige Lichtquelle eine rote Diode in einem großen Flachbildfernseher.

»Keine Weihnachtsdeko«, stellte Nathalie fest.

»Er hat für so was nichts übrig«, erklärte Jenny, die zitternd auf der Türschwelle stand.

Nathalie trat ans Fenster. Der Ausblick auf Jacks Haus und die Bundesstraße war fast identisch mit dem von Jennys Fenster. Ihr fiel die blaue Kaffeedose auf und dass Jacks Volvo nicht auf der Auffahrt stand. Sie fragte sich, wie er reagieren würde, wenn er erführe, dass Jenny Pierre umgebracht hatte.

»Ich mache Licht an«, beschloss Johan. Das Licht stach in den Augen. Zuerst sah Nathalie drei Wandbehänge, die über dem Sofa angebracht waren. Ihr Blut fühlte sich wie eine Woge in der Brust an.

Besser der Saite lauschen, die reißt, als nie einen Bogen zu spannen. Liebe ist blind und Norden, Osten, Süden, Westen, zu Hause ist's am besten.

»Ich hatte recht«, stellte sie fest.

Jenny trat in ihren Lammfellpuschen vorsichtig näher.

»Entschuldigen Sie, dass mir das nicht eingefallen ist ... Aber meinen Sie denn, Ebba war hier, und er war ihr heimlicher

Freund? Ich verstehe nicht, dass sie mir kein Wort davon gesagt hat. Und Leif auch nicht ...«

Nathalie ging zu ihr, legte ihr den Arm um die Schulter. »Jetzt müssen wir so schnell wie möglich Leif finden. Haben Sie eine Vermutung, wo er stecken könnte? Wir wissen, dass er nicht nach Åre, sondern in Richtung seines Arbeitsplatzes gefahren ist.«

Jenny schüttelte den Kopf und starrte aus dem Fenster.

»Ich rufe Granstam an«, beschloss Johan und begab sich in die Küche.

»Wir gucken in die anderen Zimmer«, sagte Nathalie und nahm Jenny mit ins Schlafzimmer. Ein ordentlich gemachtes Einzelbett, ein paar Wandschränke und weitere Wandbehänge mit Sprichwörtern.

»Hier bin ich nie drinnen gewesen«, stellte Jenny tonlos fest. »Aber da liegt ja Ebbas Scrunchie!«, rief sie dann mit Blick auf den Nachttisch aus. Neben dem Wecker und einer Lesebrille lag ein dickes Haargummi aus weinrotem Samt.

»Nicht anfassen«, mahnte Nathalie. »Sind Sie sicher, dass das Ebba gehört?«

»Ja«, antwortete Jenny und legte die Hand auf die Brust, als müsste sie sie irgendwo unterbringen. »Das hatte sie am ersten Advent im Haar, und dann war es weg. Sie muss es hier vergessen haben.«

Nathalie nickte. Bei Jenny schien immer noch nicht angekommen zu sein, dass Leif Ebba entführt haben könnte.

Als Nathalie sich zum Verlassen des Zimmers umdrehte, entdeckte sie zwei Fotos in einem Bücherregal, in dem ansonsten nur Liebesromane zu stehen schienen. Außer *Romeo und Julia* waren dort Emily Brontës *Sturmhöhe* sowie einige billige Kitschromane. Nathalie trat näher und schaute sich die Fotos an. Eins war ein gerahmtes Klassenfoto von Ebba aus der Achten.

»Ich wusste nicht, dass er das hat«, sagte Jenny. »Ebba muss es ihm geschenkt haben.«

Auf dem anderen Foto waren die Farben verblasst, und es zeigte eine Frau in mittleren Jahren mit großer Plastikbrille und Dauerwelle zwischen zwei Jungen in türkisfarbenen Postorder-Pullovern.

Die Kinder kamen ihr bekannt vor. Mit behandschuhten Händen nahm sie das Foto. Die Jungen blinzelten lächelnd in die Sonne.

Konnte das stimmen? Doch. Die Ähnlichkeit fand sich im Lächeln und den schmal zulaufenden Augen. Das war der Grund, warum sie gemeint hatte, Ulf erinnere sie an jemanden, wenn er lächelte.

Leif und Ulf. Obwohl ihre Gesichtszüge mit den Jahren schlaff und plump geworden waren, sah sie es jetzt deutlich.

»Sind Leif und Ulf Brüder?«, fragte sie.

»Halbbrüder. Aber sie haben nicht viel Kontakt. Ulf ist ja, wie er ist.«

»Ist das hier die Mutter?«

»Ja.«

»Die mit dem Nachtzug nach Stockholm gefahren ist. Johan! Komm mal her, und sieh dir das an!«

Er kam ins Zimmer, während er das Telefonat mit Granstam beendete. Bevor sie es ihm zeigen konnte, sagte er: »Wir müssen zum Arbeitsplatz fahren und nachsehen, ob er da ist. Er hat kein Wochenendhaus, auch keine andere Hütte in der Nähe, aber er besitzt einen Wohnwagen!«

»Dann kann er ja sonst wo sein«, meinte Nathalie.

»Den habe ich nie gesehen«, sagte Jenny.

»Hat er den mal erwähnt?«, fragte Johan. »Irgendwas davon gesagt, egal was?«

»Nein«, antwortete Jenny und schüttelte den Kopf. Nathalie sah, wie die Erkenntnis in den feuchten Augen wuchs. Jenny starrte sie verzweifelt und mit einem Funken Hoffnung an.

»Glauben Sie, er hat …?« Der Satz endete in einem Klagelaut.

»Das wissen wir nicht«, antwortete Nathalie und legte wieder die Hand auf die bebende Schulter. »Wir wissen nur, dass wir Leif finden müssen.«

Jenny senkte den Blick zu Boden und kämpfte mit den Tränen. Die Hand noch auf ihrer Schulter, zeigte Nathalie Johan die Fotografie. Er sah sofort die Ähnlichkeit zwischen Ulf und Leif. »Komisch, dass Gunnar nichts davon gesagt hat«, fand er.

»Vielleicht wusste er das nicht«, vermutete Nathalie und drehte sich zu Jenny um.

»Ich glaube, Leif hat sich für Ulf geschämt«, sagte sie. »Jedenfalls war er nie hier, obwohl man ihn manchmal auf dem Parkplatz in seinem Chevy gesehen hat.« Sie ging ans Fenster und schaute hinaus, wie um den Worten Nachdruck zu verleihen. »Und da ist er ja auch«, sagte sie gleichgültig.

Nathalie eilte zu ihr, sah Ulf die Schaukel anstoßen und auf die Haustür starren, durch die sie gerade das Haus betreten hatten.

»Komm«, forderte sie Johan auf. »Wenn du Jenny zum Auto bringst, versuche ich ein letztes Mal, herauszufinden, was er gesehen hat.«

92

Johan ging mit Jenny zum SUV, und Nathalie stiefelte zu Ulf. Er stand da wie bei ihrer letzten Begegnung, blinzelte aus Hundeaugen und stieß die Schaukel immer wieder mechanisch an.

»Hallo, Ulf! Wie geht's?«

Er gab keine Antwort.

»Ich weiß, dass Sie der Bruder von Leif sind. Stehen Sie darum hier und warten?«

Seine Augen blitzten auf, seine Hand griff nach der Kette, und die Schaukel blieb stehen.

»Wen haben Sie gesehen, Ulf? Jetzt müssen Sie es sagen.«

»B ... B ...«

Er verstummte und starrte die Haustür an.

»Ihren Bruder?«, schlug sie vor.

Er nickte.

»Ihren Bruder und Ebba? Die beiden haben Sie gesehen?«

Er schaute sie an und nickte.

»Auf der Bundesstraße, als sie als Lucia angezogen und auf dem Weg zur Kirche war?«

Er nickte wieder.

»Sie haben den silberfarbenen Volvo Ihres Bruders gesehen? Und dass Ebba da eingestiegen ist?«

»Ich hab's gesehen.«

In ihr wallte Wut auf.

»Warum haben Sie das nicht gesagt? Begreifen Sie nicht, dass uns das hätte helfen können, Ebba zu finden?«

»Nicht Mama sagen«, stammelte er.

»Wer hat das gesagt?«

»Nicht Mama sagen.«

»Hat Leif das gesagt, Ulf?«

»Leif gesagt. Versprochen, nichts sagen. Mama böse.«

»Wissen Sie, wo Leif ist?«

»Nicht zu Hause.«

»Ja, aber wo ist er? Wissen Sie, wo Ebba ist?«

»Nicht Mama sagen.« Er schaute auf die Straße und knuffte die Schaukel wieder.

»Leif hat einen Wohnwagen, kennen Sie den?«

»Nee.«

»Wissen Sie, wo er mit dem hinfährt?«

Noch ein Stoß gegen die Schaukel kam als einzige Reaktion.

»Tschüss, Ulf, wir reden später.«

Sie lief zum Wagen. Als sie die Tür aufriss, drückte Johan ein Gespräch weg.

Sie sah ihm an, dass er Neuigkeiten hatte.

93

»Warten Sie hier«, forderte Johan Jenny auf und stieg aus. Nathalie schloss die Tür und holte Johan vor dem Fond ein.

»Das war Tim«, sagte er begeistert. »Er hat Sebastians Rechner gehackt und eine Art Logbuch für seine Arbeit gefunden.«

»Ja?«

»Sebastian hat gestern Abend von jemandem aus der Kneipe einen Tipp gekriegt. Ein Nachbar hier in Mården hat gesehen, wie Leif am Lucia-Morgen um halb acht aus der Haustür gelaufen kam und mit dem Volvo Richtung Jack und Bundesstraße gefahren ist.«

Er zeigte mit ausgestrecktem Arm zur Straße. Der Atem stand wie ein Pfeiler von seinem Mund ab, die Worte kamen mit so großem Eifer, dass er ohne Punkt und Komma sprach. »Sebastian ist da klar geworden, genau wie dir, dass Leif der heimliche Freund war; ihr habt doch besprochen, dass es sich um jemanden handelt, der in ihrer Nähe wohnt und ihr Zigaretten angeboten hat.«

»Wer hat das gesehen?«

»Das steht da nicht, aber Sebastian hat geschrieben, dass die Angaben von einem Nachbarn glaubwürdig waren, der ein paar Biere getrunken und darum die Idee hatte, das zu erzählen. Er schreibt auch, dass das der größte Scoop aller Zeiten ist und dass er bei Leif anrufen und was Allgemeines über Jennys tropfenden Wasserhahn fragen wollte.«

Johan holte Luft. Sie schauten Jenny an, die ihr Gespräch aufmerksam verfolgte. Dann drehte er sich wieder zu Nathalie um. »Das ist nicht das Letzte, was da steht. Wahrscheinlich war Leif klar, dass er aufgeflogen ist, und er hat Sebastian niedergeschlagen ... Ich gehe rein und schaue mich um, ob es im Treppenhaus Spuren gibt.«

Er machte sich auf den Weg zur Haustür. Nathalie holte ihn ein und legte ihm eine Hand auf die Schulter.

»Besser, ich mache das.« Sie nickte zu Jenny. »Auch wenn sie jetzt ruhig ist, ist es besser, wenn du auf sie aufpasst.«

»Klar«, sagte er enttäuscht, puffte ihr aber in den Rücken.

Entschlossen ging sie zur Haustür, öffnete behutsam die Fahrstuhltür, nachdem sie durchs Fenster gespäht hatte. Sie inspizierte den Boden, sah aber nichts weiter als Schmutz, den sie zum Teil selbst mit hineingetragen hatten.

Die Fahrt nach oben dauerte länger denn je. Bevor sie im dritten Stock ausstieg, streifte sie die Schuhschützer über, die sie noch in der Jackentasche hatte. Vorsichtig trat sie an Leifs Tür, stellte sich vor, wie Sebastian dort geklingelt hatte. Wahrscheinlich würde man seine Fingerabdrücke auf der Klingel finden.

Sie suchte den Boden ab. Als sie nichts entdecken konnte, das ihr Interesse weckte, drehte sie sich nach unten zum Treppenhaus. Stille herrschte in der zunehmenden Dunkelheit, durch die sie nicht bis in die unterste Etage sehen konnte. Ihr fielen das Blut in Sebastians Gesicht und die ausgeschlagenen Vorderzähne ein. Sie ging mit immer schneller pochendem Puls treppab auf den ersten Absatz zu, scannte systematisch die Stufen. Wenn Leif Sebastian hier niedergeschlagen hatte, dann dürfte er auf dem Absatz an der Wand gelandet sein.

Auf der siebten Stufe von oben sah sie etwas, das vermutlich ein Orangenkern war, auf der vorletzten lag ein großer Kieselstein.

Als sie auf dem Absatz stand, hatte sie das Gefühl, als bekäme sie nach einer langen Flugreise wieder festen Boden unter die Füße, als würde die Anziehungskraft mit einem Mal stärker.

Systematisch ließ sie den Blick über den Boden in der linken Ecke schweifen. Das Sprenkelmuster war für die Augen anstrengend. Als sie etwas gesehen zu haben meinte, das einen anderen Weißton als der Boden hatte, ging das Licht aus. Sie stand auf, drückte auf den roten Knopf und ging in die Hocke.

Sie hatte richtig gesehen. Dort lag etwas, das wie der Splitter von einem Zahn aussah.

Sie riss das Handy aus der Tasche und rief Granstam an.

Eine Minute später waren die Techniker unterwegs.

94

Nathalie zeigte auf den Zahnsplitter, und die Techniker sperrten die Treppe samt einem Korridor bis zu Leifs Parkplatz ab. Wenn ihre Theorie stimmte, hatte Leif entweder Sebastian die Treppe nach unten geschleift oder, was am wahrscheinlichsten war, ab dem zweiten Stock den Fahrstuhl genommen.

Als sie wieder nach draußen zurückkehrte, stand Ulf noch immer glotzend an der Schaukel, die wie ein Pendel langsam hin und her schwang. Sie nickte steif wie zu einer stummen Übereinkunft. Er hatte nicht erzählen können, was er gesehen hatte, aber sie musste sich damit zufriedengeben, dass er am Ende auf ihre Fragen geantwortet hatte.

Johan beendete vor dem SUV ein Telefonat. Jenny saß bleich wie ein Gespenst im Wagen und schaute sie beide an.

»Der Wohnwagen ist zur Fahndung ausgeschrieben, und wir suchen fieberhaft Kollegen, die wissen könnten, wo Leif steckt«, berichtete Johan. »Hamid hat gezeigt, wo er das Handy weggeworfen hat, alles scheint zu stimmen. Tony leugnet den Brandanschlag und ist vorläufig wieder auf freiem Fuß.« Er holte Luft, warf ein Auge auf Jenny und sprach weiter: »Tim hat die IT-Abteilung vom Zentralkriminalamt darauf angesetzt, zu versuchen, die Bilder von Ebba zu löschen.«

»Hast du sie gesehen?«

»Ja. Zwei Nacktbilder, auf denen sie aufreizend posiert.«

»Hat Granstam jemanden zu Leifs Arbeitsplatz geschickt?«

»Noch nicht, er will, dass wir zuerst alle Alternativen sondieren. Leif weiß nicht, dass wir ihm auf der Spur sind, und wir haben begrenzte Ressourcen. Und Ebba ist immerhin schon seit dreizehn Tagen weg.«

»Der Mord an Sebastian kann Leif so triggern, dass ...« Sie verstummte, als sie merkte, dass Jenny sie ansah. Sie schaute Johan an und riss die Tür zur Fahrerseite auf. »Komm, wir fahren zur Dienststelle.«

Sieben Minuten später saß Jenny im Verhörraum, den Hamid und Tony längst verlassen hatten. Die Profilergruppe inklusive Anna-Karin und eines Kollegen aus Östersund versammelte sich im Besprechungsraum. Sogar Tim hatte sich ihnen außer Atem mit einem Rechner in jeder Hand angeschlossen.

»Ja«, begann Granstam, der an der Kurzseite des Tisches Posten bezogen hatte, wo sonst Gunnar immer gestanden hatte. »Langsam fügt sich alles zu einem Gesamtbild. Jetzt investieren wir all unsere Energie, um Leif Pettersson zu finden.«

Tim rief eine Karte des Regierungsbezirks auf. Kurz darauf folgten Markierungen von den Stellen, wo sich Leifs Mobiltelefon zuletzt eingewählt hatte, und von dem zwei Hektar großen Arbeitsplatz am See Ormvatten, der vierzig Kilometer nordwestlich von Svartviken lag.

»Das Handy ist immer noch ausgeschaltet«, sagte Tim.

Nathalie studierte die Karte, abermals fiel ihr die Nähe zu Norwegen ins Auge. »Bloß fünf Kilometer bis zur Landesgrenze«, dachte sie laut, drehte sich zu Anna-Karin um mit der Frage: »In Norwegen wird doch auch nach ihr gefahndet, oder?«

Anna-Karin nickte. »Aber zu mehr als einer aktiven Suche an großen, nahe liegenden Straßen ist es nicht gekommen. Wenn er sie außer Landes geschafft hat, kann er sie überall abgelegt oder versteckt haben.«

»Wenn sie noch lebt, kann sie nicht allzu weit weg sein, weil Leif auch auf dem Heimkehrer-Abend war«, überlegte Nathalie und trat einen Schritt näher an die Karte. »Von Leif habe ich durch Ebbas Beschreibung den Eindruck, dass er ihr wohlgesonnen ist. Darum kann ich mir nur schwer vorstellen, warum er ihr Schaden zufügen würde.«

Alle stimmten ihrer Argumentation unter konzentriertem Schweigen zu. Nathalie sprach weiter: »Er hat sie vielleicht vom Balkon aus gesehen und wollte sie zur Kirche fahren ... Natürlich wusste er, dass sie dorthin unterwegs war.« Sie machte eine Pause, überdachte das Folgende noch einmal: »... dann nahm er sie mit. Natürlich würde sie zu ihm ins Auto steigen, er war doch so was wie ihr Freund, dem sie alles erzählen konnte. Dann passierte vor der Kirche etwas, das ihn zum Vorbeifahren veranlasste. Fragt sich nur, was?«

Sie wurde von Granstams Handy unterbrochen. »Das ist Leifs Chef bei SCA, ich gehe sofort ran.«

Er stellte auf Lautsprecher, legte das Mobiltelefon auf den Tisch und nahm das Gespräch an.

»Hallo, hier ist Sture Hansson noch mal. Wollte nur sagen, dass ich eben mit einem Kollegen gesprochen habe, der im selben Gebiet wie Leif arbeitet. Er hat was von einem Wohnwagen gesagt, in dem Leif immer ist.«

Das ging wie ein Stromschlag durch den Raum. Niemand wagte auch nur Luft zu holen aus Angst, das zu stören, was gerade ablief.

»Wie heißt der Kollege?«

Granstam bekam Namen und Telefonnummer, bedankte sich und rief Tomas Moberg an.

»Ja, das stimmt«, sagte Tomas. »Er hat mir das letzten Herbst erzählt. Er macht ein bisschen auf geheimnisvoll, dieser Leif. Den Wagen hat er zum ersten Mal erwähnt, obwohl wir schon seit mehr als zehn Jahren im gleichen Gebiet arbeiten. Ist aber normal, wir sehen uns ja nur einmal im Monat.«

»Kommen Sie zur Sache«, forderte Granstam ihn auf. »Wissen Sie, wo der Wohnwagen steht?«

»Nur, dass er gesagt hat, dass er ihn immer beim See Rengen stehen hat, ein paar Kilometer nach Norwegen rein. Er angelt da immer Forellen und Saiblinge.«

Tim klapperte auf der Tastatur herum und zoomte den See heran. Er begann gleich westlich von Valsjöbyn und erstreckte sich auf einer Fläche von über zwanzig Quadratkilometern bis nach Norwegen. An der Nordseite des Sees verlief die Bundesstraße 340. Hinter der Landesgrenze änderte sie ihren Namen in Fylkesväg 765. Auf der anderen Seeseite gab es keine Spur von einer Straße.

»Genauer hat er es nicht beschrieben?«, fragte Granstam.

»Nein.«

»Wann haben Sie zuletzt mit ihm gesprochen?«

»Vor über einem Monat. Darum habe ich mich gewundert, als unser Chef mich angerufen hat. Was wollen Sie von Leif?«

»Eine Routineangelegenheit, danke für Ihre Mithilfe!«

Granstam legte auf und schaute die Gruppe an. Tim setzte das gelbe Kartenmännchen ein paar Zentimeter hinter der Grenze zu Norwegen auf der Straße ab. Auf dem Straßenbild sahen sie den See umgeben von niedrigen Bergen, Fichtenwald mit einzelnen Birken, verfallenen Scheunen und versprengten Häusern. Neben der schmalen einspurigen Straße verlief eine einsame Telefonleitung.

»Dann fahren wir los«, beschloss Granstam und griff sich seinen Mantel von der Stuhllehne. »Nathalie und Johan nehmen den SUV, ich und Maria den Toyota. Die anderen halten hier die Stellung.«

Er blieb stehen und sah Tim an. Kurz glaubte Nathalie, Granstam würde sie durch ihn ersetzen, um seine Macht zu demonstrieren. Ehe sie den Gedanken als paranoid verwerfen konnte, fuhr Granstam fort: »Hat er eigentlich einen Waffenschein?«

Tim tippte, und nach einer Minute sagte er: »Er hat einen Waffenschein für zwei Elchstutzen der Marke Remington, ist aber seit der Jahrtausendwende in keinem Jagdverein Mitglied. Die Hütte des Jagdvereins steht gleich südlich vom Dorf und ist dreimal überprüft worden.«

»Ich wette einen Tausender auf den Wohnwagen«, meinte Angelica.

»In der Wohnung haben wir keinen Waffenschrank gesehen«, sagte Nathalie.

»Megafon, Tränengas und die übrige Ausrüstung sind im SUV«, teilte Granstam mit.

»Wir nehmen auch Waffen und Schutzwesten mit«, verkündete Johan und verließ den Raum.

95

Um drei Minuten nach vier lenkte Johan den SUV auf die Bundesstraße, während Nathalie den Sicherheitsgurt anlegte. Zu ihrer beider Erleichterung waren keine Journalisten in Sicht. Hoffentlich waren sie mit Berichten über den Mord an Sebastian beschäftigt.

Granstam und Maria lagen wie eine Jolle im Schlepptau zehn Meter hinter ihnen. Der Chef mit seiner enormen Körperfülle gab in dem kleinen Toyota eine komische Figur ab. Seine Hände umfassten das Steuer, und der Walrossbart erinnerte an eine Karikaturzeichnung. Aber sein stahlgrauer Blick war alles andere als humoristisch.

Sie hatten alles auf eine Karte gesetzt. Wenn sich das als Fehler erweisen sollte, blieb ihnen nichts mehr.

Nathalie aktivierte das GPS und tippte das Fahrtziel ein.

»Neununddreißig Kilometer«, sagte sie, als Johan am Bahnhof vorbeifuhr.

»Dann sind wir in einer halben Stunde da«, stellte er fest. »Die Frage ist nur, wo er den Wohnwagen stehen hat, der See ist ziemlich groß.«

»Man kann quer darüber gucken, und wir müssen uns wohl aufteilen. Kann nicht so schwer sein, wenn er nicht am hintersten Ende eines Forstweges steht.«

»Dass die Norweger den nicht gesehen haben, will nichts heißen. Sie scheinen eine pflichtgemäße Suche an der Bundesstraße durchgeführt zu haben. Er kann außerdem zwischen unterschiedlichen Plätzen umhergezogen sein.«

»Hoffentlich hat Leif was von dem Bedürfnis nach Ordnung und Routine seines Halbbruders abbekommen.«

Sie schwiegen, als sie an der Stelle vorbeifuhren, an der Ebba in den Volvo eingestiegen war. Die Straßenlaterne zeichnete einen Kegel aus kaltem Licht auf den vereisten Schnee. Nathalie stellte sich vor, wie froh und erleichtert Ebba gewesen sein musste, als sie sah, dass Leif im Auto saß.

Die Hände ununterbrochen am Steuer, fuhr Johan an Jacks Haus, der Werkstatt und dem Motorsportklub vorbei.

»Ganz egal, wie das hier ausgeht, danach wird das Leben für viele im Dorf vollkommen anders aussehen«, meinte er.

»Wir müssen sie lebend finden«, sagte sie, und ihr wurde klar, dass sie das zum ersten Mal laut aussprach.

Maria rief von Granstams Handy mit eingeschalteter Lautsprecherfunktion an.

»Wir haben Gesellschaft bekommen«, verkündete Granstam.

»Ulf sitzt dreißig Meter hinter uns in seinem Chevy«, sagte Maria.

»Scheiße, das hätten wir uns denken können!«, meinte Johan.

»Er folgt uns bestimmt schon seit Leifs Wohnung«, vermutete Nathalie. »Vielleicht fühlt er sich schuldig, weil er geredet hat.«

»Das Gute ist, dass es bestätigt, dass wir auf der richtigen Spur sind«, sagte Granstam.

»Er weiß doch nicht, wo Leif ist«, sagte Nathalie. »Sie scheinen keinen so engen Kontakt zu haben. Aber vielleicht hat er gesehen, wie er in diese Richtung statt nach Åre gefahren ist.«

»Oder er fährt uns einfach nur hinterher«, sagte Johan und

gab Gas, als sie das Ortsschild mit der weißen Aufschrift *Svartviken* auf blauem Grund hinter sich gelassen hatten.

»Was machen wir?«, fragte Nathalie. »Das Risiko besteht doch trotzdem, dass er Leif anruft und ihn warnt.«

»Wir versuchen, ihn zum Anhalten zu bringen, und fordern Verstärkung an, wenn es nicht anders geht«, beschloss Granstam. »Fahren Sie weiter, wir holen Sie später ein.«

Im Rückspiegel sahen sie, wie der Toyota langsamer wurde und sich mitten auf der Fahrbahn querstellte. Als Johan die Kurve aus dem Dorf nahm, verschwand er außer Sichtweite.

Er beschleunigte den SUV auf hundertvierzig. Die Scheinwerfer waren in der winterlichen Dunkelheit wie zwei Lanzen der Hoffnung. Auf der Straße herrschte kein Verkehr, und die Nadelbäume standen wie gefrorene Schreckensgestalten am Fahrbahnrand.

Nathalie befielen Zweifel. Was, wenn sie sich geirrt hatte? Was, wenn Leif unschuldig war? Was, wenn sie gerade dafür gesorgt hatte, dass sie ihren größten Fehler begingen?

Sie bohrte die Nägel ins Fleisch und redete sich ein, dass sie so nicht denken durfte. Leif musste es sein. Ulfs Bestätigung, der silberfarbene Volvo, der heimliche Freund mit den Zigaretten und den Sprichwörtern. Das Handy, das zuletzt in diese Richtung statt nach Åre aktiv war, das Haargummi und das Foto von Ebba in der Wohnung, der bisher unbekannte Wohnwagen.

Sie sah Johans verkniffene Miene, die Hände ständig auf dem Steuer. Die deutlich sichtbaren Venen und die Narbe am rechten Mittelfingerknöchel; eine Kombination aus Zerbrechlichkeit und Kraft, aus Leben und Tod, die sie liebte.

Ein paar Minuten saßen sie schweigend nebeneinander, bis ihr Handy wieder klingelte. »Jetzt eskortieren die Kollegen Ulf zur

Dienststelle«, teilte Granstam mit. »Wie erwartet sagt er keinen Ton, hat aber wenigstens nicht von seinem Handy telefoniert.«

»Gut«, sagte Nathalie und gab die Position durch. Maria stellte fest, dass sie fünf Minuten zurücklagen.

»Wir können froh sein, dass uns Jack nicht hinterherfährt«, meinte Johan. »Was Neues von Gunnar übrigens?«

»Nein«, antwortete Granstam. »Ihm ist klar, dass er das Spiel verloren hat.«

Sie legten auf und konzentrierten sich auf die Straße. Die weißen Striche, die weißen Reflektorpfähle und das Ziehen im Bauch, wenn sie nach den Kurven beschleunigten. Nathalie fiel ein, dass sie die Bilder von Ebba nicht gesehen hatte. Sie holte das Mobiltelefon heraus und googelte Ebbolita und die Pornoseite. Nach kurzer Suche fand sie die Fotos.

Ebba in Stringtanga und BH auf allen vieren in Pierres Bett, Ebba nackt mit übergeschlagenen Beinen auf einem Ledersofa.

Nicht so gewagt wie befürchtet, aber man sah Ebbas Gesicht deutlich, und Nathalie hatte Verständnis für Jennys Wut. Komisch, dass niemand die Fotos im Zuge der Ermittlung erwähnt hatte, aber vielleicht hatte niemand im Dorf sie gesehen. Nathalie wusste über das Angebot von Pornos nur so viel, dass es die größte Industrie der Welt war. Hoffentlich würden die Fotos in der Masse untergehen. Aber es würde reichen, wenn eine Person mit einem losen Mundwerk, die Ebba kannte, sie sah, damit es sich bis zu allen herumsprach, die es wissen wollten. Darauf, dass es den Kollegen in der IT-Abteilung gelingen würde, sie zu löschen, wagte sie nicht zu hoffen. Vielleicht würden die Fotos zu einem noch längerfristigen Leiden führen als Tonys Missbrauch. Sie hatte mehrere Patienten, die unter Depressionen und Angstzuständen wegen sogenanntem Slut-Shaming litten; ein Stempel als Schlampe war fast nicht mehr loszuwerden.

»Was war er nur für ein Schwein«, stellte sie fest. »Man sieht das Zögern in ihren Augen und kann hören, wie er sie überredet.«

»Ja«, sagte Johan. »Der Traum, Model zu werden, verwandelt in einen Albtraum.«

»Wenn Tea so was passieren würde, weiß ich nicht, was ich tun würde.«

»Geht mir genauso. Obwohl ich ja teilweise verschont bin, weil ich einen Sohn habe.«

Nathalie dachte an Gabriel. Dass er sexuell ausgebeutet werden würde, fühlte sich unwahrscheinlich an, obwohl sie wusste, dass kein Kind vollkommen sicher war.

»Glaubst du, Leif hat die Bilder gesehen?«, fragte Johan und überholte einen Laster. »Dass es dazu beitrug, dass er sie sich schnappte?«

»Hoffentlich hatten sie ein freundschaftlicheres Verhältnis. Ich glaube, sie hat ihm von Nick erzählt und ihrer Absicht, nach Stockholm zu ziehen. Und das war der auslösende Funke für einen lang gehegten Plan, sie zu kidnappen.«

Sie drehte sich zu Johan um, als er wieder auf die richtige Fahrspur einbog. »Er war in Ebba verliebt und wollte sie nicht verlieren. Ich hoffe bei Gott, an den ich nicht glaube, dass das Motiv nicht sexuell ist. Davon würde sie sich nie wieder erholen.«

»Bald werden wir es wissen«, sagte er. »Noch zwanzig Kilometer.«

96

Sie liegt mit dem Bauch auf etwas Hartem und Kaltem. Das Blut pocht im Kopf, und ihr ist schlecht. Mit letzter Kraft schlägt sie die Augen auf, sieht den gelbbraunen Bodenbelag in der Küche und die Tür nach draußen.

Dann erinnert sie sich. Sie hat ihn niedergeschlagen und ist in Ohnmacht gefallen, als sie über ihn gestiegen ist.

Mit einem Ruck dreht sie sich um. Er liegt in der Tür. Das Blut läuft von der Schläfe über seine Wange und ist zu einer Pfütze auf dem Boden erstarrt. Er atmet unregelmäßig und bewegt Arme und Beine wie der Gejagte in einem bösen Traum. Da ist ein dunkler Fleck auf seiner grauen Hose, und vom Pissegestank möchte sie sich am liebsten übergeben, beherrscht sich aber.

Sie kniet sich hin. Das Schwindelgefühl bricht wie eine Welle über sie herein. Sie drückt die Hände auf den Boden und fixiert den Schraubenschlüssel, der neben ihr liegt. Langsam füllt sie die Lungen und hält die Luft an, bis der Raum sich nicht mehr dreht. Dann schaut sie ihn an, sieht vor sich, wie der Schlag die Schläfe getroffen hat. Er grunzt etwas und macht die Augen auf, anscheinend ohne sich bewusst zu sein, was er sieht. Fast sofort danach schließt er sie wieder.

Die Gedanken werden klarer. Sie muss hier weg. Wenn er aufwacht, wird sie es nicht noch einmal fertigbringen, ihn zu schlagen.

Entschlossen kriecht sie zu ihm, tastet die Jacke nach dem Handy ab. Er stöhnt, röchelt und bewegt sich immer mehr. Bald wird er aufwachen. Mit dieser Erkenntnis sucht sie immer fieberhafter. Sie befühlt die Vordertaschen der Jeans, aber darin sind nur die Schlüssel. Gleich hat sie alle Taschen durchsucht, bloß die Jackentasche nicht, auf der er liegt.

Sie packt seinen unförmigen Körper, dreht ihn zu sich, wie beim Üben im Erste-Hilfe-Kurs in der Schule. Er ist genauso schwer, wie er aussieht. Sie hält ihn mit einer Hand in der stabilen Seitenlage und sucht mit der anderen in der Jackentasche. Er holt in immer größeren Abständen Luft, murmelt ihren Namen und lächelt sein wabbeliges Lächeln. Mit dem getrockneten Blut in den Mundwinkeln ist es noch widerlicher als sonst.

Das Schwindelgefühl überkommt sie wieder. Sie zittert vor Anspannung, als sie das Handy zu fassen kriegt, lässt ihn los und steht auf. Er rollt zurück, stößt sich das Knie am Türrahmen und ruft etwas Unverständliches.

Wankend steht sie stumm da und starrt ihn an. Als sie das Schwindelgefühl wieder unter Kontrolle hat, schaltet sie das Handy ein, sieht den weißen Apfel auf dem Display, sieht ihre eigenen Umrisse, bewegt sich langsam rückwärts auf die Tür zu, obwohl sie weiß, dass sie so schnell wie möglich wegrennen sollte.

Als sie sich umdrehen will, um die Tür zu öffnen, macht er die Augen auf und starrt sie an. Sein ganzer Körper wird ruhig, als würde sich jeder Muskel entspannen. Sie schaut auf das Display, der Text für den Notruf ist nicht aufgetaucht. Na, nun komm schon! Schnell, schnell, schnell!

Er setzt sich auf, fasst sich ins Blut an der Stirn und sieht erst erstaunt und dann wütend aus, als er sich die Finger anguckt.

»Halt!«, schreit er, als sie die Tür aufmacht und nach draußen prescht.

Als sie am Volvo vorbeirennt, hört sie ihn brüllen. Im Laufen wirft sie über die Schulter einen Blick zurück, sieht ihn mit dem Gewehr in den Händen nach draußen kommen.

Instinktiv biegt sie nach links geradewegs in den Wald ab. Der ist nur zehn Meter entfernt.

»Ebba! Halt! Du erfrierst!«

Sie hetzt weiter, die Schneekruste macht das Laufen schwierig, und die Dunkelheit ist wie eine verlockende Umarmung, von der sie sich umschließen lassen will.

Auf halbem Weg in die Bäume passiert, was nicht passieren darf. Sie stolpert über einen Ast und fällt der Länge nach hin. Das Handy fliegt ihr aus der Hand und versinkt im Schnee.

»Halt, sonst schieße ich!«, schreit er.

Sie kommt auf die Füße und rennt weiter.

Wenn er auf sie schießt, macht das nichts. Wenn sie nur nicht wieder eingesperrt wird.

»Halt, sage ich!«

Das ist das Letzte, was sie hört, bevor sie zwischen den Stämmen weiterrast.

97

Nathalies Handy klingelte wieder. Granstam und Maria meldeten sich auf Facetime. Marias Augen glühten in verwackelter Nahaufnahme durch die Drahtlosigkeit. »Leifs Telefon ist seit eben wieder aktiv. Es ist ein paar Kilometer hinter der norwegischen Grenze in einem Gebiet gleich nördlich vom See Rengen!«

»Dann hatte Nathalie recht!«, rief Johan.

»Wenn wir versuchen anzurufen, kommt eine Fehlermeldung, darum wissen wir nicht mehr«, sagte Maria.

»Fragt sich nur, warum er es wieder eingeschaltet hat, ihm dürfte klar sein, dass wir ihn aufspüren können«, meinte Nathalie.

Sie kamen auf eine schnurgerade Strecke, deren Ende sie nicht erkennen konnten. Johan wechselte in die Mitte der Fahrbahn und beschleunigte.

»Etwas ist passiert«, vermutete Granstam. »Wir sprechen uns wieder, kurz bevor wir da sind.«

Nathalie beendete das Telefonat. Sie und Johan erörterten mehrere Szenarien und wie sie in den unterschiedlichen Situationen vorgehen würden. Als sie zehn Minuten später Valsjöbyn erreicht hatten, rief Nathalie Maria und Granstam an.

»Das Signal von Leifs Handy ist deutlicher geworden«, sagte Maria. »Es befindet sich circa drei Kilometer hinter der norwegischen Grenze, an einer Forststraße, die sich vom Fylkesvägen, auf dem wir fahren, nordwärts erstreckt. Es antwortet weiterhin mit einer Fehlermeldung.«

Nathalie zoomte die Karte größer und sah die weiße Straße wie einen sich windenden Wurm hundert Kilometer nach einem blau gefärbten Wasserlauf, der in den Rengen mündete.

»Gut, ich rufe an, wenn wir da sind.«

»Dauert höchstens eine Viertelstunde«, sagte Johan.

Im Dorf verlief die Straße am südlichen Ufer des Sees, der wie ein großer weißer Fleck unter einer dicken Decke aus Dunkelheit lag. Sie passierten ein paar Häuser und Scheunen, eine Hofmeierei, zwei frei stehende Benzinzapfsäulen, einen Dorfladen und einen Rastplatz mit einem schwarzen Jeep, der im schwachen Schein der paar spärlich verteilten Laternen kaum auszumachen war. Johan drosselte das Tempo. Als er sah, dass auf den Vordersitzen zwei Frauen saßen und aus dampfenden Bechern tranken, erhöhte er die Geschwindigkeit wieder.

»Sicher auf dem Heimweg von einer Weihnachtsfeier«, sagte er.

Nathalie stimmte ihm zu. Ihr Herz schlug unruhig, und sie hatte Ohrensausen. Das GPS zeigte an, dass sie sich 332 Meter über dem Meeresspiegel befanden, und sie wusste, dass das Sausen eher der Nervosität als dem Höhenunterschied geschuldet war.

Sie fuhren auf den steilen Hügeln hier und da an Häusern, in denen Licht brannte, und wettergegerbten Scheunen vorbei weiter.

»Die Frage ist nur, wie wir uns ihm nähern«, sagte Johan. »Wahrscheinlich hat er sein Gewehr dabei, und offensichtlich neigt er dazu, gewalttätig zu werden.«

Sie nickte.

»Er handelt impulsiv, teilweise, als er Ebba entführt, und vor allem, als er Sebastian niedergeschlagen hat.«

»Die Frage ist nur, ob wir uns von Weitem zu erkennen geben oder ihn überraschen sollen.«

Er schaute sie an, und sie antwortete, dass sie es nicht wisse. »Zuerst gucken wir, ob wir den Wohnwagen finden«, entschied sie. »Dann ergibt sich vielleicht der Rest von selbst.«

Die Anspannung stieg mit den Berggipfeln, die aus der Vegetation ragten und bald untrennbar mit der Landschaft verbunden waren, als sie die Bebauung hinter sich ließen.

Fünf Minuten später überquerten sie die Grenze zu Norwegen. Nur ein ganz gewöhnliches Schild, ein gelb angemalter Steinhaufen und die Straße, die einen helleren grauen Farbton annahm, kündigten das Nachbarland an.

»Noch drei Kilometer«, sagte Johan.

Die Straße wand sich immer mehr, er behielt aber das Tempo bei. Sie konnte sich nicht erinnern, dass sie schon einmal jemanden gesehen hätte, der sich so lange auf eine Sache so intensiv konzentrieren konnte.

»Jetzt sind wir gleich da«, sagte er und zeigte auf den Forstweg, der sich hinter einer rechteckigen Fläche aus Schnee und Dunkelheit nach rechts aufwärtsschlängelte.

Nathalie sah die aufgeschichteten Stämme am Anfang des Weges und wie er sich gesäumt von nackten Laubbäumen, die sie wie Schatten erahnte, bergan erstreckte. Johan hielt neben dem Stapel aus Baumstämmen, schaltete den Motor ab und öffnete die Tür: Grabesstille überall. Er rief Granstam an. Er und Maria durchqueren gerade Valsjöbyn.

»Fahren Sie hoch, und gucken Sie nach«, sagte Granstam. »Das Handy befindet sich vierhundert Meter den Weg hoch.«

Johan setzte die Fahrt den holperigen Weg hinauf fort. Im

Schnee waren deutlich Spuren zu erkennen, und das Vorwärtskommen war trotz ihres verhältnismäßig schwerfälligen Minibusses kein Problem.

Hundert Meter weiter oben fuhren sie in eine Wand aus Fichtenwald. Die Dunkelheit umschloss sie. Das Licht der Scheinwerfer war weiß und stachelig vor den Stämmen und Nadeln. Die Schatten ragten hoch auf, und sie hatten das Gefühl, von den Bäumen beobachtet zu werden. Meter für Meter rollten sie langsam vorwärts.

Nach ein paar Minuten hielt Johan kurz vor einem Kahlschlag, der sich zu beiden Seiten im Nichts verlor. Der Weg sah aus, als fiele er mitten in der Rodung nach unten ab; aber sie konnten nicht erkennen, wo er endete.

»Hier vorne links sendet das Handy Signale«, sagte Johan. Er schaltete den Motor ab, sah, wie das Licht der Scheinwerfer in sich zurückkroch und ein schnell verfliegendes Bild auf der Netzhaut hinterließ.

»Tja«, meinte sie und schaltete das GPS aus. »Der Weg scheint hier zu Ende zu sein.«

»Er hat wohl einen Ort ausgesucht, an dem niemand vorbeikommt«, nickte Johan. »Wir steigen aus, gucken nach und lassen zwei eingeschaltete Taschenlampen im Auto liegen, damit wir zurückfinden. Und wir nehmen je ein Nachtsichtgerät mit.«

»Aber wir müssen beim Gehen was zum Leuchten haben, sonst sehen wir nichts.«

»Wir nehmen die Handys. Die haben eine breitere Lichtstreuung und sind von Weitem nicht so gut zu erkennen.«

Er kontrollierte den ordnungsgemäßen Sitz der Pistole im Holster. Dann platzierten sie die Taschenlampen so an der Windschutzscheibe, dass das Licht nicht in den Kahlschlag schien.

Johan half Nathalie, unter der Jacke die schusssichere Weste anzuziehen, und legte anschließend selbst eine an. Sie kam sich plump vor, und ihr lag die Frage auf der Zunge, ob das nötig war, sie behielt sie aber für sich. Sie ging davon aus, dass er wusste, was er tat, erinnerte sich, wie er erzählt hatte, dass ihn nur ein Zentimeter vom Tod getrennt hatte, als ihm im Sundsvaller Krankenhaus in die Schulter geschossen wurde.

Den Schein von Johans Handylampe vor sich, machten sie sich auf den Weg zum Kahlschlag. Auch hier gab es frische Reifenspuren. Alles um sie, abgesehen von den Sternen, war wahnsinnig finster und still. Das Blut rauschte schnell in den Adern, doch die Kälte arbeitete sich ins Innere vor. Nach einer Weile näherten sie sich der anderen Seite des Kahlschlags. Sie spähten nach links unten, wo sich das Handy befinden musste, sahen aber nichts.

Nathalie kam sich klein vor und dachte, dass der Wald sie wie vier Wände umgab, die von allen Seiten immer weiter auf sie beide zukamen, um sie zu verschlucken.

Zehn Meter vor dem hinteren Ende des Kahlschlags bog der Weg um neunzig Grad nach links ab. Jetzt sind wir gleich da, dachte sie, drehte sich und konnte das Licht vom Wagen nicht mehr sehen. Möglicherweise hörte sie das Geräusch eines Autos. Sie hoffte, dass es Maria und Granstam waren.

Nach ein paar Metern entdeckte sie den Hauch von einem Spalt in der Schwärze, ein Gefühl von Gegenwart und Wärme, der mit jedem Schritt zu drei Lichtpunkten anwuchs. Sie blieben stehen, und er machte das Handy aus.

»Da ist was«, flüsterte sie.

»Hinter dem Gehölz in der linken Ecke leuchtet was«, bestätigte er.

Sie schauten durch die Nachtsichtgeräte. Sie sah nicht mehr als die drei Lichtquellen: zwei kleine Quadrate und ein größeres Rechteck mit gewölbter Oberseite.

»Kann das der Wohnwagen sein?«

»Was sollte es sonst sein?«

»Was machen wir? Das Auto nehmen und hinfahren? Der Weg muss ja hier runterführen.«

»Besser, wir schleichen uns näher ran«, entschied Johan.

»Wollen wir nicht auf Maria und Granstam warten?«

»Nein, wenn wir dort ankommen, sind sie auch schon hier. Es ist besser, wenn wir am Anfang nur zu zweit sind.«

Schritt für Schritt schlichen sie vorwärts. Plötzlich war rechts im Wald ein Knacken wie von einem zerbrochenen Zweig zu hören. Sie blieben stehen und horchten.

Nichts. Sie wechselten Blicke und gingen weiter.

Als sie sich bis auf dreißig Meter herangepirscht hatten, schauten sie wieder durch ihre Nachtsichtgeräte, sahen Umrisse eines Wohnwagens und den silberfarbenen Volvo. Die drei Lichtquellen stammten von den beiden Fenstern und der Tür des Wohnwagens. Beide Fahrzeuge waren hinter einem Gehölz aus Laubbäumen abgestellt worden. Nicht ein Ton war zu hören.

Nathalie spürte, wie ein schwacher Stromschlag, ein lang gezogener Schmerz, ihren Körper durchzuckte.

»Siehst du was?«, sagte er monoton.

»Ja. Die Tür steht sperrangelweit auf.«

Er zog die Dienstwaffe und forderte sie auf, den Weg anzustrahlen.

Ohne ein weiteres Wort gingen sie so schnell wie möglich in den Fahrspurrillen weiter.

98

Der weiße Wohnwagen war am untersten Rand mit einer blutroten Kante versehen. Johan ging voraus, die Pistole wie ein drittes Auge gezogen. Nathalie hielt sich drei Schritte hinter ihm, blickte sich bei jedem Schritt um, obwohl sie in der Dunkelheit nur wenige Meter weit sehen konnte. Ihr stark klopfendes Herz fühlte sich an, als würde es gleich etwas zerschlagen. Als sie den Wohnwagen fast erreicht hatten, blieb Johan stehen und lauschte. Alles war still.

In der nächsten Umgebung des Wagens waren im Schnee ein Paar große und ein Paar kleine Fußspuren zu sehen. Nathalie schätzte, Leifs Vierundvierziger und Ebbas Achtunddreißiger. Sie sah auch Spuren von Urin und andere farbige Flecken, die wahrscheinlich von Essen und Schmutzwasser herrührten.

Johan blieb vor dem Eingang stehen. Er drehte sich zu ihr um. Hob drei Finger. Sie nickte, und er zählte.

Bei drei trat er ein, geschmeidig, entschlossen und mit der Körperbeherrschung eines Eliteturners, bewegte die Pistole von rechts nach links, schaute sie an und nickte einmal, um ihr zu signalisieren, ihm zu folgen.

Es sah fast so aus wie erwartet. Eine Küche mit einer geschwungenen Bank und einem an der Wand befestigten Tisch gegenüber von Küchenzeile und Fächern im hellbraunen Furnier.

Kleine Fenster in drei Himmelsrichtungen, ein Petroleumkamin und ein gemachtes Bett im vorderen Bereich. Es war ordentlich geputzt und einigermaßen warm. Rechts vom Spülbecken stand der Abwasch von zwei Personen auf einem Abtropfgestell neben zwei gesäuberten Konservendosen. Auf dem Tisch waren zwei Taschenbücher, ein Päckchen John Silver, zwei Kaffeetassen und eine Schachtel Gewehrpatronen.

Obwohl es still war, pulsierte in dem Raum eine greifbare Gegenwart. Er nickte ihr zu, dass sie die Tür schließen solle, und sie gehorchte. Lautlos schlich er mit gezogener Pistole voraus auf die halb offene Tür im hinteren Teil des Wohnwagens zu. Sie stand stocksteif da und hielt den Atem an. Er sicherte den Raum und überprüfte dann die winzige Toilette.

»Anscheinend sind sie gerade eben erst weg. Hier hat er sie wahrscheinlich eingesperrt.«

Er zeigte auf ein Vorhängeschloss zum hinteren Raum. Nathalie schaute hinein. Ein Bett mit einem Schlafsack, ein Klapptisch und ein Fenster mit Blick auf die totale Finsternis auf der Rückseite. Es roch muffig, war aber gründlich gereinigt. Außer einem zerlesenen Taschenbuch lagen keine Gegenstände auf dem Boden. Nathalie entdeckte zu ihrem Erstaunen, dass es Jane Austens *Stolz und Vorurteil* war.

Johan guckte unter dem Bett nach, stellte dort aber nichts fest und kehrte zum Hauptraum zurück, ging zum Tisch, überprüfte die Patronen und hielt den Finger in eine Tasse.

»Der Kaffee ist noch warm.«

»Hat sie versucht zu fliehen?«

Bei den Büchern auf dem Tisch handelte es sich um *Anna Karenina* und *Das ernsthafte Spiel*.

»Er scheint auf Liebesromane zu stehen«, sagte Nathalie. »Ich erinnere mich daran, dass er zu Hause ein ganzes Regal davon hat.«

Sie kontrollierten den vorderen Schlafplatz, stellten fest, dass dort Platz genug für zwei war und ein gelbes und ein blaues Kissen mit passenden Decken darauf lagen. Über dem einen Kopfkissen befand sich ein Wandbehang mit dem Spruch *Liebe mich am meisten, wenn ich es am wenigsten verdiene, denn dann brauche ich es am nötigsten.* Dort lag sogar ein gebundenes Exemplar von *Fifty Shades of Grey*.

»Ich sehe kein Gewehr, wahrscheinlich hat er es mitgenommen«, meinte Johan und öffnete die Außentür.

Ihr Handy vibrierte in der Tasche. Granstam war dran. Er und Maria waren angekommen und hatten hinter dem SUV geparkt.

Nathalie reichte Johan das Mobiltelefon. Er gab Order, dass sie sich mit so wenig Licht wie möglich schleunigst nach unten begeben, die Waffen und ein Megafon mitnehmen und Anna-Karin Bericht erstatten sollten.

»Wir gehen nach draußen und suchen«, beendete er das Telefonat. »Was auch immer sie machen, weit können sie noch nicht gekommen sein.«

99

»Sollen wir das Licht ausmachen?«, fragte Nathalie.

»Nein, wenn sie im Wald sind, finden sie sonst vielleicht nicht zurück.«

Sie folgte Johan nach draußen und zog die Tür hinter sich zu. Die Dunkelheit umschloss beide, und die Kälte biss ihnen in die Wangen. Sie schauten durch die Nachtsichtgeräte den Weg entlang, den sie gerade gekommen waren, erahnten zwei schwache Lichtquellen und zwei gräulich verschwommene Gestalten, die sie für Granstam und Maria hielten.

»Drei Minuten, und sie sind hier«, flüsterte Johan. »Wir gucken auf der Rückseite nach.« Sie gingen jeweils entgegengesetzt um das Gefährt herum, guckten mal durchs Nachtsichtgerät, mal auf den Boden, der dank des Lichts vom Wohnmobil ein paar Meter in alle Richtungen zu erkennen war.

Im unmittelbaren Umfeld des Wohnwagens war alles reichlich niedergetreten. Offensichtlich hatte er schon lange dort gestanden, wahrscheinlich bereits seit dem ersten Schnee. In nächster Nähe waren Fußspuren, dunkle Pinkelkrater und Zigarettenkippen auszumachen. Drei Meter vom Wohnwagen entfernt lag die Schneekruste unberührt, so weit sie sehen konnte, abgesehen von Spuren, die sie für die eines Hasen hielt.

Ein Knacken war aus dem Wald zu hören, gefolgt von den Flüchen eines Mannes. Nathalie richtete das Licht auf das Geräusch und sah sofort das, wonach sie suchte. In der Schneekruste waren deutliche Spuren von zwei Paar Schuhen zu sehen, die direkt auf die Wand aus Bäumen zuliefen.

»Guck mal«, sagte sie zu Johan und ging näher heran. Er holte sie ein, und beider Lichtquellen vereinigten sich, sodass sie sehen konnten, dass die Schritte zwischen den Bäumen verschwanden. Nathalies Herz brachte die Schutzweste zum Vibrieren. Johan gab ihr eine Stirnlampe, setzte sich seine auf und hielt die Pistole im Anschlag. Dann schrie er so laut, dass es über den ganzen Kahlschlag zu hören war: »Leif Pettersson! Hier ist die Polizei! Wenn Sie mich hören, kommen Sie sofort zum Wohnwagen zurück!«

Er verstummte, sah sie mit einem Blick voller Sorge, Wut und Frustration an, die sie bei der Ermittlung empfanden. Der Wald stand schweigend in der Art von Stille da, die einen überzeugt, dass jemand lauscht. Er rief wieder, und Nathalie wählte Granstams Nummer.

Noch ein Stöhnen ertönte aus derselben Richtung. Es klang wie das eines Mannes und definitiv nicht wie das eines Mädchens.

Johan fluchte und setzte sich neben den Fußspuren in Bewegung. Nathalie folgte ihm. Sie formte mit den Händen um den Mund einen Trichter und rief die gleichen Worte wie Johan, wusste, dass unterschiedliche Stimmfrequenzen unterschiedlich gut zu hören waren. Keine Reaktion.

Sie gingen weiter. Als sie sich auf halber Strecke zum Wald befanden, war aus dessen Innerem ein abgrundtiefes Schreien zu hören, als würde der Wald selbst seine Angst hinausbrüllen.

Johan blieb abrupt stehen und drehte sich zu Nathalie um. Sie winkte ihm, weiterzugehen. Sie hatten keine Zeit für Analysen oder Strategien. Jetzt steuerten sie geradewegs in die Finsternis, eine Devise, die er immer predigte, die sie ihm zum Beweis jetzt in die Tat umsetzte.

Ein heftiger Knall, der aus der Richtung des Schreis kam. Er durchfuhr den Körper wie ein Stromstoß. Und der Wald schien einen Schritt näher zu rücken.

Sie standen wie festgefroren da, hörten Granstam hinter sich fluchen, sahen, wie er und Maria von je einer anderen Seite hinter dem Wohnwagen auftauchten. Die Erleichterung stand ihnen deutlich ins Gesicht geschrieben, als sie feststellten, dass niemand verletzt war.

Johan zeigte auf Nathalie und auf die Stelle, wo sie stand. Sie begriff, dass er wollte, dass sie dort blieb, aber als er sich zwischen die Bäume schlich, folgte sie ihm. Hinter sich hörte sie schnelle Schritte. Maria kam mit gezogener Waffe angelaufen. Granstam blieb beim Wohnwagen stehen, das Handy ans Ohr gedrückt.

Zwischen den Bäumen wurden die Stille und die Dunkelheit noch greifbarer. Das Licht der Stirnlampen schien weiß und fegte über Nadeln, Stämme und Schnee.

Nathalie sah, dass Johan in den Spuren ging und sich nicht mehr darum scherte, dass er sie zertrampelte. Sie folgte ihm. Das Foto von Ebba blitzte vor ihrem geistigen Auge auf, sie erinnerte sich an Leifs Lächeln und seinen eiligen Rückzug bei Jenny mit den Worten »Morgen ist auch noch ein Tag«.

Wem galt der Schuss? Hatte er Ebba erschossen? Aber warum sollte er das tun? Das Motiv musste so etwas wie eine pervertierte Liebe sein, und solche Täter töteten ihre Opfer für gewöhnlich nicht?

Doch, gab sie sich selbst die Antwort. Wenn die Liebe umkippt, kann sie sich in Hass verwandeln. Derselbe Bereich des Gehirns wird aktiviert, und eine geringfügige Fehlschaltung in der

Kaskade von Signalsubstanzen reicht aus, damit die falschen Synapsen stimuliert werden.

Sie war nur wenige Schritte hinter Johan, und Maria folgte ihr auf den Fersen. Der Wald wurde dichter. Jetzt verfolgten sie nur noch Leifs Spur. Ebbas hatte sich entlang des Weges zwischen Steinen, Wurzeln und Gestrüpp, die hin und wieder die Monotonie der Nadelbäume unterbrachen, verloren. Außer ihren eigenen Schritten, ihrem Atmen und Puls war nichts zu hören.

Nach einer halben Minute nahmen sie in der Nähe ein Knacken und ein Stöhnen wahr. Johan blieb stehen und hob die Hand als Stoppsignal. Sie drehten die Lampen um fünfundvierzig Grad nach links. Da lag ein großer, mit Moos bewachsener Findling vor etwas, das wie eine Lichtung im Wald aussah.

Einen Schritt konnten sie noch auf den Felsblock zu machen, ehe durch einen ohrenbetäubenden Knall ihre Schritte einfroren.

100

Johan rannte links um den Findling. Nathalie entschied sich intuitiv für die rechte Seite, und Maria schloss sich ihr an.

Der Anblick war wie ein Schlag ins Gesicht. Mitten auf der kleinen Lichtung hinter dem Felsblock lag eine Person auf dem Rücken. Der halbe Kopf war weg. Blut, Gehirnmasse und Knochensplitter bildeten einen undefinierbaren Matsch auf dem Schnee, brachten ihn mit einem schwelenden Geräusch zum Schmelzen, das niemand von ihnen je vergessen würde.

Johan und Maria senkten die Waffen. Sie wechselten einen Blick, wie um sich zu vergewissern, dass das hier in der Wirklichkeit stattfand.

Dann gingen sie vorsichtig näher.

Das Gewehr lag auf dem Bauch, der rechte Daumen am Abzug. Der Lauf ragte über die rechte Schulter, und das Zielfernrohr war mit Blut bedeckt.

»Er hat sich erschossen!«, stellte Johan mit einer Stimme fest, die nicht wiederzuerkennen war.

»Aber was ist mit Ebba?«, hörte Nathalie sich durch das Dröhnen, das ihren Kopf füllte, sagen.

Auf der Lichtung blickten sie sich um, sahen weit und breit nur Bäume, die schweigend dastanden, als wäre nichts geschehen.

Nathalie und Johan legten die Hände um den Mund und riefen: »Ebba!«

Maria schaltete das Megafon ein und wiederholte den Ruf mit zehnfacher Verstärkung. Als das Echo verstummt war, standen sie still da und lauschten. Kein Ton. Maria rief wieder.

Nach fünf Versuchen sagte Johan: »Wir müssen suchen. Er hat ja zweimal geschossen.«

Sie wussten nur zu gut, was das bedeuten konnte. Maria rief Granstam an und erstattete Bericht. Dann setzten sie sich halbkreisförmig mit fünf Metern Abstand in Marsch. Das Licht der Stirnlampen und der Handys wurde sofort schwächer, als sie sich aufteilten.

Nathalie beschloss, an der Stelle geradeaus zu gehen, wo Leif gestanden hatte, als er sich tötete. Wenn er Ebba erschossen hatte und dann sich selbst, müsste sie in der Richtung liegen. Und das konnte in dem dichten Wald nicht weit entfernt sein.

Ihre Füße waren bleischwer, aber sie kämpfte sich voran. In kurzen Abständen rief jemand Ebbas Namen, der mit jedem Mal schauriger klang.

Nathalie erreichte die Baumgrenze, die das Gehölz abschloss, und bahnte sich den Weg zwischen zwei Tannen. Als sie sich mit der Stirnlampe nach rechts umdrehte, meinte sie in ein paar Metern Entfernung Ebba im Schnee liegen zu sehen.

Sie blieb stehen, atmete tief durch und leuchtete mit ihrem Handy, wollte hinsehen und auch wieder nicht hinsehen.

Es war nur eine Schneewehe unter einer riesigen Tanne. Ihr überhitztes Gehirn hatte es als Ebba in ihrem Lucia-Kleid gedeutet. Drei Zapfen lagen in einer Reihe auf der Wehe und hatten das Bild von dem Band um die Taille imitiert.

Nathalie schüttelte den Kopf über sich und ging weiter geradeaus, rief wieder, um alle unangenehmen Bilder aus dem Kopf zu verbannen. Der Schrei wurde vom Wald absorbiert. Er schien nicht mehr als nur ein paar Meter in alle Richtungen hörbar gewesen zu sein. In der Ferne vernahm sie Johans und Marias Rufe.

Ebba konnte nicht weit gekommen sein. Sie musste versucht haben zu fliehen, er machte sich mit dem Gewehr auf die Suche. Wohin wollte sie sich flüchten? Bei dieser Kälte war man sogar in Winterkleidung innerhalb eines Tages tot.

Sie dachte an Jack und Jenny. Obwohl auch Nathalie eine infernalische Sorge beutelte, war die nichts im Vergleich zu dem, was die beiden durchgemacht hatten. Dass der Täter sich das Leben genommen hatte, war kein Trost, wenn Ebba tot war.

Sie bewegte sich vor einem großen Wurzelgeflecht nach links, das im Schein des künstlichen Lichts aussah wie ein unterirdischer Schlund, bereit, die Kiefer über ihr zuzuschlagen.

Plötzlich war ihr, als hörte sie ein Wimmern. Sie blieb wieder stehen, starrte auf die verdrehten Wurzeln, auf den steif gefrorenen Boden, wohin der Schnee nicht gefallen war, hörte das Wimmern abermals. Sie meinte gerade verrückt zu werden, weil sie sich unmögliche Geräusche aus einer Natur einbildete, die so stumm war, als hätte es darin nie auch nur einen Laut gegeben.

Sie rief nach Ebba und spitzte die Ohren. Doch, da war es wieder. Sie drehte sich nach rechts in die Richtung, aus der das Geräusch gekommen war. Es klang wie Weinen. Eifrig trieb sie sich im Hain aus jungen Tannen vorwärts. Scharfe Nadeln stachen ihr ins Gesicht, und die Stirnlampe verrutschte.

Als sie sie wieder zurechtrückte, wagte sie erst nicht, ihren Augen zu trauen. Ihre Sinne hatten ihr schon zu oft einen Streich gespielt.

Sie machte zwei Schritte vorwärts, schob einen großen hohlen Ast an einer der größten Tannen, die sie je gesehen hatte, beiseite.

Sie begegnete Ebbas Blick und spürte, dass etwas zerbrach.

101

Stockholm, 31. Dezember

Noch eine Viertelstunde bis Mitternacht. Nathalie, Louise, Josie und Cecilia standen jede mit einem Glas Champagner in der Hand vor dem Hotel Grand am Wasser. Sie hatten ein vegetarisches Silvestersouper genossen, den obligatorischen Klatsch und Tratsch abgehakt und eine lebhafte Diskussion über die Schwedische Akademie geführt. Louise hatte sie über die neusten Entwicklungen innerhalb der Plastischen Chirurgie upgedatet, die sie in ihrer Klinik umsetzen wollte, natürlich mit einem saftigen Rabatt für ihre Freundinnen.

Die Luft war mild, und es roch nach Schwarzpulver, Parfüm und Zigaretten. Das erwartungsvolle Geflüster, Lachen und Lärmen um sie herum vermischte sich mit knallenden Korken, Gewummer aus der Disco im Café Opera und den vereinzelten Raketen, die am Himmel erstrahlten wie Vorboten dessen, was noch kommen mochte.

Nathalie kostete heimlich den Schampus, drehte sich zur Bucht um und sah auf das schwarze Wasser. Sie wurde wie so häufig, wenn sie getrunken hatte, ein wenig sentimental. Hier stand sie zum ersten Mal nach ihrer Scheidung ohne ihre Familie. Beim Nachtisch hatte Håkan gesimst, dass die Kinder eingeschlafen waren, darum war es nicht sinnvoll, sie anzurufen. Ihre Mutter Sonja feierte mit ihren Künstlerfreundinnen in Uppsala und hatte wissen lassen, dass sie tatsächlich in ihrem alkoholfreien Leben eine Unterbrechung einzulegen gedachte. Nathalie hatte versucht, ihr das auszureden, aber eher aus Gewohnheit als in der Hoffnung auf Erfolg. Estelle feierte mit Erik, Johan und Carolina in Sundsvall. Sie freute sich für ihre jüngere Schwester, vermisste aber Johan.

Sie hatte gehofft, dass er sich im Lauf des Abends melden würde. Die letzten drei Male hatte sie ihn angerufen, und sie wollte ihm nicht auf die Nerven gehen. Als sie sich am Morgen nach dem Drama im Wald getrennt hatten, hatte er sie umarmt, und dabei war es geblieben. Sonst war nichts weiter zwischen ihnen passiert, und vielleicht würde es auch nicht mehr dazu kommen. Er hatte sein und sie hatte ihr Leben. Aber jetzt wollte sie nicht immer wieder das gleiche Problem wälzen.

Sie drehte sich um und reagierte auf ein Zuprosten von Louise, die Josie und Cecilia von ihren letzten Tinder-Dates erzählte.

Nathalie richtete abermals den Blick aufs Wasser und in sich hinein. Die Gedanken führten sie zu Ebba. Nachdem Nathalie nach Hause gekommen war, hatten sie sich mehrmals auf Skype unterhalten. Ebba hatte das große Bedürfnis, über das Geschehene zu sprechen, und Zuflucht bei Nathalie gesucht. Sie nahm an, dass es teils daran lag, dass sie sie gefunden hatte, und teils daran, dass sie eine Art Mutterrolle übernehmen musste, da Jenny in Östersund im Gefängnis saß und Ebba sie nicht länger als eine halbe Stunde unter Aufsicht besuchen durfte.

Nathalie hatte sie von Tonys sexuellem Missbrauch erzählt. Sie hatte recht damit gehabt, dass Leif Ebbas heimlicher Freund gewesen war und dass sie ihm auf dem Weg zur Kirche gesagt hatte, dass sie das Dorf verlassen wolle. Da musste bei Leif die Sicherung durchgebrannt sein, sodass er seinen gründlich durchdachten Plan in die Tat umgesetzt hatte. Er war verliebt gewesen und wollte sie um jeden Preis vor allen Männern beschützen, die »sich an sie klammerten«.

Im Wohnwagen hatten sich Konserven mit Essen, das Ebba nach eigenen Worten mochte, drei Sätze Kleidung und ungefähr fünfzig gestohlene Liebesromane aus Bibliotheken im ganzen Bezirk befunden. Leif hatte sie jeden Abend dazu gezwungen, ihm eine Stunde lang laut daraus vorzulesen; das war aber auch schon das Einzige, was er von ihr verlangt hatte. Er war freundlich gewesen, hatte sie jeden Tag eine Weile nach draußen gelassen, aber eine eventuelle Flucht unmöglich gemacht, indem er sie einschloss und ihr den Zugriff auf Winterkleidung verwehrte.

Als ihr am Ende die Flucht gelang, hatte er einen Warnschuss abgegeben. Anschließend hatte Ebba einen weiteren Schuss gehört. Sie beschrieb das Geräusch als das Schlimmste, was sie je gehört hatte.

Die Beweise, dass Leif Sebastian getötet hatte, waren erdrückend. Abgesehen von Sebastians eigenen Worten hatte die DNA-Analyse ergeben, dass der Zahnsplitter, den Nathalie im Treppenhaus gefunden hatte, ihm gehörte, auch die Schuhabdrücke und der Snus auf dem Schulhof stammten von Leif.

Zwei Dinge in den Verhören von Jenny hatten Nathalie erstaunt. Jenny hatte erzählt, dass sie Ebba die blauen Flecken beigebracht hatte, die das Jugendamt untersucht hatte. In ihr steckte eine gewaltige Wut, die zu beherrschen sie im Lauf der Jahre gelernt hatte. Aber als sie die Nacktbilder gesehen hatte, brach sie aus. Jenny hatte sogar gestanden, dass sie sich ausgedacht habe, gesehen zu haben, wie Jack zu Pierre gefahren sei, um nicht selbst in Verdacht zu geraten.

Jetzt war Ebba bei Jack zu Hause. Sogar Hamid war dort. Als alle Fakten auf dem Tisch lagen, hatte Jack Hamid um Verzeihung gebeten und gesagt, dass er willkommen sei. Als Ebba klar wurde, wie schwer ihr ein Besuch bei Jenny fallen würde, hatte sie ihre Meinung geändert. Sie würde nach der Neunten abgehen und dann ihren Modeltraum verwirklichen. Nathalie hatte sich mit Louise unterhalten. Sie kannte den Skandinavien-Scout von LA-Models, der versprochen hatte, bis zum Sommer mit Ebba ein Portfolio zusammenzustellen, wenn sie etwas reifer wäre. Die Nacktfotos konnten nicht gelöscht werden, aber zum Glück schien niemand im Dorf sie gesehen zu haben. Leider war das nur eine Frage der Zeit.

Dass Tony im Östersunder Krankenhaus lag und laut der Gerüchteküche aus dem Dorf wegziehen würde, hatte zu Ebbas Entscheidung zu bleiben beigetragen. Zwei Tage nach ihrer Rückkehr war er vor dem Motorsportklub von einem Fremden verprügelt worden. Nathalie ging davon aus, dass es sich dabei um Jack gehandelt haben musste. Sein Blick, nachdem er von dem Vorfall im Kissen-Zimmer erfahren hatte, war der finsterste, den sie je gesehen hatte. Als Ebba sagte, sie habe nicht die Kraft, Tony anzuzeigen, hatte Jack die Fäuste geballt und etwas ebenso Undeutliches wie Glasklares gemurmelt.

Für den Brandbombenanschlag würde Tony wahrscheinlich verurteilt werden. In seinem Schrank im Klub hatten sie zwei leere Wodkaflaschen, Schwefelsäure-Ampullen und Sturmstreichhölzer gefunden.

Auch Gunnar wollte das Dorf verlassen. Er war des Meineids angeklagt, und durch Granstams Äußerungen in der Presse darüber, was Ebba widerfahren war, war ein dunkler Schatten auf den ehemaligen Dorfpolizisten gefallen. Vielleicht war nicht die Sympathie für die Geflüchteten entscheidend für die Verachtung seitens der Leute, sondern dass er die Suche nach Ebba erschwert hatte, war unverzeihlich. Das hatte sich darin kundgetan, dass man die Tür seines Hauses mit Eiern beworfen und sexistischen

Schmähungen beschmiert hatte, bis er es zum Verkauf angeboten und eine Last-Minute-Reise nach Thailand gebucht hatte.

Als Hamid davon erfuhr, hatte auch er, teilweise von Ebba überredet, beschlossen, ins Dorf zurückzukehren.

Am Morgen hatte Nathalie Mohammed in der Abteilung besucht und mit Hamid ein gemeinsames Skype-Gespräch geführt. Anschließend hatte sie ihm ein paar positive Worte über die Vorteile, die Regelschule abzuschließen, gesagt. Großartiger hatte sie sich schon lange nicht mehr gefühlt, denn Hamids Dankbarkeit hatte sie mehr gewärmt als jedes Angehörigengespräch, an das sie sich erinnern konnte.

»Nathalie, was grübelst du?« Sie spürte eine Hand auf ihrer Schulter und drehte sich um. Neben ihr stand Josie. Auch Louise und Cecilia schauten sie verwundert an.

»Über das neue Jahr natürlich. Wann ist es so weit?«

»In fünf Minuten!«, rief Louise.

»In drei auf meiner Uhr«, widersprach Josie.

»Jetzt kosten wir noch mehr vom Schampus, das ist das Letzte, was wir dieses Jahr trinken!«, meinte Cecilia und hob das Glas. Dann stießen sie an, und Louise schenkte nach.

»Gleich nach Sex ist Champagner das Beste, was ich mir vorstellen kann«, verkündete Josie.

»Ach, darum hast du vier Kinder!«, stellte Louise fest.

»Schon mal was von Verhütungsmitteln gehört?«, fiel auch Nathalie in das Gealber ein.

Als die Luftblasen zum Stillstand gekommen waren, klingelte ihr Handy. Zu ihrer Freude sah sie, dass Johan sich meldete. »Da muss ich rangehen«, sagte sie, ohne ein Lächeln verbergen zu können.

»Sag nicht, du hast heute Abend ein Date«, hörte sie Josie prusten, bevor sie sich ein paar Schritte entfernen und das Gespräch annehmen konnte. Eine purpurfarbene Kaskade in einem perfekten Kreis leuchtete über den Anhöhen von Söder auf, als sie Johans Stimme hörte.

»Hallo, ich bin's. Wollte dir nur ein gutes Neues wünschen!«

»Gutes neues Jahr! Ich stehe mit den Mädels vor dem Grand.«

»Wir sind auf dem Södra Berg, und uns liegt ganz Sundsvall zu Füßen. Ich kann nicht länger telefonieren, habe gesagt, ich rufe einen Kollegen an.«

Wärme stieg gepaart mit Erstaunen in ihrer Brust auf.

»Wir sind doch Kollegen«, lachte sie. »Was Neues vom Fall?«

Sie biss sich auf die Lippe und fluchte leise, weil sie wieder von Beruflichem anfing.

»Was? Nein ... Doch, schon. Habe vor einer Stunde mit Granstam gesprochen. Er hat gesagt, dass der gestohlene Volvo in Kopenhagen gefunden und wahrscheinlich für Drogenschmuggel genutzt wurde.«

»Aha«, sagte sie und trank einen Schluck, um Energie zu tanken, damit sie wieder privat wurde. Ehe ihr etwas einfiel, fragte Johan: »Noch was von Ulf Kläppman gehört?«

»Er weigert sich immer noch, aus dem Haus zu gehen. Der Chevy ist zugeschneit, und er sitzt bloß am Küchentisch und starrt darauf.«

»Armer Mann«, sagte Johan.

Im Hintergrund ertönten Böller und Lachen, und sie konnte nicht sagen, ob das aus dem Handy kam oder von da, wo sie stand.

»Jetzt muss ich aufhören«, meinte Johan. »Gutes neues Jahr, du weißt, dass ich an dich denke.«

»Und ich denke an dich.« Ihr kamen unkontrolliert die Tränen, was nur vorkam, wenn sie trank.

»Wir hören bald wieder voneinander.«

»Machen wir.«

Sie blieb eine Weile mit dem Mobiltelefon am Ohr stehen, nachdem er das Gespräch beendet hatte. Der Lärm und das Feuerwerk nahmen zu.

Sie kehrte zu ihren Freundinnen zurück. Der Countdown hatte begonnen. Sie hoben die Gläser aneinander zu einem einigermaßen standfesten Quartett und zählten laut den Countdown mit.

Sie hatte heftiges Herzklopfen, fühlte sich allein und stark.

Das hier war das Leben, das sie sich ausgesucht hatte. Jetzt war sie ziemlich zufrieden mit sich, mit ihrem Alleinsein. Johan würde ihr auf seine Weise erhalten bleiben. Wie, wusste sie nicht, aber so, wie es war, reichte es ihr. Sie öffnete sich und trug ihn eine Weile in sich, spürte sein Gewicht, fühlte das Gewicht ihres eigenen Herzens.

Die Glocke läutete, und der Jubel vermischte sich mit explodierenden Farbsymphonien und Böllern, die den Körper zum Erbeben brachten.

Jetzt fängt alles wieder von vorn an, dachte sie und hob ihr Glas zum Himmel.

ENDE

NACHWORT

Dies ist eine fiktive Geschichte. Sie hat nur so viel mit der Wirklichkeit zu tun, als dass sie sich überall dort abspielen könnte, wo es Menschen gibt.

Danke an Polizeipräsident Göran West, Polizeiregion Nord, der meine Fragen zur Polizeiarbeit geduldig und pädagogisch beantwortete. Großer Dank auch an Katja Tydén, Erland Östberg, Cajsa Winquist, Roseanna Lagercrantz, Staffan Moström und Helén Thorstenson, die gelesen und wertvolle Hinweise geliefert haben.

Alle Fehler sind am Ende meine eigenen.

Jonas Moström, Juli 2018

Sommer auf Doggerland: weiße Nächte, alte Feindschaften, tödliche Rache

Der Sommer hat gerade auf Doggerland Einzug gehalten. Die Musikerin Luna kehrt nach Jahren in den USA und Frankreich zurück in ihre Heimat. Auf einer Party verschwindet die Sängerin spurlos. Hat sie die Insel heimlich verlassen oder ist ihr etwas zugestoßen? Kommissarin Karen Eiken Hornby soll die Ermittlungen unter Ausschluss der Öffentlichkeit leiten. Denn je mehr an die Medien durchsickert, desto größer wird die Gefahr für die Künstlerin. Was keiner weiß: Karen verdächtigt ihren eigenen Freund, eine Affäre mit Luna zu haben. Weiß er etwas über ihr Verschwinden?

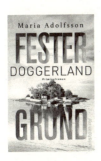

Maria Adolfsson
Doggerland. Fester Grund
Kriminalroman

Aus dem Schwedischen von Stefanie Werner
Klappenbroschur
Auch als E-Book erhältlich
www.ullstein.de

ullstein

Die Thriller-Sensation aus Norwegen

Ein kleiner Junge wird bewusstlos in eine Klinik in Oslo eingeliefert, er stirbt kurz darauf an den Folgen seiner Verletzungen. Der diensthabende Arzt Haavard Fougner ist überzeugt, dass der Junge misshandelt wurde. Bevor die Polizei die Eltern, pakistanische Einwanderer, vernehmen kann, wird der Vater des Jungen erschossen aufgefunden. Im Gebetsraum der Klinik. Ein Mord aus Fremdenhass? Haavards Frau Clara ist geschockt, als sie von den Ereignissen erfährt. Schon lange kämpft die Politikerin für ein neues Gesetz, das misshandelten Kindern früher helfen soll. Bisher war ihr Kampf vergebens. Kurz darauf wird eine iranischstämmige Frau ermordet und ausgerechnet Haavard gerät ins Visier der Ermittler. Clara muss ihn entlasten, um politisch weiter tragbar zu sein. Dabei weiß sie überhaupt nicht, wo ihr Mann zu den Tatzeiten war. Doch Haavard ahnt nichts von Claras traumatischer Kindheit …

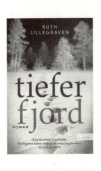

Ruth Lillegraven
Tiefer Fjord
Roman

Aus dem Norwegischen von Hinrich Schmidt-Henkel
Klappenbroschur
Auch als E-Book erhältlich
www.ullstein.de

List

DIE WÜRFEL SIND GEFALLEN. WER WIRD DAS NÄCHSTE OPFER SEIN?

In Helsingborg häufen sich brutale Mordfälle. Auch Kommissar Fabian Risk kann keinen Zusammenhang zwischen den Morden erkennen. Der Mord im Flüchtlingswohnheim zeigt keine Anzeichen für Fremdenhass. Der Tote im Einkaufszentrum ist eine grausame Hinrichtung. Alles, was bleibt, ist eine lange Reihe blutiger Morde ohne Motiv. Doch was, wenn genau das der Zusammenhang ist? Was, wenn der Mörder einfach nur töten will? Aber wie fasst man einen Mörder, der kein Motiv hat?

Stefan Ahnhem
Der Würfelmörder
Thriller

Aus dem Schwedischen von Katrin Frey
Taschenbuch
Auch als E-Book erhältlich
www.ullstein.de